化身

渡边淳一 著

金中 译

青岛出版社

目　录

春夜 / 001

初夏 / 051

仲夏 / 104

云海 / 135

秋夜 / 198

阳春 / 237

白夜 / 293

秋果 / 323

冬萌 / 399

春愁 / 457

余花 / 486

短夜 / 530

峰云 / 567

病叶 / 616

秋色 / 655

译后记 / 675

春夜

新干线越过多摩川桥进入东京都内时,暮色将临。

秋叶大三郎喜欢黄昏时刻的东京。将近6时,高楼大厦和商店街已华灯初上,马路上行驶的汽车,大多只亮着小灯。此刻大都会的白天正向黑夜转变。

虽已到4月初,因云彩覆盖着上空,天黑得较早。不久,西边刮起了微风,吹散了云彩,只有那一带染成了红色。

下午,从京都启程时已开始下雨,不过雨层云越过箱根来到东京尚需一段时间。

秋叶一个月两次去京都的大学讲课。回来途经品川市中心,两边的高楼大厦令人感到压抑。回到东京,不由得松了一口气。

常听人说"东京人没有故乡"。看到屹立在夕暮中高楼大厦的雄姿,令人觉得这都市也是值得怀念的故乡。

用玻璃幕墙覆盖的大楼的一角映照着暗红色的夕阳,眺望着这黑色和红色相交的景色,秋叶考虑抵达东京站后该做些什么。

径直回到位于涩谷的家未免有点遗憾,匆匆越过这充满春意的大街也太可惜了。难得走过东京的市中心,先找个地方吃点饭、喝点酒再回家。

然而一个人独饮又太乏味,常去的酒店中不能说没有可以谈话的厨师,如果人家正忙着,会添乱的。

秋叶眺望车窗外,住在东京站附近的朋友的面孔一个个从他脑海里闪过,他们尽是些五十岁左右的壮年人,都忙于工作。抵达东京站后给他们打电话,不知在不在公司。即使在也不一定有时间。

想到这里,秋叶后悔离开京都时没有给他们打个电话。他望着车窗外的景色,忽然坐立不安起来。

他看着有乐町的霓虹灯,脑海里浮现出能村平太的脸庞。

能村是秋叶高中时代的同班同学,现在在一家家电大公司任广告科长。对专搞文艺评论、在大学兼课的秋叶来说,能村是其他领域里的人,但两人比较合得来,常常在一起喝一杯。

"虽是大忙人,能村可能在。"秋叶自言自语地说,一边回想着能村身后的那个女子的面孔。

名字忘了,但那女人柔弱的样子给他留下鲜明的印象。

列车6时18分正点到达东京站。秋叶身穿茶色套装,肩头搭着围巾,右手提着小型的旅行包踏上站台。

4月正值新学期开始,新入学的大学生和陪他们来的母亲们格外引人注目。在站台的中段,一群欢送调动工作的同事的人们围成一圈,互相道别。

秋叶从这些人群中穿过,下了台阶,在检票口左侧的电话亭前停下脚。

他查询了能村平太公司的电话号码,拨通电话,能村正好在。

"此刻我在东京站,今晚你有空吗?"

因为是心血来潮,不知道对方的情况,秋叶不得不采取低姿态说话。

"我马上要去参加一位客户的招待宴,你有事吗?"

"没什么事,只是不想这样乏味地回家去。"

"过了8点,我就有空了,你能等一等吗?"

8点,还有两小时,得找个地方打发时间。

"行,我等你,在银座如何?"

"当然可以,我就在附近。"

"那孩子那儿怎么样? 就是有点乡下气、一副弱不禁风的样子的那位。"

"弱不禁风的样子?"

"想吃酱鲐鱼的那一位。"

"啊,明白了,你说的是里美。她怎么啦?"

"在她上班的'魔吞'等你,可以吗?"

秋叶突然说出俱乐部的名字,能村不由得吃了一惊。

"你对里美有意思吗?"

"不,只是上一回你说的事倒挺有趣的。"

秋叶指的是上一回能村请里美吃饭的事。那天能村没有特意请她,只是随便说了一声,里美马上就说想吃酱鲐鱼。

"除了车站后面,或大学附近的小饭馆,银座一带根本找不到吃酱鲐鱼的地方。"

能村对里美不由得尴尬一笑。

秋叶听了能村的叙述,稍有触动。

在时髦女性云集的银座,很少有女子说想吃酱鲐鱼的。秋叶当时对里美的朴实颇为欣赏,事情到此为止。

003

在银座林阴大街一角,有一家专售外国高级名牌商品的商店。"魔吞"就在这家商店的六楼。

"魔吞"的出典是 Manon Lescaut,取谐音"魔吞",意为可以吞食任何东西的魔怪,这块招牌符合银座的气氛。这儿的女老板是位圆脸、富态的人,酷似主演《情妇玛侬》的影星赛西里·奥布里。

秋叶从电梯出来,站在"魔吞"跟前,将视线移向右边的小小的文字牌。

"魔吞"实行会员制,来店的客人要按文字牌的暗语。

"临风飘摇的羽毛……"秋叶嘟囔道。

"临风飘摇的羽毛……"这暗语出自威尔第的"女人的心像风中的羽毛般善变……"按下这几个字,门就开了。换句话说,明知女人的心善变,也要进来。

"魔吞"虽叫俱乐部,里边只有两间雅座。中央设S形的长吧台,客人坐在两侧,中间用柱子和酒瓶架隔开,互不干扰,较为隐蔽。

夜间俱乐部虽是男人们游玩的场所,但一进门有些紧张。侍应生见客人进门,就过来行礼"欢迎光临"。先来的客人回过头来看,这时往里进的人们的表情是各种各样的。

有的人似乎有点羞涩,耷拉下眼皮;有的人自以为是这里的常客,一边挺直腰板堂堂而进,一边搜索大厅里有没有自己的熟人。

秋叶尽量作出自然的姿势走进去。

能村带他来过两次,不能说是熟客,秋叶有点紧张。

"您自己吗?"

"待会儿能村也来。"

一听到能村的名字,侍应生会意,带秋叶去S形吧台的最里边的座位。

"酒水算在能村先生名下,可以吗?"

说着,侍应生准备了冰块和矿泉水。还不到8点,店堂里十分热闹,或许是因为这儿雇佣了许多年轻的女子。

客人坐下后,在服务小姐未来之前是沉不住气的,特别一个人更无所事事。这时,许多人掏出香烟来打发时间。秋叶刚衔上香烟,听到后面有人喊道:

"对不起,您来了!"

回过头一看,女老板掏出打火机给秋叶点燃了烟。

"稀罕,您自己来的吗?"

"不,和能村约好,他8点钟来。"

"谢谢,您是……秋叶先生吧!"

只和能村一起来过两次,就记住了他的名字,真不愧为老板。

秋叶从西服口袋掏出名片递上。

"今天由我付账。"

"能村先生不会怪罪吗?反正他每晚必到。"

"不,今天是我约他来的。"

女老板笑了笑,点点头。

女老板看上去三十刚出头,在众多的年轻女子中,只有她穿着和服,显得沉着、大方。脸庞不算太美,但从丰富的表情中,可以看出她的精明来。

"承您特意光临,真叫人高兴,您有没有特定喜欢的女孩子?"

"那倒没有……"

秋叶慢吞吞地衔上香烟,若无其事地说,

"上次是一个名叫里美的女孩子。"

女老板向侍应生招招手,吩咐里美到这儿来。

"秋叶先生是大学老师,是不?"

"算是吧。"

名片上印的是"大学教师",而本职工作是文艺评论家,在这样场合就不必多解释了。

"可是,大学教师是不到这儿来的。"

"那倒不见得。"

女老板口头上虽然否定了,但内心确实这样想的。

"里美,在这儿呢!"

被侍应生带来的女孩子显得有点困惑,低下了头。没错,就是上回的陪酒女郎。

"请慢慢用,我失陪了。"

女老板站起来走了,只剩下秋叶和里美两人。为了掩饰自己指名让里美来陪酒的羞涩,秋叶干咳了一声,再度注视里美。

今天里美穿着一件有白色胸饰的黄、茶色相间方格连衣裙。

上次来时,里美穿的是灰色连衣裙,此刻变得漂亮大方多了,或许是老板要她好好打扮一番。

然而方格连衣裙显得有点土气,白色胸饰乍一看像孩子的围嘴。秋叶跟她还不熟,不好意思随便表示自己的看法。里美个子不高,这副打扮在街上行走,多么像刚从乡下来的女大学生。

秋叶内心苦笑一声,这孩子只配吃酱鲐鱼。

"上次我和能村一起来的,你还记得吗?"

"记得,坐在那边。"里美指了指身后包厢。

那次秋叶坐在里美身旁。

乍一看,很不起眼,看着看着,发现里美五官端正,鼻子和嘴都很小,一笑露出洁白的牙齿。

秋叶最喜欢的是里美肌肤白净,她那没化妆的脸庞和端着酒杯的手指白里透亮。

"你是不是贫血?"秋叶半开玩笑地说。里美认真地摇摇头。

里美肌肤白净,小巧玲珑,和上一次印象相同。

"你是新来的吗?"

"才一个月。"

"那么上一次是你来这儿的第二十天?"

秋叶和能村上次来的时间是在十天前。

"初次来银座吗?"

"是的。"

"出生地?"

"北海道。"

秋叶会意地点点头。皮肤白净、说话不俗气是北海道女子的特点。

"喝点儿什么?"

里美伸手拿起桌上的酒瓶。这时,秋叶窥见她从耳朵到脖子的线条,发现她的耳朵特别白,头颈上的汗毛像枝形吊灯那样透亮。

秋叶边看边在脑海里描绘,白净的耳朵染成红色的情景。里美自然不会想到秋叶在考虑什么。

威士忌兑上水后,里美便无所事事地坐在那儿。秋叶想这高额的消费,应该从女人那里得到更多的服务,但此刻要求里美,似乎太残酷了。

"你住在北海道什么地方?"

秋叶为了掩饰无聊,衔上香烟。里美擦火柴,一连擦了三根也没擦着,看来她还没学会。

"在函馆。"

"函馆？那儿净出美人。"

秋叶曾听说，从函馆、松前到江差这一带是北海道美人最多的地方。他曾去过函馆，一下火车，在车站前卖蟹的女孩子的脸蛋个个都很漂亮，令人吃惊。

"你从那儿直接来东京的吗？"

"不，在千叶待了一段日子。"

"现在住在哪儿？"

"胜哄桥前面。"

在银座打工的姑娘大多住在青山或四谷，靠银座最近。房租比较便宜的下町一带住的人也多起来了。

"是公寓吗？那房租相当高咯。"

"是店里的房子。"

"对，现在很多店都提供住宿。"

两人说着话，秋叶考虑如何与里美单独会面。这事儿不用跟能村打招呼，选择他不在这儿时最容易成功，但一想张口就有点紧张。

和俱乐部、酒吧的女孩子约会，一旦遭到拒绝该怎么办？因为里美才来东京一个月，是没有经验的姑娘。

秋叶自己也发愣，因为对方太年轻，不能不有所顾虑。

上次来时，里美说她二十三岁，自己已四十九岁，像父女俩。同这样年轻的姑娘打交道，秋叶还是第一次。

"胜哄桥？上班得二十分钟？"秋叶心不在焉地问道。

"夜里马路不挤时，十分钟就可到家。"

"你一个人住在公寓里吗？"

"是的。"

里美干这一行还不久，回答简洁，接不下话茬。秋叶晃动着酒杯

里的冰块,问道:

"有没有男朋友?"

里美摇摇头,这样认真地否定,应该认为她回答是真实的。

"三顿饭都在外面吃吗?"

"不,大多数自己做。"

"做些什么?"

"什么都做……"

说到这里,里美似乎不想再回答了。

"再来一杯,怎么样?"

秋叶把杯中剩下的酒一饮而尽,把杯子递过去,里美接过酒杯,倒上威士忌,兑上水和冰块,用玻璃棍搅匀。

秋叶欣赏她那搅酒的动作,似乎在说别人的事,问道:

"下回我们一起吃顿饭如何?"

里美顿时停下手来,不解地看了秋叶一眼。

"请你吃你喜欢的酱鲐鱼好吗?"

"真的?"

"当然真的。星期六或星期天,即使平日也行。"

里美依然不可思议地瞅着秋叶,在灯光反射下,从近处看,里美的脑门有点突出。

"怎么啦?"

"太突然了,我连想也没想过。"

"可笑吗?我是认真的,本星期六如何?你有事吗?"

"不,没事儿……"

"那好,星期六下午6点钟,在你最熟悉的地方见面。"

"我只熟悉这一片地方。"

"N大饭店总该知道吧?6点钟在那里的咖啡厅见面。"

正当秋叶叮嘱时,能村出现在门口。

能村个子并不高,挺着大肚子,给人印象是个彪形大汉。他迈着八字步走过来,朝秋叶挥挥手。

秋叶已经看惯了,并不觉得异样。陌生人一见到他,感到一种莫名其妙的压迫感,至少不会把他看作是家电公司的广告科长。其实仔细一看,能村长着娃娃脸。他是个热心肠的人,好管闲事,业内人士对他颇有好感,上司也十分赏识他。

"对不起,让你久等了。"

"没关系,你那边的招待会结束了吗?"

"我只是露了一下脸,就溜出来了。散了会,人们或许会来银座喝一杯,但不会到这儿来的,放心吧。"

"来一杯兑水的威士忌怎么样?"里美问道。能村这才发现里美在秋叶身旁。

"嗬,来得正巧。"

里美不知他指的什么,默默地给能村的酒杯里倒上水。

"好久不见了。"能村举起了酒杯,改口道。

"十天前还见过面来着。"

"今天我乘新干线从京都回来,见到黄昏的东京街头,觉得立即回家太可惜了。"

秋叶说罢,里美抽身想坐到两人中间。

"不,不,不用了,你就坐在那儿得了。"

能村挥挥手制止了她。

凡是两个客人,陪酒女郎得坐在他们中间。这是不成文的规定。能村制止她,不让她挪动,为的是让里美一直坐在秋叶身旁。别看能村是个大汉,却十分细心。

"能村先生,在哪儿玩够了,跑到这儿来歇歇脚。"

女老板一阵风过来,坐在他们中间。

"今天秋叶说要来这儿,我来陪陪他。"

"原来如此。"女老板故作惊讶,看了秋叶一眼。

能村一到,秋叶就沉住气了,他不必介意周围的人,可以轻松地喝酒。总之,一个人独饮和两个人对饮,气氛不一样。

能村故意和女老板大声说话,好让秋叶和里美亲近亲近。待女老板一走,忽然想起了什么,问道:

"你那儿怎么啦?"

"没怎么……"

"算什么事啊?"

能村好像很扫兴,回过头来和另一吧女搭讪起来。

和能村一起喝酒有一个好处,说话可以随便些,不拘束。跟他说话,不必用敬语,无须小心翼翼。

秋叶发觉自己喝酒的速度比平时快。自从看到黄昏的东京后想喝酒以来,总算如愿以偿了。

秋叶又要了一杯威士忌,这时领班过来,让里美到另一桌去陪客。

"对不起……"

里美站起身来,在邻桌和吧女说着话的能村回过头来。

"怎么啦?要走吗?再待一会儿不行吗?"

里美一愣,不知所措。秋叶见状道:

"走吧,没事儿。"

"可是……"能村放心不下。

秋叶轻轻地挥挥手道:

"没事儿,我已经和她约好了。"

"真的吗?什么时候?"

"刚才你没来之前,我已和她约好星期六晚上见面。"

能村愣了一下,瞅了瞅秋叶笑道:

"你不愧为情场老手,真快!"

"哪里,我很久没和这种人约会了。"

"真的吗?随你的便。"

能村随意地说,拿着酒杯伸过手去。

"来,干杯!"

"这又为什么?"

"为秋叶大三郎新的恋爱干杯!"

"别那么夸张好不好。"

对里美与其说恋爱,不如说关心。换言之,就像上山偶然碰到了梅花或樱花,仅此而已。这话即使说给能村听,他也未必能理解。

"你说你独自上这儿来,我就觉得奇怪。"

三十分钟后,两人离开"魔吞"。下午从京都出发时下的雨,到了晚上10点,渐渐地蔓延到东京。

秋叶和能村撑起从"魔吞"借的雨伞,向银座大街走去。径直来到在大楼地下室的"萤"酒吧。萤酒吧面积仅仅13平方米,由一位三十多岁的女老板和一位学话剧的女研究生两人经营。秋叶早就和她们熟识了。

能村坐在靠近入口处的吧台前,要了一杯威士忌,急不可待地问道:

"你真的和那女孩子约好了吗?"

"当然真的,你觉得可笑吗?"

"我并不觉得可笑,可是那孩子……"

"你想说她土气、不机灵,对不对?"

"平时你对女人很挑剔,这回怎么啦?"

听了这话,秋叶便不反驳了。

"你说的是实话,这孩子在店里不起眼,可是脸盘长得不错,皮肤细嫩,才从乡下来的只能是这样。让我打磨打磨她,肯定会非常出色的。"

"你想把她打磨成金刚钻,是不是?"

"能不能成为金刚钻,目前很难说,至少不会是一块普通的石头。"

能村不由得一怔,叹了口气说道:

"你打算做打磨的工人咯。"

"话不能这样说……"

实际上此刻秋叶对里美还没有多大热情。

"那孩子很瘦弱,正是你所喜欢的。"

秋叶一向喜欢身子瘦削、个子不太高的女子,能村则喜欢体态丰满、处世精明的女人。各有所好,互相承认这种差别,绝不对对方喜爱的女子动情,是两人长期保持友谊的原因之一。

"不过你已经到摆弄盆花的年龄了。"

"盆花?"

"是啊,你这把年纪了,还想去打磨乡下来的姑娘。"

两人脸对脸谈论着,女老板觉得奇怪,从吧台里面走过来:

"两位如此认真,谈论工作吗?"

"不,不,完全不是那么回事。这一位近来喜欢上一个女人。"

能村说罢,女老板"呃?"了一声,发狂似的喊了起来:

"秋叶先生,这是真的吗?是哪儿的女人?"

"刚从她那儿来,已经和她约好了。"

"喂!别多嘴!"

秋叶制止他,能村不予理睬继续说:

"老板,长得和你一样,很瘦弱,胸部平平的。"

"讨厌!"

"喜欢吃酱鲐鱼。"

"什么?那是位什么样的人?"

"很年轻,才二十三岁。"

"呃!秋叶先生,您快当爷爷了。"

秋叶看了看周围的客人,女老板没理会他,换了一只烟灰缸继续说道:

"上了年纪的男人都喜欢年轻女人,哪怕握握手也就满足了。"

"他可不想光握握手。"

"那就搞大了。"

"啊,真厉害。今年专搞这个女人咯。"

两人你一句我一句逗着秋叶。

"那好,为了新恋爱的成功,干杯!"

女老板给自己的酒杯倒上白兰地,和秋叶、能村干杯。

"还是做男人好,不管多大岁数都能谈恋爱。"

"别这样说,说不定嫌她太土气,只是请她吃顿饭而已。"秋叶道。

"请她吃酱鲐鱼吗?"

"对方喜欢,那有什么办法。"

"你得小心点,下一回不知道她又会说吃这个吃那个的,让你招架不住。"

秋叶以前曾听说过和银座的吧女打交道,最后倒了大霉的故事。

可里美不像那种贪得无厌的女人。

"你请里美吃饭,那么过去的那些女人会怎么想?"

"过去的女人?"

"秋叶先生的女人还少吗?"

"光是吃顿饭,不至于出问题吧!"

秋叶想起了田部史子,和她交往已近四年了,秋叶和其他女人吃顿饭,她不至于吃醋吧。

离开地下酒吧已经11点了。入夜下了雨,客人都提前走了。以往11点半以后才打烊,今天乘出租汽车的客人特别多,排起了长队。

能村问再去转一家如何?秋叶拒绝了他,上了出租车。如果自己求他,能村一定会答应奉陪的。明天能村因工作关系还得去打高尔夫球,秋叶不好意思再麻烦他了。

倚在车窗旁,秋叶眺望银座灯光下的雨景,不由得叹了口气。

早晨离开京都的旅馆,到泉涌寺附近的窑厂转了转。在大学讲完课后,立刻乘上新干线,黄昏时刻到达东京,忽然想喝酒,约能村去了"魔吞"。在那里和里美定好约会,又转了一家酒吧。

没有什么特别重要的工作,这漫长的一天打发过去了,秋叶感慨不已。

为什么感慨?难道是从京都至东京的移动过程中情绪不稳定,还是因为要和年轻的女子约会?

"简直是……"

秋叶眺望雨中的霓虹灯,嘟囔了一声。

此刻冷静地考虑,感到有点惭愧,为什么会对这样年轻的姑娘感兴趣?能村感到愕然是有道理的。

难道突然着魔了?为什么要想去"魔吞"?银座一带熟悉的酒吧

有的是,为什么单单去了仅去过两次的"魔吞"?这事非同一般。

这么说来,还是一开始就想到了里美。

"喂,喂……"

秋叶嘭、嘭地敲敲自己的脑袋。

"你真的喜欢那姑娘吗?"

这是自己的事,可是自己也说不明白。说"喜欢"有点夸张,但也不只是想和年轻姑娘玩玩,弄到跟前好好看看,摆弄摆弄。

"这样的话,就像是摆弄盆花了……"

秋叶在昏暗的车里自言自语,觉得自己突然变老了。

秋叶家在涩谷南口,跨过246号线的南平台。离车站步行约有十二三分钟的距离,稍感不便。这一带是幽静的住宅区。

最近周围楼房逐渐增多,秋叶家的西侧建起了一座八层的公寓。

他家地处东京都的中心,拥有三百平方米土地的住宅,得天独厚,要出让的话,可卖二三亿日元。

这样高价的土地,秋叶自然买不起,是战前在外务省工作的父亲置下的家产。秋叶只是继承遗产而已。

秋叶本来就没挣钱的才能,也不想拼命地去挣钱。托父亲的福,在继承遗产时卖掉在大矶的土地,才交了遗产税。

其实,这所住宅是秋叶最大的负担。固定资产税很高,庭园太大,得花一大笔钱来收拾。他想搬进交通方便、舒适的高级公寓。

然而,七十七岁的母亲还健在,她坚决不愿离开这个家。

"你要搬的话,你就搬,反正我一个人留在这儿。"母亲说。

秋叶不敢违背母亲的意愿。

现在母亲、秋叶加上一个女佣人,一共三口人。这住宅实在太大了。在这住房困难的东京,无疑是奢侈的烦恼。

四年前秋叶和妻子、两个女儿住在这儿时,并不觉得太大。离婚后妻子带着孩子走了。这宽大的空间难以保持平衡。

离了婚,突然觉得这家宽大了好几倍。

瞧着这宽敞的住宅,秋叶这才感到妻子出走这一残酷的事实。

然而秋叶对离婚并不感到后悔。

婆媳不和是事实,但根本原因在于秋叶和妻子合不来。

妻子是有钱人家出身,爱排场,个性强。她的想法正确与否另当别论,单单个性强也令秋叶望而却步。

离婚的直接原因是妻子有了外遇,这不过是种种分歧的一项而已。

事到如今,秋叶再宽容,也不能恢复过去那样的生活了。

回家晚了,秋叶必定从后门进,从前门进要开两道锁,太麻烦。

从后门进去,拴在后门边的猎狗珂罗凑过来摇摇尾巴。"珂罗"这爱称是女儿杏子起的。当时它还是个小狗仔,现在已是五岁的大狗了。

"得啦,得啦!"秋叶轻轻招呼一声,继续往里进。母亲11点休息已成习惯。五十多岁的女佣人12点以前也睡了。

主仆二人住在楼下,现已进入梦乡。秋叶穿过她二人的房前,上了二楼的书房。书房朝南,白天可以望见庭园,也可看到珂罗。此刻支柱上只亮了一盏生了锈的水银灯。

秋叶脱掉西服,解去领带。看到桌上的留言条。

下午3时:文英社村山先生来电话征稿。

下午4时半:武井教授来电话,说明天再来电话。

下午5时:东京电台来电话,要求采访,明天再来电话。

下午7时：田部女士来电话。

下午离开京都时，秋叶给家里打过电话。这是女佣人中村昌代所接的电话记录。圆圆的字，写得很工整。最后一行，只写田部女士，指的是田部史子。

为什么昌代只写田部女士，内容没记，让秋叶去猜。

秋叶和史子加深关系是在与妻子分手后一年。史子原来是家大出版社的编辑，来秋叶家取稿时认识的。

当时史子三十七岁，现在已四十岁了，比秋叶小九岁，史子也是离婚的，有一个上初中的孩子。

因工作关系和这位女编辑相爱，秋叶内心稍有负疚感。好在不久，史子辞职，成了自由撰稿人。

史子说当自由撰稿人收入多些，也比较自由，工作好干些，秋叶却不以为然。

说不定史子和自己的私情暴露了，在出版社待不下去了。但这样的话，不会从史子嘴里说出来的。

秋叶穿上睡袍，横卧在沙发上。

书房相当宽敞，有二十多平方米，在书桌对面靠墙处有一套待客用的沙发，左边屏风后安了一张床。书房、起居室兼卧室，是男子汉的城堡。

秋叶拿起放在书架旁的白兰地倒进酒杯里。

和能村见面后，似乎喝得不少，但尚嫌不足。二十多岁时，经常从上午一直喝到下午三四点钟。最近酒量差多了，然而夜晚喝到12点到凌晨1点也没事，因为第二天用不着上班。真可谓随心所欲。

喝过头了,影响第二天写稿子,到了下午就得慌慌张张地赶稿子。

今夜没什么事儿,可以马上休息,但毫无睡意,一个人喝着,情绪高涨。

"是不是见了那女孩子的缘故……"

秋叶自然而然想起了里美的容貌。这么一把年纪,怎么还有这样的闲心?

"喂,喂,不见得当真吧?"

秋叶瞅着杯子中琥珀色的白兰地,自言自语道。他自己也弄不明白,究竟是一时心血来潮,还是当真?

"不管它,怎么都行。"

先不说喜欢还是不喜欢,秋叶觉得自己至今还有年轻人那样的心情,感到满足。正在倒第二杯白兰地时,秋叶忽然想起田部史子曾经来过电话,便拿起了话筒。

已经12点了,以前曾比这时间还晚给史子打过电话。有一次打过去,史子说深更半夜的把女儿吵醒了,但口吻却比较温和,并没有责难的意思。

秋叶按了电话号码,对方电话铃响了,传来了史子的声音。

"今天你打电话来了?"

"您又喝醉了,是不?"

史子的声音很低,却口齿清楚,渗透着史子的聪明。

"傍晚从京都回来后,和能村一起喝了一杯。"

"我明天去福冈,那位先生忽然约我去采访。"

每次出发,不管时间长短,史子总是事先告诉秋叶。

"本来我想让女佣人转达给您,没有想到是您母亲接的电话。"

母亲很少接电话,也许昌代听说后记在留言条上。

"你跟母亲说也没关系。"

母亲对秋叶的男女关系从来不过问,和前妻离婚时,母亲只说这是你自己的事情,考虑好后再作决定。

"可是我只说旅行的日程,您妈妈不觉得奇怪吗?"

史子以前来取稿子时,母亲曾见过她两三次。电话里也听说过她的名字。母亲已隐约地知道他俩的关系,但母亲从不过问,也没有表示过意见。

母亲的生活方式是自己管自己,儿子归儿子,互不干涉。偶尔也表现出自己较强的个性,但说过拉倒,从不往心里去。

"在福冈过夜吗?"

"是这样打算的,休息一天就是星期六了,难得来九州,我想顺道去长崎看看。"

"你自己?"

"和女儿一起。"

秋叶想起了史子那上初二的女儿。她上小学时曾见过几次,长得很像史子,眉清目秀,很聪明。

秋叶对那孩子只是微微点点头,那孩子也不主动亲近他。

"天气可能要冷了。"

秋叶想象史子和女儿去福冈、长崎旅行的情景。光母女俩似乎太冷清了。

"您怎么啦?"

"不,没什么。"秋叶突然想起了离婚的妻子和女儿,若无其事地说道,"偶尔出去玩玩也很好嘛。"

"您一直在东京?"

"当然咯。"

"……"

史子不再吱声了。四十岁女人轻轻的叹息打破深夜的沉寂,但史子不是随便表达自己感情的女人。

春夜的微寒和夜晚的寂静似乎从话筒里传来。外面下着雨,却听不到雨声,或许被庭园里黑土吸收了。

"你已经休息了吧?"

"唔,刚躺下。"

秋叶脑海想象着躺在床上的史子的身姿。

史子外表较为冷静,但她的放荡不像她的外表,特别近一两年来,更为主动积极,也许到了四十岁的缘故吧。

"我也躺在沙发上呀!"

"别那样,会感冒的。"

"没什么,这样很舒服……"

刚喝了酒,身上并不觉得冷。一个月前还是漫长的冬天,令人觉得腻味,现在春天终于来到了人间。

"已经12点了……"

如果此刻提出要见她,史子或许会答应的。家里都有人,只能在外面幽会。实际上迄今为止两人都在外面找地方幽会,不过现在实在太晚了。

"明天几点钟启程?"

"我定的是中午的票。"

"这样的话,一直到星期天你都不在东京咯?"说到这儿,秋叶忽然想起星期六已约好了里美,"你不是去过九州好几次了吗?"

"福冈去过两次,长崎还是第一次去。"

"那边的樱花已开败了。"秋叶说。

史子没有作答,在短暂的沉默中,秋叶隐约地感到史子的感情在燃烧,于是沉重地说:

"好吧,祝你一路平安!"

秋叶此刻没有欲望,或许喝多了,太累了。今夜就此休息吧。

"那好,星期天以前回来行吗?"

"当然行……"秋叶嘟囔了一声。这样说也许显得有点冷淡。

从一开始秋叶就不限制史子的行动。身体虽已结合,但史子的人身是自由的,去外地旅行只给秋叶打个招呼。秋叶也了解史子为人处世颇有分寸。有时忘了打招呼,秋叶也表示理解。

"祝你晚安……"

秋叶似乎没有更多话要说,向史子道了别,放下话筒。

星期六下午6时,秋叶来到银座某大饭店。推着旋转门进去,迎面是总服务台,右边是咖啡厅。

这家饭店地处银座酒吧街的中心,常有客人和吧女在此约会,今天是星期六,来喝咖啡的不多。

秋叶坐在靠窗户的座位,眺望着银座大街,要了一杯咖啡。在这个位置可以望见走过来的人。

她能来吗?秋叶半信半疑。

虽然约好,那天晚上里美只在能村到来之前应了一声。如果当真的话,应该事后再叮嘱一次,或在昨天打个电话。

秋叶不想过分强迫她,约好了又不来,只能表示遗憾,别无他法。

秋叶为什么不执拗地一再叮嘱她,一来因为里美太年轻,二来才当吧女不久。如果是个老手,年龄稍大些,那就可以大大方方地对她讲了。

如果能村知道了,一定会说这不像你的为人。约一位小自己二十多岁的人吃饭,连他自己也感到磨不开。

以前有一位老前辈曾说过:"喜欢女人,首先要考虑年龄,年龄相差太大,像父女俩似的,自己就气短。"现在想起来,很能理解他的心境。

年龄相差大些,或许能和平相处。

秋叶漫无边际地胡思乱想,朝四周扫了一眼。

平时,这里的客人吧女居多,今夜只有两位年轻的女职员在交头接耳。

可仔细一看,里面有几对酒客和吧女。吧女离开了酒吧打扮得朴素些,然而一看便知男方的年龄比她们大得多。

"除了这里以外,还有别的咖啡厅吗?"

秋叶安详地喝着咖啡,没想到里美出现在眼前。

"对不起,您等了很久了吧?"

一看手表,正好6点,秋叶欣赏里美守信用。

"您不说6点钟吗?"

"坐下吧!"

今天里美穿着一件蓝色连衣裙,胸前照例围着一个"围嘴",脱不了土气。

刚才秋叶瞧着这一对对幽会的男女,展开想象的翅膀。

一位非常潇洒的"大款"跟着一位颇为洒脱的女子。与此相反,一位看来不起眼,却很纯真的姑娘,身旁却是个其貌不扬的老头。

这种组合极为奇妙、可笑。

现在,不知人们会如何看待自己和里美的组合……

女的确实比男的年轻得多。可是里美不像是银座的吧女,但又不像父女俩,或许被认为是叔叔来看望从乡下来的侄女。

秋叶从沉思中醒来,问道:

"现在就去吃酱鲐鱼如何?"

"我不一定非吃不可啊!"

"你既然喜欢,我特地找了一家特别好的饭馆。"

刚刚听说里美喜欢酱鲐鱼时,不由得吃了一惊,那是因为在银座的酒吧。在其他地方讲这话却非常自然。

比起那些装腔作势要吃西洋大菜、生鱼片的女子来,老老实实地说想吃酱鲐鱼的里美坦率多了。

"在赤坂,坐车去。"

秋叶站起来付了账,离开了大饭店。

刚过6点,银座的夜景真美,令人神往。正是樱花盛开的季节。大厦的间隙、路旁的花坛到处飘着花香,沁人心脾。

"你有没有和别的客人到外面吃过饭?"

"没有,今天是第一次。"

上了出租汽车,里美挺着腰板,显得很不自然,好像沉不住气。

"我也喜欢酱鲐鱼。"

"真的吗?"

"那是家母的拿手菜。"

"我妈妈也做得很好吃。"

"你妈妈身体好吗?"

"还好,在千叶。"

"爸爸呢?"

里美不作回答,轻轻地摇摇头。

赤坂的那家小饭馆在一木大街通往东京广播电台的小胡同口,是一幢木结构的二层楼房。楼下是吧台,楼上有两间小巧玲珑的雅座,很幽静。

秋叶不太信任大饭店的日本菜,客人一多,参差不齐的厨师一起下手,菜就变味了。日本菜讲究新鲜,大量生产是歪门邪道。

特别是鲍鱼,新鲜程度容易下降。新鲜的鲍鱼背一定要青光闪闪才行。

秋叶的父亲长期生活在国外,但他老人家爱吃日本菜。托父亲的福,秋叶打小就跟随父亲吃遍了东京有名的日本饭馆。偶尔还到筑地的鱼行去买新鲜鱼。

分了手的妻子不讲究做菜,购物就知道上超市买现成的。鱼是否新鲜,光凭目测难以判断,一定要用手去按按鱼肚子,看看有没有弹性,这是买鱼的起码常识。超市里包装好的鱼是无法判断的。

秋叶不知叮嘱过多少遍,妻子嘴上答应,就是不实行。

虽然是区区小事,但不能不说是两人分手的原因之一。

赤坂这家饭馆一切可以放心,店主是位六十多岁的老厨师,至今仍亲自操刀掌勺。

两天前,秋叶就预约好今夜来吃酱鲍鱼。

秋叶没说要"特别上等的",只说:"请准备两份上等的酱鲍鱼就可以了。"

"遵命。"

"或许也有其他客人来吃。目前,水温较低,鱼的脂肪不会损失。"秋叶说。

"您放心好了。"老板说。

老板没想到,陪秋叶来吃鱼的是一位小姑娘,多少有点儿失望。

"还要点别的吗?"

"这孩子最喜欢吃酱鲍鱼了,赶紧上菜!"

不知里美以前吃的酱鲍鱼用的什么酱,秋叶喜欢稍带甜味的酱,再放上一大把生姜末。

"好久没有做这道菜了,请二位品尝,近来很少有人点这道菜。"老板端上了酱鲐鱼。

"为什么现在人们不吃这样美味的鱼?"

秋叶这样说道,倒并不是为了讨好里美,而是出自内心。

"这道菜既便宜又方便,请用吧。"老板说。

里美没有在这样的饭馆吃过饭,待秋叶动筷夹鱼时,她才敢下手搛。她似乎在怀疑,这真是鲐鱼吗?

"怎么样?"秋叶问道。里美缩起了脖子答道:

"太好吃了。"

以前总以为里美的脸上缺乏表情,此刻看到她的笑容,多么天真无邪。也许出了"魔吞",里美恢复了原来的表情。

"和你母亲做的相比,哪个好吃?"

"都好吃……"

以为在饭馆问这句话,里美会说这儿的好吃,可她却说都好吃。这说明她难以舍弃母亲的手艺。秋叶喜欢里美的纯真和朴实。

"你是不是经常回千叶吃母亲做的酱鲐鱼?"

里美不作回答,暧昧地一笑。

秋叶开始犹豫了。如此深入地对女孩子问这问那,不知合适与否?结果还是继续问道:

"你母亲多大岁数了?"

"四十九岁。"

和自己同岁——秋叶听了不禁一怔。

"父亲呢?"

"五十三岁。"说罢里美赶紧补充了一句,"可他不是我的生父。"

秋叶点点头,给自己的杯子里斟上啤酒。

看来,里美的母亲和另一男人生活在一起。里美的生父死了呢,还是在里美小时候离了婚?反正家庭比较复杂。

"再喝一点儿吧!"

"唔,我可以吃点米饭吗?"

酱鲐鱼就点米饭最合适。

秋叶同时又要了鱼汤和咸菜。

里美无论说话、吃饭都是慢条斯理的。此刻吃着米饭,攥起一小块酱鲐鱼,细嚼慢咽,仔细品味。

秋叶瞧着里美吃得如此香甜,也想吃米饭了。

"先生,您也吃一点儿米饭吗?"

老板知道秋叶从来只吃菜,不吃饭,不由得一惊。

秋叶不知不觉也随和了里美的习惯。

"味道怎么样?"快吃完时,老板问道。

"好吃。偶尔吃一回真不错,要是老吃这个,你的买卖要亏本了。"

"不,没事儿,说实话,酱鲐鱼就是好吃。"

老板为人正直,这家店开在赤坂高楼大厦的夹缝中,没有点韧劲是开不下去的。

"过些日子,门口挂盏灯笼,写上'一膳饭馆'①如何?"

秋叶和他开了句玩笑,走出店门。

店门前就是小胡同,来往行人摩肩接踵。

走了一会儿,里美郑重其事道了谢。

"让您破费了。"

---

① "一膳",大碗饭,"一膳饭馆"是指简易餐厅。

"没什么……"

秋叶一时不知所措,只请她吃了一顿酱鲐鱼就郑重其事道谢。对她更有好感了。

"再喝一点吧?"

还不到8点,星期六的赤坂,夜市才开始。

"你还有哪家熟识的酒吧?"

"没有。"

里美诧异地朝四周扫了一眼,紧紧跟在秋叶身后。

"以前银座有很多客人跑到赤坂或六本木来,最近减少了。"

"这一带还是挺热闹的。"

"渐渐成为年轻人的天下。"

秋叶又回到一木大街,走进一座镶着茶色瓷砖的大楼地下酒吧。

这儿也是赤坂一带的艺伎们常来的去处,日本风味挺浓。秋叶最喜欢这样的氛围。

秋叶选择最里边的座位,和里美肩并肩坐下。

"你喜欢不喜欢迪斯科那样热闹的场所?"

"我不喜欢那样的喧闹,我受不了。"

这家酒吧用纸拉门隔开,墙角挂着灯笼,对这古色古香的灯饰,从乡下来的里美或许有些不习惯。

今天是星期六,女老板还没露面,只有一对客人。年轻人一般不喜欢这种风格的酒吧。来这儿都是些"上班族"的中年人,所以星期六晚上生意一般比较清淡。

"喝点儿什么?"

里美想了一下,朝四周扫了一眼说道:

"这儿有日本酒吗?"

"清酒如何?"

"我不会喝威士忌。"

"那么刚才你也不必勉强喝威士忌,喝日本酒好了。"

"可我不好意思张口。"

"那何必呢? 按理说,日本酒最可口。"

秋叶喜欢喝清酒,喝多了,第二天也醒不了酒。喝威士忌或白兰地,容易醒酒,但不如清酒可口。

"用酒壶还是玻璃杯?"

"用玻璃杯吧。"

女招待听了里美的吩咐,轻轻一笑走了。

用玻璃杯喝日本清酒是很罕见的。

秋叶就是喜欢里美的纯真和朴实。

"酒量比以前大了吧?"

"不行,一喝就脸红。"

里美双手摸摸脸颊,问道:

"您经常来这样的地方吗?"

里美所见到的秋叶,除了吃就是喝,所以会有这样的印象,其实秋叶并不那么游手好闲的。

"每晚来喝,那得花多少钱?"

秋叶嘴上虽这么说,而本心则是到死时花光用光。想归想,生活费、付给前妻的赡养费,每月的支出相当可观。幸好,除了工作的收入外,还有父亲留下的遗产,生活没有困难。他是吃遗产的公子哥儿。

秋叶对此感到内疚,但并不觉得羞愧,反正钱就是花的东西,早晚会花完。在继承父亲遗产时,秋叶就是这么想的。

"不过,能玩得动的时候得尽情地玩。"

里美或许不理解这话的含义,但这确实是秋叶的真心话。

"这儿多幽静啊!"里美说。

或许酒起了作用,里美的脸上泛起了红晕。

里美的脸庞在这日本风味灯光的映照下,显得妩媚大方。在"魔吞"那样的地方,灯光反射在镜面上,魅力减去了一半。

此刻在店堂右端的高高的灯笼映照下,里美的侧面轮廓分明。或许有点醉了,稍有倦意。里美把酒杯凑到嘴唇边,一只手轻轻地捋了捋头发,那动作优雅极了。

不多时,从脖子到耳朵根全都红了。

里美闭上眼睛,还是一口一口地喝,她那乌黑的睫毛遮住了下眼睑,模样美极了。当她放下酒杯的同时,睁开了眼睛。

里美自己对这些动作是无意识的。秋叶觉得里美像浮世绘①的仕女。她那天真无邪的脸庞上泛起了红晕,那缓慢地喝酒的动作增添了几分妩媚。

秋叶瞅着里美疲倦的表情,考虑下一步该怎么办?

该说的话都说了,再也想不出新的话题。实际上秋叶和里美年龄相差悬殊,能有多少话说呢?

往后,秋叶所希望的就是里美的身体。

不过现在还不到火候,即使提出来,里美也未必答应。通常银座的吧女只跟客人吃一顿饭就轻率地同意上床,那是不多见的。

秋叶并不焦急,不像年轻人那样急不可待地马上就想弄到手,克制不了自己的情欲。

此刻他已发现乡土气很浓的里美,还有妖艳的一面。

---

① 日本江户时代的风俗画。

当秋叶约里美时,能村还取笑他,现在他发现自己的眼力没错。

如果谈到情欲,他和里美还需要更多接触。不仅在酒吧会面,请她吃顿饭,还必须在她心灵里留下更深的印象。

"再换一家如何?"

秋叶掐灭烟头,考虑下一步的去向。

和自己喜欢的女人加深关系,选定恰当的场所是十分困难的。

首先想到的是情侣旅馆,但突然带她去那种地方,目的很明确。过去有过关系的女人另当别论,初次交往就提这样要求肯定会被拒绝。假如一提情侣旅馆,立刻爽快地跟着去,那男的也扫兴了。

再喝多一点,东倒西歪假装醉了,硬拽她去,也不是不可以,但那样做太唐突了,也不一定能成功。给对方留下坏印象,落得讨人嫌的下场。

找一个高雅一点、不使对方讨厌的地方最合适了。推托工作忙,在市中心找一套高级公寓,或许能诱惑对方上钩。当然女方也会提高警惕,但比突然带她去情侣旅馆强多了。

最近时兴一室的高级公寓,或许是供男女幽会用的。

听能村说,他的两个朋友合资租了一套一室的高级公寓。两人各有一把房门钥匙。在门的邮箱上设立"1""2""3"三块牌子。"1"表示屋里无人;"2"表示有人先来了;"3"表示和女人一起在屋里。如果出示"3",另一个即使带着女人来也不能进屋。这时先来的人有优先权。

用数字作暗号,调整得体不会出问题。如果带着女人来了,一马虎没有出示"3"而出示了"1",一小时后,另一个带着女人来,以为屋里没人,开锁进去,发现先来的男女躺在床上,那就乱了套。

秋叶想起此事,不由得苦笑了一声,里美当然不知道他为什么苦笑。

"对不起,请给点儿水……"

里美要了威士忌后,倦容满面地说。

这时,正好又有客人进来,秋叶决心离开这儿。

"走吧!"

里美点点头站起身来,脚跟站不稳,用手扶住了桌子。

"对不起……"

看来美酒下肚,里美有点醉了。

酒吧在地下一层,一出店门就是台阶,一边往上走,秋叶凑在里美耳朵边轻声说道:

"再去转一家怎么样?"

"我……已经不行了。"

"你的住处关门没有时间限制吧?"

里美忽然有所警觉,看了一眼手表。

"不用慌,我送你去,没事儿。"

走到外面,秋叶要出租车,先上去对司机说去四谷某饭店。

过了9点,赤坂更加热闹了。穿过熙熙攘攘的小道,来到大街上,里美惴惴不安地朝四周扫了一眼。如果送她回去,应该往新桥方向,此刻汽车驶向纪尾井町。

明知道她醉了,带她兜兜风。再去别的地方,很难说是绅士风度。就这样送她回家,那是对她的关心。

秋叶并不想就此撒手,但也不想立刻夺取她的身子。就这样分手,似乎有点儿遗憾。说她是"穷鸟"[①],未免有点夸张,但里美已经东倒西歪,这么弱的鸟不能轻易地放她回去。

"上哪儿去?"

---

① "穷鸟入怀"是中国成语,比喻处境穷困而投靠于人。出自《三国志》。

"附近一家大饭店里有个氛围良好的酒吧。"

在外堀大街的强烈的灯光下,里美看见弁庆桥那边茂密的树林,她一方面想早些回家,另一方面好奇心作怪,想看看没去过的地方。

汽车从新馆入口处通过,爬上坡到达旧馆的正门。

"请在这儿等一下。"

秋叶进了门,即刻蹿到总服务台,租下了一个双人房间。不用预约,随时都可订房,是大饭店的优势,但是否能使自己的计划成功,不试一试难以得出结论。

或许自己走过了头,但要平稳地诱惑一个新认识的女人,只有这个方法了。

9点过后,大饭店仍然人头攒动,热闹非凡。除了住宿的客人外,还有来参加舞会或吃饭的客人,以及参加婚礼的人们。东京有数的几家大饭店,大厅里总是熙熙攘攘,客人络绎不绝。

里美独自伫立在大厅入口处的小卖部前。刚才脸上泛起的红晕已经下去了,此刻脸色苍白。

从总服务台拿上钥匙,秋叶走过来,里美的表情很困惑。

"我这就回去。"

"难得来一趟,怎么可以回去呢?你不舒服吗?"

"我好像喝多了。"

"这儿也有酒吧,喝一杯解酒的饮料就好了。"

好不容易来到这大饭店,又订了房间,这时让里美回去,岂不是鸡飞蛋打了。

秋叶搂住里美那窄窄的肩膀,跨进大厅旁有钢琴的酒吧。

这儿的位置在大厅的最里边,十分幽静,让人能沉住气。

秋叶给自己要了一杯烈性酒,为里美要了一杯苏打威士忌。

"喝了这一杯,你会轻快一点。"

如果为了醒酒,该喝没有酒精的饮料。秋叶装作十分关切,其实是伪善,他成心不让里美走。

"怎么样?"

"好喝……"

受到清酒强烈的刺激后,喝点酸味的自然会觉得特别可口。

里美一口气把它喝尽了。

"再来一杯,如何?"

"可是……"

秋叶不管她要不要,招呼侍应生过来。

"您常来这儿吗?"

"偶尔来玩玩。"

里美点点头,朝四周扫视,比刚才那家酒吧灯光暗些,桌上亮着一盏小灯,那气氛令人神往。

一位女钢琴手过来开始弹奏,里美叹了口气说道:

"住宿在这样的大饭店里太棒了!"

"太棒了?"

"房间一定也很漂亮吧?"

"你想住吗?"

里美似乎没有听懂秋叶的话,凝视着秋叶。从她那茫然若失的眼神里,秋叶预感到这只"穷鸟"即将飞入自己的怀中,秋叶有些紧张。

"去看一看,怎么样?"

里美没吱声,站起身来。

秋叶付了账,走出酒吧,朝电梯口走去。

从新馆通往旧馆的走廊上人很多,显得有点儿拥挤。电梯里的人也很多,近十几个人。里美表情僵硬,瞅着电梯门上的数字。

"到了。"

到了九楼,秋叶喊了一声,里美慌慌张张跟着他出了电梯。

与大厅的熙熙攘攘相比,客房的走廊里寂静得令人心里发毛。秋叶数着房间号码,朝右边走去。

"真的去房间吗?"

此刻只剩下他俩,里美突然感到不安,但仍然紧跟着秋叶。

到了这一步,就不必考虑对方的心情了,拉着她走,直至成功。秋叶已拿定了主意。

"我……"

里美的话未完,已经到了秋叶预订的房间。秋叶掏出钥匙开了门。

进了房间,打开电灯,只见地上铺着浅茶色地毯,左边有一张双人床,再往里摆着一套家具。床对面摆着一张长书桌。窗户上挂着茶色条纹窗帘。

"请进!"

里美站在房门口,心中犹豫不定,秋叶像在自己家里招待客人那样,请她进来。

里美或许是第一次来到这样豪华的大饭店的客房,带着不安和好奇心,东看看西看看。

秋叶拧亮靠窗户的落地灯,用逗乐的口吻说道:

"这下可以宽松一下了。"

里美觉得自己老站在门口不像样子,左顾右盼,一步一步地往里进,弓着腰,像只偷食的小猫。

秋叶不敢笑出声来,走过去把房门关了。

一切准备就绪,这时再说"回去"已经来不及了。即使她喊叫,也没有人来救她了。

然而,秋叶不想粗暴地对待她。一直费心劳神,给"穷鸟"喂食,它终于飞进笼子里来了。

或许这做法显得不太文明,但总算把这只小鸟放在陌生的场所,想看看它胆怯的表情。

"这房间不错吧?"

秋叶平淡地说,他要让飞进笼子的小鸟先休息一下,松口气。如果逼迫她,只会让她提高警觉。

里美点点头,看了一下双人床。

双人床上铺得整整齐齐,罩着被罩。

"真的在这儿过夜吗?"里美问道。秋叶不作回答,走近窗户,拉开了窗帘。

窗下是新宿至东京都中心的高速公路,再往前,可以望见灯火通明的赤坂。

"你来看看!"

里美觉得老待在屋中央心里很不自在,对窗外景色产生了好奇心,犹豫不定地朝窗口走去。

"太美了……"

里美眺望着窗外的景色,嘟噜了一声,和刚才的声音不同,这是少女率直地表示感动的声音。

"那边是赤坂。"

秋叶和里美肩并肩朝外看,用手指着赤坂的方向,大都会之夜正是热闹的时候。

"那一带漆黑的地方是皇宫……"

秋叶用手指着,他站着的位置伸手就可搂住里美,但秋叶不急于这样做,站在窗前一动不动。

像精巧的玩具那样,行驶在高速公路上来来往往的汽车形成一道车流。秋叶眺望着这奇妙的景色,他感到自己到此刻为止,一直和里美之间保持某种微妙的平衡。

此刻如果秋叶冒冒失失地行事,或伸手或迈步,立刻就会失去平衡。

和女人初次接触时,秋叶总是考虑到分寸。就像斗剑一样,两人面对面一动不动,虽然已拔出剑来,但尚处于休战状态,两人保持着微妙的平衡,一方先动手,必定会出现空隙,对方会乘机下手。

此刻两人都感到了对方的存在,眼睛虽看着窗外,但皮肤却敏锐地试探着对方。

秋叶集中精力等待里美先动。只要稍一活动,机会就来到了。

时间在静止状态下一秒一秒地过去,感觉好像已经过了很长时间,耐不住静止状态的一方必定会先动的。

高速公路上车流来来往往,从远处眺望好似一条银色的绸带。

"那个……"

还是里美先动了,随着她娇滴滴的声音,脖子也轻轻地转过来。就在这一瞬间秋叶双手伸过去,紧紧地搂住了里美,用嘴唇贴住她的嘴唇。

"唔……"

里美这才意识到事态严重,慌忙地闭上嘴,脑袋使劲地左右摇晃。"小鸟"在秋叶两只粗大胳膊中间挣扎。秋叶越抱越紧,里美透不过气来。

求爱要抓住时机,即使抱有好感,一旦失去机会也会前功尽弃。下了决心,就要果断地采取行动,但过分粗暴,对方会挣扎反抗。顺从的"小鸟"弄不好也会变成难以对付的"野猪"。

抓住杀掉另当别论,抓住后还要抚爱,粗暴的方法是没有好结果的。抓住她,总要使用一点暴力,但要适可而止。一瞬间的暴力是爱的表现,持续的暴力,只会使对方痛苦。

秋叶慢慢地松开膀子,用暴力对付里美只是最初的一瞬间。在暴风雨过后,用和风细雨来缓和对方的情绪。拿接吻来说,最初用嘴唇贴住嘴唇,此刻在她耳朵根处来回磨蹭。

与最初猛然一击相比,现在温柔多了。

秋叶仍然把里美抓在手里,但里美似乎放松多了。

起初,里美不能不感到害怕,这会儿似乎沉着多了。总之因为最初的冲击特别重,随着时间的推移,往后并不觉得多么重了。

瞬间的暴力过后,秋叶觉得里美的身子渐渐柔软了。

在魔吞第一次见到她时,看起来很纤弱,现在搂在怀里,她的身子似乎更瘦小了。

秋叶为了确认自己的感触,轻轻地抚摸她的披肩发。

当抚摸她的长发时,她一动不动地任秋叶抚摸,证明她有好感。吧女如果被她讨厌的男子触摸时,首先躲开上身,即刻摇摇头表示反抗。

女人的头发是最敏感的。触摸时的姿势在某种程度可以测知她的心情。

秋叶轻轻地抚摸里美的头发,一直摸到她的肩膀上,可是,里美的脸埋在秋叶的胸口一动不动。

里美丝毫不动弹,不知是害怕了呢,还是因为醉了,已无力反抗。

"我喜欢你。"

在这紧闭的房间里只有他们两人,秋叶由此得到了勇气,在里美的耳边嘟囔。要说的话自然不仅仅这一句,但这一句已表达了秋叶的全部心思。

里美的身子仍然靠在秋叶的身上,或许已经睡熟了,说不出话来。

秋叶抚摸着里美的肩膀,眼睛瞅着高速公路上由车流构成的夜景,他在考虑下一步如何把她抱到床上。

当然,要尽可能进行得顺利些,某种程度上得到她的允许才好。

此刻,秋叶最在意的是室内的灯光太亮了。门灯和窗户边的落地灯亮得耀眼。

最理想的是只开着落地灯。门口的灯必须走过去才能摸着开关,秋叶害怕走过去关灯时里美突然醒了,恢复了平静,说要回去,那就前功尽弃了。

说实话,秋叶在进屋前没想到能发展到占有里美的身体。只要进了屋,和她接吻已足矣。然而,里美避开接吻,像只小雏鸟偎依在母鸟身上,紧紧贴在秋叶的胸口,即使醉意醺醺,多少也是抱有好感。

里美的顺从重新燃起秋叶的欲望。

不管怎样,反正不能老这样站着。

秋叶再一次轻轻地抚摸里美的头发,吻她的耳朵根,右手插到她的背上,就这样一步一步向床前走去,里美的脸依然偎依在秋叶的胳臂间,被他拖着移动。

离双人床只有一步,秋叶紧紧抱住她,两人一起倒在床上。

"不……"

里美喊了起来,秋叶不去理会她,把身子压在她身上。

和一开始那样,此刻秋叶又表现出他的兽性,老是这样规规矩矩,结合不成了。说得明白些,瞬间的暴力是男女之间结合所必需的行为。

第二次暴风雨来临,里美拼命摇头,手脚乱动。

秋叶原以为她软弱无力,却遇到强烈的抵抗,待她的动作稍缓和时,秋叶一举把她制服。

里美的抵抗没持续多久,不多时用尽了力气,平静下来。

秋叶多少有点扫兴,松开胳膊,俯视里美。

秋叶原以为里美是个乡巴佬,没料到她穿着一件相当艳丽的内衣。胸前的一个纽扣解开了,但脸上还是一本正经,拒人于千里之外。

秋叶见状,把手伸向她的裙子,里美轻轻地哼了一声:

"别这样……"

那是乞求的声音,就像奴隶哀求皇上那样,叫人怜爱。

这哀求的声音更激起了秋叶的欲望。

里美已经不想反抗了,秋叶把手伸到裙子的下摆,里美一动不动,那态度等于说,您愿意的话,请便吧!

然而秋叶并不想一气达到目的,此刻当然也没有"佛心",里美说"别这样……"他还不得不在意。

"不行吗?"

秋叶简短的问话里含有各种各样的意义。是无论如何不肯把身子给我呢,还是再等一会儿,或者今天来了例假不方便。

秋叶又轻轻地抱住里美,吻了又吻,里美不张口,不作回答,默默地接受。

"不愿意吗?"

秋叶又一次问道,里美依然不作回答。秋叶把手缩回来,凝视她的脸庞。从里美那紧闭着的眼睑中渗出了泪水。

秋叶看到了一个宝贵的镜头。这眼泪非同一般,是年轻女人拼命克制自己的结果。

"你怎么啦?"

为了掩饰自己的掉泪,里美转过脸去轻声问道:"您真的要我吗?"

"当然咯。"秋叶只答应了一声,把话咽了回去,这样的答话太煞风景了。

秋叶把手伸向里美的肩膀,不再说话,没料到里美又轻轻地说了一句:

"您真要我的话,请您悠着点儿。"

"你答应了?"

"您把电灯关了,我脱衣服。"

说罢,里美去解内衣的纽扣。

秋叶站起来把门灯和落地灯全关了。

屋子里一片漆黑,只有窗口还透着光亮。

"电灯关了。"

秋叶说罢,跨进了洗澡间。

里美的话意思很明确,关了电灯我就脱衣服。她为什么转变得这么快还不清楚,但她确实是这样说的。

她既然说了,就不能不信她。

秋叶躲进洗澡间,为的是腾出时间让她脱衣服。秋叶拿过毛巾,擦擦汗津津的脓子,看见镜中的自己。

眼看快到五十岁了,脸上皱纹增多了,显得疲惫,两鬓也有了白发。某酒吧的女老板说,上了年纪显得苍老,这是正常现象,面容最能证明自己的年龄。

然而自己干的事与年龄相距甚远,还有兴致引诱年轻女子来开房间。

"算了,管它年龄做什么……"

秋叶嘟囔了一声,与此同时镜子里的脸也动了一下。几十年来看惯了的脸,因期待年轻女子和好奇心,泛起了红晕。

这哪像大学教师和评论家的德行。教导和批判别人前,先教育、批判自己吧。

"然而……"

秋叶又拿起毛巾擦擦脸。

要求女人的爱如此强烈,证明自己还有无穷的生命力。正因为身体健康、充满好奇心,才会向女人求爱。一旦对女人无所谓了,那男人不是雄性,仅仅是个温厚的人罢了。

"是男人,就得有雄性的欲望。"

秋叶自言自语,突然鼓足勇气,用左手去握门把手。

里美脱完了没有?

他推门进去,朝黑暗的房间扫了一眼。

没有见到里美的身影,秋叶慌了,仔细一看,里美躺在床上。

当眼睛在黑暗中习惯过来后,在晦暗的一角,双人床上躺着里美,她那身子把被单鼓了起来。

秋叶仿佛在做梦,走近床前,俯视里美。

里美已盖上被单,看不见她的脸,只有一头秀发散乱在枕上。好像已脱了衣服,旁边的沙发上整整齐齐叠放着她的衣服。

这是怎么回事?秋叶轻轻地叹了口气。

脱了衣服上了床,里美的意思很清楚,她答应让秋叶占有自己。

然而,秋叶对里美如此顺从反倒不知所措了。

如果里美再作小小的抵抗,反而有味儿。假如她高喊:我不……别这样……再哄她一哄,然后再来硬的。

可是,她如此顺从,反而觉得没劲,甚至觉得毛骨悚然。

"睡了吗?"

这不是明知故问吗？里美依然不作回答。

秋叶想,这难道是梦中的一幕？掀开被单,女人的身子不知去向,只留下头发,他顿时忐忑不安起来。

被单鼓了起来,头上是一头乌黑的秀发,但他不相信床上睡的是里美。

秋叶又去摸摸放在沙发上的衣服,确实是她穿的连衣裙,桌上放着项链和手表。

秋叶又一次俯视双人床,这才开始脱衣服。

说实话,秋叶虽和几个女性发生过关系,但今天这样的遭遇还是第一次。有的嘴上说,"我不嘛……""别这样……"待气氛稍为缓和后,总是允许男人去碰她;也有的怎么求她,就是冷淡地一口拒绝,丝毫不给进攻的空隙。

这样看来,里美简单多了。但并不简单,接过吻后,躺到床上,还在抵抗。过了一会儿,忽然想通了,表现出难以想象的顺从。

在黑暗中,秋叶再一次去触摸鼓起来的地方,然后慢慢地掀开被单,里美在床上缩成一团。

里美身上只留下贴身内衣。因为光线暗,看不清是什么颜色,好像是桃红色或米色。

秋叶看到她如此顺从,一时不知所措,他抱住缩成一团的里美。正像他意料的那样,里美的身子非常柔软。乍一看似乎很瘦削,实际一摸肉墩墩的,柔软、富有弹性。

"真感谢你……"

秋叶没有再说下去,这正是此刻他的心情。

就这样,即使没有冲破最后一道防线也满足了。假如里美只允许到此为止,那也行。到了这一步,也可使秋叶心满意足了。

然而,现实情况还想进一步。放弃了这么美的身体,太可惜了吧。

秋叶又一次紧紧抱住她,一只手从背脊往下滑去,从脖子到肩膀被黑发覆盖;再往下是柔软的内衣,手感很好;再往下滑,到了她的腰部;秋叶不再往下了,卷起内衣下摆,里美的臀部不大,但结实而有弹性。

摸过下身,秋叶的手又回到里美的胸口。乳罩和内衣连着,一时掀不开,秋叶在寻找搭扣,里美嘟囔了一声:

"在后面……"

秋叶停止动作,慢慢地抬起她的脸。

这话真是里美说的吗?还是房间里另有他人在偷看,提醒他。

然而,大饭店的客房,不可能有外人进来。

里美的脸转过去躺下,在黑暗中看不清她的表情,似乎闭着眼睛。

根据过去的经验,乳罩下面是内衣或衬裙,却没见过乳罩和内衣连在一起的。

难道年轻的姑娘流行这种款式?

秋叶感谢里美的亲切,她发现秋叶到处乱摸,心里着急,干脆告诉他在后面。

当第一次男人向她求爱,她全身像石头一样僵硬,却若无其事地告诉他,而且声音特别平静,令秋叶不可思议。

对秋叶来说,与其说知道了搭扣的位置,使他高兴,不如说,里美的声音使他兴奋起来。

从这句简短的话里,听出里美十分冷静,等待兴奋起来的男人。

想到这里,秋叶清醒了。

搭扣解开了,乳罩松了,秋叶兴奋了一阵子,又燃起新的好奇心。

秋叶似乎在抵制里美的柔声,反而粗暴地扯下乳罩,露出她的胸部。

里美的乳房并不大,却紧绷绷的富有弹性。一手可以抓过来,圆圆的,形状十分可爱。

秋叶抚摸了一会儿,用手指去摸她的乳头,里美羞涩地默不作声。

如此沉着的态度,激起了秋叶的残忍的心情。

假如再不动弹,那就得激烈地摇晃她。

秋叶抱起里美,手指摸着她的乳头,突然将嘴唇凑了过去。

其实,秋叶并不喜欢太大的乳房,觉得有压迫感,不觉得可爱,反而会令人扫兴。

乳房还是小一点好,至多一只手掌能抓过来,最舒服了。

此刻,秋叶把里美的乳房握在手掌心里,年轻女子特有的弹性和柔软,令人陶醉。

秋叶十分小心地抚摸着里美的乳房。

要是亮着灯,就能看见里美的肌肤。那雪白的肌肤因兴奋也许会变成淡红色。

手指和嘴唇的触感,发现里美的乳头和乳房一样,让人陶醉,一而再,再而三的刺激,乳头已像小拇指那样大了。

秋叶用舌头轻轻舐里美的乳头,里美非常平静,没有明显的反应。

正因为反应迟钝,秋叶反而感到新鲜,不过里美的态度实在太冷淡了。

里美闭着眼睛听任秋叶摆布,没有任何反应。

"可以吗?"秋叶忍不住了,终于问道。

里美只是把头转过去,不作回答。

里美刚倒在床上时进行了一阵子抵抗,此刻已精疲力尽,完全失去了反抗的意志。

最后,秋叶决心去解她的内衣,里美不作反抗,任他解开扣子。

秋叶把她的衣服全部脱光,里美只弯了一下膝盖,仍然非常顺从。

秋叶对她的顺从,反而不安起来。

难道她有什么企图?如此简单地把身体献了出来,会不会有不三不四的人从旁边窜出来?

然而,里美不像是坏女人。

秋叶打消了不安的念头,抱起了里美。

里美叹了一口气,轻轻地说:

"求求您,轻一点……"

秋叶一开始就没打算粗暴地对待她。这只好不容易飞到自己怀中的小鸟,费了多大劲才弄到手。

"你不用担心……"

秋叶轻声地回答,一时不知从何下手,伸手去摸她的背脊。

光着身子的里美似乎更加小了,柔软而小巧。

秋叶陶醉在这十分舒适的感触里,右手缓慢地往下滑去。

里美的膝盖抖动了一下,秋叶急忙停了下来,但这只是片刻的犹豫,继续往下滑,里美终于坚持不住了,张开了胯股……

秋叶充分地爱抚过后,欠起上半身,轻声道:"不要紧的……"

这话一半说给里美听,一半说给自己听,而对着这圣洁的少女,秋叶带着一种负罪感攻入了里美的身体。

里美发出轻轻的呻吟。

屋子里很黑,看不清她的表情,里美似乎皱了一下眉头,微微地张开了嘴唇。

然而,里美的反应非常短暂,只限于这一瞬间,接着就任凭秋叶为所欲为。

难得接触这样一个少女,自己精神十分紧张,而里美却表现冷静,好像她在说:"您愿意的话,请便吧。"秋叶忽然想到,这不是自己在唱独角戏,一个人瞎起劲吗?

或许是自己想得太多了,里美自己也不能不紧张,紧张过了头就不出声了。

即使如此,里美的态度也太平和了,秋叶交往过的女子,田部史子及其他女子反应都极为丰富多彩,更能激起男人的激情。

"行吗?"

秋叶本不想问,终于身不由己地说出了口。

原以为里美不会回答,没想到她娇滴滴地哼了一声。

"再来一会儿……"

秋叶觉得不可思议,没料到里美竟会如此率直,这说明她不是完全没有感触,刚才闭着眼睛,正是她陶醉在性结合的欢乐里。

听了她的话后,秋叶感到自己的体力开始萎缩,想到刚才只有自己一个人在使劲,不免有点滑稽。

秋叶不再动了,轻轻地吻着她的面颊,离开了她的身体。

里美仰躺着,闭着眼睛。

秋叶的欲望自然没完全满足,正上劲的时候,忽然被打断了,身子似乎轻飘飘地吊在空中。

但这样草草结束,秋叶也并不感到不满足,虽然没享受到快感,但里美能跟他上床,已经足够了。本来只想同她接吻,此刻能有如此成果,算是一大成功。

秋叶抱起全裸的里美,沉浸在快乐的余韵里。

仅仅一次的结合,里美似乎放心了,此刻她像雏鸟依偎在母鸟的羽毛下,紧紧靠着秋叶的胸口,一动不动。

"你……"秋叶顿了一下,"你喜欢我吗?"这是多么愚蠢的提问。现在她已经把身体献给了自己,温顺地让自己搂着,说明她并不讨厌自己。

再问她也不可能超越目前的状态,只要她不讨厌自己,就足够了。

秋叶想知道的是,里美有没有别的心上人。从今天的态度看,她不像有特别喜欢的男人,即使有的话,至多不过是普通的男朋友而已。

秋叶这一推测的根据是,里美的身体还没有被开发,虽然肉体已经和大人一样,但尚有未成熟之处。

然而,里美已经不是处女了,否则不可能如此轻率地允诺他。

但她绝不是靠肉体吃饭的女人。

男女之间到了目前这一步,可以推测出各自的历程。

但是,这也并不说明全面了解了对方。双方结合在一起,多了一份了解,但又出现新的不能理解的迹象。

秋叶漫无边际地胡思乱想,搂在怀中的里美抬起脸来问道:

"几点了?"

秋叶欠起上半身,看了一下床头柜上的表说道:

"11点半了。"

"我要回家。"

里美的声音很干脆,不像还躺在床上。

秋叶搂着里美的膀子松了一下,两人的脚还交叉在一起,秋叶缩回了脚。

"这么晚回去,没事吧?"

"反正我得回去。"

说罢,里美一骨碌爬了起来。

秋叶没有去管她,仰面躺着不动。

也许在黑暗中眼睛已经习惯了,里美的动作像幻灯片似的展现在秋叶眼前:她首先拿起散乱在床上的内衣,在床边蹲下穿上,然后拿起沙发上的连衣裙,进了洗澡间。

秋叶起身,穿上宾馆里的浴衣,一想不合适,改穿衬衣,套上裤子。

他们俩休息前,窗外的高速公路上汽车来来往往,煞是热闹;此刻汽车少多了,但东京市中心仍然灯火辉煌。

秋叶瞅着通红的天空,考虑该用什么方式和里美告别。

在这种场合,一般要给点儿钱,但这样做好像是用钱买了她的身子,不合适。最好是送一件里美喜欢的礼品,但已来不及了。

秋叶还没想完,里美已从洗澡间里出来了。

"开灯吧!"

拧亮窗户边的落地灯,里美羞涩地转过脸去,立刻转过来说:

"我回去了。"

"等一下。"

秋叶明知她要走,但这样放她走,太扫兴了。

"我送送你。"

"不,我一个人回去。"

里美已完全醒过酒来,刚才那红晕的脸庞,已恢复到平时模样。

"挺远的,是不是?"

"没事儿,我打的回去。"

里美的脸上没有留下房事过后的痕迹。发型和服装和来的时候一样,只是胸前的蝴蝶结仿佛小了一点。

"还能再见面吗?"

里美点点头,秋叶趁势塞给她一万日元。

"打的用得着。"

"可是……"

没等里美说完,秋叶用嘴唇封住她的嘴,拧开了门把手。

"我送你去。"

"真的没事儿。"

说罢,里美像从笼中放出来的小鸟,飞快地朝走廊跑去。

初夏

初夏来临,年轻女人们的脸庞上泛着白光。

从春到夏,随着季节的变动,为什么脸孔会变白呢?是因为天冷蹲在家里不见阳光之故,还是在新绿的衬托下显得苍白了呢?

这一个月里,大学校园里的景色和学生的表情,变得令人刮目相看。

沿着两旁银杏树的林阴路,秋叶向校门口走去。

下午3点刚过,一个月前西边有钟楼的礼堂前太阳已西倾,而现在太阳还在当空。

秋叶刚出校门,几名学生向他行礼。

他记不清面孔,但肯定是听他讲课的学生。其中女生的额角,在绿叶反衬下,显得苍白。

秋叶每次都随便选择自己得意的课题讲课,学生听讲的不少,西八号能容纳300人的大课堂几乎座无虚席。

一个月两次,似乎少些,用评论家的头衔能招徕人,学生怀着好奇心前来听课。

今天秋叶的讲题是"世阿弥"。

这位中世纪杰出的"能乐师"①留下《风姿花传》等许多著作,其中《隐秘之花》是有名的一章。

从人类的所作所为来看,可谓五花八门,包罗万象。隐秘一点才有妙趣,过分暴露,便没什么魅力了。

它的真谛,与"能"的深奥的意义相通。只有隐秘,才能窥视艺术的真谛。

秋叶感叹《世阿弥》这篇短文写得深奥、有味。

人也罢,花草和其他生物也罢,凡是极力想表现自己,超过了一定限度,就会使观众扫兴,减弱了它本来所具有的魅力。

隐秘之花是和女人相通的。

秋叶考虑着讲课的内容,想起了里美。

难道里美就是隐秘之花么?

照实说,秋叶对里美的印象是逐渐变化的。

初次和她约会时觉得她软弱无力,即所谓隐秘之花的风情,而后接吻、上床,她主动脱光衣服,直到触及她最敏感的地方,她没有进行反抗,这一连串的动作,和隐秘之花的印象稍有不同。

那么,里美究竟是什么样的人呢?

世阿弥在文中的后面一段中说:"不隐秘,不能成为花……"

真是这样吗?也许确有这样的倾向,但能说这绝对好吗?

正如他后一段中详述,不隐秘不能成为花。那么不仅是花,人的容貌、艺术、才能也是如此,堂而皇之表露在外面,强烈地表现自己,那就不能成为"花"了。

诚然,这种说法是日本式的感想。万事自谦、谨慎、深邃、典雅,没

---

① "能"是日本古代的戏曲。"能乐"是伴奏的音乐。

有比这句话能表达日本人的性格了。

所谓日本人的性格,是由世阿弥的能乐来完成的,绝非言过其实。

然而在西欧,不但不提倡隐秘,反而将一切都露于表面;不讲自谦,而提倡表现自己;不讲消极,而主张积极;不讲沉默,而主张雄辩。

假如有压倒一切的美丽的花,压倒一切有能力的人物,压倒一切优秀的艺术,即使不隐秘,难道不能成为花吗?

想到这儿,秋叶又想起了里美。

应该说上了床,里美不能说是谨慎的。从日本式的典雅来观察,她自己脱衣服,告诉搭扣的位置,甚至有点令他扫兴。

里美的态度并不和隐秘之花完全相同。不仅如此,她顺从地脱掉衣服,接受男人的爱,也是羞羞答答的,令人怜爱。

应当说适度的隐蔽,又适度的暴露,绝妙地保持平衡,最讨男人喜欢了。

仔细想来,"不隐秘,不能成为花",这是多么日本式的感想。

谦虚、谨慎,是日本人长年培育成的美学基础。日本人的信条,对待一切事物都不过分,适可而止。

……

讲完课,正好下午 3 时。

讲课时间从下午 1 点到 3 点,每次讲课秋叶总是充分利用时间,不到 3 点不下课。

这所大学里的朝井教授,是秋叶的同级同学,是他请的秋叶,至于报酬是无所谓的。朝井说,作为大学,虽给了最高的报酬,去掉来回路费,或许会出现赤字。

秋叶一开始没打算能挣什么钱,借着讲课名义,一个月去京都两次散散心而已。

来到京都,可以欣赏寺院、楼台亭阁,领略当地的风土人情,自得其乐。

然而,这次来京都讲课,并不单纯为了游玩寺院。

昨夜,秋叶去了"魔吞",把车票直接交给了里美,下午3时从东京站发车,6时10分抵达京都。

今天,他一边讲课,一边惦记着里美。下午2点,正讲了一半,他在想,此刻里美准已离开家,去东京站八重洲进站口。

讲课完毕,正好3点,他给里美打电话,当然没人接电话。

过了3点,里美应该坐上新干线了。

秋叶约里美来京都是在一星期前。

他在京都的大学讲课,原则上定于隔周的星期四。不是休息日,或许里美离不开酒吧,没想到一约她,她就干脆地点了点头。

"真的带我去吗?"

里美从来没有去过京都。

"不是休息日,能请假吗?"

"当然不太好请假,找个借口吧。"

里美找什么借口,她没对秋叶说,只告诉他,女老板准假了。

"京都比东京暖和吗?"

"冬天冷,夏天热,现在的季节和东京差不多。"

秋叶心里还在嘀咕,里美不要穿着一身土里土气的衣服来京都,不过最近里美的观念似乎也更新了。

"京都是个古城,穿一套较为朴素、淡雅的服装也不错。"

拿古都做幌子,秋叶嘱咐里美穿一身自己喜欢的服装来。

秋叶来京都常住三条附近鸭川边的旅馆。他要了一间朝东的房间,从这里正面的东山到比睿山尽收眼底,鸭川就在眼前流淌。

待在房间里就能欣赏京都风情,坐下来,自然而然会感到来京都的氛围。

缺点是这家旅馆稍小一点,临时预订恐怕要不到房间。

有时候,秋叶就下榻在东山高台寺附近的日本式旅馆。这儿离八坂神社的参拜路很近,十分幽静。早晨,被知恩寺一带的寺院的钟声吵醒。

然而这家旅馆离大饭店较近,生意不太好。四十来岁的女老板干着不带劲,早早就打烊,回来晚的客人感到不方便。

里美初次来京都,最初秋叶考虑和她一起住那家和式旅馆,可是带着年轻的女人,他还有点儿抹不开。

害怕有人取笑他:"秋叶先生最喜欢年轻的女人。"

于是,秋叶决定下榻鸭川河畔的旅馆。

侍应生领他到房间里,拉开窗帘,低矮的民房展现在眼前,再往远处,便可望见东山,从起伏的山势再向远处眺望,便是色彩和谐的比睿山。初夏下午的天空中鲜明的色彩展现在眼前。

秋叶望着这美丽的景色,伸了一下懒腰,脱掉西服上衣,穿着衬衣和裤子仰卧在床上。

平时在这时候,要么直接回东京,要么住一宿,随心所欲地游览东山一带,参观美术馆。有一次还去过位于九条的脱衣舞剧场。

今天在里美到达之前,他哪儿也不想去。

再过三小时,里美肯定会出现在这个房间里。

秋叶回想,打那回吃酱鲐鱼后去开房间,已经过去近一个月了,之后秋叶去过"魔吞"三次,但没有向她求爱。

如果请求她,或许她会答应,然而只做一夜夫妻,就把她当作自己的玩物,对里美来说,未免太残酷了。

这样一想，还是大方些，以从容不迫的态度对待她，或许会赢得里美的好感。

秋叶不着边际地胡思乱想，仰卧在双人床上，不知不觉地睡过去了。

或许是今天早晨意识到要来京都，早早起床的缘故。

睡得正香，电话铃响了。

拿起听筒，原来是田部史子。

"您果然在啊！"

以前史子和秋叶一起来过京都，她知道秋叶下榻的旅馆。

"今天您不回东京了吗？"

"是的，今夜大学同学聚会。"

他回答很自然，但仍然有点前言不搭后语。史子沉默了。秋叶问道：

"有什么事吗？"

"没有什么大事，您还记得今天是什么日子吗？"

秋叶一时想不起来了，事前没有同她约会，又不像是史子的生日。

"已经忘了吗？"听史子的声音，似乎恨得咬牙切齿。

"今天是您应该记得的日子。"

"应该记得？"

"去川奈……"

"啊……"秋叶拿着听筒，不由得喊了起来。

秋叶和史子认识后，第一次出去旅行，目的地是伊豆半岛的川奈。从那以后，他们约定每年这一天一起吃顿饭。

"前些日子还想到的……可是……"

秋叶想找借口搪塞，但在聪明的史子面前是瞒不过去的。

"早知道您要去京都,早些告诉我不就得了?"

秋叶听了她的话,发现自己脑子里只有里美,连想都没想过史子。如果早些想起来,他也不会约里美来京都,对史子欠情欠意。

"看来,您今天回不来了?"

"对不起,今夜无论如何脱不开身,因为我的同学下月去美国。这样吧,等我回东京后再补偿,和你团聚,如何?"

"不用了。祝您在京都过得愉快!"

史子郑重其事地说,挂断了电话。话虽温和,从她的口气来看,或许她已有察觉。

秋叶放下听筒,坐在靠窗户的椅子上,眺望东山的景色。

明亮的太阳,过了下午4时,渐渐暗淡下来,眼前鸭川河畔的柳树倒映在河堤上,两个孩子在追赶一条狗。

秋叶眺望少年背影,点燃了香烟。

刚才的电话着实让他吃了一惊,与里美在京都幽会的日子和史子初会纪念日碰在一起,虽然是巧合,但也带有讽刺意义。

早知道这样,三天前该通知史子,去京都讲课后有约会,回不了东京就好了。

然而,一开始脑子里就没装这件事。

聪明的史子不会轻易暴露,但内心一定气得要命。

"哎……"

秋叶嘟囔了一声,想起了史子的肉体。

史子四十刚出头,身上没有多余的脂肪,身材匀称,个子比里美高些,服装非常得体。

然而,胸部和腰部的肌肉已经松弛了,精心化妆过的脸,浮现出微微的皱纹。这些远远不及里美了。

不过，从整体来看，史子的气质明显高于里美，史子的五官端正，身材匀称，无可挑剔。

当初，秋叶被她的聪明所打动，如今却成了沉重的负担。

这沉重的负担源于和史子在翻来覆去的性交流中积累下的疲惫。

总之，现在秋叶和史子不常约会，过去一星期一次，或一起吃饭，或上床，最近已不常见面了。

其原因，秋叶从7月起在某杂志连载《才能论》，此刻正忙于准备工作，同时对史子已有了轻度的"厌倦感"。其证据：他一个月要去"魔吞"三次，打电话给里美的次数自己也数不清了。

精明的史子不会觉察不到吧，但她不一定知道秋叶身边已有了年轻的女人。

假如史子得知秋叶被一位比她小二十多岁的年轻女子弄得神魂颠倒，她会采取什么态度？

不用说，史子自然会火冒三丈，秋叶倒想看看那时史子是一副什么样的嘴脸。对自己的下意识，秋叶也感到吃惊。

秋叶躺在床上迷迷糊糊地睡了一会儿，醒来一看，已4点半了。

里美乘坐的新干线6点前就抵达京都站，他约好去车站接她。

秋叶穿着翻领衬衫和夹克，打扮较为随便，5点半离开旅馆。

傍晚，京都狭窄的马路相当拥挤。这棋盘式的格局，过去规划得还算整齐，现在汽车多了，十字路口也多了，反而显得混乱。

秋叶从木屋町大道往南，穿过河原町大街到达车站是6点10分。他原以为从旅馆出发至多20分钟就能到达，自己想得太乐观了。

秋叶买了站台票，登上台阶，又乘自动电梯上了站台。

从东京来的列车刚到站，乘客们熙熙攘攘地走来，却没发现里美的身影。

他上了站台,新干线立即发车了,站台上还有几位送行者,这儿也没见到里美。

里美该来了,他给她买了头等对号入座车票。这时该露面了。

难道临时有急事来不了啦?那也应该打个电话来,他把旅馆的电话号码都告诉她了。

秋叶朝站台扫了一眼,又向用玻璃墙隔开的候车室窥视,也没有。无奈下了自动电梯往检票口走去。

如果里美不来了,那自己待在京都干什么呢?

想到这儿,秋叶有点沮丧了。他上了中二层的站台寻找里美的踪影,也没找到。他又回到了检票口,心已凉了一半。再回到站台,发现头等车停留的位置,一个年轻的女子伫立在那里。

"啊!"

秋叶不由自主地举起了手。

原以为里美不会来了,里美却意外地出现在眼前,想想自己这副模样,一定很可笑。

里美穿着蓝色翻领的水手服,下身是超短裙,仿佛立刻要向海上进发。

秋叶跑过去,用责问的口吻问道:

"你什么时候来这儿的?"

"刚来,刚才我下车时,没看见您,我下了台阶去找,没找着又回到这儿。"

"总之,见到你就万事大吉了。"

秋叶刚才差点绝望了,此刻见了里美,真想紧紧地抱住她。发现她穿着水手服,一时不知所措。首先这蓝白相间的衣服太显眼了,加上超短裙只及她的膝头,显得很不协调。

里美为了来京都一定是煞费苦心打扮了一番,可是在这幽静的京都,她这身打扮太不协调了,真不好意思带着她出站。

"刚才,我东想西想,不知如何才好。"

里美终于露出了笑脸,肩上背着一只大布袋。

"走吧!"

他俩乘自动电梯,下了台阶。秋叶朝四周扫视,说不定会在这儿遇上大学里的老师或学生。秋叶比里美先走一步。如果肩并肩走,会被认为是对恋人。一前一后,至多被认为叔叔和侄女,甚至父女俩。

"刚才我在站台上看到了和尚,心想,真的来到京都了。"

里美自由自在地说,肩上背着大布袋,跟在秋叶的身后。

出了检票口就是出租车停车场,秋叶避开排着队的小型车,坐上较为方便的中型车。

到此为止没有碰到一个熟人,问题在到达旅馆之后,双人房间原来就是供两人过夜的,然而如此豪华的档次,自己也觉得不好意思。

"你这布袋里装的什么东西?"

"洗漱用具和替换的衣服。"

里美将额角贴在车窗玻璃上,眺望夕暮京都的街头。

"这儿是河原大街,是最热闹的地方。"

秋叶在一旁说明,里美点了点头。

这是个暖和的春宵,大街被车流堵住了,两旁的人行道上行人熙熙攘攘。

"你的真名叫什么?"

"……"

"因为进旅馆要登记的。"

和女人开房间有各种各样的写法,如和妻子一起来,当然写"妻,

×子"。其他女性便有点麻烦,堂堂正正写上两人的姓名,那没有问题。如果有所顾虑,则写上男的姓名,后面注上"等两人"。和史子开房间时,就这样写,有时写"妻,史子",即使没有结婚,年龄相仿,总服务台不会怀疑。

然而,和里美在一起,该怎么写呢?

如果可能的话,什么也不写就默默地先进房间,可是里美的样子太扎眼,背着一个大布袋,完全是旅行者的打扮。这旅馆不大,就这样通过总服务台,马上会被认出来。

秋叶这才后悔来这家总服务台都是熟人的旅馆。

迄今人们都把自己看作是从东京来京都讲课的大学老师,带着一个年轻的女人来开旅馆,会破坏自己的形象。

可是,里美不会知道秋叶的这种心情。

"我叫 Yajima Kiriko。"

"Yajima Kiriko?"

"八岛加上夜雾,这名字有点怪吧?"

"没,没有什么怪。"

"当时,正好父亲去了多雾的钏路,所以起了这么个名字。"

里美说到这里,秋叶看着她的侧影,多么柔弱,正符合"雾了"这个名字的形象。

"那么为什么在酒吧里叫里美?"

"我觉得用真名有点不好意思,和女老板商量后给我起了个'里美'这样漂亮的名字。老板说以前也有一个叫'里美'的女孩子。"

"这倒挺简单的。"

"您看哪个名字好?"

"这个……"

迄今为止,"里美""里美"叫惯了,可是雾子这名字似乎也不错。

汽车到河原町大街三条往右拐,从这儿就能看见旅馆。秋叶顿时拿定主意,说道:

"你到了旅馆,从边门进去。"

旅馆除正门外,南边还有一扇边门,从这儿通往地下餐厅和小卖部。

"你下到地下室,从那儿乘电梯到六楼,我在楼上等你。"

"电梯在哪儿呢?"

"到了地下室小卖部的通道,往右一拐就是电梯,只有一个。"

用这个方法,里美不必通过总服务台。

"大厅里常有大学里的人,我不愿意和他们照面。"

他不说你太年轻了,服装又不合时宜,另外找个理由搪塞。里美顺从地点点头。

因为干着酒吧,这点机灵劲儿该会有的。

汽车开到旅馆门口,里美背着大布袋从边门进去。

秋叶目送里美进了边门,自己由正门进去,从总服务台拿了钥匙。

"您回来了。"

总台的小姐轻轻地向秋叶点点头,看来她不会怀疑秋叶从地下室带进一个年轻的女子。

秋叶乘电梯上到六楼,等了一会儿,里美从电梯里出来了。

"你马上找到了吧?"

"唔,这旅馆不大。"

里美在和上次去过的东京的大宾馆作比较。

从电梯往右一拐,最里面是秋叶的房间。

他插上钥匙开了门,里美随后跟进来。有了上回在东京开旅馆的经验,里美似乎放松多了。

"哇！真漂亮！"

里美径直朝窗口走去,眺望着夕暮笼罩的东山。秋叶望着她的背影,关上了房门。

到了这儿,平安无事了,不用再担心遇上外人,完全是两人的世界。

"你来得正好。"

秋叶走过去,从后面抱住里美。

里美没有思想准备,踉跄了一步,立刻投入秋叶的怀抱。秋叶抚摸她柔软的身子,轻轻地一吻,凑在她的耳根轻轻地说道:

"往后就叫你雾子吧！"

里美的小脑袋埋在秋叶的怀里,轻轻地点点头。

重逢的接吻已经完毕,不用着慌了。

"这就吃饭去吧,难得来京都,就不吃酱鲐鱼了吧,来一点精美的日本菜肴如何？"

从此刻起,就按秋叶的安排进行。

"你带别的衣服了吗？"

"带了。"

雾子从大布袋里掏出衬衣和西服裤。

"这不行吗？"

"不,我没说不行……"

雾子以为她这身打扮最时髦了。说句客气话,或许目前正流行这种款式,但与第一流的旅馆是不相称的。

"那好吧,先去买衣服吧！"

"谁的？"

"当然是你的,作为旅行的纪念,我送你的礼物。"

"……"

"服装专卖店这时还没打烊吧。"

雾子不由得一愣,急急忙忙做外出的准备。

"我们还要回来,只拿手提包就行了。"

可是雾子只有长背带的坤包。

"我先去要车,你还是在刚才那个出口处等我。"

虽然出旅馆不如进旅馆那样扎眼,还是分别行动为好。

秋叶在正门坐上车,到边门口迎接雾子。

"你的身材买成衣没问题。"

"是的,我的个子小一点……"

"到处看看,总会有的。"

"真的给我买吗?"

雾子半信半疑,秋叶则是认真的。

去时装店买漂亮衣服,让雾子打扮得漂漂亮亮的,这是秋叶的一番心意,同时按照自己的愿望,让她打扮得顺眼些。

上哪儿去?心里没底,他想河原町大街总会有一两家时装店吧。

恰好出了三条,秋叶瞥见一家大型妇女服饰店,便命司机停车。

中年男子后面跟着一位穿超短裙的年轻女子,这奇妙的组合引起了店员的好奇心,饶有兴味地招呼他们:

"请进!"

秋叶调整一下情绪,朝店堂阔步走去。

"这一套怎么样?"

秋叶指着右边模特儿穿的一套浅咖啡色的套装,裙子稍紧些,上衣领子镶着绣花边,配上淡黄色的衬衣,非常漂亮,整个形象雅致、大方,显露出女性的妩媚、温柔。

雾子一时不知所措。

"这样漂亮的衣服,我从来也没穿过。"

在酒吧上班时,她穿连衣裙,外出就穿这身水手服加超短裙。

两人挑选时,店员走近来。

"合适的话,请穿上试试。"

雾子仍然一脸困惑的表情。秋叶也劝她:

"穿穿看。"

"这是几号?"

"这是9号,也有7号,请……"

雾子朝秋叶瞟了一眼,朝试衣室走去。秋叶一个人无所事事,朝周围扫视一番。

这家妇女服装店,顾客尽是女性,左首有一位中年男子陪着一位夫人模样的女子,也是无所事事,不知手往哪儿放。

"在这样的地方转悠,真不是好滋味。"秋叶自言自语道。这时,雾子从试衣室里出来了。

"怎么样,非常清爽,正合你的身材。"

雾子还拿不准这套衣服是否合适,站在镜子前,转过来转过去,前后左右打量,回过头来朝秋叶瞟了一眼,意思是:"您看呢?"

"太好了。"

秋叶一向不喜欢女人穿西服裤。任何女性,穿和服最高档、最雅致,其次是穿裙子,至于西服裤、牛仔裤,他最不喜欢了。

当然,人人都有各自的个性和爱好,但服装合适与否则是品位问题。除了细节以外,首先是和服,其次是裙子,再次为裤子,这个顺序是绝对的。这样的感受,与男人的年龄、社会地位、趣味无关。

任何男子都愿意自己喜欢的女人穿和服。其他女子穿着和服也另眼相看。比如去日本料理店,哪怕女招待穿毛料的和服,这家店也是高档的。

男人们为什么如此喜爱和服,因为和服中潜伏着刺激男人的梦想、情欲。

束着好几条衣带的和服的身姿,那叫"抑制美"。雪白的领子,紧紧的下摆,再束上衣带,全身被裹了起来,隐藏着女性的内在美。

一旦解开衣带,一件一件脱去,露出胴体,会激起男人的幻想。

与此相比,裙子略逊一筹,即使中世纪贵夫人穿的宽大的长裙,高价面料的喇叭裙,也不会让人产生和服的梦幻。裙子虽然豪华,但缺乏和服那种隐藏的艳丽。

话虽如此,但紧身的、非常合体的裙子另当别论,配上清爽的衬衣,也还有几分艳丽。

不管怎样,裙子也有能使男人产生梦幻的因素,如果由下往上看,也能激发男子想象力。

然而,裤子最让人扫兴了,只是有行动方便这一优点。

对女性来说,作为工作服,裤子是无可挑剔的。

具有合理性的裤子只是穿着便利,却丝毫不会激起男人的想象力。

总而言之,男人自己一天到晚穿腻了西服裤,再强加给女人,样子再好,也丝毫不会有兴味。

反过来,男人穿上裙子,女人们也不会叹服的。

雾子一时还习惯不过来,迄今一直是年轻人的打扮,一下子让她换上正规的套装,觉得有点别扭。

可是雾子已经二十三岁了,老穿水手服、超短裙或紧身裤,与年龄不相配了。

"怎么样？多么清爽得体,很合你的身材。"

雾子以前的衣服恰恰缺少的是"清爽",连衣裙也罢,紧身裤也罢,讲究的是"时髦",整个形象缺乏清爽感,胸部的装饰物也过分夸张,有点儿土气。

最近,年轻女子的时装过分花里胡哨,缺少魅力。百褶裙和喇叭裙流行了一阵子,真正穿出品位的极其少数。比如裙子下摆的花边,即使花样不断翻新,却很少有人去考虑自己的风格,乱穿一气,只能给人以邋邋遢遢的感觉。

一句话,不考虑自己的条件,一味赶时髦,才会有这样的结果。

所谓"时髦"是服装设计师和厂家为了推销自己的产品,强加给消费者的,其次才考虑品位。

年轻人追求新奇,对"时髦"特别敏感。其结果,只能被"时髦"所俘虏,没有信心去强调自己的品位。本来嘛,首先要重视自己的个性,不要去管"时髦",坚持自己的爱好。

秋叶在大学讲课,自然会见到许多女学生,他本想谈谈自己的感受,因为也有男学生听讲,只能作罢。

当然,所谓"时髦",应该包括在秋叶所专攻的"美学"的范畴内。今后美学的课题应该去关注一下"俗"的现象。

简言之,品位高低,集中到一点,在于外表是否"清爽"。外观"清爽",品位就高,反之,品位则低。

此刻,秋叶希望尽可能让雾子提高品位。为了提高雾子的品位,多少破费一点也在所不惜。

"就这一套吧!"

雾子站在镜子跟前,秋叶在一旁催促道。

雾子的体型穿7号较为合适。

一般9号是标准尺寸,稍小一点合乎雾子的身材。

"那好,我给您包起来吧。"

秋叶制止店员说下去,对雾子说:

"别脱了,就这样穿着吧。"

雾子不由得一愣,店员立刻点头道:

"挺合身的,就穿着吧!"

两个人如此劝她,雾子又站到了镜子前面。

雾子一时不知所措,别人送的礼物,马上就穿上,不太好意思,而秋叶一定让她穿。

"还是穿套装合适。"

雾子不再吱声,嘟囔了一声:

"可是,这皮鞋……"

雾子此刻关注的不是衣服了,而是皮鞋。她现在穿的是平跟鞋,和套装不大相配。

"那好,去买双高跟鞋。"

衣服换了,没想到皮鞋,秋叶发现自己太粗心了。

"走,马上买鞋去。"

"这个……"

雾子又一愣。皮鞋和衣服不相配,光买衣服,意义就不大了。

"不知道皮鞋店打烊了没有?"

店员听见秋叶和雾子的对话道:

"对门有一家女鞋店。"

秋叶一想,衣服、皮鞋都有了,下一步是腰带和耳环了。

"对,再到别处去找不值当的,就在这一带买齐了吧。"

"那好,我给二位当向导。"

店员微微一笑,拔腿就走。秋叶跟在他后面,觉得自己十分可笑。

夜色已降临,霓虹灯开始闪烁。突然急急忙忙去买衣服、皮鞋,当场穿上;掏钱的是中年男子,"变化"的是年轻女子。店员在一旁微笑,或许他觉得这状态不免有点滑稽。

秋叶平时很少注意女人穿的皮鞋,即使高跟鞋也是多种多样的。

雾子也是第一次,不知如何选择,最后买了一双8厘米高跟的黑皮鞋。

雾子长得挺匀称,但个子不高,穿了高跟鞋,整个就协调了。

"怎么样?"

雾子羞涩地穿上鞋,向秋叶问道。

"太漂亮了。"

淡咖啡色的套装,穿上高跟鞋,比刚才水手服加超短裙好看多了,显得落落大方。

从上衣的领口窥见花衬衣的朵朵小花,十分可爱;转过身来,套装裙子的褶子也显得很艳丽。

转眼之间,那个小姑娘变成楚楚动人的美女了。

"穿上高跟鞋走吧!"

秋叶掏出信用卡,忽然发现放在旁边的坤包。

这是雾子背来的,为的是和她那超短裙相配。现在穿上套装,就不协调了。

"这个坤包和这套衣服不相配了。"

秋叶说罢,店员克制住窃笑,说道:"您要买手提包的话,这儿也有。"

雾子惊愕地睁大眼睛,意思是还买吗?

可是,到了这一步,秋叶只能顺水推舟了。

"那好,请把手提包拿来看看。"

带年轻女人购物,需要勇气。史子则另当别论,和雾子这样年轻女人在一起,在旁人眼里,自己肯定是个色鬼。

事到如今,再遮遮掩掩已经晚了。

在众多的手提包中挑来挑去,挑花了眼,最后终于接受店员的建议,买了一只小型的黑色手提包。

"这回一切都全了。"秋叶赞叹地说道。

瞬间变成美女的雾子大大方方地站在他跟前。

"真漂亮。"店员在一旁欣赏、赞叹。雾子满意地点了点头。

出了店门,晚风迎面扑来,已不感到春寒。还不到夏天的炎热,初夏的微风,给人以舒适、畅快的感觉。

"多谢您了。"

来到大街上,雾子向秋叶深深一鞠躬。右手提着大布袋,装着刚换下来的衣服。

"不……"

突然接受郑重其事感谢的秋叶一时还抹不开,立刻将话题转到服装上。

"穿了这套衣服,才是清爽大方的美女了。"

"这都托先生的福。"

"往后不要叫'先生'了。"

两人已经上过床,再叫"先生"那算什么!可是叫"秋叶君",又太见外了;叫"大三郎君",落后于时代;像妻子称呼夫君那样叫"当家的",那多难听。翻来覆去想了半天,找不到适当的称呼。

"你这身打扮去'魔吞',女老板会认不出你来。"

"是吗?"

"过去一直没有这样打扮过吗?"

"我也想过,总觉得和自己不相配。"

"你的相貌很端正,特别适合穿高档时装。"

秋叶回过头看了一眼雾子烫过的头发。如果有一头长长的披肩发,那更漂亮了。可那不是今晚能办到的。

"你瞧,擦肩而过的人们都回过头来瞧你哩。"

雾子承认这不是秋叶的客套话,眼前的行人都注视着她。

"往后,你打扮得稍为老气些,现在年轻女人太花哨了,装束郑重些反倒引人注目。"

"那可不得了啦。"

"为什么?"

"皮鞋啦、首饰都得配齐,那得花多少钱?"

"没关系!"

为了把雾子打扮得漂亮些,花多少钱也在所不惜。

秋叶沉浸在将雾子变成赶上时代的淑女的欢乐里。

刚才走出旅馆时,准备去赏花小胡同口的一家小小的日本料理店吃饭。现在秋叶改变了主意,决定去东山高台寺附近的一家大饭庄。

最初雾子的那身打扮,使他的心凉了半截,现在换上了套装,到哪儿也不逊色。

打电话过去,得知有空位。进去一看,只有两位中年客人在门口的吧台边。

"请进!"

女老板和颜悦色地迎接他俩,她的眼睛直盯着雾子。

"好久没有见到您了,又上哪儿寻花问柳去了?"

女老板知道秋叶一个月两次从东京来京都讲课。

"哪儿也没去,那一回休假,上一回没住下,马上回东京了。"

"真的吗?京都这地方小得很,马上会打听出来的。"

女老板问秋叶喝什么酒,秋叶只要啤酒和日本酒。

"还是这吧台让人沉住气了。"

说是吧台,其实脱了鞋,坐在榻榻米上,脚可以伸进去,不用盘腿,和一般客座毫无二致。

女老板斟上啤酒,直直地盯着雾子。

"多么年轻漂亮啊!"

雾子知道说的是自己,耷拉下眼皮。

"从东京来的吗?"

"是的,有点儿工作上的关系。"

女老板窃笑着点点头,秋叶顿时沉不住气了。一年多以前,他和史子来过这儿,机灵的女老板立刻觉察到史子是何等人物。此刻不知她如何看待雾子,说是工作关系,对这位老板是瞒不过去的。

"看来,还是东京的小姐会打扮啊。"

女老板说的是客套话,雾子听了并不觉得有什么不舒服。

这饭庄分楼下楼上两处雅座,进门的吧台是附加的设施。

"你挺忙的……"

秋叶朝里面扫了一眼,示意女老板可以退席了,可她沉住了气。

"对了,前些日子能村先生带了三位客人来喝酒,也说是工作上的关系。"

去年秋天,秋叶和能村来过这儿。

"我怎么不知道呢?什么时候?"

"一星期以前,好像是上星期三,我这么说他,他该打喷嚏了。"

"啊……"

说不定能村已经泄露给女老板,此刻再说雾子是工作上的关系已经晚了。

"那家伙嘴臭!"

"难道他说您不中听的话了?"

"那倒没有。"

"我失陪了,您慢慢用。"

说到节骨眼上,女老板知趣地告辞了,向雾子微微一鞠躬。

女老板一走,留下秋叶和雾子,秋叶拿起菜谱扫了一眼。

"你想吃点什么?"

雾子初次来这样高档的饭庄,再说初次来京都有点紧张。

"这时节,香鱼才上市,尝一尝如何?"

虽然这时候的香鱼还很小,但很嫩,秋叶今年还未尝过。

"还想吃什么?"

秋叶把菜谱递给她,雾子瞧了一会儿,却提了个毫不相干的问题:

"刚才女老板说的能村先生,就是常去'魔吞'的那一位吗?"

"是的,他来过这儿,还不敢对我说,真是个莫名其妙的家伙。"

秋叶和雾子来京都也不会对能村说的。

"多漂亮啊。"

这回雾子指的是女老板。

"不年轻了,过了四十岁了。"雾子叹服地点点头。

秋叶带史子来这儿吃饭时,见了女老板,史子立刻燃起了轻度的敌意;雾子不会有这种感觉,年龄差别太大,不会成为竞争对手。

酒烫好了,秋叶拿起酒壶给雾子斟酒。

"还是用玻璃杯盛酒方便。"

秋叶半开玩笑地说,雾子用手指敲敲桌子,表示谢意。

一直拘谨的雾子,突然学起调皮来,秋叶觉得挺新鲜。

"来盘生鱼片吧!"

厨师问秋叶。秋叶点了海鳗生鱼片。

京都本来是远离大海的内陆盆地,海鲜并不多,如今交通便利,无论去何处,都能吃到海鲜。但京都人依然不太喜欢海鲜,所以在京都吃不到上等的生鱼片。

然而,京都的烧烤比较出名,因为这儿海鲜不多,要发展饮食业,就得在烧烤上下功夫。因此厨师的手艺远远胜过其他城市。

与此相反,北陆或北海道得益于海鲜,不必在做菜上多讲究,所以没有什么名菜,厨师的手艺也差。

"你赶紧吃一点。"

秋叶说了一套"菜经",发现雾子没动筷子,只是诧异地注视着先端来的菜肴。

"吃吧,多吃一点。"

"这玩意儿太可爱了!"

雾子的跟前放着笼屉,里面是蚕豆,用各种颜色的海带裹起来,体现了京都菜的特色。

此外还有云丹豆腐、炸杜父鱼,菜配得非常好看。

云丹豆腐原以为是附近的豆腐店批发来的,再加上些琼脂,一问厨师,说是用做豆腐皮的副产品——豆乳用卤水一拌而成的。

一进入5月,一定得上粽子。解开它很麻烦,但乐趣就在其中,厨师手艺越好,包得越紧。

秋叶调侃说,京都的厨师一定是闲得没事,他们用食品来显示文化,与其说讲究味道,还不如说讲究排场。

"杜父鱼可能是从附近的鸭川捕来的,再用油炸。"

秋叶夹了一条小鱼给雾子看。

"这杜父鱼喜欢藏在岩石底下,好几条挤在一起,能推动小小的岩石,一逮就是一大串。"

雾子稀奇地用筷子把鱼翻过来看看。

"用油炸,味道怎么样?"

"奈良炸鱼,用的是淀粉,再拌上小麦粉和鸡蛋,相当费事。"

雾子叹服地点点头,夹起鱼慢慢地往嘴里送,心想,这么费事的食品,一口气吃掉,太可惜了。

"先上桌的笼屉里的糕点是厨师的绝活,如果这一道重要的糕点不行的话,那这家店就没有买卖了。"

秋叶拿起酒壶给自己斟上酒,雾子赶紧伸过手去。

"不用了,今天我做东,你是客人。"

秋叶给自己的杯子斟满后,又给雾子斟酒。

厨师拿着一只大笊篱放到吧台的一端,笊篱上铺着竹叶,上面放着十条小香鱼。

这家饭庄当着顾客的面进行烧烤,盛在小碟子里,端到顾客面前。

"这小香鱼最可口了。"

厨师抓住一条香鱼,在鱼眼部位,用手指头弹了一下。

"这是做什么?"

"让鱼昏过去。"

把活鱼用网捞上来,鱼还活蹦乱跳的,活着杀死,能保持鱼的鲜味。

为了吃到可口的食物,人会想出各种残酷的方法,用手指把鱼弹昏,是其中方法之一。

"前些日子去四国松山吃加吉鱼,那方法也够残酷的。将一条30厘米长的加吉鱼放在用炭火烤红了的网上,再用热手巾使劲地压,加吉鱼活蹦乱跳,脸孔涨得通红,拼命挣扎,看着那痛苦的样子,就激不起食欲来了。比起加吉鱼来,今天这种做法,罪孽轻多了。"

秋叶说罢,厨师补充说明道:

"大的加吉鱼,不压住它的背,常常会蹦起来逃掉。"

"总之,要让它背脊骨脱臼。"

"小小香鱼,经不住压骨头就散了架。"

"所以用手指头弹。"

厨师把烤好的鱼排放到小碟上。

雾子还是第一次吃这样正规的香鱼,不敢贸然下手,先倒上点蓼醋。

"你喜欢的话,多倒点,我不太喜欢那味儿。"

醋的酸味,加上蓼的青味,在梅雨季节能透出一种凉味,秋叶怕减弱香鱼的鲜味,与其添上酸味,不如单纯加点盐。

"如今年轻人大多不会吃鱼,像猫一样,吐得满桌子都是。"

或许在家中吃鱼的机会太少,没有经过锻炼。可是雾子倒能把鱼刺剔得干干净净。

"看来,你打小就喜欢吃鱼,对不?"

"我只喜欢吃鱼。"

"那好,多吃一点。"

秋叶想,怪不得雾子的肌肤白得透亮。

吃完饭,离开饭庄已经10点了。

没想到会这么晚,原因是吃饭前给雾子买衣服等物。

"真好吃,多谢了。"

雾子没忘了谢礼。

"真的好吃吗?"上了车,秋叶狡黠地问道。

雾子一时不知所措,少顷,吞吞吐吐地说:

"这样高档的饭庄,我还是第一次见到。"

"是吗?这家饭庄价格不菲,但并不是所有菜都可口。"

秋叶不愧是一个评论家,对任何事物都要发一番议论。他观察事物不仅重外表,而且要探究实质。

"以后带你去各色各样的饭庄吃个遍。"

"真的吗?"

"要讲究口味,必须多吃几家高档的饭庄,尝尝各色各样的菜肴,才会领会到真正的口味。"

这个原则不仅适合食物,如音乐、绘画、时装也无不如此。

"往后,我会教你各种知识。"

"可是,去那样高档的地方,我有点儿紧张。"

"我付钱,你紧张什么?堂堂正正进去得了。"

或许有点醉了,秋叶说话比较随便了。

"当然,人们对食物各有各的爱好,不是绝对的。然而有口皆碑的菜肴一般不会有错。"

"我一直待在乡下,没见过世面。"

"不,你对口味有分辨能力。"

"别取笑我。"

"我不是说笑话。那回你说想吃酱鲍鱼,我很赞赏,那道菜确实美味可口,说不定不比今天的香鱼难吃吧!"

"这个……"

"总而言之,往后我带你去各色各样的饭庄尝尝,好吃就说好吃,不好吃就说不好吃,行吗?"

秋叶打算把雾子培养成为有一流味觉的女子。

10点多了,但从八坂到四条一带马路上人来车往,煞是热闹。看着这热闹的场面,秋叶自然而然想起与谢野晶子①的和歌来:

> 樱花盛开的夜晚,
> 从清水至祗园,
> 处处遇美人。

现在虽不是樱花盛开的季节,但从清水到祗园的美景却浮现在眼前,与谢野晶子的大胆的描述,充分体现了她的性格,秋叶则看到往来于八坂至四条一带的人们脸上显露出嬉戏的表情。

受到和歌的影响,秋叶在八坂神社前的石头台阶前下了车,朝四条走去。

刚才在车站见到雾子时,秋叶还不好意思和她肩并肩走,已经入夜了,再说雾子已变成清爽的美女,秋叶觉得很自豪。

"樱花盛开的夜晚,从清水至祗园……"秋叶低声吟诵,"怎么样,不错吧?"雾子似乎不太明白。

"处处遇美人……其中也包括你在内。"

秋叶进一步说明,只见雾子在窃笑。

"现在正是一年中最好的季节。"

---

① 与谢野晶子(1878—1942),日本著名诗人。

初夏的微风抚摸着微醉的脸庞。

从这儿去赏花小路。掀开印着"花本"字样的门帘,推门进去,门口和普通住家相同,但放着一双双舞伎的草履。

这儿原来是家茶馆,左首的一角开了一家小小的酒吧,仍然要脱鞋进去,里面设有吧台和雅座,任意挑选。

"您好久没来了!"

秋叶和雾子在吧台边刚坐定,女老板便从里边出来迎接,照例穿着和服,比刚才饭庄的女老板年轻四五岁。

"我要一杯威士忌,再来一壶冷酒。"

"呃?先生不是不喝清酒吗?"

"让她喝,用玻璃杯就可以了。"

雾子伸开腿,脚尖轻轻碰到秋叶的腿,秋叶用腿夹住了雾子的脚。女老板自然不会觉察到他们的嬉戏。

"今儿您又带了一位这么漂亮的小姐来,多好啊!"

京都的女老板善于辞令,刚才大饭庄的女老板也这样夸奖雾子,说明雾子是十分引人注目的。

"您慢用,多谢了。"

秋叶接受女老板的谢忱,忽然发觉雾子为什么伸过脚来,不由得一惊。

是因为喝了点酒兴奋了呢,还是雾子潜在的"女人"意识复苏了?

楼上的客人陆续来到,传来弹奏三弦的声音。刚才在门口发现一双双舞伎们的草履。这时她们可能已翩翩起舞。

"要是在东京也有这样兼业的酒吧就好了。"

"你想干吗?"

"不,不,我哪有这本事。"雾子慌忙地摇摇头。

秋叶想象雾子要是成了女老板,会是什么样子。

雾子穿着和服,在吧台里接待客人,而秋叶坐在吧台的一端。真正的赞助人,一般情况下不出面,坐在里面慢慢地喝威士忌,这样的关系多少有点下流,可是男人们却想尝尝这滋味。

"然而……"秋叶陷入了沉思,自言自语道。即使成功的话,秋叶和雾子相差二十六岁,这样大的年龄差距,会使秋叶如坐针毡。

秋叶漫无边际地胡思乱想,楼上雅座上的客人和艺伎下楼来,坐在秋叶身后的雅座。

秋叶从来没接触过艺伎或舞伎。

雾子也是第一次见到舞伎,回过头去看。

"你看她们的和服吗?"

"唔,也看看她们的脸蛋。"

雾子有时像半开玩笑,其实她是认真的。

"你想当舞伎吗?"

"我能行吗?"

"很遗憾,年龄有限制。"

要当舞伎,最大不得超过二十岁,雾子个子小,努一把力,或许会成功的。

"这和服是她们自己买的吗?"

"不,是女老板买的。"

女人们或许向往有这样一身和服。

"实际上,她们够累的,早晨要排练,夜晚陪客,而且新老之分十分严格。"

这一点,银座酒吧女郎是没法比的。

"可是,年轻的时候受这样的训练,也算是一种经历。"

刚才在大饭庄雾子显得有点紧张,来到这酒吧,她放松多了。

她惬意地喝着酒,眼圈微微透红,肌肤雪白,眼角发黑,艳丽无比。

秋叶凝视着她的侧影,脚尖依然踩在雾子的脚上,她打早就不躲避秋叶的挑逗了。

如今,她更加大胆了,或许是她已把身体献给秋叶之故。

"再来一杯吧!"

女老板已上了楼,另一个年轻的男子又来劝酒。

秋叶尝了一口酒,问道:

"你有没有喜欢的男人。"

雾子一时不知如何回答,凝视着拿在手中的酒杯,轻轻地摇头答道:

"没有。"

秋叶从她的表情,认为她的话是可信的。

假如她有喜欢的男人,她不会如此干脆答应和秋叶来京都旅行。

秋叶得到她的回答,仿佛翻越了一座大山。

问过一个问题,又会有第二个问题,这是秋叶性格所致,或许是互相抱有好感的男女之间共同的心情。

"我还有一个问题。"

秋叶把手肘靠在吧台上,雾子摆了摆头发,好像在问:"什么事?"

"来'魔吞'前,你都干了些什么?"

"您知道君津町吗?"

秋叶没去过,但知道在木更津附近,面向东京湾的小城镇。

"我在那儿的超市打工。"

"那为什么又来银座呢?"

"是朋友介绍的。"

这朋友不简单,一下子就介绍她来银座的酒吧。

"你妈妈知道你现在的工作吗?"

"嗯……"

"父亲呢?"

雾子不作回答,低下了头,少顷,她下定决心说:"我是从父亲手中逃出来的。"

雾子端起酒杯,一饮而尽。

"男人为什么会做出那样的事来?"

"哪样的事?"

"他太下流了。"

雾子没好气地说,语气之强烈,就能猜到她和继父之间发生的事。

"是你亲生的父亲吗?"秋叶吸了一口冷气,问道:

"十年前死了。"

"那么你一直在……"

"现在的父亲来到千叶后,我才……"

秋叶终于明白了她的身世。

和母亲一起生活的继父,见到出落得漂亮的雾子,垂涎三尺,最后对她动手动脚。雾子事出无奈逃出家门,现在的酒吧能为她提供住宿。

"到了夏天去北海道看看,如何?"

秋叶发现自己问得不得当,改了个话题。

在祇园的酒吧待了将近一个小时,两人走了出来。

如果自己一个人,或者和男性朋友一起来,可能还要喝几杯。今夜和雾子在一起,再喝下去,那宝贵的光阴将付之东流。

车快到旅馆时雾子问道:

"还从边门进去吗?"

"不,这回我和你一起进去。"

边门过了10点已经关了,再说雾子现在这身打扮,总服务台的小姐也不会见怪的。

从给雾子买衣服那一刻起,秋叶就决心和她一起堂堂正正地从正门进去。

过了11点,总服务台闲散多了,只有一个人值班。

秋叶径直走到吧台前,报了房间号码。

总服务台小姐"哎哟"一声,朝秋叶身后的雾子看了一眼。

"好,马上去准备。"

"不用了,就这样吧。"

所谓准备,就是给雾子准备枕头和浴衣,都这么晚了,秋叶不愿意再去麻烦侍应生。

秋叶接过钥匙,和雾子一起上了电梯。

这时,秋叶已无所顾忌了。

进了房间,打开灯,正面的窗户敞开着。

室内灯火通明,窗外仍一片漆黑,走近一看,鸭川和东山的轮廓分明,左边黑沉沉的山脉,星星点点的灯火,那是比睿山山顶。

秋叶关上窗户,对站在一旁的雾子轻声说道:

"这才是我们俩的世界。"

秋叶温存地将雾子搂在怀里,雾子顺从地把脸凑过来。

先接吻,少顷,秋叶转动舌头,雾子的嘴唇像花蕾那样微微张开。

秋叶得到鼓励将舌头渐渐深入,一瞬间,雾子不知所措,干脆张开嘴,接受舌头的侵入。

这样的热吻,雾子以前从未经历过。

今夜是和雾子来京都旅游的初夜,此刻只剩下两人,不用着慌。

秋叶退出舌头,脱掉西服。

"你洗澡吗?"

"先生,您呢?"

"我不慌,你先洗吧。"

雾子点了点头,走近浴室门口的藤制的衣物筐,一件一件地脱掉了衣服,闪进了浴室。

房间里只剩下秋叶自己,安静极了,秋叶点燃了一支香烟。

认识雾子才一个多月,没想到发展到两人出来旅游。

人生无常,男女之间的关系也是如此,在认识雾子以前,心想往后不会接近年轻的女子了。

他和田部史子交往时,见到上了年纪的男人被年轻女人弄得神魂颠倒时,心想这样的男人多么愚蠢啊!此刻,自己也成了愚蠢的男人。

本来,秋叶并不只追求女人的年轻,有的女人即使年轻,但没有品位,动作粗鲁,他也没有胃口。他要的是女人的形体美,更重要的是有清爽感。

当然,雾子并不完全具备这些条件,单就品位和气质来说,富裕家庭的女子更好些。

但有的女人总是表现自己的富裕家庭出身,这样的女人也够烦人的。

他从年轻时代起,见过不少女人,乍一看,气质和品位都还可以,但却非常任性,离了婚的妻子就属于这种类型。

从这一点看,雾子还不过是未经打磨的毛石。只要好好打磨,她也可能成为熠熠生辉的金刚石。

发现这样一块毛石,秋叶感到满足。

一墙之隔的浴室发出稀里哗啦的水声,传到秋叶的耳朵里。

雾子此刻浸泡在浴池里,还是在淋浴？想到这儿,秋叶忽然兴奋起来。

他再也坐不住了,朝浴室走去。他叉着胳臂唉声叹气。

最初,他想和她一起洗,但想到这样的要求似乎有点下流,他装模作样,故作绅士。

如果提出来和雾子一起洗,她会答应吗？

或许雾子会干脆地答应。

一起吃饭喝酒时,她规规矩矩,非常懂礼貌,不像是个轻浮的女孩子。秋叶觉得很新鲜,很有魅力。

"一不做,二不休,干脆敲敲门试试。"

"不行！"

已经克制到现在,不要为了一点细节,破坏了自己的形象。

这或许是秋叶的软弱处,这是知识分子的弱点。

假如自己是个直来直去的无赖,大声嚷嚷,跟我一块儿洗澡,或许女人会老老实实地顺从他。对自己喜欢的女人,不必哀求,反复地说"我喜欢你""快跟我上床",或许她会服服帖帖任你摆布。

这样做法也许太下流,厚颜无耻地暴露男人的欲望,女人立刻领会你的意图,显得十分脆弱。

与此比较,知识分子总是装模作样,自以为是,反而会使女人无所适从。

好女人往往被无赖俘虏,其原因在于她厌倦知识分子的装模作样。

然而并不是所有女人都听从无赖汉的摆布,那要看男人如何巧妙地笼络女人,不要让女人感到厌倦。

想到这儿,他发现自己如此狼狈地站在浴室门前,不禁愕然。

为了一件小小的事儿,和女人一起洗个澡,自己竟然如此犹豫不决,也太没劲了,叫别人知道了,该多么丢脸。

浴室里又响起哗啦哗啦的水声,似乎在追赶秋叶,他急忙回到窗口的椅子前,在衣橱前站住。

椅子上是秋叶脱下的衣服,他本想用衣架挂进去,但衣橱里是雾子的衣服。

他不愿意在她洗澡时去打开衣橱,衣服挂不挂无伤大体。

秋叶无所事事地朝浴室方向瞅了一眼,打开衣橱门。里边狭长的空间,齐目高的铁棍子上挂着许多衣架。左边是雾子刚才穿的套装,上衣和裙子分别挂起来。底下放着雾子背来的大布袋,今晚刚买的手提包、高跟鞋。

这些都是吃饭前慌慌张张买来的,但雾子非常珍惜地放在衣橱里。那布袋口没有关好,秋叶打开一看,原来是京都导游手册和照相机。

"原来如此……"

秋叶关上衣橱门,点了点头。

看来,雾子很重视这次京都之行,预先买了导游手册,还带了照相机,她的举动打动了秋叶。

秋叶把落地灯拧小一点,换上浴衣,从冰箱里拿出小瓶的威士忌。

他并不特别想喝,可是一个人坐着无所事事,怪难受的,或许雾子洗完澡也会喝一点。

他用纯净水兑上威士忌,微微尝了一口,这时雾子从浴室出来了。雾子穿一身淡蓝色的连衣裙,或许是一件睡衣。

"喝一点,如何?"

"不……"

雾子捋了捋头发,在秋叶对面的椅子上坐下。

"过来吧!"

秋叶放下酒杯,等待雾子过来一把抱住她。

雾子刚洗完澡,头发还湿漉漉的,残留着香波的余味。

秋叶轻轻地抚摸她湿漉漉的头发,吻了一下,把手搭在她的肩膀上。

"累了吧?"

雾子不作回答,把额角凑过来。

"已经12点钟了……"

秋叶松开胳臂,站在床跟前,掀开被单。

上次秋叶抱着雾子一起倒在床上,此刻已没有必要如此粗鲁了。

"来吧……"

秋叶倒在床上,张开双臂,雾子掀开被单,钻了进来。

旅馆里的床铺非常整洁,雾子唯恐把它弄乱,小心翼翼地伸开腿和秋叶的腿交叉在一起。

"真舒服……"

秋叶感叹道。他接触到她柔软的身子,这是他的真实感受。

"我喜欢你。"

说着,秋叶伸手去解她睡衣的纽扣,这时,电话铃突然响了。

秋叶松开胳臂,朝电话机瞟了一眼。

这时候,谁会打电话来?

今日他住在旅馆里,只有自己家里和史子知道。

难道又是史子打来的?

真是她打来的话,不用去理她,可是雾子担忧地朝这边看。

不理睬,反而会被怀疑。

"丁零……"电话又响了三次,秋叶欠起上半身,拿起听筒。

"喂,喂……"

听筒里传来了男人的声音。

"不出所料,你果然住下了,是我呀!"

快嘴快舌,尖声尖气,是能村。不知他在哪儿喝酒,后面还有音乐声。

"我给你家打电话来着,说你在京都,果然如此,今天不回来吗?"

"当然咯,这时候还能回去吗?"

秋叶一只手拿着听筒,一只手伸到雾子的肩膀下。

"怎么?已经睡了吗?"

"没有……"

"和女人在一起吧?"

"咋能呢?"

秋叶赶紧把听筒紧贴着耳朵,屋子里很静,他怕声音传到雾子耳朵里。

秋叶把搂住雾子的手抽出来,换一只手拿听筒。

"你猜猜,现在我和谁在一块儿?"

"谁?"

"和'魔吞'的女老板在一起,在'拉彭'酒吧。"

拉彭酒吧在赤坂,秋叶也去过多次。

"你想瞒我也瞒不过去,正搂着里美,是不是?"

这话来得太突然,他把听筒紧紧贴在耳朵上。

"你让里美请了假,陪你去京都,是不是?"

"……"

"喂,老实坦白吧,又一起吃酱鲐鱼了吧?"

12点多了,能村醉得相当可以了。

"女老板就在身旁,让她接电话……"

"行了,行了……"秋叶的脚尖触摸着雾子柔软的肌肤低声说道,"已经这么晚了,我回去后再找你玩。"

"还早呢。"

"好吧,我挂了。"

"别把年轻的女孩子调教坏了。"

秋叶听着能村醉醺醺的嘟囔,挂断了电话。

"是能村来的电话。"

"……"

"他和'魔吞'的女老板一块儿喝着酒哩。"

刚来了劲,被莫名其妙的电话打断了,秋叶扫兴极了。雾子用被单捂住脸,什么话也不说。

"今天你和我一起来京都,跟女老板说了?"

"没有,我只说去京都。"

"能村怀疑我和你在一起。"

"……"

"女老板知道了,不碍事吧?"秋叶担心地问道。

雾子不以为然,反问道:

"她知道又怎么啦?"

"我没事儿,你呢?"

"我不在乎。"

"可是……"

"对这种事,她可不管。"

秋叶点了点头。

可不是吗？店里的女孩子和客人出去旅行，女老板都要一一问清楚，那她的生意怎么做？即使知道了，她也不会吱声的。

不过，雾子明明白白地告诉女老板去京都，秋叶感到意外。他原以为雾子一定另外找个理由，家里有点事啦，去母亲那里啦……可是雾子不要小聪明。

这样看来，即使听到能村来了电话，雾子也不会着慌的。

雾子早把电话的事儿忘了，转过身来面对着秋叶。

她的姿态仿佛在说，快点搂住我吧，别说这些没有用的话了。

秋叶这才醒悟过来，重新搂住雾子。

雾子的睡衣是棉织品，浆得有点发硬，可是纽扣一下子就解开了。

这是第二次上床，雾子几乎没有反抗。

房间里只亮着窗户边的落地灯，那柔和的光线斜射到床上。

雾子避开这灯光，转过脸去，闭上了眼睛。敞开的胸口暴露在灯光下。

秋叶欠起身，俯视着雾子的表情。她那一头柔软的黑发盖住了她的脸，几乎看不清她的表情，只能窥见她那小小的耳朵。

她的脸转向一边，胸口向上，露出雪白的脖子，秋叶最喜欢看年轻女人的脖子。秋叶爱跳古特巴舞，牵着女人的手，转过来转过去，即所谓"反回转"。女人伸着脖子，太有魅力了，他看得着迷。当然，这时女人的上半身和裙子也跟着转，那双漂亮的脚也一览无遗。

女人的脖颈美在于头部小，脖颈细，一转身才突出美。秋叶之所以热衷于古特巴舞，目的为了欣赏女人美丽的脖颈。

秋叶不太喜欢女人丰满的胸部，只有绷得紧紧的胸部才能打动他的心。

秋叶知道雾子的胸部不太发达,但也并不小,不是那种丰满型的,但形状好看,富有弹性。

雾子比较瘦削,肩也不宽,整个身体很匀称,从胸部至腰部线条分明,给人以一种圆润的感觉。

秋叶用舌头去舔雾子的乳房,右手从她腋下伸向腰部。他轻手轻脚地触摸她的肌肤,手指头由上而下,再由下而上移动,等待雾子兴奋起来。

看来,雾子不是一个感觉灵敏的女人。

秋叶问她:"可以吗?"雾子轻轻地回答:"再来一会儿。"回答很干脆。

有感觉装作没感觉,有经验的男人立刻能觉察出来,至少像秋叶那样的老手,一看便知。

雾子不太敏感,秋叶并不有所不满,这说明雾子尚未成熟,反而讨他喜欢。

不太敏感证明她没有接受过男人的爱抚,她脑子里没有别的男人的影子。

秋叶反复地抚摸她,忽然想起要霸占她的继父。

继父三年前和雾子的母亲同居的,那时雾子才二十岁。

继父见了妙龄少女,动了邪念也不为怪,如果秋叶是继父也会产生同样欲望。

这也不是她继父的过错,也不能说雾子不谨慎,健康的男女都有这样自然的本能。

然而,雾子的情况稍有不同,因为有过这样不愉快的经历,她对男人产生了失望,以后对"性"也有了偏见。

雾子最不幸的是在幼年时期失去了生父。

死了父亲,母亲一手把她养育成人。母亲只能与另一个男人和她共同支撑这个家。和生父年龄相仿的继父对雾子垂涎三尺,差一点把她奸污了。

雾子起先肯定会奋力反抗,继父见硬来不能得手,反过来哀求她,还是不能得逞。

让雾子从缺乏性感觉的少女,变成具有性感的丰满的女人,这是秋叶所要着力去完成的工作。

这需要耐性,对男人来说,这是无上快乐的事儿。幸运的是,现在她已开化,秋叶有信心将她变成人人怜爱的"青鸟"①。

秋叶本来就不缺乏性的感觉。

有的女人断定自己什么感觉也没有,或说我对男人一点不感兴趣。

这种女人过去没有接触过男人,即使接触了,因为偶然因素没有被开发出来。偶然的因素包括最初的体验不痛快,或遇到了粗暴的对待,就像雾子遇到她继父的强暴,留下不幸的记忆。

如果没有遭遇这样的不幸,得到温柔的对待,受到男人的怜爱,她那缺乏性感觉的毛病自然而然就好了。

女人没有生来就缺乏性感觉的。根据过去的经验,秋叶确信无疑。如果没有这种信念,那么他对雾子也不会燃起欲望。

幸好雾子不是缺乏性的感觉,而是对性有所恐惧。

其证据是,只要温存地抱住她,她非常顺从、听话。对待这样的女人,要有耐性,反复地爱抚她是最好的方法。

此刻,秋叶轻轻地吻她的乳头,右手抚摸她的背脊,偶尔把乳头含

---

①青鸟,童话中的幸福之鸟。

在嘴里,伸手去摸她的腰部。

雾子痒酥酥地扭动身体,微微张开嘴唇。痒酥酥的感觉是快感的第一步。

秋叶确信雾子会接受他的爱抚,又将手指从颈部移到腰部,手指去触摸她股间的洼处,雾子终于喊出声来:

"啊……"

随着一声喊,她的身体紧紧地靠在秋叶胸口,秋叶搂住微微颤抖的雾子,若无其事地将手伸到她的背脊上。

"不……"

秋叶的手伸到她的臀部,雾子别扭地喊了起来,可是她的上半身依然靠在秋叶的胸口。

此刻,雾子在痒酥酥的感觉中,思想混乱了。这身子是自己的,又不像是自己的,浮在空中似的听从秋叶的摆布。

"哎……快点……"

不多时,她终于忍不住了,向秋叶哀求。

秋叶确认她已进入高潮,欠起上半身俯视她紧紧闭着的眼睛,慢慢地攻入了她的身体。

第二天早晨6点钟秋叶就醒了,拉上窗帘的窗户,还有遮阴的设施,屋子里还很黑。一丝阳光从窗户的缝隙中射进来,照到床的一端。

当他完全清醒时,才想起身旁躺着雾子,他一时产生莫名其妙的错觉。

没错,身旁躺着的确确实实是雾子。

昨夜结合后,他记得雾子躺在他的怀里。此刻她背朝秋叶,面向窗户躺着,或许热了,她掀掉了被单,露出淡蓝色的睡衣。

昨夜,睡觉时雾子什么也没穿,当秋叶摸她的乳房时,她干脆地脱掉了睡衣,光着身子靠在秋叶的胸口前。

在东京旅馆初次结合时,雾子有点紧张,身子绷得紧紧的,显露出不安;昨夜放松多了,最后终于顺从地接受了秋叶。

秋叶轻柔地、反复地抚摸她,雾子终于气喘吁吁地作出了反应,扭动着,等待着秋叶进一步行动。秋叶终于得到了满足,搂着雾子睡了过去。当时雾子是全裸的,就像母胎中的婴儿,蜷曲着身子,缩成一团。看来以后她又起来披上了睡衣,此刻她用睡衣盖住肩膀以下的部位。

秋叶从她睡衣下摆伸进手去,雾子的脚一动,转过身来,匍匐在床上,秋叶不敢再深入,趴在她身上。

雾子苗条的而富有弹性的身体,滑溜溜的,摸上去真舒服,秋叶尽情地享受,又伸到大腿的里侧,一直到臀部,碰着她那柔软的裤衩,再把手移到背脊上解开她的乳罩。

没错,昨夜秋叶睡熟后,雾子悄悄地起来,穿上内衣,又回到床上。

难道不习惯脱光衣服睡吗?

两人结合后,雾子又穿上内衣,使秋叶感到新鲜,认为她是个古板、守规矩的人。

可是雾子睡得很死。

近来,秋叶早早就醒了,夜里两三点还不想睡,到了六七点肯定醒来。

当然,他并不想立刻起床,上上厕所,呆头呆脑地想一会儿,再上床睡觉。

以前他不这样,工作到深夜,第二天一直睡到10点到11点,甚至睡到下午,因为他没有义务必须起床,睡到多晚都行。

由此看来,现在他已习惯早醒,最近对早晨打高尔夫球,也提不起兴致来。

秋叶以为自己能控制自己的体力,可是当医生的朋友却是另一种说法:

"这是体力衰退的表现,能睡觉倒是好事,对恢复体力是必要的。"

被他这么一说,想想确实有道理。

数年前,到外地去讲课,早早起床的是教授们,学生倒睡懒觉,一直睡到太阳高照,还想睡。

当时他想,这些学生的反应也太迟钝了。现在想来,他的朋友说得没错,睡觉是恢复体力的好方法。

此刻,雾子这么想睡,应该属于这一类型。

她规规矩矩地穿上睡衣,背朝秋叶,继续沉睡。偷偷地去触摸她的胸口,几乎没有任何反应。

秋叶莫名其妙生起气来,嫉妒雾子健康的身体。

初次来到京都,和男人结合后第二天还不该早早醒来吗?何况在这异地的旅馆里。

也可能雾子在结合后,一直睡不着,到天明时才昏昏睡去,在这难以习惯的双人床上被男人搂着睡,总有点别扭吧。

秋叶又对她表示同情,可是眼看雾子如此舒适的睡姿,仍然有点生气。给她来一点恶作剧!秋叶又从睡衣下摆伸进手去。她睡得再死,这下总该醒了吧。

秋叶还没见过雾子最隐秘之处,自然也没提过这样的要求。

作为一个男人,当然想看看她的下半身,但认识不久,不能太过分。

他想象:雾子的阴毛一定很浓密。

初次见面时,从她柔软的头发,雪白的肌肤,估计她的阴毛不会太浓。

再说肌肤白并不一定阴毛不浓,正因为皮肤白,才显出阴毛黑。

然而,雾子的皮肤特别细嫩,手臂和胸口几乎见不到毛孔,非常润滑。

从她的肌肤判断,阴毛肯定稀疏,当然,这是秋叶的手感,不足为凭。秋叶满足于那淡雅的感觉。

当然,随着愉悦情绪的高涨,女人也会表现出旺盛的精力,这时秋叶宁可要求女性腼腆,彬彬有礼。

此刻秋叶的手指渐渐接近雾子的阴毛,又从大腿后面向股间移动。雾子轻轻地扭动一下身子,秋叶立刻停止动作,稍作调整,再慢慢地往里摸索。全身神经都集中在手指头上,从股间传来种湿润的感觉。雾子全身虽已熟睡,只有此处还生气勃勃,秋叶不由得兴奋起来。他继续往里进,直到最深处,雾子缩起腿,摇摇头。

与此同时,摸到她短裤衩,挡住了去路,虽然已睡着,要肆无忌惮地去触摸她最敏感的地方,还是很困难的。

秋叶无计可施,只得转过身,仰卧在床上。

时间还早,走廊上,隔壁房间还没有动静。

秋叶屏住呼吸,躺在这漆黑的屋子里,他忍无可忍,转过身去,从后面伸手去摸雾子的胸部。

年轻的雾子似乎还没睡够。

秋叶在探索雾子的动静,轻轻地搂住她。不多时,自己也困了,昏昏睡去。

第二次醒来,已经8点多了,从黎明起来一回,也已过了两个小时。

雾子依然背朝秋叶熟睡着。

秋叶走到门口,拿着报纸又躺到床上。这时,雾子醒了,晃晃脑袋,似乎惊愕地朝四周扫了一眼。

"几点了?"

"8点多了。"

雾子立刻起来,发现自己还穿着短裤,便缩起腿,用被单盖住下半身。

"不用着慌。"

"我们不外出吗?"

"你想看什么地方,我可以陪你去。"

初夏的京都,悠闲地散散步固然很好,但是就这样在床上和雾子嬉戏也不错。

"你睡得真香!"

雾子点点头,脑袋似乎还没有清醒过来,她攥起拳头敲敲额角。

"昨夜,你脱光了衣服,知道吗?"秋叶问道。

雾子急忙把睡衣的前襟抚了下。

"你真美!"

"呃?"

"这儿真美。"

秋叶用手指着她的胯股间,雾子低下了头。

她低着头的姿态太令人怜爱了,秋叶一把抱住了她。

"太好了。"秋叶嘟囔了一声,随即去吻她的脖子。雾子痒酥酥地缩起脖子。秋叶没去理会她,接着又去吻她的耳朵根。

"别这样……"雾子一声喊,挣脱了秋叶的手臂,下了床,朝衣橱走去。

"您今天没有工作吗?"

"也不能说没有。"

要做的工作当然有的是,但此刻不能撇下雾子去工作。

"去寺院玩玩如何?"

"太高兴了。"

雾子立刻表现出喜悦的心情。这是很罕见的。

"不过,你先去美容室修饰一下。"

"做发型吗?"

"把烫发弄直,还是披肩发好看。"

"那好,我先去美容室。"

经过昨夜的爱抚,雾子似乎更加顺从了。

打开窗户,外面多云,东山顶上的晨雾升起,被露水打湿的树叶格外的新鲜,这样的景象不用担心下雨。

雾子眺望着窗下的鸭川,问道:

"今天还穿那身套装行吗?"

"当然咯,只要你愿意。"

"我当然愿意咯,可是穿上套装好像突然长大了。"

"那不正好吗?"

雾子点点头,问了问总服务台,朝美容室走去。

留下秋叶一人,无所事事,又躺在床上看报。

雾子不在了,床上仍残留着雾子的气息。秋叶躺在床上感到无比舒适,借着从窗户射进来的晨曦读报。

所谓"幸福",也许就是这样的时刻。

秋叶却无缘无故感伤起来。

读着报纸,不多时就发困了,正在昏昏欲睡之际,听得有人敲门。

他慌忙起来开门,雾子站在门口。

"怎么样?"

刚才的烫发已经弄直,柔软的披肩发搭在肩上。

"真棒!"

"后面不知怎么样?难看不?"

"你转过身来。"雾子在秋叶跟前,骨碌转了一圈。

"唔,不论去哪里,都是第一流的美女。"

从衣服到发型焕然一新,已经找不到刚来时黄毛丫头的影子;不仅如此,雾子身上还散发出沉着、清洁而艳丽的气息。

秋叶欣赏着自己一手装扮起来的雾子,感到心满意足。

"好,这就去吃饭。吃完饭,到东山一带散步,你初次来京都,总得去看看清水寺和银阁寺。"

"太高兴了,真的带我去吗?"

"不能说'带我去',应该说'领我去'。"

或许是出生在北海道之故,雾子说话有点粗鲁,秋叶早就感觉到了,直到现在才提醒她要注意。

"对不起。"

"不用道歉。"

对雾子过分坦率,秋叶后悔不该干涉她的日常用语。

出了旅馆,打的去银阁寺、知恩院、清水寺,到达平安神宫已经下午1点半了。

这些都是具有代表性的京都的名胜古迹。秋叶已来过多次,雾子是第一次来,感叹地眺望这美丽的景色。

即使是在北海道长大,学生时代该到京都来修学旅行,以后又到了千叶,按说京都并不是十分遥远。

她真的第一次来吗？

雾子的经历还有许多秋叶不了解的。

雾子三年前迁到千叶，没上大学，只上到高中毕业，也应该参加高中的修学旅行来过京都，还是某种原因，没有参加修学旅行？

十三岁就死了父亲，经济状况估计不会太好的。

种种猜测却不得要领，这些小事，她自己不说，秋叶也很难启齿去问。

秋叶一一介绍这些景点的由来和特点，雾子非常认真地听、细心地看，秋叶感到约她来京都玩玩，还是有价值的。

参观完平安神宫，秋叶一看表已经下午2点了。

"到该去车站的时刻了。"

雾子今晚要去上班，必须在3点钟前乘坐新干线回东京。

"看来，你非回去不行咯。"

秋叶不想和雾子告别，惋惜地对她说。

"老板等着我回去呢。"

既然已出来旅行，再延长一天也没有多大关系，但雾子在这种事情上还是守规矩的。

"那没法子，只能回去了。"

即使把雾子硬留下，女老板看来也不会责备她，因为能村昨夜来电话，已经猜到雾子和秋叶在京都。

秋叶打消挽留雾子的念头，径直赴车站，赶上2点41分发车的"光之号"。

"到东京5点半。"

秋叶请列车员给他找了头等厢的座位，和雾子并排坐下。

"昨天这时候你才到京都，离开东京只有二十四个小时。"

雾子恋恋不舍地眺望即将离开的京都。

仅仅过了一天,雾子过了相当于一年的岁月。

列车从京都发车不久,列车员前来检票。

秋叶把两张车票递过去,列车员确认了座位,看了他们一眼,当然不会有恶意,但充满着好奇心,使秋叶颇为尴尬。

在清水寺也是同样的情况。

在银阁寺、知恩院时,雾子自顾自照相,可是到了清水寺的舞台,突然提出要和秋叶合影。秋叶当然很高兴,但周围游客太多了,秋叶有点抹不开。

"我来找个人。"舞台上人头攒动,都拿着相机,雾子指着其中一对情侣:

"您等一下。"

秋叶和雾子也是一对儿,或许不难求。

对方是年轻的一对,秋叶和雾子有点像父女俩,别人一看,马上就会觉察不是一般关系。

秋叶并不想和雾子合影,但考虑到雾子的心情,合影一张留念亦无不可。

早知道这样,下车时让司机帮个忙得了,可是此刻汽车停在台阶下,不便再回去了。

"快找个人吧!"

雾子并不理解秋叶焦急的心情,快步走向角落,用手招呼他。

秋叶无计可施,只得求身旁的一位高中生:

"对不起,请您给按一下快门,可以吗?"

高中生率直地点了点头,接过相机。本来是个"傻瓜"相机,一按快门就得,谁都会干。

可是这位高中生十分仔细,还在考虑构图和角度,半天按不下来。

他也许不是出于好奇心,而是受陌生人之托,慎重行事而已。这时,周围的人都聚拢来看热闹。

"快按吧!"秋叶想喊又不敢喊,高中生好歹按下了快门。

"谢谢。"

秋叶草草道过谢,赶紧离开雾子身边。与当时所感到的羞涩相比,还是两人坐在新干线上自在多了。

即使年龄相差太大,看起来像是父女俩,但座位朝前进方向,不必介意从后面过来的人;从前面过来的客人,坐在座位旁边,至多向他们看一眼就完事。

在旅行中,秋叶专想这些不着边际、无聊的事。既然已出来旅行,何必去介意他人的目光。

车过米原,秋叶要了啤酒和盒饭。他本想去餐车就餐,近来新干线的伙食供应很差劲,提不起兴致来。

也许因为参观了寺院和神社,雾子走累了,这时她一边眺望车窗外的景色,一边非常香甜地嚼着饭菜。

秋叶产生一种错觉,仿佛他们是来修学旅行的。虽年龄相差太大,秋叶的心情倒是轻飘飘的。

车过名古屋,离东京不远了,思路又回到了现实。

"到了东京,你打算去哪儿?"

"回自己宿舍。"

雾子抚摸着刚做过的头发答道。

"可是,到站已过5点半了。"

"没关系,稍微晚一点没事儿。"

5点半到达八重洲口,回到宿舍换衣服,再去魔吞得将近8点了。

"先生,您去哪儿?"雾子问道。

秋叶一时不知怎么回答。

最理想的是立刻回家,干完落下的工作,可是秋叶此刻的状态是无法想象的。

"你非得去上班吗?"

"您的意思是……"

"可能的话,休息一天不行吗?"

"可是,我说过要去上班的。"

雾子眺望着窗外,列车已驶过箱根。黄昏前,峡谷间的住家已点上了灯,星星点点,煞是好看。

"那就没法子咯。"

两人在一起整整玩了一天,本应干干脆脆地分手,但秋叶仍恋恋不舍,希望和雾子再过一夜。

秋叶真实的思想,不愿意让昨夜自己搂着的女人去见那些陌生的醉汉。

"好吧,你去上班吧!"

秋叶自言自语地说,心里想,为了独占雾子,早早让她辞职算了。

仲夏

梅雨季节,庭园里树木和草丛寂静无声。连续几天下雨,平时爱说话的母亲对女佣人昌代也懒得张口,默默地打发着日子。

天、地、庭园都被梅雨包围起来了。

然而秋叶对人们讨厌的季节并不嫌弃。

诚然,终日细雨蒙蒙,头顶上似乎笼罩着沉郁的空气,但云彩底下透出的微光,似乎在催促秋叶工作。

秋叶的工作只是在家里写稿,不必像工薪阶层每天去上班。

平时正中午,阳光过分强烈,还要放下百叶窗,再打开台灯。如今光线正合适,省下许多麻烦。秋叶进入梅雨季节开始执笔的《才能论》进行得比较顺利,已经完成大半,达400页稿纸。

秋叶的这篇论文并不泛泛地谈论才能,而着重于背景的部分。

泛泛地议论"才能"就会令人产生感受性丰富的、纯朴的倾向,认为这就是"才能"。其实这只是"才能"的表面部分,在它的深层才能探索真正的"才能"。

举一个具体的例子:石川啄木[①],不用说是位天才的诗人,也是感

[①] 石川啄木(1886—1912),明治时代诗人、歌人。代表作有《一握之沙》《悲哀的玩具》,均为和歌集。

情极为丰富的歌人,但他同时是位容易自我陶醉的、唯我独尊的利己主义者。他一面感叹生活困苦,难以生存,一面又去制造困境,甘受痛苦。更严重的是,他把困难转嫁给妻子、儿女和父母。

啄木忍受着痛苦,为痛苦而烦恼,最后因肺病英年早逝,他是位不折不扣的悲剧人物。

啄木自己丝毫不去反省,不积极地去创造生活,不照顾家人,使妻儿老小都陷入了困境。一心一意地追求文学的真谛,并且认定自己走的道路是正确的。

你能说,啄木没有才能吗?但这样的才能所付出的代价太大了。

另一个事例:松井须磨子和岛村抱月的恋爱。

不消说,须磨子在近代表演史上是值得大书特书的女演员。抱月是早稻田大学的教授,是当代数一数二的表演艺术家和剧作家。

两人的热恋,因为抱月有妻子、儿女,受到人们的指责。结果两人都被恩师坪内逍遥[①]逐出门外。

坏事变好事,两人发愤图强,创立"艺术座"剧团,演出托尔斯泰的名著《复活》,奠定了近代戏剧基础。两人坠入爱河,不能自拔,最后抱月得急病而死,须磨子殉情自杀,落下了悲剧的帷幕。

现在历史上只留下两人悲怆的爱情故事,而真实情况未必如此。

想着想着,秋叶的思绪自然而然移到了雾子身上。

如果自己与雾子的爱要取得成功,那么以前的羁绊是否有必要一刀两断?

秋叶脑海里浮现出田部史子的身姿。

好久没有见到史子了。

[①]坪内逍遥(1895—1935),明治时代小说家、剧作家、评论家。代表作有小说《神髓》。

三天前通过电话,似乎没有什么大事。正因为久疏问候,不能太冷落她,所以约定两人在近日内一起吃顿饭。

入夜,秋叶到达六本木的牛排店,史子先来了,在门口的休息室等候。

约定六点钟,秋叶迟到五分钟。

迄今为止,约会时史子从未迟到过。

一般女子和男子约会时,或迟到几分钟,或早早来到,在一边闲逛,到了点才出现在男子面前。

在这种小事上,史子非常守规矩。

"好久不见了……"秋叶话到嘴边又咽了回去。

好久不见,确是事实,但责任在秋叶身上。

"雨又下大了……"秋叶没头没脑说了一句,在史子身旁坐下,女招待立刻端了茶来。

是史子指定的这家店。秋叶问道:

"吃什么?"

史子立刻回答:

"牛排店当然吃牛排咯。"

如果换了雾子,一定会歪起小脑袋,不知所措,而史子一点不含糊,坚持自己的爱好,充分证明自己的自信。

喝过一口茶,老板将他们领到里面的雅座。

"有三个月没来这儿了。"

"不对,上次来这儿是三月初,已经有四个月了。"

史子对这样的细节记得很清楚。

今天史子和往常一样,将头发盘在后面,额角微微突出,穿着一身露胸的连衣裙,长长的金项链挂在脖子上。

平时,史子的衣着很随便,常常只穿一件夹克,今天显得格外华丽。

史子端着葡萄酒杯,问道:

"近来,您很忙吧?"

本来应该作肯定的回答,但牵涉到雾子,秋叶不敢贸然点头。

"不算太忙……"

秋叶用手摸了摸脑袋,含糊地答道。

"有什么好消息?"

"没,没有……"

"看来您蛮精神的。"

史子只是客套地问问,但秋叶听来似乎在挖苦自己。

史子握刀叉的姿势真美。

右手握刀,轻轻地一切,左手叉起肉块往嘴里送,乍一看似乎毫不费力,其实史子刀法十分熟练,丝毫没多余的动作。

仅看她手指的动作就知她充满自信。

此刻,她又以优美的动作吃沙拉,问道:

"今年暑假您有什么打算?"

往年梅雨期,从7月中旬起秋叶大多待在山中湖的别墅。去年7月末,母亲和昌代一起度假,瞅准她俩不在时,史子来过两趟。

"您母亲也去别墅吧?"

近来,母亲上了年纪,懒得去别墅避暑。当然,湖畔的空气清新些,但老年风湿病困扰着她,离开东京总有所不便。老人家说:

"东京有空调,跟别墅差不了多少,还是在这儿悠闲几天吧!"

"那么,只有您自己去别墅咯……"

前些日子,秋叶也曾考虑和雾子一起去山中湖别墅。

在那儿,两人自己做饭,到湖畔散散步,该多么快乐。

这样一来,或许会被史子打听到。

"您打算在那儿工作?"

暑假待在别墅里,没有杂事干扰,便于工作。

"您要是方便的话,我打算7月底休假。"

"上哪儿去?"

"目前还没有决定。"

她的意思是优先考虑和秋叶一起度假。

"今年我不知怎样安排。"

"您不去吗?"

"倒也不是。"

"那又为什么?"

她一再追问,秋叶反而不好回答了。

"因工作上的关系,我可能出去采访。"

史子放下叉子,用餐巾擦了擦嘴唇。

"近来,有些采访是很有意思的。"

"有意思?"秋叶不由得一愣,反问道。

史子若无其事地从香烟盒里抽出一支烟。

迄今为止,两人约会后就去旅馆开房间。

用不着谁先提出来,两人配合默契,自然而然会走这一步。

今天离开家时,秋叶曾打算在六本木吃完饭,顺便去赤坂开旅馆。

近来,他虽然热衷于雾子,但并没有忘记史子。他首先忘不了史子的肉体。

说实话,目前秋叶对史子已缺乏热情,也不会像对雾子那样,带她去外地旅游,给她买新奇的礼物。

然而,他对和史子的性交流依然恋恋不舍。

他虽已没有兴致和史子甜言蜜语地交谈,但仍然希望和她保持肉体的接触。

这样的内心世界,如果让一般女性知道了,肯定会谴责秋叶是个任性、自私的男人。这岂不是不要女人的心,只求肉体的结合吗?

过去秋叶听一位知名度很高的女评论家说过,对这样的男人赶紧一刀两断。

这位女评论家年过四十岁,尚且如此愤慨,那年轻的女性会更加发怒。

难道世界上就没有虽不心心相印,却被对方的肉体打动了心的情况吗?秋叶难以理解柳眉倒竖的女士们的心情。

如果男人已渐渐淡忘了女人的肉体,那么她的魅力已经没有了。失去异性的吸引力,在失去"心"的同时,也不会去要求她的肉体了。

在男女长期交往中,总会有愤怒、争执和厌倦,心灵不断在波动,自己也难以克制。

与此相比较,肉体的纽带强得多了,一旦交流过后,就在心中深深地扎下根。它的感觉会扩及全身,永世难忘。

只要求对方的肉体,这个纽带只要存在,男女之间的关系可以维持下去。反之,不需求对方的肉体了,那关系崩裂已不远了。

秋叶本想把这个道理说出来,但那个思想僵化的女评论家是不会理解的。

诚然,史子的思想不会像女评论家那样僵化,但她是不是能理解,那就难说了。

史子的肉体不像已过四十,非常柔软、苗条,或许是年轻时学过芭蕾舞的关系。

她虽已到中年,却没有多余的脂肪,身材苗条,胸部和臀部都很丰满,但多少有些失去弹性,脖子和手背已出现细细的皱纹,但看起来比同龄人年轻多了。

秋叶不了解史子是如何保持青春的,他曾经问过她,她笑笑不作回答。

说不定她在家里锻炼,付出了巨大的努力,但史子从不会炫耀自己。

一个女人在外面工作,年轻是资本。她只有一个女儿,家庭气氛是不会浓厚的。

她常常被误认为独身,走在街上,经常有一些不三不四的男人和她搭讪。但也有像能村那样的男人说她太聪明了,难以接近。

一个女人从名牌大学毕业,居然当上记者、自由撰稿人,工作起来不比男人逊色。能村或许认为史子像个女官员。

然而,秋叶所了解的史子也有许多毛病,她很别扭,并不像她的外表那样洒脱,有时候比前妻更加歇斯底里。当然,史子极少有这样的表现,在外面她总是保持着职业妇女的矜持。

只有秋叶了解史子表里不一的两种面孔,甚至连她的女儿也未必知道。

或许秋叶心眼不好使,他却欣赏史子这两种面孔的不断转换。

史子是绝顶聪明的女人,遇事处理果断,从不拖泥带水。

一旦上了床,一改平日的矜持。她会做出令秋叶难以想象的媚态,这和精明强干的史子判若两人。

只有秋叶了解她的骤变。

现在他结识了情感尚淡薄的雾子,偶尔也需求中年女性成熟的媚态。

吃完牛排,又吃了草莓,喝了咖啡,秋叶看了一下手表:

"走吧!"

史子点了点头,用餐巾纸擦了擦嘴,站了起来。

出了店门,六本木一带夜雾弥漫。

秋叶忽然产生了冲动,想和史子在这细雨蒙蒙的街上散步。他撑开自动伞,对史子说:

"来,我给你打伞。"

史子不作回答,撑开自己的伞。

"Just walking in the rain."[①]

秋叶想起老歌中的一节,可是各自打着自己的伞,没有气氛。

"上车吧!"

"去哪儿?"

按照过去的惯例,打的去旅馆呗。秋叶一挥手,的士停下了。

"上车!"秋叶催促道,可是史子却不上车,反而倒退一步。

"我这就告辞了。"

"为什么?"

"今天我还有点事,您不是挺忙的吗?"

"没有的事。"话音未落,司机焦急地按响了喇叭。

"请上车吧!"

"来,一起上车。"秋叶催促道。

史子转过身,径自向大街走去。

"喂……"

秋叶从她身后喊了一声,史子不作回答,撑着伞消失在人群中。

---

① 英语:"雨中散步。"

秋叶想撵上去,在这场合太失体统,只好自己上了车,关上车门。

只剩下自己,也不知该去哪儿?

"去银座!"

他靠着车窗往外窥视,史子早就没有人影了。

"怎么回事?"秋叶眺望着细雨蒙蒙的大街,嘟噜了一声。

他一直到刚才为止,一心想吃过晚饭,和史子去开房间,请吃饭不过是个借口。

然而史子却突然走了。

诚然,在吃饭的时候史子风言风语,没有想到会撂下自己走了。

看来,史子仍然生着气哩,虽在表情上没有显露出来,但她的行动告诉了他。

汽车驶向银座,还没有告诉司机具体地址。

秋叶向来不喜欢独自去酒吧或俱乐部。俱乐部里独自"占领"一个雅座,有什么意思?去酒吧没有女郎作陪,独自坐在吧台边喝闷酒,更加乏味。

反正一个人是很难打发时间的。

他考虑再三,决定去茧酒吧。那儿打早就熟识了,女老板即使忙,不来同自己说话,总还会遇见一两个熟人。

小街上道路狭窄,秋叶便在大街上下了车,在大楼与大楼之间的小道上朝茧酒吧走去。果然不出所料,遇见了一位熟客,是做广告生意的,年龄和秋叶相仿。

"来了!"一挥手,一点头,互相通了气。

在靠门口的吧台边坐下,秋叶擦擦被雨水打湿的头发,女老板即刻拿着热手巾过来了。

"是不是和能村先生约好了?"

"没有……"

"他刚才还在这儿哩!"

"糟糕!他上哪儿去了?"

能村一上了酒兴能一连喝好几家。像今晚这样被史子冷落,只落得自己一个人的状况下,和能村喝一杯,定能缓和一下情绪。

"或许去'魔吞'了,他说有一个妞儿等着他。"

"对不起,请你给'魔吞'打个电话。"

"把他叫来吗?"

"可能的话,让他马上来。"

为雾子的事,他正要和能村商量。

女老板查了号码,拨了电话。

秋叶用热手巾擦擦手,对吧台里的女招待说,要一杯兑水威士忌。

"您自己?"刚才那位熟人同他打招呼。

"嗯……"

秋叶含糊地回答,点燃了香烟。女老板似乎找到了能村,笑容满面地拿着听筒说:

"找到了,他在那儿刚坐下。"

秋叶接过听筒,喊道:

"喂,是我呀!我有急事找你。"

"可是我刚到这儿,这可不大合适。"能村不知所措,"要么你上这儿来吧!"

"不,不,我要在这儿和你说话。"

"奇怪,那妞儿在这儿,你不见见她吗?"

"总而言之,我在这儿等你。"

能村不能撂下其他客人,也不愿意冷落雾子。

秋叶和女老板在吧台边聊了一小时左右,能村终于露面了。

"您来了。"女老板递过热手巾,能村擦擦手,坐到秋叶身旁。

"稀罕,都这么晚了,你一个人上这儿来,有什么事吗?"

秋叶见女老板去接待别的客人,说道:

"我被甩了。"

"被谁?"

"刚才和田部君一起吃饭来着。"

对能村不能称呼史子,还是叫"田部君"为好。

"她撂下你走了?"

"差不多吧!"

"你被年轻的女孩子弄得神魂颠倒,这就是报应。"

能村猜对了,今晚史子的态度,只能说是报复了。

"因此,你就拿我来做'替身'。"

"怎么能说替身呢?我也有事同你商量。"

秋叶要了两杯威士忌,今晚忽然来了酒兴。

"是为了里美的事……"

秋叶先叫"雾子",立刻改口。

"唔,这妞儿忽然变了,漂亮得叫人认不出来了,妩媚动人,着实吃了一惊。"

秋叶本想说,是我改变了她,话到嘴边缩了回去。为了调整一下情绪,喝了一口威士忌。

"前些日子,你和她去了京都?"

"没有……"

"不用瞒我了,她已经坦白了。"

"真的吗?"

"当然真的,以后你可以问她自己。刚才我要到这儿来见你,她嘴上不说,表情却告诉我,她想和我一起来。"

秋叶听了,心里一股热浪涌过,若无其事地说:

"我想叫她不干了。"

能村瞧了秋叶一眼,似乎在问:"你说什么?"然后慢条斯理地说:

"你打算怎么办?"

"怎么办?现在尚未最后下决心,反正早晚不叫她干了。"

"看来,你当真了?"

能村叹了口气,秋叶和雾子去了趟京都,发展到要让她辞职。

一起出去旅行,加深了爱情,难以分手时,还得让她去上班。她不去上班,没法见她;突然想见她,必须等她下了班。

让雾子每夜里和那些醉汉周旋,秋叶心里不好受。再说,像雾子这样漂亮的女郎,下了班也一定有人请她出去吃饭。

秋叶刚见到她时,还是刚从乡下来的小姑娘。现在和其他吧女相比,毫不逊色,不但如此,她已渐渐成为"魔吞"数一数二的红人了。

以前,秋叶去"魔吞",雾子可以一直坐在他的身旁,而现在不断有人叫她去陪酒,不能老陪着秋叶。

与其说她美,不如说她还有未经世事的少女的纯真。她打扮得并不花枝招展,服装也较朴素,但品位提高了。

这样的风度颇得看腻了油头滑脑的老手客人的好感。

总而言之,这三个月里,雾子的变化十分明显。她像花蕾那样美,而且似乎增强了自信。说话、举止、态度也变得高雅了,再也看不到她身上的土气了。

想到雾子的变化,完全是自己一手导演的,秋叶感到甚为惬意。

当男人们在雾子周围讨好、奉承,他甚至想冲动地喊出声来:"你们着迷的女人是属于我的!"

假如别人反问,雾子是属于你的吗?他还没有充分的信心说,是属于我的。

事实上,和雾子上过床,给她买衣服、皮鞋,除秋叶以外,还没有第二个人。

然而,目前还不能断言雾子是属于我的。

雾子虽然很温顺,但说不定有朝一日会离开自己,特别是在银座这样充满诱惑的地方,更不能掉以轻心。

为了牢牢地把雾子抓在手里,培养她成为一个理想的女子,必须要尽早让她离开银座。

能够坦白地表明自己这种心情的,除了能村以外,没有第二个人。

刚才和其他客人说着话的女老板走过来,给他们俩换了烟灰缸。

"二位怎么啦?怎么这么严肃?"

"我们偶尔严肃一回,不行吗?"

"可是,能村先生总是大声说话,喜怒哀乐形于色,那多好。"

"是吗?难道我不能偶尔像贝多芬那样有点烦恼吗?"

能村半开玩笑地说,但脸上没有笑容。女老板心中有数,知趣地走开了。

"可是……"待两人调整情绪后,能村沉着地说,"让她辞职,那得照顾她的生活。"

"那自然咯,我正在考虑。"

"你要做她的赞助人吗?"

"我还没有想那么多。"

"可是,心情总是一样的。"

秋叶不作回答,能村一时想不出适当的话来,叹了口气。

"这事非同小可。"

"可是这孩子不会太浪费的。"

"我不是指钱多少,至少你得养着她。"

既然让她辞职,也不会再叫她去干别的工作。

"我认识一个人,也是喜欢某吧女,让她辞职,把她养起来。可是那孩子一天到晚无所事事,觉得无聊。一天不去看她,她就闹,最后打电话到那人的公司和家里,闹得满城风雨。"

"……"

"当然,你是独身,情况有所不同。"

"那女孩子多大岁数?"

"大概二十五六岁吧。"

雾子二十三岁,女人觉得无聊跟年龄没有关系。

"后来怎么样了?"

"为了给她解闷,让她学开车,和一个年轻男人好上了,一走了之。"

原来秋叶以为让雾子辞职,这事很简单,其实有许多麻烦。多年以来在银座混的能村的话是有说服力的。

"难道你和她住在一起吗?"

"那倒不见得……"秋叶说到这里,含糊其词说不下去了。

秋叶当然愿意和雾子住在一起,但暂时还没想得那么远,当务之急,赶紧把雾子从醉汉们的魔掌中解放出来。

左侧的两位客人走了,又进来三位客人,秋叶和能村挪到吧台的一端。

"对不起。"

女老板向他们表示歉意,她考虑两人在谈正经事,在角落里比较合适。

"话虽如此……"又要了一杯威士忌后,能村忽然又想起了什么,说道,"我真没有想到你会如此当真。"

能村显露出难以理解的表情,而秋叶也没想到自己会对雾子如此着迷。

在短短几个月里,秋叶已陷入了泥沼,难以自拔。

当然,现在他不认为是泥沼。

"她确实不是坏女孩……"

能村喝着威士忌,没有再说下去,秋叶却急不可待地问道:

"你想说,她太年轻了,是不是?"

"不,这是你的爱好,我能说什么呢?"

又停了一会儿,能村说:

"我真没想到你会选择这样的妞儿。"

"那么你以为谁合适呢?"

"个人的好恶,谁也不能干涉,如果你真要我说的话,那还是田部史子与你相配。"

"可是那女人给人以一种阴冷的感觉。"

"对职业妇女,自然会有这样的感觉,但她各方面条件还可以,既聪明又能干。"

能村贬低了雾子,秋叶忽然感到雾子太可怜了。

雾子也不笨呀,如果她愿意的话,也能做其他工作。就因为她是银座的吧女,能村轻视她,这种看法不能使秋叶心服。

"你的意思是,在酒吧当吧女就不行吗?"

"逢场作戏,那再年轻也没关系,可是现在你如此当真,这就另当别论。"

"你说下去。"

"你被认为是代表现代才智的人物,为什么对这个妞儿如此着迷?"

"这是新闻记者起哄,给我定的位,才智和喜欢女人是两码事。"

"那我无话可说了。"

"我决心让她辞掉酒吧。"

秋叶像个淘气的孩子,斩钉截铁地说。

秋叶和能村又换了一家酒吧,一直到11点半才分手。

秋叶再去常去的依斯特咖啡店等待雾子。

今天他本来想和史子过夜,不打算见雾子。突然被史子撂下,在和能村喝酒时,急不可耐地想见雾子。

其原因,一是受了史子的冷落,二是能村认为他和雾子的关系不该如此深入。

能村如此坦率地表示自己的意见,那是他的友情,但他的说法,对雾子太不公平了。

诚然,雾子是银座的吧女,没有上过大学,在智能和品位上不如史子。

然而,雾子现在还年轻,往后还能发展,到了四十岁,也不见得比史子逊色。

能村认为史子合适,这话也有道理。她是个有学问的知识分子,但他喜欢的不一定非要是有才智的女人。

秋叶认为智能和对异性的追求没有关系。学识高了,追求也随之提高了,那也不一定。

一般说来,脑袋大的人,对女人的淫乱的姿态充满好奇心。而知识分子处于与爱憎无关的场合,对女人不是胆小,就是缺乏说服女人的才能,那是自我防卫的本能。

想到这儿,秋叶终于想开了,将错就错。

起初,他想和能村商量商量,没想到他如此贬低雾子,自己的感情反而高涨,最后他甚至想喊出来:"你不知道雾子的身体有多么诱人!"

本来嘛,男女之间的事,第三者是难以理解的。

男女之间的事,不了解他们性交流的感觉,第三者是无法理解的,真正了解对方的是有过性交流的当事人。

本来,这种事用不着同别人商量,自己决断算了。

虽说是商量,但秋叶早已决定让雾子辞职。能村听了这话,有点扫兴了,最后换家酒店再喝,也不过是敷衍了事。

秋叶觉得过意不去,自己也兴致索然,于是打电话给雾子,约她出来。

过了午夜12点,银座的咖啡馆是男女约会的地方。依斯特咖啡店在酒吧、俱乐部密集的地段,生意特别好。

此刻,十二三个的雅座几乎已被幽会的男女占满了,当然等待的是男人居多,悠然自得地抽着烟,眼睛不断向门口望去。

只要门口出现一个女人,所有视线都射向她,一看不是自己等待的人,立刻扭过头去。

秋叶坐在靠中间的雅座,脸朝着门口,点燃了烟。

雾子的酒吧是11点45分下班,这儿离"魔吞"步行四五分钟的距离。12点应该能到的。

秋叶伸手去端咖啡杯,顺手看了一下手表,这显然是无聊的动作,秋叶借此来遮羞。

这样的动作重复了三次,雾子出现在门口。

雾子站住,朝四周扫了一眼,一发现秋叶,径直走了过来。

其他男人的视线跟着雾子走,到了秋叶的雅座便停止了。

秋叶本想说:"瞧,多么漂亮的女人!"但他终于克制住了,朝雾子点点头。

或许是她急匆匆赶来,不住地喘气,捋了一下头发。从京都回来后,雾子一直保持披肩发。

"很忙吧?"

"不太忙,只是有个客人也邀我出来玩。"

秋叶打电话给"魔吞"刚过11点。

"您的电话来得正是时候,本来我就不想同他们出去。"

"如果我不打电话去,你就走了?"

"女老板也一块儿去,我不好拒绝。"

雾子要了一杯冰咖啡,用手巾轻轻地拍打一下肩膀。雾子今晚穿着一件浅绿色的连衣裙,束着一条宽幅的黑皮带,显出她那苗条的腰身。整个色彩淡雅大方,半露着的胸口戴着金项链,那是半月前秋叶送她的礼物。

"可是,不会得罪那个客人吗?"

"不会的,我和女老板说了。"

"你说我在等你?"

雾子率直地点点头,用吸管喝冰咖啡。

秋叶见这情景,心情很复杂。

"女老板生气了吧?"

"不,她是个善解人意的人。"

雾子倒没事了,可是自己对"魔吞"的老板总有点不好意思。

"刚才我和能村在一起。"

"9点钟我见过他,后来就没影了。"

秋叶点点头,喝了一口咖啡说道:

"我看你不要再干了。"

"您说什么?"

"不要再干吧女了。"

雾子不禁一愣,注视秋叶的表情,少顷,惴惴不安地说:

"我能干什么呢?"

"学学做菜、英语会话,还有其他许多事情可做。"

"可是,我……"

"生活上的事,你不用操心。"

雾子歪起脑袋想了半天,那细细的脖子在灯光下暴出青筋。

"这事情来得太突然了……"

"那倒是的。"

对年轻女孩子,遇到这种事,会一时不知所措。让她辞去银座酒吧的工作,对秋叶来说那是最简单不过的事,可是雾子需要下很大决心。

"好吧!这事儿你慢慢考虑考虑。"

秋叶仿佛自言自语,拿起账单站了起来。

雨渐渐小了,可是空气闷热。

秋叶撑开伞,让雾子和他并排走,朝比较空旷的晴海大道的出租汽车站走去。

银座一带的酒吧打了烊,又加上下雨,很多人在这儿等车,幸好都撑着伞,不太扎眼。

"今天带你去一处不同寻常的地方。"

迄今秋叶和雾子都到大旅馆开房间,还没去过"Love Hotel"[①]。

[①] Love Hotel,情侣旅馆。

因为一直带她去第一流的大旅馆,不好意思开口说去情侣旅馆,可是偶尔去一次也不坏嘛。今晚秋叶特别兴奋,身上燃烧着欲火,刚才被史子冷落,此刻急需找个对象发泄。

"可以吗?"

秋叶问了一句。雾子默不作声,她本来就不知道要去哪儿,自然难于回答。

"很近,去涩谷。"上了车秋叶对司机说,然后转过身来问雾子:

"刚才要带你出去喝酒的客人,是个什么样的人?"

"是公司经理,做药品生意的。"

"年龄?"

"四十岁左右。"

女老板也要跟着去,本以为一定上了年纪,可他才四十岁,这使秋叶感到意外,比自己还小九岁。

"是第二代老板吧?"

"或许是吧,他父亲也常常在银座玩。"

"那就是吃父亲的公子哥儿。"

听说比自己年轻,秋叶对这个没有见过面的对手燃起了妒火。

"不过,这个人挺有意思。"

"你刚才不是很讨厌他,是不是?"

"是的,他要和我结婚,真烦人。"

"此人还是独身?"

"以前结过婚,现在离婚了。"

"那么,你是怎样考虑的?"

"我没有这个打算,叫我妈妈见了,也不会同意的。"

雾子既然有这样的想法,正合秋叶之意。

"大少爷离了婚,这种人指望不得。"

秋叶忘了自己也是离婚的,一个劲儿贬低对方。

汽车穿过涩谷的十字路口,驶到"东急"[①]总公司大街,马路忽然变成上坡路。这一带,Love Hotel 的霓虹灯五光十色,十分醒目。

"弥勒柔"就在坡道尽头的左边。

秋叶得知"弥勒柔"是上百货公司购物的时候。他家在南平里,经常到这儿来。高耸入云的大楼上五光十色的招牌引人注目。

这是一家新开的 Love Hotel,广告上大肆吹嘘,房间里四面都是镜子,可以从各个角度欣赏。日语中镜子叫"弥勒",干脆起名叫"弥勒柔",太有意思了。

第一次去"弥勒柔",还挺顺利。周围的 Love Hotel 鳞次栉比,因为新开张,墙壁粉刷得雪白,花里胡哨的霓虹灯令人目眩。

"到了……"

秋叶下了车,叹了口气。雾子跟在他身后,进了自动门。右边是总服务台,对面的墙上贴着各个房间的内部照片,并标出价格,顾客根据自己的需要任意选择。旁边是投币箱,投币后就可拿到钥匙进房间。

这样做,可以不必和总服务台的人打交道。秋叶选了一间日本式房间,上了电梯。

"你来过这样的旅馆吗?"秋叶半开玩笑地问道。雾子立刻摇摇头。

上了楼,走出电梯,黑乎乎的走廊,只凭脚下的灯光照明。秋叶掏出钥匙,打开了 306 室的房门。

屋里,迎面是六铺席的休息室,屏风后是卧室,都是日本式的。休息室中央有桌子、镜台和冰箱。

---

①东急是东京急行电车的简称。

"喝点啤酒吧。"

为了遮羞,秋叶没话找话说,随手打开冰箱。雾子进了化妆室,秋叶趁这空隙,朝卧室窥视,屋中央铺两床花被,并排摆着两只粉红色的枕头。

被褥那一边的墙壁是隔扇,镜面向左右两侧敞开。仔细一看,脚后头、屏风的里侧,都是亮晶晶的镜面;一抬头,天花板上也镶着长方形的镜面。

只要一按电钮,所有镜面都在灯光的照耀之下。

"原来是这样……"

秋叶环顾室内的装置后,坐到桌子跟前。这时,雾子从化妆室里出来了。

上床之前,雾子必定要冲淋浴。秋叶等不及,想让她钻被窝,她转过身去:"请等一下。"朝浴室走去。

虽然没有出汗,但雾子绝不就此上床。雾子如此爱干净,是否来自于母亲的遗传。

如果真是这样,在母亲改嫁以前,她家是守规矩、讲礼仪的家庭。

"洗澡吗?"秋叶问道。

雾子困惑地朝浴室看了一眼。

从这日本式房间,透过玻璃看,可以望见浴室的一角,或许这使雾子犹豫不决。

"我不会看你的,你先洗吧。"

秋叶脱掉衣服,独自坐下,面朝浴室。

当然,如能窥视雾子入浴,那是最理想了,不过,今晚四周围全是镜子,可以充分地观赏雾子雪白的肌肤,不用着慌。

秋叶想象着几分钟后的美景,不料雾子仍坐在桌子边。

"快去洗吧,我不会看的。"

秋叶过去拉上玻璃隔扇上的窗帘,雾子这才放心了。

目送雾子进了浴室,秋叶关掉房间里的灯,进了卧室。

近来 Love Hotel 的布置搞得奇形怪状,令人瞠目。什么圆形的双人床、吊床,不一而足。这间卧室比较简单,因为四面有镜子,这就足够了。

秋叶倒在被褥上,随手按了一下右边的电钮,与床铺平行的镜子大放光明;再按一下中央的电钮,脚底下的镜子射出柔和的光;接着按下左边的电钮,左首屏风上的电灯亮了。

躺在被褥上的自己的身姿,映在三面镜子里,秋叶一时惊慌失措。这样场面,似乎在众目睽睽之下,两人如何做爱呢?

秋叶又按了一下有"上"字样的电钮,这时天花板上的镜子也亮了,秋叶仰卧着,看到了自己的全身。

"这玩意儿真厉害!"

秋叶不禁嘟囔了一声,重新看看这些"机关"。

如果雾子一丝不挂映照在这镜面中,会是什么样子?秋叶不着边际地胡思乱想之际,雾子洗完澡从浴室里出来了。

她胸前裹着一块大毛巾,下身裸着。

雾子的睡态固然很美,赤裸着的身子裹上一块大毛巾的姿态也不难看。为了防止头发弄湿,她把头发往上一盘,露出细细的脖子,更有一种新鲜的妖艳之感。

"快进被窝吧。"

秋叶抑制自己焦急的心情,掀起被单的一端,雾子蹲下身子钻了进来。她还没发觉周围的镜子。

待她全身进了被子,秋叶一把抱住她,刚洗过澡,全身散发着难以形容的清香。

待身子暖和过来后,秋叶抚摸她的背脊,一边掀开了被子。

梅雨天的闷热,光着身子也不会觉得冷。雾子听任秋叶摆布,秋叶掀掉裹在身上的大毛巾,露出雾子全裸的身姿,按下了枕旁的电钮。

瞬间,荧光灯照在隔扇的镜面上。

雾子背对着镜子,刹那间不知发生了什么事。

她回过头一张望,惊慌失措地摇摇头:

"不……"

她虽背对镜子,那丰满的胸部和细细的腰身浮现在明晃晃的镜面里。

"关灯……"

秋叶按住了企图逃脱的雾子,打开了脚跟前镜子上的灯。

强烈的光束突然射到雾子的大腿上,她急忙缩起了脚,秋叶没理会她,又打开了天花板上的灯。

"呀……"

雾子大吃一惊,急忙用手捂住脸。

然而,她已无法掩盖赤裸着的身子。

她仰卧着,从丰满的乳房、白而细嫩的腹部,一直到缩起来的脚,在镜面里一览无遗。

"别这样……"

"不,我要这样。"

雾子缩着脚,顾前顾不了后,她转过身去,脚后的灯光照着胯股间和臀部。

雾子已被四周的镜子包围,无处可逃。

秋叶陶醉于这美不胜收的景象。迄今为止,他已数次见过雾子的身子,但借助镜子的媒体,别有一番情趣,那妖艳的媚态,激起了秋叶的兴奋,难以自制。

男人自然喜欢观赏女人这样的裸体,秋叶确信,把她掩盖起来,毋宁说是罪恶。

秋叶甚至忽然产生一种错觉,似乎是皇上在观赏后宫的丽人。

雾子的裸体躺在四周都是灯火通明的镜面里。不论从哪个角度,都散发出她青春的活力。

"别这样,快给我盖上被子。"

雾子伸出手到处乱抓。

早已踢到一边的被单,她无论怎样也够不着。她越动,其结果,各种各样的姿态在镜面里映了出来。

隔扇上的镜子映出她丰满的胸部、双臂、膝盖。屏风上的镜子映出她的背部、腰部的曲线。

脚后的镜子映出缩起来的双脚及圆乎乎的臀部。从下往上看,雾子臀部特别大,胯股间洼沟看得清清楚楚。

一丝不挂的女裸体,从天花板上的镜子里看得格外清楚,她那一头黑发散乱在枕头上。

"真美!"

秋叶像说梦话似的嘀咕了一声,两只眼睛死死盯住镜面里的裸体。

雾子苦苦地哀求秋叶,但秋叶怎能舍弃这美丽的画卷。

"求求您了。"

雾子再一次哀求,秋叶只装没听见,将视线移到脚后的镜面。

雾子再次嘟囔:"您真混……"

秋叶的耳中传来的似乎不是雾子的声音。和刚才哀求的声音不同,雾子好像苏醒了。

秋叶不由得吃了一惊,掉过头来看,原以为雾子闭着眼睛,却不知,镜面里的她,眼睛睁得大大的。

"您真混……"

没错,雾子是看着镜面说的。

秋叶看着她阴冷的侧脸,不由得退缩了。

秋叶原以为雾子害羞地缩着身子,闭起眼睛,被四周的镜子照得一定抬不起头来,东躲西藏。

可是雾子此刻抬着头,眼睛睁得大大的,凝视着镜面,看不出她害羞的样子,可以说,她充满着好奇心在琢磨这镜子的装置。

开初,雾子惊慌失措,到处乱抓被单,想盖住自己的身子,发现办不到,干脆睁开眼睛朝镜子看。

雾子发现明晃晃的镜子里映出自己的裸体,自然羞得抬不起头来,但仔细一看确实很美。而对观赏自己裸体而狂喜的秋叶觉得不可思议。

秋叶忽然觉得头上的血直往下流。

观赏镜面里的女裸体,产生了无比的喜悦,这是因为看到女人羞答答的表情。她那躲躲闪闪的动作,更有观赏的价值。

可是,雾子睁开眼睛,苏醒过来。秋叶反而觉得自己在她怒目瞪瞪之中,这场面太滑稽了。

忙着制止赤裸女人的反抗,一心只顾看镜面里的女裸体,没意识到自己赤裸的身子有多难看。仔细想想,肌肉松弛的中年男子的身体怎能和水灵灵的女裸体相比呢?

"你太美了……"

秋叶说罢,拽过脚后头的被单。

此刻,他只想遮住自己丑陋的身体。

"你没见过这样的旅馆吧,所以领你来玩玩。"秋叶边说,边关掉所有的灯,只留下灯笼式的台灯。

刚才已适应明亮的灯光,一旦关掉,那灯笼式台灯里透出的光束,别有一番风情。

雾子的身体一步一步地被开发,一次比一次美。

雾子真正"觉醒"是从京都旅行回来之后。从那以来,秋叶一星期两次和雾子同床。

起初,只要能搂住她光滑的身子就满足了,现在似乎稍感不足。

有时,雾子似乎像孩子那样淘气,只要秋叶一停手,不再抚摸她,她便闹别扭,对秋叶说:"呃,您怎么啦?"

夜深了,秋叶累得想先睡觉,她却摇晃着秋叶的身子:"别睡嘛,再陪我玩一会儿……"

秋叶问她:"你还要吗?"雾子便摇摇头,"不……",可是她的表情明明白白地告诉秋叶,她还想要。

秋叶最喜欢看雾子这样焦躁不安的表情。

"我不嘛……"

雾子像只小猫似的对秋叶撒娇,实在可爱。

有的女人有丰富的性经验,把性的魅力露于表面;有的女人谨慎、谦虚,似乎对性的交流毫无兴趣,一旦燃烧起来,更能激起男人的情感,使男人沉浸在一种优越感里。

"只有我才了解她的本来面目。"

雾子此刻已变成这样的女人。

她在酒吧上班时落落大方,而此刻才真正体现出女性的魅力,又残留着与生存竞争十分激烈的世界不相称的风情。

上床后,她才突然一变,当然不是变成一只狮子,而是变成一只彻夜啼哭的小猫。

由于秋叶的精心栽培,雾子从内里渐渐改变,此刻已成了一盆非常好看的盆花,她的"成长"是非常顺利的。

但也使秋叶感到不安:就这样"成长"倒也罢了,不要"成长"为一个贪得无厌、难以对付的女人。

秋叶如此热烈地抚摸着她的肌肤,只图眼前的快乐,没法想得更远。

在灯笼的映照下,雾子雪白的身子又浮现在镜面里,又燃起了秋叶的情欲。

这时,雾子却变得十分温顺,听任秋叶的摆布。一旦完了事,周围的镜子,一切煽情的装置成了多余的东西,秋叶赶紧把镜子上的灯全部关掉,仰卧在床上。这时雾子总是依偎在秋叶的胸口,半截身子趴着睡觉。

平时,秋叶总是先昏昏睡去,而雾子听着他鼾声,不多时自己也困了。待半夜秋叶一觉醒来,发现雾子睡得很香。她拿秋叶的胳膊当枕头,像只小鸟安睡在鸟巢里。

起初,雾子上床后,怯生生的,身子直打哆嗦。现在起了很大的变化,对她的适应能力,秋叶惊讶不已。

这是进步呢,还是退步?秋叶一时弄不清楚。但雾子已习惯秋叶的肌肤,这是事实。

以前,房事过后,秋叶来了睡意,昏昏沉沉之际,雾子一定得叫醒他。最近,雾子已和秋叶一起昏昏睡去。

"起来吧!"

秋叶叫起她来,雾子无精打采,懒洋洋地点点头。

诚然,性的交流得到满足之后,就懒得动弹。如果是正儿八经的大旅馆,倒无所谓了,可是在这 Love Hotel,不想再待下去了。

目前这样状况下,秋叶想:应该有属于自己的房间。现在和老母亲住在一起,总不能让老人家搬出去。

"下回夏季度假时,去山中湖,怎么样?"

秋叶的别墅在山中湖,今年母亲常住院,看来不会去别墅。

"到那儿去住上一个月。"

"这么长时间吗?"

"你不要再干了,总之不要欠他们的钱。"

"那倒没有。"

"这就简单了,干到这个月底吧。"

秋叶早就有这个打算,看来,雾子慢慢会同意的。

秋叶瞥了一下枕旁的表,2点半,进来时12点半,已经过了两个小时了。

"起来吧!"

"等一下。"

秋叶下床,雾子制止他,先下了床。

雾子想去冲个淋浴,再穿上衣服。

史子和雾子不同,上床前洗个澡,房事后就不洗了。史子曾经这样说过:"我不想洗掉您沾在我身上的气味。"

秋叶感到满足,但有点不是滋味。

不想洗掉和男人房事后的气味,正是爱的表现,同时也可窥见这个女人情欲之深。这是中年妇女的特点。

然而雾子一定要冲个澡,她不像史子那样情深,但她具备了年轻女人的清爽。

秋叶坐在桌子跟前抽烟。这时,雾子从浴室里出来了,她已整整齐齐地穿上衣服,头发也梳理完毕,因为不再去上班,脸上不需要化妆,但肌肤却非常靓丽。

二十三岁的年轻女子,每经过一次房事,就在她身上注入了活力。

与雾子相比,秋叶稍感疲倦,他的酒尚未醒过来,但主要是房事后的疲劳。

秋叶穿上衣服,把剩下的啤酒一饮而尽。雾子则走进卧室去整理被褥。

隔着屏风,看不太清楚,雾子好像在叠浴衣,整理床单。

秋叶的前妻从来不这样做,或许出身于富裕家庭,她认为铺床叠被是女佣人的事。

此外,秋叶还和几位女性发生过关系。房事过后,铺床叠被的,都是出身贫寒却有教养的女人。

近来,秋叶之所以倾心于雾子,是因为她具有一种与年龄不相称的性情,会关心人,这些深深扎根在她身上。

雾子整理好被褥,从卧室里出来,秋叶给她斟上啤酒。

"真好喝……"

雾子喝了一口,手握酒杯,缩起了脖子。这一举动,同刚才做爱时判若两人。

"走吧!"

秋叶用电话告诉服务台。本来想让服务台要一辆出租汽车,一想这么大年纪从 Love Hotel 出来还有点抹不开,就算了。

把钥匙交给服务台,付了房费,两人来到外面,雨已经不下了。虽已凌晨 3 点,小街上的行人却熙熙攘攘,偶尔还有汽车擦肩而过。

秋叶和雾子躲开人群,撑着一把伞,两人肩并肩下了坡,要了车。

"我先送你回去。"

"不用,你家不是离这儿不远吗?"

"不,我去你的住处。"

雾子的公寓在睛海,方向正好相反,秋叶想趁此机会兜兜风。虽稍远一点,但深夜马路上车少,无需多长时间。

"这一回,要给你找一个住处。"

汽车已驶到高树町附近的高速公路,秋叶凑在雾子的耳边说:"在青山、原宿,或者在自由丘一带好吗?"

秋叶的家在涩谷,离这些地方都很近,很方便,哪儿都行。

"住在那样的地方吗?"

"怎么?你不愿意吗?"

"不,我早就想住在那样高级的地方了。"

秋叶感觉到雾子的呼吸。

"辞去酒吧,找个舒适的地方,悠闲地过上一段日子。"

"我要是不干了,自己想做的事太多了。"

秋叶想象着在新的住处吃着雾子做的饭菜,一起上床的情景。

"真的不干吗?"

"当然。"

"那好,我干到这个月底。"

雾子突然下了决心说道。秋叶一时不知所措,但对雾子的决心自然不会有异议。

"那好,下星期我们去找新房子。"

秋叶一下子兴奋起来,自己将有新家了,他激动地握住雾子的手。

云海

秋叶的山中湖别墅位于湖畔环行道通往美人鱼森林的高坡上。

别墅是秋叶父亲建造的,已经二十多年了。

当时,正处于"别墅热"高潮之前,一听说在山中湖,似乎很偏僻。

然而实地一看,山中湖正面可以望见富士山,山脚下一片林海,颇为壮观。

"轻井泽一带纯粹是乡下,只有富士山麓才是美景。"父亲夸大其词地感叹道。父亲从年轻时周游世界各国,他已看惯了热闹的城市,到了晚年选择了代表日本的富士山山麓。

当时中央线火车只能到大目,换乘"富士急"火车,再坐公共汽车才能到达湖畔,交通相当不便。

现在"东名""中央"两条高速公路开通后,交通一下子方便多了,从涩谷至山中湖只需两小时左右。

父亲健在时,每年梅雨期7月中旬至9月初待在别墅里。父亲去世后,母亲和孩子们也常去。

秋叶离婚后,孩子们不去了,母亲和女佣人每年去别墅住上两三个星期。

去年,秋叶在别墅住了半个月,一半日子和母亲一起,一半日子是和史子度过的。

去别墅度假的事,甚为简单,只要打一个电话给执事就行了。

在日本拥有别墅的人,大多在出发前,先准备食物和衣服,再带上炊具和游玩的器具,装上车运去。一到别墅,打开窗户,进行大扫除。不够的东西,去附近的超市购买。自己做饭,晒被子,清除屋周围的杂草,清扫发了霉的阳台。与其说玩,不如说是劳动。究竟为什么去别墅,连自己也弄不清。

如果一家人乐呵呵地干倒也罢了,妻子和孩子都走了,秋叶再也不能从中找到乐趣了。

母亲和女佣人都已老了,也懒得去别墅度假。偌大的别墅成了无用之物。

假如有人要的话,秋叶真想出让,但想起这是父亲一手建造的别墅,又能望见富士山的美景,怎么也舍不得。

秋叶最后保留下来,心想将来总会有用途。他做梦也没有想到,会和比自己小二十多岁的雾子去别墅度假。

当他决定和雾子去别墅,他首先想到别墅周围的人会怎样看待自己。

秋叶的别墅一带,靠近山中湖,开发得较早,户数少,其余则是公司和政府机关的宿舍。这些建筑物的管理人他不熟悉,他熟悉的是附近私人别墅的住户。

秋叶想,把雾子带去度假,这些老住户会有什么看法?

以前和妻子一起去,他们都认识。离婚后,和史子一起去度假,因年龄相仿,人们也不见怪。

可是,这一次领去一个和史子无法相比的年轻女子,邻居的妇女

们或许会说三道四:

隔壁的大叔领了一个漂亮的女人来了。

想到这儿,秋叶感到心头沉重,可是当他想到这些的时候,已经和雾子约定了,现在已很难改口。

"我和你一起去,不知周围的人会怎样看我们。"

话虽如此,但毕竟是邻居,不见得每天见面。外出时,一坐上车,谁也看不见。即使偶尔在庭园里碰见,推托是自己的侄女或朋友的姑娘。

秋叶下定决心,要和雾子在别墅避暑,不管外面有什么风声。

可是,如何向母亲交代,倒颇费心思。

秋叶自己没法在别墅生活,因为必须有人给他做饭、打扫卫生。

去年,母亲和女佣人不在别墅的时候,是史子照料他。当时,秋叶直率地告诉母亲,和史子在一起。

这一回,母亲又问:

"和田部君一起去吗?"

秋叶含糊其词,吞吞吐吐。

"不是她吗?"

"是……"

"那还是她咯。"

母亲倒并不是责问儿子,老人家只怕没人照料儿子的生活。

秋叶该说:"和另外一个女人。"但一时说不出口。

"要不,我跟你去吧!"

"不,没事儿。"

好不容易有机会和雾子一起度假,母亲一参加,那就没意思了。

连日酷暑的8月初,秋叶和雾子一起去山中湖。秋叶开着车从涩谷经首都高速公路,再取道东名高速公路,向御殿场进发。

"我还是第一次去别墅。"

年轻女人说话总是装腔作势,显得自己有教养,而雾子则老老实实,坦率地表示自己的喜悦,就这一点特别讨秋叶喜欢。

"在那儿住一段日子,没事儿吧?"

"真的吗?我可以住些日子?"

"当然咯。"

秋叶点点头。两人一起生活,做饭、打扫卫生全靠雾子自己,不知她能否承受得了?

当然不能像母亲、昌代那样周到,但这个未知数颇具魅力。

"你不用再去酒吧上班了吧。"

目前尚未正式向酒吧辞职,暂时只采取请假的形式,辞去工作必须让雾子心服口服。

"别墅附近有商店吗?"

"有杂货店,也有小型的超市。你最拿手的菜是什么?"

"拿手?"

"有鱼行,可不一定有鲐鱼。"

秋叶想起雾子爱吃酱鲐鱼,半开玩笑地说,雾子不由得一愣。

"不做西洋大菜,行吗?"

"有大米饭和黄酱汤就足够了。"

"那我会做。"

今日雾子穿着一身无袖的浅黄色的连衣裙,束着一条红色皮带,戴着一对红宝石耳环。说是去别墅,轻装旅行。从京都回来后,她的打扮比从前优雅多了。

雾子没忘了戴秋叶送给她的礼物——金项链,这一点特别可爱。

"别墅里，晚上怕人不？"

"没关系，你害怕的话，我陪你上厕所……"

"讨厌！"

雾子夸张地表示惊愕，问秋叶别墅有多大，周围的景色如何。

秋叶不作回答，注意力集中在雾子的肩膀。

她因为穿着无袖的连衣裙，露出瘦削的肩膀，而丰满的乳房隐约可见，一举手还可窥见已经除了腋毛的胳肢窝。

女人的夏装，侧面看比正面看更加艳丽。

两人不着边际地说着话，到达别墅已下午4点。

太阳还高悬在空中，但高原的傍晚气温下降。穿着无袖连衣裙感到有点凉飕飕的，雾子披上对襟毛衣站在阳台上。

"哇——真漂亮！"

正面是一片树林，可以望见山中湖，再往前则是宽广的富士林海。

"大晴天可以望见富士山顶。"

梅雨季节到夏天，云层遮天，很少能望见富士山顶。现在六合目一带被厚厚的云彩遮住了。

然而，迎面吹来的风凉爽宜人，从周围的树林里传来了唧唧喳喳的鸟鸣。

"在这儿住半个月吗？"

"你愿意的话，多住些日子也无妨。"

秋叶本打算住十来天，日子长短无所谓，只要能安下心来工作就行。

"我做梦也没想过住在这样幽静、景色优美的地方。"

雾子俨然是这别墅的主人。秋叶瞅着她的侧脸，产生了一种错觉，似乎自己已有了新的家庭。

一进别墅,正面是十铺席的起居室,再往里是八铺席的和六铺席的和式房间。楼上还有一间房间,用作秋叶的书房。

六铺席的房间虽然小一点,但可以透过树林望见湖面,是母亲最喜欢的地方。

"这边有镜子,你看如何?"

靠窗边设有三面镜,对面则是大衣橱。

"我可以使用这间房间的'全部'吗?"

"当然咯。"秋叶答道。他想起去年史子也睡在这儿。

"哇——还有大衣橱。"

雾子对这儿的设备一无所知,打开大衣橱瞧瞧。

"这儿是卧室吗?"

八铺席房间连接山麓,照射不到阳光,较为幽静。

"厨房在哪儿?"

秋叶领雾子看了看连接起居室的厨房和浴室。

"这别墅太棒了。"

"已经太老了,破烂不堪。"

已经过多次整修,筑上石头围墙,阳台也用上等的木材加固了一番。

最下功夫的是起居室,柱子用的是红松巨木。

"住在这样的地方,心里太踏实了。"

秋叶点点头,他记得史子也说过同样的话。

三天前,秋叶让昌代来别墅打扫,并准备下必需的食品,随时可以做饭。

然而初来乍到就叫雾子做饭,有些过意不去,再说现去购物也太麻烦。

"到外面去吃晚饭吧,今天是第一夜,带你去个好地方。"

"那么,我得换套衣服。"

"不用,这一身挺好嘛。"

反正是休闲,不用那么讲究,可是雾子立刻闪进房间,换上秋叶在京都给她买的套装。

准备就绪,走出别墅。湖畔左边的上空,夕阳高照,天空一片红彤彤的。到了秋天,天空晴朗,夕阳比这还红,现在的云层太厚了。

秋叶穿着翻领衬衣和麻布夹克,上了汽车,雾子则坐在助手席上。

邻居家的别墅似乎一家人都来了,还未照面。想尽可能少见面,但恐怕办不到。

秋叶启动引擎,逃窜似的穿过山路。

左右两侧是枝叶茂密的树林,仿佛是条绿色的隧道。穿过去就是湖畔大马路。

傍晚有点凉飕飕的,但湖面上一群年轻人在玩帆板。

"太有意思了,我也想去玩一下。"

雾子说着,眼睛发亮。这样的运动,秋叶是无能为力的。

"还是打高尔夫,比这好玩。"

"可是那玩意儿很难啊!"

"从现在开始学,到了秋天准能上场了。"

秋叶从未带女人去打高尔夫球。球员中加入一个女人,节奏就乱了套。打得好,必须表扬,打得不好,得去安慰她。在男人寻欢作乐的场合,加入一位以她为中心的女人,只会碍事,不会增加乐趣。

这是秋叶的一贯主张,但雾子则另当别论。

待她多少会打一点的时候,带她去玩玩也无妨。

因为离东京较远,山中湖尚未庸俗化,保持着自然的本来面貌。

与秋叶刚来时相比,周围增加了不少别墅,但只限定于一定的地域内,不像轻井泽一带闹哄哄的。

目前,湖畔一带年轻人增多了,有的拿着网球拍,有的骑自行车锻炼,如此而已。

秋叶的父亲在建造别墅时,曾考虑过河口湖,现在看来,选定山中湖是明智的。

现在河口湖与山中湖相比,太俗气了。

然而,秋叶看中河口湖的优点——周围有大饭店。在湖畔有最古老、能望见富士山的大饭店。父亲生前曾带一家人去住过。

当时,从山中湖至河口湖,坐车需一小时,自从国道开通后,只需二十分钟。

此刻行驶在国道上,秋叶想起了父亲的往事。

父亲长期生活在国外,算是时髦的绅士。如果父亲此刻看到秋叶搂着一个年轻的女人在兜风,会有什么想法?

父亲或许会训斥,大好时光不学点好,专做些无聊的事!或者父亲会苦笑一声说,你这孩子真会出新花样!说不定后者可能性大。

秋叶回忆着父亲的往事,不知不觉已到了饭店门前。

"就是这儿。"

秋叶打开车门,让雾子先下去。雾子抬头看了一下饭店的正面。

"这建筑物怪得出奇。"

饭店是木结构的三层楼房,正面入口处是宫廷式的屋顶,左边可以望见瞭望塔。

"这饭店太古老了。"

"几乎和我同岁。"

这饭店是昭和十一年(1936年)建造的,至今已有48年了。

门厅的天花板甚高,用杉皮装饰,支撑它的是一根红松柱子,墙壁是用竹箔装饰起来的,房间中有着高高的落地窗。

"太罗曼蒂克了。"

这样的建筑物在东京很少见,雾子稀奇地东看看、西看看。

"这饭店年底前要拆了。"

"为什么?"

"到了岁数了。"

说罢,秋叶不由得一愣,自己和这饭店同岁,却在追求一位年轻的女子。

餐厅在门厅上方,登上台阶往左拐。

从餐厅的窗户可以望见面向河口湖的庭园,然而以前被草皮覆盖的庭园此刻被推土机挖得坑坑洼洼的,已经没有昔日的影子了。在旧楼拆除前,先给新楼打地基。

"河口湖也罢,这饭店也罢,都要大变样了。"

秋叶忽然有些伤感,雾子自然不会理解他的心情。

餐厅与这饭店规模相比,算是相当大的,几乎座无虚席。来河口湖附近避暑的客人,都觉得这饭店稀奇,特地赶来吃顿饭。

"欢迎!"

因为每年都来,餐厅经理很熟悉,再说,去年和史子也来过这儿。

在经理带领下,在靠窗户的座位上和雾子面对面坐下。秋叶还有一件事感到不踏实。

周围的客人尽是邻居,差不多是全家人出动,只有秋叶领着一位年轻的女人来。或许是过虑,他总觉得周围的人们都在看着他。

也许那些人中也有羡慕自己的男性,心里在想最好不和家属一起来,也有这样一位年轻女郎作陪,那该多好。这样一想秋叶心里轻松多了。

秋叶点燃香烟,拿起侍应生送来的菜谱。

"要点什么?"

秋叶问道,想起雾子不太喜欢西式大菜,就要了两份简单的晚餐。

"再来点葡萄酒。"

秋叶不太喜欢外国高档的葡萄酒,却中意日本产的爽口的酒。东京一部分餐厅,不备国产酒,没法可想。而这儿地处乡间,桌上放着甲州产的葡萄酒。

先倒上两杯白葡萄酒,他们举起了酒杯。

"感谢您带我到这样幽静的地方来。"

雾子轻轻一笑,缩起了肩膀。史子也说过同样的话,但年轻女子不但用语言,而且全身都显示自己的喜悦。

"可是,我们不能老在饭店用餐,从明天开始你得做饭给我吃了。"

"我一定尽力去做,您可不要有意见。"

雾子的话引起秋叶的不安,不知她会做什么样的菜?自己会有这样的想法,似乎也是一种乐趣。

喝着葡萄酒之际,秋叶渐有醉意,对周围的眼光也就不在乎了。

假如自己和雾子的恋情闹得满城风雨,越闹大越好,闹的人成了配角,自己却成为主角,将错就错行了。

当初,和雾子面对面坐,仿佛自己是叔叔接待从乡下来的侄女,此刻似乎是经理和"秘书"了。

"我想提个问题可以吗?"

这位"秘书"探出身子问道:

"您以前不是结过婚吗?"

经雾子一问,秋叶这才意识到自己从来没同雾子谈过自己的事。

"为什么离婚了呢?"

"为什么……"

离婚的理由有的是,说简单哪,一句话。

"是不是不爱她了?"

"这也是理由之一。"

"那么,一开初是爱她的咯?"

当然,也有爱她的一段时期。但这样连珠炮似的问下去,实在难以回答。

"从那以后,您一直是独身?"

"那当然咯。"

"有没有别的喜欢的人?"

"那倒没有,可是……"

"可是……"这个语尾,说明秋叶的良心在受到责备。

"我听说男人们一个人是没法生活的。是这样的吗?"

"不,我身边还有母亲和女佣人。"

"我不是指的这个,而是那个……"

雾子似乎指的是"性",秋叶对雾子大胆的发问感到吃惊,雾子干脆把它挑明了。

"您不能老是那样忍受下去,所以开始写书,是不是?"

"那倒不见得,这种事因人而异。"

秋叶不敢明说,含糊其词,雾子穷追不舍。

"现在没有了吗?"

"你指的什么?"

"相好的人呗。"

"没有……"

秋叶本想斩钉截铁地说,可是话到嘴边,显得十分无力。

其实,雾子并不是追究秋叶的女性关系,只是对秋叶这样年龄段的人是如何生活的表示关心。

"您不再结婚了吗?"

"是啊!"

说实话,秋叶还没有再婚的勇气。

有时工作累了,或者喝醉了酒回来,如果有妻子伺候,那该多好。同时工作上遇到麻烦,情绪不好时也需要和妻子一起商量商量。

可是,有了妻子,麻烦也多。

首先,不能像现在这样自由自在地玩,总好像有条链子拴着自己,更不用说和雾子这样年轻的女人在外面过夜了。

凡事总有长处和短处,不能笼统地说。

归根结底,选择了自由,就得忍受孤寂。

离婚已经四年了,至今仍能悠闲自得地一个人过日子,全仗和母亲、女佣人住在一起。

反正,男人没法独居,身边必须有照顾自己的人,目前日常生活还没有什么不便。

生活没有不便,男人不一定非要结婚不可。

秋叶之所以有这样的想法,因为现在是中年,身子还硬朗,仍能干工作。再过十年,身体弱了,或许会要求有个人照料自己。到那时生活不便还是其次,主要难以忍受孤独,想要有一个同居的伙伴。

这或许是人的自然倾向,这样的话,结婚是为了年老后的保险。表面上是相爱,其实是衰老之后的一种保险。

实际上,许多人结婚是为了自己年老后的安全。

但也有人洁身自好,不要这样的保险,愿意自由自在地生活。他们认为结婚有太多的拘束,得不偿失。

曾经有过一次失败的婚姻,秋叶对婚姻抱怀疑态度。当然,身边有史子这样一个合适的伴侣,不能说没有关系。

男人一过四十五岁,对性的要求不像年轻时那样强烈,但史子的存在是不可否认的,在精神上和肉体上都得到了满足。

在日常生活和"性"两方面都得到满足之后,就不考虑再婚,再说双方都采取自由的形式,悠哉乐哉。

为什么不再结婚?如果把以上理由说出来,雾子或许能理解,那就得把自己和史子的关系抬出来,问题便复杂了。来到高原的湖畔,雾子食欲大增,从拼盘到牛排,一扫而光。

接着上了冰淇淋。雾子吃了一半,忽然不好意思起来,凑过脸来说:

"对面的人好像认识我们。"

雾子说的对面,是秋叶的背后,秋叶自然看不见。

"从刚才起不时地往这儿瞅。"

"那是因为你太漂亮了。"

今天雾子的打扮到哪里也拿得出去。或许此人过去和秋叶有过交往,是来别墅度假的。

"说不定是来这儿吃饭的客人。"秋叶吃着冰淇淋说道。

"可是,是个女人。"

秋叶一小时前来到餐厅,当时环顾四周,没有自己认识的人,或许是他们用餐时,才进来的。

"什么样的人?"

"四十来岁的女人和一个女孩子。"

这时,秋叶才感到背后的视线像针一样刺到自己身上。

"是不是在看我？"

秋叶没有回过头去看，只要一回头就能看到了，然而自己的脖子似乎僵住了，不能活动。

"好像母女俩。"

雾子说罢，秋叶才耷拉下眼皮回头一看。

"啊！"

秋叶差一点喊出声来。雾子问道：

"怎么啦？"

秋叶喝了一口冷饮，调整一下情绪，深深地叹了口气。

"认识吗？"

"不……"

好像是史子。正好背对着他，一时还弄不清楚是谁。

"还在瞧我们哩！"

秋叶想回过头去确认一下，但脖子像上了石膏绷带，转不动。

难道真是史子吗？刚才回过头去瞥了一眼，那身影似乎是史子。

"还朝这边看吗？"

"不，头朝下，正在吃菜。"

秋叶还是耷拉下眼皮，装作在寻找服务员，回过头去，这回看清了，没错，就是史子。

秋叶的座位在最里边靠窗户的位置，史子和女儿与他们隔着三张桌子。

史子正在用刀叉吃菜，没有发觉，离秋叶约有十米的距离。

"认识吗？"

"啊……"

"从刚才起一直朝这边看。"虽说有10米的距离，但史子的位置只能看见秋叶的背后,或许从背后认出了秋叶。

秋叶感到史子的视线,不由得弓起了背。

"不去打个招呼吗?"

"她们是我们坐下后才来的吧?"

"是的。"

史子为什么也来这里?是故意的吗?为什么选择他和雾子两人外出时间在这儿碰面?

或许她知道自己的行踪,跟踪而来。

然而,只有家里知道自己的日程。再不然是史子碰巧也在这儿。

吃完冰淇淋之后,服务员又端来了咖啡。全部菜都上齐了。

待服务员走后,秋叶往咖啡里加上砂糖和牛奶。

要不,就这样等着,让史子先走。但挨着不走,至多挨十分钟到二十分钟。

史子似乎才吃了一半,她比秋叶他们晚来,还得有一段时间。

秋叶喝着咖啡,考虑如何不被史子发觉而溜出餐厅。

但出口在秋叶的背后,中间坐着史子和她的女儿,如果坐在反方向,或许能从容不迫地出去,而现在必须从她们身旁通过。

秋叶有点后悔了,为什么坐在这样的位置?可是领他们来的是经理。史子也并不是特意选择那张桌子的。

许多巧事都凑在一起了。秋叶不由得叹了口气,雾子担忧地问道:

"怎么啦,没事儿吧?"

"没事儿……"

因为秋叶一脸不高兴,也影响了雾子的情绪。

"对面的人还没有走吗?"

"还在,有什么不合适的吗?"

"因为工作上的关系,我不想理她。她是出版社的人员。"

"经您这么一说,我也有同样的感觉。"

实际上史子是自由撰稿人,秋叶并没有撒谎。

"你喝完咖啡后,先出去等我。"

"我自己吗?"

"楼下门厅有家小卖部,你在那儿等我,我马上就去。"

在餐厅偶然相见,史子不会有什么意见,让雾子先走,不跟她见面为好。

"那么,我先走了。"

雾子立刻站起来走了。可是秋叶尚未做好心理准备。

"我在那儿等您。"

秋叶干咳了一声,点点头,雾子拿起手提包,三步并作两步走了。

待雾子走后,只剩下秋叶自己,他低下头朝桌子底下看,似乎在寻找什么,然后把香烟和打火机塞进口袋里。

史子应该发觉秋叶马上就要走了。秋叶背上像针刺一般,慢吞吞地回过头去,正好和史子的视线碰在一起。

秋叶躲开她的视线,像挨了训斥的孩子似的耷拉下眼皮走过去。

没错,和史子面对面坐着的是她的女儿。

秋叶本想做出刚刚发觉而吃惊的表情,但此刻已无法表演了。

他踱过去站在她们的桌子跟前,说道:

"什么时候来的?"

史子不作回答,给他行了一个默礼。

秋叶后悔不该站在这灯火通明餐厅的一角。史子向他行了个默礼,自己也回一个默礼,走了就得了,为什么要停下呢?

现在已经招呼了她,反而走不了啦。

秋叶本想招呼一下就走。对自己和年轻女人在此幽会,稍有歉疚之意,想说些辩解的话,而史子则干脆来个注目礼,出乎秋叶的意料。

聪明的史子不会感情冲动,骂骂咧咧,但一定会说些挖苦的话。

可是史子仅看了秋叶一眼,什么话也没说。

"我来别墅度假。"

"……"

秋叶说罢,自然而然举起右手搔搔头皮。

"吃完饭就回东京。"

"……"

史子还是不吱声。

"那么,再见了。"

秋叶点点头,快步向出口走去。

难道史子还会撵上来瞧个究竟?不会吧!趁此机会一溜烟跑了出去。

经理和服务员向他送行,秋叶走出餐厅回过头来看,只看见远处史子瘦削的身子。

秋叶喘了一口气,朝楼下走去。

这样的动作,周围的人们不会见怪的。这点小事雾子也不会怪罪自己。

可是,仔细一想,自己说了多余的话,只说来别墅度假就足够了,何必再说马上回东京。

他的本意是向史子表明,不和雾子过夜,但多余的话反而会引起史子怀疑。

其实,史子是个聪明人,这点伎俩,她早就猜到了。

秋叶耍了种种花招,但失败的是他自己,而一言不发的史子却是胜利者。

秋叶走到楼下,雾子在小卖部门口等他。

"买点什么?"

秋叶走过去说道。雾子指了指木雕的鸟。

"您瞧,这玩意儿。"

是只啄木鸟,尾巴上有一根小拉绳,一拉,鸟嘴啄在前面木板上,发出咯噔咯噔的声音。

"这玩意儿放在房门上,可以代替人敲门,太可爱了。"

"那么,安在哪儿?"

"当然安在别墅咯。"

这种小孩子玩的玩具,安在别墅的门上,太不像样了,但雾子说要买,又没法拒绝。

雾子把钱递给店员,忽然想起了什么,问道:"那人怎么啦?"

"没法子,我只得跟她打个招呼,说几句话。"

"这人太可怕了,老是盯住我看。"

"走吧!"

再在这小卖部磨磨蹭蹭,说不定又会碰见史子。

包上啄木鸟敲门器,走到外面,迎面吹来一股凉风。这里不管中午多热,到了晚上气温都会骤然下降。

"这一带真黑啊。"

在饭店正门一片灯火通明,其余地方都被黑暗包围起来了。

"瞧,天上的星星,隔得多么近啊。"

雾子在汽车跟前,指着星空。

"很久没见过这么美丽的星空了。"

秋叶点点头,也抬起头来看,雾子又问道:

"那人投宿在这儿吗?"

这正是秋叶挂心的事,所以他没敢问史子,一问反而麻烦,所以不吱声。

"吃完饭回东京了吧!"雾子感到蹊跷,心里在嘀咕。

"不太清楚。"

秋叶没精打采地启动了引擎。

过了晚上8点,公路上汽车相当多,都是些游玩河口湖或富士山后回山中湖的"别墅族"。

这样的速度,回到别墅得一小时左右。反正不用着急,饭已经吃过了,回到别墅只是和雾子度过在别墅的初夜。

秋叶一直期待这一刻到来,同时又稍感不安。

在河口湖饭店吃完饭,史子她们上哪儿去呢?在附近旅馆过夜,还是回东京?

刚才,他说了句"回东京"多余的话,因为他怕一不留神,史子闯到别墅来,那就糟了。

当然,史子没有接到邀请是不会毛毛草草闯来的,可是三天前史子曾来过电话。

"今年去不去山中湖?"

因为秋叶事先放出烟幕,说今年不去别墅度假,便含糊其词地说:"不知怎么办才好,今年太忙了。"

三天后在山中湖邻近的河口湖碰上了,显得很尴尬,而且自己身边还有个年轻的女人。

可是,那时无论如何说不出"回别墅"。

史子这人心眼太多了。

既然要来河口湖,三天前来电话应该告诉自己才对。

进入8月,避暑胜地的饭店到处人满为患。今晚史子母女要是在此过夜,那可能是很早以前预订了房间,至少在打电话给自己时,早已决定要来河口湖。

可是史子什么也没表示,只问问秋叶的打算。这种做法秋叶稍感阴沉。

表面上一直保持平静,其实内心妒火中烧。秋叶对史子这种做法,感到不痛快,认为她城府太深。

今夜不愉快的场面,正是因为自己有了雾子这样的女人,另一方面还没跟史子一刀两断。

脚踩两只船的做法是不会长久的,能村曾经警告过他,而秋叶自己也认为必须明确关系。

目前很难和史子分手。最简单的方法,如实告诉她,我现在已有了新欢,和你再见。

可是,自己和史子交往多年,实在很难面对面说出口。

"从这些地方证明你这个人优柔寡断。"耳边似乎响起这样的声音。但细想起来并不是做不到,问题出于自己的性格,而非诚意。看来秋叶难以成为果断的男人。

现在,秋叶所能做的仅是和史子幽会的次数比以前减少而已。

以前每星期见面,不见面也得通电话,而现在别说一星期,对方不来电话,十多天也难得跟她通话了。

秋叶想通过这样的方法,让史子了解自己已移情别恋。

当然,聪明的史子应该早已料到了。既然已料到,还打电话来询问去不去山中湖,而秋叶含糊其词,才造成今晚的尴尬局面。

干干脆脆分手,双方都轻松,这样混下去,大家都痛苦。

这种担心或许是多余的,像以前妻子说的话:"何必浪费时间,干脆分手。"

如今已经疏远,却仍然在意对方的行动,不外乎是互相之间还有爱情。

如果,真的打心眼里讨厌对方,也不想见他(她),那早就分手了。

现在还藕断丝连,遇到这种事,便慌忙地想出对策,这说明秋叶内心还留恋着史子。

"欲罢不能……"

能村曾经这样说过,秋叶对史子仍然难舍难分。如果有人问他,你最喜欢谁?他会毫不犹豫地回答是雾子。这是千真万确的事实,他心里只有雾子。

然而,有人问他,能够离开史子吗?他也不会简单地点点头。

简言之,现在秋叶对雾子的爱正处于高潮,他想不起史子来,但当他安静下来后,史子仍在他的心中占有一定的位置。

首先,史子是位成熟的女人,通晓社会一般常识,可以让秋叶放心。

每当秋叶工作上遇到问题的时候,首先能商量的人就是史子。虽然不可能解决所有问题,但史子往往能给出些好主意。即使出不了主意,能和史子商量,秋叶就安心了。

不仅是工作上的事,凡家庭、朋友、孩子们的事,史子都能以成熟女性的目光和自己一起探讨。

或许是年龄相仿,史子能给他安定感。

然而,这些事情对雾子就说不出口了,即使说,只会使雾子困惑,增添担忧。

他爱雾子,但和雾子在一起缺乏安定感。反之,和史子在一起有安定感,但又缺乏激情。

最理想的是具备上述两种优点的女性,如果真有这样的女性,那么即使发生今晚这样尴尬的场面,也不用着慌了。

然而,这样的理想只是奢望。

秋叶钟情于雾子,因为她是美丽、天真无邪的女子。如果能把她变成自己喜欢的淑女,那是最大的乐趣。

先不说外表如何,一位心理尚未成熟的女性,要求她有沉着的安定感,那是不可能的。

当然,这也并不是完全没有可能,那就是雾子能成为身心都成熟的理想的淑女。

如果真能这样,那雾子将是一位值得怜爱、有安定感的女性。

然而现实中这种可能性极少。在雾子变为完全成熟的淑女前,秋叶能不能一如既往追求她呢?因为到那时秋叶的心情也改变了。

想到这里,秋叶感到这或许是不可能办到的。他转脸一看,雾子倚着车窗睡着了。

此刻,秋叶想着雾子的竞争对手史子的事,雾子浑然不知。从东京到山中湖、河口湖,又喝了葡萄酒,她已经累了。

她那歪着头的睡姿,多么天真无邪。秋叶也产生一种冲动,想吻一吻她那微微张开的嘴唇。

如果换上史子,即使是美丽的睡姿,秋叶也不会有这样的心情。看来,这是年轻女人的特权。

秋叶开着车,偷偷地看着雾子的侧脸,腾出左手搭在雾子的膝盖上。他的手慢慢地移动,一直到达雾子的胯股间,雾子摇摇头睁开了眼睛。

"怎么啦?"

"没怎么。"

雾子佯作不知朝前看,"啪"的一声打了秋叶伸过来的手。

"您真混。"

"你感觉到了吗?"

"不知道。"雾子推开秋叶的手,捋捋头发,改变了坐的姿势。

"这儿是什么地方?"

"已经到了山中湖了。"

"什么也看不见。"

湖畔的旅馆灯火星星点点,而湖面一片漆黑。

马上拐进狭窄的小道,左右两侧是郁郁葱葱的树林,上坡道,向左行驶一百米左右就是秋叶的别墅。

"到了,下车吧!"

眼前就是别墅,灯火通明,但周围没有人影。

"满天星星。"雾子抬头眺望星空,秋叶拿出钥匙开门。

"我回来了。"

后面雾子接着说:"欢迎您来。"

这场面多么滑稽,两人不禁大笑,秋叶一把抱住雾子。

"今晚我得好好收拾你。"

"别这样。"

"别这样?这儿是深山坳里,没人来搭救你。"

秋叶为自己在别墅里金屋藏娇,心情感到激动,抱着雾子进了房间。

包括楼上的书房在内,别墅共有四个房间。对两人来说,实在太宽敞了,再说周围都是树林,雾子似乎感到不安。

"这样宽敞的地方,就我们俩吗?"

"没关系,我们睡在一起。"

秋叶一边烧洗澡水,一边在卧室里铺床。

对雾子来说,初来乍到不熟悉,只能在一旁默默地看着。

"你宿舍里也是睡床吗?"

"床是别人留下的,我图方便就睡床,其实我喜欢在榻榻米上睡。"

"还是那样好睡,比较舒服,也干净。我来铺吧。"

雾子在靠窗户铺上两床褥子,再拉一拉被单。

秋叶想起史子也有过同样的动作,恰巧雾子问道:

"刚才那母女俩是不是还上这儿来?"

"为什么?"

"我想他们上了路,可能会上这儿玩一玩。"

真要是来了,那可就糟了。

"谁也不会来的,你放心吧!"秋叶答道。

铺好被褥,两人来到连接起居室的厨房。秋叶告诉雾子碗和锅的位置。

"这儿有酱油和黄酱。"

"我会点儿炒菜。"

"那么明天让我尝尝鲜咯。"

因为在饭店吃了饭,不觉得饿。秋叶从冰箱里拿出啤酒,给雾子斟上一杯,举杯祝贺:

"为我们俩单独生活干一杯。"

秋叶说罢,雾子羞涩地缩起了脖子,抿了一口啤酒。

"洗澡水快热了吧?"

"差不多了,你先洗吧。"

雾子点点头,顺从地朝浴室走去。

秋叶独个喝着啤酒。

夜晚,别墅寂静无声,终于到了这时刻,和雾子安安定定地在别墅住下。但有一点放心不下,秋叶感到把史子撂下而热恋雾子有些内疚。这说明自己和史子的关系并没有一刀两断。

事到如今,该怎么办呢?

他想起在餐厅时的史子,忽然听到敲门声。

深更半夜,谁会来呢?

秋叶怯生生地回过头,向门口方向探望。

秋叶的别墅建在山坡上,朝湖水的一面用柱子支起来,门口下面是台阶。

夜晚,有人来访,必定能听到登台阶的脚步声,秋叶只听到敲门声。

深更半夜,应该没有人来走访。如果有人来,事先应该用电话联络,假如是附近的人,还会再一次敲门。

敲一下便不敲了,怎么回事?难道在门外等着?

左思右想,秋叶的眼前浮现出史子的脸庞。

这么晚了,还来走访,除了史子以外不会有第二个人。刚才秋叶对她说,吃完饭就回东京,是不是史子不信,前来确认一下。

秋叶又向门口方向窥探,没有声响,或许起风了,周围大树树叶沙沙作响。

难道是自己听错了?

秋叶站起来,蹑着脚朝门口走去,秋叶和雾子的两双皮鞋端端正正放在踏板上,丝毫没有变化。

"谁?"

秋叶朝门外喊道。喊了两次,没有回音,又打开锁,朝门外窥视。

"啊!"

秋叶似乎看见一个黑影,仔细一看原来是树影。

秋叶索性走出门去,站在台阶上。起风了,树叶在晃动。周围一片黑暗。

秋叶下了台阶,朝停车的空地巡视一遭,依然没有发现人影。

"难道听错了?"

他自言自语地关上大门,锁上门,又加上门链。

回到房间,雾子洗完澡,披着纯棉的浴衣站在那里。

"怎么啦?"

"刚才我听到门外有响声。"

"太可怕了。"

"没关系,是风,我听错了。"

秋叶自己说服自己,可是心情仍然沉重。

走到起居室,雾子走进六铺席的房间整理行李。

"可以用这个大衣橱吗?"

"当然可以咯,这里所有东西都是你的。"

说罢,秋叶走进浴室洗澡。雾子洗过后,洗澡水一点也不脏。

秋叶把身子泡在浴池里,又想起刚才的声响。

听见敲门时,正好喝第二杯啤酒。咯噔咯噔连敲了两下。秋叶以为是史子来了,其实是喝着啤酒,考虑史子的事所引起的错觉。

难道真的听错了?可是门外没有人影,也说不定史子敲了敲门,立刻走了。

想到这儿,秋叶突然不安起来。

秋叶站在门外的台阶上,或许史子躲在周围角落里,秋叶什么也看不见,而潜伏在暗处的史子却看得一清二楚。

"难道真是她吗?"秋叶嘀咕了一声,摇摇头。

史子干不出这样的恶作剧,再说今晚又和女儿在一起,敲敲门就躲开,会被女儿取笑的。

首先,史子不会如此记仇的,如果单单为了让秋叶不痛快,有的是方法。在饭店偶然相遇,至多产生不快而已。

秋叶想着想着从浴池中跨出来,洗澡是父亲一大爱好。这浴池全是用上等柏木做的,常年保持一种异香,令人心旷神怡。秋叶站在竹编的席子上,用清水冲了冲身子,出了浴室。

秋叶披着别墅里的薄薄的纯棉条纹浴衣,回到起居室,雾子正靠在沙发看电视。

"洗了澡,总算轻松了。"

秋叶用干毛巾擦了擦头,雾子抬起脸来问道:

"您母亲多大岁数了?"

"七十七岁了吧!"

突如其来的提问,使秋叶一时不知如何回答,只应了一声。雾子却露出了狐疑的表情。

"她老人家还涂口红?"

秋叶一时不知雾子的问题是什么意思。

她问的显然不是七十七岁的母亲是否涂口红,因为雾子从来没有见过母亲。

"到了七十七岁,不至于再涂口红吧。"

"那间屋除了您母亲外,不可能有别人来住过吧?"

"那当然……"

"可是梳妆台的抽屉里有口红。"

"什么?"

那六铺席日本式房间,去年和史子一起来别墅时住过。时值周末,住了两夜三天。当时史子确实使用过梳妆台。

从那以后,只有秋叶和女佣人各来过一次。只是打开窗户,打扫一下,没住下。

看来,把口红忘掉的,除了史子以外不会有第二个人。

"然而,上了年纪,外出时涂点口红也不足为怪。"

"可是色彩太鲜艳了。"

"真的在抽屉里吗?"

"您瞧!"

雾子从睡衣口袋里掏出口红放在桌子上。

淡灰色的壳子,一打开,露出大红色的口红。这口红只用过一点点,令人想起口红的主人是位大美人。

"说不定是女佣人的吧。"

秋叶嘟囔了一声,雾子装作没听见,注视着电视画面。

这肯定不是母亲的东西,也不可能是女佣人的。

"不要了吧。"

秋叶拿起口红,朝垃圾箱扔去,雾子回过头来说:

"知道是谁的东西,应该还给人家。"

秋叶不作回答,扔进了垃圾箱。

刚刚激起来的情绪,被一支口红搅乱了。

秋叶还放心不下,可是雾子早就把这事忘了,兴致勃勃地看电视。

秋叶还感到内疚,但雾子却没当一回事。

秋叶叹了口气说道:

"该到睡觉的时候了。"

雾子听得秋叶一声喊,温顺地回过身来点点头。

秋叶站起来,关掉电灯,把手伸向坐在沙发上的雾子。

雾子睡衣底下没穿长裤,只穿一件衬衣。

秋叶喜欢看雾子的睡姿,也喜欢穿着睡衣的姿态,细细腰身,穿着一件宽大的衬衣,下身只有三角裤。

来这山中湖别墅,秋叶期盼着看到雾子睡前的各种姿态。

在秋叶的脑海里,史子的口红已忘得一干二净,眼前只有如何去爱抚雾子。

"灯都关了吧!"

"全关掉,我可害怕。"

"那么,留下一盏灯。"

起居室里留下一只暗淡的灯,两人跨进卧室。

来到别墅,首先喜欢这儿清新的空气,清爽宜人,这在炎热的东京是难以想象的。

在清爽的空气里,榻榻米上铺着被子,而且身旁还有一位清纯的女子,这是多么舒适的环境。

此刻,秋叶并不特别想看雾子的裸体,他愿意在山上的别墅里,让雾子充分享受性的快乐。

灯笼里透出的柔和的光束,照射着枕头和一半被子,呈半圆形。一吸气,就能闻到从树丛中飘过来的香气。

在这清新的环境里,秋叶抚摸雾子的胸部。

雾子的上身突然抖动了一下,这是肉体愉悦的预感。雾子的乳头已经竖了起来。

秋叶把乳头含在嘴里,这时,电话铃响了。

秋叶双手停了下来,电话铃响个不停。

电话在起居室的茶几上,离卧室相当远。因为周围寂静无声,电话铃显得特别响。

深更半夜,谁打电话来?

史子的形象又在秋叶的脑海里复苏了。

"亲爱的,电话!"

雾子的情欲已燃烧起来,这电话铃太讨厌了。

秋叶心里拿不定主意,贸然去接电话,或许会找麻烦。虽然卧室离起居室有一段距离,不用担心雾子听见,一张口说,谈话的内容会引起雾子怀疑。

"不去接吗?"

"没事儿。"

秋叶心中产生另一种不安,难道是家里打来的? 电话铃响个不停,说不定母亲病了?

秋叶慢吞吞地起来。

他从只亮着一盏灯笼的卧室朝起居室走去,在茶几旁拿起听筒。

"喂,喂!"

电话里一个女人的声音,"哼"了一声。

"啊……"

"喂,喂……"

秋叶再喊了一次,没有回音,只听得对方挂断了电话的嘟嘟声。

"怎么回事?"

秋叶看了一下听筒,将听筒放回到原处。

多么奇妙的电话,铃响了十次,一拿起听筒,对方只"哼"了一声,就挂断了。

在东京家里,偶尔也接到过恶作剧的电话。一般对方都是不吱声立刻挂断电话,而这一次还"哼"了一声。

如果打错了,也该说声对不起;如果家里来的电话,一定会说明事由。

看来,还是史子打来的。

然而那"哼"的一声,显然不是史子的声音。

秋叶不可思议地回到卧室,雾子转过身来,闭着眼睛。待秋叶一钻进被窝,雾子问道:

"打完了吗?"

"一拿起听筒就断了。"

"刚才不是还敲门来着?"

"好像是的。"

"太怪了。"

这电话太莫名其妙了,或许有人打错了,一听不是自己要找的人,立刻挂断了,这也不奇怪。

"不会再打来了吧?"

秋叶躺下,把手伸向雾子的胸部。雾子仰卧着,任秋叶来回地抚摸,没有什么反应。

两人刚燃烧起的激情,被刚才的电话泼了一瓢凉水。

秋叶心里很不高兴,但事到如今,也不必去痛恨不知是谁打来的电话。

今晚净碰上一些怪事。

首先,在饭店里碰见史子;有人莫名其妙地敲门;雾子又在梳妆台的抽屉里找出史子用过的口红,好歹糊弄过去了;上床后,又来了个莫名其妙的电话。

假如刚才的电话是史子打来的话,那效果可谓十分到家了,正好两人难舍难分时,瞅准了时机,来了一个闷棍。

然而,这一切全是秋叶自以为是的想象。没有史子所作所为的任何证据,只有一件事实,那就是在饭店遇到史子。

秋叶内心独白:"因为自己有内疚感,才有这一系列多余的想法……"

秋叶丢开一切,重新去爱抚雾子。

一度燃烧起来的欲火熄灭后,再要点燃,并不是一件容易的事。

倘若是男人,只要稍为调整一下情绪,而女性则办不到。那必须让她先安静下来,重新创造温馨的气氛。

目前这样清醒的状态,秋叶即使强求,雾子也未必答应。如果没有女性配合,男人独自兴奋,那就没有意义了。

到了秋叶这样的年龄,与其追求自己的兴奋,不如期待女性的愉悦达到顶点。换句话说,与其追求自己快乐,不如让女性先进入快乐的状态。

那不就成了为了女性的愉悦,可以奉献一切了吗?然而,秋叶却以此为满足。

作为一个男性,与其成为演技家,不如成为"演出家";与其成为出色的演员,不如成为优秀的策划者。这不是男性的希望,而是男人本身就是这许多因素所构成的。

与此相比,男人希望女人成为出色的演员。

此刻,秋叶希望雾子成为一名有出色才能的伟大演员。秋叶将使用一切技能,力图让雾子的性早早觉醒,做出奔放、自由的姿态。

为此,与其说成为一个奉献者,不如说愿意成为女性的道具。

雾子正在一步一步燃烧、觉醒。

被突如其来的电话打扰了的情绪,由于秋叶的努力,重新开始复苏了。

这几个月中,雾子的性的觉醒是十分明显的。

开初,雾子的身子总是怯生生地发硬,现在却像换了一个人似的大胆。偶尔她会不顾一切要求秋叶紧紧地搂住她,并主动配合秋叶,直到发现自己过分奔放,才稍稍收敛。

她虽然不是处女,但并不懂得性的愉悦。不仅如此,而且还抱有偏见,认为性是不洁的。

这样的女性,只有变化才能促使她觉醒。

促使她变化的正是秋叶,没有秋叶的带动,雾子是无法变化的。

这一点使秋叶充满自信,并引以为豪。他确信自己能将雾子变成一个真正的女人。

一切过程是顺利的,但不能就此停滞。

秋叶目前所追求的是雾子的情绪高涨,最终能进入男女之间的正常状态。当然这是最自然的。然而,如果雾子对此习以为常,并执着坚持这种状态,那就麻烦了。

说实话,秋叶多少感到不安,自己能不能一如既往去引导雾子呢?

目前还不要紧,但体力会慢慢衰退,恐怕不能像现在这样去引导她了。

那时要继续保持正常状态,就苦不堪言了。

因此,必须准备一套新的方法,以备将来体力衰退时仍能让雾子满足。其中一个方法,就是从侧面去爱抚,这样不会立刻疲劳,能够持续较长的时间。

最容易的方法,是用手指和嘴唇去爱抚雾子,让她迅速燃烧起来。秋叶几乎不需要体力,而且可以无限制地重复下去。

假如这个方法能奏效,使雾子觉得习以为常,秋叶便不用担心自己身体疲劳。

自从认识雾子以来,将近半年了,秋叶至今仍没有尝试过这种魅惑女性的方法。其原因是,突然改变方式,会使雾子感到狼狈,他不愿意这样做,再说在比自己小二十多岁的年轻女子面前,过分强求,也感到有点羞涩。

然而,今后要和雾子长期交往下去,仅仅一种方式似嫌不足,因此无论如何想尝试一下,同时为了使两人的关系圆满地持续下去,这是必不可少的手段。

"快点……"

在暗淡的灯光下,雾子轻轻地喊了一声。

"想要吗?"

这是刁难人的提问。秋叶的脸渐渐地往下滑,他的手指头仍在雾子最敏感的地方,雾子还不了解他真正的意图是什么。

秋叶的嘴唇贴在雾子的胸前,又渐渐移到她的下腹部。

"快点……"

雾子又一次哀求道。

这时,秋叶才意识到雾子最敏感的地方在燃烧。

秋叶发现雾子身体在动。他充分理解雾子的要求,嘴便一下子移到她的花芯。

"啊……"雾子一声哀鸣,像电流通过似的反射到全身……

在人世间,没有比性行为更为怪异了,无论男女,在事后回想起当时的情景都会脸红。

然而,秋叶曾经在镜子里见过自己丑陋的躯体,因此不再胆小了。

一旦上了路,不能半途而废,这是不可动摇的原则。下了决心,就不能再回头,半途而废,不如不做。

不管女方如何哀求或反抗,唯一的道路只有一气呵成。

"别……"

雾子又在哀求。其实她已尝到了甜头。

对女性来说,性的快乐在于冲破障碍才能得到快乐。

所谓障碍物就是羞耻心、洁癖感。越过这些障碍后,就是愉悦的花园。

与女性相比,男性几乎没有必须逾越的障碍,即使有的话,也是那么一点点羞耻心,这在产生欲望时一闪而过。

男人的性欲说单纯也单纯,说乏味也乏味,容易得到快乐,但不会深入、发展。

与此相反,女人通向性快乐的道路较窄,一旦深入,便无限制地扩展,回味无穷。

单从愉悦的深度来比较,女人的性快乐丰富多彩,但必须有人来开启这扇幽闭的门。而男性的愉悦比较浅薄。上帝就是这样安排的,以此来保持男女之间的平衡。

此刻秋叶扮演着通向幽闭的门的向导,女人的羞耻心障碍已经打破,即将将她引向快乐的花园。

本来并不需要如此长篇大论,但在他内心深处似乎有一种使命感,假如没有这样的感觉便不能充当这样的角色。

此刻,他的努力将要结出果实。

一开始,冲破障碍时的冲击,使得雾子大吃一惊。此刻情绪已有所缓和,接受着秋叶的爱抚。

"别……"雾子一边哀求,一边又轻轻地呻吟。

雾子的身体已沉浸在极度的快感之中,发出梦呓般的呻吟。她的羞耻心和快感交叉在一起,情绪非常复杂。

到了这个程度,向导的任务已接近完成。善与恶,上帝与恶魔的斗争中,恶魔取得了胜利。羞耻心构筑的城堡,在"快感"的强烈炮火面前,已成了断垣残壁。攻陷城堡只是时间问题了。

"啊——"

雾子发出一声销魂般的呼喊……

昨夜的剧烈刺激,给了雾子以极大的冲击。

第二天一大早,周围树林中鸟鸣吵醒了秋叶。雾子还在沉睡中。一看表,已经7点了,或许对雾子来说,起床还为时过早。

秋叶不敢吵醒她,睁着眼睛眺望渐明的窗户。

山中湖的早晨,湖面上一片浓雾,林海也沉睡在乳白色的雾中。约在5点钟,天空迅速放明,鸟鸣声四起。

7点钟,湖面上的浓雾已退去。山麓下的林海沐浴在朝阳下,一片葱绿。

早晨,秋叶常常在湖畔散步。在朝阳照耀下,踏着被露水打湿的青草,令人心旷神怡。

此刻,睡在身旁的不是史子,而是雾子。

史子很惊醒,只要秋叶一醒来,她也跟着苏醒。秋叶一起床,她也跟着起来。然后铺床叠被。秋叶出去散步,她送他到门口。

雾子能不能做得如此周到呢?

秋叶又一次敲敲脑袋。

年龄和人生经历不同的女性,要求她们同样周到,未免太苛刻了。雾子还年轻,一切从现在开始,不能过分要求。

秋叶自言自语,用腿夹住了雾子的大腿。

滑溜溜的非常舒服,肌肤富有弹性,这是史子所没有的。

从现实生活着眼,史子比较省心,但雾子有年轻人的魅力,两者必居其一,自然选择雾子了。

秋叶轻轻地抚摸雾子柔软的肌肤,雾子歪着脑袋,睡得很香。

因为年轻,雾子的身子热乎乎的。秋叶的手从她的脸部到胳肢窝、腰部、胯股间,慢慢地抚摸。发现她光着身子,什么也没穿。

过去只要秋叶一搂住她,她立刻起来穿上内衣,在饭店里幽会时,至少穿着短裤。

而今天却一丝不挂,赤身裸体,或许因为昨夜的刺激太强烈,顾不上穿内衣了。秋叶回想起昨夜雾子的媚态,情不自禁地搂住雾子。

第二次醒来时,枕旁的表已指向8点。秋叶从后面搂着雾子柔软的身子,不知不觉又睡了一个小时。

第一次醒来时,从窗帘缝中射进来的阳光,现在已相当强烈,一道白光照到被子上。

雾子在阳光的照射下,仍然睡得很香。

这要睡到什么时候？秋叶本想戳一下她的面颊,看到她那天真无邪的睡姿,终于舍不得吵醒她。

看来,两个人的睡觉和起床的习惯大不相同,这是年龄的差别。秋叶本想早早起床,到外面散步回来,早饭已经做好了,等他共进早餐。这种事很难指望雾子做到。

来别墅第一天早晨,秋叶感到有点别扭。但这么一点小事又不值得唉声叹气。

今后两人过日子,就得让雾子迎合自己的生活习惯。

"喂,喂……"

秋叶下了很大决心,轻轻地拍拍雾子的肩膀。雾子皱了一下眉头,心烦意乱地转过背去。

然而,到了这个节骨眼上,一时的客气,会留下无穷的隐患。既然教会她如何享受性的快乐,那么也应该让她养成早起的习惯。

"已经8点了。"

说罢,秋叶伸手去摸她的乳房。

这一下,雾子才有所感觉,摇了摇头,睁开眼睛。

"怎么啦?"

"没怎么,该起床了。"

雾子这才意识到秋叶在抚摸自己的乳房,双手抓住秋叶的手甩开。

"您什么时候起床的?"

"我早就起来了,刚才还吻你的'那儿'呢,你忘了?"

"撒谎……"

"没撒谎,就在这儿。"

秋叶从被单上指了指胯股间的位置,雾子这才脸红了。

"您……"

"真的,没留下证据吗?"

雾子在被单下用手去摸了一下,立刻像蚊子似的哼唧:

"对不起……"

"不用道歉。"

"您到外面站一会儿。"

"你起床了?"

"是的。"

这样坦率地表示自己的羞涩,这在史子是办不到的,多么纯真啊!

秋叶立刻下床,穿上睡衣,踱到浴室去洗脸;接着他又踱到大门口,才发现自己没有订报。

来到别墅最伤脑筋的就是看不到报纸。光是新闻,不用看报,有电视就足够了。多年的习惯,不看报纸总觉得缺点什么。

没法子,正要往回走时,突然想起昨晚敲门的事,索性打开门看看。

山风从门洞里钻进来,鸟啼声唧唧喳喳,浓雾已散去,绿树丛中那一边,湖面上泛着白光。

他蹬上拖鞋朝大门口的台阶走去。台阶上的扶手还残留着露水,停在过道上的汽车一点也没变样,看来,准是昨晚自己精神恍惚,听错了。

秋叶稍稍松了口气,回到起居室,卧室的门紧闭着。

"能进来吗?"

"不能进来。"雾子斩钉截铁地说。

看来,雾子正在换衣服。

"那好,我上楼了。"

秋叶隔着门喊道,接着上了门厅旁的楼梯。

楼上的书房有八铺席大,面向湖面的窗户下放着一张书桌,对面放着一张单人床。一家人都来别墅时,秋叶就在这儿写作,累了便倒在床上休息。

楼上的书房最为幽静,是别墅的最高处,最宽敞。从阳台上望去,庭园里的树木长大了,个别地方挡住了视线。

或许太奢侈了,作为工作间似乎太宽敞了。刚开始工作,就想歇息,朝窗户外远眺,结果忘了时间,老在休息。

秋叶带来的资料全都堆在桌上,刚进入梅雨季节开始写的《才能论》快完稿了,他希望能在别墅度假时把它写完。他望着稿纸,点上一根烟,立刻又想喝咖啡了。

"喂,来杯咖啡!"

秋叶不由自主地喊了起来,接着又慌慌张张地向四周扫了一眼。

这是对史子的吩咐。

只要秋叶一进书房,史子便斟酌时间送来茶或咖啡。工作到深夜时,也不用吩咐,史子就端了碗素面来。

史子为人机灵,凡事都做得恰到好处。

此刻,坐在书房里,也要雾子做得如此周到,恐怕不可能了。

秋叶思想上早有准备,但到了眼前,总觉得有点失落。

他不再胡思乱想,趴在书桌前安下心来。

楼下一点声响也没有,不知雾子在做什么?

秋叶无可奈何,连抽了两支烟,下楼回到起居室,只见雾子靠在沙发上看书。她已脱下睡衣,换上无袖连衣裙。

"你怎么啦?"

秋叶说出了口,又觉得自己的提问太莫名其妙了。雾子着实地吃了一惊,抬起脸来似乎在问什么事?

"我上了楼……"

其实秋叶坐在书房里,以为雾子会上楼来。当然不指望她会端咖啡来,但至少穿好衣服上楼看看。

"您在楼上很好吗?"

雾子以为秋叶在书房里工作,不敢去打扰他,一个人在楼下等他。

"肚子饿了,该做点饭了。"

"我来做?"

"那当然咯。"秋叶不快地说。

"我会做吗?"

雾子歪起脑袋,为难地说。秋叶瞥见雾子束着头发,那白色的绸带十分漂亮。再好看,也解决不了他的空腹感。

"这儿有面包、牛油、咖啡。"

"不做日本饭,行吗?"

"当然日本饭好,可是做米饭得花很长时间。"

"那么有面包和咖啡就足够了。"

"冰箱里有鸡蛋、火腿,还有其他食物。"

据女佣人说,能吃四五天。用这些材料做饭不会有困难。

"你自己考虑一下,该做什么,然后再下手做也不晚。"

对一筹莫展的雾子,秋叶只能模棱两可地说。

过了将近一个小时才做好早饭。

秋叶抽着香烟,坐在写字台旁,翻阅带来的资料,忽然听到身后有脚步声。

回过头来一看,门半敞着,雾子伸进脑袋来说:"早饭做好了。"

雾子在连衣裙外面系着一件长长的围裙。

"这围裙放在厨房桌子的抽屉里,我随手拿来系上了。"

是大女儿买来放在别墅里用的,四周还有花边,女佣人嫌这围裙太花哨,随手放进抽屉里。

"挺合适的嘛。"

女人系上围裙,另有一种风情。秋叶发现雾子身上又出现了一种新鲜气氛,向雾子招招手。

"什么事儿?"

待雾子踱到椅子旁边,秋叶伸手将她一把抱住。

"不行……"

雾子来不及反抗,身上散发出一股烤面包的香味。

"吃饭了。"

"知道。"

秋叶和她亲热了一番,便下楼去。

厨房边的餐桌上已放上烤面包、煎鸡蛋、煎火腿,还有沙拉。都是按秋叶吩咐做的。煎火腿有点糊了。

"这样行吗?"

糊一点倒没有关系,就这样简单的早餐竟然做了将近一个小时,时间太长了。

和雾子在餐桌边面对面坐下,秋叶忽然感到茫然。和雾子进餐不知多少次了,可是在家中面对面用餐,还是第一次。

打算在别墅里住上一段日子,这种用餐方式是理所当然的。在晨曦照耀下,两人面对面坐下,才有了家庭的气氛,但还有点抹不开。然而,雾子并不在乎家庭气氛,只感到把火腿烤焦了,心里过意不去。

"我不会用平锅烤,重新来吧。"

"不用了,不用了。"把火腿烤糊了,其原因是把火腿切得太厚了,简直像萝卜一样。

"把火腿切得薄一点就好了。"

"对不起。"

她如此诚恳地认错,秋叶不忍心再说她了。不过今后日子还长着哩,还是说了好。

"鸡蛋要煎得嫩一点,又不要把蛋黄弄碎,所以一下子打两只鸡蛋为好。"

"……"

"不过还挺好吃。"

秋叶意识到说得过火了,赶紧安慰她。

难道雾子从来没有吃过火腿吗?这种食物现在很普通,到处都可吃到。或许因为她一直生长在贫穷的家庭里,没有吃过亦未可知。

秋叶想起和雾子开房间时,早饭总是吃日本式的米饭加酱汤,没吃过西餐。

做菜的方法,说一百篇大道理,不如实际操作学得快。首先得让她上大饭店吃顿西式早餐。

"沙拉做得怎么样?"

雾子像在通过烹调考试的学生,认真地问道。

桌子中央放着一只小钵子,中间放着洋白菜、莴苣、西红柿、奶油拌的沙拉。那洋白菜切得乱七八糟,看来雾子不知费了多大劲,才切成这样子。

"不坏啊!"

所谓沙拉,把这些菜切好,一拌就成,不需要特殊的烹调技术。只是雾子选的容器不太妥当。

"目前正是夏天,应该用玻璃器皿就好了。"

"或许里边有。"

雾子赶紧站起来去查看碗橱。

她的烹调技术虽不太高明,但那认真的态度,使秋叶感叹不已。

雾子从碗橱里取出玻璃盘,拿过来。

"倒在这玻璃盘里吧!"

雾子把小钵子里的沙拉倒进玻璃盘里。其实已没有必要了。

"算了,不过你没找到餐巾吗?"秋叶说。

雾子惊讶地看着他,她知道秋叶吃饭时没有餐巾不踏实。这是秋叶的习惯,即使吃日本饭也要把餐巾放在膝头上。

有人取笑他,其实吃日本饭,喝酱汤更怕滴在身上,用细细的筷子夹不住的菜也容易掉下来。

"我记得在抽屉里。"

秋叶站起来,从碗橱下面的抽屉找出了餐巾。

"您的规矩还挺多的。"

"那倒不是,这是我的癖好,请别见怪。"

秋叶意识到,过分要求会招致雾子厌烦,但这是秋叶的习惯,还是让她了解为好。

"你也吃吧!"

雾子调整坐的姿势,低头行礼。

"那么我拜领了。"

秋叶非常欣赏雾子礼仪周到。

雾子做菜的手艺并不高,整个过程尚有不周之处,但饭前必定低头行礼,并说我拜领了。

这做法虽然简单,一般除家人以外总说不出口。除非从小在家庭中受到严格的教育,养成了良好的习惯。

能这样守规矩的孩子,先不说她的外表和知识,便能想象出她在家里非常循规蹈矩。家境贫寒,但并不缺乏教养。

"给您在烤面包上抹点黄油吧!"

已经开始就餐,雾子还在替秋叶操心。

"不,不用了,我自己来。"

"那么咖啡煮得怎么样?"

"唔,好喝。"秋叶顿了一下道,"你辞职后,去烹饪学校怎么样?"

"我要学的东西太多了。"

"你学会了烹调,我就有口福了。"

吃完饭,秋叶随即靠到沙发上。

雾子还站在水池跟前,收拾东西,洗碗。瞧着系着围裙的雾子的身姿,似乎觉得和她一起生活很久了。

和女佣人昌代相比,雾子还有点笨手笨脚。初来乍到,不足为怪。

"你辛苦了!"

好歹收拾完毕,秋叶向她表示慰问。雾子嫣然一笑,好像刚完成了一件伟大的任务。

"我这就上楼去工作一会儿,你看看电视吧!"

"我到附近散一会儿步,可以吗?"

"当然可以咯。"

雾子在庭园里散步,会被邻居看到。到湖畔一带散步,担心年轻的男人诱惑她。

"我想晒晒皮肤。"

"那就在阳台上晒吧。"

别墅的阳台很宽敞,还备有藤椅。

"可是那儿阳光太毒,我不想晒得太黑。"

"没事儿,你看着办吧。"

近来一到夏天,年轻女人竞相晒皮肤,晒得恰到好处成小麦色,以显示家庭生活富裕、地位高贵。

然而,即使普通女职员,也有余钱去关岛、塞班岛,甚至东南亚、夏威夷旅行。如果单为了把皮肤晒黑,那么东京也有专门的美容院。

浅黑皮肤并不是"富裕族",仅仅是庶民的证据。

"女人嘛,还是皮肤白好看。"

晒太阳,不用多久会起色斑或雀斑,只能使皮肤受到损害。

不管流行什么,秋叶还是喜欢皮肤白净的女人。小麦色虽然表示健康,但怎能与白皮肤相比。

雾子的皮肤特别白净,有时还有点白里透亮。这样的皮肤在表示羞涩、兴奋时,就白里透红,非常靓丽。

雾子打消了去散步的念头,说是去打扫房间。

秋叶点点头,上了楼上的书房。

摊开稿纸,秋叶一时还进入不了状态,不知如何下手,一个劲儿地抽烟。

如果换成母亲或史子在身边,很快能就进入工作状态。雾子在楼下,他总是放心不下。

她在做什么呢?打扫完了吗?还是靠在沙发上看电视?再不然到处摸索,再找出个口红之类的东西来?

秋叶不着边际地胡思乱想,抽着烟,开始动笔,接着又放下。

如此重复了数次,雾子终于上楼来了。她蹑着脚步,探进脑袋来,活像一只小猫。

"给您端茶来了。"

雾子已摘下围裙,看来打扫已经完毕。

"闷得慌吧?"

"没事儿,我喜欢这样幽静的环境。"

才来到这里,把她一个人撂在一边,似乎很可怜,往后日子还长着哩,先让她习惯习惯,或许有好处。再喜欢她、爱她,一开始不可过分娇惯。

秋叶接过茶杯。

工作了将近一个小时后下楼去,只见雾子躺在阳台的藤椅上,微风吹拂在她身上。

"您看,这儿能望见富士山。"

秋叶站在阳台上,望见富士山的全貌,这在夏日的天空下是很少见的。

"隔得多么近啊!"

秋叶点点头,想起了往事。

以前他曾和妻子、孩子、史子站在这阳台上眺望富士山,现在又和雾子在一起。

"可是夏日的富士山似乎很乏味。"

夏日的富士山顶上没有积雪,只留下巍峨的感觉,缺乏高贵气氛。

"快到中午了。"

想起和各种不同的女性在此眺望富士山,秋叶郁郁不乐地回到书房,临走对雾子说:

"12点钟,我要到湖畔溜一会儿。"

中午秋叶约定在湖畔的餐馆和S社的编辑见面。

以前,秋叶来别墅时也常有客人来。

还有在山中湖或河口湖拥有别墅的友人,一到夏天也常来串门。

自从和妻子离婚后,来客骤然减少。一方面,全家人来访问的减少了,另一方面也懒得接待客人。

今天的约会是某编辑在去河口湖途中,顺便谈谈工作。

"我也一块儿去,可以吗?"雾子问道。

秋叶推说是亲戚来,约定在湖畔的某餐馆吃饭。

说亲戚来,显然是撒谎,其实不愿让外人知道自己和雾子在别墅度假。

秋叶晚到了十分钟,在山中湖附近的餐馆,那位编辑已经先到了。

这位编辑负责编辑一种月刊。从明年开始秋叶打算写一本《东洋、西洋文明连接点》的书,在他的杂志中连载。内容还没有完全敲定。

现在时间还很充足。秋叶打算连载前去欧洲旅行一趟。他们还谈了些其他杂事,会见约一小时即分手。

难得来湖畔一趟,归途去超市转了转,尽是些常见的食物,没有秋叶想要的新鲜鱼。

没有法子,秋叶买了比较可口的大马哈鱼罐头。回到别墅,雾子闷闷不乐地坐在沙发上。

"怎么啦?"

"刚才接到一个电话。"

"谁打来的?"

"一个叫田部的女人。"

糟糕,再补救也晚了。

"我说您马上会回来的……田部是个什么样的人?"

雾子再次追问,秋叶不知如何回答才好。

"一个熟人。"

不走运的时候,一不顺,百不顺。东京来客偏偏在今天这个时候来凑热闹,出去仅仅一小时,史子就来了电话。

真是一巧百巧,好像史子知道秋叶不在家,瞅准时机打电话来的。

仔细一想,史子在那个饭店住一夜,这时候正好退房回东京,行前打个电话来试探一下,这倒很有可能。

"电话铃老是响个不停,我才去接的。"雾子抱歉地说,脸上表情很僵硬。

"总之,挺奇怪的。"

"奇怪?"

"她问我,您是哪一位,问我的姓名……"

"你怎么回答的?"

"我说了自己的名字,她说那辛苦您了。"

"辛苦您了……"

这句话颇有讽刺的意义。

"她说多蒙关照,谢谢……"

秋叶咽了一口唾沫。

"多蒙关照……"这话是什么意思?

在河口湖相遇时,史子还一脸不高兴。说多蒙关照,也许指以前的事,但愿这句话不是分手的信号。

多蒙关照,深表感谢,就此分手——难道是这个意思吗?

"就说这些吗?"

"嗯……"

雾子点点头,此刻的情景令秋叶心烦意乱。

秋叶站在阳台上向外眺望,林海那边晴空万里。此刻史子正在回东京的途中。秋叶精神恍惚,仿佛系着围裙的史子站在他背后。

下午,秋叶和雾子在湖畔转了一圈,一直走到三国岭。

从别墅到湖畔并不很远。站在山上可以望见甲斐、相摸、骏河这"三国"的美景。在到达山顶之前,可以望见富士山脚下的广阔的林海,一直望到南阿尔卑斯山。

虽然南阿尔卑斯山被云层覆盖着,看不太清,但山中湖像新月那样展现在眼前,它的别名叫"三日月湖"。

雾子是初次来这儿,连连赞叹太美了。

面对着这雄伟壮观的大自然景色,雾子不知不觉便把史子来电话的不愉快的事儿忘在一边了。这样爽快,是因为雾子年轻,或是出自她的性格,总而言之,帮了秋叶的大忙。

然而在秋叶的脑海里仍忘不了史子。

雾子描述的接电话的情形,看来,即使回到东京,再也见不到史子了,孤傲的史子不会主动打电话来。

奇怪的是,一想到失去了史子,秋叶陷入了巨大的失落感之中。

是不是还有办法挽救?

他后悔昨晚在餐厅相见后,没主动打电话给她。但身边有雾子做伴,秋叶想不到这一层。事到如今,秋叶发现史子已深深印在自己的心灵里。

前些日子,只觉得史子碍手碍脚,但并不讨厌她。

雾子是最重要的,但也舍不得史子。

这正是男人的自私,却是毫不掩饰的真心。

站在山顶,秋叶在思索史子如何回东京。假如坐巴士回去,那么从河口湖经中央高速公路去东京……

"原来是这样……"

秋叶不由自主地感叹了一声。雾子回过头来:

"怎么啦?"

"没什么。"

事到如今,再去追忆已经失去的女人已毫无意义了。

"今晚等着你做一顿丰盛、美味的晚餐。"

"我会做吗?"

"当然会咯,回去时去超市转一转,什么都买点,你来做一道拿手的菜。"

为了忘记史子,只有和雾子俩过得舒舒服服的。从超市回来,雾子决定做咖喱饭。

难得两人共进晚餐,菜似乎应该更丰盛些,但立刻办不到,只能凑合着吃咖喱饭了。

在雾子准备晚餐的时候,秋叶走到庭园里拔草。在夏季来到之前,曾经托管理人雇人拔过,可是夏日的杂草长得真快。

秋叶躲开羽虱的侵袭,终于大体上拔完了。正在这当口,雾子喊道：

"晚饭做好了。"

雾子仍系着白围裙，脸上充满自信。

回到屋子洗了手，和雾子面对面在餐桌跟前坐下。雾子早把咖喱饭端来了，桌上还有凉拌豆腐和什锦八宝酱菜、蚬贝酱汤。

与涩谷家里的晚饭相比，稍感不足，但不能说些不满的话了。

秋叶一动筷子，雾子急忙问道：

"怎么样？"

"很好，不过这是快餐式的。"

"可是先炒了洋葱，加上去的。"

这是普通的常识，雾子却颇为自得。

"酱汤怎么样？"

"好喝。"

酱汤是秋叶点的菜。秋叶倒也不是挑毛病，终于说出了口。

"米饭做得太软了，做咖喱饭米饭要稍硬一点。"饭软一点，也得一粒一粒的，再拌上咖喱，那就出味了。

"你用什么锅做的饭？"

"这电饭煲不行吗？"

"那倒不是，但用厚底锅做更好吃。"

父亲是美食家，经常自炊。秋叶也受父亲的影响，在别墅住时，给父亲当过下手。

要做出喷香的大米饭，淘米是关键。米淘好后放在笊篱里，先将水煮开，再把米倒进去一搅和。先用大火煮沸，再用中火、小火，焖一会儿，饭就做好了。

"下回我做给你看看。"

秋叶让雾子做,不如自己先做给她看。这样学得快些。

"您怎么会做饭的?"

"来到别墅,什么都得干。"

小时候,给母亲当下手,看母亲如何淘米,那淘米的声音特别好听。从前几乎所有家庭都用淘箩淘米,最近都省事了。

"应该是别人做给您吃。"

"那怎么行呢?我一直独身。"

雾子扑哧笑了一声。

"你除了咖喱饭,还有什么拿手的?"

"没有了。"

"那倒不见得,今天的咖喱饭做得很可口嘛。"

"此外,还会炒饭、意大利空心面……"

最近年轻的女性都会这一手,可是秋叶认为炒饭之类不算做菜。

一般说来,油炒的东西不会多么可口,但习惯了,也就凑合了。炒饭是其中之一。说只会炒饭,那等于说不会做菜。

"意大利空心面好吃吗?"

"我喜欢放蛤蜊的意大利面条,可是不太好做。"

"意大利菜,只是把各种各样材料放在一起,再倒上橄榄油一炖,那算不上做菜。"

"可是很受欢迎。"

"便宜呗,而且外表好看。"

近来,秋叶只能吃些咖喱饭之类的简单饭菜,想挑剔也没法挑剔。

第二天,秋叶开车带雾子去沼津购物。

昨天对雾子做的菜,秋叶很失望,想挑剔也无济于事,还是自己先做给她看看。

大清早去鱼市最合适,但因为太早起不来,于是下午去海岸大道的鱼行。刚好鱼行才进了竹荚鱼、鲳鱼,赶紧买了几条。再去超市买萝卜、生姜、大葱、胡萝卜等。

"您真的会做吗?"

雾子半信半疑。在购物时,秋叶燃起了做菜的欲望。

"今晚做些好东西给你吃。"

当然,做菜不能算是工作,但这是别墅生活的乐趣之一。

秋叶开车经东名高速公路至御殿场,回到别墅已下午4点了。从山中湖至沼津,往返80公里。这趟购物也够远的。

秋叶抓紧时间,卷起衬衣袖子,站在水池边。

雾子在沼津街上买了一件短裤,换上宽大衬衣。迄今为止雾子一直穿着少女形连衣裙,现在一下子改穿活动型的服装。

"啊……"

秋叶窥视她的胸部,雾子用手制止。

"别这样,您不是要做菜吗?"

"那好,你给我搭搭手。"

秋叶首先刮鳞、剖膛,然后仔细地用水冲洗,再用干布把水分吸干。

"您真行!"

雾子在一旁观看,不由钦佩地说。秋叶在剔鱼刺时,不小心伤及了鱼肉,做得不够完善。

"好长日子没做菜了,手艺不行了。"

秋叶又剥去鱼皮,切成一小块一小块,再切好大葱和生姜,配齐作料。

"这切鱼的刀法很难,有人玩省劲的。父亲在世时也做过这道菜。"

秋叶在一旁观看,日子长了,自然而然学会了。父亲在地下不会想到自己的儿子在别墅里竟然为一位年轻女人做这道菜。

秋叶一向不喜欢西餐。

西餐之王法国大菜,就像那建筑或庭园一样,都是人工雕琢出来的。

与此相比,日本菜崇尚自然,做工细致。

总而言之,西餐甜也罢,辣也罢,都太浓,无视原料本身的味道。千篇一律,没有特色。在细致这一点上,西餐比日本菜略为逊色。

"这红毛子的料理……"秋叶的父亲经常贬低西餐,最近秋叶才渐渐理解了父亲的心情。

这或许与年龄有关,随着年龄增长,越来越不能接受西餐了。因为西餐本身就有缺陷。其证据之一是,患成人病的西欧人数比日本多得多。

"从小时候起还是不要着迷于西餐为好。"秋叶说。在一旁的雾子点点头。

"我不吃肉也没有关系。"

"所以你的皮肤好。"

爱吃肉食的人,皮肤受到污染,体臭增强。秋叶钟情于雾子,因为她有水灵灵的肌肤,几乎没有体臭。

"你快把冰箱里的竹荚鱼拿来。"

米饭已做好,酱汤也做成了,把竹荚鱼块放到盘子上。首先放上绿紫苏,让它出凉味,再撒上葱末,旁边再配以生姜、胡萝卜丝,再放上一片柠檬。

"这样的菜肴首先是色泽好,西餐就没有这种讲究。"

秋叶自吹自擂地又从烤箱里拿出烤好的大马哈鱼。

"这样价廉物美的食物,近来很少有人吃了。"

"或许是鱼刺太多了吧。"

"是啊,就像猫吃鱼似的吐得满桌子都是。"

离了婚的妻子不爱吃鱼,吃完了老是绷着脸。和妻子分手,性格不合是主要原因;两人饮食习惯不同,也是原因之一。

"我老是爱说大话,其实朝三暮四,没有准脾气,我的菜谱也不多。如果真想学的话,我家的女佣人倒是一把手,她能教你就好了。"

秋叶家的女佣人昌代已经干了三十多年了,做菜是一把好手。秋叶家菜的口味,实质上是昌代一手倡导出来的。

或许是自夸,昌代比那些手艺不高的厨师强多了。

"可是,那人挺难接近。"

"不,她是老眼光,性情倒是很爽快的。"

假如雾子真心想学做菜,昌代肯定会教给她的。

"你有做菜的能力,肯定能学会。"

烹调书上写着,做菜时先放三勺砂糖,再放一小勺盐,照本宣科,做不出好菜来。做菜的能手心中有数,看菜下碟,十之八九有把握。问题看有没有做菜的能力,雾子要是能学儿手,一定会做出好菜来的。

然而,雾子有一个缺点,她的饭量小,对做饭不很热心。会做菜的人一定食欲旺盛。问题在于不能两全其美,如果雾子食欲旺盛,那必定会发胖,保不住目前这样苗条的身材。

对一个并不关心吃的人,要她做出可口的菜,那是很困难的。

"去烹饪学校,也只是教些菜肉蛋卷,甜点心之类的小吃。"

"也教做日本菜的。"

"你只要会做正宗的萝卜菜就行了。"

"是不是萝卜豆腐？"

"正宗的萝卜菜要加黄酱、海带或鲣鱼，做得薄溜稀汤，最为可口，那才是正宗的日本味儿。"

秋叶越说越来劲。

"要去掉萝卜的苦味，得用淘米的水煮。这道菜虽然极其普通，要看厨师的手艺如何。"

"看来我是做不了的，还是把女佣人叫来教我吧。"

或许秋叶说得过了火，雾子显露出失望的表情。

"可是，我对你讲卫生这点很佩服的。"

雾子现在还不会做菜，但对打扫房间倒是挺上心的，一般都用吸尘器吸一遍就完事，而雾子还用抹布到处擦一遍。特别是水池容易脏的地方，擦得更仔细。

目前，吸尘后再用抹布擦的已不多见了。这样一丝不苟的作风，非一朝一夕之功，或许她看母亲如此仔细，也跟着学会的亦未可知。

秋叶以前曾命令自己的女儿们打扫房间，都勉勉强强地不愿干，抽空就出去玩了。

理由是忙于考前复习，可出去玩倒有功夫。学得再好，房间里乱七八糟的，学了有何意义？作为一个姑娘，没有比散漫、不检点更让人担心了。

过去秋叶曾和一位女职员谈过恋爱，就因为她邋邋遢遢，使他望而却步。

星期天去看她时，吃过饭的脏碗泡在水池里没洗；房间里到处都是报纸、杂志；碗橱上积了一层厚厚的尘土，上面留下明显的指纹；她打开衣橱换衣服，内衣、裤衩团成一团，秋叶看着直感恶心。

脸蛋儿长得挺漂亮，一看到她收拾的家里，就好像她的身体也不干净,即使恋爱一百年,也会立刻跟她再见。

史子就不同了,和史子来往一段时间后,到她家去串门。

"你的房间打扫得真干净。"

"我喜欢打扫。"

史子虽然很干净,但也是到了非干不可的时候才打扫。与史子相比,雾子不管屋子脏不脏,打扫成了她的习惯、爱好。

说实话,秋叶决定和雾子在别墅里度假后,心中稍感不安:好不容易到了这一步,能够和雾子在一个屋檐下生活,但也有可能发生不愉快的事,既然双方都抱有好感,还是保持一段距离,才能持续关系。

这是作为男人的一条铁的原则,过分接近了,反而会暴露自己的缺点。秋叶感到畏惧。

但已经一起生活了十天,看来是杞人忧天。

当然,秋叶和雾子出身、教养不同,不能说完全融洽,特别是吃菜的口味相差很远,这是很难立刻解决的。

好就好在雾子性情温柔,你不管说什么她都听。换成史子,肯定会说你按照你自己的方式做就是了。

史子年龄较大,在某种程度上,她也有自己的习惯做法。如果否定她,她马上就不高兴,反驳你。

与史子相比,雾子温顺多了,不过过分挑剔,她也会不高兴的,但绝不会像史子那样冷嘲热讽地反驳你。

这些差别,固然与两人的性格有关,但也不可否认年龄的差别。

总而言之,雾子年轻,有可塑性,而且好奇心旺盛。

一开始,秋叶打算在别墅写完《才能论》,现在看来是不行了,来别墅后一共才写了十多页稿纸,自己看看也觉得不满意,干脆回东京后重写吧。

每年,秋叶一到夏天就在别墅里工作,而且十分顺利。今年不行了,因为和雾子生活在一起之故,但这不能责怪雾子。

与过去不同的是,和比自己小二十多岁的年轻女人生活在一起,他觉得自己精神焕发,意气昂扬。

自己曾打算仍和平时一样沉住气,其实心里烦躁得很。比如,早饭晚饭后,时间很充分,走进书房工作就是了,可心里放不下雾子。

一个人待着多么气闷,周围倒挺安静,可是又想出去散步,或许跟邻居们聊聊天,反正脑子里出现了一些奇奇怪怪的想法,让人感到不踏实。

工作不到一小时,就想下楼,看看雾子在做什么,见了雾子才放心了。

夜晚空气清新,四周寂静无声,是最好的工作环境,可是一想起雾子,不知她在干什么,又下楼去。是穷极无聊睡觉了呢,还是靠在沙发上打盹?

秋叶见雾子,什么也不想干了,蹑足走过去,和她接吻,逗她玩。

"怎么啦?"雾子一声嘀咕,见她睡得迷迷糊糊的,秋叶就给她脱衣服……

每天,这样翻来覆去的,怎么能安心工作呢?

以前,一个朋友娶了位年轻的妻子,说是一天到晚感到不踏实,此刻秋叶完全理解他的心情了。

说出来不怕人笑话,目前秋叶喜欢雾子,一切以雾子为中心,其他什么也顾不上了。

在这样的状况下还想工作,这事本身就想错了。雾子初次来别墅生活,应该忘掉工作,尽情地陪她玩。

事到如今,秋叶改变了想法。只要雾子玩得痛快,能从她的身上找到乐趣,工作不工作就不用管了。

"我这个人真混……"

秋叶对自己放荡不羁感到惭愧,但是也不能过分要求自己,生自己的气啊。

在离开别墅的最后一夜,秋叶和雾子去湖西小高岗上的旅馆过夜。

这儿位于湖的一端,能望见富士山。这家旅馆声称如果看不见富士山,免收房费。

当然,仅限于晴空万里的秋天、冬天,现在正是仲夏,那就不能保证了。

他们来到旅馆总台外的庭园,从回廊向湖面眺望,富士山躲在夕阳下的云层后面。

"下次秋天再来投宿。"

只住一两天,住旅馆比住别墅轻松得多,一到秋天,这一带很冷。

"这一回可能免费了吧!"

"你的运气不错啊!"

"运气不好,看不见富士山。"

自从和雾子在别墅里生活了一段日子,雾子也会开玩笑了。

起初,秋叶以为雾子是个沉默寡言的女人,其实不然,也会说笑话,有时也会挖苦人、撒娇、作呆。

这一切都是共同生活的结果。

"别墅是不是在那个方向?"雾子左手指着森林方向。

"你见到了那座白色建筑物了吧,那尖尖的屋顶就是。"

"唔,我看见了。"

雾子高兴得手舞足蹈。

仅仅看见别墅的位置,就如此高兴,还是年轻啊。

"这儿真美。"

雾子手扶着回廊的栏杆,眺望暮色苍茫的湖面,嘟囔了一声。下一步就得回东京了,或许她会伤感落泪。

"这么美的地方该带妈妈来玩玩。"

在别墅里雾子从来也没有提起过家里的事,这使秋叶看到了雾子的另一面。

"那你带母亲来玩就是了。"

"能借宿给她吗?"

"当然。"

"可是不行……"雾子立刻改变了主意,摇摇头,"那个人,可以吗?"

秋叶不知道雾子这话是什么意思。雾子没再说下去。

他俩在庭园的回廊一带眺望黄昏前的景色约二十分钟,然后回到旅馆的餐厅。

两人在桌子边坐定,秋叶为雾子要了一瓶香槟酒。

"干杯!"

两人举杯,秋叶补充了一句:

"为你的生日干杯!"

"呀!您记住我的生日?"

自从两人结合后,有一天问起雾子的生日是哪一天,秋叶暗暗记在笔记本上,以后一直保持沉默,为的是突然给她一个惊喜。

"给,这是生日礼物。"

秋叶从西装口袋里掏出一只小盒子。

"打开看看。"

雾子用她细细的手指解开缎带,撕开包装纸。

"哇,是戒指。"

雾子突然大声地喊了起来,秋叶赶紧朝四周扫了一眼。

一个上了年纪的男人给一个年轻的女人送戒指,这个镜头不太雅观。戒指往往是勾引女人的信物。

然而,雾子已在自己的手掌之中。这一回送生日礼物,纯粹是表示对雾子的祝福。

为送戒指,秋叶也踌躇了一阵子。如果真的订婚,那倒也名正言顺,但现在还不是这样的关系,所以他想了又想,最后嵌上一粒英文字母"V"字形的宝石。这是时尚,没有别的意思。

"我可以戴戴试试吗?"

"当然可以咯,你的手指是8号。"

秋叶事先就打听好雾子的手指的号码。

"正合适,您看合适吗?"

雾子在枝形吊灯下伸出手指比画了一下。

"真的送给我吗?"

"那当然咯,就是为你买的嘛。"

"谢谢,我要好好珍藏起来。"

雾子低头行礼,秋叶反而不好意思起来,举起了酒杯。

"为你的二十四岁生日,为你在别墅里平安无事……"

离开别墅的日子正是雾子的生日,并不是故意选择的,这是十天前决定的,偶然与雾子的生日碰在一起。

"太高兴了。"

雾子戴上戒指的手举起了酒杯。

"可是二十四岁,我真的不愿意听到。"

"为什么,女人从二十四岁起,渐渐变得美丽动人。"

"二十三岁,觉得自己还年轻,到了二十四岁,似乎一下老了。"

雾子说话的声音很小,几乎听不清,但她注视戒指的侧脸,表现出成熟女性的面容。

"秋天再来吧!"雾子身穿来时那身浅灰色的连衣裙,束着红皮带,戴着红宝石耳环。

在灯火辉煌的餐厅里,秋叶和雾子面对面就餐,又想起在河口湖饭店用餐时的情景。

遇见史子时,也正像现在这样和雾子面对面用餐。

"今天不会遇见熟人吗?"

雾子也在回想当时的情景,朝四周扫了一眼。

"不会的。"

史子从那以后杳无音信。

在别墅这几天,秋叶多次想打电话给史子,拿起听筒,又放下了。

现在打电话给史子,或许正是适当时机,但史子未必会相信。只要自己还爱着雾子,其结果只会渐渐和史子分离,使史子寒心。

说实话,秋叶此刻还留恋史子,不过,现在还是保持沉默为好。

话虽如此,如果就这样和史子分手,秋叶感到心有不忍。即使真要分手,也应该说明白,互相了解对方处境,说些安慰对方的话,高高兴兴地说声再见。

然而,秋叶此刻这种想法,只能认为是男人的自私。

"回到东京后,赶紧得找房子。"

"真的给我找新房子吗?"

"当然咯,住上高级公寓,你将成为高贵的女人。"

史子的不足之处,秋叶要向雾子这里倾斜,以得到满足。

"简直是在做梦,好像到了另一个世界。"

这短短的十天里,经历过多少事啊!

首先自己和史子之间的关系受到致命的打击,而反过来和雾子的关系加深了。

一起生活一段日子,得知雾子不大会做菜,但非常爱干净,到处都利利索索。别看她表面较弱,其实她很有主意,非常有个性,富有好奇心。

雾子仍然是雾子,但现在已了解秋叶的生活节奏,也知道他是个美食家,吃东西挑剔;在性的交流中,能给自己莫大的快乐。

在避暑这段时间,雾子从一个年轻的女子渐渐变为成熟的女人。

秋夜

雾子向银座"魔吞"酒吧辞职,搬到广尾的高级公寓,是在余暑未消的9月底。

"魔吞"女老板听说雾子要辞职,起先表示反对,其原因是最近雾子很受顾客的欢迎,能拉住很多客人,自然不肯放她走。

"再坚持一些日子,学到本事,自己也能开酒吧嘛。"

女老板如此挽留她,但并不打算把自己的酒吧让给别人。

在银座要生存下去,首先要有容貌,以及与此相称的才能。接待客人,有人以为只要长得漂亮就行,其实不然,最后还得靠头脑取胜。

当然,雾子的才干并不逊色,但她并不想在银座当女老板。

当初,因为在千叶的家里待不下去,在友人的劝导下,不得已到银座当吧女,却意外颇有"人气"。

仅仅靠人气还很难在银座生存下去。

雾子的稳重、大方是她的优势,因而博得顾客们的好感。

本人主动辞职,女老板也无计可施,只好同意,最后好像说了这么一句话:"秋叶先生那么喜欢你吗?"

雾子笑笑不作回答。此话传到秋叶的耳朵里,心里不是个滋味,似乎硬把雾子从女老板手中夺过来。事到如今,别人怎么看,只能随他去了。

最后,女老板对雾子说:"你觉得寂寞无聊时,随时欢迎你来。"这句话倒使秋叶放心不下。好不容易让她辞掉了吧女这份工作,如果把女老板的话当真,再要出来干,那就糟了。

"看来,你不会再出来当吧女了吧。"

"我不适合干这样的工作。"

听了雾子这句话,秋叶这才放心了。

找房子比辞掉吧女更为麻烦。可能的话,秋叶想给雾子买一套高级公寓,但一下子拿不出这么大一笔款子。只能租公寓,每月付房租呗。

单从方便着眼,最好选在涩谷,靠近秋叶的家。但太近了,出出进进会被母亲和女佣人昌代看见。

雾子说选在郊外也无妨,郊外住宅小区有的是,但周围人多嘴杂,像秋叶这样一个大老爷们在一个单身的年轻女人家进进出出,用不了多久就会闹得满城风雨。

这样看来,为了生活方便,还是在青山到麻布一带为好。

偶然从广尾附近走过,发现有一家不动产公司,进去一问,正巧半月前一套公寓空出来。

不动产公司派人领秋叶一看,离广尾车站步行约五六分钟,公寓后面恰好是有栖川宫纪念公园,环境优美。

这套公寓有一间八铺席的西式房间和一间六铺席的和式房间,还有间厨房兼餐厅,一个人住相当宽敞。在七楼,便于眺望室外的景色。

"就这儿吧!"

再到处找嫌麻烦,秋叶就这样决定了。没想到雾子见了大吃一惊,问道：

"这么漂亮的房子,我一个人住吗?"

房租每月15万日元,一个单身女人住似乎太破费了。

"再找一找便宜一点的公寓。"

现在雾子住着沿河的公寓,环境和豪华程度不能与此相比。

然而,秋叶考虑这儿也并非雾子一个人住,自己也要到这儿吃饭、过夜,甚至做一点简单的工作。

两个人住,这房租就不算贵了。

每月15万日元的房租,从秋叶目前收入来看,也不是一个小数目。当然秋叶并不是完全依靠自己收入生活,不够的部分只能靠父亲的遗产来补充。

现在每月花15万日元给雾子租公寓,那么遗产的减少会加速些。

秋叶不会算计着过日子,留下的遗产干什么用,不就是为了花钱方便嘛。

秋叶的内心里希望遗产早些用完,好死了这条心,自己挣钱自己花,或许更自在些。

房子定下后,秋叶领着雾子去逛百货公司和家具店。

雾子住的公寓只有一间房间,是"魔吞"酒吧用来当宿舍的,家具一应俱全,雾子自己没有一件家具。

这样倒好,今后独立生活,全都买新的。

"先买一只暖炉就够用了。"雾子说。

15万日元房租的高级公寓,只买一只暖炉太煞风景了。这样的话,何必出此高价租房子。

一进门是西式的起居室,里间和式房间作为卧室。首先要在起居室里配置一套沙发和茶几,还要一个西式的衣橱。

餐厅兼厨房里得买一台冰箱,也要一张小小的餐桌、几把椅子,再买一个碗橱。和式房间铺榻榻米,不需要买床,只备几条被褥,至多再买个梳妆台。

此外,还得买洗衣机、吸尘器、地毯。加起来也是一笔相当大的费用。

"我还有 10 万日元存款。"雾子说。她的心意值得感激,但这一点点钱够干什么用?

"你甭管了,我会安排的。"

秋叶和雾子在百货商店、家具店逛来逛去,忽然产生一种错觉,今后他要和雾子组织一个新的家庭。

然而,周围的人并不这么看,涩谷附近的家具店的店员一本正经地说:

"这是难得的机会,还是按照小姐的爱好购置为好。"

雾子并不在意,秋叶却沉不住气。

"是你的房间,你喜欢什么就买什么。"

说罢,秋叶离开她去挑选家具,瞥见雾子似乎有点不安。

"我自己拿不定主意,还是拜托您了。"

因为秋叶付钱,雾子很难作决定。

"难得买一回,要买就买好的。"

一般年轻女性的房间,净是些便宜货,家具外面套上套子,看起来很花哨,但不实用。要买就买正儿八经的。

按照这个原则,买高档货,价格就高。

"这太贵了,买便宜的就行啦。"

每选一件家具,雾子就抱歉地说,可是越说,秋叶越买高档的。最后,从沙发到电视机、洗衣机,一应俱全,总共花了 70 万日元。

花了这么一大笔钱,但还没有完。房子租了,家具买了,还得付给雾子一定的生活费。

秋叶不知道雾子每月挣多少工资。假如每天两万日元,扣除假日、迟到,每月也得有三四十万日元。

年轻的女性,乍一看,收入不少,但没有奖金,再扣掉房租、衣服、交通费、美容费,便所剩无几,至多还剩十五六万日元。

今后雾子不需要当吧女时那样华丽的服装,也不用每天去美容院,但也不能让她过得太寒碜。

今后至少给雾子20万日元的生活费,再加上房租,每月得近40万日元的花销。

看来,要"独占"一个女人,需要一笔不小的款子。

秋叶叹了口气,可是仔细一想,如果妻子不离婚,那花销更大。表面上住在一个屋檐下,不需花很多钱,其实不然,秋叶的一半收入得"上贡"给妻子。

工薪阶层因为调动工作,临时和家属分居,花销就大,难以招架。

如果夫妻相亲相爱则另当别论,已经谈不上爱,也不和她过夜,一大半工资给她花,真是心有不甘。

"简直不明白,一天到晚辛辛苦苦为的是什么?"秋叶的一个朋友曾经这样感叹。此刻他完全理解朋友的心情了。

当然,妻子也有妻子的说法,作为家庭主妇,必须付出相当的繁重的劳动,没有妻子自然有许多不便,即便目前秋叶和妻子已毫无关系,还得每月给她送钱。

与此相比,花在雾子身上的钱,还有点意义。秋叶深深地爱着雾子。雾子成了任何东西都不可替代的宝贝。

将钱花在她身上,能使自己舒服。

"这点小数目你拿着……"

房租由秋叶直接交付,又给了雾子20万日元的生活费。雾子慌忙摇摇头。

"我用不了这么多。"

"可是,才开始过日子,总会有花销的。"

"真的,我不需要那么多钱。"

雾子越说,秋叶越要给她。

但深入一想,秋叶的做派似乎太陈旧了。

即使"独占"一个女人,也不需要面面俱到,连房租、生活费都付上。

实际上,付上一二十万日元也就可以了。如果女人还在上班,给一些生活上的补助就行了。

即使秋叶深深爱着雾子,不许别人碰她一指头,秋叶也不必负担全部费用。

现实生活中,男人们不一定非支付固定金额不可,多少送点礼物也可以独占女人。这样的例子有的是。还有的男人不但不给钱,还要女人给他零用钱。

既然男女平等,爱情平等,经济亦平等。不一定把经济负担都加在男人身上。

事实上,秋叶对史子也没有给过什么像样的援助。

秋叶和史子交往,只不过在她生日送些衣服、手提包之类的礼物,从来也没有给过她钱。

当然,一起出去旅游时,交通费和旅馆费由秋叶支付。但在外面吃饭时,有时史子也买单。

深入一想,和史子交往,从来也没想过要给她钱。其实史子本身并不轻松。

史子一个人的收入养着一个孩子,公寓是分期付款,再加自己的花销,经济上并不宽裕。

男女之间年龄相仿,男方不一定非援助女方不可。秋叶所以有这样的想法,是因为史子才比自己小九岁,年龄相仿之故。

与史子相比,雾子年轻多了。

现在秋叶给雾子这么多钱,是因为雾子年轻所应得的差额。当然,秋叶所要求的不仅仅是雾子的年轻。

单单年轻,那有的是。秋叶现在所要求的是把雾子培养成为出色的理想女性,带她去任何地方都不逊色的摩登女郎。为了追求这一目标,花点钱是理所当然的。

铺上从百货公司买来的地毯,家具也运来了。布置完毕,屋子才有了应有的样子。

经过仔细考虑,墙壁选用白色,铺上淡紫色的地毯,沙发为淡红色,再配上菲律宾的红木茶几,整个房间色彩协调,令人感到温馨、舒适。

"唔,太好了。"

虽说是雾子的房间,其实家具和地毯都是秋叶选购的,色调不太华丽,雾子也喜欢朴实无华的风格。

"厨房的配置也不错吧。"

起居室和餐厅之间用门帘隔开,餐桌选用双人用的原木制品,后面的碗橱也是原木的。

"这么优雅的环境,应该做出美味的菜肴。"秋叶说。

"您真坏……"

躲开雾子伸过来的拳头,秋叶走进和式房间,新的榻榻米散发着清香。里边放着大衣橱和梳妆台,角落里铺着放鞋用的草垫。

卧室里不用床,而把被褥直接铺在榻榻米上,这是秋叶出的主意。

"没有台灯吗?"秋叶问道。

"用得着吗?"

"当然用得着,钻进被窝后看看书多好。"

秋叶想象着钻进被窝读书的情景。这时雾子刚洗完澡,身上还散发着香波的气味,钻进被窝来。

秋叶描绘着夜晚的氛围,无论如何想要一盏台灯。

"买一个日本式的灯笼就可以了。"

在别墅里有个灯笼,雾子应该会记得,要买的话就买日本式的灯笼罩,那样比较幽雅。

秋叶想象着在这灯光照耀下的雾子的裸体。她那雪白的肌肤在灯光下,轮廓分明的四肢浮现在眼前。

"这镜子能卸下来吗?"

"为什么要卸掉?"

秋叶不作回答,把手伸到梳妆台的后面,一试,镜子是活动的。

已经买了许多用具,可一旦进入日常生活,还有许多不足。

灯笼是其中之一,其他还有酱油、盐等调味品,桌上的台布、浴室里的擦脚布,还有烟灰缸、鞋拔子……不可胜数。

灯笼是在较远的灯具专卖店买的,其他东西在近处的超市都配齐了。

"还有什么要买的?"

"没有了吧!"

可是回到家一看,还差放拖鞋的架子和报刊架。

"慢慢再买齐吧!"

雾子对添置家具很感兴趣,秋叶却有些沉不住气了。

"下回出去别忘了买威士忌和白兰地,啊,对了,还有高脚酒杯……"

说话之际,秋叶想起来了。

"酒杯和烟灰缸家里都有,下回我带来就是了。"

这样一配置,这屋子是雾子的呢,还是自己的?

"这地方倒是挺幽静的。"

这公寓的正门面向大街,但阳台则在相反方向,眼前是公园翠绿的草坪。

"我还是第一次住这样漂亮的房子。"

雾子站在阳台上,眯起眼睛眺望公园里的美景,忽然严肃地说:

"该怎么对妈妈讲呢?"

"她老人家不是知道你另租房子了吗?"

"但没想到租这样漂亮的房子。她过来一看一定会大吃一惊的。"

在银座当吧女,辞了职还住这样漂亮、豪华的公寓,自然让人觉得不可思议。

"你就说一个朋友去了国外,让你看守这房子,所以房租很便宜。"

"可这里的家具全是新的。"

"你说借来的得啦。"

雾子虽说已二十四岁了,平时一板一眼地说话,让她撒谎还有点不好意思。

"这个……"

雾子把房门钥匙放到桌上,这是从管理人员那里拿来的三把钥匙中的一把。

"您收好……"

雾子叮嘱了一下，秋叶拿起钥匙放进裤袋里了。

秋叶、雾子加上能村，三人一起吃饭是在搬进新居后半个月。

以前，三人也曾在一起玩过，那都是雾子下班后顺便找个地方。这样郑重其事地请他吃饭还是第一次。

本来是秋叶约能村吃饭，头一天能村打电话来，说可能的话，把她也带来见见，于是成了三人聚会。

能村提出来时，秋叶一时还有点困惑。带雾子去，他没有异议，而且雾子也乐于一起去。

可是对方单枪匹马，自己却是两个人，这算什么格局？

能村是好朋友，不会有什么问题，但对方的好意难却，秋叶感到不好意思。

"你也带一个妞儿来，怎么样？"秋叶建议道。

"你不必这么在意嘛，我们之间还有什么说不明白的。你有了这个美人，乐而忘返，偶尔也让我看看，一饱眼福。"

能村既然这么说了，看来他不愿意带一个陌生的女人掺和，那就算了。能村能够这样坦率地邀请雾子一起去，出于他的好意。

"那好，我找一个合适的地方。"

"不用了，我已经预订了座位，你们过来吧！"

能村指名银座大街上的"山海亭"餐馆。

本来和能村相见，没有什么特别的事情，不过是利用空闲时间海阔天空地聊聊，消磨时光而已。

所以对他的邀请不必过分客气。

秋叶和雾子在约定时间——6点到达"山海亭"，能村早已在那儿等待了。

"来,上这边来。"

能村站起来,挺着肚子向他们招手。

"好久不见了。"

"请,请!"

能村把秋叶撇在一边,请雾子就座。

这雅座一边坐两个人。这边是秋叶和雾子,对面是能村。

"好久不见了,今天二位难得聚会,我斗胆前来叨扰,请原谅。"

好像事先准备好的台词,雾子滔滔不绝地说,低头行礼。

"两个光棍聚会没有多大意思,因此特意邀请你来。"

能村对雾子这番话并不是有意识的,但显得有点笨拙。

"山海亭"以美国牛肉快餐著名,各种各样有十来种之多,一样要一点,就摆满了桌子。又要了白葡萄酒。

"干杯!"

能村首先举起酒杯,嬉皮笑脸地看了看雾子,又看了看秋叶。

"为二位的'Niang niang'①干杯!"

"这'Niang niang'是什么意思?"

"这先不管它,回头你们自然而然会懂得的。"

三人举杯、碰杯,一阵哄笑。

能村一饮而尽,深有感触地说:

"雾子真是漂亮了。"

今晚雾子穿着一件花格子衬衣,外套是纯棉的白色夹克,下身是紧身裙子,颇有风度。

这套衣服价格虽不高,却很有品味,是去买家具时走过百货商店

---

① 原文为ニャンニャン,是一句玩笑话,意即先同床,后举行婚礼。

买的。

"这下才成了真正的女人。"

"这算什么话,我一直就是女人。"

"这话没错,以前单纯是女人,现在变了,这话也许不中听,你成了'雌儿'。"

雾子不懂什么意思,秋叶当然懂得能村指的什么。以前雾子仅仅是可爱,现在已经变得成熟、艳丽。

"早知道雾子变得这么漂亮,我该向你求爱才对。"

"可是,您成天上'魔吞'去,从来也不请我出去吃顿饭。"

"你早已有了相好的人,我敢插手吗?"能村知道自己说错了话,赶紧打住了。

听着两人的对话,秋叶一时不知所措。

能村认识雾子在秋叶之前,她在"魔吞"当过吧女,所以两人说话随便一些,这是很自然的。

但如果过了头,秋叶感到似乎在蔑视自己心爱的人,心里不是个滋味。

可是,太一本正经了,又觉得没话可说。

当然,不用多言,能村早已心领神会,临时想了一句话来打破僵局。

"听说你们已搬到广尾?"

"那里周围环境太美了,有空来玩玩。"雾子说。

"可是我一个人去,会被这一位吃醋的。"

"没关系,您趁'老大'在的时候光临就是了。"

"老大?"

能村不由得嘟囔了一声。

近来,一提到秋叶大三郎,雾子便简称为"老大",能村感到新鲜、奇妙。

"那么今后我也这样称呼咯!"

"得了,别胡扯了!"

上过汤菜,吃过烤牛肉,喝完咖啡已经晚上 8 点。

"再找个地方喝一杯。"

许久没和能村见面了,秋叶打算和他好好谈谈。让雾子先回公寓。

"难得的机会,一块儿去得啦。"能村说。

可是带雾子去夜总会或酒吧,没有多大意思,再说雾子在身旁,秋叶也不踏实。

"不会太晚的,你先回去吧。"

秋叶打算今夜在雾子的新居过夜。雾子听了秋叶的话后,高高兴兴地站起身来走了。

"别喝得太多了。"

"不,我要把他灌得酩酊大醉才放他回去。"能村故意和雾子开玩笑。

"您真坏……"

秋叶把车钱给了雾子,和她分了手。

两个人本想去"魔吞",可是雾子不在那里,没有多大意思,于是决定去茧酒吧。

"早知道来茧酒吧,带她来也没关系。"能村用热手巾擦擦脸说。

秋叶不想让雾子多露面。

"话说回来了,她真是太美了。"能村说,"你的手段真高明啊。"

能村的说法似乎有点挖苦,此时此刻秋叶只有顺从地接受为好。

"三日不见樱花……"

"喂,我的大先生,这句话是形容悲惨的遭遇。"能村说。

少顷,能村又说:"无论怎么说,雾子是个可爱的妞儿……不过你越来越重病缠身。"

"重病?什么意思?"

"这病一时也好不了。"

在旁人看来,着迷于雾子这样年轻、漂亮的女人,就像得了重病。

然而,秋叶还乐于接受这样的"重病"状态。他从来也没有觉得这"重病"有什么痛苦。

"你这家伙单枪匹马,才可以这样自由自在。"

许多朋友这样说他,但秋叶则不以为然。即使有工作、家庭的制约,但谁也可以去追求爱情。问题是忘掉社会上的批评,自己有没有耐久的精力才是关键。

在吧台那一端侍候客人的女老板踱过来,她穿着一件蓝地花纹的和服,说明季节正在变化。

"听说,您最近搞到一个出色的'玩具'?"

"玩具?"

"这些日子您哪儿也不去,专门逗'玩具'开心。"

说到这儿,秋叶才意识到女老板说的是雾子,还带有挖苦的意思。

"又是能村在这儿多嘴多舌的吧。"

"不,不,银座一带,已传得满城风雨,听说摄影记者已偷拍到一些镜头。"

"真的吗?"

秋叶这样的男人在银座搞个女人玩玩,也算不上是什么新闻。

"在酒吧、夜总会已见不到您的人影,马上就有人打小报告。"

虽然是句笑话,但秋叶确实很少去酒吧了。

"这'玩具'可厉害了,不过在秋叶先生的调教下,变得非常温顺。"

"因为她爱我。"

"好,祝福您,干一杯!"

女老板拿着自己的酒杯和秋叶碰杯后,向别的客人那儿走去。

秋叶看着女老板身影,向能村提出抗议。

"你散布了些什么奇谈怪论?"

"女老板早就掌握全部情报,我有什么办法。"

秋叶想起自己曾几次带雾子来这家酒吧。

"然而,你不要管别人说什么。你采了这么一朵美丽的花,有的人羡慕还来不及哩。"

"也有人说,这么一把年纪,还对妙龄女郎着迷,这个人再混也没有了。"

"那倒不见得,有合适的女人,我也想和你一样热乎一阵子。"

"那不有的是吗?"

"不见得。"

"不对,你要是认真找一找,肯定会有的。除非你不想找,或者怕找麻烦。"

说雾子是"玩具",秋叶心有不服,也说些不好听的话回敬能村。

这吧台很狭窄,抬手时几乎能碰着邻近的客人,但互相听不见对方的话。存心打听则另当别论,但没有这样低级趣味的客人。

"可是……"每当喝酒时,能村总是探出身子说三道四,这是他的癖好,"雾子不干酒吧了,会觉得无聊吧?"

"不会的,她正上着烹饪学校,下月去学开车,还要参加英语会话学习班。"

"那都是你的主意吧?"

雾子才高中毕业,当然什么都想学,以后还会去学茶道和插花。

"你是想让这妞儿慢慢变成一位出色的淑女,是不是?"

"别挖苦我好不好?"

"不是挖苦,我是敬佩。"能村喝了一口兑水的威士忌,说道。

"令堂大人知道你们的事吗?"

"我没有明说,但老人家会感觉到的。"

"雾子不是住在公寓里吗?老人家不会觉察不到的。"

"她还以为是田部史子哩。"

"史子怎么样了?"

一提起史子,能村忽然来了劲。秋叶把在河口湖饭店遇见史子的经过一五一十说给能村听。

"看来,这样一来,我们的关系要吹了。"

"现在你马上向她道歉,或许还有一线希望。"

"道歉了又能怎么样呢?"

"你还是不愿意放弃她哟。"

"对了,你也是田部史子的崇拜者。"

"那倒不见得……"

能村否认了。但他对史子抱有好感甚于对雾子。

"你一个人搂着两个女人,什么时候是个头?反正田部君和雾子之间,你自然会钟情于雾子。"

"是的,今天跟你见了面,这问题更加明确了。"

又来了几位客人,只见客人的头上和肩膀都湿漉漉的。从大清早就是阴天,到了夜晚才下了雨,所谓"秋雨前的停滞",大概会下很大的雨。

"再来一杯!"能村把空酒杯递给吧女,眼睛望着前面说道,"往后,你得专心在雾子身上下功夫了。"

秋叶一时感到难以回答,但自己确有这种打算。

"总不见得老是同居吧?"

"现在只能如此。"

"那么,干脆结婚吧!"

"那当然,但目前还没有考虑。"

"那雾子愿意吗?"

雾子愿意不愿意,秋叶还没有问过。

"目前还没有谈起结婚的事。"

能村点点头,慢慢地喝着兑水的威士忌。秋叶从旁边看,发现能村的表情较为安详,又改变了主意,含糊其词地说:

"反正,往后的事,谁可知道。"

"你这话是什么意思?"

"说不定我会和雾子结婚的……"

"你别胡扯了。"

"反正往后的事说不定会怎样……"

照实说,秋叶对自己的心情也捉摸不定。半年前,他以为自己不会着迷于一个年轻的女人,现在已发展到让她辞去工作,租了房子,金屋藏娇。总之,往后的事儿,哪怕是明天的事,他也拿不定主意。

"可是,她比你小二十多岁啊。"

"是的,她比我小二十五岁。可是我到了六十岁,她三十五岁,六十岁的男人和三十五岁的女人做夫妇,社会上有的是,七十岁和四十五岁的夫妇更是司空见惯。相差二十五岁算不了什么大事。"

能村叹了口气说:"年轻的女人上了年纪会怎样呢?"

"有的女人即使年轻也不见得好。"

能村只能对雾子的年轻、外貌作出评价,秋叶对此稍有不满。

"关键是缘分。"

秋叶和能村交往虽已多年,但能村从来没有像今晚这样过问秋叶的私生活。

当然,他们俩也常常谈起女人的事,但几乎全是胡诌闲扯,没有深入地谈过。

秋叶和妻子离婚,以后又和史子来往,能村只是淡淡地说一声"是吗",点点头而已。

本来嘛,男女之间的事毕竟是当事人自己的问题,其他人不用多嘴。能村一向淡然处之。

但今夜稍有不同,秋叶并没有特意求他,可是能村则一再提问。或许能村见秋叶和雾子在一起,受了刺激,或许因为上了年纪,喜欢多管闲事。

"你的那一位怎么样了?"

秋叶开始反击,能村见把话题落在自己身上,感觉太没意思了。

"小丝打那以后怎么样了?"

能村所中意的女子是在银座桥附近的"铃"餐馆当女招待。

那家餐馆的吧台很狭小,只能坐下十二三人,吧台的里侧铺着榻榻米,穿和服的女招待在里面伺候客人。能村中意的小丝,四十岁左右,小个子,人很文静。

"只要你认真说服她,我看她会接受你的。"秋叶说道。

"是这样,说实话,我去那家餐馆,不是为了吃饭,专门为了去看她。我真的着迷了。"

别看能村长得粗壮,他也有与体型不相称的罗曼蒂克之处。小丝的年龄和女老板相仿,有时她代替女老板接待客人,颇得食客们的好感。

"总而言之,你喜欢她老成、有耐性,是不是?"

"是这样,我见了那种花里胡哨、轻浮的女人,一下子就够了。"

能村的这种心情是可以理解的,不仅是固执,而且太古派了。

"田部史子不也一样吗,她喜欢你,可是不放在嘴上,让你自己去体会,这种风情值得称赞吧。"

"那没错,可是那样的女人个性太强,难以对付。"

"个性强不妨碍男人去爱她。"

事实上,小丝和史子年龄相仿,能村自然同情史子。

过去,凡是提到女人,几乎全是秋叶提供话题,能村则守口如瓶。

能村虽然喜欢小丝,但只是在一旁默默地看着她,并不积极地去追求。

"小丝还是独身,年龄也正合适,或许她正等待你去诱惑她。"

能村为人一向谨慎,秋叶故意挑唆他。

"这样成熟的女人,霎时间就会燃烧起来的。"

"你这小子想到哪里去了,我是那样的人吗?"能村似乎有点生气,"砰"的一声把酒杯放到吧台上。

"她不是你想象的那样的人。她在考虑找个合适的人结婚。"

"她和你商量了吗?"

"小丝已经四十岁了,对方是再婚,如果错过了机会,往后就不好再找了。"

秋叶听了他的话,不由得苦笑了声。

"你倒成了'缘台'①了。"

"缘台"是放在门外的长板凳,专供行人乘凉、歇脚,谁也不会在此久坐,送走一批客人,又来一批新的客人。

---

①缘台,和式房子门外放一只长板凳,专供行人歇脚、乘凉用。

能村的罗曼蒂克,就像是"缘台",女人一个接着一个跟他来商谈,做到推心置腹,但并不深入关系,适可而止。别看他身材魁梧,但他为人细心,会关心人。

"你仅仅是一个谈心的窗口,被人利用而已。"

"那倒不见得。"

"女人来找你,仅仅是为了商谈,实际上还是被别的男人掠了去。你只是饱一饱眼福,没法吃到。"

"你也一样嘛,能吃的东西就好吗?"

"是啊,我也不随便吃,这里有口味的问题。还要考虑到对方的处境。"

说到这儿,秋叶不禁笑出声来,两个大男人竟然在"讨论"这样无聊的问题。这也说明他和能村之间亲密无间。

"不过,偶尔你也尝尝。"

"这用不着你操心。我正尝着哩。"

"小丝不合适的话,'魔吞'的那个妞儿也不坏嘛。"

"这就用不着你关照了。"

秋叶喜欢小个子、瘦削的女人,而能村喜欢胸部和臀部都丰满的大个子女人。

这一点,两人意见不同,正因为不同才使他们的友谊长存。

"我真羡慕你,随心所欲,想怎样就怎样。"

"这话不对,我现在只有雾子,而且我是独身。"

"所以我说羡慕你嘛。"

"可是独身也有独身的难处,太累人了。"

在离婚之前,家里有妻子,受拘束,身子不自由,倒是挺安定。与此相比,离婚后虽比较自由,可随处漂荡,却没有可以靠岸的港口,整天感到不踏实。

这种感觉说给有安定的家庭生活的能村听,恐怕不会理解的。

"你到处乱搞,但愿不要弄出麻烦的事来。"

"我不做什么坏事,怎么会弄出麻烦?"

"这一点我相信,可是现实生活中被银座女人弄得倾家荡产的也有的是。"

"雾子可不是这样的女人。"

事实上,在银座的女人中,有人巧妙地把男人坑害了。

并不是说银座的女人都是坏的,坏人是极少数,大多数是身心健全、脚踏实地地生活。

说银座的女人可怕,都是人为地添油加醋的传闻。说可怕,那么OL[①]、别人的妻子就不可怕吗?

"不论什么样的女人,不会加害于喜欢她的男人。"

"那倒是真的,也真有讨人嫌的男人。"

"银座的女郎也罢,OL也罢,基本上是相同的,明知讨人嫌,却硬要往上凑的男人肯定要倒霉。"

"谁愿意倒霉?没有那样的男人吧!"

"女人是海洋……"

歌词中似乎有这样的一句。秋叶觉得自己正沉浸在女人的海洋里。女人像海一样宽阔,无边无际,一旦接触了她,就被她包容起来了,从而产生一种安定感。

这一点和女人的年龄无关,史子也罢,雾子也罢,都有这宽大为怀的胸襟。

---

① OL 是指职业妇女。

"还是女人好啊!"

此刻不是夸张,是秋叶坦率地表示自己的感触。

"你真幸福!"

能村一口一口地喝着威士忌,这时已显露出疲劳的神色。

能村身材魁梧,酒量大,连续喝一星期也面不改色,但也敌不过年龄的增长。

连夜在这繁华的银座酒吧,从这家喝到那家,旁人看来,多棒的身子啊!其实他自己知道,工作中积累下的疲劳难以恢复。

"我看你不要再干广告之类的繁重的工作,换一个轻松的活儿。"

"你说得对,现在这样,二十四小时都受到约束,连和女人玩的时间也没有。"

今年春天,能村的公司生产的电子灶出了不合格品,闹得沸沸扬扬,深更半夜,能村都被叫出去解决纠纷。

"剩下的时间不多了,要玩就得趁现在身子还结实的时候。随着年龄的增长,'通货'也得膨胀啊。"

"这是你的理论……"

能村苦笑了声,玩女人所必需的钱,随着年龄的增长也随之膨胀,这也叫通货膨胀。

比如四十岁,玩一夜女人得十万日元;到了五十岁,得花二十万日元;六十岁——三十万;七十岁——四十万,水涨船高。可是玩的劲头则越来越差。

三十岁的话只要花五万,二十岁的话,说不定女人还倒贴给你。

这样的通货膨胀率,其他任何物价都不能与之相比。

因此发明一种"经济原则",要玩女人得趁早。

反过来,这个原则同样也适用于女人。

年轻的时候,很多男人追她,钱也来得快。到了三四十岁,机会越来越少,过了五十岁,花一大笔钱也不一定能办到。

鲜花是盛开时美丽,鱼和蔬菜只有新鲜时才能卖钱,同样人也有黄金时代,这时追求异性,才能有效地得到乐趣。

"现在是最后的机会咯。"

"那倒不见得,可是得抓紧时间。"

"喂,老朋友,别这样教唆我。"

能村对女人并不是没有兴趣,关心女人是常人的一倍,但多年来一直抑制着自己,处处谨慎小心。

"再来一杯!"

能村将酒杯递给女招待,这时,秋叶忽然想起了雾子。

三人吃过饭后,把雾子先打发走了,这时候早该到家了吧。

是直接回家了呢,还是在银座溜达?

雾子为人规规矩矩,但也有疏忽的时候,坚强中也有脆弱的一面。秋叶略感不安,但这正是雾子可爱之处,也是让人担心的原因。

"等一下。"

秋叶一挥手,女老板拿了电话机走过来。

能村在一旁喝着酒,或许会被他听见,但事到如今,已不必瞒着他了。

秋叶右手拿着听筒,左手拿着香烟按电话号码。雾子立刻来接了。

"这时候在什么地方?"

"在地下室,你也去过的'茧'酒吧。"

"原来是这样,早知道的话,你也可以带我去嘛。"

这儿不是女性集中的夜总会,带她来也无妨,不过雾子在身旁,就不能像刚才那样随便说话了。

"我马上就回去。"

能村在身旁,秋叶只能小声地说。雾子撒娇地说:"回来晚了,我可不管啊。"

霎时间,秋叶感到雾子"甜蜜"的爱,叹了口气。

"港口……"

"船……"

身旁有外人在,不能用"我爱你……""我也……"的对话,用港口、船做代号,确认了彼此的爱情。

放下听筒,能村脸上显露出失望的表情。

"让你早点回去,是不是?"

"没事儿,我落实一下她是不是已经到家了。"

"一开始不能太娇惯,女人都这样,得寸进尺,贪得无厌,你得小心啊。"

在经济方面是这样,在性的要求也一样,女人的欲望是逐步升级的。在同女人交往时,什么时候该给她满足,什么时候该收拢缰绳,这是关键。

"往后你要长期和她打交道,得小心点。"

这时候攻和守反过来了,能村开始攻击。

以前和能村喝酒时,必定要喝到凌晨一二点钟,近来最多喝到12点酒吧打烊。

此刻才10点,说不定能村还要另换一家,然而秋叶放心不下雾子。

她能不能不睡觉等着自己?

吃完饭后,先把她打发走了。这种做法也太只顾自己方便了。

"再换一家,怎么样?"

秋叶想,反正要换一家,晚换不如早换,没想到能村摇摇头。

"不,今天到此为止,你也得早点回去,别让她伸着脖子等着你,明天我也得早起。"

"我没关系。"

一听能村要和自己分手,忽然又留恋起他来,能村立刻站起身来。

秋叶无奈也站起身,付了账,走出店门。

夜晚的银座,10点钟是最热闹的时刻。虽然目前市场不景气,但从林阴大道到旧电通街,所谓"酒吧街"上,人来人往,熙熙攘攘。

"再见……"

出了茧酒吧来到拐角处,能村站住:"在这儿分手吧。"

"今晚真对不住你。"秋叶向他施礼,"再见。"朝四丁目走去。

秋叶一招手,上了驶过来的出租车,再回头看,已不见能村的人影。

秋叶下意识地掏出香烟点燃。

能村说明天还得早起,其实在关心自己,怕雾子久等。

真奇妙,本来自己想早点回去,可是能村走了,只剩下自己,秋叶又觉得冷清,好像能村做了什么错事。

"女人和友情难道不能并存吗?"

秋叶轻声嘀咕,脑海里想象着雾子在公寓里等待自己的情景。

秋叶曾经有过这样的梦,自己喜欢的女人在房间里等待自己回去,自己醉眼蒙眬,踉踉跄跄,说话含糊不清地去敲门。

"她"一开门,惊呆了。"怎么醉成这个样子?那可不行啊!"赶忙扶着自己,十分体贴地照料自己。

首先帮着脱掉衣服,擦身子,把冷毛巾放在自己额角上。

"喂!水!水!"

"她"赶紧端水来伺候自己喝下。自己再趴在床上,"她"拿着毛巾给自己擦背。

一句话,这是男人的"撒娇"。让自己喜欢的女人不明真相,莫名其妙伺候自己,这种心情和淘气的孩子向母亲撒娇毫无二致。

换句话说,男人不管多大岁数,都愿意做一个淘气的孩子,在妈妈面前撒娇。

这是幸还是不幸?此刻秋叶并没有醉,别说"醉眼蒙眬",脑子还清醒着哩。

汽车驶到雾子的高级公寓门口,秋叶下了车,两只手插在裤兜里,摇晃着身子,开始行走。

上了电梯,他靠在电梯旁,敲敲自己的脑袋,做出一副醉汉的样子。

上到七楼,他摇摇晃晃地朝雾子的房间走去。

702室门口镶着"八岛"的姓名牌。秋叶抬头一看,伸手去按门铃,屋内一阵子"窸窣"的声音,门开了。

"您回来了,怎么醉成这个样子?"

雾子慌慌张张地伸手去扶秋叶,秋叶摇摇头又点点头。

"喂!水!"

"这儿怎么能喝水!进了屋再说,怎么会醉成这个样子?"

秋叶摇晃着身子,进了屋,"咚"的一声靠在沙发上。

"刚才来电话时还挺好的,怎么一下子就醉了,喝的什么烈性酒?"雾子呆若木鸡,站在水池旁。

雾子照例穿着长衬衣,外加睡衣,弓着腰从冰箱里拿出冰块和水。

秋叶躺在沙发上,欣赏着雾子那诱人的臀部。

男人之所以憧憬烂醉如泥的状态,为的是平时不敢出丑,喝醉了酒便无所顾忌了;平时不敢说的脏话,也可信口开河地乱说一通。

这是借着酒醉的一种撒娇的方法,雾子自己不会知道,单纯地认为秋叶喝得酩酊大醉。

其证据是,只要一听到秋叶的吩咐,雾子赶紧把水和冰块放进杯子里端来了。

"老大!喝水!"

"我头痛,你喂我吧!"

"躺着怎么喂您?"

雾子一时不知所措,用手插到秋叶的背脊后,扶起他来。秋叶晃晃悠悠地起来,一口气把水喝尽。

"啊!太好喝了。"

秋叶的感叹与其说在醉后喝了冰水,不如说心爱的女人如此温存地对待他。

喝完水,秋叶"咚"的一声又倒在沙发上。雾子凑到他耳根说:

"亲爱的,起来,已经铺好被子了。"

"把我的领带解开!"

"您这人真是的……"

雾子像母亲对待儿子那样埋怨道,一边替他解领带,解开衬衣的纽扣。

"把裤子脱了!"

这时,秋叶像个被母亲娇惯了的孩子,不管雾子说什么,他顺从地照办,脱掉衬衣和裤子,踱进卧室,仰卧在被褥上。

"为什么醉成这个样子,是能村把您灌醉的吧?"

女人总是站在自己喜欢的男人一边,做坏事的尽是其他人。听到雾子的牢骚,秋叶点了点头,盖上了毛毯。

"头痛吗?"

"有点儿痛。"

"我去找醒酒药,先凉一会儿身子。"

雾子站起身来,秋叶一把抓住她的手臂。

"在这儿待着,哪儿也别去!"

"怎么啦?"

"我要吻你……"

借着喝醉酒的幌子,竟然说出这样的话来。

雾子扑哧一笑,弯下腰把嘴唇凑近来。

秋叶贴着雾子的嘴唇,来回地摩擦,又将嘴唇移到雾子的胸部。

秋叶解开雾子睡衣的纽扣,露出了丰满的乳房……

迄今为止秋叶对雾子不止一次说过"我喜欢你"这样的话。

第一次在饭店里开房间,要求她的身子以后,无数次重复这句话。

但秋叶不记得说过"我爱你"。

日本男子本来就不善于表达爱情。

与其说日本男子笨拙,不如说日本社会对爱的禁忌太多,因此表示爱的语言不多。

男子对女子倾诉爱情时,除了"我喜欢你""我爱你"之外再也没有了,多么贫乏啊!

而且,这两句话的语气还有微妙的差别。

一般说来,在相爱的男女之间,说"我喜欢你"比较简单。

"喜欢",译成英语是"Love",这不仅是相爱的男女,甚至可以扩及骨肉至亲、朋友,以及日用品、食物,都可用,说起来比较轻松。

与此相比,"我爱你",仅指相爱的人,而且涉及内心,意义较深。

换言之,说"我喜欢你",一般留有可以随时逃脱的余地,而"我爱你",则无处可逃。抓到手的女性,同时还必须照顾她直到最后。

正因为"我爱你"这句话意义深刻,含有求婚的打算,因此感到羞涩说不出口。

迄今为止,秋叶好像只对雾子说过一两次"我爱你"。

记不清自己到底是否说过。

然而,现在可以堂堂正正说出来了。

虽然会被他人取笑,年龄不相配,或者说越出常规,但只要装作醉醺醺的样子,一切都迎刃而解。

为了说出"我爱你",秋叶作出醉醺醺的姿态。

此刻正是让自己说出"我爱你"的机会。

一开始,秋叶依偎在雾子的胸前轻声嘟囔。

一旦说出了口,就鼓足勇气,大声地喊道:

"我爱你……"

"我真高兴……"

一呼一应,雾子的胸部凑过去裹住了秋叶的脸。

这仅仅是床上的游戏,此刻秋叶并不要求雾子的身子。他只是用自己的醉态,让雾子尽情地撒娇,由此来确认雾子的反应。

此刻,秋叶领会了雾子的温柔,已经满足了,就这样睡在雾子身旁就够幸福了。既然已租了房子随时都可以见她,要求和雾子做爱的次数也随之增加了。

过去,两人一见了面,就去开房间做爱,完了以后,喝杯咖啡就分手。留下了缺憾,产生一种不足之感。

然而,现在即使见了面,不一定非做爱不可。和雾子漫无边际说说话,看看电视,喝一杯雾子亲手煮的咖啡回去。有时工作累了就躺在雾子的床上休息,醒了后回家。

打个不恰当的比喻,以前像发了情的狗,急于做爱。现在即使在床上,有时也相安无事。这个从容不迫的态度从何而来?

两人之间没有争执,想见面随时可见,一种安定感产生了从容不迫的状态。

以前,两人想见面,必须等雾子下班,或者选择雾子休息的日子。当然想见面也随时可以见,但安定感不如现在。可有了安定感反而限制了秋叶的欲望。

秋叶的欲望并不比常人强多少。

先不说年轻时,现在已将近五十岁了,身体不如从前了,即使没有性关系,也不会感到不好过。

然而,以前一见,必定要求做爱,那是为了把雾子紧紧抓在自己手里。换句话说,秋叶尚无充分自信雾子服服帖帖地属于自己,因此执拗地要求她的身体。

现在不用担忧了,雾子住在秋叶给她租的高级公寓里,想见面,随时可见。

这一安定感,使秋叶感到踏实,同时要求雾子的身体的心情也随之淡薄了。

此刻,雾子穿着睡衣躺在秋叶的身旁,秋叶并不要求她的身子,只是把脑袋依偎在雾子的胸前,将手伸进雾子的睡衣里。

在微醉的状态下,他只用手去抚摸心爱的女人就足够了。

雾子也变了。

此刻秋叶的手轻轻地抚摸她,她却若无其事地躺着。

以前雾子从来没有这样放松过,也不像现在这样保持沉默。

此刻雾子像对待依偎着母亲的孩子那样,听任秋叶的抚摸……

秋叶从这时起感到"女人是海洋"。

意思就是男人是漂泊在女人海洋中的小船,不管男人如何恶作剧,叫也罢,喊也罢,但无法从女人的海洋中逃出去。

不管年轻也罢、年老也罢,女人就像宽广的海洋,无边无际,任男人飘荡。

秋叶抚摸着雾子,雾子几乎不做任何反抗,毋宁说,她乐于秋叶这样做。

仅仅半年时间,雾子的身子已经"开花"了。

开初,她怯生生地反抗,而现在做出难以想象的媚态,并且感到无比愉悦。其间有多大的差距啊!

秋叶感到吃惊,有时又觉得害怕。开了花之后,以后会发展到什么地步?

霎时间,秋叶陷入了深深的不安,因为他已窥见性的深渊,立刻慌忙地回到现实中来。

如果说,爱就是喜爱对方身子的一切,那么此刻秋叶毫无保留地爱着雾子。

说实话,对雾子的身子,从头到脚他都爱。如果雾子要他去舔脚,他会弯下腰去舔;要他剪脚趾甲,他会毫不犹豫地去剪。对讨厌的女人,那样做是一种痛苦;对喜欢的女人,那是一种快乐。

这些日子来,秋叶切身体验到爱,感到真是不可思议。

为什么同样的行为,对某人是一种快乐,而对另一个则是厌恶?

比如,每天用的牙刷,自己喜欢的人用也无妨,甚至两个人可以合用一支牙刷。

而自己讨厌的人用过的牙刷,一见到就恶心,把它当作细菌的巢穴。

此外,自己喜欢的人嚼过的口香糖,可以从她嘴中接过来再嚼;而自己讨厌的人嚼过的口香糖,见了就想吐。

其实用过的牙刷、嚼过的口香糖不会有多大差别,然而同样的东西却会引起愉快和不快。这是什么缘故?

这只能说是爱的魔力。

在这竞争激烈的、打小算盘的风气占统治地位的社会中,还有这样不合常情的事情存在,那只有在爱的世界。

不合理的逻辑竟然堂而皇之地存在。

然而不合理的逻辑之所以能存在,因为人不是计算机,人就是人,因而是不可以信赖的。

现在,对秋叶来说,不用说牙刷共用,即使口香糖也可以一块儿嚼。

雾子口中吐出来的东西,秋叶可以坦然地接受,因为对秋叶来说,雾子身上的任何部分都是干净的。

在爱的调教下,让对方知晓异性抚摸的愉悦,是爱的过程中的一个阶段。

秋叶没有想到自己竟然会痴迷到这种程度。对自己如此沉迷于女色,甚至感到恐惧。

在南平台家里,秋叶在外过夜时,只有母亲和女佣人两人守着。

秋叶在山中湖别墅时,上大学的外甥偶尔来家住住,但他也不能经常来。

母亲和昌代都是刚强的女人,随着年龄的增长,不会使年轻人望而生畏,自己也不会感到寂寞。

母亲常常坦然地说:"反正小偷进来,家里也没有什么值钱的东西,我们在这里,小偷见了也会失神而逃。"

话虽如此,但也不能常常家里没有人守着。

近来,秋叶大多清早开始工作,觉得比夜里效率高。他认为一下睡个够,早晨起来工作脑子清醒。

再说早晨在家,母亲可以放心。

大清早从外面回来,要在母亲起床前,那是不容易的。有一次早晨5点钟,原以为母亲还没有起床,从后门刚插上钥匙,里边就有人喊:"是哪一位?"

母亲一见是秋叶,便说:"你回来了。"

霎时间,秋叶的身子缩成一团。

儿子在外面过夜,母亲从不多说什么,也不问你在哪里过的夜。老人家的态度是随你的便。

秋叶也不像离婚前对妻子有一种顾虑,或有负罪感。即使如此,他也感到心头沉重。

本来应该更早些,在凌晨2时回来,但搂着雾子柔软的身子,怎么也舍不得。

"4点钟叫醒我。"

夜里,秋叶叮嘱雾子,并把闹钟定到4点,结果还是睡到5点。

他睡眼惺忪地听到闹钟响了,雾子也催他:"亲爱的,4点了。"他唔、唔了两声,又睡过去了。

今天早晨5点醒来,是被小便憋起来的,否则要睡到七八点钟。

他恋恋不舍地抛下雾子那柔软的身子,6点钟回到家里,母亲已经起来了。

"昨晚,杏子来了,住在这里。"

秋叶有两个孩子,都是女儿,大的大学四年级,小的高中三年级。

和妻子离婚时,孩子正是青春期。她们忍受父母离婚给她们带来的打击,现在总算缓和过来了。

一开始,她们恨父亲,从来不在秋叶面前露面。过了一年,她们才来南平台家里走动。

父母虽已离婚了,但南平台家里还有奶奶,再说她们原来就住在这儿。

此外,她们上大学、上高中的一切费用都由秋叶负担。她们虽和母亲住在一起,生活费却是秋叶出的。

在日常生活中,母亲是她们最亲近的人。但要升学,需要钱,还是觉得父亲能帮忙。平时感到寂寞时,也回南平台家里向奶奶撒娇。孩子们非常懂事,恰如其分地适应当时的情况。

近来,孩子们对秋叶已不采取冷淡的态度,甚至觉得和父亲住在一起能勾起对往日的怀念。

大女儿更是如此,过了二十岁,各方面都成熟了,能够以平和的态度对待父母。

秋叶想,幸亏是两个女儿,如果是儿子,不会如此亲近父亲的。

一般说来,男孩子讨厌父亲严格,而女孩子则嫌母亲唠叨,所以秋叶和女儿虽不住在一起,但从未感到女儿已远离自己。

本来,秋叶对孩子采取无所谓的态度。社会上有这样的父亲,一日不见孩子就觉得冷清,特别是女孩子,到了青春期,父亲总是放心不下。

然而,秋叶没有这样的心情。他认为女儿长大成人,就像小鸟离窝。等她有了合适的、喜欢的男子,让她飞去就是了。

虽说她们也亲近父亲,但这只是离窝之前的事,一旦有了喜欢的男人,再也不会理睬父亲了。

秋叶之所以如此想得开,因为他自己有了新欢,整天忙得不可开交。

只有那些希望妻子热心教育孩子、自己洁身自好又没有相好的父亲才会关心女儿。

现在正因为自己有私心,秋叶认为自己想法是正当的。

即使如此,大女儿杏子也很少来家住下。她偶尔过来和奶奶吃顿饭,或者和秋叶闲聊。她这样做,或许觉得在这里过夜,有些对不住母亲。

她喜欢对秋叶撒娇,问:"爸爸,您好吗?"又夸奖父亲穿的毛衣多么合体,巧妙地向秋叶要零花钱。

昨晚来家里住下,是不是来要钱的?

秋叶心想:"这孩子……"但并不嫌弃她。

"还没醒吗?"

"说明天去上学,七点钟起床。"

秋叶点点头,上楼进了书房。趴在桌上,又不想工作,便躺在床上看书。

30分钟后昏昏入睡,一觉醒来已过7点了。

家里养的那条狗,汪汪汪乱叫,或许见到久未碰面的杏子。

听得狗叫声,秋叶起床,点燃了一支烟。有人敲门,杏子出现在眼前。

"您醒了吗?"

杏子像企鹅一样,倒背着手,蹑手蹑脚地走进来。

秋叶一回头,不由得喊道:

"啊……"

杏子上身穿白衬衣,下身是蓝色的裙子。秋叶突然以为是雾子来了。

"怎么啦,爸爸,声音怪吓人的。"

"不,没什么。"

秋叶用拳头敲敲刚才错把女儿当成雾子的脑袋。

"给您端咖啡来了。"

"谢谢。"

杏子把咖啡放到桌上,秋叶抬起头来注视着女儿。

从9月见面以来,已经一个月了,女儿似乎比以前更成熟了。

"发型怎么变了?"

"是的,这样比较方便。"

以前是三七分,今天则是对分,发型和雾子一样。

"昨晚爸爸回来很晚了吧,这样可不行。"

杏子说话像她母亲一样,也像雾子。仔细一想杏子只比雾子小三岁。

以前,在酒吧喝酒时,常听人说那老头的相好的和他的女儿一般大。

那时,秋叶才四十来岁,听了这话,自己并没有真实感受。

此刻回头一想,自己已到了那个年龄。

大女儿杏子二十一岁,酒吧里别说二十岁,十几岁的姑娘也有啊。

当然,雾子只比杏子大一岁,说是自己的女儿也不为怪。

杏子是在秋叶二十八岁那年生的,如果早结婚两三年,女儿就同雾子一样大了。

然而,不知为什么,和雾子在一起时,秋叶从未想到过女儿。

最初,听到雾子的年龄时,想到和杏子年龄相仿,但之后,秋叶从未把雾子错当成自己女儿。

在街上行走,在餐厅里吃饭,或在房间里和雾子单独在一起时,秋叶早已忘了年龄之差,不仅如此,有时甚至觉得雾子比自己大。

秋叶想起雾子受继父骚扰时,就是杏子现在这样的年龄。

之后,雾子到了银座,和秋叶发生了关系,才二十三岁。

秋叶想,再过两年,如果女儿也和自己同样年龄的中年男子来往,或许也会受到性骚扰。

想到这里,秋叶感到心头沉重。

"爸爸,您怎么啦,怎么一下子不说话了呢?"

"不,没什么。我在想另一件事。"

被女儿觉察到自己内心的动摇,秋叶感到有点不好意思,一边喝着咖啡,一边瞥见女儿日益丰满的胸部。

杏子对秋叶自然是无防备的。在一起生活时,女儿穿着睡衣就到书房来,拖着拖鞋、穿着衬裙就来茶室里喝茶,这是司空见惯的。

妻子加上两个女儿,几乎全是女人的家里,这样的小事儿是不介意的。

此刻,杏子敞着衬衣露出乳罩的一端,大大咧咧地找父亲说话。

"文英社能不能接受我?要是能去那儿工作,是最理想不过的。"

杏子是大学四年级学生,明年春天毕业,她读的是社会学科,想去出版社工作。

然而著名的出版社很少录用女子,竞争率为几十分之一,甚至百分之一。

杏子成绩还可以,但也不是太好,估计不会顺利地被接受。

秋叶认识几家出版社的头头,老着脸皮去拜托,或许能给点儿方便,但秋叶不愿意为了女儿的工作去求人。

如果硬求别人,即使接受了,对女儿来说也并不轻松。如果是和自己工作有关的出版社,一想到女儿在那儿工作,无形中会成为自己的负担。

这样的话,还是商业公司或银行比较合适,但杏子并不愿意去那样的单位。

"爸爸,我是不是可以去试一试?"

原来昨晚杏子在家里过夜,为的是和秋叶商量自己工作的事情。

"中央书房,如何?"

"那儿好像打工的居多,期限为两年,正式录用很困难。"

"你不想结婚吗?"

"那还早着哩。"杏子付之一笑。

杏子的胸部虽已隆起,但似乎还硬邦邦的,从她悠然自得的态度看,似乎还没有和男子有过关系。

"妈妈没说让你结婚吗?"

"没有,她还说结婚不一定幸福,还是先工作一段日子。"

此话也有道理,但包含着对秋叶的挖苦。

"看来,即使打工,我也要去工作。"

目前对杏子来说,找工作比找男朋友更重要。

"打工没什么不好,也许打着工被正式录用亦未可知。再说,在工作单位里认识的人多,也有到其他单位工作的机会。"

"对,那就照此办理。"说着说着,杏子似乎决定了。

"还是应该和爸爸商量,这样我就放心了,没有男人,是不行的。"

杏子的话,并未引起秋叶的注意。杏子自己也没有觉察到,"男人"会给她带来"问题"。

"爸爸,下一次您什么时候去京都?"

"下星期四,有什么事吗?"

"学校已经放假了,能不能带我去玩玩。"

随着年龄的增长,杏子喜欢接近秋叶,这样下去,早晚她会觉察到秋叶和雾子的关系。

　　秋叶曾经几次想把雾子的事如实地对杏子说。见了她那无忧无虑、爽朗的表情,怎么也张不开口。

阳春

随着樱花的吐蕊,春天日益临近,秋叶的生日也即将来到。

一年一度的生日早已习惯,已无新意。但今年是五十大寿,不禁令人感慨不已。

说实话,年轻时无法想象自己五十岁时会是什么样子,以为这是遥远的事。

一旦有所察觉,已迫在眼前。

过了3月中旬,生日已临近,秋叶早已沉不住气了,但对谁也没有说。

一星期前,雾子问他:

"亲爱的,生日怎么过?"

听了雾子的发问,秋叶露出惊讶的神色。

"到了这把年纪,怎么过都行。"

"可是,今年是您的五十大寿,怎么也得有所表示。"

怎么个表示法?对雾子能记得自己的生日,秋叶心里乐滋滋的。

3月的某一天,秋叶在筑地的饭庄订了房间。

和雾子两人订一个房间,似乎有点奢侈。但以前她曾经说过,什么时候带我去筑地玩玩？趁此机会，满足了她的要求。

本来饭庄的女老板并不知道秋叶过生日，雾子举杯祝贺："祝您生日快乐！"一句话泄露了天机。

"已经五十岁了，在这儿过生日，像给孩子过生日似的。"

被女老板这么一说，自己似乎年轻了。

"往后不去银座，还是在筑地来得踏实。"

筑地有好几家饭庄，这一家古色古香，窗明几净。秋叶喜欢这里的氛围。

"那么……"女老板倒上酒，邀请雾子一起干杯。

"我带蜡烛来了，您来吹吧！"

"可是五十支蜡烛叫我怎么吹啊？"

"没事儿，一支顶十支，不就五支吗？"

雾子从手提包里掏出五支蜡烛，放在盘子周围点燃。

"一起来唱《祝你生日快乐》吧！"

雾子、女老板加上女招待一起合唱。待她们唱完，秋叶吸了一大口气，呼地吹了一圈，有一支没灭，于是又吹了一次。

"祝您生日快乐！"

众人一齐鼓掌、嬉笑。

不在西式餐馆，而在和式饭庄过生日，这是很少见的。

"明年还来。"

"不仅是明年，愿您每年都来！"

受到女人的祝贺，秋叶心情很好。但女老板一走，只剩下自己和雾子两人，秋叶又一次想起，真的五十岁了。

雾子对自己所爱的男人已经五十岁了，不知有什么想法？不会悲哀吧！

关于年龄问题,秋叶曾经问过雾子:

"我和你像父女俩,你不会嫌弃吧?"

当时雾子还在银座酒吧做吧女,关系还没有现在这么深。

"这没什么……"雾子说罢,还对在座的女人说,"对不?"求她们帮腔。

"只要喜欢,和年龄没关系。"对面的一个女人随和道,脸上却冷冰冰的。

"不知道周围的人会怎么想?"

"由她们想去呗,管这干什么?"

这话没错。能够这样直说,是女人在逞强。与女人相比,男人反而整天提心吊胆的。

男人和年轻女子在一起时,心里总不踏实。周围的人会怎么看?让上司看见了,该怎么搪塞过去?老婆孩子知道了,会不会出事?一天到晚左顾右盼,眼睛滴溜溜地转。乍一看,男人豪放、磊落,其实整天得小心翼翼。在公司里上班,有组织的制约,活得比女人累多了。

女人只要下了决心,便不再动摇。喜欢一个人,年龄的差别、周围的目光,根本不放在心上,公然挽着胳膊,向男人撒娇。

这样无所顾忌,我行我素,男人是无法比拟的。

一句话,女人根本不在乎喜欢的对象年龄大小。雾子也一样。

其证据之一是,雾子自己掏钱买了生日蜡烛来祝贺秋叶五十岁生日。

秋叶正在心里宽慰着自己,只见雾子从纸袋中掏出一只系着红缎带的盒子说道:

"这也是生日礼物。"

"什么?"

"用这把您拴住,您就跑不了啦!"

秋叶解开缎带,打开盒子,里面放着一条黑色皮带。

"我用这条皮带拴住您。"

雾子不知什么时候学会开玩笑,像个大人样了。

今晚饭菜丰盛,先上了一笼蒸制的海米和百合根做成的点心,还有白鱼汤及加吉鱼块。

喝着酒的功夫,又上了一道竹笋煮肉,嚼在嘴里清脆爽口,色香味俱全。这是日本料理的特长,令人流连忘返。

"这是你特意订的吗?"秋叶问道。

"我好像预见到您到这儿来过生日,我知道您的口味很挑剔。"

"没有的事。"

只要是雾子点的菜,秋叶都喜欢。

近来,雾子对做菜也下了功夫,对味觉特别在意。

"我很想到这儿的厨房来学习一下,可是饭庄的厨房规矩很严,说女人不干净,不让女人碰菜刀。"

"过去是这样,现在也不太讲究了。从本质上说,女人不适合做厨师。"

"这就奇怪了,在家里做菜做饭,不都是女人的事吗?"

"话虽这么说,但真正做菜是很难学的,因为女人经常变换口味。"

"这是为什么?"

"一个月一次的例假,就会促使她改变口味。"

雾子一时难以接受秋叶的这种说法,立刻进行反驳:

"没有的事,您瞎说。"

在饭桌上谈论女人的例假,似乎不合时宜。然而,女人确是随身体的变化而改变口味,这话是以前秋叶在赤坂某饭庄听掌勺的厨师说的。

"可是妈妈做的菜,口味是不变的。"

"那是啊,不过也不一定,这事儿很微妙。"

雾子依然有所不满,歪起了脑袋说道:

"母亲记得您的生日,一定会经心做的。"

"在饭庄里不能随便改变口味的。"

"并不是所有女人都像您说的那样。什么时候我做一道菜让您刮目相看。"

"还是你那道酱鲐鱼吧?"

雾子气得转过脸去。

自从和雾子一起吃酱鲐鱼,快过去一年了。当时雾子还怯生生地不敢下筷子,此刻却在筑地的饭庄高谈阔论起口味来了。

吃完饭已8点半了。

秋叶忽然想起家中的母亲,母亲自然记得秋叶的生日。临出门时,母亲说:"今晚做好饭——樱花饭等你。"

每年,母亲为了庆贺秋叶的生日,做一份由大米、糯米、红豆蒸制的、采用樱花造型的寿饭。

现在离樱花开放尚早,但秋叶的生日,母亲一定给他做樱花造型的寿饭,祈祷岁岁平安。

秋叶曾想对母亲说:"已经这么大岁数了,不用把自己当孩子看待了。"但这样会伤害母亲的感情,终于没说出口。

对母亲来说,孩子多大也是孩子。可母亲已这么大岁数,秋叶不忍心再让母亲操劳。

近八十岁的母亲特意准备的寿饭,不能放到明天吃。

母亲说:"今晚做好樱花饭等你。"等于下了命令,今晚要早点回来。

上了车,秋叶忽然想起了什么似的说:

"今天的工作还没完哩。"

他不好意思说,母亲做好寿饭等我回去。

"等干完工作,我给你打电话。"

"可是,您回去后,恐怕不好再出来了吧!"雾子说。

她对秋叶依依不舍,似乎被他冷落了。她原以为今晚吃完饭,找个地方喝一杯,然后回去和秋叶同枕共眠。

"不用很长时间的。"

"何苦呢,算了吧!"

近来雾子有所不满,便实话实说。

"我一定给你打电话。"

秋叶再次向雾子表态,他让雾子下车,径直回到家里。母亲和昌代正在看电视。

"来得正好,还没吃饭吧?"

母亲兴致勃勃,秋叶不好意思拒绝。

"吃一点儿吧。"

"马上给你端去。"

秋叶点点头,上了楼上书房。黑暗的屋子传来一阵花香,拉亮灯一看,花瓶里插满了红玫瑰花。一看底下的名片:

"祝贺您生日,祝您生日快乐。史子。"

足有30朵红玫瑰。

在这煞风景的夜晚的书房中,只有墙角上的花瓶像天女下凡似的令人神往。

"是她……"

秋叶坐在椅子上出神地眺望红玫瑰。

从去年夏天在河口湖饭店分别以来,一直没见过史子。以后听说她来过别墅,但没有证实。

总之,从那以后和史子处于绝缘状态。当然,秋叶并不想主动同史子绝缘。有机会的话,他想和史子当面谈谈,求得她的谅解。

然而,要求得到她的谅解,并不很容易。因为自己和年轻的女子一起吃饭、住在别墅,这是事实,自己无法辩解的。

去年年底,秋叶给史子打过电话。他想岁末年初向她问候,谅史子不会见怪,谁知没有人接电话,不知史子是否在家。

当时,秋叶有点失望,不知所措。

从那以后,他一直等待史子来电话,在河口湖的邂逅以后确实有隔阂了。同她的关系从此终结?虽然身边有雾子,但他对史子仍恋恋不舍。

从去年夏季以来,史子一直没来过电话。她已像海螺一样紧闭了嘴。从她的沉默,秋叶已感觉到史子的愤怒,秋叶不敢给她打电话,没想到在自己生日时却送来了一束红玫瑰花。

"太棒了!"

秋叶像少年一样喊出声来。

然而,仔细一想,史子为什么送花来?弄不懂。

即使生日,为什么特意送花给已离她而去的负心的男人?她有什么打算?

说不定史子对自己仍然恋恋不舍。

在河口湖饭店见到自己和年轻女子在一起,一时妒火中烧,但事后对过去的男人仍然旧情难忘。

想着想着,秋叶渐渐兴奋起来。

许多事情凑在一起,分手时有所隔阂,但两人并不互相嫌弃。

这一年来,虽然和雾子加深了关系,但仍然不时地想起史子,不知她近来过得好不好？也想瞅机会重归于好。不知不觉到了自己的生日。

秋叶心里乐滋滋地吹着口哨，朝电话走去。

收到了鲜花，赶紧打电话去表示感谢，这是人之常情。

然而，仅仅因为收到鲜花打电话，除了感谢外，应该还有别的话说。

已经半年多没见面了，总该说些有内容的话。

看来，还得再酝酿一些日子，郑重其事地向她表示感谢。

秋叶自言自语地又朝桌上一看，在信件旁边还放着一只纸包，这是女儿特意送来的。上面有一张纸片："送给爸爸。"

打开纸包一看，原来是打高尔夫球用的手套和手工做的信插。信插里夹着一封信："祝爸爸生日快乐。已经五十岁了，可别太劳累了。"下面是女儿的签名。

收到史子的鲜花，心里正七上八下，女儿的信向他提出了忠告。

孩子们似乎已看出父亲的焦虑，及时给他一个信号。

"或许正是如此。"

秋叶点了点头，向玫瑰花瞟了一眼，换上和服下了楼。

母亲不喜欢西式房间，在和式茶室的桌子上摆好樱花饭等儿子下楼来。

"喝点儿酒吧。"

秋叶不想喝，但母亲早已准备好，拿着酒壶给儿子倒上一杯清酒。

近八十岁的母亲给五十岁的儿子斟酒，这光景太奇妙了，对母亲来说，祝贺儿子的生日，这也算是一种仪式。

"已经五十岁了。"

"真快呀，实在不愿意过生日。"

"唔，你父亲五十岁时也说过同样的话。"

秋叶拿起酒杯一饮而尽,拿起筷子,但没有食欲。

"我已经在外面吃过一点了。"

"再吃一点,没事儿。"

秋叶不好意思说在筑地和雾子已吃过饭,拿起筷子捣了一下樱花饭。

"今天,真理子特意送来礼物,祝贺爸爸生日。放在桌上,你看见了吗?"

大女儿常来,而小女儿很少来。

"信上说,已经五十岁了,可别太劳累了。"

"唔,说得对。"

这句话似乎合乎母亲的心意,又把盏给秋叶斟上酒。

"真理子的生日在下月。"母亲说。

"她是不是来告诉我,别忘了她的生日。"

"那倒不是,孩子是诚心诚意来祝贺爸爸生日的,等了你很久,三十分钟前才回去。"

早知道女儿来,该早些回来,但这样做,雾子会更加别扭。

"她还说,不知爸爸喜不喜欢我的礼物。"

母亲只提到孙女如何如何,但没有提起史了。

母亲对秋叶的男女关系从来不过问。已经五十岁的大男人,该知道轻重缓急。再说,离了婚的儿子受了伤害,做母亲的帮不了什么忙,但心里也是着急的。

从平时的言谈中,母亲常常流露出对秋叶将来的关切。

"我不可能老是这么精神的……"言外之意,有适当的人选,还是早些娶一个。

然而,这个经常令母亲操心的儿子,也使母亲感到活着有劲。生日这天给他做好樱花饭,儿子没回来,一直等他很晚,还不去睡觉,说明母亲也在表示自己的存在。

如果有妻子在儿子身旁,老人家会让儿媳妇去操心,自己退居二线了。

从这一点看,在秋叶再婚以前,母亲永远有操不完的心。

然而,秋叶和其他女性太亲密,母亲也不很满意。例如对史子,母亲夸她:"这个人感觉不错。"但频繁地来电话,母亲却不高兴了。

有一次,史子来电话,告诉她秋叶去的地方。不多一会儿,又来电话说:"他不在那儿。"

母亲的态度很冷淡,有时干脆不告诉她秋叶的去向。

后来,史子和秋叶渐渐疏远了,母亲应该是知道的。

今年年初,母亲还念叨:"近来史子小姐不来电话了。"

母亲说这话的本意,想知道秋叶近来和什么样的女人来往。

秋叶说:"可能她很忙吧。"一句话搪塞过去了。

今天史子突然送来玫瑰花,母亲一定会大吃一惊。

本来以为已经断了来往,在秋叶生日时送玫瑰来,说明两人还在来往。

当然,母亲不会去追根问底,只是默默地把花插在花瓶里,让儿子看就是了。

秋叶吃了点樱花饭,喝过茶,上了楼上书房。桌上放着红玫瑰花。在夜晚这玫瑰花似乎有点神秘、妖艳。

秋叶把脸凑到红玫瑰花前,闻着花的芳香,想起了史子的往事。

他和史子已经半年多没见面了。

在这半年里,或许她已有了男朋友,但她又特意送生日礼物来,似乎没有。

再说,史子要喜欢一个男人,需要相当长的时间。

看来,史子并没有忘掉自己。

秋叶自言自语地拿起了电话听筒。奇怪的是,过去拨惯了的电话号码,竟然忘得一干二净。

秋叶翻开记事本,确认电话号码后,立刻打过去,响了五下,出来一位女性的声音。

"喂,喂……"

没错,是史子的声音,秋叶顿了一下,一往情深地说:

"是我呀,听出来了吗?"

"啊……"

"谢谢你送的花,我刚回家,看了花,不由得使我吃了一惊。"

"……"

"真没想到你会送花来。"

"您的生日嘛……"

史子的声音还像过去一样,一点没变,也许是夜晚,说话声音特别沉着、安静。

"太高兴了,真的谢谢你。"

秋叶对着电话机低头行礼,史子默不作声。

"以前给你打过电话,每次都不在家,近来好吗?"

"还行。"

"工作忙吗?"

"托您的福,还凑合。"

史子规规矩矩地作答,并不热忱。

"你什么时候有空?"

"有什么事吗?"

"没什么大事,好久没见你了,大概半年多了吧。"

"……"

"可以的话,我们找个地方吃顿饭,行吗?"

"近来较忙……"

"那么等你有时间时再说。"

"我没事儿。"

"那么喝杯茶吧。"

"就这点事儿?"

"我要向你表示感谢。"

"我明白了。"

对方挂断了电话,秋叶拿着话筒,不知所措,伫立在那里。

"这是怎么回事?"

说起玫瑰花,史子默默地听着;一说请她吃饭,她立刻反应冷淡。这种做法,简直像电光石火,说灭就灭。

秋叶拿着话筒,深深地叹了口气。

看来,自己的想法过于乐观了,一看史子送生日礼物来,兴高采烈,忘乎所以,以为史子还依恋着自己。对她的礼物表示感谢,她却轻描淡写地说了一句"您的生日嘛……",意思仅仅限于对生日的祝贺,没有更深的意义。好像是银座的夜总会或餐馆遇到顾客的生日顺便送把花或其他礼品,你能说有什么意义吗?

秋叶连这一层意义都不了解,以为史子对自己还有依恋,秋叶对自己的如意算盘不禁一怔。或许此刻史子正捧腹大笑哩。

秋叶点燃了一支烟,注视着红玫瑰花。

刚才认为这红玫瑰花是史子的温柔和依恋,此刻觉得这花象征着史子的冷酷。

"然而……"

秋叶嘟囔了一声,又回想起过去的往事。

过去和自己关系很深的女人,难道会像夜总会、大餐馆那样应付公事似的给自己送生日礼物?这是很难想象的。

送30支红玫瑰,心底里总该有某种联系吧。

想到这儿,秋叶对着红玫瑰花喷了一口烟。

或许是自以为是,秋叶认为史子给自己送生日礼物,依然恋恋不舍,这说法似乎有点过火,但至今在她的心底里,仍然应有难舍难分的成分。

如果纯粹是夜总会对顾客的赠礼,那么请她吃饭,也不至于立刻就发火。她的冷淡太异乎寻常。

史子突然挂断电话,那是表示半年来的憎恨。

秋叶是性情乖僻的人,遭到冷漠的拒绝反而要拼命地追求。这不仅是秋叶,几乎所有男人都有这样的癖好。

女人说"我讨厌你",男人立刻会十分看重她,紧追不放;女人说"我喜欢你",一点一点缠住你,男人反而转身就跑。

这样的心理在男女恋情中,起着微妙的作用,导致意想不到的结果。因此,恋爱的老手故意装作冷漠无情,吸引对方上钩。

然而史子此刻的表现,并不是故意装出来的。史子不是这样乖巧的女人,她本质上是好的。

一个被年轻女人弄得神魂颠倒的男人,半年来杳无音信,突然来电话邀请她去吃饭,她当然不会轻易接受的。

作为史子来说,给秋叶送生日礼物,就像从清水寺[①]舞台跳下来,

[①]京都清水寺舞台设在断崖峭壁上,始建于798年,重建于1632年,是日本著名的旅游景点。好多类似的中国歇后语涉及清水寺舞台。这句话的意思是下了很大的决心。

需要很大勇气的。

假如史子依然恋恋不舍,应该进一步表现自己的弱点,作为一个女人,一时还丢不开"面子"。

面子也罢、立场也罢,既然是个女人就不必过分拘泥了。如还恋恋不舍,说清楚不就得了吗?如果没有恋情,一开始就不要送生日礼物来。

然而,史子的魅力在于,不论在任何情况下她绝不会轻易放弃矜持。

她即使想见秋叶,也绝不会主动打电话来,尽管心潮涌动难以抑制,表面上仍然会保持冷静和坦然。

尽管秋叶如此热恋着雾子,但他依然忘不下史子,正因为史子的高贵深深地抓住了他的心。想到这里,秋叶的心突然掀起了骚动,他要把这高贵的女人,再一次搂在怀里。

秋叶凝视着玫瑰花,脑海里自然而然浮现出史子的身影。

在接近她时,她或许会推推让让,一旦上了床,她会表现出难以想象的媚态。聪明的史子十分懂得分寸。秋叶搂着的史子已经不是平时所见到的庄重的史子了,而是潜伏在她心中另外一个放荡的史子了。

似乎在史子身上,栖息着两个不同的女人。

与她相比,雾子单纯多了。

高兴的时候高兴,想要什么就坦率地表现在脸上,不用说话,她的态度就自然流露出来了。

雾子身上或许也栖息着两个不同的女人,但不如史子那样明显。

秋叶喜欢雾子的坦率,但有时也被史子的激情打动了心。

整天和天真烂漫的雾子在一起,有时也想和别别扭扭的史子亲近一番。

秋叶不着边际地胡思乱想,在他的脑海出现史子的种种姿态。现在去接近史子,无疑是出于逢场作戏的心态,然而秋叶仍然想踏踏实实地接近她。

哪怕是一次也好,他愿意和史子坐在一起说说话。或许这会给她带来麻烦,但自己的心是真诚的。

他想窥探处于心烦意乱状态的史子。

仔细一想,仍然是史子在诱惑自己。突然送一把玫瑰花来,把快熄灭的火重新点燃了。

点了火,自己却闪在一边,太可恶了。

"对,再给她打一个电话。"

秋叶伸出右手去抓电话听筒,忽然铃声大作。

秋叶赶紧缩回手来,顿了一下再去抓听筒。

"喂!喂……"

一听便知是能村的声音。

"在工作吗?"

"没有……"

哪里谈得上工作,正瞅着史子送来的玫瑰花发愣哩!心里一个劲儿怀念着她。

"祝贺你的生日,五十岁了吧?"

"就这点小事?"

能村似乎是从夜总会或酒吧打来的,电话里传来了音乐和人们说话声。

"五十大寿,心情如何?"

"没什么……"

"五十年可是半个世纪,人称五十是人生最重要的时刻。"

"那么再过两个月,你不也五十大寿了吗?"

能村比秋叶小两个月,到达五十大寿,只是时间问题。

"记得你生日的没有几个人,我该是很了不起吧!本想给你送一束鲜花,后来心想,太郑重其事反而会让你难受。"能村醉醺醺地半开玩笑地说。最后那句话使秋叶不禁一怔。

送鲜花太郑重其事,那么史子的花也属于这范围?

"过生日,一个人闷在家里做什么?此刻我和公司的伙计们正在喝酒,你是不是也来凑凑热闹?"

"谢谢你的好意,今天算了吧。"

因为再过一会儿,秋叶要去见雾子。

"那好吧,改天再好好庆贺一番。"

说到这里,能村忽然想起了什么,说道:

"前几天我见到田部君了。"

太巧了,秋叶默不作声。

"半月以前,她给我打了个电话。"能村补充道。

"呃?她为什么打电话给你?"

"据说,她借了你两本书,想还给你,一本是关于西班牙斗牛士的书,还有一本照片集。我就收下了。"

秋叶记得这事。

"你已经和她断了吗?"

"当然……"说到一半,秋叶反问道,"她说了什么没有?"

"她说老头子着了迷,说着开怀大笑。"

"老头子?"

"她知道你和年轻女人打得火热。"

"是吗？"

"反正书放在我这儿，找个机会送给你。"

说到这儿，能村说："好，再见！"挂断了电话。

秋叶放下电话，靠在椅子背上，再次注视着红玫瑰花。

这是怎么回事？史子和能村见面，出乎意料，说是托他把书还给秋叶，更是不可思议。

既然是还书，直接寄来得了，何必要托能村呢？

特地打电话给他，仅仅是为了还一本书，只不过找个借口而已。

这事儿发生在半月前，那时史子和自己尚未接上关系。那么，史子为什么突然想见能村？

难道是一个人不甘寂寞，想找能村求得解脱？

这不可能，两人关系不可能发展到这一步。如果真是这样，能村也不会打电话来了。

从刚才能村说的那些没头没脑的话来分析，没隐瞒什么。

倒是"老头子着迷了，说着开怀大笑"这句话是能村说的，史子不会如此粗俗。

如果真是史子说的话，表明她自己已和秋叶断绝了来往。

好胜的史子说这样的话，想表明自己即使分手，也不气馁，同时也想探试一下秋叶的动态。

所以突然在秋叶生日这天，送了玫瑰花来，之前又和能村见过面。秋叶一时弄不懂史子究竟是什么意思？

几分钟以前，秋叶还在遐想史子的肉体，现在像裹了一层浓雾，再也看不清了。

史子送来的玫瑰花就像在静静的池塘里投下一个石子。

如果其目的是为了让秋叶突然受到冲击，那应该说是十分有效的。

秋叶弄不懂史子的真实意图。

秋叶以为史子尚有依依不舍之情,因此送来了生日礼物,其实事情并不如此简单。

这束鲜花表面是美的,但它的后面或许隐藏着憎恨。

收到花的人此刻陷入沉思,百思不得其解,石子所投下的波纹还在继续扩展。即使如此,秋叶注视这束鲜花,心里还是美滋滋的。

自从收到鲜花后,秋叶每天想给史子打电话。那天请她吃饭,被她拒绝了。这一次或许会接受吧? 随着时间的推移,双方的心情渐趋平静。

两三天以后,秋叶产生了新的勇气。然而当他拿起电话,还是振作不起来。上次已被冷淡地拒绝,现在再打电话去又有何用?

如果她果真有意,那么应该主动打电话来,自己急着打电话,那等于暴露自己的弱点。

着急和顾虑两种情绪交替侵袭着秋叶,他终于没敢打电话。

然而,到了第二天,又想给史子打电话。拿起电话又放下,这样犹豫不决持续了一星期。玫瑰花已枯萎了,花扔了,秋叶对史子的思念也随之而去。后来专心致志去爱雾子。

随着4月新学期的开始,雾子更加忙碌了。

每周一、三、五,三天去六本木的英语会话学校上课,星期二、四去烹调学校,抽空还要去学习插花。

秋叶通宵工作,想到雾子那儿去休息一会,谁知她说:"现在我要去上学。"被她拒绝了。

本以为只要她不上班了,随时都可以去。其实则不然,秋叶想得太乐观了。

要把雾子培养成有多种爱好的淑女,本来是秋叶提出来的,所以他没有牢骚可发。

今年以来,雾子首先考出了汽车驾驶执照,接着学完了英语会话的初级班。在插花方面,也学会了布置房间用的插花方法,一般能拿得出手,不致被人家笑话。

在银座初次邂逅时,以为雾子是个消极的女人。从最近学习成绩来看,她学习非常努力,成为各种技能的尖子。

"我没上过大学,现在得赶上去。"瞧她那力求上进的态度,实在可爱。

有一次,秋叶去雾子的房间,发现桌上放着NHK教养讲座的课本,其中还有日本史和世界史,她正跟收音机学习知识。

秋叶夸奖她,雾子受了鼓舞,说道:

"现在才开始学,已经晚了点,我要抓紧时间学习中级英语会话,还要学茶道。"

"是啊,趁年轻的时候多学一点。"

秋叶希望把雾子培养成为一位放在任何地方都会令人刮目相看的现代女性。雾子肯学,他自然很高兴。

雾子的学费、材料费当然都由秋叶负担,也不是一笔小数目。

烹调和花道的学费花不了几个钱,材料费就不同了。好在雾子不是个铺张浪费的孩子,她不买高级的用品。学花道要买器皿,学茶道要买茶具,这些花不了多少钱。

然而,学开车、考执照,那就另当别论了。

"哪怕最小的车,买一辆我们俩一起开,您来教我,好吗?"

话说到这份上,秋叶便不得不考虑了。

"再等一等,怎么样?"

大女儿杏子4月初被音乐出版社录取,也想请父亲给她买辆车表示祝贺。

"这不是一笔小数目,得慎重考虑。"

"我先去驾驶学校学习开车,并不一定要马上买车。"

"那好,我会想着的,你放心吧!"

然而,半月后,秋叶喝醉了酒,醉醺醺地对雾子说:

"唔,你有了车,什么时候我喝醉了酒,一个电话,你开车来接我回家,那多方便。"

"让我自己开车?"

"唔,我来找一找合适的车。"

"真的?您给我买车?"

雾子一下子笑容绽开。

"我不太清楚近来年轻人喜欢什么样的车。你呢?"

"我才学开车,买辆旧车就可以了。"

雾子说得那么直爽,令人敬佩,反而要给她买一辆新车。

"你刚学会开车,旧车容易出故障,要买就买一辆新车。"

半月后,秋叶买了一辆国产新型车,这种车很受年轻人的欢迎。

"太高兴了,我做梦也没想到驾着新车去兜风。"

新车一到手,雾子载着秋叶围着公寓转了一圈。

"暂时还不太熟练,等开惯了这辆车,您只要来一个电话,我马上去接您。天太晚了,在银座打不上车。"

"那好,一个电话你就来?"

"有大美人给您开车,您放心,我绝对不喝酒。"

买车、付保险费,再在附近停车场找个车位,加起来一共约二百万日元。见到雾子那兴高采烈的笑容,早把钱的事放到脑后了。

拿到驾驶执照后,雾子有了车,又想去设计学校学习。她不知从哪儿弄来一份涩谷附近的设计学校的招生简章。

"我一星期去三次,涩谷离这儿很近,没事吧?"

一看招生简章,这学校规模不大,可学科倒不少,从素描到色彩学、美术概论等等。

"你学设计,打算做什么?"

"我不想做什么,学会了设计,感觉就不一样了。"

的确如此,近来雾子的感觉比以前强多了。

今天雾子穿了一件紫藤色的对襟毛衣,下身是两色相间的新式裙子,表现出女人的温柔。

"那么,烹调学校还去吗?"

上学次数多了,家里经常没有人,想见也不能马上见到。

"设计之类,即使不去学校,自己买些书看看一样能学到手。"

"可是没有一点基础,学着学着就懒得学了。"

雾子已下了决心。

"学费不很贵,除了买课本以外,几乎没有别的费用。"

秋叶不在乎用钱多少,他担心雾子跟其他男性接触。

上驾驶学校,他也这样想过,幸好没事儿,可是设计学校有很多年轻男子,不能不有所提防。

"你一个人去吗?"

"阿朋也想去,可是她得上班。"

阿朋是雾子在千叶超市的同事,如今在上野食品公司工作。

雾子辞退酒吧时,三个人一起喝过茶。秋叶对她的印象不坏,是个稳重守规矩的女孩子。

秋叶知道雾子并没有很多女朋友。

高中毕业后迁到千叶,她没上大学,因此谈不上有什么同学。

现在最亲密的就算阿朋,言谈话语之间经常出现她的名字。

"今天和阿朋看电影去了。""今天她下班后一起在外面吃饭。"这是常事。

然而,雾子并不是所有方面都和阿朋合得来。最近似乎对阿朋有所疏远,说道:"她这个人太死板了,说不定还是个处女哩!"

"都二十四岁了,不会是处女吧!"

雾子和阿朋同岁,阿朋只比她大三个月。

"我弄不懂她是怎么想的。"

"可是男女之间则是另一回事。"

"她讨厌人家给她写情书,说男人动不动就向人家求婚,真让人讨厌。"

"你不也一样吗?"

"那是啊,那些讨厌家伙一个劲儿追你,你能知道哪个是好人?"

以前雾子和阿朋一样,都是个孩子。雾子现在突然长大了,把阿朋当作孩子看待。

女人之间友情的破裂,往往是各自有了男朋友,才渐渐疏远、破裂。

譬如,高中和大学时代一直很要好的同学,一方结了婚,另一方还是独身,自然而然就疏远了。因为结婚和独身,兴趣和话题均不同,不会像以前那样亲密了。

而雾子和阿朋都是独身,话题不会有所不同。

虽说是独身,雾子却和一个中年男子同居,虽然还没结婚,但在某一点上甚至超过结婚,从性生活到实际生活都有所不同。

同雾子相比,阿朋还是完全独身,没有男朋友。

"她对我们的事有什么看法?"

阿朋是个守规矩的姑娘,秋叶很在乎她对自己的看法。

"不太清楚,到现在为止,阿朋说秋叶先生是位非常出色的人物。"

"怎么会这样说呢?"

"如果她了解我们的事儿,她就不会这样说了。"

年轻姑娘说自己出色,心里当然很舒服。但她不知道自己和雾子的关系,心里还是个负担。

"你没对她说吗?"

"我只说在银座酒吧认识的,再说多了,对方会怀疑的。"

雾子希望阿朋自己去猜。

"她已经相过好几次亲了,一直在考虑结婚。"

"原来是这样……"秋叶点了点头,开始考虑。

结婚对女人来说是一生的大事,受她的影响,如果雾子也想结婚,那就糟了。

"她经常回家,周围的人说三道四,说什么的都有。"

"你呢?"

"我离家远,母亲也不人管我。"

雾子亲生父亲早已亡故,母亲改嫁,家庭关系比较复杂。这也是秋叶和雾子能长期来往的一个条件。

尽管如此,对于结婚,雾子不知有什么打算?

二十四岁正是适龄期,是女人多烦恼的年龄段。然而,雾子看到母亲再婚后的辛劳,她并不特别憧憬结婚。

这样使秋叶放了心,但心里仍然嘀咕,是不是为了自己才推迟结婚?

"你打算一直一个人生活吗?"

有时候秋叶一阵子冲动,想对雾子提出这样的问题,他害怕被她一棍子打回来,所以还是保持沉默。

目前,雾子是如何对待秋叶的呢?虽然没结婚,但互敬互爱,或许应该叫作"爱人"。

但一般所谓爱人,男方有妻子,无法结婚,不得已才退而求其次,叫"爱人"。

男女双方相爱,尚未结婚,应该叫作"恋人"。

根据这个道理,秋叶和雾子是恋人关系,只要两人有意,随时都可以结婚。

事实上,秋叶也并不是没有考虑和雾子结婚。

现在处于不上不下的状态,如果要把雾子牢牢地掌握在自己手里,结婚是最好的方法。有了妻子的名分,雾子也踏实了。社会上对她也会另眼相看。

"结婚吧!"

秋叶一个人的时候,曾经念叨过好多次。

早晨一觉醒来,无意中从嘴中说出来,自己还觉得挺新鲜。

和分了手的妻子,也说过这样的话,那是二十多年前的事了。

秋叶一直想总有一天会重复同样的台词:"结婚吧!"

当然,现在想说随时都可以说。这不仅仅是对青春的怀念,而且在现实生活中有一个女人等待自己。

不过,雾子会如何回答,那还得费功夫落实一下。

从以往的感觉看,雾子会欣然地接受的。一时或许觉得困惑,拿不定主意,但不用多久,她会接受的。

秋叶要结婚,不会有人反对,也不会有很多麻烦,女儿们只要对她们说清楚,也会得到她们的谅解。

只要说声"结婚吧",比自己小二十多岁的女子就会立刻成为妻子,待在自己身边。

秋叶现在像手里拿着一张王牌,一打出去,就会人人羡慕。

然而,现在还不想将王牌打出去。

问他为什么?他含糊其词说,时机尚未成熟。

目前他手里拿着的宝石,已经属于自己的了,不会被人夺走。

这是多么难得的机会,此时他心里最充实,最满足。

宝石拿在手中完全属于自己,但随着充实感的消失,拿在手里却成了沉重的负担。

此刻,秋叶沉浸在多余的烦恼之中。

只要自己有意,随时可抓到手里,但他要保持一点距离。打个不好的比喻,就像猫抓到老鼠后,先玩一阵子再吃它。

在这场合,猫是秋叶,老鼠自然是雾子。

然而,和纯粹的猫和老鼠的关系稍有不同。被猫抓住的老鼠并不害怕,而猫也不耍威风。

老鼠还乐意处于这样的地位,而猫还在考虑,今后如何对付它。

产生这困惑的最大原因,是两人年龄相差太大了。

和比自己小二十多岁的女人在一起,能不能十分融洽?

当然也有为数不少的夫妇,甚至相差三十岁。这样特殊的例子举不胜举。问题是在现实生活中,年龄相差太大,还是不能不考虑的。

首先是肉体关系。现在大多是秋叶扮演主导的角色,教雾子如何行房,但是否能永远这样持续下去?

往后还有几年,目前还不清楚,反正早晚两人所扮演的角色会倒转过来。

当然，以后的事到了那时再说，但必须要先考虑好补救办法，应该如何来满足雾子的要求。

其实，这一年来，秋叶教给雾子不少技巧，也许教得太多了。

秋叶把雾子掌握在手中，无暇去顾及其他女人，活得挺充实。尽管上了点年纪，还能撑下去。如果要把雾子娶为妻子，那么从她身上得到的性的快乐就得适可而止。

将女人娶为妻子，她将一天到晚守在自己身边，一开始自然会得到强烈的刺激，但不能持续很久。

从目前来看，随着秋叶年龄的增长，体力日益衰退，而雾子正是女人开花的年龄。两人年龄的差别永远存在，不会缩小。

想到这里，秋叶对未来的生活颇为黯然。

这虽然是将来的事，却无法避免。到那时，如何把雾子掌握在自己手中？

秋叶曾经听到一位和比自己小三十岁的女人结婚的老人述怀。

"我已经这把年纪了，无法满足妻子的要求，只能在妻子睡熟之前紧紧地抱住她的身子而已。"

这位老人和大家一起喝酒时，一到9点必须回家去陪妻子。

"只要两人的肌肤挨在一起，我就放心了。"

与其这样勉为其难地养着一个年轻的女人，还不如自己一个人过。

这位老人的话给秋叶留下深刻的印象。秋叶想起他最后的话。

"男女之间不仅仅是性，还有其他……"

确实如此，男女之间并不仅仅由性关系结合的。相爱之后结了婚，现实生活中还是以工作和家庭为主，至于性关系还在其次。

男女之间性关系是重要的，但并不是绝对的。秋叶回味这句话，拂去一时的黯然。

尽管如此,把年轻的女人掌握在自己手里依然是十分辛苦的。自己是满足了,那么雾子是不是满足了?

想着想着,秋叶的脑海里出现一个新的想法,如果自己和雾子之间体力的差别日益明显,那么就得想办法来消耗她的体力。

譬如,让她参加工作和体育运动来分散她的精力,这样秋叶就可以放心了。但想到这事本身,证明自己确实老了。

事到如今,秋叶犹豫不决,不敢和雾子结婚,年龄差别仍是主要原因。

在现实生活中,说一些与雾子年龄相符的话题,她也能沉住气,似乎和自己年龄差别不大。

譬如,在听歌方面,秋叶不是什么都喜欢听,雾子喜欢听流行通俗歌曲。两人都不爱听目前年轻人中颇为流行的、没头没脑、吵吵嚷嚷的摇滚乐,但其他方面,仍然有微妙的差异。

雾子并不十分强调自己的爱好,两人的差别并不十分明显。但有一次秋叶看到雾子桌上放着的磁带全是男歌手的流行歌曲,不由得吃了一惊。

爱好的歌曲有差异,对歌曲的回忆也迥然不同。两人一起看电视片《令人怀念的旋律》,秋叶想起了青春时代的往事,勾起了怀念之情,而雾子则说似乎听母亲哼过这首歌。

"这首歌流行时,我正好大学毕业,到处找工作……"

秋叶这番怀旧的话是引不起雾子的共鸣的,雾子只是点点头而已。

前些日子,听到一首从前流行的歌,秋叶忽然兴奋起来,雾子则说:"上中学时好像听到过。"

这样的代沟,不仅仅限于听歌,日常生活中也存在着种种差异。

譬如吃饭,秋叶经历过饥饿时代,饭碗中一粒米都不剩下,吃得干干净净;而雾子则不然,剩下饭粒也满不在乎。

这些细微的感觉上的差别,生活在一起时会更加明显。

秋叶已感觉老年人的孤寂,雾子还正当年,根本不理解老人的孤寂。

男方已白发斑斑,女方还满头黑发,要沟通双方的感情是很难的。

这些乱七八糟的事儿一起考虑,不容易得出一个结论:"结婚吧!"

这一阵子秋叶老是在考虑自己的年龄,今年春天自己已满五十岁了。

到了五十岁,往后的人生必须认真考虑一下了。

三十岁、四十岁、五十岁,每逢十岁都有令人感慨不已的事。

记得从二十九岁到三十岁时,秋叶曾经感慨万千地想:"已经不是青年了!"到了四十岁,"中年"这个事实已切切实实迫在眉睫。

然而,这些感慨离"衰退"尚远,诚然在肉体上有所衰退,但在现实生活中他很自信,绝不会输给别人。

酒吧的女老板经常说,到了四十岁才是真正的男人。事实上,在公司里,四十岁后才有了一定的地位,这时精力充沛。从这个意义上说,肉体上也是最佳年龄段。

所谓"Nicemidle",正确地说是指正当年的后半期。到了这年龄,或者一个人过,或者找个适当的人一起过。

一个人过,自由自在,无拘无束,拖拖拉拉就上了年纪。

这样看来,秋叶正处于再婚的最佳年龄期。

错过这个年龄,能够和自己相处的女性急剧减少,不能那么逍遥自在了。

因此，目前秋叶正处于焦虑时期，不能不考虑往后的人生。

5月黄金周过去了，人们渐渐归于平静，秋叶和雾子一起去了京都。

一方面为了去大学讲课，另一方面，趁学期开始之际，想辞去大学的兼课。

一个月两次去京都讲课，一开始还觉得挺有意思，连续两年确实有点疲劳了。

秋叶打算向大学当局提出，而雾子则表示反对。

"学校依然欢迎您去，还是干下去吧。"

雾子对辞不辞去工作并不在乎，问题是她没了来京都的机会。

雾子尽可能和秋叶一起来京都，除去暑假和春假，平均一个月来一次京都。

托秋叶的福，雾子可以看到京都的红叶和京都的雪景。

没有固定工作的雾子，每月来一次京都，生活带来了变化，也是一种乐趣。

想到这里，辞去京都的讲课，对雾子来说，似乎有点可惜。为了满足雾子的要求，每月一次带她来京都玩玩，也是生活中的一个内容。

出于这样的心情，秋叶决定再延长一年。他对自己如此娇惯女人，不禁愕然。

"谢谢，我喜欢您如此温柔地对我。"

最近雾子趁着秋叶高兴，爽朗地建议道：5月份京都之行，白天一到立即去大学讲课；雾子则在赏花小路附近的小饭馆吃点饭；之后两人在祇园附近的酒吧喝酒，一连喝两家。

第二天一早去参观鸭川上的赛船，下午乘新干线回来。这样一折腾,回来时雾子就没精神了。

下午3时半,上了新干线。秋叶拿出一本周刊杂志阅读,雾子默默地眺望窗外。

到昨天为止,天空一直放晴。今天上午天空多云,几乎遮盖了整个天空。新干线穿过关原的山坳,来到浓尾平原,视野突然开阔了。

"以后我想找个工作。"

雾子突然说出这样的话,秋叶慌忙地反问道:

"你说什么?"

自从离开了"魔吞",雾子还没提过要去工作。高中毕业后,一直上班,现在正在悠哉乐哉地玩着,享受着不上班的闲暇,怎么又会说出这样的话来?秋叶感到意外。

秋叶放下手中的杂志,又一次反问道:

"工作,上哪儿工作?"

"还没有目标,想干的话总会有地方的。"

"可是,一干工作,你就不能像现在这样学这学那了。"

雾子学完开车后,正在插花学校、烹调学校、英语会话学校、设计学校上学。

"设计学校的课程,再过一个月就上完了基础课,往后可以一边工作,一边学。"

秋叶不想听她的计划,首先想了解她的真心何在。

"现在这样还觉得无聊吗?"

"有一点,可是我这样不工作,整天闲逛会给您添麻烦的……"

"添麻烦?"

"我整天无所事事待在您身边,您会觉得厌烦的。"

诚然,雾子一天到晚待在身边,会有所妨碍。不辞去京都大学的讲课,一半是为了雾子。昨夜在祇园附近酒吧喝酒,如果是一个人,还可以放大胆玩玩,但并不是因此要雾子出去工作。这是两码事。

"我并不觉得你碍事。"

"是吗?"

雾子歪着脑袋半开玩笑地说。

"我这个大行李,又是'食金虫',您会吃不消的。"

"可别这么想,钱的问题你不必在意。"

"可是,我真的想出去干点活。"

雾子的表情是认真的,出乎秋叶意料。她凝视着秋叶的眼神似乎在说:"拜托了。"

"可是你说要工作,并不那么简单,即使找到地方,也不会太理想。"

"这您就不用操心了,没事儿。"雾子好像已经有了目标,说得很干脆。

秋叶点燃一支烟,平息一下心情。

像现在这样什么也不干,专心致志地学习,慢慢地会感到无聊。雾子的这种心情,秋叶是十分理解的。

雾子离开银座时,能村也曾说过这样的话。

然而,现在还不到一年就出现这样的情况,这是没有料到的。

"我这个大行李,您会吃不消的。"——雾子虽然是半开玩笑的,秋叶并不感到是个负担。

给她买车,付房租和生活费,相当大的一笔支出,那是秋叶自己愿意,如果秋叶真的吃不消了,也会让雾子出去工作的。

"就这点理由?"秋叶问道。

雾子看着窗外,答道:

"我不过想自己挣个零花钱而已。"

"现在这样还不够花吗?"

"那倒也不是。"

秋叶除每月付掉房租之外,另外还给雾子二十万日元。作为一个年轻的女子,假如不特别浪费,也该够用了。

"你是不是还有别的花销?有的话请老实告诉我。"

在秋叶的催促下,雾子想了一下,终于说了出来。

"我想去做一下全身美容。"

"什么?"

"您不懂吗?"雾子扑哧一声笑了,"就是从脸部到全身都美容,在青山和涩谷有好多家全身美容院。"

"我懂了,就是把脸和背脊都涂上泥。"

"不光是脸和背脊,全身都涂上美容液,再进行按摩,洗桑拿浴。"

"那么和你出去工作有什么关系?"

"做全身美容很费钱,过去都是有闲夫人做的,最近年轻人也有不少人效仿。"

"做了全身美容,人就漂亮了吗?"

找这些不着边际的理由,就要出去工作,秋叶一时还难以理解。

"费用不够,你尽管说得了,我给你。"

为了雾子更加美丽,秋叶不惜重金予以支持。如果所谓"全身美容"真能美得令人刮目相看,秋叶也想去试试。

"可是,我老是向您提要求,那多不好啊!"

"去一次得花多少钱?"

"分面部美容和全身美容,程序不一样,全部得需三万日元。"

仅仅是脸部按摩,再将全身涂上泥,就要三万日元,这也太贵了。

"真狠啊。"

"它用特种化妆水清除面部污垢,需要很长时间,仔细给你按摩,再加上桑拿浴等全套服务。"

"怎么操作?"

"把各种药液倒进浴盆,再放水全身浸泡,会有一种浮起来的感觉,很舒服的。"

"这玩意儿太奇妙了。"

"一天做一次,脸上和身上都滑溜溜的,非常舒服。即使情绪上有些烦躁,一经过处理,全被赶跑了。"

雾子的肌肤最近的确靓丽多了,秋叶还以为她从自己身上得到性的满足所致。

"你什么时候开始全身美容的?"

"两个月前。"

秋叶一点也没有察觉。

"你一个人去吗?"

"有时一个人去,有时也和真纪一起去,那个在'魔吞'时的同事。"

"她还在'魔吞'吗?"

真纪是雾子在银座酒吧时和她同一宿舍的室友。秋叶并不知道雾子还跟她来往。

"现在她换了一家叫茉莉花的酒吧,很吃得开。"

是女性朋友,跟谁来往都可以,但尽可能不让雾子和银座的吧女交往。

倒并不是要避开银座的吧女,问题是过夜生活的女人太扎眼。和这些人来往,雾子不能不受到影响。

去搞搞全身美容,那倒无妨。秋叶害怕受这些夜生活女人的影响,雾子再提出去银座当吧女。

经过一年多的磨炼,雾子已出落得不同凡响,不能再让她和那些醉汉混在一起。

如果再让雾子去陪客,那么自己所做的努力都白费了。

"刚才你说要工作,总不会再回银座吧?"

"那是啊,我不会再去'魔吞'了。"雾子从衬衣的胸口俯视自己的乳房,摆弄着衣带说道。

"难道还打算去别的酒吧吗?"

"也有一些人请我去,但我还是希望白天工作。"

秋叶终于松了一口气。

"暂时你去全身美容院玩玩,等一段日子怎么样?"

"我并不是为了玩去找工作。"

"这我明白,过一段日子,我给你找份工作。"

"可是,我连大学都没上过,能做什么呢?谁会雇用我?"

"那倒不见得。"

以前,秋叶曾想过让雾子当自己的秘书。秋叶写作时,需要的资料,让雾子替他找;也可以让她抄写原稿;外出讲演时,让她跟在自己身边。

像秋叶这样搞文字工作的人,并不需要秘书。

说是秘书,有名无实,只是将雾子放在自己的身边而已。

"你不用着急,我会给你找一份好工作。"

雾子不作回答,眺望车窗外的景色。

车窗外已经黄昏,眼前出现大海,一忽儿钻进了隧道,出了隧道,从山峡中窥见远处的大海。

列车过了热海,快到小田原了。列车广播,再过三十分钟就到东京站。

秋叶看了一下手表,考虑今晚的打算。

每次从京都回来,秋叶总是把雾子送到公寓后分手。离家整整两天,秋叶心中挂念着老母。信件也可能积压了一大堆了。和雾子待了两天,只要她心里舒服,秋叶就满足了。

但今天就这样分手,似嫌不足,秋叶心里还惦念着雾子不定哪一天会突然提出要出去工作。

由于秋叶的反对,雾子暂时不再提了,但心里并不完全信服。

照目前状况看,不定哪天她又会提出来的。理由是她不想让秋叶继续破费,其真实思想是觉得目前生活有点无聊。

"我们找地方吃顿饭吧。"

"可是,还没有回家哩!"

"在京都吃了日本料理,换换口味,吃点烤牛排好吗?"

"那带我去香格里拉吧!"

雾子立刻提出位于赤坂的烤牛排的名店。

"阿朋也曾说过,什么时候我们也去趟香格里拉,才够劲。"

"那好,我们仨一起去吧。"

雾子的朋友中,就数阿朋最朴实。有这样的朋友影响着,动不动就想往外跑的雾子也许会有所收敛。

"阿朋一定会特别高兴的。"

"她现在还没有男朋友吗?"

"她这个人太死板了。"

"那好,吃完饭带她看'波尔诺'①。"

---

①波尔诺,一种有色情场面的电影或画片。

"我也想看,现在就去吧。"

刚才一度消沉的雾子此刻眼睛发亮了。

列车6点半准时到达东京站。

从车站直接去赤坂,吃完牛排已8点钟了。

"现在去看一般的波尔诺已经太晚了。"

"还有不一般的波尔诺吗?"

"当然有了,不过现在还太早了点。"

秋叶在回忆饭仓附近的一家地下酒吧,表面上是酒吧,里边有一间密室,一边喝酒,一边看SM[①]。

"所谓SM,听说把女人绑起来……"

"你见过了吗?"

"没见过,但听说过。"

雾子连连摇头,反问道:

"听说很'酷'。"

"说'酷'也行,说没有什么了不起也行。"

在大楼的地下室,当然是合法的,不会太出格。

"想看吗?"

"不……"

雾子摇摇头嬉笑。

秋叶瞅着她的侧脸,想象起来,说不定雾子身上潜伏着好色的因素。

因为她是个女人,立刻拽她去看,她会反抗,要耐心地诱惑,使她找到新的快乐。

[①] SM,Sadomasochism,性虐待狂与受虐待狂同台演出的话剧。

要把雾子切实地掌握在自己手里,让她几经周折得到一些快乐,是其中一法。

"女性也想看这样的玩意儿吗?"

"说不想,那是撒谎。"

"那我们这就去。"

"真的?"

秋叶一开始并不想带雾子去那样的地方,本来想直接回雾子的公寓,至多再去转一家酒吧。

可是此刻忽然像中了邪,想去看 SM,去就去呗。

秋叶以前也曾想让她去见识见识。在一边偷偷地观察女人的反应,也是一种乐趣。美女看了这样露骨的场面,一定会迷惘、困惑。那种表情正是男子难得见到的。

然而,秋叶并不想带雾子去看脱衣舞。最近的脱衣舞,相当露骨,连秋叶这样的大男人看了都往后退。但他仍想让雾子看看,或许她看了以后会更加美丽,更加妖艳。

"反正现在还早了点,再找个地方喝一杯吧。"

秋叶放下咖啡杯,考虑下一个去处。

从六本木到赤坂,看 SM 的地方有好几处。

其中比较好看而刺激较少的要数"雷兹",但要等到夜总会结束,12 点以后才开始。

"我这身打扮行吗?"

"当然行,你是观众,怎么都行。"

秋叶苦笑了一声,见雾子如此认真地提出这样的问题,证明她是天真烂漫的。

出了赤坂的烤牛排店,秋叶他们钻进了一木大街的地下酒吧。

这儿是赤坂的艺伎出没的地方。他和雾子初次相识来过这儿。

"你还记得这地方吗？"秋叶问道。

雾子朝四周扫了一眼，点了点头。

"那儿有盏大灯笼。"

"唔,已经过去一年多了。"

秋叶记得那是吃了酱鲐鱼后来这儿的。

"您用酱鲐鱼诱骗了我。"

"怎么能这样说话,我哪儿骗你了？"

"行了,反正不是别人……"

带年轻女人去看SM,秋叶还是第一次。

"会不会被逮起来？"

"那儿又不是违法的地方。"

一年前,这个畏畏缩缩的女子,此刻和自己堂而皇之去看看SM,这变化不可谓不大。

"亲爱的,您怎么会了解这些地方。"

"嘿,男子汉有的是朋友。"

在赤坂的酒吧消磨了不到一小时,秋叶他们出了酒吧,要了一辆车。

目的地是从六本木至饭仓的十字路口,向狸穴方向。这一带过去是六本木最热闹的地段,是许多年轻人成群结队寻欢作乐的地方。现在虽已经衰退,没有从前火爆了,但正因为日益沉静,最适合SM。

汽车来到一座大楼前停下,秋叶领着雾子从地下室通道入口处下了陡峭的台阶。正面是售票处,旁边挂着一幅被倒吊起来的女人的照片。

"呀!"

雾子身不由己地叫了起来。在玻璃橱窗里放着皮鞭、绳子、手铐、脚镣等所谓 SM 使用的各种各样的道具。

"今天的'秀'什么时候开始?"秋叶问一位男售票员。

"预定 10 点开始,如果客人到齐了,随时都可以开始。"

秋叶和雾子被带领到里边"作秀"的房间。屋子里很暗,足有 60 平方米大,小舞台正前方有五六个包厢,前面就是"作秀"的地方。

有两个包厢里已聚集了十来位观众,喝着威士忌。

秋叶在靠右首的一个包厢坐下,一位全身穿着黑衣服的女人问要点什么。

"要一杯兑水的白兰地。"

那女人走了以后,雾子紧紧地挎着秋叶的胳膊。

"这是什么?"

雾子指着黑色的铁栅栏。从天花板吊下来的铁链子闪着光。

"那里边是关'奴隶'的。"

"瞧……"

左边的墙壁上吊着十字架,手和脚的部位都有渗透汗水的黑皮带。

女招待端来了白兰地和下酒菜。雾子依然怯生生地朝四周东张西望。

正面的空间,从天花板张开用钢管做的井字形框架;框架上系着红白相间的粗绳子一直拖到地板上;还有一只平台是用来绑"牺牲品"的。

"这没事儿吧?"

雾子紧张地靠在秋叶的身上,坐下后还是左顾右盼。先来的观众和穿黑衣服的女招待有说有笑。

"是他们作秀吗？"

"不,作秀的是另外一帮人,这些女孩子或许也想试试。"

秋叶说话的功夫,正面的"舞台"上,灯光大亮。即将开始作秀(表演),但没有前奏乐曲。这时后门开了,出来一位穿黑色套装,戴着太阳镜的男子,他手上拿着绳子。

霎时,一声"等着你哩",男子一收绳子,爬出来一个脖子上套着铁环的女人。

"太阳镜"站在正中央,狠狠地抽了一鞭子,咬文嚼字地说了一段台词。

"诸位,这只母狗是我的老婆。刚才我发现她和一个年轻男子通奸。别看她平时一本正经的样子,却做出荒谬绝伦的媚态。今晚我要狠狠地处罚她,叫她吃点苦头！"

那男子恶狠狠地说了一段话,忽然拿起皮鞭朝趴在地上的女子抽了一鞭子。

霎时,那女子灵魂出窍般地一声惨叫,悲切地摇摇头。

"今天我要在诸位观众面前彻底收拾你。"

男子这几句台词是为了掀起周围的气氛。看看那女子,真的像偷男人的淫妇。

抽过一鞭子后,那男人快手快脚将女子的手捆住,然后用滑车将她吊了起来。女子的脚用红白相间的绳子捆住。

她的下身只盖了一块小红布,全身赤裸展现在观众面前。看来至多二十三四岁,胖乎乎的,非常性感。

"快把奸夫的名字说出来,你不说,我永远不会宽恕你的。"

秋叶听着这段台词,瞅了瞅身旁的雾子,只见她双手捂住面颊,直盯盯地注视着那女子。

那女子被反绑着手,被天花板上方的滑车吊了起来。

虽然是吊着,但身体并不完全飘起来,两只脚尖仍支着地面,一根绳子承受她全部体重,那是十分沉重的。她的脸痛苦地抽搐着。

那男子根本不予理会,按着她的肩膀让绳子来回地转,再用鞭子抽她的大腿和乳房。那女人一声声惨叫。

"坦白吧,怎么样?还不肯说吗?"

"太阳镜"拿着鞭子戳她的大腿和乳房。一看她还在挣扎,突然跑过去,把她脸抬起来。

"瞧你这副可怜相,没想到你还是个水性杨花的女人。"

"太阳镜"恶狠狠地瞅了她一眼,朝天空挥动一下鞭子,响彻整个"舞台"。接着说些不三不四的话,又用鞭子去戳那女人的阴部。

"这里面藏着你的恶魔。"

"太阳镜"以前想必是当过演员,用的全是舞台腔。

听了这句台词,秋叶忽然产生一种错觉,似乎那个被吊起来的女人是雾子。

如果雾子也像这个女人那样水性杨花,和其他男人勾搭在一起,那将怎么办?自己是不是会像那个男子一样,把雾子脱得精光,把她吊起来?

"说,那个男人是谁?"

声音越来越恐怖,似乎地板也在抖动。

"好,你不想说,我有办法让你开口。"

听"太阳镜"的台词,秋叶后悔不该带雾子到这种地方来。

吃饭时,随便开个玩笑,当了真,来看这反常的演出。

秋叶以为雾子只看了一眼,就会吵着回家。即使多看一会儿,反正会转过脸去不看了。

然而,雾子不但不转过脸去,反而睁大眼睛死死盯着,她的态度比秋叶认真多了。秋叶得以有机会见到雾子的另一面。

像雾子这样年轻的姑娘,反正早晚会看腻的,其实则不然,毋宁说雾子还很积极。

雾子身上还潜伏着秋叶尚未了解的许多不可思议的素质。

可以说,秋叶了解的只是一些表面现象,或者说冰山的一角。

"怎么样?"

从滑车上放下来的女人,双手紧紧贴着腰部,被红白相间的绳子绑了起来,绳子左右交叉,使她的乳房鼓了起来,富有弹性地在抖动。

"好吧,你犟到底也行,你不坦白也行,让观众看看你的犟劲也会高兴的。"

"太阳镜"把那女子放在地毯上来回地滚动。

"诸位,你们来收拾这个水性杨花的女人吧。"

那男子对着观众把女子像根圆木似的滚来滚去。

女子全身被绑着,自然无法抵抗。那躯体微微发胖,呈黝黑色。她始终不屈服。

"不用客气,大家来。"

听了那男子的吆喝,秋叶感到似乎雾子和他绑在一起。

在北国长大的雾子的肌肤透明、白皙,血管一根一根的看得很清楚,特别是耳朵根和腋下等洼下去的部位,透出苍白的翳影。

经过全身美容的雾子的肌肤就是与众不同。

然而雾子雪白的肌肤容易受到伤害。偶尔被虫子叮一下,轻轻一抓,立刻会出现红斑,很难消去。

有时,秋叶吻她的胸口,那像玫瑰红似的唇印,一星期也消不掉。

秋叶偷偷地想象着雾子被绳子绑起来,会是什么形象。然而,雾子仍然热心地凝视着"舞台"上的场面。

如果此刻用绳子将雾子绑起来,那么绳子绑过的地方肯定会留下一条条的红印。

舞台上的"太阳镜"点燃一支30厘米长的蜡烛凑近躺着的女子。

蜡烛油一滴一滴地滴在那女子身上,"太阳镜"又一次责问她:

"这是致命的一滴,你下定决心了吗?"

那男子的舞台腔越来越浓厚,那女子做出惊慌失措的表情回应他。

看惯这种表演的人都知道,这对男女马上就要转入感情的高潮。

突然,一声惨叫,不堪忍受的女子忽然蹦了起来。那蜡烛油似乎滴在她的胸口。

蜡烛油固然很烫,但仅仅一瞬间,不会留下烫伤的。在灯光照耀下,只见白色的蜡烛油一滴一滴地落在女人身体上。

男人的威吓和女人的惨叫,交替进行,仔细一听,从悲怆感中,还潜伏着轻度撒娇。

"好!你还不坦白,让客人们来收拾你。"

那男子把蜡烛递给坐在前排的一位男观众。

观众面面相觑,不知如何是好。不多时,有一位站起来接过蜡烛。

一开始有点紧张,手在发抖。

"离得稍远些。"

因为蜡烛太靠近了,真的会烫伤皮肤。即使"作秀",也注意不要伤人。

两位男观众试过后,"太阳镜"过来招呼雾子。

"怎么样?小姐,您也来试一下吧。"

一支粗蜡烛突然堵在雾子跟前,雾子惊慌失措,用双手推挡,转过脸去。

"那娘们喜欢女士去收拾她,拜托了。"

"不行!"

雾子哭咧咧地瞧着秋叶,向他求救。"太阳镜"讨了没趣,笑着走开了。

"我可不会做那样的事。"

雾子愠怒地嘟囔了一声,眼睛还是不离"舞台"。

秋叶不去看那绑着的女人,注视雾子此刻的表情。

表演又持续了十分钟,最后那女人终于受不了一而再、再而三的拷问,说出了奸夫的名字。

这名字正好是拷问她的"太阳镜"的名字。

"嘿,原来我和你在这里做梦。"

表演结束,最后是个喜剧性的结尾。

为了挽救刚才那沉重的气氛,刚才被绑着的女子解开绳子,向观众微微一笑后退场,令人十分扫兴。

表演结束,"舞台"上的照明逐渐熄灭。秋叶和雾子回到入口处的酒吧。离下一回表演尚有一个多小时,如愿意再看,可以在酒吧喝上一小时。

出了地下室,付了款。刚才那位被绑着的女子来接待。她已卸了妆,蜡烛的痕迹早已去除,穿着一身长袍,衔着香烟,向众人致意。刚才那样凄苦的表情一扫而光。仔细一看,她本是个很普通的女孩子。

她似乎认得秋叶和雾子,向他们低头行礼。秋叶也向她点点头,雾子似乎有点抹不开,下了台阶。

来到外面,夜风习习,舒服极了,好像离开了地狱又回到普通人的世界。

走近狸穴,秋叶举手要了一辆出租车。

"去广尾。"

车启动后,来到饭仓的十字路口。秋叶问道:

"怎么样?"

"太怪了……"

雾子将身子埋在车座里,羞涩地答道。

"其实,没有什么了不起。一开始抽鞭子,气氛有点紧张而已。"

"那个女子每天都表演吗?"

"模特儿几乎每天都换,不过她好像已经习惯了。"

"难道她喜欢干这样的活?"

"如果不喜欢,那是干不了的。"秋叶半开玩笑地说,"下回让你也试试,如何?"

"我可不干。"雾子立刻摇头否定,顿了一下,接着说,"我看那男子也够呛,又是绑人,又是调戏她,说些不三不四的话……"

"够呛是够呛,他对这玩意儿有兴趣。"

"什么兴趣,其实一会儿哭,一会儿笑,都是那女人干的。"

"是这样。"

迄今为止,秋叶一直以为SM表演以及类似的黄色表演,最可怜的是女人。

然而,雾子和秋叶的感觉稍有不同。

秋叶总认为那个被绑起来的女人,一会儿挨鞭子,一会儿被蜡烛烫,太可怜了;而雾子认为那个"太阳镜"的活儿也不轻快。

从表演的故事梗概看,水性杨花、和人通奸的是女人,男人是受害者,他再狠,也是个可怜虫。再说他惩罚女人时必须考虑轻重缓急,不能随心所欲。

表面上看,受痛苦和侮辱的是女人,其实她只要把身体交给男子后,利用自己的本能又哭又叫,不用费很大劲。雾子认为那男子用鞭子抽她,用蜡烛烫她,几乎一刻不停地为女人服务。他是最辛苦的,而女人则是接受服务的女王。

"是这样吗?"

秋叶嘟囔了一声,雾子所说的话恰好是暗示男女在性关系上所扮演的角色,不由得叹了一口气。

"唔,做一个男子也够呛……"

仔细一想,在性关系上,男性是名副其实的服务者,而女性则是接受服务的女王。猛一看,男子粗暴地将女人夺在手里,让她听话,征服了她,其实尝到果实的还是女性。

男人任着自己的性子,接触女人的肌肤,摆弄着她的身子,甚至不惜流汗做全身运动。

这一系列的动作,从女人看来,认为是他热情的产物。

从清醒的女人目光看来,好像在说,亏你这么卖力!辛苦了!

当男人倾其全力把女人带到最高潮,颇为自豪地说:"怎么样?舒服不?"而女人则先一步早已独自沉浸在快乐中。当男人满足于征服的心理时,女人则直接能从他的肌肤,静静反刍其中的奥妙。

在这一刹那的满足感,男人是精神上的满足,女人则是肉体上满足。

随着年龄的增长,秋叶的感触越来越深。

年轻时,只要在性的欲望上得到满足,不管是谁为他提供身体。

然而,随着年龄增长,不仅自己肉体得到满足,还要看看对方的反应,听她说说感受。

满足欲望是一方面,但更重要的是从头到尾体验它的过程和当时的氛围。

他不是首先考虑自己的快乐,而是沉醉于对方如何从自己身上得到快乐,想看看她的媚态,让对方先得到快乐。

秋叶靠在车座上,回忆着自己的感受。

女人直接从男人的肌肤中得到快乐,男人看了她的满足感,自己才会满足。

"这情形就像是汽车的传动装置。"秋叶嘟囔了一声。

女人是联结传动装置的齿轮,而男人则是传导过程中连接着方向盘的齿轮。得互相配合,女方开始动作,男方必定会配合她,使她顺利地转动起来。

此刻秋叶是方向盘上的齿轮,而雾子是传动装置上的齿轮。在任何情况下,雾子总是沉浸在肉体的欢乐里,从而得到满足,而秋叶为了引导雾子而汗流浃背。

两人扮演不同的角色,在刚才 SM 表演中也完全体现出来。

汽车来到广尾雾子的公寓门口。秋叶毫不犹豫地下了车,雾子先下了车等着他。

今晚看了 SM 表演,秋叶不想回家,打算在雾子这里过夜。

穿过公寓的入口处,来到电梯口,深更半夜门厅里没有人影。管理人的小屋拉下了窗帘。

乘电梯到七楼,站在雾子的房门口,雾子先拿出了钥匙开门。

秋叶也装着钥匙,两人在一起时,总是雾子开门。

进了房间,拉亮了电灯,总算回到普通人的房间,不由得松了口气。

"喝点什么?"

"喝茶吧!"

其实秋叶什么也不想喝,想立刻上床。倒并不是因为看了SM,他本能地想要雾子的肉体。

"铺上被子吧!"

"您不洗澡吗?"

不管多么累,雾子夜晚一定要洗澡,这是雾子的洁癖。

"喝了酒,就不洗了,今天你也不要洗了。"秋叶说。

"可这样汗津津的,怎么能上床?"

洗完澡,雾子的身子滑溜溜的,温暖而舒适。反正要搂她睡觉,让她洗一洗更能激起情欲。

"茶里放一个梅干吧?"

近来,秋叶喝过酒,喜欢喝加梅干的浓茶,已成了习惯。

"今天并没有醉。"雾子并不理会他,将加梅干的茶放在桌上。在弯腰的功夫,秋叶趁机轻轻地抚摸雾子的乳房。

"快去洗澡吧!"

秋叶喝了一口加梅干的茶,倒在雾子铺好的被褥上,先休息了。

走廊上的灯亮了,秋叶意识到雾子已洗完澡,从浴室中出来。

今晚,秋叶打算向雾子提出新的挑战。

首先轻轻地将她的手脖子绑起来,然后去抚摸她的胸口。单单抚摸乳房,雾子早已经历过,不会有新鲜感。秋叶想看看,两手反绑着的状态会有什么新的反应。

然而,要想绑她的手,雾子不会听话的。再说到哪儿去找绳子啊?

秋叶从床上跳起来,打开衣橱,里边挂着好多条皮带。他挑了一根较软的拿在手里。

这能不能绑住雾子呢?

秋叶凝视着被褥，心里却在想，这是多么不体面的事，我能下得了手吗？

秋叶打算半玩笑跟她玩玩，雾子或许一阵惨叫，再不就惊呆了。

秋叶心里惴惴不安，心想对史子他绝不会如此无礼的。

史子不年轻了，但体型很美，态度沉着，上了床却非常大胆。

既然如此，为什么以前没想到跟她来一手呢？正因为她是理性的女人，不好意思张口，再说一开始便认为办不到的。

现在想起来有点可惜，但已经晚了。

秋叶不着边际地胡思乱想，听得门响，雾子从浴室中出来了。

秋叶把皮带藏在枕头下面，用被单蒙住脸装作睡着了。他屏住呼吸，等待雾子上床，可是她就是不钻进被窝。

在干什么呢？他想喊她一声，但一出声，刚刚策划好的场面就泡汤了。

秋叶忽然觉得回到了童年时代，小时候常常背着父母搞恶作剧，让父母生气。

天色晚了，也有点累了，翻了一个身，听得脚步声穿过客厅，卧室的门开了。

秋叶慌忙闭上眼睛，门口出现了雾子的身影。

"睡了吗？"

"嗯。"

以前雾子常穿类似男式衬衣的睡衣，近来爱穿长下摆的睡袍。

雾子走近床沿。

"哎呀，怎么回事？"

秋叶睁眼一看，只见雾子把衣橱门关上。

他想起刚才光顾着找皮带，忘了关橱门了。

秋叶像个被发现恶作剧的孩子,缩起了脖子,待雾子关上橱门,坐到枕头边。

"您还没睡吗?"

"唔。"秋叶本来打算雾子一钻进被窝,冷不防一把抱住她,一口气将她绑起来,现在已经露了马脚,下一步该怎么办?

待情绪稍稳定后,秋叶掀开被角。雾子问道:

"这是什么?"

秋叶急忙掩饰,已经来不及了,那皮带从枕头下露了出来。雾子把皮带抽出来,拿在手里。

"这不是从衣橱里拿出来的吗?"

"我不知道。"

"可是这皮带确实在衣橱里的。"

这样一来,一切计划归于泡影,正因为自己抱的期望太高,反而无法实现。

"您拿这皮带做什么用?"

雾子一次一次地问他,秋叶已无法回答,转过背去不敢吱声。雾子轻轻地问他:

"我知道了,您打算用皮带把我绑起来,是不是?"

"我想跟你开个玩笑。"

"不行,您尽出坏主意。"

秋叶有点扫兴了,本想偷偷地把她绑起来,现在一切都已败露,说不定会酿成大祸。但雾子却是一副满不在乎的样子。

不但如此,就像一位事先发现恶作剧的母亲给他讲道理。

"说吧!到底是怎么回事?"

"我想用皮带把你绑起来。"

"您真浑,亏您想得出来。"

雾子轻轻地一笑,似乎并不完全拒绝。

"好!"

秋叶鼓励着自己,"吼"的一声,把雾子一把拖了过来。

"您想做什么?"

雾子支撑不住,倒在被子上,秋叶把她抱得紧紧的。

"战斗"宣布开始,秋叶成了"太阳镜"那样的男主角,雾子成了被绑起来的女人。

雾子一声尖叫,意识到此刻自己已成为那表演中的女主角。

秋叶压在雾子身上,用嘴唇吸住她的舌头,雾子喘不过气来,拼命摇头,全身用尽了力气,慢慢地敞开了胸怀。

"动作快点,不然给你颜色看。"

秋叶此刻真的成了表演中的男主角,把雾子的身子拨向一边。雾子趁此机会,想逃脱他的"魔掌",说时迟,那时快,秋叶一把抓住她的胳膊,反了过来。

"别这样……"

雾子摇摇头,终于告饶了。

秋叶一把抓住雾子的双手,转过身来将她按住,卜一个动作就是捆绑了。雾子不做反抗。

秋叶腾出一只手,将枕头底下的皮带抽出来,对着雾子耳语:

"今天我不放过你了。"

秋叶见雾子不做反抗,拉过皮带,把雾子的双手捆好,唯恐不结实,又绕了一圈。

"不……"

秋叶急忙按住她,一松手,什么都完了。秋叶不理会她,收紧皮带。

"疼死我了……"

雾子使劲地甩手,秋叶已经不害怕了,其实捆住她的手,不费一点功夫,当然也没有必要捆得很紧,多少松一点,只要挽上一个十字扣,想挣脱谈何容易。

待了一会儿,为了稳住雾子,秋叶不再捆绑了。

"行了。"

"不,快给我松绑!"

雾子意识到自己是什么样的形象。

其实,只要将她的手脖子捆住,她的身体就失去了自由。秋叶想去亲她的乳房,亲她的大腿,完全可以自由自在地进行。雾子的反抗充其量只能叫两声,扭扭身子。

"亲爱的,快松开我……"

雾子这才意识到事态的严重,但已经晚了。

"我已经不行了……"

在灯光下,穿着短裤的雾子横躺在床上。

她的手被反绑着,两边的肩膀往上耸,只有胸部突出。雾子的乳房本来不大,此刻显得格外膨胀,呈粉红色,只有乳头呈红色,格外好看。

不用别的,一根皮带就夺去了雾子的自由,也使她顾不得羞耻了。

秋叶对这意想不到的效果,感到惊奇。

迄今为止,秋叶所见到的雾子的裸体,或在床头,或在镜子里,或刚洗完澡,但从来没有像现在这样紧张,秋叶也是第一次见到她如此痛苦。

秋叶干脆坐起来,俯视着她的裸体。

从上往下俯视,雾子的身体显得格外靓丽,还有几分神秘,完全是一件艺术品。

"亲爱的,快给我松绑!"

"艺术品"在哀求。

"关灯!"

刚才雾子的注意力集中在秋叶的身上,此刻才意识到自己暴露在强烈的灯光下,她万万没想到自己反绑着手该有多么难看。

"亲爱的,求您了!"

雾子想:手被反绑着倒也罢了,至少关掉灯,也让自己有个退路。

然而,好容易才一饱眼福,秋叶不会轻易放弃。他意识到自己此刻所做的一切是男性行为最卑劣的一面。

把女人反绑起来,要求她做出媚态,随时可以拿出长矛,直刺已经到手的"牺牲品",就像饿汉见了美味佳肴,不会轻易放弃的。

已经到了这份上,不可能再回头。如果被女人的哀求弄昏了头,解开皮带,给她自由,那么刚才所做的一切努力都白费了。

说我横行霸道也罢,说我任性也罢,此刻已顾不得许多了,因为这就是男人的本色。

在大学里讲美学、谈论艺术,还写过有关人类和文明的许多论文,此刻却成了一匹公兽,向被反绑着的女裸体挑战。

秋叶正作为一匹公兽君临雾子身上并征服她。快乐的高潮即将来到了。

达到无法忍耐的顶点后,全身迅速抽尽了力气。从猛烈的"攻击"到难以相信的静谧,是在一小时以后。

经历过倦怠和含羞,这才慢慢地苏醒了。

回过头来想想,这不过是一场梦。

秋叶瞅了一下身旁被反绑着的雾子,经过剧烈的喘息后,此刻已软绵绵地趴在床上,这哪儿是梦,千真万确的残酷的现实。

"快给我解开!"

雾子一头黑发像刚从海边打捞上来的海藻,散乱在她的背脊上。秋叶再也无法坚持,慢吞吞地给她松了绑。

雾子瞅着刚得到自由的双手,挥挥手来消除手上的麻酥酥的感觉。

"痛吗?"

这还用问吗?本人早已诉说过,明知故问,又有什么意义?

"我本想跟你开个玩笑,可是你的表演太出色了。"

"我被反绑着手,还谈得上什么出色?"

"你那横躺着的姿势太美了,太可爱了。我还是第一次见到你那桃红色的皮肤。"

秋叶一再强调,但雾子不会立刻理解。被反绑着手,人羞得无地自容,怎么会"出色"呢?她实在不能心服口服。

"您想起那位作秀的女人了吧?"

"你怎么能跟她比,你太美了,太神圣了。"

"是吗?"

雾子叹了口气,心想未必这样吧。秋叶鼓起勇气,说道:

"那么下回再来试一下。"

"您这人哪,太怪了。"

"男人都这样,虐待自己喜欢的女人是人生一大乐趣。"

"太怪了……"

"为什么?"

"又绑她,又对她温柔……"

"温柔……"说到一半,秋叶把话咽下去了。

这是怎么回事?哪还谈得上温柔?自己作为一个惩罚者,君临雾子身上。说这是"温柔",那不是在取笑秋叶吗?

"哪里谈得上什么温柔?"

"您不觉得吗?"

本来想狠狠地惩罚她一下,但她却不领会,反而觉得"温柔"。秋叶百思不得其解。

"来,让我搂住你。"

雾子静悄悄地靠在他身旁。

霎时,秋叶对女性产生一种预见。一开始男方逞强,作威作福,但最后还是败在女人手里;逞强只是最初的一刹那,结果还是屈服于女人。

男女关系之微妙,在日常生活中常常能体会到。乍一看,男人有力气,值得女人依靠他,譬如举起一块巨石,一口气跑完100米,一拳头击在石墙上,那肯定是男人取胜。

但一到需要时间的作业,女人比男人强,譬如,把小小石子堆起来,慢吞吞地漫步在长距离的小道上,用钻一点一点钻透那石墙,那女人比男人强。

换句话说,男人有瞬间的爆发力,但持续力方面则不如女人。这不仅仅限于动作,在生命力方面,女人比男人持久。

有一次,秋叶听友人近冈医师说过,与男人相比,女人更能忍受痛苦,不怕出血。这些基本的强项,证明女人的平均年龄比男人长。

以前,秋叶也曾对史子说过同样的话,遭到她的反驳。

"男人年轻的时候,暴饮暴食,不爱惜自己身体,所以死得早。如果也能像女人那样,活得仔细些,男人也能长寿。"

乍一听,秋叶还觉得她说的有理,但男女平均年龄相差五岁,此话怎讲?男人即使不喝酒,处处小心,也未必会长寿。

"一句话,男人是外强中干,最后败在女人手里。"

随着年龄的增长,秋叶越来越加深了这种感受,只有感叹的份了。

感触最深的自然是性的能力。一开始,男人如猛虎下山,用尽了全身的力气,但最后得到满足的还是如花似玉的女人。男人射完精,一下子瘫倒在床上。

现实生活中,男女关系最原始的是性交,最能体现双方的力量对比。

此刻,把雾子反绑起来,心里想虐待她一番,但结果充满活力的还是雾子,精疲力尽的是秋叶。

"反正男人先灭亡。"

秋叶自言自语地说,但这句话发自他的内心,好像自己在唱独角戏,没有人响应他。

白夜

在蔚蓝色的天空上,云峰迭起。庭园里开着大丽花,现在正是盛夏季节,日长夜短。

这时,秋叶常常夜晚出去吃饭,到黎明时刻结束工作后休息。

初夏时,下午7时天空还微明,刚有黄昏的感觉。到了8月,夜晚来得早,黎明时分凌晨4时东方才发白,总好像置身于黑夜中。

随着白天的缩短,秋叶常常感到焦虑,因为这意味着一年已过了一半,心里着急起来。

过了五十岁,总觉得日子过得太快,心里没有着落。四十岁时虽也有同样的感觉,但没有那种迎来黄昏的寂寞感。

从四十岁到五十岁,人生的速度加快了,就像顺着急流而下的一片树叶,随波逐流。尤其是男子,有退休的期限,这种感觉更加强烈。

所幸秋叶的工作,没有明确退休年龄,过了五十五岁,六十岁一样可以干。但心里还是嘀咕,不知自己能干到何时。

当然个人写作比上班自由,但个体作业最害怕生病,不像在公司上班,生了病工资照发,个人生活有保障。

迄今为止,秋叶还没有认真考虑过。但以五十岁为界,往后的处境越来越严峻了。

今年夏天,秋叶有点消沉,高中时代的同学村尾患直肠癌去世。

同届同学已有数人离开了人世,但村尾的死,所受的震动最大。

在守灵的那天夜晚,有人嘟嘟囔囔地说:"我们这届同学一个一个地走了。"这句话始终在脑海里盘旋。

他虽然不愿这样想,但现实生活中却是严酷的。

"老人真厉害,让人心服。一个个像掉了齿的梳子,却坦然地在寂寞感中生活下去。"

是否坦然不敢说,但能够在孤独中生活是需要相当勇气的。

"真无聊啊!"

夏日的午后,秋叶无所事事,随嘴嘟囔了一声。在他身旁的雾子反问道:

"您说什么?"

最近受了美学熏陶的雾子不会懂得秋叶叹息的意义。

"没什么……"

"您没发现近来我发胖了?"

雾子本来就不是肥胖的体质。适当地增加点肉,因为内骨骼小,即使多少胖一点,穿上衣服,也看不出胖来。

然而,如果不加以注意,也有可能发胖。

过去她夜晚工作,吃饭不规律,常常在午夜12点或凌晨1点吃饭。

睡前吃饭,对身体不好。

雾子说胖了,至多增加2公斤。

"我正一筹莫展,突然出现一位救世主,他喜欢瘦女人,使我得救了。"

雾子所说的救世主,当然指的是秋叶。

"那时候,如果有人说喜欢胖女人,那么我还会胖些。"

雾子说的没错,女人清瘦些,如果有男人说喜欢瘦女人,她就会迎合他,结果真的瘦了。

这比拙劣的饮食疗法强多了,有效而合理。

"可是,那时我看你并不胖。"

"离开了酒吧,过上有规律的生活,可是我总觉得不能老是待在家里。"

近来雾子确实发胖了。

按照计划,雾子的体重恢复到45公斤,秋叶不但没有感到失望,反而觉得雾子整个身子都出现肉墩墩的现象,搂着她还很舒服。

"您不觉得我这个部位比以前粗了?"

雾子将手卡住腰部。这么一说,秋叶发现雾子的臀部也比以前圆了,穿上紧身的裙子,圆滚滚的,看得很清楚。

"我来帮你活动活动……"

"不。"

"你瞧,这一带的肤色多好看啊!"

瘦一点不碍事,太干瘦了,那就乏味了。

雾子仍把手卡在腰部,心想最近怎么会胖了起来,真不可思议。

"没事儿,甭担心,太胖了,我会给你治的。"

"您怎么治我?"

"这很简单,把你绑在柱子上,一天也不给你吃饭。"

"太残酷了,这不成了奴隶了吗?"

雾子立刻想起在地下室看过 SM 演出的场面,如果把那个女的绑起来,不给她吃饭,肯定会瘦下去的。

"而且每天晚上都收拾你。"

"那我一定会皮包骨头的。"

"可是瘦下去了。"

"是吗?"

雾子点了点头,像是在做梦。

"那一定会很出色的。"

"喂,喂……"

说到出色,秋叶不由得一怔,端起雾子为他冲的咖啡喝了起来。

为了减肥,不给她饭吃,还"收拾"她,这不过是说笑话,或者空想采取这样的方法。

但怎么能变得"出色"呢?那是无稽之谈。

自从看过 SM 表演以来,雾子似乎常常处于受虐待的状态,她对这现象特别关心。

然而,对方并不出于自愿,而强制执行,说是有风情,多么"出色",其实这无疑是一种刑罚。

"总而言之,现在你的体型是最佳状态。"

"不,稍一疏忽,立刻会胖起来,反正老待在家里不行……"

"你不是也挺忙的吗?上设计学校等等。"

"但这并不紧张,自由自在,还是要规定时间上班下班。"

看来,雾子以会发胖的理由,想再出去工作。

"亲爱的,您不是也讨厌我发胖吗?"

"那是啊,我以为你去美学沙龙锻炼锻炼就足够了。"

"锻炼锻炼倒不错,但还不够。"

初春时,她一度打消想出去工作的念头,近来却又抬了头。

看来,一天到晚把雾子拴在家里是办不到的。虽然让她学这学那,但没有固定的工作,她仍感到无聊。

当然，平时给她些零用钱，她虽不缺钱花，但还是想自己干点活，增加点收入，否则沉不住气。

如果像家庭主妇那样，做饭、洗衣服、生儿育女，跟邻居来往，杂事多了，她也会心烦的。可像公主那样把她养起来，不让她外出，她也会不满的。

如果雾子再提出去工作，秋叶打算答应她。当然，放她出去，担心会被别人夺走。

和雾子亲近的事，已经过去一年半了，还没有发现她有水性杨花的迹象。一开始，多少有几个男朋友，半年后就绝迹了。

这想法或许太乐观，还是不能掉以轻心。

有一天，雾子说："亲爱的，如果您在外面寻花问柳，那么我就和阿部定也来一手。"

不知道她是当真，还是开玩笑。实际上，近来雾子对性还是相当积极的。

秋叶连续四五天忙于工作，不去要求她的身子，雾子就不高兴，跟她说话，她会爱理不理地转过脸去，这说明她对性的需求。

秋叶有时故意不去理她，但瞅准时机，将她引进到"丰润的花园"。每当这时，和平时固定的形式不同，变着法子让她高兴，其至拿绳子绑她。

雾子的接受力很强，一开始不习惯的动作，只要引诱得当，她会顺从你，做出反应。

她顺从地遵循秋叶的"教导"，有了明显的进步，出现了淫态。但这点点淫态，秋叶已经不能满足了。

雾子走到任何场合也不会相形见绌，证明她已经有了充分的自信。

秋叶此刻已一百个放心,因为雾子完全适应了目前的生活。

这一年半来,在和秋叶的交往中,雾子的生活已完全改变了。

在银座酒吧时,她住在酒吧拨给的一间小屋里。现在则在广尾高级住宅区有了两居室的房子。

穿的全是名牌高档服装,吃是全是一流的餐厅。不再穿那些土里土气的衣服了,也不想吃酱鲐鱼了,自己还有了汽车。

一个二十四岁的女人,享受着从未有过的奢侈。

如果雾子在外面水性杨花,首先得抛弃这物质上的享受。这一年半来,她已习惯了这样豪华的生活,她不会轻易放弃的。

当然,也保不住会出现一位能让她更加奢华的男人。

如果这样担心的话,那么就没完没了了。总之,秋叶已尽了最大的努力,如果还不行,也没法子了。

在性和现实生活中,秋叶最大限度地满足雾子,同时也把她束缚住了。

秋叶有充分信心,这绳子是不容易解开的,允许雾子到外面去玩。可一旦干了工作,那就是另外一回事了,事情会变得复杂了。

秋叶曾经想让雾子当自己的秘书,但雾子对秘书似乎不感兴趣。

"虽说是秘书,但没有多少工作,是不是?"

这话没错,实际上没有必要设一个秘书。

"可是不能去干酒吧或夜总会。"

一出去工作,那种接待客人的行业颇具有诱惑力。

"像我这样没本事的人,正儿八经的公司是不会雇用我的。"

"那种地方工资低,人际关系也很复杂。"

去公司上班,大多都是年轻男人,危险性也很大。

"如果开一家装饰店或女装店就好了。"

"开一家那样的店,那太好了。"

"当然还要考虑到地点和预算。"

秋叶以前也曾考虑过让雾子开家店,那时雾子刚离开银座不久。

开家这样的店,雾子的美貌就是招牌,会吸引很多顾客上门。

实际上支配这爿店的是躲在后面的老板秋叶。

处于这个地位,去看看围着雾子转的男人们,其心情也不坏啊。

新桥、赤坂等花街的名妓老板的心情也许与此相似。

此刻的雾子,这位被自己装扮起来的女人正接受着许多男人的视线。秋叶产生一种优越感:这个女人是属于我的。

如今,秋叶不想让雾子去干酒吧或夜总会,否则让她离开银座就没有意义了。

和雾子亲近后,发现她说话多了,还富有幽默感。初次见面时,并不给人多么好的印象。要跟她熟识,需要相当长的时间。

这样性格的女性是当不了酒吧老板的,但可以开个咖啡店、服装店或小小的餐厅。

在悠扬的音乐声中,身穿长裙的雾子从里边走出来,向顾客行礼、微笑。

地点就在六本木或青山一带,真正懂得品味的客人们悄然来临。这样高档的餐厅,不三不四的人是不会上门的。

要开这样一家餐厅,需要相当一大笔钱,根据场地大小而定,至少一两亿日元。秋叶目前的财力是办不到的。

"是不是还有不需要花很多钱的项目?"

秋叶嘴里嘟嘟囔囔,雾子似乎等着他的话,答道:

"以前我曾考虑开这么一家店……"

"什么店?你说说看。"

"Recycle。"①

秋叶听不懂 Recycle 是什么意思。

"简单地说,就是估衣店。"

"估衣店,你来干这个?"

"乍一听,或许您不能接受。近来每个家庭中都有一些过了时的穿不着的衣服,把它搜集起来,卖给需要的人。"

这么一说,Recycle 的意思大体明白了。

"估衣店,听起来很别扭,每个家庭的衣橱都有一些这样的衣服。根本不是旧衣服,而且还很新。"

"那么这些衣服是不是不时髦了?"

"当然,有一些不时髦了,但也不尽然,有的太太上了点年纪,腰粗了,穿不下了等等。把这些衣服低价收购进来,转让给需要的人,起一个桥梁作用。"

"这样的店不用很宽敞的门面。"

"是的,但必须有存放衣服的房间,把其中漂亮一点的挂出来,用不着很大的店面。"

作为男子的秋叶,自然不会去注意什么 Recycle,一经雾子的点拨,豁然开朗。

"这倒挺有意思,这样的店哪儿有啊?"

"多的是,原宿、涩谷有好几家,特别受年轻人欢迎。年轻人不在乎式样过时不过时,有人还以为旧式衣服样式别致。我想开一家适合我这样年龄段的 Recycle Shop。"

"Recycle Shop?"

---

① Recycle,废品再利用、旧货店。

"是的,听起来舒服。"

这个突如其来的话题,雾子说起来津津有味,头头是道。

秋叶原来以为估衣店,脏兮兮的,是那些买不起新衣服的人,不得已到估衣店凑合买一件旧衣服,穿在身上不会很舒服的。

秋叶根本没想到雾子想开一家这样的店,换上 Recycle Shop 的名称,感觉的确不一样了。

"过去从美国弄来一大批衣服,价格特别便宜。"

"那是旧衣服吧?"雾子笑道。

记得昭和二十年(1945 年,战后时期),秋叶还是少年时代,那些衣服帮了大忙。

"说是旧衣服,其实跟新的一样。"

就像雾子说的那样,一般家庭,新买的衣服只穿一回,便放进衣橱,再翻出来穿时,已经过时了。把这些衣服有效地利用起来,倒是一件好事。换句话说,Recycle Shop 是生活改善的结果,是一种新兴的行业。

"这么看来,地点不应该选择在原宿或涩谷这一带。"

听了雾子的一番话,秋叶也动了心。

"不过在代官山和自由丘一带也可以,这儿不像原宿那样繁杂,有钱的太太都集中在这一带。"

原来叫作估衣店,现在叫 Recycle Shop(再利用商店),以庶民阶级的需要转变成有闲夫人的闲逛地方。

"代官山离这儿很近。"

"那一带近来开了不少家时装店,挺漂亮的。"

"可是买卖不太好,尽是些卖不动的货。"

"不干干试试是体会不到的。巴黎也有这样的店。"

秋叶还是第一次听说。

"我真想到巴黎看看,学习一下经营方法。"

谈话越来越深入,结论是该到外面看看。

"亲爱的,以前您不是说过想到欧洲看看。"

秋叶确实提到过,为了写《东西方文明论》,有必要再一次去欧洲看看。

"您带我去吧!"

谈话的内容迅速扩展,从开店一直扩展到去欧洲。

"这一次我主要是去西班牙。"

"那也行啊,总之去一趟看看。"

秋叶去过欧洲好多次,为什么单单没去过西班牙?因为秋叶干什么都懒散,再说西班牙远离欧洲中心,地理位置太偏。

然而,现在秋叶对西班牙最关注。

过去拿破仑远征西班牙时曾感叹过:"跨过比利牛斯山脉[①]就是非洲了。"西班牙和欧洲大陆的风土人情完全不一样。

当然,拿破仑说的不一定对,他把西班牙看作欧洲最西部的边境,表现了法兰西人特殊的优越感。从地图上看,狭长的直布罗陀海峡所连接的一片土地,西班牙是属于非洲。

实际上,阿尔及利亚、摩洛哥属于非洲.从地图上看,把西班牙看作非洲也不足为怪。

秋叶这一代人对非洲并不抱负面看法。现在中非和西非常有许多人饿死,把那里当作未开发地区。西北非却富有异国情调,受游人欢迎。

战后不久,一度上映的影片《望乡》《外人部队》《卡萨布兰卡》及

[①]比利牛斯山脉(Pyreness)位于欧洲大陆西部,跨越西班牙和法国,最高峰是亚典山,海拔 3404 米。

小说《异邦人》,在观众和读者中引起巨大反响。

这些影片中,给秋叶留下最深印象的是电影《情妇玛侬》最后一个镜头。

一对情人被赶出巴黎,逃亡到沙漠上,那女的精疲力尽实在走不动了。她骑在男人的脖子上,走进沙漠的深处。在强烈的阳光下,只有那女人的一头飘逸的长发在金色沙漠上格外引人注目。

不多时,男的使尽了最后的力气,倒在沙漠上,无路可逃,决心一死了之。在强烈的阳光下,男的首先用沙子把爱人埋了起来,然后趴在她身上,渐渐死去。

在一望无际的沙漠上,没有人会发现他们,只有一只秃鹰在上空盘旋。

秋叶特别欣赏扮演玛侬的演员赛西里·奥布里,她算不上是个美人,体型也不是最好,但她浑身透着妖艳,在奔放中隐匿着爱,令人感叹不已。

秋叶突然觉得雾子很像玛侬,心想身边如有这样一个任性的女人,将会使人生走向灭亡,当然玛侬具有自虐的心理。

雾子和玛侬不同,她也不知赛西里·奥布里是什么人。一听说是非洲,就同未开发、落后、饥饿联系起来,因为她这个年龄段的人不懂得人生的落魄。

秋叶也不想强硬地谈起过去。

"没到过西班牙,就等于没见过欧洲。"

秋叶刚说完,雾子拍手表示赞成。

"我也想去嘛,到那儿看看真正的弗拉曼哥[①]。"

[①]弗拉曼哥(flamenco),西班牙南方吉卜赛人热情洋溢的舞蹈或音乐。

雾子去西班牙的目的和秋叶大相径庭,秋叶仍点头表示同意。

"那儿气候干燥,和欧洲其他地方不一样。"

秋叶曾经多次见过西班牙的写真集。

大地为红土,连绵的丘陵那边,一片夕阳映照着红彤彤的天空,令人耀眼的强烈的光,与它相对照的是一片黑暗。中间地带则是令人捉摸不透的空间。

西班牙被称为"光与影"的国度,导游书上也这样写道。或许西班牙只有光与影,没有其他景色。

与它相比,日本四季分明,有雨、雪、雾、霜、霞光,一应俱全。单就雨这一项,有梅雨、阵雨、骤雨、时雨,还有烟雨、朦胧雨、毛毛雨……不一而足。

在日本无所谓"影",只有"翳"。有了"翳"才会有黑白分明的感觉。这虽然谈不上纤细,但在欧洲肯定也有日光下的阴影。

当然,到了北欧、俄罗斯,自然条件比较严峻,景色比较单调。即使如此,它也会有巴黎那样的阳春,包含着自然界的秘密。

东洋和西洋,已经有许多学者从各个角度去进行比较研究,出版了东西方文明论的许多著作。

单说"西洋"两个字,不能概括欧洲所有国家,至少法国和西班牙有很大不同。

法国的 Ennui[①]和西班牙的光与影相对照,有明显的不同。

"那好吧,一起去西班牙,如何?"

想着想着,秋叶已拿定了主意。

说起出国,秋叶三年前去过美国,四年前去过欧洲,似乎是很久以

[①] Ennui,倦怠、厌倦。

前的事了。

年轻的时候,秋叶每年都要出国。去各地旅游,高兴了,在纽约连续住了半年。

最近出国次数少多了,他不想归结于上了年纪,但懒得动弹却是事实。

"要走的话,什么时候动身?"雾子已经等不及了。

"下个月的工作排得满满的。要走的话大概在10月初。"

"那时节欧洲很冷了吧。"

"巴黎已经是秋天,但西班牙还很热哩。"

"10月份,我的学习也正好结束。"

雾子在计算着设计学校的课程。

"真的要开Recycle Shop吗?"

"亲爱的,您赞成的话,我一定干干试试。"

雾子不善表达自己的意志,只是应允,不是那种主动的、积极的类型。至少,秋叶过去一直是这样认为的。但这次与以往不同,积极地表达自己的欲望。

"关于开店的事,你和别人商量过了吗?"

"唔,您为什么这样问我?"

秋叶以为她不好意思张口,结果雾子反问道:"您以为我和别人商量过了吗?"

"那倒不是。"

秋叶否认道,他想象雾子的身后可能有人给她出主意。如果真有这样的人,那肯定是拿"商量"作幌子在引诱她。

是女的,还是男的?秋叶胡思乱想,不知说什么好,干脆单刀直入地问:

"是你自己考虑的？"

"那当然咯,电视上介绍过,杂志上也有这样的报道。"

秋叶从来没见过这样的电视节目。是不是背后有人在活动？

秋叶放心地点了点头,雾子则在灶台上煮咖啡。

这些日子,秋叶几乎每夜都在雾子这里。

今年7月初,秋叶的母亲去了山中湖别墅,一直没回来。从梅雨季节开始,母亲老毛病风湿症又犯了,要求干燥的空气,于是带着昌代一起离开了家。这些日子秋叶几乎每天在外面吃饭。夜晚,回到家里,只有自己孤零零的一个,于是借宿在雾子公寓里。

秋叶放心不下母亲的病情,早晚各一次给别墅打电话,表面上是孝顺母亲,其实是为了掩饰自己不在家过夜。

然而,母亲如果一直住在别墅的话,他就没法带着雾子去山中湖度假了。

母亲常叮嘱,到了周末也来玩玩嘛,可是没法带着雾子一起去。不去又显得很不自然,把雾子撂下自己一个人去,又怕雾子闹别扭。

"这星期六您还去别墅吗？"雾子把咖啡杯放在秋叶跟前问道。

"母亲会冷清的,没有法子。"

"您真的去别墅？"

"那当然咯。"

"我还以为您在大酒店和女编辑们一起吃饭哩。"

"喂,你在说什么呀？"

秋叶端起咖啡杯,即刻放回桌上。

"你这话是什么意思？"

"那好,我给您往别墅打电话可以吗？"

"当然可以咯。"

雾子以为秋叶拿去别墅作幌子,和其他女人在一起。说是女编辑,是不是怀疑秋叶和史子还在来往?

"你想到哪儿去了?"

"不知道。"

最近,雾子老是疑神疑鬼。

"从那以后,我一直没见到她。"

秋叶本来不想说这句话,没想到雾子立刻反击。

"这就奇怪了,这么熟识的编辑会一直不见面?"

"没有事嘛。"

今年过生日,史子虽突然送来玫瑰花,可是打那以后,音讯杳无。秋叶本想打电话去问候一下,是不是过生日时,对她太冷淡了。结果拖拖拉拉直到今天还没打电话。

既然如此,为什么送玫瑰花来?

女人经常心血来潮,很难捉摸她的心理。至今仍弄不懂她的真心何在。

同样,雾子的心理状态也摸不透。一年前在旅馆偶然遇到的一位女性,至今仍记得清清楚楚,而且还怀疑秋叶跟她偷偷地来往。

既然打那以后一直没见过史子,不怕雾子怀疑。在河口湖旅馆偶然相见时,他和史子的眼神都不自然,雾子很敏感,便记在心里。

双方都沉着应付,史子识相地走开了,但总在某些地方露出蛛丝马迹。

这样一想,雾子也不是好对付的。

假如她对史子的出现感到诧异,为什么当时不问呢? 就算当时不好意思,那么在别墅住了一段时间,要问的话,有的是机会。

她装作已被秋叶的解释所说服的样子,而心里却一直在怀疑,足见雾子的心眼并不少。

"别胡思乱想了。"

诚然,秋叶对雾子的吃醋,并没有不舒服的感觉,但自己和史子确实没有来往,雾子一直在怀疑,使得他心头沉重。

"下星期是你的生日,找一家高档的餐厅为你祝贺生日吧。"

秋叶将话题转移到给雾子过生日。

"去年去了山中湖,今年去横滨怎么样?"

"我还没有去过横滨。"

年轻的雾子对新的话题立刻感兴趣。

"在港口有一家古老的,但相当漂亮的旅馆。"

"这一回不会再碰见人了吧。"

话题已转,雾子还是没忘了那桩事。

雾子生日那天,秋叶在赤坂某旅馆和她约会,然后去芝公园附近的一家小餐厅。

东京都内的高级餐厅几乎都在银座、赤坂的大楼里,人声鼎沸。只有这一家餐厅在幽静的公园的树丛里,是一幢砖瓦结构的平房。

踏着洒满落叶的石阶,在这晚秋季节,似乎到了欧洲古老的砖房。这家餐厅别有一番情调。

里面的单间有古城式的、山庄式的,意趣各不相同。一间一间走马看花,总也看不够。

正因为如此,这儿经常能碰到艺术界的人士和带女客来的阔佬。

选择这儿为雾子过生日,首先考虑的是气氛。二十五岁的生日,决定让她在豪华的气氛中度过。

到了楼上,坐在能望见街道树林的靠窗的座位上,首先开了瓶香槟酒。

"祝贺你。"

秋叶举杯,雾子则羞涩地缩起了脖子,道声谢谢,低头行礼。

今天雾子穿着一身紫藤色的丝绸连衣裙,胸前和手腕戴着银项链和手链。项链上还镶着宝石,熠熠发光,甚是高贵。

"已经二十五岁了。"

"才二十五岁。"

雾子不知想说什么,在秋叶看来,二十五岁真是太年轻了。

"日子过得真快呀!"

认识雾子时,她才二十三岁,已经长了两岁了。

"我像二十五岁吗?"

"当然咯。"

"光长岁数了。"

"不,你成为真正的女人了。"

"我本来就是女人嘛。"

"以前是个漂亮的女人,现在变为成熟的女人。"

"漂亮的女人和成熟的女人有什么区别?"

"漂亮的女人仅仅是五官端正,而成熟的女人则有温柔的气质以及妖艳的表现。"

"您又想到歪道里去了。"

"正因为你是成熟的女人,才使我有了那种想法。"

现在雾子的脸不但漂亮,而且艳丽,散发出浓郁的女人的香味。

此刻雾子出落成几乎挑不出一点毛病的完美的女人,带她去任何地方都会引人注目。她那纤细的手举起酒杯,和人交际的姿态,衬托着高级餐厅的背景,本身就是一幅美丽的画。

女人善于适应环境,一年前,雾子还爱吃酱鲐鱼;进了大饭店,心里还咚咚地跳。

"可是到了二十五岁,已成了老太婆了。"

"二十五岁便成了老太婆,那五十岁的男人该称呼什么呢?"

"男人多大也没关系。可是女人到了二十五岁,是个转折点。"

"那才是成熟的表现,二十五岁的女人才是真正的女人。"

年轻的女人皮肤光滑,充满着活力,有靓丽和妖艳的一面。

从这意义上说,女人真正的美貌从二十五岁开始,当然因人而异。女人最靓丽时期是三十岁左右,这时女人就像盛开的鲜花。

"年轻、美丽,这不是很普通的事吗?"

"是吗?"

"如果年轻却很脏,那才够呛哩!"

侍者来倒酒。雾子忍不住笑了出来。

"您说这样的话,会让年轻人讨厌的。"

"年轻时,容貌之美丑另当别论,不管打扮成什么样,都是可爱的。就拿狗和猪来说,也是小狗小猪可爱。"

"这样说来,我也是一只小猪咯。"

"年轻时可爱,没有什么价值,问题是随着年龄的增长,她的风韵依然不减当年。二十岁时的漂亮,那是普通的,到了三四十岁仍然很漂亮,会让人刮目相看;到了五六十岁依然保持当年的风采,那才是最出色的,重要的是她的才能起决定作用。"

"那男人呢?"

"男人嘛,年轻时有正义感,性格纯粹,那是无可非议的。年轻时就马马虎虎,首先会被社会淘汰。到了四五十岁仍然保持正义感和纯粹,那也是才能决定的。"

"那好,看我今后的吧。"

"你还早哩,才进入'女人'这扇门。"

对男人说,想象这个女人的美貌将会如何变化,那是人生一大乐趣。

吃完饭,秋叶又喝了两杯酒,代替饭后的咖啡。

原来预定吃完饭后由雾子开车去横滨,于是秋叶多喝了几杯。本来雾子打算自己驾驶,无奈她刚领到驾驶执照。

刚开车时,尽管小心了又小心,坐在旁边的秋叶心里还是不踏实。一个月前,雾子把秋叶一口气送到100公里外的千叶高尔夫球场,看来还挺轻松的。

表面上小心又小心,其实潜伏着紧张的意识,秋叶不敢让她一个人驾驶。

虽然秋叶喝得比她多,但酒量也比她大,且道路也较熟悉。出了餐厅,还是由秋叶开车去横滨。

从芝公园的旁边上了首都高速公路,经横羽线,到新山下公路。好久没来横滨了,有些生疏,行驶了近一小时,才到达横滨元町夜总会。

横滨坡道多,这家夜总会在高坡上,在强烈的灯光照射下,远看像美国的白宫。

这家夜总会始建于昭和二十一年(1946年),是横滨最老的夜总会。乔治川口、南里文雄等许多著名的器乐演奏家们都在这儿演出过,被誉为日本的狄克西爵士乐队①。

秋叶第一次来这家夜总会是在三十年前,从那以后一直来这儿玩,著名的通俗乐队、爵士乐队都在这儿演出过。

中央是大舞台,周围的座位成U字形。一楼、二楼都是观众席位,

---

①狄克西爵士乐队是美国的两大爵士乐队之一。

一直保持古老的风格,颇有情趣。

过去都是慢节奏的,迪斯科、爵士乐之类的快节奏在这儿吃不开。

目前,在东京都内,能够悠着点跳舞,气氛好的夜总会只有为数不多的几家,而这家夜总会依旧坚守传统。

秋叶喜欢这儿的模式,换句话说,来到这儿,令人怀念青春时代的许多往事。

本来以为老式的夜总会不会有很多的客人,进来一看,却发现高朋满座。

最近交谊舞又悄悄兴起,受此影响,这儿的客人也多起来了。

秋叶和雾子挑选不靠前也不靠后的座位,坐下后朝四周扫了一眼。左边的舞台有一支小乐队在演奏,前面的舞池里有十几对舞伴,带女宾的客人居多,也有男士和男士跳,和过去完全一样。

"真宽敞啊!"

雾子不由得惊呆了,中央大厅还有许多客人。

秋叶要了杯葡萄酒,这时乐曲转入了"爵尼、吉他"。

"真让人怀念啊!"

这时,秋叶的耳边似乎响起了佩基·李那沙哑的歌声,雾子一时还想不起来。

"从前常随着这曲子跳舞。"

"我也好像听见过。"

"听了这曲子,浑身关节都松了,第二天不想去上学了。"

雾子喝了一口酒,放下酒杯。

"那么您明天或许也不想工作了,叫我怎么办?"

"我不干,你干呗!"

"那可不行,干活本来是男人的事,所以才叫男人嘛。"

"这是什么歪理？我们跳舞吧！"

雾子在东京的俱乐部跳过舞，但没有受过正规的训练，跳得不太好。

在这样大的舞池跳舞，有生以来还是第一次，雾子有点儿紧张，在秋叶的带领下，渐渐熟练起来。

秋叶把搭在雾子肩上的手，渐渐移到腰部，又用舌头去舔她的耳朵，雾子像触了电似的缩起了脖子。

"别……"

秋叶没理会她，把她搂得紧紧的，用手指去抚摸她的背脊。

"求您了，别这样！"

雾子弯下腰哀求，说话声被乐曲声淹没，谁也没有听到。

过去，跳舞对穷学生来说，是最便宜、最豪华的娱乐。昭和三十年(1955年)只需二三百日元的门票，就能把女性吸引到自己身边，这样便宜的娱乐，到哪儿去找？当然也有免费入场的地方，但这要费力去找。

首先，一入场，出众的女子一目了然，演奏一开始，稍稍慢一步，就会被别的男子夺走。

要和出众的女人跳舞，需要度量和快捷。

假如没有充分的自信，不敢往前凑，缺乏勇气，犹豫不决，结果好的女子就被别人抢走、弄走。

这还不说，有时提出邀请，却被对方拒绝，弄得无地自容。这下不是墙上的鲜花，却成了一根屋柱，伫立在那里，看着其他舞伴在跳舞，心里不是个滋味。

有的人选择一个舞伴，再也不换人，一曲一曲地跳下去，因为寻找一位合适的舞伴，不是一件容易的事。

幸运得到一个好的舞伴,不论慢三步、华尔兹,或者伦巴、爵士,什么都会,做不到这一点,只能半途退场。

秋叶舞跳得不算好,但什么都会,他不想中途退场。不被别人抢走舞伴,现实生活要求他必须具备这样的舞术。

再也没有比跟合适的舞伴一气跳到底更舒服的了,逢人便夸,瞧!我这个舞伴多棒!

此刻秋叶搂着的雾子,舞跳得不算好,但扶着她那细细的腰部,感觉特别好。

舞虽跳得不好,但脸蛋漂亮,身材好,弥补了缺陷。

"瞧,人们都在看你哩!"

秋叶贴着雾子的耳朵,轻声说道。

"哪有啊!"

"我该在年轻时就遇见你。"

"可是您当学生的时候,我还没出生咧。"

说到这份上,秋叶无话可说了。

"那时候,我年轻,样子也不难看啊……"秋叶本想这样说,但说了也没用了,过去的事不能再回来了。

看来,比起交谊舞来,雾子还是跳迪斯科更拿手些。但秋叶认为迪斯科算不上跳舞,不过是年轻人一种疯狂的发泄而已。

过去有一种叫舞蹈宗教的新兴宗教。一个人无所事事感到孤独时,借助热情、奔放的音乐让自己陶醉在忘我的境界里。

与它相比,交谊舞则是有意识的、人工的。它要严格遵守音乐的节拍,规范人的动作。这一点是西欧式的、形式主义的,同时又是猥亵的。

不相识的男女互相挽着胳膊,全身接触,这样淫猥的游戏,只有跳交谊舞才能得到。

和新的舞伴跳舞,并向恋爱发展,这是交谊舞的乐趣之一。手伸开又收拢,悄悄地对话,身体的接触,从而确立了感情。

与交谊舞相比,迪斯科则是健康的、单纯的、认真的。

秋叶之所以不喜欢迪斯科,是因为它的狂热性和集团性。许多人丧失了理性和幽默,一个劲儿追求某种目标而狂热地起舞,看着这缺少理性的动作,会使人喘不过气来。

没等秋叶开口,雾子问道:

"您是不是老拿这些大道理去说服女孩子?"

"那倒不是。"

"是吗?"

雾子似乎已习惯了周围的气氛,当秋叶的手插到她的腰际,在耳朵根上觉察到了男人的气息,不但不讨厌,而且还觉得挺舒服,主动凑过来。

"交谊舞比迪斯科强多了吧!"

"那要分谁是舞伴。"

这是事实,跳迪斯科,双方身体不接触,即使有点讨厌对方,问题也不大,而交谊舞就不同了。

雾子说,要分谁是舞伴,那就意味她愿意和秋叶跳,不喜欢别的男人做舞伴。

一连跳了三支曲子,回到座位上喝葡萄酒。从斜对面走过一个年轻男子。

"对不起,能不能和您跳一曲?"

那位青年高高的个子,非常潇洒,脸上的表情有点紧张,看来是一位初出茅庐的新手。

"您不会见怪吧?"

青年显然是请雾子跳,同时也征求秋叶的同意。

刚才跳舞时,秋叶已发现后面的座位上坐着四五位青年,其中一位早就注意到他们,此刻鼓起勇气提出邀请。

"真是太美了,从刚才起我就想和您跳一曲。"

多么直爽的邀请,如果加以拒绝,那也太没有肚量了。

雾子向秋叶瞟了一眼,意思是怎么办?秋叶大大方方地点了点头。

"对不起。"

青年又一次低头行礼,牵着雾子的手,向舞池走去。

青年成功地邀请到雾子出来跳舞,其他几位鼓掌表示欢迎。

恰好是一首慢节奏的曲子,两人第一次合作,身子隔得远远的,只是手牵手,非常有分寸。

那青年交谊舞跳得很好,充满自信,出色地引导雾子,好像跟她在说些什么。

起初雾子有些害羞,低着头,渐渐抬起脸来,点了点头。

秋叶装作没有看见,点燃了一支烟。

吸了两口烟,再朝舞池看,那青年似乎说了些可笑的话,雾子用手捂着嘴微笑。

一曲完毕,秋叶以为雾子会回来,没想到她仍和那青年站着说话。

第二首曲子开始,两人又跳了起来。

这一曲是慢节奏的华尔兹,两人贴得更近了。

雾子和跟秋叶跳舞时一样,脸贴着脸,让那青年搂着自己的腰部,雾子小小的身子几乎完全笼罩在那青年的怀抱里。

秋叶无所事事地喝着葡萄酒,透过酒杯注视着两人的动作。

青年身高1.77米,比雾子整整高出一头,年龄相仿,是多么般配的一对。

秋叶斜着眼睛看他们,心中有所不快。

一开始,青年来请雾子跳舞,秋叶以为至多跳一曲,没想到连续跳了两首曲子,脸皮也太厚了。

即使对自己熟识的女性提出邀请也应该考虑适可而止,何况对初次见面的女人,连续跳了两个曲子。看来,此人举动超出了年龄,是一个情场老手。

秋叶又要了一瓶葡萄酒解闷,这时一曲终了,雾子回到了座位上。

青年也走到秋叶跟前谦恭地一鞠躬,道了声谢谢,又对雾子说再见,向她瞟了一眼。

雾子向他点点头,青年心满意足地大步回到伙伴们中间。

秋叶什么话也没说,点燃了一支烟。

"他的舞跳得真不错。"

"……"

"他的家在川崎,经常上这儿来。"

"呵,都说到这份上了?"秋叶拿起酒瓶给自己倒上后,喝了一口说道,"反正是个游手好闲的公子哥儿。"

"不,他是个医生,一块儿来的也是医生。"

"没有舞伴,找跳舞女郎跳得了。"

"他说,不是恭维我,说我的舞姿太美了,终于忍不住过来请我跳的。"

"瞧瞧,女人一受到恭维就飘飘然了。"

"他还说,他跟别人打了赌,如果被拒绝了,一切开销由他支付;如果成功地请我跳了舞,今晚他一切都免费。"

雾子谈起这样的话,觉得挺有意思,但秋叶并不高兴。

新的曲子开始了,秋叶站起身来。

"走吧!"

才11点钟,离关门还早咧,秋叶怕夜长梦多,不知哪位青年又过来请雾子跳舞。

雾子兴致正浓,还想再跳,见秋叶站起身来,只能默默地顺从。

雾子跟着秋叶向门口走去,还回过头来向青年们招手致意。

秋叶先走一步,付了账,走出夜总会,上了车。

虽喝了点酒,但头脑还蛮清醒。

今晚,秋叶原计划在芝公园附近的餐厅吃罢饭,再去横滨的夜总会,然后再去海滨的旅馆过夜。

头两步计划较为顺利,进了夜总会,问题就来了。

当然这不是夜总会的过错,也不是选择有误,只是出乎意料,在横滨碰见了这些游手好闲的小伙子。

如果不遇上这些青年,一切均为舒畅。由于出现了这些不速之客,好不容易营造起来的气氛被破坏了。

想到这些,秋叶对那个厚着脸皮过来的小伙子忍不住生气了。

这些人真够无聊的,竟然会打赌,那女人会不会跟自己跳舞,这不是瞧不起人吗?

秋叶更为生气的是,那青年表面上似乎很纯真,其实是什么都敢干的大胆的家伙。他有充分自信,以为自己是个青年,不会碰钉子。

雾子也有问题,即使出现这样不速之客,如果她采取毅然决然的态度,那也不会发生问题了。

她不但跳了两支曲子,还对青年抱有好感。跳一次舞就简单地改变心情,那也太不设防了。

想着想着,秋叶越来越不快了。

"他问你的住所和姓名了?"

"他问了,但我没告诉他。"雾子笑了笑,"他还问,那是你的老板吗?"

"你怎么回答的。"

"我没吱声。"

明明是情侣,为什么不明说?秋叶感到不满。

从夜总会到旅馆没用多少时间。

喝了点酒,心里着急,加快了速度;又怕出事,秋叶克制了自己的急躁情绪,总算平安到达旅馆。

或许因太靠近东京,横滨没有太大的旅馆,他们去的那一家算是较大的。

秋叶喜欢它面向山下公园,能望见大海,整个建筑比较协调,住在这里,能沉住气享受悠闲的时光。

此刻正是夜晚,只能望见公园的街灯。但旅馆正面的楼梯,那木制的扶手,体现出古典的氛围。

事先预约了房间,侍者领他们去了能望见大海的房间。

进了房间,打开窗户,在公园茂密的树林那一边,可以望见星星点点亮着灯的船只。

"啊,那边就是大海?"

雾子托着下巴凝望着大海,轻声说道。

此刻正是夜晚,望不见大海的全貌,但亮着灯的船只和栈桥鲜明地浮现在海面上。

"今天选择这儿全是为了让你高兴。"

"太棒了。"

"但有一个地方是失败的。"

"哪儿呀?"

"被不三不四的男人干扰了。"

"这算不了什么。"

雾子没拿它当一回事,依然凝望着大海。

对雾子来说,夜总会遇到那一幕,仅仅是偶发事件而已。

然而,秋叶不能把它简单地搁在一边。

首先,雾子被一个陌生的男人搂着跳舞,对秋叶来说是一个小小的打击。即使秋叶表示同意,雾子也应该说,我跳得不好,拒绝他亦无不可。

然而,雾子不但爽快地答应了,而且连跳了两支曲子。

幸亏,秋叶在身旁,如果雾子和女朋友一起来,说不定跟那帮男人好上了。

过去秋叶总认为雾子是一个谦虚、谨慎的小女子,她那不知深浅、满不在乎的态度,不由得使秋叶吃惊。

说不定这就是雾子的本性。那么过去的雾子似乎是另一个人。

"喝点什么吧!"

就这样上床,秋叶心里还有疙瘩,七上八下。

还是先到四楼能望见大海的酒吧坐一坐,以此排解心中的烦闷。秋叶要了一杯加强白兰地。

到了这儿,不用再开车了,可以放心大胆地喝上一杯。

"横滨,太漂亮了。"

到了旅馆,雾子心情放松了,要了一杯杜松子酒。

"来,再干一杯!"

秋叶的意图是重新喝一杯,驱走夜总会那不愉快的一幕。

"再次祝贺你。"

"我已经二十五岁了,还有什么可祝贺的。"

"你只有我的一半,还早哩。"

"可是女人都是短命的,不振作起来,命运是悲惨的。"

雾子忽然显露出严肃的神情。

近来雾子似乎一点一点地觉醒了。

究竟是什么?秋叶也不清楚,总之,从过去的顺从又向前迈出了一步。

"你已经振作起来了。"

秋叶自然喜欢雾子的成长,将她永远留在自己的身边。如果再飞跃一步,飞向新的世界,那么自己努力培养她,又是为了什么呢?

"不用慌嘛。"

"已经二十五岁,应该考虑了。"

的确如此,女人到了二十五六岁是所谓动摇的年龄。

往后是结婚呢,还是独身?继续独身,那得找份工作,追求生存的意义,到了必须作出决断的时候了。

"亲爱的,我不能老是依靠您。"

"这事儿,你不用放在心上。"

"不,这样下去,我只学会撒娇,其他什么也不会了。"

秋叶万万没想到雾子竟会考虑得那么长远。一开始,她给秋叶留下强烈的印象:她是一个小心翼翼,什么都依靠别人的纤弱姑娘。很难想象她会积极地迈出新的一步。

然而,从今天的话音里,雾子的确有了自己的想法,她不想优哉游哉地过日子。

"总之,你不用把问题想得太严重。"

雾子听了他的话，凝望着夜幕下的大海，不作回答。

瞧着雾子若有所思的侧脸，秋叶惴惴不安，手掌中的这只小鸟总有一天会飞跑的。

秋果

从丝瓜丛中，看见了家犬珂罗的脸。

这是从楼上书房朝庭园俯视的情景，当然狗不会知道，它从下面仰视秋叶，晃晃脑袋。

丝瓜还没有长大，珂罗夹在丝瓜丛中似乎在做鬼脸，但它不会老是这样闲着无事的。

进入秋季，秋叶忙着赶工作，其原因是应该在去年完成的《才能论》没有如期完成，一直拖延到今年初夏。

这样庞大的工作推迟了半年，其他工作也就挤在一起了。原定在今夏开始的《东西方文明论》，至今尚未动笔。

从夏天到秋天，秋叶写些短文、书评之类的文章，也占用了不少时间。

这些零零碎碎的工作不收拾好，难以着手大的工作。

写评论非常麻烦，要大量地阅读别人写的文章。

秋叶为了避开这些麻烦事，专心于两年内写一本专著。一开始打算按部就班地进行，最近往往不能完成预期的目标。本来秋叶干工作就不是快手。

写书以前，先查阅资料，一有收获，就深入进去，往往会转入岔道：光顾着读资料，越读越有兴趣而忘了写，不但没有前进，反而后退了。

他那细致、认真的工作作风，得到编辑的好评。实际上，他兴趣广泛，一发现有意思的资料，就左顾右盼，不能安下心来。

然而，最近工作进展缓慢的原因是出在雾子身上。

照实说，这一年来，秋叶最关心的是雾子。他虽然按部就班地工作，可是脑海里常常出现雾子。

当他接受一件任务，哪怕最小的任务，他首先要考虑雾子的日程。

就这样，他不能顺利地进行工作，更不能安下心来，着手大的工作。

有人说，自己喜欢的女人在身边，工作起来感到充实。秋叶刚认识雾子时也是这样想的。

秋叶想：今年秋天得大干一番。其实下一步等待着他的是和雾子去欧洲旅行。

他认为这次旅行是为了工作。在《东西方文明论》动笔前，为了构筑基本的设想，得去欧洲看一看。

这次旅行是堂堂正正的，然而它的内幕是和雾子一起去海外旅行，打算回来以后再踏踏实实地工作。

秋叶被雾子缠住了。触发这次旅行的是雾子。

以前，虽也想过有机会去欧洲看看，但什么时候去，却难以决定，是雾子明确了旅行的日程。

随着年龄的增长，秋叶懒得去外国，虽然心里想去，如果没有十分必要，很难下决心。

而帮助他下决心的是雾子。她功不可没。

9月底决定日程后，秋叶对能村说：

"10月初出国一星期,这一次以西班牙为中心转一些地方。"

"她也一起去吗?"机灵的能村立刻猜着了。

"她还没出过国。"

"多威风啊!"

"不,不,是为了工作,她在身边可以方便些。"秋叶辩解道。

能村手里拿着酒杯冷笑。

对这个机灵鬼,说话不必转弯抹角,还是直说为妙。

"我给你介绍一位在马德里的导游如何?"

"是女的吗?"

"是的,在西班牙已住了二十年,是个西班牙通。对美术和建筑也十分内行,还会开车,以前我做商业广告时,她给了很大的帮助。"

"那就拜托了。"

出版社给秋叶介绍的是住在马德里的摄影家,年纪三十多岁,从未见过面,不知对方性格如何?秋叶正为此事发愁。

秋叶不愿意让他人见到自己和年轻的女性在一起,万一此人和雾子对了劲,那可糟了。

"明天我打电话给她定一下。"能村记下秋叶的日程后说道。

"双双去西班牙,多么令人羡慕啊!"

"别取笑了。"

"能够永远这样热下去,该多好。"

随着去外国的日子日益临近,雾子处于浮躁的状态。一点点小事,她都拼命夸张。一忽儿哈哈大笑,一忽儿说,我的英语没问题。待会儿又说,我的英语是速成的,没有把握,立刻失去了自信。可是她却认真地守着电视学习英语会话。

初次去外国,雾子的情绪突然高涨起来。

三年前，秋叶和史子去过美国，那时史子也有点浮躁，但比此刻的雾子沉着多了。

当然，史子以前去过国外，托她去预订机票和旅馆，也不会出错。

这一点，雾子就不能和史子相比了。虽然雾子懂一点英语，实际上和一件行李没有什么两样。见到雾子得知要去国外所表现出来的喜悦，秋叶心里很舒服。虽然雾子克制着自己，不让自己过分表露，但总是不自觉地流露出内心的喜悦。

"秋装和夏装，不知道以哪一种为主？"

雾子最关心的是服装。决定行程后，每天考虑带什么衣服。

"导游手册上写道，西班牙还相当热，但巴黎已经是秋天了。"

秋叶没去过西班牙，10月初巴黎已相当凉了。

"主要带夏装，多少带一点秋装就行了。"

雾子下身穿着西服裤，上身穿淡蓝色衬衣，请秋叶品评。

"这打扮在那边不会叫人笑话吧？"

西服裤是今年夏天偷偷地买的，因为秋叶讨厌穿裤子的女人，雾子至今没有穿过。

"在西班牙不知道怎样，但在巴黎很少有这样的打扮。"

日本时装过分模仿美国纽约和洛杉矶的款式，色彩鲜明。

时尚归时尚，真正模仿的只有在城市中的一小部分摩登女郎。

但是日本普通的女职员也争相模仿。

在欧洲或美国，真正层次高的人，穿着和时尚无关，一般都强调个性，各有各的爱好。

秋叶想让雾子去欧洲观赏一下当地的时尚与个性的关系。

托旅行社办的手续，在出发前一星期总算办妥了。

首先走北路径直到马德里,在那里逗留三天,然后去巴塞罗那,那儿有古建筑群,是秋叶必须看的项目。再南下格拉纳达、塞维利亚,最后去马略卡岛。

离开西班牙后去法国巴黎逗留三天。

秋叶多次到过巴黎,本来没有必要去,但是为了换乘飞机,再说雾子也想去看看巴黎,于是决定转一转。

"终于快要动身了。"

雾子看着日程表,简直不敢相信自己的眼睛,忽然又诧异地问道:

"没有参加旅行团?"

"是的,始终是我们两人在一起。"

秋叶起初考虑参加旅行团,但按照旅行社安排的日程,想看的地方看不够。再说和漂亮的女性在一起,会引起其他旅客的兴趣。

"不参加旅行团,那很贵的吧?"

"多少贵一点。"

幸亏秋叶的旅费由出版社负担,他只要支付雾子的那一份。

往返欧洲,一个人约需90万日元。

起先,秋叶为了这笔巨额费用,踌躇不前,但越想越觉得无所谓,结果还是选择了头等舱。虽然花了一大笔钱,但秋叶把这次旅行当作和雾子的新婚旅行。

秋叶认为,今后恐怕不会遇到雾子这样年轻漂亮的女性,也不会像现在这样情绪激动。这是自己一生中最后的恋爱。

他越想越觉得应该排场一番。随着年龄的增长,留着钱干什么用?这说法有点儿夸张,但最后终于下了决心。

"对我来说,参加旅行团也无妨。"

"可是跟着一大帮人转悠,没有情调。"

"可是……"

雾子的表情显露出：这样是否太浪费了？

"我从来也没有这样排场过。"

"我也一样。"

"那么为什么要花这么大一笔钱呢？"

其理由说给雾子听，她不会理解，说出来就显得寒碜了。

去外国旅行，秋叶放心不下的是母亲。

母亲已七十七岁高龄，从今年梅雨季节起，老毛病风湿又犯了，不能随便外出。

去国外半个月，说不定会发生什么意外。

可是，母亲自己却很乐观，说她的一个朋友活到九十岁，还十分硬朗，自己才七十七岁，没事儿。

如果告诉老人家说要去国外，老人一定会冷清的。

"外国很危险，得多加注意。"

"去西班牙，没事儿。"

"可只有你一个人去啊！"

这次旅行只说因工作去采访，当然没有告诉老人家和雾子一起去。

"尽可能和大伙儿在一起。"

"那边我有许多熟人，您不用担心。"

其实，说和雾子一起去，母亲反而放心，但秋叶还没有勇气说。

第二天，小女儿真理子或许听祖母说的，打了电话来。

"爸爸，带我去吧！"真理子突然提出了要求。

"你不是还要上学吗？"

"您肯带我去，我可以请假嘛，做爸爸的秘书，怎么样？"

女儿们自然不知道爸爸和雾子一起去。

"爸爸,小心点。"

最后,真理子神秘地说:

"星期天,我去看您,出事了就见不着了。"

"喂,别说不吉利的话!"

秋叶想起今年正月,能村去国外时还写下遗嘱。

平时看来豪爽、豁达的能村,在某种地方十分细心。

"出了门不知道会发生什么事,过了五十岁,还是写一份遗嘱为好。"

秋叶想,要是在这次旅行中死了怎么办?

因为已和妻子离婚,留下的遗产当然由两个女儿平分,至于法律上的细节,他并不十分清楚,说不定离了婚的妻子也有一部分权利。

这且不说,多少也得给雾子一点,至少和女儿一样。

想到这里,秋叶不禁苦笑了一声。自己和雾子同行,要死的话,就死在一块了。

和往常一样,随着出国日子临近,秋叶却又不起劲了。一开始还屈指算着日子,从10天到5天、2天,日子一天比一天近,秋叶开始后悔了,跑那么远干什么?

秋叶生来就不勤快,出远门,得忙这忙那,但为了工作,也只得打起精神来。

这么辛苦地准备,有什么价值呢?他一边做计划,一边暗暗期盼有什么事发生,临时取消才好哩。

这些想法只是在出发前,一旦上了路,什么想法也没有了。

10月初的一个夜晚,秋叶和雾子从成田机场起飞。

上了飞机,秋叶和雾子刚坐下,空姐就来打招呼。

"是秋叶先生和八岛女士吗?二位的目的地是马德里,对不?"

空姐对照着名单,看了秋叶和雾子一眼。

"我一直照顾二位到安克雷奇①,请多关照。"

秋叶点点头。空姐很有眼色,见雾子不会使用座椅,就给雾子做示范。

"这座椅很舒服,可以放下来仰卧,也有脚踏板。"

"我们坐的是头等舱,这点儿服务是应该的。"

"我从来也没想过能坐上这么舒服的头等舱。"

雾子总是坦率地表示自己的喜悦,第一次带她去高级餐厅、给她做衣服、租公寓,她都用全身来表达自己的感情。但只要有了第一次,第二次她就沉住气了,仿佛早已习以为常了。

雾子的适应能力令人惊异,甚至连秋叶也惊呆了。是年轻之故,还是她有很高的适应能力?

女人的适应能力原比男人强,而雾子则更加突出。

就这样排场下去,将来会产生什么结果?

目前虽然还没有什么问题,但考虑到将来,秋叶也有点忧虑。

夜航机一飞离成田机场,立刻开饭。

喝过饮料,上了拼盘,是一顿相当丰盛的晚餐。

"头等舱就是不一样,饮料和正餐全不同。"

雾子小心翼翼拿起刀叉,一边欣赏,一边吃。

秋叶不敢多吃,要了一杯白兰地,有利于睡眠。

经济舱全部客满,头等舱还空着三分之一。

---

①安克雷奇,位于美国阿拉斯加。

除了两对外国人之外,其余都是日本人,好像因公出差去欧洲。

秋叶认为只有自己和年轻女人配对,感到更加拘束。

或许有人会想,带着一个女人坐头等舱,此人是什么来头?其实没有人露骨地看他,不过是秋叶多虑而已。

用过餐后黑了下来,开始放电影,秋叶才慢慢地趋于平静。

影片是一部较老的滑稽片。秋叶和雾子仰卧在座位上,盖上毛毯,注视着电影的画面。片名以前听说过,但秋叶却是第一次看。戴上耳机后,见雾子转过身来,脸朝着他。

"你睡了吗?"

"这么难得的机会,睡觉太可惜了。"

雾子的脸在画面的照耀下眯缝着眼睛笑道。

"谢谢你带我来旅行。"

座椅很宽敞,靠背也很大,仰卧下后,不用担心被别人偷看。

雾子的手从毛毯底下悄悄地伸过来,秋叶紧紧地握住,用手指夹住她的手指。

周围黑隆隆的,乘客们的视线对着画面,昏昏入睡。空中小姐不再走动,两人的周围像是密室。

画面上,一个肥胖的女主人公刚回到家里,小偷慌忙地从阳台上逃走。

秋叶回过头来看,发现后面没有人,便把雾子的手指拉近自己的身子。霎时间,手指不再动了,原来碰到了正在燃烧的秋叶的最敏感的部位。

画面上出现发现小偷的女主人公注视着阳台的特写镜头。这时雾子的手指恶作剧地拨弄秋叶最敏感的部位。

秋叶凝视着画面,任她摆弄。

达到安克雷奇是当地时间上午10点。

雾子站在机场的阳台上,让微风吹拂着头发,对着阿拉斯加的群山,大口大口地呼吸。

秋叶瞅着她那开朗、美丽的侧脸,再也想不起刚才恶作剧时的影子。

休息一个半小时后,飞机飞越北极直赴欧洲。还是老规矩,一起飞开饭。

"这么个吃法,会发胖的。"

"那么,你喝点饮料就睡觉。"

"可是,难得两人凑在一起,不吃太可惜了。"

用过餐,又开始放电影,放完电影,乘客几乎都开始睡觉了。

"马上就要通过北极了。"

"在这样地方掉下去,会怎样?"

"反正粉身碎骨,什么也不知道了。"

秋叶想象着自己的名字和雾子的名字登在报纸上。

秋叶和雾子出国旅行,别说分了手的妻子,就是女儿们和史子也未必知道。只有能村和母亲晓得。

"你还年轻,往后的日子还长着哩。"

"是啊,我还不想死。"

秋叶不指望雾子说一块儿死,但过分坦率的回答,多少感到失落。

"尸体落在北极的冰上,永远也不会腐烂。"

"别说不吉利的话。"

雾子还年轻,把死想得太浪漫了,到了秋叶的年龄,就沉郁多了。

"什么也看不见。"雾子说。

雾子撩开遮光板朝窗外看,空中小姐走近来说道:

"眼前白茫茫的一片,那是 Aurora。"

雾子听了她的指点,凝神往前看,前方确是一片淡淡的朝霞。雾子问道:

"Aurora 是什么?"

"北极附近的大气在某种情况下发出的光。"

详细情况不清楚。Aurora 是拉丁语,意思是"黎明"。

"去了又回来,在 Aurora 底下通过,俄罗斯的北国,一望无际……"

秋叶忽然想起《流浪汉之歌》中的一节。

雾子自然不会知道它的出处。雾子问道:

"这是一首什么歌?"

"那是大正时代的歌,由松井须磨子在舞台上唱的,流行一时。"

从前的歌旋律和节奏都很慢,非常罗曼蒂克。

"那歌词是诗人北原白秋①作的,从前诗人常常作词,诗意浓厚,现在的歌词不能与之相比。"

"歌词是随着时代改变的。"

"那是啊,可是现在的歌词太粗俗了。竟然也能配上曲子,没有几首可以听的。"

由于常常写评论,秋叶特别注意歌词。现在的歌词只是语句的排列,没有诗意,甚至也不加推敲,不注意接续词的巧妙运用。整个歌词没有高潮,平平淡淡,索然无味。

"可是,现在流行用平常的话语做歌词。"

近来,雾子也不是样样都听秋叶的,偶尔也代表年轻的一代反

---

①北原白秋(1885—1942),日本著名诗人,歌人,代表作有《水墨集》等。

驳他。

"再流行,作为歌词必须有诗意。目前根本不会写诗的人也会写歌词。"

"其中也有好的。"

"是的,偶尔也有。不过有人既作曲又作词,以为自己什么都会。"

一时想不起名字来,通俗歌曲系统中确有其人。

"偶尔一曲获得成功,就产生一种错觉,以为自己也能写诗。"

秋叶哼了几句,歌词在飞机内的菜谱中刊载着,他随手递给雾子。

去了又回来,
在北极光底下通过。
俄罗斯的北国,一望无际,
西边是夕阳,东边是黎明,
钟声在半空中回荡。

"这歌词颇有些诗意,是不是?"

雾子听秋叶如此强调,便不再反驳他了,但也不想善罢甘休。

"您是见了北极光,突然想起来的吧?"——这话带点儿挖苦。秋叶说道:

"你们这一代人不理解它妙在哪里。"

史子会这首歌,也一起哼过,但以此来要求雾子是不现实的。秋叶不免有几分惆怅。

在法兰克福换乘另一个航班,正午到达马德里。从成田机场起飞,坐了二十小时的飞机,也许坐的是头等舱,并不感到十分疲劳。

能村介绍的导游中桥小姐在机场迎接他们。

"欢迎您,累了吧?"

中桥四十岁左右,留学西班牙后就在当地定居,是一位精明强干、机灵的女人。

秋叶自我介绍后,看了一下雾子,简单地说:"这一位是八岛雾子。"

或许能村事先联络过了,中桥只说了句请多关照。

作过简短的寒暄后,便去停车场开车过来。

正像预料的那样,西班牙的天空万里无云,和风煦煦,10月初的马德里,好像东京9月初,穿短袖衬衫就可以了。

中桥开车到美术馆附近的饭店,办好登记手续。

今天的日程:在饭店休息到傍晚,先去看斗牛,然后去吃西班牙大菜。

秋叶在总服务台旁边和中桥约定,5时半来接他们。

进了房间,雾子张开双手,感叹道:

"终于来到了欧洲。"

他们拥抱、接吻。

窗口唧唧喳喳叫个不停,秋叶的嘴唇收回来,忽见百叶窗外,停着几只鸽子。

"被它们偷看了。"

雾子用手指轻轻地擦了擦嘴唇,朝窗户走去,打开玻璃窗。

"亲爱的,您来看,多美丽的庭园啊!"

窗户面向庭园,眼下鲜花盛开,草地中间用马赛克切割成各种花样。

"这庭园像一块块点心……"

"这都是人工雕琢出来,按照各人的意志……"

秋叶想说这是西欧式的,雾子手托着下巴看得出神。

"洗个淋浴,休息一会儿吧!"

"我还不想睡觉。"

"不睡也没关系。"

秋叶苦笑了一声,脱掉了衣服。雾子把秋叶脱下来的衣服用衣架挂起,内衣和袜子叠起来放进小橱的抽屉里。

秋叶先洗了个淋浴,躺在床上,待雾子从浴室中出来,也让她上了床。

"飞机上你恶作剧,现在报复你。"

"那不算恶作剧,是您把我的手拉过去的。"

或许是来到欧洲,心情获得了解放,雾子说话随便多了。

西班牙斗牛一般只在星期天或节假日举行。

秋叶安排在星期天到达,目的是一到就能看斗牛。

过去,海明威热衷于斗牛,曾经赞助过几位年轻的斗牛士。他在西班牙从军后,越来越喜欢西班牙这个国家,其中原因之一,他被斗牛的魅力迷住了。

读了海明威的小说,秋叶想无论如何要看一看斗牛。

把活生生的牛杀掉,有点儿残酷,或许它的魅力就在于此。

中桥5时准时来到。

"休息好了吗?"

秋叶含糊其词地哼了一声。

其实,洗过淋浴后,和雾子上了床,雾子真上了劲,秋叶只是逗她玩玩而已。

近来,秋叶总是让雾子感到满足。随后休息了一会儿,并不很累。

中桥当然不会知道。

"这身打扮冷不冷?"

雾子穿着短袖衬衫和背心,手里还拿着与之相配的对襟毛衣。

"没事儿,夜里不会太冷的。"

马德里的5点半,没有傍晚的样子,户外很明亮。

"今天很遗憾,斗牛不算精彩,只有第二流的斗牛士上场。"

"没关系,先看看斗牛是怎么回事。"

"不知道八岛小姐怎样,一般女士看了以后会感到不舒服。"

"真的把牛杀掉吗?"

"用刀刺中牛的脖颈,血一滴滴地滴下来。"

"那太可怕了,看这么残酷的场面?"

"没事儿,觉得不舒服时,闭起眼睛不看就是了。"

到了这节骨眼上,总不能说不看斗牛了。

汽车行驶了约20分钟,到达了斗牛场。

就像日本看棒球比赛那样,圆形的斗牛场上人山人海,扩音器播送着雄壮的斗牛士之歌。

正门的入口处,叫卖汉堡包和点心糖果,陈列着斗牛场面的彩色照片及利剑刺到牛身上的模型。

中桥预先买好票,一到就入场,座位在第三排。

"隔得这么近吗?"

雾子惴惴不安地朝四周扫了一眼,西班牙的男男女女都高声欢歌,等待斗牛开始。

不多时,随着嘹亮喇叭声,斗牛士开始上场了。

傍晚的阳光把斗牛场的东半边照得通明,西半边已暗了下来。斗牛经常是在光和影的交叉下进行,因此斗牛开始的时间,随着季节而变化,夏秋季节稍稍提早些。

有趣的是,西半边阴影处的票价较高,一直到最后都有阳光照射的东半边的上层,票价最低。

换句话说,西班牙的夕阳的光仍很强烈。

幸好秋叶他们的座位在阴影下,不会受到耀眼的夕阳照射。

一开场,首先入场的是骑马的斗牛士。他们是所谓跑龙套的反派角色,一上来就给牛一击,握着带利刃的长矛,一举插入牛的脖子根。

狂奔乱跳的牛挨了一刀,老实了一些,如果连续多刺几下,牛便迅速溃败,失去了斗牛的劲头,对牛也是一种不公正的行为,会遭到观众的谴责。总之,这是一个不光彩的角色。

接着上场的斗牛士用叉子去刺已经被刀刺伤的牛。面对着受伤的牛,穿着紧身衣服的斗牛士,讲究身段和动作,使观众得到美的享受。

最后上场的是主角斗牛士,所谓斗牛明星,穿着紧身的服装,拿着置牛于死地的剑。

他们每个人结果两头牛,三人一晚上要杀掉六头牛。

主角斗牛士上场,观众一齐鼓掌、欢呼,也有人吹口哨,喊他们的名字。

主角斗牛士是明星,在他以前上场的斗牛士都是跑龙套的。

参加今夜斗牛的全体人员,向西边中央的头等座位的观众行礼,退出斗牛场。接着第二场斗牛开始。

中桥指着左首的栅栏门说道:

"牛从那个出口飞奔出来。"

圆形的斗牛场在光与影的双重映照下。观众们静静地等待着血的洗礼。

乐队奏起了音乐,左首的栅栏门打开了,一条黑牛冲了出来。

第一流的斗牛士要面对500公斤体重的牛。今天的牛是460公斤,写在出口处的告示板上。

观众们害怕牛会直冲过来,一时不知所措。但牛到了斗牛场中间就停下了,朝着斗牛士手中挥动着的红布冲去。

斗牛正式开始了。

"危险!"雾子嘟囔了一声。

斗牛士把牛吸引过来,牛奔到他跟前,他舞动着红布,巧妙地闪开来。

牛失去了红色的目标,跑了30米左右,又回过头来,调整一下姿势,再冲着红布飞奔过来。

"红色是面子,黄色是里子,这块布相当重。"

别看中桥是女人,对斗牛的事儿很内行。

斗牛士把牛引过来,再次闪开,如此重复了好几次,下了场。等待在栅栏门后的第二位斗牛士拿着红布上场了。

乍一看,斗牛士似乎在戏弄牛,其实他们在观察牛的性格和脾气。

五六分钟后,骑着马的斗牛士上场。马的眼睛用布遮住了,马身上披着防护用的厚布。

斗牛士巧妙地挥舞着红布,把牛吸引到马跟前,然后将投枪刺进牛背脊隆起的部位。

牛这才醒悟过来,用牛角去撞马的肚皮,马受到冲击,跟跄了一下。牛脖子根淌着鲜血,但还不肯罢休,斗牛士又投出几根标枪后退场了。

手持两根长矛的斗牛士上场了,眼疾手快地将长矛刺进牛的脖子。

"啊!"

雾子喊了一声,捂住了脸。

准确地说,长矛刺进了牛的背脊,牛的前胸和前肢沾满了鲜血。

秋叶忽然感到内疚,自己怎么会如此无动于衷地观看这凄惨的场面?会不会受到神的惩罚?

他不安地朝身旁看,只见雾子手捂着面颊,却睁大着眼睛注视鲜血直流的牛。

吹过简短的喇叭后,主角斗牛士又上场了。

第一场用投枪刺牛,算是开了个头,第二场是转折点,第三场才是正戏。上场的斗牛士挥动帽子向主持人和观众致意,宣布他将作最精彩的表演。他右手执利剑,左手拿着红布,西班牙语叫Muleta①。

分配给他的时间只有12分钟,他必须在这期间把牛杀死。

斗牛士看来只有二十多岁,瘦削的身子,目光锐利,他用Muleta把牛弄得团团转。

"All right!"

观众席上对他报以鼓掌和欢呼,等待着他最后结果牛的性命。

一人刺了两根长矛,二三得六,牛身上已中了6根长矛,满身创伤,流血不止。Muleta还在左右舞动,牛一再扑空,嘴里淌着口水,肚子一张一弛,吃力地喘着气。

不多时,简短的喇叭号又吹响了,这是即将结束战斗的信号。

斗牛士吸了一口气,调整呼吸,让自己沉住气,将Muleta向前一抖,执剑的右手向牛背隆起的部位瞄准。这是斗牛最关键的时刻,也是最危险的关头。

---

① Muleta,西班牙语,斗牛士用来挑逗牛的红布。

斗牛士面对着垂死挣扎的牛,巧妙地用剑刺向牛的心脏,牛立即停止行走,痛苦地摇摇脑袋。

假如这一剑没有刺中心脏,还得刺第二剑。

斗牛士又一次挥舞 Muleta,试试牛还有多大力气,牛左右晃动它那庞大的身躯,低下了头,前腿向前一跪,倒下了。

霎时卷起了砂尘,牛的两只前腿剧烈地抖动,抬起了头,这是它对生命的最后留恋,接着怎么也不动了,倒在斗牛场的一角。从猛烈的冲击、反抗,直到死去,这场戏终于落下了帷幕。

一次斗牛时间约 20 分钟,期间有两位斗牛士上场,拉开序幕,最后由主角斗牛士收场。

这场杀死狂牛的戏,其实也有一定的节奏,并不是斗牛士一手包办的,是牛和斗牛士、观众三者融为一体,才能使整场戏获得成功。

第二位斗牛士过多地投枪,观众席上"Fella！ Fella！"地发出了谴责的喊声。

第四位斗牛士勇敢地面对狂牛,只一剑,结果了牛的性命,观众席上一齐挥动手帕,欢声雷动。斗牛士割下牛的一只耳朵,作为一种荣誉,向观众炫耀。

斗牛士高举牛的耳朵,绕场一周,狂热的观众向他投掷花束、手帕,甚至手提包。

更优秀的斗牛士割下两只牛耳,有时还割下牛尾巴、牛蹄,以表彰他的成绩。

然而,并不是所有的斗牛士都能得到这种荣誉。

第五位斗牛士,慢了一步,差一点被牛角撞倒。

第六位斗牛士一剑下去,没有刺中牛的要害,延长了牛的痛苦,做出了种种丑态,也受到观众们的谴责。

在兴奋和激动的气氛中,一次20分钟,看完六次斗牛,时间已过8点了。

刚开场时,场内光和影十分明显,此刻只剩下了阴影,夜晚已来临。

马德里为盆地,这时天空晴朗,东边观众席上的高处仍在夕阳的照耀下。

"出去吧!"

中桥喊了一声,秋叶和雾子站了起来。

"怎么样?"

"呃?"

第一次观看斗牛的雾子受到了莫大的冲击,一时说不出话来,只是大口地喘气。

"太可怕了……"

一场接一场血的祭礼,使雾子有点累了。

"可是,小姐能从头看到底就不错了。"

"这……"

雾子摇摇头,开初的确有点不安,不过总算坚持到最后散场。

出了斗牛场,在中桥引导下,去市中心附近的一家餐馆。

这家餐厅在一条幽静的胡同里。餐厅虽然不大,却很狭长,他们一直走到尽头,这儿较为僻静、雅致,更能体会到西班牙的氛围。

据老板说,这儿的桌子和周围的墙壁和海明威在世时丝毫没有改变。在这颇有来历的餐馆,只有他们一组客人,生意也太清淡了。

有午休制度的西班牙,还要再等些时间,客人才会陆续来到。

中桥看了菜谱后,点了汤菜和蒸虾以及西班牙的名菜烤牛肉。

"量很大,点两份就足够了。"

秋叶一切都交给中桥做主。中桥拿起一瓶该餐厅特制的葡萄酒，给秋叶和雾子斟上。中桥说：

"你们辛苦了。"

她的意思是：一是远道从东京来，二是到马德里后立刻就看斗牛，向他们表示慰问。

"这酒真棒！"

看了6头牛被杀掉，此刻又喝了鲜血似的红葡萄酒，这才沉住了气。

"怎么样？斗牛好看吗？"

"想象中的斗牛和现实是两回事。"

原来以为在众目睽睽下把牛杀掉，未免太残酷了。

"这似乎是将狂牛从生引向死的一种仪式。"

"斗牛开始于公元900年，至今已一千多年了，逐渐形成了现在这种形式。"

"斗牛，当然需要勇气，但它的最大魅力在于窥见生与死这一瞬间的转变。"

秋叶印象最深的是，如此凶猛的牛20分钟后便血流满身，倒在斗牛场的角落里。一动不动的死牛似乎在诉说，死就是那么回事，不值得大惊小怪。

当秋叶看到横躺在广场角落的死牛，不禁想起志贺直哉的小说《在城崎》中的一节。

在城崎温泉疗养的主人公，无意地从旅馆的房间朝外看，一群蜂在屋顶的一端狂舞，其中有一只蜂死了。已经成了尸骸的蜂，双肢紧贴在肚皮上，一动不动。主人公本来是排解烦闷，看了之后反而觉得寂寥。

牛的死和那只蜂完全一样，如此凶猛的牛，死了之后同样寂寥、孤单。蜂很渺小,而四百多公斤重的牛不同了,但死后和那只蜂一样,无足轻重。

"我这才了解海明威之所以爱看斗牛的原因。"

秋叶喝着葡萄酒,颇为感慨地说道。

"海明威肯定是看到血流满身的狂牛,几分钟就不动弹了,从生到死竟是如此简单,于是他感到了斗牛的魅力。"

在海明威的小说中,总是描写生与死的搏斗。

"如果在日本表演斗牛,那么青少年的暴力行为会减少些。"

雾子歪着脑袋倾听秋叶这番奇谈怪论。

"看了斗牛后,懂得流血和暴力,就会令人有虚无缥缈的感觉。青少年只会伤人、杀人,但没有见到死后是什么样子。"

"可是,一般是不容易看到死亡的。"

"从前孩子们和爷爷奶奶住在一起,看惯了死是怎么回事,而现在都是小家庭,没有体会过亲人的死。"

秋叶说罢,中桥点点头。

"西班牙热衷于斗牛,表面上会给人以粗野的印象,实际上西班牙人比别的国家的人成熟得早。马德里是世界上有数的安全城市之一。"

"那么说来,西班牙人在斗牛中将那些粗野的一面都发泄出来了。"

这种说法并不全面,但可以肯定斗牛并不是残酷的表演。

"当死牛被马拖出斗牛场时,这场面令人伤感。"

当滚满砂尘的牛被拖走时,刚才如此热衷斗牛的观众也失声表示沉默……

或许与年龄有关,秋叶对死的虚无缥缈感更甚于对生的辉煌感。

西班牙菜中鱼类与贝类居多,也不太油腻,甚为可口。秋叶对食物虽很挑剔,用鱼类或肉类加上些蔬菜煮成的米饭,类似大杂烩,在日本叫什锦饭,倒也令他胃口大开。

刚才中桥已经介绍过了,两份足够了,事实上三人吃两份也没吃完。雾子也觉得西班牙菜很合自己的口味。

"真好吃!"

担任导游的中桥也松了口气。

当然并不是所有西班牙菜都合日本人的口味。喝完葡萄酒,休息了一会儿。这时一位红脸的胖厨师走近来问中桥:"菜怎么样?"

回答很可口,厨师满意地笑了,便和中桥攀谈起来。

说话粗声粗气,其间也摇头说"No",似乎在争论什么。大概是谈论今天的斗牛。

据厨师说,今天第五位出场的斗牛士尚未成熟,还不够在马德里一流斗牛场出场的资格。

中桥说:"如果去巴塞罗那,后天是休息日,那边有精彩的斗牛,最好在那天去。"

被中桥一说,秋叶动了心,决定提前一天去巴塞罗那。

"回来以后再逛马德里,就照您的话办吧。"

秋叶说罢,雾子呆了。中桥说:

"八岛小姐看来也喜欢看斗牛。"

"可不,她虽然说可怕、可怕,不是也从头看到尾吗?"

"可我心里怦怦直跳。"

"那是因为您初次见到这样惊人的场面。"

"是的,我从来没见过这么多血,这是第一次。"

说不定在雾子苗条的身躯里潜藏着喜好残酷的恶魔。

"说真的,第五位斗牛士真危险。"

秋叶想起那位斗牛士被牛角撞倒的场面,心中不寒而栗,但又想看看这危险的时刻,可能这是观看斗牛观众共同的心理。

"然而,牛太可怜了,那死牛如何处理?"

"斗牛场附近就是屠宰场,立即分割处理,明天就上市了。"

"这能吃吗?"

先不说生与死的搏斗,在斗牛场上被杀掉的牛,立刻拿来吃,日本人还有点不习惯。这一点西洋人的合理主义比日本人坦然多了。

用过晚饭已10点了,西班牙人晚饭比较晚,餐厅这时才上座,秋叶周围的座位被快乐、开朗的西班牙人占满了。

秋叶和雾子与和蔼的厨师握手告别,走出餐厅。中桥开车送他们回旅馆。

"今天你们都累了,早点休息吧。"

"明天见。"

向中桥施礼后,回到房间,疲劳似乎一下子都发出来了。

昨夜,按日本时间是一天前的夜晚,从成田机场起飞,整整飞行了一天;稍事休息后就看斗牛、吃晚饭;其间虽有间断的休息,但仍像是急行军。

秋叶洗过澡后,换上睡衣,从冰箱里拿出白兰地喝了起来。这时雾子也从浴室出来了。

她的头发湿漉漉的,向上一盘,细细的脖子,格外可爱。

"哟,这打扮简直像去斗牛。"

雾子穿着红色的 Baby doll① 出来了。那颜色简直和斗牛士拿着的

---

① Baby doll,短袖睡衣。

红布一样。

"那么您成牛了?"

"行,向红色冲锋!"

秋叶站起身来,用双手比作牛角,弯下腰,做出牛要飞奔的姿势。

"小心,我过来了。"

秋叶像孩子似的,吹着口哨,冲了过来。

"啊——"

雾子一声尖叫,闪过身子。

秋叶冲过二三米,回过头来,调整一下姿势,再向雾子冲来。

"呃——"

雾子见势向右边闪过去。

秋叶冲到窗口,转过身来再冲向雾子。

"哇——"

秋叶冲撞,雾子躲闪,那 Baby doll 的隙缝间露出雪白的大腿。

"认输了!"

"这么两下子就认输吗?"

"斗牛士"和"牛"在室内你一言我一语地团团转。

经过五六回合的较量,"牛"突然转过身子,从正面向雾子冲过来。

"你这样可不行。"

"'斗牛士'也得吃点亏嘛。"

秋叶摇摇脑袋,双手搂住雾子的腰。

"您耍滑头!"

雾子手忙脚乱,不知所措,秋叶没理会她,一把抱起雾子,把她放到床上。

"斗牛士"和"牛"的战斗,终于移到了床上,秋叶最后"结果"了雾子。

本来,雾子扮演的是"斗牛士",最后被"牛"撞倒。

两人在欧洲第一个夜晚,特别刺激,雾子嗲声嗲气地颤抖着,达到了快感。

得到满足后,雾子瘫倒在床上,已经丝毫没有"斗牛士"的影子。

"怎么样?舒服吗?"

秋叶搂住雾子问道。雾子眯缝着眼睛点点头。秋叶瞧着雾子的眼神,想起了牛倒下时瞬间的眼神。

意识模糊,凝视着一点的眼睛,似乎还有话要说。

女人在达到快感时和牛倒下时的状况完全不同,但又有相似之处,令人不可思议。

"我想起了斗牛的场面。"

"……"

"你像牛。"

"牛是你啊!"

雾子并不知道秋叶指的什么。

"你真坏!"

雾子忽然羞涩地用被子盖住肩膀,转过背去。

"你在取笑我,是不是?"

"何以见得?"

"我太……"

雾子没说下去。

"睡吧!"

秋叶仰面躺下,雾子仍背对着他。

"我不嘛!"

"怎么啦?"

"就这样吗?"

秋叶点点头,伸了一下懒腰。

"别折腾了!"

雾子得到快感后的愉悦,令她自己也不知所措。

对此,秋叶并不在乎,他愿意雾子明天比今天,后天比明天得到更大的满足和愉悦。

然而现在想象不出将来的愉悦会是什么样子。

"真幽静啊!"

秋叶嘟囔了一声,雾子点头表示同意。

"好像不是在欧洲。"

这时分,吸干了牛血的斗牛场、欢声四起的观众席,都在黑暗中归于宁静。

刚才想睡没睡,此刻想睡却又清醒了。旅途疲劳和观看斗牛的兴奋都留在秋叶的脑海里。

几分钟后,雾子起来了,秋叶没吱声,只见她悄悄地溜进了浴室。

秋叶转过身子,把床头灯弄得亮一些,翻阅床头桌上的导游手册。

明天去参观美术馆。除了圣菲尔纳德美术馆外,还要去考古学博物馆和民间艺术馆。

秋叶漫无目的地翻阅着导游手册,这时雾子从浴室里出来了,和刚才不一样,她换上了淡蓝色的睡衣。

秋叶以为她会立刻上床钻被窝,雾子却站在窗口的椅子前面,不知在想些什么。

"怎么啦?"

"……"

"身子不舒服吗?"

"不是……"

雾子踱到床边,把床头灯的灯光弄暗了点。

"我觉得有点儿不正常……"

"什么事儿?"

"本来应该在旅行前就该来,可是……"

雾子似乎指的是"例假"。秋叶掀开被子等着雾子,问道:

"已经来了吗?"

在昏暗的灯光下,雾子仍然站着,她的影子在微微晃动。

"一点儿。"

"因为旅行太紧张了吧?"

"好像不是这个原因。"

有关生理上的事情,雾子自己也说不清。

"别去管它,休息吧!"

雾子一脸迷惘的表情,上了床。

过去秋叶从来没有过问雾子生理上的事,雾子自己也没有主动谈过,双方不必多言,在亲密的交往中,自然而然会明白的。

有时,秋叶事先什么也没问,就要求她时,雾子轻声嘟囔"今天不行……",或说"对不起",表示歉意。

"真的吗?"

秋叶戏谑地伸过手来,雾子急忙闪开。

"不是说过今天不行嘛。"说着雾子严密防守最敏感的部位。

"例假"没完,雾子绝不会答应他。即使"例假"刚过去,也不松口。

"你不答应,我去找别的女人。"秋叶威胁她。这时雾子一本正经地求他。

"别这样嘛,我也需要的嘛。"

听了雾子如此认真地求他,秋叶也被说服了。他知道,雾子自己也忍耐着。

有一次,秋叶没有得到她,为了排解心中的郁闷,便抚摸雾子的胸部。起先用手指摆弄她的乳头,接着用舌头舔。不多时,雾子来劲了,喘起气来。

"别这样……"

雾子自己知道"例假"尚未完全过去,秋叶却不理会她,继续抚摸,心想,我如此求你,你还不答应,这是给你的惩罚。

秋叶腾出另一只手去摸雾子的下半身,雾子警觉地合拢大腿。

"这可不行!"

在秋叶执拗地抚摸下,雾子觉得似乎自己的脑袋被掏空了。

秋叶还是不放手,继续抚摸,雾子的城堡被攻开了,最后终于接受了秋叶的攻入。虽然嘴上说"不行!不行……",可是双手却紧紧地抱住秋叶。

见了雾子如此困惑的表情,秋叶感到满足了。他终于在雾子的"例假"刚结束时,夺取了她的身体。

……

然而,此刻雾子的表情和以往不同。

雾子蜷缩着身子躺在被窝里,但没有睡着。如果真的睡着了,她的呼吸很有规律。

秋叶转过身去,轻轻地搂住雾子。

"'那个'没来吗?"

"我估计该来了,可是……"

秋叶知道雾子的"例假"并不正常,有时早,有时晚。

"看来,我还没发育完全。"

少女则另当别论,已经25岁了,例假还不正常,这是什么原因?雾子身子瘦削,因而子宫发育不好?可是每当雾子冲动时的表情,好像她一切都很正常。

至少,上了床后,雾子是完全成熟的。

或许因旅行中过度紧张所致,或许是精神上的原因。

不管怎样,雾子生理上的紊乱,多少也影响秋叶的情绪。有时觉得差不多,却突然听到雾子喊道:"不行!"不免有点沮丧。

然而,雾子生理上的紊乱并没引起秋叶的不快。虽然有点着急,但这不是雾子的责任。

其实,秋叶喜爱稍有变化的雾子的身体。

到了25岁,应该很正常了,可是雾子的例假总有些不正常,秋叶喜欢这样。

或许雾子的身体还没有完全成熟。外表上像个成年人,但身体的某些部分还未完全成熟。

雾子穿上衣服,完全称得上是女人,可是脱光衣服,胸部和臀部尚不够丰满,腰部还像少女那样纤细。

秋叶正是喜欢雾子的这种不平衡的状态。

然而,刚才雾子说的情形,似乎并不是单单例假来晚了。秋叶在黑暗中想起雾子说的话。

"我以为是例假来了,但又不是……"

或许白天她已感到某种征兆,然而到了晚上又不太像。秋叶不是医生,对女人的生理现象自然不太懂,可是雾子即使有点儿变化,他也不在意。

"不用担心,没事儿。"

秋叶说罢,忽然想起如果白天的变化不是征兆,那肯定例假来晚了。

"一般情况下,应该什么时候来?"

"一星期前……"

秋叶又一次考虑,仅仅晚了一星期,那还算不了什么。

"以前也有过这样的情况吗?"

"……"

"或许因为要旅行,过分紧张的缘故吧。"

如果例假一直不来,那么雾子可能怀孕了。

难道真的怀孕了吗?说实话,秋叶从未想过雾子会怀孕。已经和她发生过多次关系,为什么不觉得会怀孕呢?因为他总认为雾子还年轻,还没有到怀孕的年龄。这算什么理由?

当然,自从和雾子结合以来,不能说不担心她怀孕。因为现在尚未正式结婚,再说雾子还不想要孩子,一怀了孕,麻烦就多了。

起初几次,秋叶不管不顾地要求与她做爱,后来考虑到应该预防。在这过程中,秋叶渐渐了解雾子身上的规律,讲究适当的做法。唯一可取的是用"荻野式"①方法。

然而"荻野式"对雾子、对自己也未免太残酷了。

有时感到雾子的例假快来了,应该小心,可是自己又忍不住,还是与她做爱,结果晚来了一星期,秋叶不禁窃窃自喜。

然而,这样的情况反复好几次,秋叶又怀疑,难道雾子是个不能怀孕的女人?当然目前还没有什么根据,只是胡乱猜测而已。

雾子是个无可挑剔的美人,或许身体的某些部分还像孩子一样,

---

①荻野式方法,即避开女人的排卵期。

尚未成熟。

再说,秋叶多次和她发生关系,雾子从未怀过孕。

其背景之一,秋叶自己的精力正在衰竭,但刚过50岁,还不至于不能生孩子吧。

假如雾子真的害怕怀孕,在日常生活中她会常常说起的,可是雾子从来也没谈起过。

一开始,秋叶要求她的身子,她顺从地接受了,或许她以为避孕是秋叶应该想到的,也可能她以为自己不会怀孕,因此对此毫不介意。这反而引起秋叶的不安。

但在一年半的交往中,从未有过怀孕的征兆,因此秋叶渐渐放松了警惕。

今天的表现稍有不同。秋叶自以为是,可能没事儿吧。秋叶自言自语地说:"到了这一步,大概不会怀孕吧?"

雾子蜷缩着身子,头也不抬,躺在秋叶的怀抱里。

或许因旅途中积累下的疲劳,雾子昏昏睡去,她怎么会想到秋叶正为害怕她怀孕而犯愁呢?秋叶凝视着雾子静谧的睡态,心想,像圣女般的女人怎么会怀孕呢?

第二天,马德里晴空万里。

秋叶和雾子在旅馆的餐厅吃罢早饭后,便去普拉德美术馆。昨夜中桥说给他们当向导,秋叶说美术馆不用讲解,自己可以去。

10点多离开旅馆到达美术馆门前,已停着几辆大巴士,参观者已陆续到来。

普拉德美术馆以收藏着格来哥、维拉斯凯、戈雅[①]等画家从16世

[①] 格来哥、维拉斯凯、戈雅均为西班牙著名的画家。

纪至19世纪的作品而闻名于世。

秋叶认为他们的技巧无可挑剔,甚为叹服。但写实主义的画风,似乎有点单调,因为这些画,大多数是宗教画和肖像画,不吸引人。

秋叶匆匆看过,雾子跟着他走。难得有这样的机会观看名画,如果要详细看,至少得一整天。

参观陈列戈雅作品的画廊时,在其中一幅《吃掉我们孩子的萨托尔努斯》的怪异画跟前,雾子停住了脚步。

"你喜欢这样的画吗?"

"不,看了很不舒服。"

雾子摇摇头,可是眼睛被流血的画面吸引住了。

秋叶忽然想起雾子的例假。昨夜睡下后平安无事,可是看了戈雅的怪异画后,却莫名其妙地想起了雾子的例假。真有点不可思议。

普拉德美术馆陈列着五百多位画家的三千多幅画,分别在一百多间画廊里。秋叶和雾子加快脚步走马看花,待离开美术馆时,已经过了正午。

两人在美术馆附近的海王星喷水池前照相留念。请过路的妇女为他们拍照。

在日本和比自己小二十多岁的女人合影,还有点抹不开,但在欧洲则司空见惯。

那位妇女笑容满面地为他们按下了快门。

本来打算再去参观圣菲尔南德美术馆,可是画看多了,有点疲劳,便在附近的餐馆用餐,然后回旅馆休息。

中桥要到下午6点才来接他们,一看表还有两个小时。

秋叶仰卧在床上,点燃了一支烟,雾子横躺在沙发上。

"累了吧!"

"有一点。"

从窗户中射进来的阳光照在雾子的脸上,似乎显出了疲劳,看来例假还没来。

6点整,中桥从旅馆的总台打电话给他们。

秋叶穿上茶色的西服裤,上身是同样颜色的翻领衬衣,再加上一件浅咖啡色的背心。本来去餐厅用餐必须打领带,今晚却懒得一本正经了。

雾子穿上一件绣花的浅灰色毛衣,下身是呢子裙子,与昨日大不相同,算是淑女的风格。

"怎么样,普拉德美术馆好看吗?"一见面,中桥就问道。

"太大了,看不过来。"

先不说画的内容,看了三千幅画,就够累的了。这样说,或许对中桥不太礼貌。

"现在吃饭还太早,先上街转一圈如何?"

中桥开着车直奔西班牙广场,这儿有堂·吉诃德和圣巧·帕斯以及作者塞万提斯[①]的纪念像。

《堂·吉诃德》被誉为代表西班牙文学的作品,在西欧的小说中很少有这样没有虚饰、易懂的杰作。抱着极高的理想最后归于失败的堂·吉诃德,象征着17世纪初叶日趋没落的西班牙。此刻来到这里,似乎也有这种感觉。

正如拿破仑说的那样,越过比利牛斯山脉便是非洲。西班牙虽然在欧洲版图内,但它是一个远离欧洲的特殊的国家。

[①]圣巧·帕斯,《堂·吉诃德》中的第二主角;塞万提斯,《堂·吉诃德》的作者,被誉为西班牙文学无出其右的大师。

在这篇小说中体现了这种距离感,作者冷眼面对骑士风盛行的欧洲文明。

在堂·吉诃德纪念像前照了相后,秋叶忽然莫名其妙地苦笑了一声。

"怎么回事?一个人无缘无故地笑起来?"雾子惊讶地问道。

其实秋叶忽然想起自己多么像堂·吉诃德。当然,站在秋叶跟前的不是风车,而是理想的女人的幻影。

以西班牙广场为界,延伸过去是把市区划分为东西两大部分的格伦·威尔大街。这条街是代表马德里的有名的商业大街,极为热闹。

西班牙实行长时间的午休制度,6点钟大街上行人熙熙攘攘,充满活力。

"反正我们还要去巴黎,不用在西班牙购物。"

在日本启程前,秋叶早已提醒过雾子。可是雾子见了稀罕物眼睛发亮了,踌躇再三,终于买了一套白色麂皮套装。

"这价钱在巴黎买不到。"

中桥一句话,促使雾子下了决心。

晚餐按照雾子的要求,选用了日本料理。

离开日本才两天,雾子就想吃日本菜了。秋叶也赞成,再说中桥也想吃日本料理。

"直到现在,我还是请人从日本给我寄大米,自己做饭吃。"

在西班牙待了二十年的中桥,她的口味还是日本式的。

在马德里及欧洲各主要城市中,日本人算是最少的,但也有几家日本料理店。

中桥带他们去一家叫"京都"的日本料理店。一进门,左首是餐桌席,右首是做"寿司"的大吧台。

三人就座后,各要了一杯日本酒。

"您辛苦了。"

碰杯后,三人一饮而尽,烫过的酒渗入了胃。

透着木香的墙壁,棉布的布帘,弹奏着的三弦,周围全是日本风味。

"在马德里的日本料理中,这一家最为可口。"

中桥颇为自豪地说:"无论烧烤或煮菜,味道正宗,超过在日本的普通的料理店。"

"这爿店是什么时候建的?"

"三年前吧!"

"在国外的日本料理店,新开的比老铺子可口,因为一老,必须迎合当地人的口味。新店刚开张,还保持着日本风味。"

"你说得对,我们在日本吃西班牙大菜,和这儿味道大不相同,那是日本风味的西班牙大菜。"

"中国菜更是如此,真正的中国人对欧洲的中国菜大为不满。"

中桥说着话的功夫,雾子推出一只小钵。

"再来一份这个小菜,可以吗?"

小钵内是醋拌黄瓜和裙带菜。中桥一举手,招呼站在布帘前的女招待。

穿着和服的女招待,却是个西班牙人,会几句简单的日语。"这个小菜再来一份。"女招待点点头,拿着小钵子走了。

"喜欢吗?"

"挺爽口,好吃。"

听到雾子的回答,秋叶想起昨夜雾子说她的身体有点不正常。

吃过饭和中桥告别,回到旅馆已 10 点钟了。

昨夜吃过饭后觉得胃挺沉的,今晚吃了日本饭,舒服多了。

秋叶进浴室洗澡,洗完出来,雾子趴在桌子上写明信片。

"明天寄出,几天后到日本?"

"得一星期。"

"那我们已经回到日本了。"

雾子一边嘟囔,一边不停地写。明信片是今天购物时买的。

秋叶看着电视,心想她写给谁?

电视画面上在播报新闻,一位男播音员说着流利的西班牙语。秋叶一句也听不懂。

不多一会儿,雾子写完了明信片,站了起来。

"还有明信片吗?"

"有几张,不多……"

雾子勉强地拿出了三张。

"这些够了吗?"

秋叶记得她买了十来张,差不多全写了,只剩下三张。

"我先洗澡……"

雾子从壁橱拿出内衣,闪进了浴室。

秋叶开始写明信片,首先给母亲,其次给孩子们。内容:

　　平安到达马德里,不用挂念。

每当去海外旅行时,总是写这样简单的明信片,内容大致相同。

一会儿功夫写完两张,还剩下一张。

还有一张写给谁呢?秋叶的脑海里浮现出史子的身影。

从今年春天接受了她的玫瑰花以来,已经大半年了。到了国外才给她写信,似乎有点不自然。

然而,深入一想,只有这样的机会才能给她写信。

寄不寄是另外一回事,先写完再说,于是又拿起笔来。

现在我在马德里,因工作在这里待两个星期。

这儿的天气像东京的9月,非常暖和,夕阳高照——这印象难以抹去。我大约在10月中旬回去。祝你好。

他尽力轻描淡写,只要给她留下没有忘了她的印象就足够了。

打电话给她,三言两语显得有点冷淡。不知她看了这明信片会有什么想法。秋叶一边想,一边把这张明信片夹在刚才那两张中间,放进了旅行包里。

第二天早晨8点,秋叶和雾子离开旅馆直奔机场去会见中桥。

巴塞罗那是面向地中海的港口城市,位于马德里东北方向,乘飞机大约一小时。

巴塞罗那以西的比利牛斯山脉和法国接壤。在西班牙城市中,巴塞罗那是最具有欧洲风格的城市。

巴塞罗那历史悠久。它由海洛克斯[①]缔造,由腓尼亚[②]扩大,再由罗马来装饰。西方文化使它一步一步走向辉煌。这儿气候温和,土地肥沃,得天独厚,从古代至今一直繁荣昌盛。

[①]海洛克斯,是希腊神话中的大力士,向12件困难的事项挑战,而一一克服的英雄人物。

[②]腓尼亚,大约公元前1000年,立国于现在的叙利亚的地中海沿岸的国家,约在公元前3世纪时,被罗马吞并。

秋叶仅仅知道,巴塞罗那是哥伦布发现美洲新大陆回来后首先登陆的港口。这儿又是毕加索成长的地方,有天才建筑师高迪建造的别具一格的建筑物。

"只在那儿住一夜,带些简单的行装就可以了。"中桥说。

秋叶带了一只装着内衣和毛衣的小旅行包,雾子也只带一只中型的挎包。

马德里和巴塞罗那之间的航班最多,乘客们也都轻装前赴这邻近的港口城市。

雾子今天穿着一身淡紫色的连衣裙,腰间束着一条黑皮带。

秋叶喜欢雾子的淡妆,有成熟的感觉。这反而引起周围人们的注目,乘客中有人微笑着向雾子点头示意。

秋叶穿着米色的毛衣,灰色的夹克,心里嘀咕不知人们会怎样看待他。其实根本没人注意他,只把目光投向雾子。

起飞前10分钟开始登机。他们选择一排靠窗户的座位,雾子、秋叶、中桥依次就座。

飞机起飞时,秋叶这才想起包里的明信片还没有寄出。

"喂,怎么搞的?"

"今天早上离开旅馆时,我投到信箱去了。"

"你应该告诉我一声。"

"您不知道吗?昨天晚上中桥小姐告诉我的。"

"知道怎么寄吗?"

他早上没给雾子说,雾子却意外地办妥了。

难道昨晚写的明信片被雾子看见了?

由于里面有写给史子的,秋叶不由得起了疑心。

巴塞罗那机场至市内有13公里。时间并不充裕。在机场直接坐出租车去蒙杰克山,接着游览市区和港口,眺望地中海,然后去米罗美术馆。

米罗与毕加索、达利被称为是20世纪西班牙的三大巨匠。美术馆陈列着油画、器具、雕塑,并开设图书馆。

其实,秋叶最喜欢达利的作品,米罗的画富于幻想,主题不明确。

对这些美术上的事,雾子一窍不通,歪着脑袋问道:

"幻想?难道没有梦想吗?"

出了美术馆驱车至和平广场,在哥伦布纪念柱前合影留念,中桥说:"我给二位照。"秋叶一时不知所措,雾子毫不犹豫地将照相机交给中桥,站到秋叶身旁。

"可以了吗?"中桥说罢,按下了快门。

面对着镜头,秋叶忽然想到,还没有向中桥说明自己和雾子的关系。事到如今再郑重其事地说,觉得很不自在,终于没开口。

从和平广场至加泰罗尼亚广场是一条名叫伦勃拉斯的大街,两旁小店鳞次栉比。

在悬铃木树阴下,花店、玩具店、旧家具店、首饰店林立,好像在日本赶庙会。在大街尽头,中桥找了一家小小的餐馆,三人进去找座位坐下。

到巴塞罗那请导游,看来有点破费,其实在短短几天里能够紧凑地安排日程,十分方便。算起来反而便宜。

或许在拥挤的人群中行走,又喝了点葡萄酒,秋叶忽然感到疲倦,而雾子则起劲地不住地和中桥说着话,好像在谈论首饰店和旧货店的事。

瞧着雾子充满青春活力的表情,秋叶又想起了雾子的身体。

今早晨虽然没有明确地问她,似乎雾子的例假还没有来。平时在例假前一天,雾子总是提不起精神,蹲在家里。现在看来,还没有这样的迹象。

秋叶漫无边际地胡思乱想,满满一盘油焖大虾和海鲜端上来了。

在餐馆里用完饭出来,已下午4点了。

在日本,这时已夕阳西下,西班牙太阳还高高地挂在天空。

下一个节目该去参观高迪的建筑,于是先去卡萨·米拉大街。安东尼·高迪出生于加泰罗尼亚,是19世纪至20世纪最为活跃的伟大的建筑师,他的作品几乎都集中在巴塞罗那。

秋叶很早就对这位建筑大师颇为钦佩,这次选择西班牙,其理由之一,想仔细欣赏一下高迪的作品。

卡萨·米拉大街的一角有一幢六层楼的建筑。外墙和阳台参差不齐,呈波浪状。屋顶上趴着各种各样的兽像,就像在波浪上游荡的活物。

据说,这座楼房中房间没有相同的,仔细一看,窗户和阳台的确各不相同。

"原来如此……"秋叶感慨地说,并轻轻推开门朝里边张望。

"这儿的房租相当贵吧?"

"不,已经太旧了,不会太贵的。"中桥答道。

秋叶再朝四周一瞧,楼房跟前的行人道上,行人熙熙攘攘,巴塞罗那的人早已熟视无睹,人们毫无表情地来来往往。

从正面入口处往左的橱窗上挂着古老的窗帘,还竖着一块牌子,上写着"SE VENDE",这倒挺有意思。

他们照了十来张照片后,又去圣家族教堂参观。

这件未完成的大作,从1883年着手已经过了一百多年,现在只完成地下礼拜堂和圆屋顶、三扇门中的两扇门。别说地上建筑的中心部,就是中央高达160米的"象征塔"也没有开工。按照高迪的计划,需要200年才能建成。

秋叶和雾子攀登门形塔,到了中途就停了下来,对计划的远大和不懈的努力赞叹不已。

"只有欧洲人会这样干……"秋叶说道。

从地面往上看,落日将四座塔映得通红,而它前面的石级一带,则在黑沉沉的阴影下。

"这是一级一级铺上石块,雕出来的。"

"简直是荒谬绝伦的设计。"

"然而,一旦完成,那真了不起啊。"

"与其说了不起,不如说可怕。"

秋叶此刻所感叹的与其说是造型的优美,不如说是对建设者执着的追求感到毛骨悚然。

因为午饭吃得迟,只在附近餐馆喝了一杯咖啡,6点一过就去斗牛场。

巴塞罗那斗牛场的外观和马德里的斗牛场没有什么不同,但它在市中心附近。入口处附近由马队来担任警卫。

他们的任务可能是制止狂热的观众因兴奋引起的骚乱。

如果前天在马德里出场的斗牛士相当于相扑的"前头",今夜出场的就相当于"三段"①。

牛的体重都接近500公斤,斗牛士清一色左右开弓,最后轻轻一招,将牛制服。

秋叶已是第二次看斗牛了,习惯了周围的气氛,和着周围观众的

---

①前头、三段,都是相扑的等级。

节拍鼓掌,还一同高呼"All right",引得雾子嬉笑。

雾子被斗牛士的危险动作惊呆了,也不知不觉地站起身来,和秋叶一起欢呼。

这一天一共解决了六头牛,斗牛结束已过晚上8点了。

还是在中桥引导下,去了一家人气很旺的餐馆。秋叶有点累了,点了不太油腻的鱼和贝肉两道菜。

"高迪和斗牛真让人累坏了。"

这话说得多奇怪,似乎高迪和斗牛有什么共同之处。

不用说,斗牛是勇敢的体育运动,同时要集中精力,凝视动物流血,直到倒下为止。它要求人们有非常残忍的持久力。

高迪设计的建筑不会流血,但建筑物的每一处细微部分都似乎在表达自己的主张。换句话说,那压倒一切的"饶舌",不管有没有参观者,它们都拽着人走,因此对着它正视,也需要相当的持久力。

"高迪的确了不起,但如果原封不动把这些建筑搬到日本去,那就是另一个问题了。"

高迪的自我主张也罢,"饶舌"也罢,那只能在西班牙的风土中存在,并愈益增加它扣人心弦的力量。

西班牙一望无际的天空、干燥的空气、令人目眩的夕阳,这一切使得人们融入它的怀抱,保持平衡。

如将这一切移植到阴雨连绵、喜好阴影、风情暧昧的日本,不仅不能与周围环境融洽,或许会成为不三不四的怪物。

"这些景物无疑是出色的,但太累人了。"秋叶说。

中桥笑了,认为秋叶的感受不是故意装出来的。

"这些景物只能在西班牙风土上生根,是西班牙独有的。"中桥说。

或许秋叶真的累了,才会有这样的感觉。

秋叶十分佩服西班牙人坦然自若地把晚饭安排到10至11点。

"聊天聊到这么晚,明天还上班吗?"

秋叶觉得不可思议,问中桥,中桥说:"没事儿,明天照常上班。"

深更半夜吃这样油腻的东西,竟能立刻睡着,那胃功能是相当强的。

"明天多休息一会儿吧!"秋叶提议,中桥点头表示同意。

"那好,明天早晨10点钟在大厅见面。"

今天和中桥下榻在同一个旅馆,从电梯上下来,秋叶回到房间里,真感到疲惫不堪。

出来旅游今天是第四天,或许是紧张的情绪稍见松懈,或许是看了血腥的斗牛和参观了"饶舌"的高迪,才会这样疲劳。

秋叶赶紧泡在浴缸里,打电话给服务台,要他们送开水和茶叶来。

先泡上一杯绿茶解解渴,待雾子从浴室里出来,跟她一起喝杯茶。

今夜雾子将头发往上卷,披着一件白色的睡袍,胸口绣着花,是一种专让人欣赏的装束。

秋叶瞅了一下她的胸口,忽然想起了什么,问道:"那个还没来吗?"

雾子被问得莫名其妙,待了一会儿,点点头。

"还没来,可能又晚了吧?"秋叶说。

雾子不作回答,开始喝茶,她的表情意外地平静。

秋叶一开始注意不要让她怀孕,后来一想,豁出去了,怀孕也没办法。

"昨天好像来了,是不是?"秋叶问道。

"只来了一点儿。"

"中途又停了?"

雾子用手拢了一下湿漉漉的头发,陷入了沉思。

"那这是什么现象?"

"我也不清楚,反正偶然也会发生的。"

或许是偶然的出血,或许是雾子的身体尚未成熟。

"奇怪!"

秋叶对雾子的例假如此不正常,感到心神不定。雾子老是为自己的例假而苦恼。秋叶本想安慰她几句,如果突然怀了孕,或许她会变成一个不讲理的女人。

秋叶的这种感觉多少有点异常。一般男子得知自己心爱的女人怀孕,肯定会温存地安慰她。

然而,这得因人因事而异,年轻夫妇另当别论。而年龄稍大,尚未正式结婚的男女,一听得怀孕两字,总感到不是滋味,心情难以舒畅。

当然,秋叶此刻对雾子的心情还不至于如此沉重。

迄今为止,秋叶漠然地感到雾子是不会怀孕的。一般人都会出现的生理变化,在雾子身上却没有,这事儿不可思议,也有点神秘。

如果雾子怀了孕,细长瘦削的身躯将变成粗粗的腰身,加上一对大乳房,这样的变化会让人耳目一新。

秋叶在雾子身上追逐的魅力之一,那就是和普通的女人身体不一样的、像玻璃一样的透明体。

不管正常与否,秋叶喜欢这样的女人身体。

假如雾子变成粗壮的母体,那他将会改变对雾子的印象。

秋叶和雾子并排躺在欧洲风格的床上。他突然产生一种幻想,他坚信雾子不会怀孕的。如果因淫荡的行为变成一只大乳房和肥腰身的母兽,他实在不想见到这样的形象。

秋叶有点累了,但并没有忘记去触摸雾子的腰部和大腿。这样纤细的线条无论如何不会变成粗线条的母兽。

秋叶自说自话地念叨着,渐渐进入了梦乡。

从巴塞罗那回到马德里,第二天又去格拉纳达①。其实秋叶对西班牙南部安达卢西亚并不抱很大希望。格拉纳达有著名的阿尔汉布拉宫殿,它西部的塞维利亚曾经是卡门的舞台。

既然来到西班牙就得再前进一步,去看看这些地方。马德里的普拉特美术馆以及巴塞罗那的高迪的建筑,从工作出发是必须看的。而格拉纳达和塞维利亚虽然也富于魅力,但只能作为观光客去浏览一下罢了。可是实地一看,却出乎意料,秋叶受了很大感动。

最初访问的阿尔汉布拉宫殿,它的马赛克装饰以及水流的配置极为完美,在华丽中潜藏着东洋文化的静谧。

阿尔汉布拉宫殿被誉为"红城",到了傍晚,以远处的薛拉·奈巴达山脉为背景,整个城堡沐浴在夕阳下,名副其实变成了"红城"。

离城堡只隔着一条河的山脚下,格拉纳达最古老的阿尔拜辛地区,那白墙和褐色的屋顶交相辉映,既静谧又美丽。

过去这一带居住着很多吉卜赛人,据说现在还有不少吉卜赛人生活在这里。

站在山冈上,眺望暮色苍茫的阿尔汉布拉宫殿,秋叶忽然产生一种错觉,似乎从远处传来了哀婉的阿拉伯独特的乐曲。

这里真可谓东洋和西洋、中世纪和现代的交汇处,令人神往。从这儿走到与阿尔拜辛相接壤的萨克罗蒙契,有吉卜赛人的村落。

---

①格拉纳达(Granada),西班牙南部的一州,在13世纪由摩尔人在西班牙南部沿海建立的王国。

在石头的斜坡上洞窟一般的房子里住着肥胖的老婆子和瘦削的少年,不分男女老幼,吉卜赛人愉快地唱歌跳舞。这里可没有在像马德里和格拉纳达看到的 Plamenco[①],非常朴素无华。

然而最吸引秋叶注意力的却是从格拉纳达至塞维利亚一带的安达卢西亚一望无际的干燥的大地。

太阳当空照,起伏不平的丘陵地带上星星点点的橄榄树,还有用白色条石砌起来的白石民房。

刹那间,秋叶总觉得在哪儿见过这样的景色。他立刻想起了几幅画,那无疑是安达卢西亚的景色。西班牙画家自不待言,甚至连日本画家也在这一带写生。

眼前这南欧风光和干燥的天气,能唤起画家对色彩最原始的感觉,驱动他们的创作欲望。

这儿的风景是多么明快和静谧。

天空万里无云,一望无际的原野,蜿蜒起伏的丘陵,其中还有星星点点的白石头民房。

这是平和、幽静的田园风光。

仔细一看,那绿色是橄榄树,尚未耕耘的山坡上露出石块,笔直的一条路通向远方。远处可望见像一块一块甜点心似的石房,家家户户都关着门,寂静无声。

这儿只有太阳、天空、石头这样明快的东西,没有梅雨、淡云和晚霞这样暧昧的东西。

"原来是这样……"

[①] Plamenco,古代留传至今的西班牙的氏族舞蹈及其伴奏曲,在安达卢西亚颇为盛行,用吉他演奏,热情地纵情跳舞。

秋叶嘟囔道。他对坐在助手席上的中桥说：

"描绘安达卢西亚的画，原来都是以明快为主，可看了以后却令人伤感。"

"这一带是西班牙最贫困、落后的地区，这里居民都很质朴，出了许多名人。一流的斗牛士几乎都是出身于这个地方；吉卜赛人的舞蹈能手也是这儿的人；我不十分熟悉高尔夫球，听说伐雷斯泰洛斯也是这附近的人。"

"由于贫穷，这地方的人也只有好好干。"

这时，旁边的司机不知向中桥嘟囔了句什么，秋叶听不懂。两人交谈了两三句后，中桥突然惊叫起来。

"呃？"

中桥没说下去，秋叶问道：

"怎么回事？"

"帕基里昨夜死了。"

"……"

"西班牙首屈一指的斗牛士被牛角戳死了……"

中桥的脸色变得苍白，抽搐着。

帕基里是西班牙首屈一指的斗牛士，今年35岁，他的斗牛术熟练而勇敢，现在正是黄金时期。

他是西班牙无人不知的明星，是青少年崇拜的偶像。

不知出了什么差错，竟被牛戳死了。

在日本，全盛期的棒球大王长岛因一个死球当场死亡。然而，在众目睽睽的斗牛场上竟被牛角戳死，鲜血淋漓，凄惨程度是"死球"无法比拟的。

中桥在拐角处命司机停车，在附近一边喝咖啡，一边找报纸看。

头版头条登着帕基里被牛角高高举起的照片。

"真惨!"

中桥捂住脸,惊恐万状地开始读报。

据中桥说,事故发生在离这里50公里的科尔德勃城的斗牛场,帕基里在和第二头牛对峙时,稍一疏忽才出了事。

在出事前,帕基里以十分熟练的动作和牛周旋,伺机用长矛刺中牛的咽喉。不料牛摇摇头,出其不意用牛角直刺帕基里的大腿,帕基里仰面倒下,牛把他挑起在空中并翻了几下,随即把他扔到地上。

是帕基里一时疏忽大意呢,还是这头牛特别暴躁?众说纷纭。总之,一流斗牛士死在斗牛场上,40年来还是第一次。

帕基里当场没死,立即被送到斗牛场的医务室时他还很清醒,对医生说:"伤口很深,请慎重处理!"

医生采取紧急措施,在送往大医院途中,因失血过多而死。

"中午的电视新闻肯定会有的,回去看吧!"

中桥以前和帕基里一起吃过饭,有过一面之交。

"斗牛场上偶尔有人拿着8厘米的摄像机,肯定会拍下这个场面的。"

秋叶也想看看这个场面。

"时间不早了,先找家我熟悉的餐馆看吧!"

由于激动,中桥说话的声调也变了。

塞维利亚是帕基里的居住地,街上因这一事件到处议论纷纷。

中桥进了一家河岸上的餐馆,说是特意来看电视的,老板满口答应,将她领到店堂里首。其他客人也坐在电视机前等候。

秋叶找了一处能看到河水的座位坐下,要了一杯酒。正午的新闻开始了,先映出帕基里巨幅的头像。

主持人郑重其事地宣告并对帕基里的死表示深切的哀悼。

画面上映出在人群鼎沸的高级公寓前,一位妇女哭得死去活来。

"那位是帕基里的妻子。"

据中桥说,帕基里一年前再婚,住在塞维利亚的高级公寓里。

画面一转,出现一个接着一个来吊唁的人;又播出了帕基里生前斗牛的英姿,左右开弓和牛周旋。怎么也不会想到,这位英雄会被牛戳死。

主持人滔滔不绝地叙说他的业绩,忽然话锋一转,以沉重的语调开始了另一个主题。画面上突然出现一个斗牛士被牛角高高托起的镜头——事故发生了。那业余的摄像师慌慌张张一时不知所措,把画面弄倒了,没拍到帕基里被戳的场面,只拍到帕基里的身体悬在空中摇晃。帕基里似乎还有意识,拼命想逃脱,企图去攀住牛角,但没成功,反而被牛摔在地上。

这时,其他斗牛士赶过去用红布将牛引诱开,趁这空间,急救队员将帕基里用担架抬走了。

从画面看,牛角好像戳中帕基里的大腿。据中桥解说,牛角正好切断了大腿动脉。趴在地上的帕基里下半身被血渗透,染红了砂地。这镜头一共不足一分钟,人们看完以后,禁不住一起叹息。

死得多惨啊!

中桥低着头哭丧着脸。雾子也激动得两腮通红。

人们激动得一时说不出话来。

"这牛的脾气太坏了。"

"再暴躁的牛也对付不了帕基里。"

"帕基里也许太疲劳了。"

"人的命运太难预料了。"

中桥这样说,说明她的感慨是多么深切啊。

看完电视出了餐馆,参观了回教王时代的王城阿路加萨尔,又去瓜达尔基维尔河东岸的黄金塔。

秋叶觉得各有各的情趣,但对卡门的舞台——有名的烟草工厂不感兴趣。

卡门下工后,等候在那里的男人们有意识地装模作样迎接她。既然是烟草工厂,秋叶想象肯定是灰土土的像仓库一样的建筑物。

然而现实的烟草工厂根本不像仓库,而像王宫一样富丽堂皇,规模之大不比阿路加萨尔逊色。现在成了大学,年轻的男男女女出出进进,女学生每五个人中有一个起名叫卡门。

站在校门口,仿佛被霍塞下士俘虏的美貌的卡门从学校里出来。

秋叶注视着她们,忽然想起了死去的帕基里和他痛哭流涕的妻子。

他们也曾像霍塞和卡门那样热恋过?

秋叶的脑海里浮现出刚才帕基里惨死的场面。

此刻西班牙首屈一指的斗牛士的遗体将被运来。想到这里,卡门的故事似乎就在眼前,出现在现实中。

中桥总也放不下帕基里,想起来就嘟囔一句:"这个日子,去塞维利亚似乎有什么因缘。"

到了旅馆,旅客们谈论的话题离不开帕基里,有的人还摊开载有帕基里照片的报纸窃窃私语。

秋叶他们吃完晚饭后来到大厅里,电视机跟前人山人海,夜间新闻又播出了帕基里死亡的消息。

"真可怜!""真惨啊!"人们议论纷纷,还想多看几遍。

人们看完电视新闻各自回房间去了。秋叶弯进小酒吧喝了一杯白兰地来消除疲劳。

喉咙里好像被什么烫了一下,心情烦躁。

秋叶换上了睡衣,再喝一杯时,莫名其妙地竟会有这样的感觉。

雾子闷闷不乐地从浴室里出来。

"怎么啦?"

"……"

"不舒服吗?"

"那个来了。"

雾子嘟囔了一声,在灯光下,她的脸显得有点苍白。

秋叶点了点头,感到不可思议,嘴里虽不明说,自从来到西班牙后,他对雾子的例假老是迟迟不来,放心不下。

起先他认为也许迟来了几天,后来雾子一直不吱声,他担心雾子已经怀孕了。

从马德里至格拉纳达途中,心想即使怀孕了也没关系,将错就错。

来到塞维利亚,雾子突然来了例假。

秋叶总算松了口气,但也不免有点扫兴。

压在心头的不安终于消除了,感到浑身轻松。今后可以放下包袱痛痛快快地继续旅行。另一方面,秋叶却在想象雾子怀孕后会是什么样子。

雾子的乳房鼓了起来,肚子越来越大。像玻璃人一样水灵灵的女人怎样变成个粗女人,想象至此,心里感到沉重。

好了,往后再也不会不安了,一切烦恼都摆脱掉了。

在帕基里死后第二天,雾子就来了例假,这意味着什么?

难道因为她目睹了帕基里惨死的情景,受到了刺激吗?

例假不会被这样事件左右的,可现实显示两者似乎有奇妙的联系。

"明天休息一下吧！"

明天的日程是去塞维利亚郊外参观依达利加,傍晚乘飞机去马略卡岛。

"你去吧,我在房间里休息。"

"我也不是非去不可。"

秋叶不去依达利加,可以去逛玛丽亚·卢萨公园或者去逛逛塞维利亚街道。

"直接乘飞机去马略卡岛吗？"

马略卡岛是这次来西班牙旅游的最后一站,想到那儿去闲散几天。

"明天和中桥商量一下再说。"

秋叶嘟囔了一声。看来他对雾子没有怀孕表示满意。

中桥的导游到安达卢西亚为止,去马略卡岛和巴黎由秋叶和雾子自己去了。

第二天,中桥送他们去机场,秋叶和雾子乘飞机去马略卡岛的帕尔马。

在马德里才逗留一星期,一旦告别,仍然有点眷恋。

明年春天,中桥要回她的娘家川崎市,约好那时再见面。

"祝你健康,多加小心。"

互相握手道别。秋叶忽然想起一直没向中桥挑明他和雾子的关系。

中桥也没有特意过问,秋叶只是淡然地向她表示感谢。

来到检票口,再一次握手告别,直到上了飞机,秋叶才觉得没有依靠,心里没底。

原来一切都由中桥照料,一万个放心。从观光到办理飞机票、订房间等,都由中桥一手操办。在短短几天里,参观了这许多地方,效率之高,无以复加,甚至能看到帕基里的死,也是她的功劳。

"这个人头脑聪明,真棒!"秋叶说。

"你喜欢那样的女人吗?"雾子望着前面,随口问道。

是的,他对中桥抱有好感,但这和喜欢是两码事。和雾子一起出来旅游,怎么能喜欢其他女人呢?

"我终于明白了……"

"……"

"可是我不喜欢那样风风火火的人。"

这几天,雾子和中桥有说有笑,原以为她们很合得来,看来还不能那样认为。

"她有什么事情让你不高兴吗?"

"那倒没有。"

雾子无精打采地眺望着窗外。

雾子很少这样露骨地表达自己的感情,或许是身体不适之故。

秋叶不再问她,躺倒在座椅上。眼前是一望无际的地中海,飞机的影子映照在碧绿的海面上。

秋叶的视线从海面回到座椅上,雾子的双手搭在膝盖上,雪白透亮。

马略卡岛位于西班牙东面的地中海上,气候温和,自古以来就辟为休养圣地。

西班牙物价便宜,这里相对高一些,但和法国周围的旅游胜地相比,还是便宜得多,因此来自北欧、德国、意大利的游客较多。

马略卡全岛人口约五十多万,一大半集中在帕尔马地区。

秋叶和雾子在傍晚到达。夕阳染红了港口,街道和建筑物很像日本的热海和伊东一带。

秋叶本想立刻去参观城市西郊的贝尔维尔城,因为雾子身体不适,只得打消这个念头,决定先到旅馆休息。

房间是中桥在塞维利亚预订的,面朝海岸大道。景色很美,但过往的汽车有些吵人。

马略卡岛比帕尔马偏僻些,那里比较安静。中桥曾经这样说过,帕尔马的旅游业开发过火了。

秋叶走到阳台上,眺望街景,雾子随后也跟了出来,嘟囔道:

"您想去看什么地方,你就去呗。"

雾子依然无精打采地说,从上飞机那时起她一直提不起精神来。

秋叶打开电视,屏幕上出现一对中年男女在对话。

"晚饭怎么办?"秋叶问道。

等了一会儿,雾子回答:

"我想吃日本饭。"

"这样小地方,恐怕不会有吧。"

"你知道吗?"

"不知道,我去打听一下。"

"那你知道在哪儿吗?"

雾子心烦意乱地拢了拢头发站起身来,朝洗手间走去,秋叶上去一把挽住她的胳臂。

"你想做什么?"

雾子回过头来,秋叶没理她,紧紧地抱住她。

"我不嘛!"

雾子双手乱动,用手去捂住胸部。

"你真浑!"

雾子依然暴躁不已,但立刻意识到自己不该这样对待秋叶,恢复了平静,轻轻地说:

"对不起……"

以前也这样,每当例假刚来时,雾子情绪容易波动,特别是第一天,痛得厉害,脸色苍白,待在家里不敢出去。

到了第三天,疼痛稍稍缓解,开始走动,情绪也渐渐安定下来。

起初,秋叶并不了解她身体的变化。雾子突然感情用事,容易发脾气,秋叶也跟着起哄,最后弄得她号啕大哭,难以收拾。

后来秋叶了解这是因为例假造成痛苦所致,不与她正面交锋,恰如其分地劝慰她,等暴风雨过去。

雾子即使发脾气,至多一天,只要忍一忍就过去了。台风一过,第二天风平浪静,一切恢复正常。

与雾子相比,史子更加稳健。

史子至多第一天有点沉闷,不像雾子那样露骨。但史子有时也容易感情冲动,冷嘲热讽地说些不中听的话,或采取自暴自弃的态度,使得秋叶进退两难。但秋叶对女友们这样的心理变化,并没有感到不快。

因为事态总在发展的,经常有一些紧张感也没有什么坏处。

秋叶本身有时也有一些自虐的心理。面对因例假而产生的生理变化的女人的冷言冷语,还觉得挺有意思,当然这是不正常的。

人的感觉因人而异,秋叶喜欢因生理变化向自己撒娇的女人。

有的女人故意作出不高兴的样子,或者焦躁不安。这或许是"女人中的女人"。

与此相反,有人即使在例假期间,一切都正常,也不觉得痛,照常活动。对精神十足的女人,秋叶反而觉得没劲了。对待这样的女性虽比较轻松,但这和男性有什么区别呢?

没有男人的女人,因生理变化而出现精神不正常,这是常有的。女人是活火山,男人是死火山。男人抵挡不住具有危险性的诱惑,这活火山不定什么时候会爆发的。

根据秋叶的经验之谈,生理变化激烈的女人,到了夜晚也不会"燃烧",即使有,也是少数。

马略卡岛是西班牙的旅游胜地,可以用英语交谈。

第二天一早秋叶起床后,向总服务台打听,岛上是不是还有更幽静的旅馆。

昨天才到达这里,今天一早就挪地方,会不会引起对方的不快?但总服务台的工作人员马上答应帮忙。30分钟后在岛的西部迪雅村找到一家旅馆。

从帕尔马乘车去约需一小时,那儿能见到碧天蓝海,比较舒适。

此外,肖邦和他的恋人女作家乔治·桑同居过的教堂,离巴尔的摩也近。

肖邦于1838年在这里度过一个冬天。因患病,加上乔治·桑好抽烟,而且她的举动胜似男子,虔诚的天主教徒集中的小城镇人们很讨厌他们,第二年早早就离开那里。

来马略卡岛的另一个目的也是为了寻找更幽静的去处,舒舒服服地过上几天。

正午前,整理好行李,两人上了出租汽车。

经过一夜的休息,雾子的情绪好多了,吃了早饭,脸色也好看多了。

出了旅馆,先去昨天没来得及看的贝尔维尔城,从城堡俯瞰帕尔马的市区,然后去巴尔的摩。

虽然会点儿英语,但中桥不在了,心里总有点不踏实,倒是雾子向司机问这问那的。中桥同行时,她不敢说,中桥不在了,反而增加了勇气。

路上休息了一会儿。雾子只上过一年英语会话班,看来可以沟通。

"这里人的英语比英国人说的英语好懂。"

雾子兴高采烈,昨天的闷闷不乐已无影无踪。

30分钟后抵达巴尔的摩,是峡谷中小小的镇。教堂在小小山岗上。肖邦住过的房间里,放着他的信件和照片,还有两架他爱用的钢琴。肖邦在这里完成《波罗乃兹》作品第40号。

这个城镇不大,到处都是人流。生肺病的肖邦和奔放的乔治·桑在这儿居住看来也并不痛快。

从这儿去迪雅乘车只需20分钟。

这里只有几十户人家。旅馆建在可以望见大海的断崖上。

这里确实幽静,真亏他们给找了这样好的地方。

旅馆是别墅改建的,是一幢雅致的二层楼房,十分幽静,背靠着能望见海面的斜坡。

这一带雨水很多,树木茂盛。旅馆内部的墙壁和桌、椅等家具都是木制的,这在西班牙是很少有的。

"我就想住在这样的旅馆。"

雾子打开面向大海的窗户,对着碧蓝的地中海,大口地吸气。

"你瞧,这儿也有桌子呢。"

原来阳台前面小小的庭院,放着很雅致的桌子,可以供客人喝下午茶。

"这儿比帕尔马吵吵嚷嚷的旅馆好多了。"

"可是,这儿只供应早饭、晚饭,只能到村里的餐馆去吃。"

"这不也很有意思吗?"

雾子赶紧走到庭院里,坐在椅子上。

"真棒,整天坐在这里观海景……"秋叶说。

雾子在山中湖游览时也说过同样的话。在观赏美景时,谁都会发出这样的感叹。长期住在这儿的人则另当别论。

"亲爱的,在这里过三夜吗?"

"你觉得太长了吗?"

"不,不是这个意思。"

秋叶住在这里,想仔细考虑一下雾子的生理变化。

"能去海边吗?"

"这儿是山崖,肯定有道路通往海边。"

下午,秋叶请总服务台漂亮的小姐画了一张地图,去海边看看。山崖的顶端有一间小屋,一个老人和许多猫住在一起,老人不懂英语。

他们坐在岩石上眺望海景,直到夕阳染红海面,顺着山路回到旅馆。海风吹得身上黏糊糊的,冲了一个淋浴后躺到床上休息。

一觉醒来,周围已经是夜晚,只有阳台上尚有一丝白光。他出去关上百叶窗,来到庭院里抬头一看,满天星星。

秋叶向总台的服务小姐打听,顺着山路去找餐馆。

有两家餐馆,不知哪家好,一对德国夫妇说:"这一家好。"

这对夫妇是来度假的,在这儿已经住了很久了。

秋叶和雾子跟他们进了餐馆,喝了点家常酒,吃了顿便饭。

"你瞧,那老婆子穿的衣服多棒!"

在餐厅中央四下张望的老婆子屁股撅得高高的,穿着一件胸前绣着大花的礼服。

"这衣服太古老了。"

"你别说,今后也许流行这样的款式。"雾子说。

秋叶想了一下,这次旅行途中还没有机会和雾子坐下来聊聊天。

在旅行时她也说些感想,但回到旅馆,立刻洗澡、喝茶、睡觉。

然而,来到这马略卡岛的乡下,预定在这儿住三天,沉住气了。

"回到日本,你的店还打算开吗?"

这次旅行中还是第一次提到开店的事。

"当然要干咯,旅行目的之一也是为了开店。"雾子说罢,把酒杯放到桌子上。

"西班牙的时装怎么样?总不如巴黎、纽约走在时代的前沿。"

"我倒不在乎这个,我在寻找五十年代的旧款式。"

雾子说的是西历,秋叶一时还反应不过来,屈指一算,是秋叶二十多岁时。

"那时候的款式好吗?"

"虽然有点老,但比较雅致,最女性化了。"

这是自己青春时代流行的款式,秋叶一时想不起来。

"你没见过电影《终点站》中的珍妮弗·琼斯和《罗马假日》中的奥黛丽·赫本吗?"

秋叶立即点了点头,青春时代最憧憬的《罗马假日》曾经一连看过两遍。

"是她们穿过的款式吗?"

"是啊!演员们穿着长裙子在罗马广场吃冰淇淋。《终点站》里琼斯穿着一套紧身套装和情人见面,那款式你看有多帅。"

雾子谈起电影的情节，秋叶似乎想起来了。可这老款式有这么大魅力吗？

"这些都是我年轻时流行的款式。"

"是啊！您以前不是也说过的吗？"

秋叶见她说得在理，点了点头。

雾子所说的五十年代的时装，正是秋叶青春时代流行过的，秋叶喜欢女人穿得雅致些。

"可是现在是不是还流行啊？"

"托您的福，我穿的服装最近终于公诸于世。"说罢，雾子做了个鬼脸，低下了头。

"唔，孩子时代吃过的东西最可口，年轻时流行的款式是最美的，令人难忘。"

如果真是这样，那么青春时代是在最雅致的女式时装流行时度过的话，那该是多么幸运啊。

"那种像要饭似的借男装来充时髦的年代一去不复返了。"

"那也不会完全成为废物。"

"雅致的女装在任何时代也不会过时的。"

"穿男装比较随便，穿西服裤也挺俏皮，可不论什么服装都有穿腻的时候，还是女装比较清纯。"

"所以嘛，一开始就穿漂亮的时装为好。"

"当然这也是一种理由，从战争的黑暗时代解放出来的女性，首先需求一直被禁穿的浪漫的女装。到了五十年代达到顶点，同时也出现了女性要求自立的呼声，女装开始了竞争，男式的休闲服也流行起来。"

"于是流行没有色彩，没有品位的服装。"

"不久就有人认为穿男人一样的服装多没意思,女人还是应该穿女装,于是又回到了五十年代的款式。"

"服装的流行都有各个时代的必然性。"

"这倒挺有意思的。"

秋叶点了点头,不由得吃了一惊,雾子竟然会想到这一层。

乍一看,雾子比较文静、稳重,但实际上她也有尖锐的一面,刚才她对时装的看法有独到的见解,很有说服力。

"这些老片子,你都看了吗?"

"有旧片重映,电视里也常放。"

为了了解五十年代的时装,她竟然看了所有的老片子,看来她是下了功夫的。

"照这样说来,你搜集这些时装资料,打算开一家旧货店吗?"

"不能叫旧货店,听起来好像是估衣店,那多难听,叫'安蒂克'[①],怎么样?"

秋叶觉得"安蒂克"好像是古董店、旧家具店似的,但雾子不是这个意思。

"不仅卖服装、大衣,也卖内衣、帽子,甚至项链和戒指都卖。"

"卖装饰品吗?"

"当然不是一下子就能搞齐全,开了店以后再慢慢扩展。"

"可是你怎么知道谁有这些古老的东西?"

"那有的是渠道,如巴黎的跳蚤市场,纽约还有专门搞批发的'安蒂克'。"

雾子对开这爿店真是下了功夫。

[①]安蒂克,法语旧货、古董的意思。

"回到日本,找一家店面。"

秋叶点了点头,她没想到雾子对开店竟会如此认真。

"可能的话,就在代官山一带找个地方。"

代官山是涩谷附近的高级住宅小区,最近新开的店渐渐多了起来。

"那一带房价很高吧?"

"有30平方米就足够了。"

秋叶尽可能想满足雾子的要求,但首先要筹划一笔钱,30平方米的店面,房租、押金,再加上进货,需要相当一笔钱。

"当然我不想让您全部负担。"

"有赞助的吗?"

"不能说是赞助,可有人出资。"

"那算了吧。"

"可是让您一个人出资,真过意不去。"

"没事儿,你替我回绝了吧。"

不管是谁,有人给雾子提供资金都会引起秋叶的不快。

"那人是谁?"秋叶很自然用了责问的口气,"是银座的熟人?"

那肯定是来银座游乐的顾客。

雾子立刻摇摇头。

"我可不同这样的人来往。"

雾子说的是实话,她从来不和以前的客人来往。如果她和银座的真纪来往,那也不能大意。

"我也有朋友嘛。"

"那为什么给你出资?"

"赞成这样的店呗。"

"别说傻话了。"秋叶笑了,"仅仅是赞成,哪儿有这样的男人给女人出资?"

"不对,她是个女人。"

秋叶无话可说,重新瞅了一下雾子。

"真有这样有钱的女人吗?"秋叶把凉了的咖啡兑上水喝下。

"您瞧不起女人,女人也有富婆嘛。"

"你在哪儿结识的?"

"在美容院里认识的。"

常去光顾美容院的人里面,确实有一掷千金的阔女人。

"我想都让您一个人负担,太不好意思了,所以我和她谈了一下。"

听是女人,秋叶松了口气。

"那富婆总不见得主动提出来的吧!"

"我只求她一次,她便一口答应了。"

"那太感谢了,资金问题可不用多操心了。"

两人朝四周一看,全是外国人。

雾子一谈起"安蒂克"的事,好像忘了此刻在外国。

秋叶付了账,出了餐厅。

与平时一样,用完全部套餐再喝杯葡萄酒,花不了一万日元。

来到外面,开始起风了,但天空仍是满天星星。

秋叶忽然想起"漆黑的夜晚"这个词儿,周围虽然漆黑,但星星还是交相辉映,煞是美丽。

两人走在没有人影的石子路上,秋叶忽然一阵冲动,想去吻雾子。他站住去拥抱雾子的肩膀,雾子踮起脚来,秋叶轻轻地吻了她一下,很符合这小城的氛围。

回到旅馆,刚才教他们如何去餐馆的女招待笑脸相迎,把钥匙交给他们。秋叶请她送点开水到房间里来。

换上睡衣,用刚送来的开水冲上茶,悠然自得地休息一下。

除了阳台外的树的飒飒声外,一片寂静。

"睡吧!"

"寂静得叫人害怕。"雾子说。

秋叶躺到床上,雾子熄了灯钻进了被窝。同样是双人床,规格比日本大,很舒服。

一开始,两人的脚碰在一起,不多时,秋叶凑到雾子耳朵跟前,轻轻地说:

"没事了吧!"

"不行,还没有干净。"

秋叶想了一下,从格拉纳达以来,还没有拥抱过雾子。

"没事的。"

"那怎么行?"

雾子摇摇头,秋叶没去理她,解开了她睡衣上的纽扣,去抚摸她的乳头,雾子没有反抗。

这是秋叶的策略,他专心致志地抚摸她的全身,雾子就靠近他了。

"不行,会弄肚的。"

"那怕什么,没关系。"

秋叶又一次耳语,雾子便从浴室里拿来了毛巾。

仔细一想,爱的力量太不可思议了。

同样的行为,如果是所爱的人所为便感到愉悦,如果是讨厌的人所为,只有厌恶。

一件事分成愉悦和厌恶。

此刻秋叶正沉溺在这不可思议之中。

谁都不喜欢接触正来例假的女性。先不说女人的感觉,男方也很在意会被弄脏。

有时一时冲动控制不了自己,后来发现自己身上和被单上的污迹,总有点恶心。

当然,也有少数男人见了污迹就兴奋,秋叶可没有这种雅兴,如果见了陌生的女人的污迹,那肯定会恶心的。

反正生理上的污迹不能让男人见。不可思议的是,对雾子他丝毫没有不洁感。同样是血迹,如果是其他女人的,只会厌恶;假如是雾子的,还觉得可爱。这样极端的差别,用道理是说不明白的。

最后雾子终于敌不住秋叶执拗的纠缠,也兴奋起来了,接受了他。

在这一瞬间已忘掉了生理的变化,当她发觉时,慌慌张张地起了身。

"别动!别动!"

雾子连说了好几遍,把铺在秋叶身下的毛巾,拿到浴室中去洗。

秋叶不敢乱动,等待雾子回来。

"来,擦一擦!"

秋叶接过一块新毛巾,去擦自己的下半身。

其实并没有什么污迹,擦了两三下交给雾子。

"别动,不要看。"

雾子拿着毛巾又进了浴室,秋叶望着她的背影,拉亮了电灯。

果然,没有什么污迹,但看了看被单,有一个红点。

"喂!喂!"秋叶叫她。

雾子似乎没听见,仍在浴室里洗毛巾。

"你忘了东西了。"

秋叶自言自语,轻轻地摸了摸那宝贵的"纪念品"。

在马略卡岛待了四天,秋叶总算休息过来了。

这四天里,早晨起得很晚,潇潇洒洒地吃完早饭,和雾子在旅馆的四周散步。这古老的小城镇,教堂和古老的民房,到处留下历史的痕迹。

中饭就在阳台的桌旁,喝杯红茶,吃些独特的点心和圆形小面包。

一天到晚无所事事,或远眺海面,或倒在沙发上打盹,打发着日子。

所谓"工作",就是一天一次顺着坡道从山崖到海边走一趟。

第一次下山崖,见到老人和猫,带点面包和火腿给猫吃。只喂了一次,猫就认识他们,老远便跑来和他俩亲热。

老人板着面孔,但并不冷淡。因语言不通,只能用眼神来交流。

喂过猫后,两人上了山崖的顶端,眺望大海。下午,明快的地中海,由碧绿渐渐变成紫色,在夕阳下成了黄金色。

看着大海,忘了时间的消逝,突然惊觉,回头一看,夜幕已降临到山峡。

看着大海,秋叶考虑工作,又听听雾子开店的设想,叙述旅行的感想。偶尔迎着微风,两人拥抱接吻。

山崖上只有他们俩。

黄昏来临,回到旅馆,休息一会儿就去村里餐馆吃晚饭。女老板把他们当成熟客,摊着双手欢迎他们。

他们在安宁与祥和中度过每一天,要说"事件",就是第二个夜晚。阳台上的百叶窗吱吱嘎嘎地响,第二天早晨一打听,原来栅栏被从村子里逃出来的山羊撞坏了。

当夜,先刮起大风,下起了大雨。担心会不会发生山崩,秋叶想起了住在顶端的老人。第二天,雨过天晴,老人平安无事,正眺望着大海。

深夜又下起了大雨,据说是这里气候的特征。

秋叶已经好几年没有这样悠闲过,雾子也一样。

"简直像到了梦想中的王国。"

得到了充分的休养,或许是雾子的例假已接近尾声,她的皮肤又恢复了光滑、娇艳。

从马略卡岛飞行两小时就到了巴黎。

"终于和西班牙告别了。"

临上飞机,雾子嘟囔了一声,宣告在西班牙十天的旅行结束。

"原来以为待了很长时间,一旦要走了,却好像很短暂。"

愉快的旅行经常会有这样的感想。

到了巴黎,S出版社驻巴黎代表村濑来机场迎接。五年前为了连载小说和他打过交道,一直有来往。半年前他回日本述职,曾和雾子一起设宴欢迎他,双方交往甚为融洽。

村濑开车把他们送到塞纳河岸的旅馆。

"终于来到巴黎了。"一进房间,雾子跑到窗口眺望街景,感慨万千地说。

街上正下着小雨。

可是,在巴黎只待三天,时间很紧。

下午,村濑开车来陪他们去塞纳河畔的巴黎圣母院①、埃菲尔铁塔,又去了圣心教堂。然后去协和广场附近的寿司饭团铺。

---

①原文为 Notre Dame de Paris,为巴黎的旅游胜地。雨果小说《巴黎圣母院》描写了敲钟人和主教为争夺吉卜赛少女而引起的爱情悲剧故事。

来到巴黎不一定非吃寿司不可,也许因为在马略卡岛一直吃西班牙大菜,秋叶和雾子都非常渴望吃日本饭。

吃完饭,和村濑一起去"里德"俱乐部,喝香槟和葡萄酒。这里上演舞蹈,被称为是"巴黎的乡村俱乐部",很受欢迎。

秋叶以前见过。雾子一动不动盯着看。

在村濑的安排下,第一天的日程一点儿也没有浪费时间。可是第二天雾子的日程就更忙了。

上午参观卢浮宫后,下午在村濑的部下松崎小姐陪同下逛了位于莱阿尔的旧货店。

秋叶看完卢浮宫后,就回旅馆休息。傍晚,雾子大一包小一包满载而归。

"这儿东西真便宜。"

紧身的夹克套装,丝织品的女衬衫,长裙子……一共买了六件,一件一件比画着让秋叶看。

"买这么多吗?"

"要开店就得各种各样都买一点。"

雾子一谈起开店就来了劲,她把衣服一件一件地比画着,似乎是自己穿的。

"明天还去一趟。"

"买这么多,旅行箱能放得下吗?"

"放不下,再买一个箱子。"

来到向往已久的巴黎,又参观了许多家"安蒂克",雾子兴奋不已。

第三天,对秋叶来说是受难日。

上午去圣日尔曼一带购物还不要紧,下午去高级商店集中的圣托莱大街,雾子的眼神变了。巴黎的街道能使女人的眼睛发亮,能使男人的眼睛萎缩。

"您真的答应我买吗？"

因为秋叶曾经许诺，到了巴黎想买什么就买什么。

他不会食言，可是雾子老是拿不定主意，在店中转来转去，从这家转到那家，不知买什么好。

秋叶出国，从来不在国外买东西，他没想到雾子竟会如此着迷，他喜欢欣赏雾子着迷的表情。

"真漂亮！"雾子把衣服拿在手中来回地欣赏，又歪起脑袋自言自语地说，"恐怕还是那家好。"

如果她开了店，也像现在这样认真，那准没错。

"亲爱的，您看怎么样？您不买什么东西吗？"

秋叶请雾子找一下，有没有珠宝戒指，这是受大女儿之托，非买不行。

可是到几家店转了转，这种能变三色的戒指约值15万日元。

今年春天才进出版公司工作的女儿，成了社会人，但也不能过分奢侈。

秋叶和雾子商量，挑了一只最细的，也要6万日元。

二女儿虽然没有要什么东西，但他接受雾子的意见，给她买了一本真皮封面的笔记本。这种笔记本很受年轻姑娘的欢迎，带上圆珠笔两支，一共一万多日元。

此外还给母亲、女佣人昌代买了钱包。秋叶的购物到此结束。

"怎么样，你想好了吗？"秋叶问雾子。

"价钱贵了点，行吗？"

"行，你去买吧！"

"我看还是那一家便宜些。"

雾子走过去一看,橱窗里放着各种各样的挎包,雾子用手指点了一下,店员马上拿给她。秋叶看了看价钱,怀疑自己的眼睛是不是看错了。

雾子赶紧把挎包拿在手里,朝着镜子比画,价钱真够高的,合二十七八万日元。

"太贵了……"

雾子窥视秋叶的表情,装作没听见,不说话,雾子赶紧把挎包交还给店员。

秋叶看见雾子沉下脸,斩钉截铁地说:

"我答应过的,你买吧!"

雾子立刻喜笑颜开。

既然雾子高兴,秋叶不惜花钱。

至于女装,秋叶喜欢色彩鲜明的衬衣和宽大的裙子,当然合适的连衣裙、夹克、套装,配合得好,也不难看。

只要是雅致的女装,并且雾子也喜欢,秋叶只有掏腰包。

一个女人由自己的爱好达到变化,同时又高兴这样做,这是一种创造。

幸好秋叶保守的爱好正符合五十年代的时装,最近渐渐又流行回来。

以前秋叶憧憬的格莱斯·凯利的挎包,他曾想买一只给雾子,相信自己不是小气的人。

然而,这种挎包实在太贵了,一般挎包值 5 万日元,至多 10 万日元,28 万日元的价格,几乎贵了三倍。

如果雾子真想要,那也无话可说。

男人的承诺,是男子汉的气派。当店员把挎包包装好递给雾子时,雾子顿时笑逐颜开,深深地向秋叶一鞠躬,表示感谢。

"谢谢,我一辈子珍重它。"

为了看到这一瞬间的笑脸,男人的30万日元就泡汤了。乍一想似乎有点傻,但这也是男人的喜悦。

雾子真的高兴了,回到旅馆,提着挎包、背着挎包对着镜子来回地照。

"您瞧,多有品位,人变得沉静多了。"

"我看你一下子长大了。"

"所以我说要用它一辈子。"

价钱高和时髦是两回事,让雾子用高档商品原是秋叶教她的。

"人们见了,一定会大吃一惊吧!"

瞧着雾子对着镜子得意洋洋的样子,秋叶忽然想起了史子。

从年龄和外表看,这个挎包更适合于史子。史子遇事冷静,聪明而不外露,拿着这挎包,飒爽地上街,会是一幅好画。

"这回我要买样礼物回敬您。"

秋叶正陷入沉思,没听见她说的话。

"亲爱的,您喜欢什么?"

虽然雾子买礼物,但雾子的钱不都是秋叶给她的吗?

"太贵了,我买不起,买只钥匙圈如何?"

"我不需要什么。"

"现在您带的钥匙圈,上面的皮革都磨破了。"

虽然花钱不多,但她要回报,难得她有这番心意。秋叶暗暗高兴。

"时间允许的话,我还想好好逛一逛。"

雾子还想在巴黎多待些日子,这心情也不难理解。既然来到欧洲的名城巴黎,只待三天,对年轻女人来说,总感到有所不足。

然而,从东京出发已经半个月了,明天离开巴黎,至多休息一天,第二天就得去京都大学授课。

看来,这次旅行,在西班牙待的时间太长了。

然而,这次旅行的目的就是去西班牙观光学习,在巴黎待三天也满可以了。

出发那天,还是村濑送他们去巴黎机场。

果然不出所料,雾子的行李箱装不下,又买了一只旅行包。

"你这好像是'采购部队'①……"

秋叶苦笑了一声,雾子是战后出生的,自然不懂得"采购部队"是军队中的一个兵种。

秋叶向村濑告别,约好下回在东京见面。

办好离境手续,离起飞还有一段时间,便进了免税商店。

买了挎包后,雾子宣告什么也不要了。可是见了新的商品又跃跃欲试。

"给阿朋买点什么吧!"

雾子独自在嘟囔,把钱包和信用卡拿在手里。

秋叶瞅了她一眼,心里也嘀咕,不给史子买点什么,似乎也说不过去。事到如今,对已经分了手的女人,谈不上给她送礼物。话虽这么说,心里也想着多少给她买一点。正在犹豫不决,只见雾子正在装饰品柜台前看来看去。

也许她什么也选不中。

---

①太平洋战争期间,日军为了保障后勤供应,专门派出部队去征集或采购物资,称为"采购部队"。

秋叶好像自己做错了什么事,把一条女用的方巾拿在手里。

这围巾花样不错,以玫瑰红为基调,比较素雅。

"买这个……"

秋叶把围巾递给店员,雾子扭过头来,朝这边看。

这店员动作真慢,把围巾叠成长方形,这时雾子过来了。

"真漂亮,送礼吗?"

"给一个过去受过照顾的人。"

"多大岁数?"

"四十岁左右。"

"唔,真不错。"

雾子只留下一句话,又朝装饰品柜台走去。

对天发誓,现在他最爱的是雾子。但秋叶经常想起史子,不能说"怀念",但对史子多少还有点想念,秋叶并不掩饰。

从巴黎起飞时间为下午2点。

秋叶在座位上坐定,系上安全带,松了口气。再过不到一天时间就回到东京了。

当然还有许多景点想看,也有不看会感到遗憾的地方,但一想到马上回到东京,也就心平气和了。

这次旅行挺愉快,也没有感觉什么不安,但毕竟在异国他乡,多少有点紧张。

空姐前来核对机票。

来的时候,头等舱还有空位,回去时,全部客满。

不多时,飞机转向跑道,一阵引擎发动声后,飞机一举跃入空中。雾子恋恋不舍地从舷窗瞭望巴黎的街景。

塞纳河在阳光下发光,而埃菲尔铁塔已灰蒙蒙地看不清了。

不多时,这一切消失在黄昏前的云霭中,雾子才把视线收回来,看着秋叶。

"怎么啦?"

"没什么。"

雾子摇摇头,慢吞吞地说:"谢谢您。"

秋叶眨眨眼睛,不知如何回答。雾子接着说:

"真开心。"

秋叶瞅着雾子的笑脸,点了点头。

雾子最可爱之处,高兴就是高兴,实话实说,从不掩饰。换了史子,恐怕不会说声"谢谢"的。即使心里感谢,脸上也不会表现出来的。这可能是气质高贵的表现。

然而,雾子心里想什么就说什么。这就是年轻女人的可爱之处。

"好像是三天前才来的……"

"不,已经两星期了。"

"真快啊!"雾子把座位放倒往后靠,说道:"以后恐怕不会有这样开心的旅行了。"

"那怎么会呢?"

"您还会带我出来吗?"

"那当然咯。"

"今后我再也不会有自卑心理了。"

"自卑心理?"

"过去我从未去过外国,和朋友们谈话时,一谈到外国,好像比人家矮了一截。今后再也不会有这种情绪了,也踏实了。"

"难道以前一直不踏实吗?"

"是的,您知道我有多么紧张。这下好了,吃过真正的外国大菜,跟以前就是不一样了。"雾子说的是真话。

"原来我以为法国大菜吃起来很繁琐,原来不是这样。"

"法国大菜最随便了,绝对不麻烦,愿意怎样就怎样。"

"法国大菜和时装,真正让我开了眼界。"

雾子把手肘靠在扶手上,挺起胸膛。秋叶瞧着她那开朗的笑脸,觉得她向前迈进了一大步,进入了淑女的行列。

冬萌

从欧洲回来,雾子更加美了。

当然,说她更美了,并不是指五官和容貌有什么变化。天生的容貌还是依旧,只不过经过一段磨炼,比原来的素质高了。

素质高了的原因,首先是她自己增强了自信心。

去了欧洲,参观游览了不少地方,住过第一流的旅馆,吃过各种各样的大餐.雾子意识到自己确实美。原来以为她只能在东京吸引人,然而在西班牙、法国巴黎,雾子的美也十分突出。各种各样的男人向她投来羡慕的目光,跟她说话。

不仅是男性,就是外国的女性也都面带笑容接近她。

虽然雾子个子小些,但她的美貌在世界各地不见逊色。

女人的美貌随着她的自信而增长,变得更加美丽,已进入了一个新阶段。

从欧洲回来后,她又有了新的目标:开一家旧货店。过去她只是在学校学习知识,今后要创造自己的新生活。她还会更加美丽的。

从秋到春,雾子的头脑里被旧货店的设计占满了。

首先她要去参观形形色色的"安蒂克",体验一下商店的氛围,研究当前年轻女人和中年妇女需求什么,再调查一下纽约和巴黎流行什么款式。

雾子的房间一下子堆满了时装杂志,一说话,离不开开店的话题。

瞧着雾子的表现,秋叶很佩服她。真有点惊呆了。

这是雾子的天性,她要做一件事,非追根问底研究清楚不可。比如店址应选在何处,她竟会站在马路边查看。

"这一带年轻女人的通过量,每小时平均十个人。"

秋叶钦佩她的细致和执着。一冬天就这样过去了。

进入2月,开店的事逐渐具体化。

"亲爱的,您真的能给我筹措资金吗?"

一个不太冷的日子,雾子突然这样问道。秋叶没有思想准备,慌忙地点了点头。

"找到合适的店址了吗?"

在欧洲已经允诺过好多次,事到如今不能说不行。

"我想请您一块儿去看看。"

话已经说到这份上,秋叶不能不认真对待。

雾子最理想的店址是在代官山周围。

原宿和涩谷太老了,下北泽过分庶民化,只有代官山一带才是最理想的地方。

秋叶赞成她的意见。

然而实地一考察,代官山周围太偏僻,而且房价也高。连接住宅区的旧山手大街上高级的时装店和餐馆鳞次栉比,已经没有余地。从八幡大街至并林桥,多少还有点余地。

马路较宽的旧山手大街,不如多少有点嘈杂的八幡大街,在那儿开一家小小的旧货店,符合当地的气氛。

然而,这一带是住宅街,很少有店面,即使有,很快租出去了。

雾子拉着秋叶走进附近的房地产公司打听。仅押金一项,每坪①为 150 至 160 万日元。月房租每坪为两万日元。

雾子希望开一家 10 坪大的店,仅押金就需 1500 万日元,再加上房租、小费至少需 2000 万日元;而且不是马上可以搬进去,还得排队等待适当的店面。

"物以稀为贵,房地产商以此哄抬价格。"

雾子叹了一口气,但真正想叹气的倒是秋叶。因为一旦有适当的店面,秋叶得准备好 2000 万日元。

旅行中身心获得了解放,一时高兴,说了大话,仔细一想,这个承诺非同小可。

其实,最初当雾子提起要开店时,秋叶并没有拿它当回事。

在欧洲旅行时,雾子提到另外有人赞助她,当时秋叶还感到不自在,认为雾子只是说说而已,并不真的想开店。

待到雾子拉他去房地产商那里,这才醒悟过来,原来她真的想开店。

最近他又了解到,雾子周围有一帮人帮她出主意,如何如何开店。

既然有人帮助她,赞助她,秋叶稍稍放心,光她自己,这店是开不起来的。

一旦开了店,这笔资金的筹措最后要落到秋叶头上。

秋叶从小到大没有做过生意,一生与买卖无缘,一想到这些事,他心中惴惴不安。

---

①坪是面积单位,1 坪约合 3.3 平方米。

秋叶又一次感到,自己的承诺太荒唐了。他心中暗暗嘀咕,最好找不到适当的店面,这件事就可以不了了之。

秋叶内心这样盘算着,不料到了3月初,雾子来了电话,兴高采烈地说:

"您听着,我在代官山找到一家好店面。"

"……"

"在八幡大街找到一处店面,刚好11坪大。"

秋叶首先想的是押金,可雾子因为找到店面,忘乎所以。

"亲爱的,陪我去看看好吗?"

秋叶的工作刚有点头绪,既然如此求他,不去就不合适了。

房地产商领他们去看的地方在旧山手大街和八幡大街的交叉点,离并木桥约200米,是一座四层高的崭新的楼房,二楼以上是公寓,一楼一分为二,一边是男式时装的专卖店,旁边一间拉下了卷帘门。

房地产商说了一大堆好话后道:

"我看这位小姐非常热心,所以我先带二位来看看。"说着,掏出钥匙打开卷帘门。

房间呈细长形,里面确有11坪大。

"这楼房是一年前建成的。这里原来是家卖进口货的杂品店,现在搬到涩谷去了。"

11坪的空店面里,只剩下一把旧椅子和空调。

"这一带想再找一处这样合适的店面可不容易了。"房地产商一个劲儿做自我宣传。

战前秋叶就住在这附近的南平台,对这一带很熟悉,不用多说,十年前这条街上就有杂货店和药房。附近有代官山公寓,还有专供外国人使用的高级公寓。这里有以葡萄干饼而出名的餐馆、咖啡馆,还比较幽静。

随着旧山手大街现代化的进展,这一带突然充满生机,女装服饰店如雨后春笋般地多了起来。

"最近,这一带的里街也开了不少店,星期六和星期天,女士们和小姐们都来这里购物,可热闹了。"

秋叶走到店门外,朝附近的楼房眺望,又走回来。

"唔,这楼房还挺新的,看起来很坚固。"房地产商一眼看出秋叶是赞助人,便把雾子放在一边,转过身来对秋叶说:"照这个地段,这价钱不算贵的啊!"

房地产商拿出图纸,上面写着:押金1800万日元,月房租20万日元。

"在这儿开一家旧货店再合适不过了。"

好像雾子对房地产商谈起过开店的计划。

"总而言之,这儿是上等地段,决定要的话,请二位早作决定。"

秋叶还有点纳闷,这一带原来是涩谷区的边缘,可离住宅街不算近,作为商业街算是上等地段。才10坪左右的店面,仅押金要1800万日元,未免太贵了。

"真要这个价吗?"

"没错,不久就要竣工的楼房,每坪押金要200万日元。"

"这也太狠了。"

"房主要价更高哩。"

秋叶打小就住在这一带,他说得再好,总不能让秋叶心服口服。

"不能再降点吗?"

"您瞧,已经降了,写得明明白白的。"

房地产商指了指图纸上写着"不可多得的价位"的文字。

"这价位可以了,我们绝不会多要的。"

"手续费呢?"

"那当然要一点咯。"

房地产商指了指图纸,明明白白地写着:百分之五。

"这个太高了,一般是百分之三。"

"请原谅,我们找了好多家房主,好不容易才找到的,费了好大事哩,百分之五不算多。"

房地产商看出秋叶喜欢雾子,又做了自我宣传,说道:

"这店面还是这位小姐先看中的,我看她很热心。"说着,朝雾子瞟了一眼,"这一带正是热点,来找店面的人真不少,能提供的店面却不多。"

"……"

"放心,你们二位不会吃亏的。如果您不想要的话,请提前给我说一声,我们好租给别人。"

虽然决定要开店,可还有些困难,一时还下不了决心。

"让我们考虑一下。"

"如果另外有客人想要,你们打算放弃吗?"

"你不会马上就找到房客的吧!"

"不,不,现在就有十来户等着,这位小姐也看见了。"

雾子听了他的话,点了点头。

"如果付上定金,那就没事了。"房地产商回过头,只见雾子使出求秋叶快下决心的眼神。

雾子的心情,不用多言,只要看她的表情就可明白。平时她不满意总是微微噘着嘴,等到真生气时,干脆闭上嘴成了一条线。

此刻,雾子眼睛睁得大大的,看看房地产商,又看看秋叶,一个劲儿咽唾沫。

这时如果不满足她的要求,肯定她会不满的。她好像在说:"什么呀,答应给我开店,原来是耍嘴皮子,拿我开玩笑。"

照实说,雾子此刻考虑的不是价格高低,她对这家店面着迷了。

回到屋里,再商量也没有意义了,反正要租的话,当场拍板该会让雾子多么开心。秋叶朝店面扫视一眼,干咳了一声。

"就这个吧!"

对秋叶来说,这句话就像从清水寺的舞台上跳下来,下了最大的决心。雾子仍然殷切地望着秋叶。是出乎意料呢,还是来得太快了?半信半疑的表情浮现在她的脸上。

"定金需要多少呢?"

"一般是百分之十,根据情况,百分之五也可以。"

1800万日元,百分之五,得100万日元。

"可是此刻拿不出来。"

"那没关系,明后天也可以,您先给我10万日元吧。"

秋叶想这点钱总该有吧,点了点头,从怀里掏出钱包。

"那好,我赶紧起草好合同,明天劳驾二位再来一趟。"

房地产商公司就在附近的并木桥。

"这样的店面不太好找了,虽然贵一些,往后还要看涨。"

房地产商抓住最后机会再宣传一番,拉下了卷帘门。

秋叶走到外面,从远处再眺望一下店面。雾子悄悄地来到他身边,向他行礼。

"真难为您了。"

"你最喜欢这地方,是不是?"

雾子点点头,瞧着她乌黑的大眼珠,秋叶心想又做了一件好事。

第二天秋叶去房地产商那里交了定金,找能村一起吃饭。

几天未见,能村又胖了一大圈。

"看来,你仍然精神十足。"秋叶说。

"那只是外表,里边快垮了。"

大家电公司的广告科长,看起来很风光,其实非常辛苦。

"干到今年年底我就不干了。"

"是不是找好了接班人?"

"那我就管不着了。"

能村连续几夜在外面接待客商,他真有点累了。

"不干了,那怎么办?"

"找一份比较轻快的工作。"

"你能安下心来干吗?"

能村给秋叶的印象是银座街上的常客,多么风光。他能去另外什么地方工作?简直不敢想象。

"看来你也很忙,是不是?"

"不,我太懒散了,再不干一点就拿不起来了。"

雾子开店的事,能村并不知情。

"资本家的儿子怎么会说出这样的话?"

"不,不,往后什么都得写一点。"

这句话的意思,并不是秋叶的工作很多。他指的是写一些评论,做些踏踏实实的工作,还是要做自己喜欢的工作。写作的数量是有限的。

只要有这个想法,工作有的是,只是不想做没有兴趣的工作。只要生活能过得去,他并不想去挣钱,因为毕竟秋叶还有些资产。至今为止,他确实是悠然自得地走过来的。

最近社会发展得很快,只有做些自己熟悉的工作,这样可以干得长久一些。

一味顺应潮流、赶时髦,很快就会厌倦的。这不仅指演员或节目主持人,是世界上共同的规律。

秋叶从三十岁着手文艺评论以来,已经过去二十年了。过去活跃在第一线,幸好没有把风头出过头。

"对我来说,自己没有才能并不感到自卑,慢悠悠地干着工作,注意不要干到厌倦为止。"

秋叶对同僚也说过这样的话,听起来似乎有点自负,其实这正是他的心声。

然而现在可不能这样夸海口了。

写完《才能论》接着写《明治人物评传论》,今春又为《东西方文明论》去采访,在欧洲时,他多少做了点构想,尚未搜集资料。

此外,还要为周刊杂志写些短评,去京都大学授课,中间还要参加会议和讲演。

当然,这些工作是挣不出钱给雾子开店的,但再不干一点,他就不踏实了。

"这样的话,你已经吃够了酱鲐鱼了。"

雾子喜欢吃酱鲐鱼,能村半开玩笑地叫雾子为酱鲐鱼。

"这是两回事,每天正忙着哩。"

"她找到工作了吗?"

秋叶发现这地方离女老板较远,便答道:

"不瞒你说,她准备开爿店。"

"以前我听你谈起过,好像是旧衣服店。"

"前几天,我陪她去找店面。"

"终于当真了。"

"在代官山住宅街,光押金要1800万日元。"

"多少坪?"

"在新楼房的楼下,约10坪。"

"这笔钱全部由你出吗?"

"是啊……"

已经付了定金,秋叶还拿不定主意。

1800万日元的押金的价位究竟高不高,心里没有底,说不定被人家敲了竹杠。出了这么大价钱在代官山一带开店有没有价值?

这些事找不到适当的人商量商量。当然不能跟母亲或亲戚们谈,跟朋友谈,那么和雾子的关系就暴露了。

可是对能村用不着躲躲闪闪,可以坦率地商量,再说他交游广,消息灵通。今天和能村见面,主要目的是向他咨询有关开店的事。

"原来是这样,没想到你俩已进行到这一步。"能村喝完一杯酒,叹了口气。

吧台里的女老板和小丝没注意两人的谈话。

"房地产商说是很合算的,你看如何?"

"吓了我一大跳!"

"为什么?"秋叶反问道。

能村放下酒杯,点了点头。

"价格高低,那要看看实物才能表示意见。我吃惊的是,这么大一笔钱都由你出吗?"

"别人也不会给她出啊!"

"一旦开了店,花钱的地方多了,房租、礼金、进货,需要一大笔资金运转,至少还需2000万。"

进货的钱雾子还没有跟他商量,但押金等费用,秋叶打算再出二三百万。

"这么大一笔钱,你打算怎么筹措?"

"……"

这几天,秋叶正考虑处理一批证券、股票、投资信托等,可以筹措2000万日元。

可是动用这笔钱必须和母亲讲明白,其他还找不出适当的渠道。

"你有的是资产,应该是很坦然的。"

"坦然什么?我没有钱。"

除了这笔钱,秋叶就没有自由支配的钱了。

"那么,你决定出咯?"

"已经答应她了。"

能村又叹了口气,嘟囔了一声:

"病入膏肓。"

听了这话,秋叶感到有点不快:自己老老实实向他说明,想同他商量一下,他不但不回答,还唉声叹气地说自己病入膏肓。

秋叶想知道的是押金高不高,对雾子的态度如何。病入膏肓,这是自己的事,不应该受能村的批评。

"你认为我做了一件傻事,是不是?"

"那倒不是。"

"可是你话里就是这个意思。"

秋叶把烟蒂塞进烟灰缸里。

能村又向老板要了一壶酒,慢吞吞地转向秋叶。

"我可以去看一看那店面。据我看来,这价位差不了多少。"

"……"

"她一定要在那儿开店吗?"

"她说,那地段最合适。"

"那不就得了嘛!"

能村的回答,说跟没说一样,而且语气带点情绪。

"我明白了,就这样定吧!"秋叶说。

到了这一步,跟能村商量已经没有什么意义了。

秋叶继续抽烟,能村喝他的酒。气氛不太融洽,能村悄悄地递过酒壶来。

"来,趁热喝一杯!"

秋叶默默地伸过酒杯,能村放下酒壶说道:

"真羡慕你。"

"羡慕?"

"我可没有条件像你这样着迷。"

"你是不是在取笑我?"

"不,不,我是做不到的,而且也没有这么大勇气。"

秋叶放下酒杯,摇了摇头。

能村是职员,收入有限,他指是似乎是他的实力。

可是一个职员即使没有钱也能爱一个女人,这不是金钱和地位的问题,主要是有没有热情。

"你这样说,随时可以找退路。"

"不,不,我没有胆量。"

"表面上怎么干都行,但归根到底必须注意周围的影响。"

秋叶和能村从高中时代一直交往至今,从来也没有什么不融洽。年轻时血气方刚,争得面红耳赤,甚至动手。那时主要对政治、社会问题的争论,过后就忘得一干二净。即使吵,也因为过分亲密,不会影响两人的关系。

可是,今夜的不融洽与以往不同。

为一个女人,可以出资 2000 万日元。能村只有吃惊、叹气的份儿,而秋叶反而将错就错,满不在乎。

这种分歧,不像政治、社会问题,它涉及隐私。

这种分歧,不是喝杯酒、议论议论能达到相互理解,因为这是各人的生活方式不同。

最后,两人以"你是你,我是我"的方式各奔前程。双方都是社会人,有判断能力,再不融洽也就到此为止。

能村向秋叶打听些西班牙情况,秋叶谈谈对异国风情的感想,接连转了两个酒吧后分手。

表面上还是很友好,但各人都有"他变了"的感觉。秋叶最后感到他和能村渐渐疏远了,稍感不安。人生的价值观的变化,势必会导致生活态度的变化。

目前,能村仍在公司职员中间周旋,几年后会当一个公司的头头,表面上似乎很稳健,但内心里仍潜伏着往上爬的思想。

与他相比,秋叶所关心的是雾子。虽然她目前没有工作,但他决不会放弃她。秋叶最珍爱的还是雾子。

两人的生活方式截然不同。然而,究其原因是对女人的看法,不得不感到遗憾。如果没有雾子,也不会有如此不融洽。秋叶有点醉了,是因为总在想这个问题,或许因喝得太快之故。

当夜,秋叶醉眼蒙眬地到达雾子的公寓,已是午夜 1 点了。

事先没给她打电话,秋叶以为她或许早早睡了,没想到雾子守着暖炉在写些什么。

秋叶从她的肩后瞧了一眼,纸上写满了片假名。

"我在考虑开店后该进些什么货。"

"你尽管写吧,你要买什么,我就给什么。"

或许是醉了,秋叶说这话时,有点情绪。

"把货办齐,成为日本首屈一指的商店。"

"看你醉成这个样子,你看了也不管事,被子已经铺好了,快躺下吧。"

雾子已换上睡衣,赶紧从卧室里给秋叶拿来睡衣。

"先给我一杯水。"

秋叶醉了,他想对雾子撒娇,让她伺候自己。

"小心点,水快洒出来了。"

雾子给他端着杯子,秋叶更来劲了。

"这爿店一定要开起来,不管谁说什么都要开。"

"我听明白了,您赶快喝水吧!"

"能村是个胆小鬼,只会说大话。"

"您和能村吵架了?"

"那家伙没本事,嫉妒人,一嫉妒就小气。"

雾子怕水溢出来,赶紧去拿毛巾。

"别这样,今天老老实实地睡觉吧。"

"你一定把店开好,只许胜利,不能失败,让那家伙大吃一惊。"

"是,是,我听明白了,快换上睡衣。"

秋叶哆哆嗦嗦地脱掉西服,换上睡衣,雾子像牵着一头牛,把他拖进卧室。

秋叶顺从地跟着她,突然去撩雾子睡衣的下摆。

"你真浑!"

雾子赶紧蹲下,秋叶压在她身上,接吻。

一股酒味,雾子赶紧推开他。

"瞧你醉成这样子!"

"一块儿睡吧!"

"好,我马上就去,您先休息。"

"不,我不撒手。"

秋叶抓住雾子睡衣的下摆,他醉了,这时他已无力得到她了。

翌日,秋叶一起床,立刻给银行、证券公司打电话。

代官山的店面已付了一部分定金,能宽限几天。既然决定要了,还是早些把钱付了。

当前先得付押金、房租,和一部分周转资金,加起来将近2000万日元。

最近去海外旅行,存款去了不少,还得提出200万来,其余只能卖掉股票凑数。

秋叶本来对股票、证券并不感兴趣,又不是自己买的,是父亲死后分得的遗产。存在证券公司里,究竟有多少钱,他从来没计算过。

秋叶在电话里通知证券公司要卖掉证券,对方似乎有所不解。

"您有急用吗?"

"是的,有点急事需要钱。"

"目前,市面不景气,尽可能再等一段时间如何?"

除此以外,秋叶没有其他资金来源。

"现在卖掉的话,能值多少钱?"

"可能值2500万日元。"

当然可以向银行贷款,但银行要先调查,手续太麻烦。

现在即使吃点亏,至少不费事了。

"那就拜托了。"

挂断电话,秋叶大大松了一口气。

父亲留下的全部遗产就这样泡汤了。

其实最大的遗产是住宅和土地,另外加上这些股票。

能换成现金的只有这些股票,一旦脱了手,心里就不踏实了。

"如果老头子活着的话,会说些什么?"

父亲是外交官,年轻时也有若干女人。秋叶记得,父亲喝醉了酒,由漂亮的女人护送回家,母亲虽然有点不高兴,但父亲始终没有纳妾。

与父亲相比,秋叶真是"病入膏肓"。

"病入膏肓!"

父亲活着的话,也会像能村一样训斥自己。

四天后,和房地产公司正式签约。付掉押金1800万日元,预付房租20万日元,手续费和中介费90万日元,秋叶好像掉了一件大宝贝。

其实在交付支票前,秋叶曾想算了吧,把手缩回来。

如果秋叶一个人去的话,到了房地产商那里,他或许会说:"再让我考虑一下。"

然而雾子在身旁,他说不出这样寒碜的话。

从决定开店筹措资金以来,一直到今天签约,秋叶一直是被雾子拽着走的。换句话说,正因为有了雾子,才到这一步。

"这样的话,这爿店终于属于我们的了?"

走出房地产公司,雾子一只手拿着装契约的信封,另一只手挽住秋叶的胳臂。

"亲爱的,我们这就去店面如何?"

既然已签了约,钥匙拿到了手。

"好好去看一看我们的店。"

傍晚,街上行人熙熙攘攘,雾子大大方方地挽住秋叶的胳臂行走。

雾子太高兴了,一刻也不能等待。为了看雾子的笑容,秋叶扔了2000万日元。见雾子这样高兴,扔了钱也值。

秋叶心里这样对自己说,便向代官山的并木桥进发。

这个属于他俩的店铺,在暮霭中像是被人遗忘似的静静地伫立在那里。

雾子拿着钥匙,插进钥匙孔,拉开卷帘门。

上次来时,有一把椅子,此刻已被搬走,地板扫得干干净净。

"这样一看,好像挺宽敞的。"

"这儿放桌子和沙发,货架在那一边。"

雾子的脑海里已经有了蓝图,指着各个角落考虑如何安置。

"入口设在一边,把窗户弄大些。"

雾子这么一说,秋叶还想不出旧货店究竟是个什么样子。

"反正已经属于我们了,明天再来一趟,好好合计一番。"秋叶说。

听了秋叶的话,雾子点点头自豪地说:

"我们已经是这儿的主人了。"

"你是总经理。"

"对,我一定好好干。"

雾子穿着大衣,深深地吸了口气,摊开双手,闭上了眼睛。

签完约,告一段落,但繁忙才刚刚开始。决定在4月开张,在此以前必须装修完毕,还得给这爿店起个名字。

"亲爱的,叫什么好呢?"

从此以后,两人之间的话题尽是雾子开店的事。

以前秋叶去雾子的公寓,雾子立刻站起来接过秋叶的上衣和裤子,用衣架挂好。最近,常见她守着暖炉,考虑店面的设计和进货单。

热衷于开店,疏远了秋叶,仔细一想,雾子这次开店或许跟孩子闹着玩一样。

如果现在让雾子生个孩子,那么雾子把爱倾注给孩子,秋叶也只能放在第二位。

如果雾子怀了孕,秋叶即使不让她生,她也去店里忙活,结果还是一样。

"叫'布吉·那比'怎么样?"雾子得意地说。

"'布吉·那比',法语的意思是'小舟'"。秋叶装腔作势地说,好像有人在请教他法语似的。

"就叫'雾子'吧!"

"拿我的名字做店名,行吗?"

"怎么不行,你往那儿一站,就是招牌。"

秋叶想象着雾子穿着丝绸衬衣加西装裤,或穿着长裙子的形象,心里美滋滋的。

"还是用外国名字好。"

雾子想用法语,而秋叶认为还是用日本名字好。

"时装店什么的,用一长串外国名字不好记。"

"那么,您认真考虑一下如何?"雾子说着把秋叶的西服挂到衣橱里。

"还有其他问题,您也一并考虑一下。"

秋叶虽然没有见过,雾子似乎还有一些过去的好朋友,她也想跟她们商量商量起个名字。

"让我考虑两三天,一定会想出好名字来的。"

起个店名问题不大,但装修还得花钱。

雾子的设想是:整个店用淡红色,气氛较沉静些。一面墙放货架、柜台,陈列项链、胸针之类的商品。

面向大街做一个橱窗,地面稍稍倾斜,陈列挎包、皮鞋等小商品。靠里首放一张桌子,一对沙发,让顾客坐下,慢慢浏览商品。

"整个店面较为简朴,不要弄些花里胡哨的装饰。"

女人们爱热闹、爱花哨的人居多,而秋叶则倾向简单、明快。

"可以请阿桂来设计。"

"是装修匠吗?"

雾子不禁笑出声来,"现在没有这样叫法的,叫室内装饰家,或叫Interior decorator。"

不管叫什么,在秋叶看来都是"装修匠"。

"这个人很有才能。原宿的'绿屋'、青山的大照相馆都是他设计的。"

秋叶对这些事不太清楚,最近最吃得开的就数搞装修的。

"那么,内装费大约需要多少钱?"

"我还没有跟他详谈,大概每坪需要30万日元。"

照这个价钱的话,那就要准备三百多万现款。

"从货架到照明设备全部包括在内,这个价位不算太高的。"

雾子的一句话,秋叶就得支出额外的一笔钱。

"其他还需要些什么?"

雾子提议开旧货店时,秋叶认为这是一个非常好的提议。事到如今,这爿店的资金全指望秋叶出,成了一只大大的"吃钱虫"。

"进货也需要一笔钱。"

"所以我在问你,需要多少?"

"您怎么啦?"

"没怎么……"

"您好像生了气似的,叫我害怕……"

"我怎么会生气呢?我要问清楚究竟需要多少钱,我也好筹措款子。200万够吗?"

"对不起,什么都得您操心……"

雾子不自觉地行了个礼,秋叶不得不大大方方地点了点头。

能村给秋叶打电话,是在内装修工程开始的前一天。那天分手时,似乎不太融洽,能村今天的声音却格外开朗。

"那晚上喝多了,真对不起……"

"不,不,我也有点醉了。"

多年的老朋友,这样简短的对话把前嫌一扫而光,接着聊了些家常。能村忽然想起了什么,问道:

"后来,开店的事怎么样了?"

"已经定了。"

秋叶干脆地答道。能村保持沉默。

"是不是帮我找到另外的店面了?"

"不是,或许是我多嘴……"

有了上次的经验,能村说话比较谨慎了。

"没关系,你说吧!"

"那么我说了,店面的契约是以谁的名义签的?"

"当然是雾子咯!"

"既然开店,最好是采取公司的形式。"

说实话,秋叶根本没有考虑到这一层。既然是雾子开的旧货店,那雾子当然是老板咯。他想得很简单。

"还没正式开张咯?"

"明天开始装修,正式开张要待下月。"

"那还来得及。既然开店,还是采取公司形式较好,目前小小的杂货铺、鱼行都是法人组织。"

经能村这么一说,秋叶也好像听说过。

"那可能很麻烦吧?"

"不会的,决定店名后,就以公司的名义去登记就可以了。"

"可是,我没有插手,都是她一个人在操办。"

"让她雇一个女孩子。既然你是最大的出资者,你应该当总经理。"

"不,不,这事儿我可干不了。再说我成了旧货店的总经理,那岂不是笑话吗?"

"那么总经理让她当,你当个董事长,其他再借你母亲、女儿的名义,凑足五个人就可以了。"

"这样做有什么好处?"

"法人组织,干起来比较容易些,税金也少。表面上是公司,基本上这店是属于你的。"

秋叶点了点头,这才弄明白能村为什么打电话给他。看来,还是老朋友,能村真的为秋叶的事操心。

押金、房租、装修费、进货,花钱没数,再让雾子当老板,那秋叶成了光出钱的大少爷了,能村对此不能坐视不管。如果是别人,那他可以不管,秋叶是老朋友,那不能保持沉默。

秋叶对能村的一番心意,衷心表示感谢,只有他能像亲人一样关心自己。

"谢谢,我真没想到这一层。"

"成立公司,这店不是她的,是属于你的咯。"

这样,秋叶出了钱尚有价值,今后也会有收益的。

"表面上她是总经理,可是你出的资金,真正的老板是你。"

"那么资本金也由我出咯?"

"你只要出上二三百万日元就够了。如果她三心二意,那就由不得她了。"

"这话是什么意思?"

"譬如,她把店关掉或转让给别人,甚至和你分手,没有你的同意,这店她是不能随便处置的。"

"她不会这样做的。"

"不怕一万,只怕万一,你不得不防一手。"

"这样做,恐怕不好吧?"

"这怎么会不好呢?你出了这么一大笔钱,你参加一份,那是合情合理的。"

"原来是这样。"

听了能村的说明,秋叶也认为他说得有理。

"搞公司,恐怕她不会反对吧?"能村说。

"不会,因为她一心一意想开一家店,至于什么形式,她不会在意的。"秋叶答道。

"那就没有问题了,马上就开始行动。"

"实际操作从何着手呢?"

"很简单,找一个熟悉业务的税务员,一切手续他会给你办妥的。这样吧,我给你介绍一位熟识的税务员。"

"那就不用了,我也有认识的税务员,同他商量着办吧!"

"也许我多嘴,突然想到这一点,所以打电话给你。"

"谢谢,真的感谢你。"

放下电话,秋叶重新考虑能村的建议。

能村说得对,如果以雾子名义开店,雾子可以自由支配。万一秋叶需要用钱时,或者以店的名义做担保向外界借钱,他都无计可施。

秋叶的钱出得再多,一旦这店成了雾子的东西,秋叶还是一无所有。

能村怕秋叶吃亏,提出采取公司组织的形式。秋叶接受了他的建议,认为这是一个很好的设想。这店是属于秋叶的,只要这个基本原则不变,他可以在背后监督店的经营。

但仔细一想,这种做法好像不太光明正大。

能村还这样说:"一旦她和你分手,她就能随便将店占为己有。"

将来的事,谁也无法断言,秋叶从来也没有考虑过他会和雾子分手。不管别人怎么说,反正秋叶认定他和雾子之间是最后恋情,雾子是他最后的女人。

一想到和她分手,现在就要考虑对策,那样的话,这日子过得太累了。

一开始,雾子提出要开店,秋叶早有思想准备,钱由他来出。但问题一具体化,什么押金啦、房租啦、介绍费啦等等,他渐渐感到不安、害怕。

正在这节骨眼上,能村给他来了电话,帮了他大忙。

在欧洲时,秋叶曾经干干脆脆答应过,钱由他出,雾子深表感激,不知说过多少次谢谢。

当定下店面、签好合同,雾子高兴得像孩子似的一次一次表示感谢。

怀疑雾子不忠,用公司组织形式来加以防范,连母亲、女儿都牵涉进去,有那样必要吗?

如果真的如能村所说的那样,雾子背叛了他,那么秋叶的恋情也就结束了。

雾子走了,留下这爿店又有何用?

"正因为喜欢她,所以全力以赴,这不就结了吗?"秋叶自言自语,独自点点头。

这天傍晚,雾子来了电话,说是要去找阿桂合计一下。

"您能不能和我一起去看看,对方提出最后的价位。"

雾子如此郑重地请他一起去,秋叶不想以赞助人的姿态出现在生人面前。反正关于装修的报价单,他也看不懂。

"你一个人去吧!"

"说不定吃了晚饭回来,好吧!我再给您打电话。"

秋叶点点头,挂断了电话。反正今夜不能安生了,究竟对方报价多少?再说让雾子和阿桂单独吃饭,他也放心不下。

据雾子说,阿桂三十刚出头,很气派,是一流的装饰专家,买卖很好,像雾子这样的小店,他不肯接受,这次算是特别照顾。

"这个人给人的感觉很不错。"

秋叶想象阿桂是位高高的个子,胸前挂着金链条,戴着金戒指,装模作样的年轻人。

虽然合计装修,秋叶一想起雾子和此人一起吃晚饭,就感到有点不舒服。

雾子和阿桂之间除了谈工作以外,不会有其他问题,因此她才邀请秋叶一起去。

"待会儿会来电话的。"

秋叶自我安慰了一番,开始伏案写作。

然而到了晚上七八点,雾子还是没来电话。

她在干什么？对方报了价，合计一下，不就完事了吗？

秋叶心里焦躁不安。到了九点多，雾子终于来了电话。

"我此刻在横滨。"

好像是从公用电话打来的，话筒里传来了汽车的声音。

"元町有一家非常高级的商店，阿桂带我来参观一下。"

秋叶一听就火了，竭力克制自己。

"报价多少？"

"全部包给他，需400万，似乎高一点，但保证一定让我满意。"

秋叶不作表示，让雾子说下去。据雾子说，装修的费用每坪是30万左右，现在听起来似乎高一点，但往后还要更高。

阿桂好像是位有名的装饰专家，是熟人介绍的，可以跟他学点本事。

价格不光不能便宜，还比别人高；并且明天就要开工，先把价格敲死。

这一点，多少有点疏忽，应该早些让对方报价，尚有砍价的余地。

对方是忙人，有的是活干，因此一等再等，拖到现在。现在只得听人家摆布了。奇怪的是雾子对对方的报价毫无意见，而且还心存感激。

"已经OK了吗？"秋叶冷淡地反问道。

"那当然咯，因为是我们主动求他的。"

"可是开始讲的好像要便宜些。"

"加上货架和照明设备，算来算去，价格就高了。再说目前正是旺季，我们是硬插进去的。"

不管贵也罢，便宜也罢，反正要秋叶出钱。

"那你看着办吧！"

"嗯，现在看来似乎贵了一些，但效果肯定会很好的。"

话说到这儿,已经没有反对的余地了。

"那好,我马上准备钱,回到东京后立刻给我打电话。"

秋叶粗暴地放下电话,靠在椅子背上嘟囔了一声:

"由她去吧!"

忽然提高了报价,使秋叶感到不快,同时雾子擅自去横滨,也觉得不是滋味。

参观商店也罢,为了共进晚餐也罢,单单为了让对方报价,就没有必要去横滨。

仅仅为了商谈业务,去附近的咖啡馆也就足够了。

人心难测……

秋叶转过椅背,朝着天花板眺望,又想起了能村说过的话。

"即使分手,有了公司,她就不能随便处置的。"

还是能村想得周到,采取公司形式,没错。

秋叶一边想,一边想象雾子和装饰专家一起驱车去横滨的情景。

秋叶一直等着,心里着急,雾子第二次来电话是在11点。

"我回来了。"

秋叶立刻换上外出的西服,去雾子的公寓。

雾子穿着在西班牙买的白麂皮套装,坐在沙发上看效果图。

"亲爱的,你看,多气派!"

效果图上标着镜子、桌子的位置,秋叶还是看不明白。

"报价到底是多少?"

"阿桂说,400万一点也不高。"

在电话里,秋叶的语气并不干脆,雾子没听出来。

"各种各样的店都有,有的每坪要四五十万元。"

"那当然咯,只要舍得花钱,装修得就漂亮。一个只卖服装和胸针之类的旧货店,用得着这样豪华吗?"

"这事儿该这样看,因为商品中有些是二手货,如果装饰和照明跟不上,不会引起顾客的兴趣,还是需要一些情调和气氛。"

"那个阿桂真行吗?"

"他是出类拔萃的,他答应一定给我搞一个最气派、最豪华的店。"

她既然如此着迷,再说也无济于事了。

"本周末先付一半,其余一半待竣工后再付。"

这是一般的规矩,雾子还认为这是阿桂的好意。

"亲爱的,本周末拜托了。"

雾子双手合掌放在胸前,诚心诚意地求秋叶。既然她已摆出这个姿势,秋叶只能点头表示同意。

"那么为什么要去横滨呢?"

这才是秋叶真正想问的问题,因为最初约定在涩谷谈的。

"阿桂说,他最近在元町设计了一家服装店,让我去看一看。"

"他倒挺关心的。"

"唔,我真的开了眼界,照明的设置决定了店面的气氛。"

"因此一起吃了饭?"

"还是我请客的,那没法子。"雾子俏皮地缩起了脖子,怕秋叶埋怨她。

"对了,这店名请您尽早决定,根据店名再来设计。"

雾子从书架上拿出图纸。

"今晚上请您认真考虑一下。"

看来,雾子的脑子里除了开店的事以外,其他什么也管不着了。

纸上写满了雾子所考虑的店名。

有"蒙·普契""曼萨特"——法语名,"曼隆·豪丝""斯摩尔·娜兹"——英语名,还有"谢恩""里蓓"——德语名,一共十几个。

"我想了许许多多,究竟起什么名字好,总是拿不定主意。"

雾子说得对,好像什么都行,又好像什么都不行。

"这店名叫惯了,慢慢会觉得是这么回事,譬如,银座和新宿,一开始也觉得很奇妙。"

有名的公司,一开始也叫不惯。

"日子长了,生意兴隆,自然而然就叫惯了。"

"所以,请您考虑一个生意兴隆的店名嘛。"

雾子把钢笔举到额角上,那样子十分认真。

"我明白了,您还是觉得日本名字好,是不是?"

"那当然咯,日本人在日本开的店嘛。"

"那就叫'AKI'如何?"

雾子用片假名写在纸上。

"您姓'秋叶',第一个假名读作 A,我的名字'雾子',第一个假名读作'KI',合起来是'AKI',正好是'秋'的读音。"

"唔,有意思。"

一开始,秋叶想,不如就叫"雾子",但好像是酒吧、夜总会的名字,现在叫"秋",倒也干脆,而且不难听,把两个人的名字合在一起,更是吉利的象征。

"是不是太简单了?"

雾子又在纸上写上"AKI",和旧货店连在一起,似乎不太平衡。

"那么用汉字吧!"

"用什么字呢?"

"叫'阿木'如何?"

"那还不如干脆叫'秋'。"

"可是……"

"是您出的资,那是理所当然的。马上就到您的生日了,也算是个纪念。"

秋叶觉得不好意思,只要雾子中意,那就无话可说。

"'秋'字形好看,像个旧货店的店名。"

"可是春天开的店啊!"

"那没关系,秋天是浪漫的季节,是时装上市的好时机。"

"那就这样定了?"

秋叶歪起脑袋想了一下,但内心是喜悦的。

如果能村在身旁,也许秋叶会说:"即使不采用公司形式,雾子把店名都用了我的名字,还有什么可担心的。"

"这样的话,这店名用竖写。"

雾子把店名写在纸上,用手指头敲敲桌子。

"对了,我还得赶紧制作名片。"

雾子又拿起笔来。

"往后要跟各种各样的人打交道,没有名片不方便。"

雾子在纸片上先写上"安蒂克秋",中间写上"八岛雾子"。

"名字前注上'店主',如何?"

雾子写上后,立刻把它涂掉。

"这不太合适吧?"

"那就用'总经理'。"

"我这样的人做总经理,会被人家笑掉大牙的,干脆什么也不要。"

雾子根本就没想当总经理。

"那么印上地址和电话号码。"

"可不能印上你的住址。"

印上住宅电话,说不定有男人用电话骚扰她。那可不得了。

"可是阿桂知道你的电话号码。"

"那是为了工作,没有法子。"

"下次,我和他见一面,如何?"

"请,明天就要开工了,您到店里来就见着他了。"

看来,雾子只把阿桂当作工作关系,秋叶这就放心了。坐在沙发上,将手搭在雾子肩上。

"好吧,和新开张的女店主接个吻吧!"

"您才是老板哩。"

秋叶一时高兴,把嘴唇贴在雾子嘴上。

"把舌头伸出来一点。"

雾子悄悄地伸出舌头,秋叶来回地舔,雾子即刻缩起身子,推开他。

"怪痒痒的。"

"那好,再来一次。"

雾子主动靠在秋叶身上,秋叶抚摸着她那柔软的身子,对自己说:"公司形式就算了吧!"

翌日开始的装修工程,按照计划,一星期就完成了。

完成那天的夜晚,秋叶和雾子一起去小网町的鳗鱼餐馆。

一般认为鳗鱼就是"大伏鳗",在夏天吃,但从冬到春,鳗鱼脂肪多,也较为美味可口。

秋叶每到冬天就来这家餐馆吃鳗鱼,没有夏天吃时的那种涩味,甚为可口。

起初雾子对鳗鱼敬而远之,近来也发现鳗鱼确实美味,到了百吃不厌的地步。

"那么,为什么要到夏天才吃鳗鱼呢?"

"这里有个讲究,这是平贺源内的策划⋯⋯"

"江户时代,鳗鱼餐馆总想在夏天把鳗鱼销出去,因为夏天鳗鱼比较便宜。这时平贺源内这个有名的谋士给他们出主意,让他们宣传'大伏天吃鳗鱼,不会苦夏,精力充沛',用现代语来说,就是商业广告了。"

"真的吗?"雾子认为借平贺源内的赫赫名声,实际上是胡扯。

"当然真的,不信,你去问问老板。"

小网町的鳗鱼餐馆,秋叶十年前就来这儿就餐,是这里的常客。

这一带没遭战争的炮火,这家叫"喜代村"的鳗鱼餐馆仍然是古色古香的木造结构,尤其是小街上一排柳树,令人想起江户时代小街的风情。

现在柳树刚刚发芽,鳗鱼的香味从柳枝中飘出来。

因为预订了座位,服务员领他俩到楼上四铺席半的雅座。正在喝啤酒时,女老板来了。

"哟,是您啊,好久不见了。"

女老板四十几岁,头发往上盘个发髻,两眼俏丽,就像浮世绘中的美女。

秋叶问自己,带了这么一个年轻的女人来,老板会怎样想呢?

因为现在很少有男人带心爱的女人来鳗鱼餐馆用餐,一般去高级餐厅,或去酒吧。

不能说鳗鱼餐馆没有情调,总显得有点古派,气氛不够浓厚。

既然来鳗鱼餐馆,说明两人已经非常亲密。老板自然明白这一层。

总之,秋叶喜欢这儿优雅的气氛。老板一看便知秋叶和雾子的关系,多年的经验,一个眼神就明白了。

"今天二位有什么喜事？瞧二位多精神。"

秋叶暧昧地一笑，倒是雾子开口说道：

"我们新开了一家小铺子，今日装修完毕。是出售西装、装饰品的'安蒂克'，有空请您光临。"

雾子又作了详尽的介绍，随手掏出刚印好的名片。

"啊！叫'秋'，这店名太棒了。"

"是这一位起的名，似乎古老些。"

"不，不，这店名多典雅。"

女老板向秋叶瞟了一眼。

"名片后印着地图，就在代官山附近。"

"这样高级的'安蒂克'，我还没见过。"

"没什么，不过是普通的小店。"

雾子若无其事地说，其实心里很高兴。

目前还没有进货，实际的感觉还不清楚，但典雅大方的装修，以及橱窗上的照明设备，气氛与众不同。

此外，靠墙放装饰品的货架的整个配置比较协调。"秋"的店名，用纤细有力的毛笔字，鲜明突出，颇有日本风味。

秋叶一开始对阿桂的能力表示怀疑，看来这个人的品位还是挺高的。

起先，听雾子介绍，以为是个装模作样的男人，一见了面，只见他穿着三件套的西服，非常有礼貌。

接过装修费的支票，阿桂郑重表示感谢，深深地一鞠躬："有什么不满意的地方，请随时呼我。"

这个年轻人看起来瘦削，不起眼，其实是位精明强干的实干家。

秋叶忽然想起，是不是也请这个年轻人来吃鳗鱼，后来又考虑，恐怕没有这个必要。

上过生鱼片后,就上了烤鳗鱼。秋叶喜欢这样的色彩搭配。在这寒夜,喝酒吃烤鳗鱼,整个身子都觉得暖和和的。

雾子第一次来这家餐馆,见了这干烤鳗鱼,惊异地说:"没有想到还有白色的鳗鱼。"以前雾子只吃过一般的烧烤,对这白色的鳗鱼感到不可思议。

这个烤鳗鱼原是江户的名菜,关西一带很少见到。关西人喜欢吃味道浓厚的食品,而江户的菜肴以清淡为主。

到了梅雨季节或盛夏,与其喝红茶,吃红烧鱼,不如干烤鳗鱼,连看着都觉得凉爽,食欲大增。

秋叶用辣酱油蘸着干烤鳗鱼,想起以前曾和史子一起来过这家餐馆。

史子是东京人,吃干烤鳗鱼也不是第一次。

史子曾说过,喝葡萄酒,吃干烤鳗鱼,最为可口。

雾子自然没有特殊的爱好,秋叶让她喝点酒,她就照办,也没说特别好吃。

雾子的顺从使秋叶觉得特别可爱,而史子较为任性。两个女人一比较,体味出差别来。

"这么年轻就开店,您真了不起。"

秋叶尚沉浸在对史子的回忆中,没想到女老板还在和雾子聊天。看来一提到时装,不分年龄大小都有兴趣。

女老板认识史子,还是第一次见雾子,或许女老板正在对这两个女人作比较。

去熟识的餐馆,秋叶总感到有些尴尬,因为史子以前曾来过这儿。有了这"前科",使秋叶不敢放开手。

看来,还是去陌生的餐馆较为随便些,但因为这儿熟门熟路,所以又带雾子来了。

"女人是多变的!"秋叶想起以前带雾子去情人旅馆,就有这种感觉。

以前带别的女人去过的旅馆,如果再带一个新的女人去,不免会被指责为不谨慎,但因为熟识了,就有了一种安全感。

来这"喜代村",是因为怕麻烦呢,还是这儿比较熟悉?秋叶自己也搞不清楚。随着年龄的增长,好像有一种将错就错的思想在作怪。

吃过干烧鳗鱼后,又上了一道烤鱼串。那盛菜汤的铜盘古色古香,现在已很少见了。

过去也这样,吃干烤鳗鱼时食欲很旺盛,待上烤鱼串时就倒胃口了。

雾子也一样,只尝了一口,站起来去了化妆间。

留下秋叶自己。刚拿起酒杯,女老板又走过来了。

"哎呀,怎么让您独饮,真对不起。"

"没事儿,这样高雅的房间,一个人独饮正合适。"

秋叶只得硬充好汉,接过酒杯,一饮而尽。女老板故作笑容,半开玩笑地说:

"先生,您真行!"

"什么?"

"让这位小姐开店呗。"

"……"

"您喜欢她,那就没法子咯。"

说在明处,秋叶不得不承认。

"你是不是在取笑我?"秋叶说。

"那怎么会呢？有这么一个美人在身边,谁都羡慕啊！"

秋叶被她说得不好意思,把盏给女老板倒酒。

"能村劝我不要干,一定要干的话,必须采取公司组织形式,怕她背叛我。"

"后来是这么办的吗？"

能村也来过这餐馆,女老板认识他。

"不,我哪能这样办事。"

"我说嘛,先生能这样小气吗？"

女老板双膝咚的一声跪下,把酒杯还给秋叶。

"男子汉绝对不要这样办事的。我有一位客人出钱给心上人开店,3年后,这位客人破产了,那女人赶紧把店卖掉,把钱原封不动地还给他。"

"现在还有这样的女人吗？"

"当然有咯。"

"最近那位客人和太太分了手,跟那个女人结婚了。"

"那么说,还真不错哩。"

"那位客人已经六十多岁了,现在两个人过得挺幸福。"

秋叶的工作是不会破产的,至多没有人向他约稿。没东西可写了,到那时,雾子也会像那个女人一样把自己当亲人吗？

"这倒是一桩美谈。我要是到了那一步,恐怕不会有指望吧！"

说话之间,雾子拉开门进来了。

雾子稍稍涂了一点口红,今夜她穿着一套素雅的套装,里边是丝绸的衬衣,所以不能把口红涂得太红。

"真漂亮！"

女老板把雾子上下打量一番,给她倒酒。

"对不起,失礼了,敢问小姐多大岁数?"

"二十五岁。"

雾子说罢,女老板点点头。

"您真年轻哪!"

雾子现在正处于青春期,拿花作比方,已经开了八成,是盛开前最美丽的阶段。

仔细想想,年轻就是美丽嘛,女人到了二十四五岁,是最好的年龄段,不漂亮才怪呢!先不论容貌美丑、打扮新潮与否,到了二十四五岁,自然而然会透出靓丽。当然雾子在同年龄段的人当中,无疑是最杰出的,她生来就美貌动人。可是达到顶点,慢慢下降的女人也是有的,不过那还早哩。

"再喝一点儿吧!"

女老板再一次向雾子敬酒,从她沉着的举止看出,她已经老了。雾子还不能像她那样沉着。

雾子用手捋开头发,秋叶瞧她眼圈已经红了,突然想起女老板刚才说过的故事。

男人到了六十岁,跟四十岁的女人住在一起,那女人肯定照顾他的吗?

按年龄之差,和刚才的故事的主人公差不多,到那时,雾子会照顾自己吗?有资产和地位另当别论,如果自己没有工作,她还会亲切地对待自己吗?

"到了这一步,自己不会求她的。"秋叶倒想看看雾子那时会是什么样的态度。

离开"喜代村"已经9点了,秋叶想径直回家睡觉。雾子因装修完毕,松了口气,还想再喝一点。

"去银座吧!"

"换个去处吧!"

"偶尔到新桥一带看看也不错嘛,有艺伎开的店,也有歌舞伎演员在那儿打工的酒吧。"

"那么可以见到各种各样的人物咯。"

"当然,演员也罢,不是出自名门的名角,而是一般演员,但高了兴模仿名角的表演,还真像那么回事哩。"

秋叶曾经碰上过一回,不光是歌舞伎演员,还有话剧和电影演员凑在一起,各人表演拿手的片段,弄得哄堂大笑。

从小网町至新桥十分钟就到了,今夜生意兴隆,店中熙熙攘攘尽是人,雾子和秋叶找了个靠墙的席位坐下,要了两杯加冰块的白兰地。

"今夜太拥挤,恐怕不会有什么好戏。"

"没有关系,可是歌舞伎很难演的,那演员肯定得吃苦头。"

"演戏都差不多,歌舞伎也不是特别难学。"

"听说是从小学起的,是不是?"

"即使从小学起,有的也不成才的。真正成为名演员的,不过是一小部分。"

"是吗?"

"我看,社会上对歌舞伎太娇惯了,动不动就给他们文化勋章、艺术院士等等。有那样必要吗?"

"嘘——"

雾子用手指指着秋叶的嘴巴。

"换个话题吧,亲爱的,您真的喜欢我吗?"

"怎么现在还问这样的话?"

秋叶一时不解她的意思,但看她的表情是认真的。

"以前您不是还喜欢过别人吗?"

秋叶的脑海里突然出现了史子的有身影,立刻摇摇头说:"已经活了五十年了,总该有一两个喜欢的人。"

"我不是问您过去,现在呢?"

"现在当然只有你了。"

"真的吗?"

"你怎么啦?突然问起这样的问题来?"

"我不过随便问问,您心里没有别人,那我就放心了。"

雾子一气喝了一杯白兰地,宣告畅饮结束。

得到雾子这样漂亮的女人,怎么还会去寻花问柳呢?然而雾子这样问秋叶,是不是还有其他女人,秋叶并没有感到不舒服。过度的嫉妒令人扫兴,轻微的嫉妒还讨人喜欢。

"你看出我还有别的女人吗?"

"不,是我多心。"

"绝对没有,我可以对天发誓。"

"即使现在没有关系存在,但我也不让您想起她。"

秋叶立刻明白雾子指的是史子,看来,她并没有完全放心。

"瞧,又有客人来了。"

门口进来了三位客人,已经满座了,三人找不到座位。

"瞧这样子,今夜的余兴没有希望了。"

如此拥挤,已经没有空间表演节目了。

"走吧!"

秋叶朝雾子轻轻地说了一声,雾子点点头,忽然想起了什么,说道:

"钱准备好了吗?"

雾子问得太突然,秋叶一时不知所措。雾子进一步说明:

"那进货的款子,后天一定得付清。"

对了,秋叶听雾子说起过,3月底需要钱进货。

"需要多少?"

"暂时需要200万,余款到下个月再说。"

秋叶点点头,心里在盘算,这笔钱从哪儿来?反正早晚得付,没想到后天就要,雾子为什么不早说呢?也许她不好意思开口。

"需要进一大批货……"

雾子房间里已经堆了一大批货,不知从哪儿进的货。

"总让您为难,真对不起。"

"不,没事儿。"

"我会拼命工作来报答您。"

她说得这样可怜,秋叶也不能无动于衷。

"你不用担心,我会准备的。"

秋叶把剩下的白兰地一饮而尽,站起身来。

4月《文明论》开始连载,秋叶开始忙了起来。雾子在开张前也忙得不可开交。

夜晚,秋叶去雾子的公寓,房间里满满的,连插脚的地方也没有。连衣裙、夹克、裙子,满满一大堆。

里边的卧室,也摆满了项链、耳环等装饰物,此外还有手提包、帽子、钟表、钥匙圈等等。

这一个月来,雾子几乎跑遍了东京的"安蒂克",又托掮客进货,才有了这壮观的景象。

"真不少啊!"

秋叶惊异不已,进这许多货物,他对雾子的精力不得不表示敬佩。

"这都是你的啦啦队帮的忙吗?"

"有一点,但主要是我自己搜罗的。"

看了这堆积如山的货物,秋叶能想象得出雾子在街上奔跑的情景。

"这些都是'旧货'吗?"

"是的,都能卖出去。"雾子挺起胸膛自豪地说,"光这些,还远远不够的。"

"是不是要一样一样去选择?"

如果是一般洋货,可以集中批发,但旧货必须一样一样地选,很费工夫。

"钱够用吗?"

装修完毕后,秋叶又给她200万作为货款。

所谓旧货,并不是所有货物都要付现款,有些服装、裙子可以先提货,卖出去后再付款,即所谓"委托制"。

"就这样,还差些钱。"雾子歉疚地说,"拜托了。"

"可以嘛,你尽管说。"

秋叶本来并不认为200万元就够了,早有思想准备。

"再要这个数。"雾子伸出她细嫩的两个手指。

"200万?"

"唔,这样就够了。"

一笔一笔的钱付了出去,雾子也惊呆了。

"这笔钱到7号要。"

付押金时,秋叶已经付了一笔大数,往后再从何处去筹措?秋叶一筹莫展,只得打肿脸充胖子,大大方方地点点头。

秋叶重新算了一下,究竟给雾子付出了多少款子。

押金1800万,给房地产商的手续费,预付房租等,一共近2000万,装修费400万,进货200万,一共2600万。

股票和债券共卖了2500万,这笔钱已花完了。起初认为这笔钱绰绰有余,至少可以剩100万。

现在不但剩不下,还不够数。

雾子认为这次进货是最后的支出,可是店一开张,不会马上有收入,还需要周转金,给打工的发工资等,还需要一大笔钱。

"这下可大出血了。"秋叶叹了口气。可是事到如今,不能打退堂鼓了。

总之,在7号以前必须筹措200万日元。

流动资金已经花完了,除了借款以外,别无选择。

跟母亲说说,二三百万总会有办法的,但必须说明用途。一直到现在,他还没向母亲挑明。

事到如今,必须得说明白,需要很大的勇气。

如果用南平台的房屋做抵押,可以借出一大笔钱。但一部分在母亲的名下,再说时间上也来不及了。

秋叶考虑再三,决定向出版社预支稿费。

评论文章的稿酬并不高,如果从今春开始,连载一年,可以得到一笔相当可观的稿费。

编辑听了秋叶的请求后,露出惊讶的神色。

"怎么一下子需要这么多钱?"

"反正……"

编辑再想问下去,就越来越不好回答了。

"总之,拜托了。"秋叶点头施礼。

5天后编辑送来了200万日元。

"钱付了,您的连载必须从4月份开始。"

编辑一再叮嘱,显出了厌烦的神色。

"适可而止,不要太深入了。"

"不会的,您放心。"

秋叶一本正经地说,其实对方已经多少有所察觉了。

200万日元到手的第二天,雾子从代官山来了电话。

"来打工的女孩马上就到,您能不能过来一下。"

从4月起雾子白天几乎都在代官山的店中,做开张的准备工作,没有其他的杂念。

"这两个女孩看来很不错。"

秋叶按照雾子约定的时间,吃过午饭就去店里。两个女孩正在布置橱窗。年龄都是20岁左右,一个约1.60米,另一个个头稍小点,两个都是小美人儿。

秋叶有点紧张,不知雾子会怎样介绍自己,不料雾子干脆地说:"这位是秋叶先生,这两位是小西和升尾。"依次报了名字。

"请多关照。"

秋叶点点头,心里想这俩女孩不知把自己当作什么人。可是,这两个新来的女店员表情开朗,向他行礼。

"把衬衣和裙子放到那边的货架上。"雾子干脆利索地指挥她们干活。

守着两个女孩,说话不方便,秋叶便请雾子去斜对面的咖啡店。

"您先走一步,我马上就去。"

下午咖啡店很空闲。等了约10分钟,雾子进来了。

"你找的这两个女孩真不错。"秋叶说。

雾子要了两杯咖啡后,点点头。

"她俩都是大学生。"

"来打工吗?"

"两个人轮流上班,每小时700日元。"

"工资高不高?"

"不高,这么可爱的女孩。"

高不高先不说,这么年轻、有魅力却是事实。

"这两位都是在美学沙龙认识的太太的女儿,家庭都很好,不计较报酬,说只要干得愉快就行。"

雾子如此心细,什么都想到了,不愧是个经营者。

"两个美人加上你,这家美人'安蒂克'马上就出名了。"

"我们仨又不是商品。"

"人们一样买东西,会在美人店里多买一些。"

"你可不要胡思乱想。"雾子放下咖啡杯,朝四周扫视一眼。

"她俩还是大学生嘛。"说罢,雾子心里想,这么年轻的女孩子,秋叶不会有非分之想吧。或许受了华丽的气氛的感染,才说出这样的话。

"安蒂克秋"选在樱花季节末尾的4月中旬开张。原定于4月1日开张,按雾子的建议,多进些货,晚开了半个月。

"开张那天不会有很多客人上门,方便的话,您过来看看。"昨天夜里,雾子曾对秋叶这样说过。

下午散步时便顺路到了店里。

秋叶想象,既然是新开张,门口肯定放着花篮、贺幛等花里胡哨的装饰,竟然什么也没有。

后来一想,这又不是酒吧或寿司屋开张。不过大门的装饰倒像是服饰店。

左首的橱窗里在混合灯光照耀下,放着蓝色丝绸的套装和袒胸的晚礼服,下面放着妇女用的绣花手套、戒指、项链和手镯之类的商品。这些陈列品,每星期更换一次。

推门进去,两边墙上都挂着各色各样的女子套装或裙子。

竖写的"安蒂克秋"招牌挂在大门口。

最近任何什么店开张都大张旗鼓,只差没直接说出"老子天下第一",招牌十分刺眼。这样一看,还是较为素雅为佳。

或许因为橱窗里陈列着华丽的商品,过路行人几乎都回过头看看,有的进来瞅瞅。

看了这情景,秋叶一阵冲动,不禁想说:

"请进,这是我和她开的店,多漂亮的店啊!"

他当然没有勇气说这样的话,可是心里就像对待刚生下孩子那样喜悦、激动。

秋叶穿过马路,从对面再打量一番。

在春天明媚的阳光下,整个店面像个浮雕。秋叶得意地点点头,又走回来站在店门口,朝四周扫视一番,推门进去。立刻听得女孩子的声音:

"欢迎光临。"

女孩子郑重其事向他敬礼,笑容满面。秋叶噤声,不知所措。

雾子不知什么时候剪了短发,秋叶仔细打量。以前她是披肩发,现在的头发只盖住耳朵上部的三分之一,整个头发三七开,发型特别好看。

"您吃了一惊吧?"

昨夜在赤坂用餐时,还是披肩发,可能是今天一大早去美容院剪的发。

"难看不?"

"不,很漂亮。"

剪了头发,整个脖子都露出来了,特别靓丽。

"今天开始要忙于工作,剪了头发,换换心情,改变一下形象如何?"

剪成短发,穿上呢子裙子,显得成熟多了。

"您瞧,这店里的布置怎么样?"

"真不错。"

靠左首的橱窗挂着各色各样的女衬衣,靠里一点全是长连衣裙,柱子的旁边摆着长带子的帽子。

右首的玻璃橱里摆着项链、耳环、胸针、头巾和手帕。

四周的墙上挂着毛衣、背心、夹克、内衣,款式形形色色,搭配得不俗气。

秋叶好像走进了梦幻之国,站着东张西望,那位女大学生过来向他施礼。她穿着一身素雅的连衣裙,戴着珍珠项链,和周围的气氛非常协调。

"还没有客人上门吗?"

"不,已经来了两对,其中一对定做了连衣裙。"

雾子颇为自豪地指了指挂在右首墙上的连衣裙。

"我开了12000日元,其实成本才5000日元。"

秋叶苦笑了一声,雾子睁大眼睛,却是十分认真的。

"今后我要做个样子给您看看,我会努力的。"

剪成短发,样子特别精神,像个商店的女老板,雾子突然长大了。

小店开了张,秋叶放心了,其实挂心的事儿还在后头哩。他回到房间查阅资料、写稿子。这店里的事也不能不操心,有没有顾客上门?货物能不能卖出去?此刻雾子和那个女孩子在做什么?……想开了头,没完没了。

　　雾子曾说过:"简直像刚生下的孩子一样,够操心的。"其实,秋叶也是同样的心情。

　　秋叶一想到这里,拿起电话给店里打电话。

　　"怎么样?"

　　"还可以吧!"雾子一开头总是这样回答,接着向秋叶报账:来了几位客人,卖掉一件女衬衣……

　　其实,秋叶对销量多少并不在意。再说开张时没有做广告,也没有搞什么宣传,不可能有很多客人上门,销量也不会高的。

　　秋叶盼望顾客盈门,即使不买什么东西,增加些热闹的气氛也可以嘛。

　　幸好雾子即使没有顾客上门,也是爽朗地答话,她是想掩盖住店里的冷清。

　　"招牌再大一些就好了,到涩谷车站去散发广告如何?"

　　第三天傍晚,雾子向秋叶泣诉。

　　"脚都站肿了。"

　　正午开门,到晚上8时打烊,一直站着应付。

　　"没有客人上门,坐一会儿不就得了吗?"

　　"不,不知道客人什么时候进门……"

　　看来雾子有点着急了。

　　"不用急嘛,过几天客人会多起来的。"

秋叶安慰她,其实他自己也不知道前景如何。

"这样的店是不是还要做口头宣传?"

"您有很多朋友,请他们的太太来光顾嘛!"

店里没有客人,雾子的电话就拉长,妨碍了秋叶的工作。

"安蒂克秋"开张后,雾子的生活彻底改变了。

过去雾子没有工作,都是自由支配时间,不受任何约束。至多去英语会话学校或烹饪学校上点课,听凭自由选择,想不去就不去,懒散一点也没关系。

自从开店以后,就不那么自由了。12点开门,最迟10点钟就得起来,做好外出的准备。

一进了店门就得盯在那儿,直到晚上8点打烊。收拾收拾就9点了,吃完饭10点,再整理账本,12点多了。

店的性质决定从星期一干到星期六,不能休息。再说店里雇了打工的女大学生,雾子不去守着店也放心不下,店里的商品都要打上价格,刚来的女孩子不熟悉,都得雾子一一说明。

刚开店,散客居多,首先要给顾客留下良好的印象,必须雾子亲自动手制订方案。

除了应付顾客外,还要进货,去其他"安蒂克"参观学习,经常要外出。

"好像一天到晚被捆在店里似的……"雾子感叹道。

现在的生活一切都以这"安蒂克"为中心。

"不用着急嘛,慢慢来。"

秋叶劝她放松些,可是雾子干什么都不会马虎。他知道雾子万事都很认真,但没有想到她竟会如此投入。

"过去懒散惯了,现在该受惩罚了?"

有时太累了,她会发点牢骚,可是店还得开下去。睡上一觉,第二天又精神百倍上班去了。

以前总认为她内向,却发现她是个社交型的活跃人物。

这是雾子开店后,秋叶了解到她的另一面。

起初没有把握,开店一个月后,雾子和打工姑娘很快熟悉了业务,顾客也络绎不绝地登门。可是下雨天,顾客明显减少。

5月中旬一个下雨天,雾子打电话哭咧咧地说:

"今天只有两个顾客上门!"

销售额是零。

这是最低纪录,顾客和店员同是两人,雾子想哭,也难怪她。

"天不放晴,顾客不会冒雨前来的。"

从电话里听出雾子有点儿沮丧。

一想到雾子在无人上门的店里无所事事,秋叶觉得她很可怜,总不能仅仅在一边同情了事。

雾子店里的生意不好,经营困难,其结果无疑会转给秋叶。其实该同情的不是店主雾子,应该是秋叶。

根据雾子的报告,4月份销售总额仅30万日元,平均一天才2万日元。

这个数额是高还是低,秋叶心中无数。到4月底为止才营业15天。小店刚开张许多人还不知晓,这数额似乎还说得过去。

当然,这销售额中半数是卖给雾子认识的太太们和她们的女儿的,她们是碍于情面才来光顾的。这个因素也得考虑进去。其中有一件豪华礼服就占去5万日元,实际销售额寥寥无几。

还要支付40%的佣金,七折八扣就剩不下多少了。这样一计算,利润不过10万左右。

秋叶叹了口气,立刻意识到这会影响雾子的情绪,终于忍住了。

说实话,这点钱是不够支配的,还要支付工资、房租、管理费、水电费等等。

幸亏押金和装修费付了现金,如果向银行贷款,那亏损就大了。

"天气不好,这也难怪。"

雾子辩解道,声音却有气无力。

如果秋叶是真正的老板,自然可以训斥或鼓励店主雾子。然而雾子是自己的情人,唠叨也无济于事。

"再等一等,客人自然会增多的。"

夏季即将来临,雾子立刻会鼓起干劲来。

"夏季来临,还得进些货。"

先不说装饰品,服饰之类春夏之间就得换季。

"可是,'安蒂克'不比百货店,随着季节的变化,随时更换商品。"

"不过,大伏天不会买寒冬的衣服。"

秋叶点点头,可是这样一来,自己又得出钱,只得默认。

秋叶好像喂着一只"吃钱虫"。

雾子提出要开店时,秋叶认为是个好主意,立即表示同意。与其待在家里无所事事,不如干点工作,排解愁闷。

自从开店后,雾子对秋叶不大在乎了。

过去,雾子晚去早走,秋叶有点不高兴,现在也已经习惯,不发牢骚了。

夜晚两人躺下后,秋叶用脚轻轻地踢她,近来也不行了,老老实实躺在旁边。雾子心想,既然你不需要,我也不必主动。

自从雾子开店后,她的精力全部投入到事业中,这是预料到的。只出资不参与就会有这样的结果。

到了5月中旬,连房租、工钱,加上运费等,秋叶又支出了50万日元。

还有雾子公寓的房租是从秋叶的存款中转账支付,加上这一笔钱,一共支出70万日元。

目前秋叶自然没有这样的实力,只能背着母亲将南平台家作抵押,向银行贷款。

"300万行吗?"

与抵押品相比,这贷款金额似乎少了些,贷款股长惊讶地瞅着秋叶。

"这点点,够了吗?"

多贷款多付利息,将陷入无底的泥潭。

只贷款300万日元。不多贷说明秋叶的决心。

"已经没有多少余钱了。"

当50万日元拿出去时,秋叶已经泄劲了。雾子顿时感到惶惑不安,歪起了剪着短发的头:

"真过意不去,为了我,让您操心了。"

如果雾子说"你这个小气鬼!"或"这么一点钱,就以恩人自居!",秋叶心里还好受些。

然而,雾子说罢低下了头,秋叶再也不能多说什么了。秋叶遗憾的是,自己对"安蒂克"几乎毫无知识。

假如开一家酒吧、夜总会或餐馆,他还可以提些建议,甚至带几个朋友来光顾。可是这种女人们光顾的旧货店没法向朋友启齿。

"当初该开家酒吧……"

秋叶有点后悔了,可是又不想让雾子再去做接待人的行业,才决定开"安蒂克"的。

开酒吧的话,那等于让雾子重操旧业。

"混账,我在想什么呀!"

因为出钱太多,弄得狼狈不堪。然而,这样下去,只会越陷越深。秋叶最害怕月底来临。25日必须给打工的姑娘支付工资,接着是房租、水电费等。

上月完全由秋叶垫上的。这个月不知会怎样?想到这里,直打冷战。

可是雾子好像没事儿似的。内心可能有种种顾虑,表面上却显得十分轻松。

"今天只有五位顾客上门……"雾子脸上露出失望的表情。

话题一转,谈起电影、戏剧来,立刻又有了精神。

"那怎么办?"秋叶放心不下,问道。

雾子点点头:"没事儿,干下去再说。"

话没错,已经到了这一步,只有干下去,不能走回头路。

秋叶最想了解的是,这个月底该如何支付。

"要是还不够的话,那怎么办?"——话到嘴边,又缩了回去。

雾子胸有成竹,反正到了月底,秋叶总会想办法的,现在不必着急。

秋叶沉默了,雾子反而感到不安了。

秋叶决定对店里的事不再多加考虑,现在想反正不会有好办法,还不如不想。

稿子的截稿期迫在眼前。

"我的工作不是做买卖,是写评论。"

秋叶自言自语地趴到桌前。雾子好像已觉察到了他的心思,打来了电话。

"亲爱的,您在干什么?"

这样的发问,说明店里没有生意。

"我在写作。因为店里的事,这份稿子推迟了。"

秋叶的回答有点生硬。雾子顿了一下,小声地说:

"对不起!"

雾子立刻谢罪,秋叶反而有点过意不去。

"怎么啦,有什么事吗?"

"没事儿,我随便问问,不知您在干什么?"

"又没有顾客了吗?"

"那倒不是。"

有事没事打电话来,说明雾子只能依赖自己。想到这里,觉得她还是很可怜的。

"那好,下了班,一块儿去吃饭吧!"

"太高兴了。不会妨碍您工作吧?今天去吃日本饭怎么样?"

根据雾子的要求,8点刚过,秋叶带雾子去六本木附近的胡同里的"鹿野餐馆"。

这儿的女老板是筑地某餐馆老板的女儿,和雾子同岁,也是二十五岁。她不穿和服,总穿西装,个子不高,小巧玲珑,和雾子很相似。

秋叶之所以带雾子来这儿,是想让同龄的女老板给她一点刺激。

两人一见面,立刻情投意合,有说有笑,立刻将话题转到西服和女饰品。

"有空我一定去看看。"

"我随时都在店里恭候您。"

年轻女人总有共同的话题,秋叶被撇在一边。秋叶拿起酒杯一饮而尽。雾子似乎想起了什么,从手提包里掏出一张纸片,放在秋叶眼前。

"您看一下。"

拿起来一看,右端写着"借条",接着是"今借到壹佰万日元"。另一行是"此款作为'安蒂克秋'房租、管理费、运费等使用。此致秋叶大三郎先生,八岛雾子签名盖章。"

"这是怎么回事?"

"借条呗。"

秋叶当然知道是借条,事到如今再走这个形式,他难以理解。

"我向您借钱。"

"别胡说八道了。"

"真的,这个月又不够开支了。"

按惯例要付工资、房租等,自然要这个数。

"这样做,每月问您要多少钱,将它写明。以后挣了钱,如数还给您。"

"不用了。"

秋叶把纸片退回去,雾子使劲摇摇头。

"我不嘛,不这样做,我会老是硬着头皮跟您要的……"

每次记录清楚,可以了解为了这爿店一共支出多少。对雾子也是一种鼓励和督促。

然而,写上这样一张纸片,显得有点见外,两人之间成了借贷的关系了。

"不用了,你还是收起来吧!"

"请您收下。"

雾子用涂了指甲油的手指把纸片推了过来。

"何必如此郑重其事呢?"

"不,还是这样好,求您也容易些。"

看来,雾子为了常来讨钱,心中总是有所不安,所以开了借条。

"真拿你没办法。"

秋叶把纸片揉成一团,扔到地板上。

雾子见状慌忙去捡纸片,胳臂被秋叶一把抓住。

"这些钱你用到什么时候都行。"

"所以我想还是早些一清二楚。"

"不过,100万日元是不是太多了些?"

秋叶抓住雾子的细细手臂,不禁怦然心动。

雾子手臂的形状特别好看,细细的血管凸出在外面,一看到她的手腕,就会联想到女人的肉体。

秋叶慢慢地松开手,问道:

"上个月,50万不是够用了吗?"

"……"

"这个月的境况是不是好些?"

雾子双手放在桌上,细细的手腕留下被抓过的红印。

"100万不行吗?"

雾子发现自己被抓过的双手,缩了回去放在胸前。

"以后我要做个样子给您看,这个月的销售额将近100万。"

上个月30万,增加了3倍多。

"唔,干得不错嘛。"

"进了一些新货。"

"于是销了100万?"

"与其他商店相比,我们的品种还不足,那些太太们说,品种多一些便于挑选。"

这一点秋叶也想到,不过刚开张也没办法。

"照这样下去,我们竞争不过人家,我还想进些有品牌的商品。"

"其他店也这样吗?"

"各店也不尽相同,有的和服装设计师合作,推出最时尚的服装。"

"那就不成为'安蒂克'了。"

"当然还是以旧货为主流,进一些时尚的服装,吸引年轻的顾客,扩大顾客面。"

秋叶慢吞吞地干了一杯酒,雾子说的没错,还是要赶时髦。

"可能的话,我想去美国一趟。"

"去美国?"

秋叶反问道。雾子探出身子说道:

"纽约有很多很多旧货专卖店,可以买到令人难以相信的便宜货。"

"……"

"即使搭上旅费也是便宜的。"

雾子想去美国,那100万也不够用。秋叶默不作声,给自己倒上酒。

秋叶放下酒杯,考虑手里还剩下的250万该如何安排。

秋叶拿定主意这借来的钱不能再乱花,他限定300万,其中50万上个月已经付出去了。

如果现在要进货,还得投资100万日元。

雾子再去趟美国,那就所剩无几了。

"那些夫人们说,开这样的店,一定要去美国看看。"

支持雾子的太太说话轻松,尽在教唆她。

"不行吗？"

雾子探询道。

去美国是好是坏另当别论，问题是费用。

"只去纽约的话，有一个星期够了吧？"

秋叶反过来探询。

实在不好意思开口，自从让雾子开店后，秋叶在餐馆和夜总会挂的账也推迟付款了。

过去一来账单，立刻就付。现在担心雾子需要钱用，总是先压压，延迟支付。喝酒次数也减少了。

"要去的话，这可得花一大笔钱啊。"

"有100万足够了。"

"全部？"

"旅费30万，可以参加价格低廉的旅行团。"

秋叶正在考虑如何筹款，那个和雾子一般大的女老板过来了。

"怎么这样严肃，在谈什么要紧的事吗？"

"不，正在商量去美国进货。"

"那倒值得去，旧货也罢，时髦的东西也罢，美国的货源最丰富了。"

又有援军了，雾子更加精神十足了。

"我认识的一位摄影师长期住在纽约，把他介绍给你吧。"

秋叶不让女老板说下去，打岔道：

"这事儿以后再慢慢考虑吧！"

首先得赶快离开这儿。

秋叶拿定主意，不再考虑店里的事。

虽然不想考虑，但雾子却会来找他，又不能回绝她。只要店里没有买卖,雾子就打电话来,说不了几句话题就转到店里的事。

秋叶不再积极去谈论店里的事。雾子即使提出来,他也应付了事。

6月初,加上进货,秋叶支付100万日元后,改变了态度。

过去秋叶关心太多了,从店名到店的气氛他都插嘴,因此从资金到经营,雾子都来跟他商量。

作为一个赞助人的责任理所当然,同时又深深爱着雾子,结果变成了娇惯雾子。

雾子心想反正大小事一求秋叶,总会有办法的。现在因刚开张,无可指责,如果长期这样放纵下去,不会有好结果的。

6月初,秋叶将100万日元交给雾子时,斩钉截铁地说:

"就这些了。"

雾子抬头看了看秋叶,惴惴不安地点点头。

以往只要雾子一出现不安的表情,秋叶会说:

"不够的话,尽管说。"这次不再作声了。

雾子从秋叶严肃的表情中得知事态的严峻。

不够就伸手要,老是这样没完没了。往后不够了,就得自己辛苦点。雾子也意识到总是向秋叶撒娇,看来不行了。

从那以后,再也不提去美国的事,秋叶当然也不会主动问她。

看来,严肃一些还是有效果的。

6月底发工资时,秋叶不吱声,看她怎样调度。雾子终于忍住不说了。

"这个月房租欠着,上次您给我的100万还剩下一些,总算熬过来了。"

在雾子的公寓里,雾子跟秋叶说话,还是"汇报"的口吻。雾子的优点在于每月一丝不苟地报告资金支出的情况。

纸条上写这个月的销售总额多少、利润多少,支出一项写明房租、工资等详细数字,如果有赤字,就用红笔勾出来。

秋叶看了纸条后点点头。

自从开张以来,20万日元的赤字是最少的。不过开张3个月来,赤字每月在减少,这是事实。

"看来,境况好多了。"

"总之,慢慢地会收支平衡的。"

"那好,不用焦急嘛。"说罢,秋叶沉默了。

这样说法又在娇惯雾子。

"再鼓把劲吧!"

"唔,一定努力干!"

秋叶点点头,心里却不是滋味,这是老板和伙计说的话。老板说再鼓把劲吧!伙计说一定努力干!这当然没有什么错误,可是雾子是秋叶心爱的女人,这样的对话颇有些煞风景。

男女之间还应该浪漫一些,这样一来,又成了娇惯。

当然在工作上应该严肃些,但在两人的交往中多少要浪漫一些才够味。

让心爱的女人去开店,关系之难处或许就在这里。

春愁

以往秋叶从来没有涉足过商业,父亲以前是外交官,晚年在一家私营公司当经理。亲戚中虽然也有做生意的,但没有人做小生意。他曾经对每天有现金收入的小生意感兴趣,现在看了雾子开的这爿店,知道不是那么容易干的。一开始,秋叶以为只要开了张,自然而然会赚钱,事实上并不简单。

从接待顾客、进货、店内装修、仓库管理、处理存货,和税务局打交道,问题一大堆。要全部掌握这些知识,真得好好学习一番,但也并不是学习了就能赚钱。要能挣钱,除了知识以外,还得碰机遇。

"安蒂克秋"开业半年后,秋叶决定不再过问店里的事。

能赚一点固然好,即使有点赤字也不怕。反正已赔了本,不要把命搭进去。

总之,雾子在拼命地干,不需要再从旁边插嘴。

从秋天开始已不再亏损,到了12月已经持平。

虽然收支持平,但雾子公寓的房租、一部分生活费,还是秋叶掏腰包。总之,商店已上了轨道,松了口气。

"亲爱的,您看不错吧!"雾子颇为自豪地说。不过12月份是旺季,还不能完全放心。

"明年还像这样顺利就好了。"

秋叶很慎重,不敢有过高的要求。1月份持平,到了3月再有点利润就好了。

"总之,我们这店感觉不错。"

雾子说的是实话,"安蒂克秋"已渗透到年轻人心中,偶尔秋叶去店里转转,总有两三位年轻顾客在购物。

"照这样下去,借您的款子慢慢地可以拨还①了。"雾子逞强地说道。

但秋叶心想,只要不亏损就烧高香了。

3月底,秋叶52岁的生日即将来临,雾子送给他一只高级旅行包,这是秋叶早就想要的礼物。雾子还要买一瓶够三天旅行饮用的高级葡萄酒。

"喂,买这样高档的东西,钱够用吗?"秋叶不安地说,雾子不禁一怔。

"这您就不用管了。"

店里买卖顺利,雾子的脸孔更加红润。现在正是她最美好的年华。

这样漂亮的女人赠给自己如此高档的礼物,这是男人的福气。只有一点不满意,自从商店买卖兴隆后,雾子就整天泡在店里。

说实话,这半年来,秋叶和雾子之间缺少情趣了,当然并不是嫌弃。

自从雾子忙于工作,秋叶想办法筹款,两人已没有空闲沉浸在甜

---

①拨还是指分期抽出部分归还。

蜜的感情里。本来想商店经营顺利后,两人还会像以前那样亲密,其实并不然。

新的一年开始,雾子进一步投入商店的经营,两人空闲的时间更加少了。

"不用那么拼命嘛。"

这下轮到秋叶来抑制雾子的积极性。

"这可不行,一疏忽,就会被别人甩在后面,'安蒂克'正处于战国时代。"

雾子的眼睛亮了。秋叶此刻需要的是雾子那柔软的肌肤,以前需要时只要说一声,近来雾子并不十分顺从了。

男女间的争斗是忍耐性的较量,谁忍不住先下手,谁就失败,但男性往往是忍不住的。

需要时不顾一切,其实只要稍稍忍耐一下,反而会得手,否则就会烧伤。烧伤当然也有轻重之分。

如果对方是个坏女人,那就会大烧伤,否则受点轻伤,无关大局。

那么秋叶的烧伤到了何种程度?

如果3000万日元都扔了进去,那就是大大的烧伤。幸好投进去的钱并不全是负数。

如此看来,男女走在一起并不一定非烧伤不可,可是烧伤的可能性每天都存在。

秋叶太需要雾子了。

在自己房间里,雾子穿着深蓝色的裙子,宽领口的衬衣。隐约地能窥见她的乳房,这副打扮特别性感。雾子并没意识到。

她正在翻阅账本。秋叶从旁边瞅了她一眼,等待雾子靠近来。他本想让她看完账本,喝杯白兰地,再到卧室去。雾子并不理解秋叶的心情,一边看账,一边用计算器计算。

"喂……"秋叶终于忍不住了,喊道,"该睡觉了吧!"

"已经到了休息的时间了吗?"说罢,雾子的视线仍然没离开账本。

"我先睡了。"秋叶焦躁地说。雾子抬起头来说道:

"我还是想去美国一趟……"

秋叶这才醒悟过来,原来从去年夏天以来她并没有放弃去美国的念头。

"可以嘛。"秋叶瞅着她久未出现过的媚眼点了点头。

雾子本质上不是坏女人,不会拿去外国作为上床的条件。

此刻正好挪到卧室。雾子突然提出去外国,因为秋叶的要求太强烈了,如果再忍耐一会儿,雾子不会提出去美国,或许两人已经上了床。

秋叶从衬衣的宽领口中窥到了雾子雪白的乳房,再也忍不住了。他想看看剪了短发的雾子的裸体是什么样子。

缺乏耐性,并不仅仅限于秋叶,所有男性都有这种弱点。

在人类的历史上,男性为缺乏耐性不知付出了多少代价!而女性天生善于忍耐,不知摆布过多少男人。

仔细想来,男人的欲望是单纯的,像淘气的孩子那样,缺乏耐性。如果男人也像女人一样善于忍耐,那么人类就不会如此繁荣了。

譬如,一对童男贞女在一起,首先有性的欲望的自然是男孩。男人的欲望是能动的、外向的,于是男女关系就成立了。

首先提出要求的总是男人,而女人采取主动的极其少数。

许多女性,在男人强烈要求下,接受了男性,但女人一定会得到回报。

所有女性不会公开明确地提出要求。在要求与被要求之际,自然达成了谅解。

创造主赋予男性积极的活动能力,但在男女关系上,结果适得其反,男人有时会承受极大的负担。创造主给予女性则是消极的很强的忍耐力,看来好像吃了亏,事实上女人玩弄了男人,得到良好的效果。

当然,因人而异,得失也有差别,但总的来说,男性缺乏耐性,而女性则掌握了耐性的武器,用体力弱作为掩护。

过了五十岁的秋叶和二十几的雾子之间也是遵循这条不变的真理。

秋叶许久没有这样兴奋了,他需要雾子。

过去两人之间有过多次机会,为什么非在今晚不可,今后也有的是机会。

尤其是雾子再次提出要去美国,更促使秋叶燃烧起来。从去年起,秋叶总在想,反正早晚得让她去一趟美国,但没想到在今晚这个节骨眼上,雾子趁机及时地提出来。

这样看来,雾子是个狡猾的可爱的女人,对她不能掉以轻心。

今天即使不提出来,但总有一天会说出来的,想到这里,秋叶感到非常刺激。在宽领的衬衣里,雾子没戴乳罩,或许因为在家里故意放松一下。衬衣没扎在裙子里面,解开扣子撩起来,雾子那好看的乳房就展现在眼前。

秋叶用舌头轻轻地舔着雾子乳头。

"痒痒!"

雾子霍地站了起来,这部位太敏感了,痒得浑身直颤。

秋叶玩弄着她敏感的部位,用手搭在裙子的搭扣上。所有男人都喜欢解开女人裙子的搭扣。咔嚓一声,就露出女人那纤弱的腰部。

雾子期待着裙子的搭扣被解掉,胸部接受着秋叶的亲吻,一边自己去解衬衣的扣子。

没料到秋叶按住她的手,让她穿着衬衣只露前胸,如果这时一口气把她脱成全裸体,那就没有什么风情可言。秋叶只想看到不脱裙子只脱掉内衣的雾子。

"亲爱的,您想做什么?"

雾子有点急了,原来今夜不让她全裸,是秋叶在戏弄她。任何男人都想和心爱的女人接触肉体,从中得到愉悦,当然有时候仅仅这些还是有所不足。

说实话,男人在性方面,希望求得视觉的快乐。譬如,女人一兴奋,全身充血,脚尖微微颤抖,在这一瞬间,可以捕捉到美女激动的表情。

年轻时喜欢一把抱住女人的身子,以为这样能得到性的满足。随着年龄的增长,只想得到视觉的满足,体力不够也是一个原因。但同时也渐渐懂得,用不同方式,都可得到良好的结合。仅仅结合,那和动物有什么两样?与其如此,不如驱使五官,首先让他饱一下眼福、耳福,这或许正是人类的性的真谛。

此刻秋叶为这视觉的愉悦而神魂颠倒。

在台灯光的照射下,雾子仰卧在床上。虽穿着衬衣,胸部敞开着,一对乳房若隐若现,裙子已经解开了,露出了大腿根,稍微再朝里一扯,雾子最敏感的部位就露出来了。

这不能算全裸,衬衣和裙子胡乱裹着身子,却另有一番情趣。

秋叶已经好久没见过这样的形象了。

长长的黑发撒在床单上,固然好看,但短发的雾子,回过脸去的动作也颇有魅力。

短发看起来像个男子,下半身赤裸,这不平衡的状态颇似尼姑的裸体,有几分妖艳。

"太妙了。"

秋叶坐在床头俯视雾子的裸体,旁边是她脱下的衬衣和裙子。

盛装的女人固然美丽,但留下狼藉的余韵,横卧着的女人也美丽,赤裸身体,羞涩又多情的女人更加美丽。

女人有各种各样的美态,许多男人只能窥见其中的一两种。不惜花钱、送东西。对只看过女人一种美的男人来说,再花点钱也值得。

"我喜欢你。"

秋叶充分欣赏雾子的美后,进一步要求雾子。事后就像观赏了一卷画,得到了满足。

结合前和结合后心情不同,对身边的物品的感觉也有相当大的差别。

比如说台灯,结合之前这光线促进情绪兴奋;结合后似乎带来郁闷;静睡后,灯光成了障碍。

刚才兴奋时,趴在被褥上,那股猛劲自己都不敢相信,一旦满足后却寂静无声。

结合前后感觉的落差,男的比女的更大些。

结合后,刚才那股粗暴的追求就像一场梦一样。此刻归于寂静。

秋叶在灯光下欣赏雾子的美态,丝毫没有淫荡的影子。

他自己也不敢相信,怎么会如此平稳,把弄乱的被子拉到下巴根,关掉台灯睡下了。

雾子应该知道过去的习惯,在休息前互相有个信号,当台灯熄灭后,雾子自然而然把脸贴在秋叶的胸前,枕着左腕睡觉。

今夜雾子和往常不同,似乎还不想入睡。

一旦躺在秋叶的膀子上,依然不想睡,身子就发硬了。

"怎么啦?"秋叶已疲惫不堪,问道,"睡不着吗?"

雾子默不作声,不一会儿欠起身来,郑重其事地问道:

"亲爱的,真的让我去美国吗?"

"你还在想这件事?"

"求您了。"

在黑暗中,秋叶点点头,雾子霍地一声爬了起来。

"那么这个月可以吗?"

"这个月……"

现在刚进入4月,还早着哩。

"何必这么着急?"

秋叶想再过两三个月,那时连载就完了。

"反正晚去不如早去。"

"6月,如何?"

"亲爱的,你太忙了,我一个人去就可以了。"

来得太突然,秋叶一时不知如何回答。雾子接着说:

"我一个人去没事,我已经是大人了。"

雾子的声音如此爽朗,完全不像刚做过爱。

"没有事吧?"

秋叶从来也没想过,让雾子一个人去国外。和朋友一起去另当别论,单身赴纽约进货,简直不敢想象。

"没事的,您不用担心,事先已打听好批发店的地址。"

"可纽约是第一次去。"

"上次不是去过欧洲了吗?"

纽约和欧洲是两回事,这也太大胆了。做爱过后要害困,秋叶这下也清醒了。

"一个女人家,不知会发生什么事!"

"这一点您不用担心。到那儿以后,小西的姐姐在纽约,她会照料我,还有阿桂也给我介绍了几位朋友。"

小西是在店里打工的女大学生。阿桂是搞装修的,给人的印象十分精明,但也不能因此掉以轻心。

"你已经和他商量过了吗?"

"他对服饰非常内行。"

雾子一个人去美国,秋叶放心不下。而雾子和阿桂去商量,更加使他不快。

"等到5月吧!"

阿桂是男人,不知底细,两人双双去国外,没准会发生什么危险。

秋叶躺在床上,干脆地说:

"到5月,我和你一起去!"

雾子不作回答,或许她有所不满,但秋叶绝不会轻易让步的。

"等到5月吧!"

"5月几号?"

秋叶正忙于写连载,待全文刊完,大约要在5月20号。在这以后,去外国玩一星期亦无不可。

"两个人不是要花更多的钱嘛。"

"这你不用担心了。"

在这种场合,钱是小问题,如果舍不得花钱,让不三不四的男人跟她一起去,那连本带利全没了。

"那好,到了5月,真的让我去咯。"

"唔,可以。"

如果这是有意这样做,那无疑是"恶女"设下的"美人计"。本来嘛,男女之间经常有这种危险性存在。

假如不是故意的,而是两人和睦相处,女人撒点娇,男人因为太爱她了,说声Yes,这也是很自然的。

不能想象雾子为了去美国故意设圈套。其证据是在做爱前,雾子正趴在桌跟前算账,一见秋叶需要她,就马上停下和他上了床。

秋叶心想反正早晚得让雾子去一趟美国,答应她后并不后悔。

秋叶感到意外的是,在做过爱后雾子又提出去美国,不像平时做爱后便依偎在秋叶的怀中睡去。

做爱后的秋叶感到有点疲倦,正想睡觉,而雾子反而兴奋起来。她如此想去美国,其心情是可以理解的,但也有一点不能释然。

两人如此动情,说明双方都需要,但房事后却又回到现实的话题,不免有点扫兴。

女性沉溺于性爱时,那种执着是男性无法比拟的。男性自身并不感到特别愉悦,却尽力去满足女人,因为相信女人的沉溺,不能用别的方法代替。

当然,今夜雾子和以往一样充分燃烧,这是不容怀疑的。

4月底的一个休息日,秋叶和雾子去银座玩。首先购买旅行中的必需用品,秋叶买了一只旅行包和翻领衬衫,雾子需要旅行用的拖鞋。

反正要去国外,到那里买也不晚。秋叶爱用日本产品,到了外国,一流品牌货多少便宜些,但并不一定非在那里买不可。

在银座百货商店中的洋品部,秋叶买了一只皮包和两件衬衣,顺便买了一件灰色夹克。

雾子说:"不如在纽约买吧!"她只买了一双低跟拖鞋和一条半长的裙裤。

"那件怎么样?"

"哪件？"

雾子并不清楚这叫"长襦袢"①，不由得笑了。

"真的想买？"

秋叶以前喜欢雾子穿和服，她个子小，穿上和服，能显出她特有的风姿。

现在倒想看看雾子穿上长襦袢会是什么样子。白皮肤的雾子穿上红色的长襦袢，那是一幅美丽的画卷。

红色的长襦袢比较俗一些，但任何男人都愿意自己喜欢的女人穿一次长襦袢，当然弄得不好会被女人说："把我当作娼妇？"

事实上，秋叶过去对妻子和史子都不敢说这样的话。对妻子一开始就没有这种想法；对史子说的话，感觉会被她轻视，所以只能沉默。

可是对雾子，可以半开玩笑地说出来，一方面雾子比较年轻，而且随着年龄的增长，秋叶说话也比较直率了。

"男人，真叫人捉摸不透。"

秋叶以为她生气了，但雾子却若无其事地说道。即使想让雾子穿长襦袢也不必特意去和服专卖店。

"买吧！"

"真的？"

"作为去美国的条件。"

自从出资开店到提出去美国进货，尽是雾子提出的要求，偶尔自己提点建议，亦无不可吧！

当然，要求雾子穿长襦袢，作为去美国的代价，似乎有点小气，但雾子并没有做出牺牲。本想让她付出更大代价，但最终到此为止，想

---

①长襦袢，穿在和服里面的长衬衣。

想男人也够可怜的。

然而,让雾子多付出一点,自然求之不得,但比这更重要的则是要求雾子诚实,忠实于自己,随时向自己提供肉体。

男女之间要求不一样,回报也不同,不能成正比的。

从旁人看来似乎不合算,但本人要求对方忠诚,就无所谓了。

于是,两人踱到和服销售部,秋叶便站住了,陪她一起就暴露了自己。

"我在这儿等你,你过去买吧!"

"怎么说呢?"

"就说有没有红色的长襦袢,反正穿在和服里边,颜色深一点也可以嘛。"

雾子一时不知所措,秋叶轻轻地推了推她的臀部,雾子点点头,捋了捋头发向柜台走去。

秋叶不放心地瞧了一眼,便转向隔壁的橱窗。

几分钟后,雾子径直朝秋叶走来,见她空着手,这怎么回事?

"怎么啦?"

"大红的没有,只有白底樱花的。"

"应该有大红的。"

秋叶瞅着橱窗里男性杂志中的女人体,雾子百无聊赖地说:

"那只能定做了。"

"那也行啊!"

"再过去吗?"

雾子有点不情愿,秋叶再次催促她,雾子无可奈何,只得又去了和服专柜。

秋叶无所事事地站在美术品柜台前,不多时,雾子手提纸袋过来了。

"买来了,您瞧一瞧吧!"

"不用了。"

在这儿展示长襦袢,会被误认为在进行色情交易。

"去吃饭吧!"

买了长襦袢,总算了却一桩心事。快到晚饭的时间了。

秋叶预先在银座四丁目交叉点附近的餐厅订了座。

这儿的地下室很安静,菜也不错。

秋叶要了一瓶白葡萄酒,端起酒杯,说道:"祝贺'安蒂克秋'开业一周年。"

"谢谢。"

"干得真不错。"

"托您的福呗。"

"不……"

秋叶有点不好意思,又一次端起酒杯。

"为你的美貌,干杯!"

"也为去纽约,干杯!"

"好吧!一起干吧!"

两人碰杯。

秋叶在生牡蛎上浇上柠檬汁。今日离家时,母亲曾问:"晚饭在哪儿吃?"秋叶回答说或许回来吃。这下让母亲在家傻等,还不如干脆说死。

"等一下,我给家里打个电话。"

秋叶在入口处公用电话给家里打电话,没人接。开饭时间,该有人啊,又拨了一次,女佣人昌代来接了。

"先生,您在哪儿?"语气带点申斥的味道。

"在银座。"

"请您马上回来,夫人病倒了。"

"病倒了?"

"医生正在家里抢救哩!"

秋叶拿着话筒,伫立在那里。

"请快些回来!"

昌代又一次催促,秋叶这才放下电话,回到座位上。

"怎么啦?"

雾子一眼看出,出事了。

"母亲病倒了。"

"真的?"

"详细情况还不清楚,医生已经去家里了。"

"那得马上回去看看。"

马上回去,那还用说?问题是秋叶一时难以调整情绪。

"我离开家时还好好的。"

"您以前说过,老人家患风湿病。"

"可是最近没有犯啊!"

"赶紧回去吧!"

雾子又一次催促。秋叶站起身来。

"我回去,你在这儿吃吧!"

"我也回去,你母亲病倒了,我哪有心思在这儿优哉游哉吃什么饭?"

秋叶对店主说,家里有急事,不上菜了,付了酒和凉盘的钱,走出店门。

先走一步的雾子已在门口叫了一辆出租汽车。

"快上车吧,我也马上回去,了解病情后请给我打个电话。"

一到紧急情况,雾子意外地干练,秋叶很钦佩。

"请尽快赶到南平台。"秋叶对司机说。

车启动后,在霓虹灯的照耀下,目睹雾子的身影渐渐变小。

秋叶没再多看,考虑母亲的病情。

没错,今日离家时母亲还好好的,还问:"晚饭在哪儿吃?"她那表情似乎要等秋叶回来后一起吃饭。

母亲突然病倒,这是怎么回事?

秋叶在父亲亡故以前,从未想过父母会死,但模模糊糊想,反正总有一天,但没有真实感受。

后来父亲去世了,这才醒悟到父母也会死。从那以后,他时常关心母亲的健康,但没料到母亲会突然病倒。风湿病是老毛病,总认为不碍事,过分乐观。

假如方才不在餐厅打电话回家,此刻正在雾子房间里寻欢作乐了。

想到这里,他浑身发冷,脸上已无血色。

回到家,母亲躺在里间的卧室里。经常来出诊的富田医生坐在一旁。

母亲处于昏迷状态,脸色并不坏,呼吸平稳。被子旁边摊着母亲的和服,似乎已换上了睡衣。

"我外出有点事。对不起。"

秋叶低头行礼,富田医生点点头,到另外一间房子介绍病情。

"看来是脑血栓。"

据昌代说,一小时前,5点20分倒下的。

"幸好,病情不太严重,休息一下会恢复意识的。"

老人易患脑血栓,是脑血管被脂肪堵塞而引起。脑血栓一般是不会致命的,只是日后多少会导致神经障碍,需要适度的锻炼。

"现在先让老人家睡一会儿,看病情还是送医院为好。"

医生说罢,告诉昌代用药和看护的注意事项。

秋叶道谢后,将医生送到大门口,问道:

"我预定下月去国外,看来不行了吧?"

医生想了一下,反问道:

"去多长时间?"

"一星期左右。"

"一星期,看来问题不大,不过老人家毕竟上了年纪……"

"那还是取消吧!"

"您府上没有别人,能取消的话还是取消吧,留待以后再说。"

事实上也是如此,母亲因脑血栓病倒,儿子则丢下病人去国外,这也说不过去。再说是陪年轻女人出去玩。

"明白了。"

秋叶一半是说给自己听,向医生行礼。

医生和护士走后,秋叶环顾四周,这家里只有自己和昌代两人。

"真让我吓了一跳。"

秋叶嘟囔道。昌代点点头:

"我才吓了一跳哩!我以为老太太在厨房里,叫了几声,没人答应,赶紧过去一看,炸虾片的油还在滚着,人却倒在地板上。火没有熄灭,稍等一会,或许会发生火灾。"

秋叶知道炸虾片是为自己准备的,想到这儿,一阵心痛。和昌代两人对坐,感到气氛沉闷。秋叶于是又去看了看母亲,随后上了楼上书房。

坐到书桌前,点燃一支烟,还是沉静不下来。

倚窗向庭园眺望,景色依旧,和离家前没有不同。可是母亲一病倒,看来似乎是别人家的庭园了。

"呀!"

秋叶嘟囔了一声,往后该怎么办?

据昌代说,她已经给在横滨的舅父母、在荻洼住的姐姐、孩子们都打了电话,要不了多久,他们会一个接一个地来访。

他们即使来访,也只慰问一下母亲的病情,此外什么忙也帮不上。事到如今,秋叶只有祈求母亲的生命力能征服病魔。

"总而言之……"

秋叶揉灭了手中的烟头,自言自语道。

照目前状况,十天以后和雾子去美国旅行只能取消了。雾子自然会沮丧一阵子,但也没有办法。

决心一下,秋叶拿起电话,拨通雾子家的电话。铃声响了两下,雾子来接电话了。

"怎么样?"

"脑血栓……"

秋叶把医生的话复述了一遍,雾子反问道:

"亲爱的,您现在在做什么?"

"在书房里打电话呗!"

"那么令堂大人一个人躺着,您赶紧去守着她老人家才是。"

"母亲睡着了。"

"倘若再犯病,那就晚了。"

"脑血栓一旦倒下,不会再突然变化。"

"您倒优哉游哉!"雾子不由得吃了一惊。

"只是去美国的事,照目前状况看来去不成了。"

"那当然咯。"

雾子的回答过分干脆,反而使秋叶不知所措。雾子接着说:

"令堂大人病倒了,您当然走不了啦。"

"这回就算了。到6月底或7月再说,你看如何?"

"这样安排,对您比较合适。我还是想按预定的日期启程。"

"可是……"

"这不已经定了吗?"

雾子突如其来强硬的口吻,使秋叶拿着话筒接不上话茬。

和雾子结识已经三年了,看来并不完全了解她。

雾子很欣赏那位年轻的装饰匠的才能,自从和他在横滨吃过饭后,说不定喜欢上他了。说是工作归工作,不得不有所提防。

这次秋叶的母亲病倒,雾子像是自己的母亲似的吃惊和担心,比大她二十多岁的秋叶更为干练,鼓励他,向他提出忠告。

秋叶以为她会提出延期去美国,但她不改变主意,秋叶去不了,她就一个人去。

这是青年人行动力的表现,还是纯粹的逞强?秋叶期待着雾子说:"那我暂且不去了,我还是要和您一起去。"

但雾子并没有这样说,想摆脱秋叶是她的真实想法。

雾子已办了签证,愿意早去早回,进一些时尚的商品,改善店里的经营。而秋叶放心不下的是,雾子单身一人赴美国会不会出事。

"再延期一个月,不碍事吧?"秋叶又一次试探她,雾子默不作声,顿了一下说道:

"这可不行,现在不进货,那夏装就赶不上了,那得亏本。"

"怎么会亏本呢？"

"近来,这样的店铺多起来了,磨磨蹭蹭非垮掉不可。"

"延期一个月也不会垮的吧！"

"再延期一个月,那就耽误两个月了。"雾子依然不死心。

"我已经订了票了。"

目前资金匮乏,二人订的是去纽约的经济舱往返票,一人也得35万日元。

"亲爱的,您的票得赶紧注销。"雾子干脆地说,"现在注销,还不会受损失。"

一提到自己一个人去,雾子说话的声调也变得明快了。秋叶放心不下的就是这一点。

秋叶回家一小时后,女儿杏子和真理子、横滨的舅父母、邻居、跟母亲学插花的学生们前后进门,把屋子挤得满满的。

秋叶负责接待,昌代介绍病情,两个人忙得不可开交。

幸好请了一个有急救经验的家庭护士,她来到之后,秋叶和昌代才松了一口气。

"两三天以前没发现老人家有什么不舒服？"

"风湿病和心脏病是老年人常见病,往往会引发脑血栓。"

"是不是恢复了意识？"

"刚才跟她说话时,老人家轻轻地点点头,恐怕还没有完全清醒。"

"那只得耐心等待,没有其他办法。"

"已经注射了化解淤血和刺激神经的药,恐怕不会很快见效吧！"

客人们你一句我一句,昌代一一作答。她长年待在老人家身边伺候,情况比较熟悉。病倒时幸亏她在身边。

秋叶正好外出,自知理亏。他和雾子的事没人知晓,只好什么话也不说。

秋叶抽身回到卧室观看母亲,母亲仍然闭着眼睛,昏睡不醒。

在暗淡的灯光下,母亲表情平静,仅凭脸色,想象不出她正苦于脑血栓。

"妈妈——"秋叶见家庭护士不在,喊了一声。

这一阵子,因工作和雾子的事儿,没有机会和母亲坐下来慢慢聊聊。当然,八十来岁的母亲和五十多岁的儿子之间没有多少共同语言,再说自己不在家的时间多,母亲感到冷清、寂寞。

父亲病重时也这样,一旦倒下就后悔莫及了。

瞧着母亲昏睡不醒,秋叶总感到这是自己的过错,才使母亲遭罪。

"对不起……"

站在母亲的病床前,感到无地自容。一旦离开卧室,回到书房,又想起雾子此刻不知在做什么。

"照这样看,很难阻挡她。"

这时,楼下的舅父正叫他。

秋叶的母亲姐弟四人。横滨的舅舅最小,比母亲小十岁,夫妇俩都还健康,常来看望母亲。

秋叶下楼去一看,舅父母准备回家。

"今天已经晚了,我们先回去,明天再打电话来。"

深更半夜,有劳舅父母特意来看望母亲,秋叶致礼道谢后,送到大门口。这时荻洼的姐姐轻声地说:

"明天一早达彦回美国去,今晚我先告辞了。"

达彦是姐姐的儿子,在一家商社供职,长年驻美国。

"达彦君回国来了吗?"

"他回来仅一星期,每天忙着跟朋友们玩,几乎不在家。"

姐姐皱着眉,因为是小儿子,特别宠爱他。

"他在美国什么地方?"

"在纽约。长年待在国外,三十岁了还是独身,真叫人着急。"

秋叶见过达彦几次,脸庞非常像姐姐。本来在父亲经营的药品公司上班,怕受拘束,跳槽到现在的公司,已经扎下了根。

"到老头子公司工作,至少是个专务,但学不到社会经验。"秋叶曾经听达彦念叨过。

"前些日子,他在纽约书店看到你写的书,赶紧买了一本。"

"呃? 我的书竟然摆在纽约的书店里?"

"定价是日本的三倍。"

"真难为他了,请代我向他问好。"

秋叶苦笑了一声,送别姐姐。回到客厅,杏子和真理子也打算回去。两人为祖母的病情担忧,但明天得去上班或上学,不能留她们住下。

秋叶叫了车送走姐妹俩,家里顿时冷清下来。秋叶再一次到卧室去看望母亲,见她安静地躺在床上,便回到书房,一看表,已午夜12时了。

这从未有过的紧张的一天终于过去了。

雾子这时候在干什么? 拿起电话正要拨号时,忽然想起了预定明天要回纽约的达彦。

这么长时间,怎么一直没想起达彦来? 真不可思议。

当雾子说要参加旅行团去美国时,怎么没想到达彦。

秋叶知道达彦在美国,但不知道地址。

一开始因为自己和雾子是两人一块儿去,就没考虑见其他人。

现在重新考虑一下,将雾子托付给达彦,或许是个好主意。

往返时因参加旅行团用不着担心,但到了纽约后是自由行动。

在雾子店里打工的小西答应介绍她姐姐,那个叫阿桂的似乎也介绍了个朋友,托付给他们也许不错。但达彦和别人不同,是自己的外甥,知根知底,可以一百个放心。有他跟在雾子身边,在纽约遇到陌生的男人也不用担心了。

但托付给达彦也有不便之处,因为他要上班,不能成天照顾雾子。然而业余时间陪雾子吃顿饭,对雾子也增添一份力量。

想到这儿,秋叶就坐不住了。年轻时候对什么事都慢吞吞的,随着年龄的增长,变得性急起来。

秋叶拿起电话,自责地想了一下。这时候达彦准在荻洼家里,立刻与他取得联络。

可是,来接电话的不一定是他本人,该怎么说呢?

总不能说自己原来要和雾子去纽约,必须考虑另外的理由。不过对达彦在某种程度上可以照实说。

达彦知道秋叶离婚后单独生活,说雾子是自己喜欢的女人亦无不可,不过雾子太年轻了。

如果让达彦见到雾子,肯定会大吃一惊,再让姐姐、姐夫知晓,更是无地自容。

只能说是位熟识的小姐。秋叶左思右想之际,有人敲门,是昌代。

他急忙站起身去开门,昌代站在那里。

"刚才夫人醒了,似乎已有了意识。"

秋叶立刻下楼去。

"说了什么没有?"

"她老人家见了我点点头,问老大呢?"

年轻时候,母亲叫她大三郎;稍年长后叫他老大,当着面就直呼你,不叫老大。

雾子也和母亲一样叫他老大,秋叶只能苦笑。

秋叶推开卧室门,母亲的被子旁边,另外铺着一床被子,似乎是家庭护士休息的地方。

秋叶点点头,坐在母亲身旁。

房间里只有台灯亮着,母亲直瞪瞪地看着他。

"妈妈!"

秋叶凑过脸去,母亲微微点点头。

母亲虽得了脑血栓,但脸孔仍像少女那样光滑。但她的眼珠转也不转,像只玻璃球,一点没神。

"是我啊!听见了吗?"

秋叶凑过脸去,母亲的嘴巴微微张开。

"别担心,一定会好起来的。"

"……"

"真理子和横滨的舅舅都来看你了。"

母亲没有回答,可是听懂了秋叶的话,每说一个名字,老人家微微点点头。

母亲刚刚醒过来,不能跟她多说话,秋叶轻轻地掖了一下被子。

"没事儿,您安心休养。"

秋叶站起身来,母亲的眼睛跟着他走,又点点头,秋叶这才走出卧室。

墙上的挂钟指着午夜1时。

"通知富田医生了吗?"

"还没有,时间太晚了,明天一早通知他。虽然已恢复了意识,还是让夫人好好休息。"夫人恢复了意识,昌代的声音响亮多了,"血管被堵住了,该多么痛苦啊,幸亏她挺过来了。"

昌代如此关心母亲,而自己一直到刚才为止,还在想着雾子的事,不觉有点惭愧。

"今夜您一直待在家里吧?"

这句话极其普通,但秋叶像受到猛烈的打击。

秋叶的房间里有书桌,也有床。工作累了,就倒在床上休息一会儿。离婚前是张单人床,妻子走了后,换上张双人床,夜间几乎都在这儿休息。

小女儿真理子这样说:"爸爸,这儿是您的旅馆。"这话说得多么巧妙。

秋叶倒在床上,怎么也睡不着。母亲病倒这是意外事件,忙前忙后,大概太兴奋了,此刻倒在床上也睡不着。

过去睡不着时,找本书读上几页就睡着了,今夜全然没有读书的兴致。

"今后怎么办?"

他一个人在黑夜里嘟囔。

母亲虽已恢复了意识,暂且还得躺在床上养病。医生说,可能会落下手脚麻痹的后遗症,不会像以前那样精神了。

这样一来,家里大小事只能依靠昌代了。

当然,昌代和自己家里人一样,这一点没问题,可是又要做家务,又要伺候母亲,太难为她了。

如果秋叶的妻子能回家来分担一点家务就好了。秋叶左思右想,想不出好主意。

"干脆,和雾子结婚吧!"

秋叶嘟囔了一句,又沉默了。

伺候手脚不便的母亲,雾子能来吗?

雾子爱干净,也不嫌弃做饭,比前妻的手艺强多了。可是自从一年前开了店,她整个换了个人似的,变得十分活跃。这样拘谨缄默的女子,如今热衷于店里的业务。现在即使结了婚,让她蹲在家里干家务,不一定能行。再说母亲让一个孙女似的儿媳妇来伺候,她也会不踏实的。目前只能让昌代当家,再找一个家庭护士来辅助她。

自从母亲病倒后,这南平台的家显得太大了。50坪的住房,只有母亲、昌代,加上自己,太冷清了。

"还是把雾子娶来……"

秋叶想起今天白天在百货商店给她买长襦袢的事儿。

假如不知道母亲生病,此刻正搂着穿着长襦袢的雾子寻欢作乐哩。母亲突然病倒,或许是上天惩罚这个淫乱的、不孝的儿子。

第二天早晨,秋叶喝完咖啡,给荻洼的姐姐打了个电话,首先汇报母亲已恢复意识,接着问道:

"达彦在家吗?"

"上午就去成田机场,有事儿吗?"

"我有一个熟人想去美国……"

姐姐一听这话,立刻叫达彦来接电话。

"昨夜本应该去看望外婆,我正好外出不在家,请舅舅原谅。"

秋叶以为母亲病倒后,达彦该来个电话,没想到全然不知。

"没有什么大事,我有一个熟人想去美国,你能不能见一见?"

"什么时候?"

"下月初去,在美国待一星期,是初次去美国。"

"只要我能做的,尽量帮忙。"

达彦还像以前那样坦率、爽快。

秋叶说,那人是旧货店的经营者,想去纽约进点货,最后补充一句:

"她知道进货的店家,是位年轻的姑娘。"

"是位姑娘?"

达彦感到意外,秋叶没好意思说是自己的情人。

"最近这种店铺有的是,卖的尽是些怪头怪脑的衣饰,我可以陪她去,不让她上当。"

"不过,你是个忙人。"

"比在东京还有空呢,没事儿,舅舅尽管说。"

秋叶接着告诉达彦,雾子的到达日期和航班。

"旅馆订好了吗?"

"是旅行社代办的,到了纽约,让她给你打电话。"

"还是我来替她订房间,近来即使第一流的旅馆也不安全。"

"那更好了,谢谢你。"

"到那天,我去纽约机场接她。"

"那不太好吧?"

"没事儿,近来比较空。请把那位小姐的名字和模样告诉我。"

"她叫八岛雾子,详细情况启程前两三天给你打电话。"

"舅舅有空的话,趁我在纽约也来玩一趟。"

达彦性格开朗,在国外生活多年,但还没听说有关他和女性的传闻。

将雾子托付达彦,秋叶放心了。她自己一个人去纽约也不怕了。

秋叶赶紧拿起电话给雾子打电话。

"令堂大人怎么样了?"没等秋叶说,雾子抢先问道。

"托你的福,已经恢复了意识,能点头示意了。"

"太好了,太好了,这样就不要紧了。"

"不过,毕竟上了年纪,会留下麻痹症。或许来日不多了。"

"您说什么?"

秋叶半开玩笑,雾子却是认真的,真的生气了。

"令堂大人突然病倒,那是上苍对您的惩罚。"

"家里有这么一个病人,你能嫁到这家里来吗?"——秋叶本想这么说,可话题一转,"我的外甥在纽约,我想把你托付给他。"

雾子感到有点意外,顿了一下,反问道:

"他是干什么的?"

"是K商社驻纽约办事处的职员,在美国待了四年,对那里比较熟悉。"

秋叶又说,达彦三十二三岁,是独身,脾气很好。

"他在你身旁,有什么事可同他商量,已经托他订好旅馆了,并去机场接你。"

"让他……"雾子似乎有点为难。

"怎么啦?"

"我想让阿桂的朋友去接。"

"你已经托付过了吗?"

"阿桂说,这点事儿包给他了,他会找人的。"

"那还是回绝他吧!"秋叶坚定地说,"我已经托付达彦订了房间,委托他比较合适。"

雾子默不作声,秋叶接着说:

"我已经考虑过了,不要陌生人来插手。"

他怕雾子和陌生人交往,雾子会跟人家跑了。

还是托付给达彦比较保险。

"明白了吗?"

秋叶像下命令似的,说罢深深吸了口气。

雾子依然保持沉默,看来没被说服,秋叶拿着电话干着急。

"有什么不满吗?"秋叶不自觉地改变了口吻,"你是不是一定要见阿桂的朋友?"

"那倒不见得。"

"那就让达彦去接你,给你当向导。"

"可是,他在商社工作……"

"是啊,K商社是一流的大公司,在世界各国都有分公司。"

"在大公司工作的高级职员不一定懂时装……"

这么一说,秋叶一时也拿不定主意。

"阿桂的朋友在纽约是自由职业的摄影师,对时装很懂行,也熟悉纽约的商业街。"

"你自己知道要找的店铺,是不?"

"这个我明白,不过既然请人当向导,还是找个对时装懂行的人为好。"

雾子说的也有道理,但还是不放心把她托付给陌生人。

"达彦在纽约已待了四年,应该熟悉商业街,再说他在商社工作,可以从各种渠道得到信息。"

"可是,这样一本正经的人,可难对付了。"

"他挺随和的。"

秋叶了解达彦的为人,他是位良家公子,不依靠父亲,以自己的能力考入K商社的。

"这样吧,先让达彦去接你。如果你一定要会见那位摄影师,可以让达彦陪你去。"

有达彦陪着,其他男人也不易下手。

"还是这样合适。"

秋叶再一次强调,雾子无可奈何,只得点头答应。

"明白了。"

话到此为止,话题一转,秋叶说起昨天买的长襦袢。

"那衣服没穿吗?"

"什么?"

"昨天在百货商店买的那件。"

"当然还没穿咯。"

雾子笑出声来。

"今晚或明天我就能出门了。"

"不行,令堂大人的病还没好。"

"已经恢复了意识,没事了。"

母亲的病情稍见好转,秋叶就想让雾子穿上长襦袢,来欣赏一下她的新姿态。想到这里,秋叶不由得感到无聊透顶。

余花

雾子去纽约是在黄金周结束后第二天的傍晚。

旅行团预定出发前3小时在箱崎集合,而秋叶一直把雾子送到成田机场。

"一路小心!"秋叶紧紧握住她的手。

"我走了您也当心。"

秋叶以为出发前,雾子会有点胆怯。结果雾子很开朗,非常高兴。

"写信来不及,经常打电话来。"

"一定,打对方付款电话可以吗?"

国际电话费很贵,雾子事先打了招呼。

"那边不像在日本,什么样的人都有,你要小心。"

这话在昨夜两人度过最后一夜时也叮嘱过。

"您放心好了,店里的事就拜托您了。"

事先约好,雾子去美国期间,秋叶每天到店里去看一次。

"我不会让打工妹讨厌的,你放心。"

"姑娘们一心等待我的礼物。"

"那倒没关系,我只希望你早日精神百倍地回来。"

秋叶说罢,雾子举起手摇了摇说:"拜拜!"说完便朝旅行团的人群走去。

秋叶目送雾子背着挎包的背影消失在人群里,才离开机场候机室。

5点刚过,夕阳西斜,天空一片淡红色。秋叶沐浴着夕阳向停车场走去,上了车。

从成田机场到涩谷,顺利的话得一个半小时。

"慢慢开吧!"

秋叶自言自语,握着方向盘。

"一星期?"

七天时间转眼就到,但从明天起就见不到雾子了,似乎这日子很长。

"玩几天吧!"

秋叶嘟囔了一句,这时一架飞机升空了,不一定是雾子乘坐的航班。当飞机消失在黄昏的天空里,秋叶突然感到自己被抛在一边,十分冷清。细细一想,自己每天都和雾子一起行动。

在雾子房间里过夜另当别论。即使不过夜,早晨一觉醒来,第一件事就是给她打电话,问问昨夜去哪儿了?今天一天的日程如何安排?

白天雾子给他打电话,汇报今天销售额多少,马上就要打烊了等等。

一到夜晚,秋叶再跟雾子联络,工作的进展情况,有何感想?雾子围绕着业务说了一通。

即使不见面,一天里至少要通三次电话。她去了美国,从今天起,电话联络也断了。

一开始,秋叶似乎获得了解放,一旦只剩下自己,忽然无所事事,闲得无聊了。

从机场回来,喘了口气,不知不觉拿起电话,一想,雾子已经走了。

"唉!怎么忘了呢?"

秋叶苦笑了一声,放下电话。过了两三个小时,又下意识地拿起电话。

其实平日此刻打电话,并不想涉及她的业务,只想问她累不累,怎么打发时间?

如今只剩他一人了,连个打电话的对象都没有了。

秋叶只得拿起雾子参加的旅行团的日程表。由于时差关系,雾子乘坐的航班,星期二傍晚从成田机场起飞,还是星期二的傍晚到达纽约。

此刻11点钟,起飞已经5小时了,还在太平洋上空飞行。雾子在读杂志呢,还是在看电影?出发前忙得不可开交,说不定已睡着了。

秋叶叠起日程表,发现反面记着几个数字:最上端"35"的旅行费用,下面"15"和"5","15"可能是旅行支票,"5"是现金5万日元。

这次自己给雾子一共55万日元,这点钱是不够进货和支付旅馆费的,所以还给了她一张在美国通用的信用卡。

雾子说:"我不会乱花的。"实际上购物、买礼品也得10万日元。

乱七八糟包括在内,秋叶一开始就打算出资70万,再加上平日的花销,至少得100万。

"反正这一趟她非去不可……"

秋叶自己安慰自己,把纸条收好。

第二天早晨8点,秋叶一觉醒来,就奔母亲的病室。近来,一早起来去看望母亲已成了必修课。母亲病倒已经十天了,虽已恢复了意识,但右半身留下了轻度的麻痹症。话也说不清楚,或许因为没戴假牙,但轻度的语言障碍却是事实。

母亲病倒后不想离开家,一直在家接受治疗。医生劝说还是住院比较好。

"往后需要理疗,住院较为方便。"

"还是待在家里吧!"母亲断断续续地说。

"病好了,马上就回家,还是去住一段时间吧。"

本人不想去,硬让她去住院,似乎有摆脱麻烦之嫌,最后决定本星期内入院。

好在医院位于广尾,离涩谷不远,该院理疗设备比较完善。

"在家无法锻炼,需要专门医生的指导,这样好得快。"

秋叶凑在母亲耳边轻声说,母亲哭咧咧的,生病以后,像个小孩子似的。

"每天有人去看您,不用担心。"

劝慰母亲后,吃过早饭,秋叶去楼上书房开始工作,心里老是挂着雾子,沉不住气。

纽约和东京时差为13个小时,此刻雾子已到达纽约,在异国度过第一个夜晚。

她是不是顺利地见到达彦?在旅馆住下没有?一直没来电话,估计平安无事。

秋叶自言自语,拿起电话,接通"安蒂克秋",听见了打工的女大学生小西的声音。

"没事儿吧?"

"没事儿。"

声音有气无力,或许一个人有点胆怯。

"有不懂的地方尽管打电话来。雾子也会打电话给你的。"

秋叶说罢,小西诧异地说:

"刚才,老板来电话了。"

"从哪儿?"

"从纽约,已经到那儿了。"

秋叶拿着话筒惊呆了,一时说不出话来。

他一看书桌上的时钟,正指着 11 点,此刻纽约是晚上 10 点。雾子打电话给她,一点儿也不奇怪。

然而,秋叶觉得有点扫兴。心想,既然到了纽约,首先应该打电话给我呀,自己一直在等她的电话。或许有什么急事,先给店里打电话。

"她有什么急事?"

"她说三天后把店面的摆设调整一下,还问了昨天的销售额是多少。"

"就这些?"

问什么销售额,首先应该打电话给我呀。可是有什么法子?

"还有其他什么事吗?"

"她说平安到达纽约,精神状态良好,她没给叔叔打电话吗?"

不知为什么,打工妹叫自己叔叔。秋叶心里痒酥酥的。她们知道自己和雾子的关系。但是被对方问是否没接到电话,这让秋叶感到很尴尬。

"我打电话去过,她正好不在,所以她才给你来电话的。"秋叶含糊其词地说。

小西似乎又想起了什么,补充道:

"昨天的销售款……"

"下午我抽空去一趟。"

临走时雾子嘱咐秋叶每天到店里转一转,把前一天的销售款收好,这样做好像自己变成了出纳,秋叶提不起劲来。

挂断电话,一看表11点刚过,秋叶想,说不定雾子会打电话来,刚才给店里的电话是试探性的。这时候正是公交高峰时刻,自己不会出门,再过一会儿或许会打来的。

秋叶自以为是地想了一下,点燃一支烟,等待电话。30分钟后,电话没响。他又想雾子认为给自己打,什么时候都可以,或许放在以后打。再不然她累了,睡下了。想着想着,又过了30分钟。

秋叶想,不如自己打电话给她,可这样又显得自己下贱,终于又忍住了。

下午1点钟,雾子还没来电话,这时候纽约已半夜12点了,不会来电话了。

没来电话,说明她平安无事,秋叶自己安慰自己,动身去"安蒂克秋"。

到了店里,一位女顾客正在选购衬衣。

秋叶和小西点头致意,坐到里首的椅子上。一个人无所事事,显得有点尴尬。秋叶随手拿起一本外国时装杂志,这时候那位女顾客什么也没买,走了。

"你辛苦了。"秋叶对小西说,"一个人挺累吧?"

"不,已经习惯了。"

"听说你姐姐在纽约工作。"

"是的,明天会跟老板见面的。"

"你姐姐在那儿干什么工作?"

"她在美国航空公司。"

秋叶点点头,这时候进来了两位女客人,三十多岁,大白天出门购物,估计是家庭主妇。

小西站起来招呼客人:"请进,欢迎光临。"

秋叶把视线移到杂志上。

两位客人先看看连衣裙,又在装饰品柜台前站了一会儿说:"这真可爱!""这个怎么样?"拿起胸针,朝胸部比画一下。

或许秋叶坐在那里,她们有点局促不安,结果什么也没买,走了。

"看来,我坐在这里,什么东西也卖不掉。"秋叶说。

"没有的事。"小西嫣然一笑,露出两粒虎牙,十分可爱。

"您多大了?"

"二十一岁。"

秋叶点点头,比自己大女儿小两岁。

"您在这儿打工,是不是觉得挺有意思?"

"挺有意思谈不上,倒挺快乐的。"小西含糊其词,感觉是可想而知的。

"我告辞了。"

秋叶想老待在这里,显得有点尴尬,于是站起身来。小西从保险柜里拿出一只白信封。

"这是昨天的销售款和账单。"

"谢谢。"

秋叶接过信封,心想这钱又不是自己的,于是胡乱地塞进夹克的口袋里。

离开"安蒂克秋",到涩谷的书店转了转,回到家里已下午4点了。

昌代立刻来报告:"夫人后天送广尾医院。"

夫人需要全天看护,家庭护士也跟去伺候,昌代则每天去一趟看看。

"是头等病房。每天2万日元,可以吗?"

"没有其他病房了吗?"

"也有二等病房,但没有家庭护士休息的地方,设备也差些。"

昌代这么一说,秋叶不得不表示同意。回到书房秋叶算了一下当前的开支。家庭护士每天1万,病房费2万,每天最低3万。加上治疗费等,每月至少需一百二三十万日元。

医生没有明说,看样子至少住半年,那得七八百万日元。

"够劲!"秋叶嘟囔了一声,沉默了。

七八百万日元是笔大数目,但这是给母亲治病。辛苦了一辈子的母亲,让老人家住一等病房,那是理所当然的。

"比起给雾子的钱,还少多了……"想到这里,也就无话可说了。

"能再借一点钱就好了。"

一样是借钱,为了给母亲治病,压力就少些。

再说,母亲名下的财产不少,这不过是一笔小数目。不能因为她病倒了连病房钱也舍不得出。

秋叶躺在床上东想西想,刚拿起一本书正要读,昌代进来问道:

"先生,晚饭在家吃吗?"

过去一直在外面吃饭,突然连续两天在家,昌代觉得有点不正常。

"当然在家吃咯。"

"7点钟开饭如何?"

如果秋叶不在家,昌代一个人怎么也凑合过去了。

"可以。"

秋叶冷淡地答道。昌代默默地离去。

秋叶过去从未认真考虑过母亲的事。母亲病倒后,这家里一下子显得空荡荡的。

秋叶和母亲加上昌代三个人,已经习惯了。失去了母亲这个中心,秋叶和昌代感到困惑。

当夜秋叶好几次想往美国打电话。雾子下榻的旅馆在中央公园南侧,不算高级,很多日本人住在那里,风气比较好。

国际电话立刻能接通,但秋叶总提不起劲来。此刻东京是夜晚,纽约刚天明,说不定雾子还睡着呢。不给自己打电话,先给店里去电话,真是岂有此理。

"等她来电话再说,反正自己不打……"

正在僵持之际,电话铃响了。

秋叶赶紧拿起听筒,原来是能村。

"稀罕,这时候你在干什么?"

话筒里传来杂七杂八的说话声,说不定是从银座的酒吧打来的。

"我正在工作。"

"我以为你在她那里。"

"她去美国了。"

秋叶告诉他,雾子为了给店里进货,去纽约待一星期。

"你让她一个人去那样的地方,没事儿吧?"

"没事儿!"

秋叶告诉他,已托付给自己的外甥达彦了。

"这样一来,这爿店就转入正轨了。说不定还真能赚钱。"

"赚钱不赚钱反正就这样了,既迈出了这一步,已没法收回了。"秋叶自暴自弃地说道。能村不会理解自己这一回真的坐蜡了。

"这时候,你能不能张开双翅,飞出来喝一杯?"

"现在吗?"

秋叶倒想去喝一杯,又怕这时雾子来电话,下不了决心。

"蒙你特意邀请,谢谢,今夜不去了。"

"是吗?令堂大人已经住院了吗?"

"不,还在家里。"

"那么另找机会吧。"

挂断电话,秋叶好像受了什么损失。

难得能村来请他喝酒,本应该去喝上一杯,一想到此刻雾子在纽约该起床了,只得作罢。

"今夜一定会来电话的。"

秋叶自言自语地倒在床上。

然而,到了凌晨1点钟也没来电话,直到第二天晚上雾子才来了电话。

"你怎么啦?"

秋叶不由得用了责问的口吻。雾子反而悠然自得地答道:

"没怎么,挺好啊!"

这么一说,秋叶反倒没话了。

"到了纽约,你立刻给店里打了电话,是不是?"

"是的,临走时我忘了嘱咐橱窗该如何调整。还有小西的姐姐……"

"你没给我打电话,我一直为你担心。"

"我很想给您打,但打多了,电话费太贵了,吃不消。"

国际电话费确实高些,问题不在钱上,平安抵达,先打个电话来,这是礼貌。

"小西不说,我还蒙在鼓里呢。"

"可是,我让她向您汇报,我已经平安到达了。"

"反正你太拿我不当一回事了。"

"我到这里才第三天,到达那天还是晚上。"

话虽没错,问题是秋叶等电话等得心焦,心里忐忑不安。

"总算平安到达,太好了。"秋叶自己安慰自己,松了口气。

"见到达彦了吗?"

"承他特意到机场来接我。那位公子真可笑。我说我是八岛,他一连问了好几次,您真的是八岛小姐?"

"我早把你的服饰和所持物品告诉他了。"

"他或许以为我该更大一点儿,真太失礼了。"

秋叶曾对达彦交代过,是位年轻的小姐。也许他没想到雾子这么年轻。

"当夜,他请我吃饭,又和公司里的人一起去日本人开的酒吧。"

"进货的事怎么样了?"

"昨天,小西的姐姐给我当向导,去了五号街和派克大街。"

"那儿尽是大商家。"

"今天去沃契特大街,再去市中心商业大街。"说罢,雾子用手捂住话筒,轻轻地说,"亲爱的,有件事求您……"

秋叶不知是什么事,心里一怔。

"什么事?说吧!"

"现在住的旅馆……"凡是撒娇的时候,雾子总是把重音倒过来,"可能的话,我想换个旅馆。"

"为什么?现在的旅馆不好吗?"

"不是,我想靠近中央公园,不知好不好?"

"现在的旅馆不是也靠得很近吗?"

"我想搬到普拉乍旅馆去。"

普拉乍旅馆与阿斯特赖亚旅馆并列是纽约最高级的旅馆。

"你一个人去吗?"

"您想起来了吗?以前在电影和电视里见过,在房间里可以看到中央公园,我想进去住住。"

"原来是这样,那边有空房吗?"

"小西的姐姐去打听了,说没有问题。"

女人的爱好真特别,或许雾子和小西的姐姐谈话中提起的,立刻想搬家。

"您应该知道的,亲爱的,据说非常漂亮。"

秋叶没去住过,但进去过,雾子说的那家旅馆,他有印象。

"如果有空房,你搬过去就是了,可用信用卡支付。"

"可以吗?"

可以与否,反正没有别的选择。

"最小的房间也要250美元一天。"

雾子连房费多少都调查好了,那样高级的旅馆一般要三四百美元,合日元七八万。

"只住两晚上。"

"那以后呢?"

"再回这儿来。"

回来后,在纽约只有一夜了。

"那干脆住到离开纽约算了。"

"您真的答应了?"

一个单身女人住普拉乍旅馆,太破费了。但只要她不和不三不四的男人在一起,再贵也是合算的。

"搬过去后,再来个电话,记住!"

秋叶又叮嘱了一句。

雾子的电话有点拖后,但总算联络上了,秋叶松了一口气。因为他一直担心,是不是平安到达纽约?有没有跟达彦联络上?住房与吃饭怎么安排?总之有操不完的心。

到达纽约只有两天,已见到达彦和小西的姐姐。秋叶最担心的是阿桂的朋友,和那位摄影师尚未会面。

总之,雾子和达彦见了面,还同他的朋友一起去了酒吧,说不定他的朋友中有人看上了雾子亦未可知。这样担心下去,没完没了。

反正已平安到达就没事儿了,不用多想了。再说自己出资让雾子开店,这本身就是费钱的买卖。不能怪别人,只能怪自己。

对雾子来说,目前最重要的事是店里的买卖,她不能半途而废,这一点她自己最明白。

第二天秋叶在书房里写作,昌代说迎接母亲的汽车来了。

母亲换上西装裤和毛衣,再披上长袍来到楼下,被抬上担架上了车。

"妈妈,小心,我马上去医院看望您。"

母亲听了秋叶的话,无可奈何地点点头。

昌代也跟着救护车去了,家里顿时显得空荡荡的。

"母亲走了,孩子走了,昌代也走了……"

秋叶朝这空荡荡的房子扫了一眼,忽然不安起来,家里只剩下自己了。

随着年龄的增长,母亲的寿命终结,两个女儿先后出嫁,昌代也得走,早晚是这个局面。

"这么大的房子,只剩下自己,该怎么办?"

想到这里,秋叶一刻也不能忍耐,马上想见到雾子。

不知为什么,和雾子在一起,从未觉得像现在这样孤寂。反正早晚会有这一天,但那是遥远的将来。

"不要胡思乱想了。"

秋叶自言自语地做好外出准备。

去"安蒂克秋"是每天的必修课,秋叶却提不起精神来。

目的是去"巡视"一下,接受前一天的销售款,秋叶最不喜欢这样的事儿。

说是"巡视",不过是从打工妹手里接过一只白信封——那是上一天的销售款。实际上他对店中的商品缺乏应有的知识。

这事儿小孩子也会干,好像是在闹着玩。

雾子心中有数,她并不指望秋叶去"监督",只是让他每天去一趟,好让小西放心。换句话说,是最低限度的"要求"。

尽管提不起兴致来,可每天到店里转一转,也并非没有意义。写完苦涩无味的稿子,在五颜六色的服装包围之中,似乎到了另一世界,和年轻的姑娘聊聊天,也挺开心的。

姑娘憧憬着雾子的地位,也想开一爿店试试。当秋叶得知她们的想法后,更增强了自信。

"今夜请你们吃顿饭如何?"

秋叶刚说完,两位姑娘立即表示同意,显露出高兴的神色。

她们只是把秋叶当作老板的情人,对秋叶本人并不感兴趣。既然有人请客,不吃白不吃。

"真的带我们去?"

秋叶点点头,心里却犯嘀咕,这样做是不是有点对不住雾子?

趁她去了美国,引诱店里的打工妹,这不成了"贪嘴的馋猫"?再一想,雾子在美国也挺开心,忙着购物,和达彦他们上酒吧喝酒,自己这样做也并不过分。

"老板不在,你们得好好干啊!"

秋叶总算找到一个"名目"。即使雾子知道,也不会吃醋。

"星期六晚上,怎么样?"

秋叶和姑娘约定后,心里觉得挺痛快。

雾子第二次来电话是换了旅馆后的第二天早晨。

"这旅馆太棒了!"

雾子把旅馆的布置、窗外的景色,不厌其烦地说了一通。

"现在纽约是几点钟?"

秋叶书房中的表正指着晚上10点。

"这儿是早晨9点,我这就去见小西的姐姐。"

雾子把昨天去沃契特大街的情形向秋叶描述了一番。

"这儿尽是高档商品的店铺,和麦迪逊大街差不多,有名的服装设计师开的店更是琳琅满目,目不暇接……"

这些事秋叶并不关注,而对雾子来说却至关重要。

"这儿什么都有,从高级商品到零星衣物,应有尽有,还有欧洲的高级白兰地,价格只有日本的一半。昨天在麦迪逊大街见到高档连衣裙,开价250美元,这儿90美元就成交了。"

"不会是假货吧?"

"不会的,这儿的商店大多是犹太人开的,他们要现金交易,挺好的皮夹克只要100美元。"

雾子啰啰唆唆说了一通,还说著名的影星和时装模特儿也在这里购物。

"要进的货都弄完了吗?"

"实在太多了,我拿不定主意。有晚礼服、首饰、鳄鱼皮的手提包,我都想买一点,特别是毛皮制品非常便宜。"

便宜一点当然好,恐怕钱不够用了。

"都用现金交易吗?"

"当然咯,用现金比较受欢迎,但旅行支票和信用卡也可以。"

"可是卖便宜货的店里,恐怕不行吧?"

"太小的店当然不能通用,但我一般不在小店进货。"

信用卡管用,那等于说,一切都得秋叶来支付。

"可不能太贪婪啊!"

秋叶只能这样说句不痛不痒的话来限制她。

打了一次电话,好像成了习惯,第二天早晨雾子又来了电话。把她一天的进货情况、那边的时价汇报了一通,并说一套晚礼服要价10万美元。

"这里有闲阶级的贵妇人,买一套普普通通的衣服,一出手就是几千美元。"

"你也买了吗?"

"我这样的小妞,人家瞧不上眼,理都不理我。这样高的品味,只能望衣兴叹。"

秋叶终于松了口气。

"不过,我在蒂芙尼珠宝店①买了一串镶钻石的项链,非常棒!"

"呃?"

"我犹豫了半天,一想好不容易来一趟,不能亏了自己,此刻正戴在脖子上。"

"多少钱?"

---

①蒂芙尼珠宝店是纽约有名的珠宝店。

"四百多美元,可以吗?"

可以不可以,反正已经买了,说也没有用。

"五号大街有一家叫丽娜的女装店,这儿的设计独特,真是看不够,亲爱的,您看了也一定喜欢。"

"你买了吗?"

"有件式样新颖的夹克,我打算为你买一件。"

"我的事你就不用操心了,赶紧进货,否则时间不够用的。"

"到了商业大街,这儿大路货居多,价位也较低。"

话题一转,雾子轻声地说:

"今日我被人家吻了一下……"

"谁?"

秋叶慌了,雾子却窃窃私笑。

"达彦君带我去看脱衣舞,突然演员向我靠近……"

"别说傻话了。"

"没事儿,说是脱衣舞,其实并不是全裸。先不说女的,男的也至少穿一条裤衩,盖住那玩意儿。又跳又唱,挺开心的,接吻也是他们的一项服务。"

即使是服务项目,能白白地让人随便亲吗?雾子太轻率了,也怪达彦不该带她去那种地方。

屈指一算,今天是雾子在纽约的最后一天了。大概忙着购物,不料到了深夜又来了电话。

"我没事儿,不知您怎么样?"雾子压低嗓门,平静地说,这是十分罕见的。

"我也没事儿……"说罢,秋叶沉默了。

30分钟前,秋叶和店里姑娘吃完饭,刚回到家里。

"你怎么啦?怎么没精神?"

"没事儿,今天是最后一天了。"

"明天就出发了,进完货了吗?"

"品种太多了,我心里七上八下,不知选什么好,还得打包行李……"

"让商家直接运回日本不就得了吗?"

"大商店没问题,小商店必须自己打包行李送机场……"

"买几只便宜的行李箱,装在里边不是更省事吗?"

"我也考虑过。"

说到这儿,雾子顿了一下说道:

"我想在这儿多待几天,可以吗?"

"你说什么?"

"再待几天。"

连说了两遍,秋叶只能叹气。

原定明天从纽约返回日本,一直到刚才为止秋叶还在掐算日子,现在又要延期回国。

"到星期六,议儿小商品市场很热闹,我想去挑些便宜货,再到附近商家看看,至多待四五天。"

"有这个必要吗?"

"那么三天吧!"

"你是往返机票,归期不是早就定好了的吗?"

"那没关系,小西的姐姐替我去办手续,参加另一个旅行团。"

秋叶一时不知如何回答,眼睛盯住墙上的挂历不吱声。挂历日期下面有空栏,可以写字。雾子去美国后,每天晚上秋叶在空栏上打上

"×"号。

从星期二至今,已经过去五天了,现在又要延期。

"这事儿……"

本来他想训斥她一顿,别在纽约找事了,按照预定日期回来!但不能感情用事,总得找个正当的理由。

"你走了这些天,店里离不开你。"

"明天我给她们打电话。"

"她们感到冷清,还有一些事,她们不明白。"

今夜吃饭时,她们诉说,雾子不在店里,心里没底,销售额直线下降;顾客问的商品的品牌、设计样式,她们都答不上来。

"进货的目标都定了吗?"

"定了些。才来了五天,时间不够用。"

"你到处看,时间当然不够咯。"

秋叶不自觉地带着训斥的口吻,雾子立刻反驳:"我并没有到处乱走。"

"可是五号大街、派克大街和进货有什么关系?"

"参观了时装店,学了不少东西。"

雾子说的或许在理,但秋叶还是想不通。

"一开始就知道是一个星期的日程,你应该把事情安排好才对。"

"这个我知道,可不能下个月再来一趟。"

"那当然咯。"

她如此想待在美国,自己可受不了,想到这儿,秋叶只会叹气。雾子小声地安慰他:

"就三天,总可以了吧!"

"……"

"再换一家便宜的旅馆。"

都说到这份上,秋叶不得不点头了。

"真拿你没办法。"

秋叶的回答包含着失望和自嘲,挂断电话,秋叶又注视着墙上的挂历。

原定一星期,已过了五天,只剩下两天了。这下还要延期三天,还有五天。

一星期变更到十天,算不了什么大事,也不能为此发牢骚,早知道这样,一开始就决定十天得了。再说雾子又不是在那儿闲逛,想进些便宜货,也说得过去。这样一想,不能有所不满,还能忍受。

今天早晨起床时,秋叶屈指一算,还有两天。说实话,他急于想见到雾子,抚摸一下她的肌肤。

平日和雾子在一起时,他并不是时时刻刻需要她。待在同一屋檐下,有时并无所求。喝醉了酒回来,倒在床上就睡着了。

一开始见到雾子时,他如饥似渴地想得到她。结合一年后,有时一起看看电视,聊聊天,大多数日子都相安无事。

岁月易逝,两人的关系趋于稳定。即使做爱,也不像当初那样激动了。

可是,雾子走了一星期,他又燃起了过去的欲望。

说实话,今早一想起雾子,仿佛雾子就在身旁,身子发热。当然他不会像年轻人那样控制不住自己,于是自己安慰自己,再忍两天吧!有什么法子呢?现在又延长了三天,身上一下子热了起来。思想被说服了,可是躯体不听话。

"再忍下去,就得谋反了!"躯体在呐喊。

雾子再来电话是在星期一早晨,纽约时间晚上7点。

"今夜换了一家旅馆。"

秋叶一拿起电话,雾子快嘴快舌地向他汇报。

"叫阿戈金旅馆。您知道吗?"

"是在百老汇附近吧?"

秋叶知道这家旅馆,很受文化人青睐,美国作家欧·亨利常住这里。秋叶不喜欢此种来历,没去住过,据说很受日本游客的欢迎。

"这家旅馆生意挺好,不早预定,根本住不进去。正好有一间空房,请小西的姐姐帮忙的。"

小西的姐姐在航空公司工作,很了解纽约旅馆的情况。

"比以前那家旅馆小些,但酒吧很好,房间也很舒适。"

"是不是想住这旅馆才延期的?"

"没有的事,因为找不到合适的地方,才请她帮忙,偶然有一间房刚退掉。"

对秋叶的挖苦,雾子认真地做出辩解。

"而且这儿比较便宜。"

"那好,再待三天,这回可要按期回来啊!"

"是。"

"没错吧?"

秋叶再一次叮嘱她,嘴里嘟嘟囔囔:

"说好一星期回来,我一直等着你。"

"对不起,恕我任性……"

"得啦。"

在电话里不能撒娇起来没完,干脆谢罪,封住秋叶的嘴,秋叶也不能不同意。

"换了一家旅馆,得多加小心。"

对雾子延期回国,虽然有所不满,但换了旅馆及时来电话,也算可以了。

"达彦怎么样?"

"去芝加哥办事去了,明天回来。"

"阿桂的那位朋友见了没有?"

"见了一回。"

"不是请他当向导吗?"

"那人太厚颜无耻了,不用他了。"

"今天还没吃饭吗?"

"过会儿和小西的姐姐去吃越南菜。"

虽然延期了,到目前为止还没有不三不四的人盯上她,秋叶终于放了心。

星期一下午。秋叶打算先去医院看望母亲,然后到"安蒂克秋"转一转。离开了家门。

母亲一见秋叶便发牢骚,说伙食不好,晚上睡不着觉。除了医院提供饭以外,昌代每天做好送去,病房很宽敞,设备也可以,分明是对自己的儿子撒娇。

离开医院是下午4点。秋叶正想坐出租汽车,想起雾子的公寓离这儿很近,自从雾子到了美国,他一次也没有去过。

这房子一星期没人住了,不会有什么特殊的事情。他突然想起雾子的公寓,与雾子延期三天回国不无关系。

昨夜,当他得知暂时还见不到雾子,身上感到火辣辣的,一直到天亮才有所缓解,但身上的余热未消。

这点余热促使秋叶去雾子公寓看一看。

过去雾子不在时,他也去过,那是为了幽会。

雾子将钥匙交给秋叶,自然知道他随时会来。

穿过广尾地铁站的马路口,朝麻布方向上了坡道,走几分钟就到雾子的公寓。

秋叶望见白色瓷砖墙,忽然产生一种错觉,似乎雾子在房间里等他。

他穿过门厅乘电梯直到7楼,站在702室的门口。信箱里插满报纸,还有一部分放在门前。

秋叶把报纸拿在手里,用钥匙打开了门。

门口整整齐齐地放着雾子穿的拖鞋和高跟鞋。秋叶脱掉皮鞋,进入起居室,窗户上拉上了白色窗帘,屋子里静悄悄的。

秋叶忽然觉得自己像个小偷。拉开卧室的拉门,在没有人的屋子里只挂着一件印花的长襦袢。

屋子里井井有条,一尘不染。在白纱窗帘里面还有一层深灰色的布帘,只拉开一半,夕阳从窗户中射进来,衬托着屋里宁静的气氛。

右首墙下是大衣橱和镜子,旁边是一盏落地灯。

尽管扫得干干净净,关闭了一星期的房间仍有点霉味,只有挂着的那件长襦袢有生命力,显得格外突出。

秋叶仿佛觉得雾子站在那里,过去摸一摸它的领子。

去美国的前夜,秋叶曾在这里紧紧抱着穿长襦袢的雾子,他记得清清楚楚。

"你穿上试试!"

秋叶催促她,雾子无可奈何地穿上了。

雾子不常穿和服,动作有点笨拙,反而觉得很新鲜、很有魅力。

秋叶搂着雾子来回地爱抚,一直到最后也没有让她脱掉。倒是雾子缩起肩膀想脱掉,秋叶始终不让她脱,就这样,雾子一直绻缩身子,依偎在秋叶怀里。

回忆这些情景,又唤起了秋叶香艳的感情,他凑近挂着的长襦袢,用脸去蹭蹭。

这长襦袢雾子只穿过一夜,不会留下多少香味,雾子在做爱时至多哼几声,很少出汗,因此不会留下体臭。秋叶把脸颊贴在长襦袢上,立刻抬起脸来。

在女人外出的屋子里,缠着长襦袢不放,假如被人发现,肯定被看作是色情狂。

秋叶抬起脸朝屋子扫视一番,仍然是寂静无声,只有那件长襦袢透着光彩。

做事一丝不苟、有板有眼的雾子为什么不把这件长襦袢叠起来收好,而是原封不动地挂在那里就走了呢?

仅仅是忙得来不及收拾,还是她猜到秋叶一定会来这里的,故意挂在那里。

这时,秋叶忽然感到雾子在一旁注视着他,赶紧离开卧室。

出了雾子的公寓,秋叶径直去代官山"安蒂克秋"。

离开雾子的公寓时,那些插在门上的报纸和煤气收据等,是不动呢,还是收起来?考虑再三,把它们分门别类放在起居室的桌子上。

或许雾子会责备他,不该在她出国期间到她房间里来。但借口去医院看望母亲,顺便过来看看,这也说得过去。再说雾子把备用钥匙交给自己,也应该料到他一定会来的。

不管怎么说,私自进女人的房间仍然是一种冒险行动。

临走时,秋叶忽然产生一种冲动,他想看一看大橱的抽屉和壁橱里边有什么秘密。

过去在这里自由出入,经常住在这里,从来也没有这种想法,待雾子去了美国,仿佛整个屋子都是秘密。

以前,秋叶曾见过大橱抽屉里塞满了雾子的三角裤,五颜六色,像花园里盛开的花,当时赶紧转过脸去不看它。

这时,他想慢慢查看,同时也看看壁橱里的几只箱子,里边装着雾子的睡衣和一些内衣。

还有书架后边是否还藏着日记本和别的男人写给她的信。

女人的屋子里似乎隐藏着各种各样男人的秘密。秋叶虽然感到了诱惑,终于什么也没动,走出了房间。再说他也害怕在雾子房间里偶然发现什么异样的证据,增加自己的不安情绪。

与此同时,他也不愿意相信雾子在外面另有男人。到处乱翻,岂不有点过头。不过秋叶对雾子把房间整理得井井有条,充满着神秘的气氛感到满意。

这次"潜入",虽然没有见到雾子,但仍然像见了面一样。

他从车窗里向外眺望已接近黄昏的街景。汽车到了"安蒂克秋",在店的对面停下。秋叶为了过马路在等待绿灯。

这时他看见一位妇女推开玻璃门从"安蒂克秋"里出来。

她穿着一套粉红色的套装,手中提着一只黑色大皮包,个子不高,但腰板挺直,看起来十分舒服。

秋叶瞥见她的侧脸,怀疑自己的眼睛。怎么看,也像史子。她朝马路对面走去,秋叶的视线移到对面马路上,这时正好换成绿灯,他穿过马路,跟在她后面。

从后影看,削肩膀,细腰身,线条十分美。他跟在后面走了50米,下一条横马路亮起红灯,那妇女停住脚步,秋叶和她并排站住,那女人转过脸来。

"哎呀!"

"啊?"

两人几乎同时喊出声来,互相盯住对方看。

"好久没见了。"

"真的……"

信号换成绿灯,周围的人迈开脚步,秋叶和史子并排走过去。

"看来精神不错嘛。"

"托您的福。"

他们俩并排走着,看不清史子的表情,但听声音仍然是以前的史子。见了面十分沉着,从来不会表现激动,那是史子的个性。

"刚才你从那家铺子走出来,是不是?"

秋叶回过头去瞧了一下"安蒂克秋"。

"我从对面看过来,怎么看像是你。"

史子轻轻地一笑,没搭腔。

在夕阳照射下,两人的身影落在人行道上。秋叶忽然想起自己是到"安蒂克秋"结账的。

"你上哪儿去?"

"去涩谷。"

秋叶顿了一下,似乎下了决心说道:

"可以的话,去喝杯茶如何?"

史子转过脸来,诧异地看了他一眼。

"有急事吗?"

"没什么急事,您有空吗?"

"当然了!"

秋叶站停,指了一下马路对面的餐厅。

"去那儿如何?"

史子朝那餐厅瞥了一眼,轻轻地点点头。

"那么过去吧!"

两人又过马路,这时秋叶感到心里怦怦直跳。

在晚饭前餐厅比较清闲。只有两对客人坐在靠窗的座位上。秋叶选择靠里首的一张桌子,和史子面对面坐下。

"没想到在这儿碰见你。"

史子穿着一身淡红色的套装,里面穿着深黄色的衬衣,胸前戴着一串金项链,打扮得非常得体。

"你的发型变了。"

"是吗?"

史子伸手撩了撩耳朵后的头发。以前的头发朝后梳一个把子,现在往两边梳,脸显得更加突出了。

侍者来问:"要点什么?"

秋叶问史子:"你喝点什么?"

"来杯咖啡,要纯美国货。"

史子和秋叶想到一块儿去了,秋叶点点头说道:

"真的好久没见了。"

"有两年了吧。"

"三年了。"

秋叶想起和史子最后一次见面的情景。

秋叶和雾子一起去河口湖,在湖畔的旅馆吃饭,正好遇上史子。打那以后,再也没有和史子见过面。真有三年了,可是并不觉得时间太久,因为有时通电话,还常常想起她。

"你真的没有变化。"

"托您的福。"

史子并没有表现羞涩或困惑,就像在马路上偶然遇到老朋友,一起喝杯咖啡,态度非常平和。

"可是,日子过得真快啊!"

秋叶寻找着话题,一不说话,便感到尴尬。

侍者把咖啡端到他俩跟前,秋叶忽然想起了什么,说道:

"对了,生日那天,承蒙您送来花束。"

"……"

"太让我高兴了。"

秋叶接着说,史子只微微一笑,用汤匙搅了一下咖啡。

秋叶感到心里不是滋味。与史子偶然相见,心情激动,又怀念起旧情,这一切都毫不掩饰地表现出来。

最使秋叶难堪的是最后一次见面时,正好和雾子在一起,虽然没有吵架或争论,只是微微一笑,更使秋叶心里难过。

从那以后,接受过她送的玫瑰花,也通过电话,但和史子之间始终处于冷战状态。

随着岁月逝去,突然表现出怀念之情似乎太自以为是了。如果想再恢复以前那样和谐的关系,那必须找个机会来解释一下过去的误解。此刻突然表示歉疚之情,那也太可笑了。

"河口湖那次,太对不起了。"自己并没有什么过错,只不过和年轻的女性在一起。之后史子打电话到别墅来,再以后还送来了祝贺生日的玫瑰。

史子从来没有对秋叶说过一句怨恨的话。秋叶和雾子在一起,也不应该受到谴责。要是自己向史子低头,那等于承认自己的过错。

那时归那时,现在是现在,还是自然一点好,不必过多拘泥。

"你是不是常来这一带?"

"在青叶台有点事儿。"

青叶台在代官山附近。

"你从一家小店出来……"

"小店?"

"时装店。"

秋叶含糊其词,没敢说出"安蒂克秋"。史子点点头:"我偶然弯进去看看。"

"……"

"这店很不错。"说罢,史子嫣然一笑。

刹那间,秋叶似乎被她看透了,把视线移到咖啡杯上。但史子对去过"安蒂克秋"并不以为然。

在代官山就这么一家漂亮的"安蒂克",女人进去看看,那是很自然的。不过都是些年轻的女孩子,年龄稍大点的女子就很少了。

"这一带变化不小啊!"

"开了不少家店。"

"过去这儿什么也没有。"

秋叶见史子点点头,继续问道:

"你是不是常常去那儿?"

"走到附近就进去瞧瞧。"

"那么……"说到一半,秋叶打住了。

如果史子以前来过"安蒂克秋",那一定见过雾子。三年前在河口湖见过一面,两人应该记住对方的面孔。

然而,史子态度坦然,说不定即使去过"安蒂克秋",也没有见到雾子,或许雾子正好外出或迟到,没碰见。

"真让我吃一惊。"

秋叶叹了口气。史子问道:

"您怎么上这儿来?"

"不……"秋叶慌忙摇摇头。

此刻如果说自己也是来"安蒂克秋"的,那等于向史子坦白。既然她没发觉,自己何必多嘴。

"这儿附近的高级公寓住着我的一个朋友。"

史子默默地喝着咖啡,她那细长的手指还是那么美。

"令堂大人还好吗?"

"因脑血栓住院了。"

"什么时候?"

"半月前,现住在广尾医院。"

"那可糟糕了。"

史子皱了一下细细的眉毛,凝视着秋叶。

"好在很快就恢复了意识,看来不要紧了。"

秋叶一边回答,一边想起史子过去躺在自己怀里,一皱眉头那就是她欲火上升的时刻。

"那么家里呢?"

"还有我和女佣人。"

史子点点头,秋叶看着她那成熟的表情。

"你一点没变。"

"怎么会呢?已经是老太婆了。"

"不,真的没有变。"

这绝不是奉承话,史子一点不显老,而且也改变了过去那种严峻的表情,显得更加年轻了。

"我上了年纪了。"秋叶感叹道。

"不,您才没变哩!"

一听到"您"的称谓,秋叶立刻激起了怀念之情。雾子虽也称呼"您",但史子的口吻更使他安心。

"工作还像以前那样?"

"除此以外,我没有别的可干。"

"不会吧。"

秋叶知道史子是位很能干的女人。

"对了。"秋叶忽然想起了什么,探出上半身,"我还给你买了件礼物。去欧洲旅游时买了一条围巾,我想给你送去,一恍惚就撂下了。"

那是背着雾子买的,一直放在书房的抽屉里。

"这围巾一定得给你送去。"

"为什么?"

史子这么一问,秋叶反而不好回答了,说怀念旧情,那太露骨了。

"我经常想起你。"

"谢谢。"史子嫣然一笑,低下了头。

秋叶想说很长时间没见面了,常常想起你,然而秋叶此刻没有勇气这样说。

"这可怪了……"史子微微一笑,"你现在又不是一个人。"

"不……一个人。"秋叶慌忙地摇摇头。

"工作上的事,我自己还做不了主吗?"

不知是否信服,史子默不作声,将剩下的咖啡一饮而尽。

"今天有没有时间?"

"……"

"可以的话,我们一块儿吃顿饭。"

对秋叶的邀请,史子又轻轻地一笑。

"今天就算了吧……"

"为什么?"

"时间不多了。"

"那好,以后我给你打电话。"

史子点点头,把咖啡杯推到桌的另一边。

秋叶弄不懂了。偶然相会,到这小餐厅来喝咖啡,一切都很顺利。从过去经验来看,秋叶没想到史子会如此干脆。一块儿喝咖啡,秋叶以为她会说些挖苦的风凉话,却没有。史子始终不提过去的事儿,不但如此,她的态度十分冷静和沉着。

毕竟已过了三年,过去事情已付之东流。请她喝杯咖啡,她爽快地答应了。谈不上是依恋,至少有点怀念之情吧。

想到这里,秋叶忽然增加了自信,进一步邀请她。

就在这餐厅也可以,换一家气氛好的高级餐厅则更好,三年后邂逅总需要相当的氛围。

然而史子仍然微笑着拒绝了。史子做事有个界限,久未见面,喝杯咖啡可以应酬,绝不再深入一步,或许一开始她早已拿定主意。

然而秋叶并没有感到不快。首先,她的拒绝方式,非常爽快而有分寸,不管怎么说,今天能见到她就喜出望外了。

史子并没有完全拒绝。

"今天算了吧……"但并不反对秋叶以后给她打电话。想到这里,秋叶觉得今天的收获真不小。

"那好,我们走吧。"

既然还有重逢可能性,不必如此紧追不放。

分手时,多少留下点余韵,这是男女交往成功的秘诀。

秋叶一把拿起账单站起身来,史子随后跟上。走到外面,最后的夕阳映红了天空,已近黄昏时刻。

"那么就在这儿……"

秋叶说罢,史子低头行礼。

"让您破费了。"

"过些日子,我给你打电话。"

秋叶叮咛道。史子微微点点头,转过身去,向高架桥快步走去,还是像以前那样敏捷、潇洒。秋叶并不了解史子现在的内心世界。待史子的背影消失在高架桥上,秋叶才去了"安蒂克秋"。

和史子喝咖啡耽误了约30分钟,跨进店时有两位女顾客在挑选服装。

秋叶照例坐到沙发上,待客人一个一个离去,这才掏出香烟点燃。这时小西说道:

"老板说要晚几天回来。"

"听谁说的。"

"中午她从纽约打电话来了。一星期就是紧了些。"

"是不是玩过头了忘了时间?"

秋叶挖苦地说,小西吃吃地笑起来。

"她在商业中心买了夹克、衬衣、时装,还去了专卖杂货的铺子。"

秋叶还没有听雾子说过。

"去杂货铺,东西比较便宜,也会弄些无用的东西来。在日本叫'福袋'①。"

---

①福袋,内装不同小商品的彩袋,是商店免费赠给顾客的,可自由选取。

"这不用买吗?"

"买一个,赠送两个,等于白送。"

要花钱买的话,雾子应该向秋叶汇报。

秋叶不再说话,眺望外面渐浓的暮色。

"刚才有一个中年妇女来过吗?"

"是上了年纪的吗?"

"四五十分钟前,有一位穿淡红色套装的女子。"

"啊,有一位,是个大美人。"

从女大学生眼里看来,史子还是与众不同。

"那人经常来吗?"

"以前好像来过一次,看来很面熟。"

"买什么没有?"

"今天只是随便转转,没买什么。"

是来打听老板的,还是知道老板就是雾子?反正这事不能掉以轻心。

当晚,秋叶一直等待雾子的电话,12点过后也没打来,东京的深夜是纽约的大白天。上次的电话是雾子正在逛市场时打的。明天早晨一定会打来的,秋叶倒在被窝里,想起史子的事。

好久好久没见史子了,可是史子真的一点儿没变。到今年夏天,她已经四十三岁了,说三十五六岁也有人信。

她为人平淡,甚至有点冷漠。这正是史子的魅力所在。

"这么好的女人,为什么要撒手呢?"

她并不是从自己手中溜走的,总之,秋叶很可惜。和她见面后,和她交往的那段往事鲜明地复苏了。她表面上非常沉着、冷静,丝毫也没表现淫荡。一想起与她做爱时的热情,脸上不由得发烫了。

史子现在还一个人生活?分手已三年,或许已经有了对象。然而从今天所得到的印象,她身边还没有人。这当然是秋叶的希望、推测,同时也是祈祷。

在她身上闻不到一点男人气味。如果她身边有男人,一定会以某种方式表现出来。尽管她可以伪装,但从只言片语中总会有所流露。今天史子身上丝毫也闻不出异味,从她敞开的胸口,瞥见她的玉体,仍然像以前那样细嫩、白净。

史子的肌肤虽不如雾子白,但非常细腻、光洁。她的乳房像处女那样坚挺,十分成熟。作为一个女人,她是非常完美的。

假如她身边有心爱的男人,即使久未见面也绝不会和秋叶去喝咖啡,至多对过去的情人说上几句话,就 bye bye。

"史子并没有忘掉我……"

头天夜里胡思乱想把和史子的往事回想了一遍。

第二天雾子没来电话,秋叶就等不及了。在星期二夜里,自己给雾子打电话。

这时纽约时间是早晨8点,他以为雾子一定在旅馆里,却没人接。

这么早就出去了吗,还是在餐厅里吃饭?正想挂断电话时,雾子的声音传过来了。

"哈罗,喂喂!"

英语、日语一起说,听声音好像还没睡醒。

"还在睡吗?是我呀!"

是吃惊呢,还是怎么回事?雾子顿了一下,懒洋洋地问道:

"有事吗?"

"你一直没来电话,我放心不下。"

"……"

"只有今天一天了,是不是?"

延期三天,明天就从纽约动身了。

"几点钟起飞?"

"10点左右吧。"

可能是困乏,雾子说话的声音没有活力。

"那到东京是大白天了?"

虽然推迟三天,还是以前订的那架航班。

"购物全结束了吗?"

"差不多了。"

"这回一定能回来咯?"

"嗯。"

对雾子的回答还是不放心,秋叶又叮嘱一句。

"我到机场去接你。"

挂断电话一看手表,8点半。

东京和纽约的时差为13小时,此刻纽约是7点半,确实是早了些,雾子的声音沙哑,睡得好好的突然被叫醒,当然不好受。但得知从日本打来的电话应该高兴才对呀,可是雾子却显得有些冷漠,没有话说。

秋叶瞧了一下桌上的台历。从上星期二开始每天的空格都做上了记号,已经九天了。

"还有两天……"

秋叶偷偷地想:一回来让雾子穿上长襦袢,好好地罚她一下。

秋叶每天凌晨1点上床。过去常打通宵,一直干到早晨五六点钟,这几年很少熬夜了。

随着年龄的增长,熬夜身体吃不消,反而影响效率。每到这时,干脆搁笔睡一觉,起来再干。秋叶还有一个毛病,深夜一个人工作时,总想给别人打电话。

工作顺利的话,还不要紧,一旦写不下去了、累了,就想给别人打电话。可是深更半夜打给谁呀?以前和史子相好时,便打给她。半夜三更打电话去,肯定会给她添麻烦。好在她是自由记者,也是个夜猫子,晚睡晚起。凌晨两点打电话过去,她也不会不高兴。

自从和史子疏远后,再也没合适的谈话对象。雾子年轻,不能熬夜,早上起得早,深夜把她叫起来,未免太残酷了。

由于秋叶的工作习惯的改变,交往的女性也随之改变。

好不容易拨通电话,雾子的回答如此冷淡。秋叶突然又想起史子来。

昨天才见过面,马上就打电话给她,也未免太性急了。不过临分手时说过要去电话的。

他招呼昌代给他泡茶,稍稍沉住气后拿起电话来,史子立刻来接。

"哎哟,怎么回事?"

一听"喂喂",史子立刻听出是秋叶。

"好久没见,昨天见了面,真开心。"

"谢谢。"

以前即使没有事儿,东拉西扯说一通,现在又没特别的事,说什么好呢?

"这一回一定要和你放松一下,找个地方吃顿饭,什么时间合适?"

"别那么破费了。"

"破费什么,下星期如何?"

"下星期抽不出时间。"

"那么,什么时间,你说吧。"

"后天晚上如何?"

"……"

后天是雾子回来的日子,把雾子撂在一边去会史子,不合适吧。

"其他日子呢?"

"都排得满满的。"

"那下星期吧!"

"好,你再打电话来。"

挂断电话,秋叶好像做出一件亏心的事,好不容易把史子追到手,又让她跑了。假如后天有空,他一定会不顾一切去见史子。

他没想到史子选择了后天,这事儿太具有讽刺意义了。只得死了这条心。

秋叶还是很兴奋,本来已经疏远了的史子仍然接纳他,他感到满足。

"即使没约好,但还是挺舒服的。"秋叶自言自语地笑了。

纽约和东京两地,虽然远隔重洋,都有女人和他保持联系,连续打了两个电话。

这叫作"A 不行,就是 B",这岂不成了专追女人的"唐璜"①?

说实话,雾子史子他都喜欢。雾子像个淘气的孩子,史子老成、有分寸,各自有各自的魅力。同时追两个人,即使被叫作好色的"唐璜"也不在乎了。如果女人们知道自己这种心态,那肯定会发火,瞧不起自己。

这不仅是秋叶,几乎所有男人都有这样的春心。已有了情妇,又憧憬别的女人。如果情况允许,总想把两个女人都弄到手。

---

①唐璜,西班牙传说中善于玩弄妇女的风流剑客,通常指好色之徒。

那就谈不上节操了,就像在空中飞舞采花的蝴蝶。大多数男子,只钟情于一个女子,对其他女人不屑一顾。反过来,女人追求多个男子,一时拿不定主意,但这不过是少数人。

一般情况,男人是采花的蝴蝶,女人就是那被采的花。

这是男人的天性,追多少女人也不会满足。

"真造孽!"

秋叶忽然意识到自己出轨的心态,叹了口气。

"再等两天。"

等雾子回来,自己这颗动摇的心,又会找到安定的港口。

按照预定日程,星期四下午,雾子抵达成田机场。

虽说按期到达,比原定的日程晚了三天。

一小时前秋叶就来到机场等候,待雾子办完过关手续,从玻璃门中出来。

"喂!"秋叶举手招呼她。一时有点踌躇不决,正面走的确实是雾子,但模样全变了。穿着一身鲜艳的套装,上上下下,在纽约换了个遍。

"真让我吃了一惊,我以为看错人了。"

雾子听得秋叶说话,立刻弯腰行礼。

"真对不起您,请原谅。"

延长了逗留,接电话时老是冷淡地应付,还发点牢骚,雾子觉得自己这样做很不应该。

"累了吧?"

"有一点。"

"好像瘦了点。"

与出发时相比,面颊似乎瘦了些,这样反而显得老成了。

"行李就这些?"

雾子推着的行李车上只有两只箱子和一个旅行包。

"其他行李,托另一个航班送来。"

秋叶从停车场把车开过来,把行李放在车后的行李箱里。

"有没有忘了的东西?"

秋叶启动引擎,准备开车,发现雾子脚上换了双非常新潮的皮鞋。

"和出发时完全不同了。"

"您觉得可笑吗?"

秋叶一时难以回答,开着车从机场候机大厅的坡道下去。

"纽约怎么样?"

"学了不少东西。"

秋叶腾出一只手握住雾子的右手,已经十天没有这样柔软的感觉了。

"这回该增强了自信了吧?"

"只了解一个大概情况,还不行。"

"达彦有没有送你到机场?"

"……"

雾子真有点累了,一个单身女子在异国他乡流浪了十天,真不简单。

上了高速公路,秋叶轻轻地握住她的手。

"在飞机上睡了没有?"

"睡不着。"

"要倒过时差来,还需要些时间。"

不过雾子看来还挺精神。在纽约待了十天,一旦回来,应该滔滔不绝地向秋叶说这说那,可是她却让秋叶握着手,向车窗外眺望。

"回到家里,赶紧休息。"说罢,秋叶凑过脸来耳语,"我每天都在等你。"

雾子只点点头,眼睛仍盯住外面看。

收音机里播出天气预报后,秋叶加快了速度,傍晚前是高峰时刻,可是公路上的车辆却很少。抵达雾子的公寓为下午4时。

从成田机场到广尾才用1小时40分钟,算是顺利。

上上下下共运了两趟,才把行李运到房间。当把钥匙插进锁孔时,秋叶又看了雾子一眼。

"总算到家了。"

秋叶正要伸出手去拥抱她,雾子先他一步投进他的怀中。秋叶没有思想准备,踉跄了一下,雾子径直把脸凑过来。

"怎么啦?"

秋叶抚摸她的头发,紧紧抱住她。

"我多么想你啊。"

雾子欠起上半身,那形状特别好看的鼻子向上,嘴唇贴住了秋叶的嘴唇。已有十天没有这样拥抱接吻了,待秋叶松开手,只见雾子的一对大眼睛里含着泪水。

或许是刚回到日本,雾子的感情高涨,控制不住自己。

秋叶铺好床,牵着雾子的手,雾子闭着眼睛,任他摆布。秋叶给她脱衣服,雾子却甩开他的手,要他一直抱住她。秋叶无奈只得默默地躺下,雾子轻声地说:

"您生我的气了吧?"

"没……"

"真的?"

"当然真的。"

听了秋叶的回答,雾子终于放心了,坐在床沿,自己脱衣服。

离黄昏还有一段时间,从窗帘中射进来的光束,照得卧室还微明,雾子背对着他,脱掉了衬衣。

"转过脸去。"

雾子似乎感到背后射过来的视线,停下手。秋叶翻了个身,但眼睛仍然盯住雾子的背影。只见她穿的裤子好像是男人穿的,前面还有拉链。雾子轻轻地一拉,露出她的臀部。

在这一瞬间,瞥见她那粉红色的内衣,雾子立刻用被单盖住了身子。这样一件一件脱衣服的动作,秋叶还是第一次看见。以前总是在隔壁的房间里脱光,披上睡衣才上床。

"快点!"

秋叶催促她,雾子弯腰去整理脱下来的衣服。秋叶等不及了,待她叠完最后一件,搂住她的细腰,慢慢地将她移到自己怀中,紧紧抱住她。

这么柔软的肌肤,已经整整十天没碰了。

在机场见到她时,似乎瘦了些,搂在怀中还像以前那样胖乎乎的。雾子属于"贼胖",穿上衣服显得很瘦,其实肉乎乎的。

秋叶首先抚摸她的乳头,然后扩展到她的全身。一开始,雾子有点抹不开,此刻老老实实地任凭秋叶抚摸。其实,从刚才脱衣服开始,她早已沉住气了,做好思想准备。

十天没见了,雾子的态度似乎并不怎么热烈。秋叶来来回回地爱抚,有点沉不住气了。雾子并不是没有反应,但还不充分,只是将身子交给了秋叶,精力还集中不起来。

秋叶推开她的身子,停止抚摸,从旁边瞧她一眼,只见雾子睁着眼睛,看着天花板。

"怎么啦？"

雾子听到秋叶突如其来的发问，转过脸去。

"有什么事还放心不下？"

雾子摇摇头表示否定，凑过身子来，说道：

"紧紧抱住我。"

秋叶仍然无法知道她的内心想着什么，一时不知所措，只听得她嘟囔了一声：

"快点，求您了。"

雾子很少这样主动求秋叶，秋叶以为久久的拥抱，使得她兴奋起来，可是此刻有点自弃的态度。

"再抱紧一点。"

没见过雾子如此主动，秋叶反而清醒了。

几小时以前，快见到雾子时，秋叶作了种种设想：

出了候机大厅，秋叶一挥手，雾子一溜烟跑了过来。

秋叶本想拥抱她，众目睽睽，不好意思，只握握她的手，拍拍肩膀。"你总算回来了。""老长时间让你守着空房，请原谅。"雾子浑身表示出非常兴奋的神情，秋叶温柔地点点头。

上了车，就是两人的天下，秋叶紧紧握住她的手，一连接吻好几次。

听着雾子说着旅行中的见闻和观感。一回到家，毫无顾虑地和衣倒在床上。

已经十天没有伺候男人了，怎么处罚她也不为过。

首先，不容分说，先把她剥光，检查一下十天来她的身子有无变化。

有没有在外面乱搞？是不是有不三不四的男人纠缠过她？秋叶

从她的脖子、胸部、腹部以至最敏感的部位都仔细检查了一个遍。

"我绝不会做出不体面的事,你原谅我吧!"

秋叶等待她的哀求,这才停止"检查"。

雾子为了向他表示歉意,听任他摆布,比以前更加温柔,做出献身的努力。

如果她稍有不服从的态度,秋叶或许会用绳子把她的手绑起来,或者把挂在衣橱里的长襦袢拿出来,让她穿上,做各种各样的姿态。

虽然延期回国,但雾子没有什么不轨行为,要处罚她未免有些过分了。雾子终于忍不住了。

"亲爱的,求您了,别这样折磨我了。"

听得她哀求,秋叶终于施以"最后的刑罚",直接攻入她的身子。

在重逢前,曾经空想着种种场面,想着想着,自己的身子先热了。

本来心中有一个脚本,但实际上并不完全如此。秋叶不知道是什么原因,但雾子倒在自己的怀中却是实实在在的。

短夜

在连降细雨的天气里,家中寂静无声,屋子里的湿气把所有声音都吸收了。

秋叶并不讨厌梅雨。

他和不论刮风下雨都要去上班的工薪阶层不同,可以关在家里工作,而且梅雨天气比晴天更能沉住气,工作效率高。

可是,今年的连续降雨却使他有点厌烦。阴沉沉的天空不见太阳,身心似乎萎缩了。

秋叶之所以有这样的心情,或许是受母亲病倒的影响。母亲虽然老了,但平时还是挺硬朗的。老人家突然住院,整个家感到巨大的压力。

起初总认为住上一两个月的医院,就会回来的,只要度过刚发作时的难关,慢慢会恢复健康。

然而母亲的病情并不乐观。医生说:"脑血栓的范围并不大,只要好好调养,很快就能恢复。"

因为上了年纪,恢复得并不理想,还有关节炎和风湿也起了负面的作用。医疗心理指导说,如果本人缺乏配合治疗的意志,周围的人再着急也白搭。

从母亲目前状况来看,她不会委屈自己去接受严格的训练,老是嘟囔:

"反正来日不会太长了。"

她有这样的思想,即使周围的人再想让她接受训练,她也不会配合。

当初以为治疗一个月,就能自己上厕所。谁知住了两个月的医院,还不能独立行走。这样下去,到了秋天也不能出院。

母亲这个中心人物不在家,家里渐渐沉寂了。具体也说不出什么,总之家里冷冷清清,没有活力。

或许因为母亲不在家,秋叶难耐着梅雨带来的寂寞,当然也不能排除雾子的原因。

雾子从美国回来后,将她全部精力投入到店里去了。由于进了一大批货,销售额上去了。

她和秋叶之间虽然没有什么隔阂,但他们的感情比去美国前差远了。

尽管说不清具体的细节,总之有所不同。

雾子从美国回来后,最显著的变化是越来越精明了。

去美国前,雾子每天去店里,晚上一直到深夜拨弄着计算器、记账。那时的雾子很认真,一天到晚拼命干,但仍然是外行。销售额上不去,她就发牢骚。秋叶说别弄了,休息吧,她马上就钻被窝。她想做一个像样的经营者,但本质上仍是一位大小姐的做法。

然而,从美国回来后,一下子变得十分严格。以前一遇见事儿,就向秋叶撒娇、哭鼻子,现在则咬咬牙,自己想办法。

从美国进货总额为40万日元,她决定作为借款记入账本。

以前有点困难,就向秋叶哭诉,或者一笔糊涂账掩盖过去。

从秋叶的角度来说,糊涂账就糊涂账,自己不用负责,反而显得轻松。记到账里,作为借款处理,还说要全额归还,当然也不错。

此次去美国,加上旅费和旅馆费,秋叶一共出资150万日元,也是一笔不小的数目,感到相当拮据。

给店里出资要有个限度,雾子能独立核算,那真是谢天谢地了。不过这样做,未免有点见外。

个人和店铺严格分开,感觉离店铺远了。

雾子能够做到这程度很不容易了,越来越像个生意人,干净麻利,就连脸上的表情也变得严肃了,穿着也更加大胆了。

以前她常穿较柔和的女式套装,最近满不在乎地穿起秋叶最讨厌的超短裙和短裤。

"我真羡慕早晨在咖啡厅里喝杯咖啡,穿着短裤、胶底鞋飒爽英姿地去上班的职业妇女。我不能半途而废,今后要振作起来,好好地干一场。"

雾子真的变了,但她并没意识到因此又失去了什么。秋叶也想开了,反正雾子比以前能干了,同时也会出现与她性格不协调、不一致的现象。

女人越是热衷于工作,就越来越不像男人所追求的女人。她的精力集中在工作上,她就会失去女人的依赖性,变得严肃、认真。

既要求她严肃,又要她对自己撒娇,那是男人无理的要求。会工作的女性永远是在能干与撒娇的夹缝中徘徊。

雾子说:"日本的所谓女强人,并不是真正的女强人,表面上似乎挺能干,但免不了要向男人撒娇,一旦遭受挫折,便结婚了事。而美国的女强人则不一样,认为工作是自己的骄傲。她们的腰板挺直,眼睛炯炯有神。"

雾子说得对,美国确有为数不少的这样的女强人。

如果这样的女人整天在自己身边转悠,那会兴味索然。

并不要求她出卖媚态,只是撒娇,还是希望她不要失去女人应有的特征。

世界上没有保持女人特点的女强人。从这一点考虑,史子无疑是非常出色的女性。她既是一位能干的自由撰稿人,又充分保持了女人的特性。从表面看,史子做什么都滴水不漏,既聪明又温柔。实际上,她相当歇斯底里,嫉妒心特强。只是不表露出来,而她的心底却沸腾着女人的情感。

比如她知道秋叶另外有了女人,但从来不过问,也从不表示恋恋不舍。

秋叶曾经两次邀请她出来玩,都被她拒绝了,第三次总算答应了,也只是在大白天花了30分钟喝了杯咖啡而已。

雾子出国期间,史子曾答应"后天晚上如何?",看起来似乎回答得很干脆,实际上不是这么回事。从史子的态度来看,"你既然追求着一位年轻的女人,我和你之间的关系至多喝杯咖啡、聊聊天而已,不能再深入了。"

她的态度是如此顽固,这顽固说明她的嫉妒是十分深刻的。

其实她越顽固,越是显得她有女人味儿。

与史子相比,雾子太想做一个女强人,美国的观感激励着她,拼命在学着做。雾子的幼稚使得她太拘泥于形式,而忽略了实质。想提高一步谈何容易。令秋叶困惑的是,雾子的心境有了变化,从各个方面流露出来,特别缺乏一种通融性,随着外形的变化,她的内心也在变。

从美国回来后,夜生活也变了,具体有些什么变化,一时也说不清。在秋叶的爱抚下,雾子还是像以前那样慢慢地进入高潮。这一点没有变,只是在做爱前后有些变化。

以前,秋叶一有要求,雾子总是顺从地接受。当她忙着弄账时,只要秋叶摸摸她的背脊劝她:"来吧!来吧!"

她嘴里虽说:"不行,不行,现在正是关键时刻……"但立刻收拾账本,钻进被窝。当秋叶看着电视,雾子便说:"稍等,马上就完了。"主动跑过来握住秋叶的手。

可是最近变了,几次招呼她,她都不屑一顾,继续算她的账。如果接受男人要求,那就没法工作下去。秋叶要求她该有些灵活性。

"今天有空,可以。""今天太忙,不行。"反正是工作优先。这样回答,没有什么不对,但有时秋叶要求她把工作放一放,蹦到他怀里来,那才过瘾。从身后吻她的脖子,或摸摸她的腰部,她首先说:"你这个人,真拿你没办法……"接着慢慢地进入状态。

女人的情绪用道理说不明白。只有掌握好火候,适当地引导,才会有满意的结果。

近来在做爱时,雾子总是若有所思,过分冷静,秋叶正在劲头上,而雾子的身子还没燃烧起来。

这时候秋叶就停下来,一起仰面躺下,闭上眼睛。

从美国回来的那天,雾子在做爱时是睁着眼的。不知想起了什么,眼睛盯住天花板看。当时,秋叶认为刚回来,情绪不安定,精神恍惚,以后不时出现这样的表情,秋叶真有点放心不下了。

从美国回来后,雾子微妙的变化究竟是什么原因?

在纽约,也许她见到那些全身心投入工作的女强人,受了刺激。她开始意识到要好好工作,必须舍弃对男人的撒娇。

仅仅这些吗？

从美国回来后，雾子对工作的态度变了，同时对秋叶的态度也变了。

具体地说不清楚哪件事，但可以肯定，雾子决心不再依赖秋叶，什么都想自己试着干干。秋叶自然不会反对，不依赖男人，自力更生有什么不好。

然而这些表现影响了两人之间的关系就不敢苟同了。当两人上了床，如果也掺杂这种感情，那太扫兴了。

秋叶回想，在成田机场见到雾子时，她的态度有点不正常。十天没见面了，雾子似乎有点倦意，话也很少。

两人进了房间，给她脱衣服时，突然甩手不干，弄得秋叶一时不知所措，后来又主动依偎在他身上。

"你生我的气了吗？"当秋叶说他没生气时，她又说，"抱紧点……"

最近，那样的激情丝毫没有了，经常出现醒悟的表情或茫然的眼神，好像在考虑什么问题。秋叶问她，她也不回答。

难道是受美国女强人的刺激才出现这种变化？还是有别的什么事？秋叶首先想到的是否有了别的男人？

在纽约见到的男人除了达彦和他的朋友们，还有一位是阿柱的朋友。这些人中他只认得达彦，可是达彦是可以信赖的，不会出问题。达彦虽然单身在国外生活，是他的外甥，秋叶了解他的性格，他怎么会向雾子伸手呢？

除了达彦以外，无法想象达彦的朋友会同雾子亲近。那位摄影记者，雾子似乎对他没有好印象。跟雾子频繁接触的只有小西的姐姐，可她是女人。

"看来，她没有其他可以亲近的男人……"

秋叶自言自语,点燃了一支香烟,又产生了新的疑问。

她在纽约的所作所为,自己又没有亲眼看见……

一旦出去旅行,任何人的心情都会得到解放。在国内尚且如此,到了国外更忘乎所以。

雾子在电话里说,在看裸体舞时被男演员吻了一下,还觉得挺愉快。领她去的是达彦,达彦还领她去过酒吧。

想着,想着,天渐渐黑下来了。

"然而……"

秋叶嘟囔着把手中的烟头掐灭了。

"真的放心不下,干脆问问雾子不就得了吗?"

逼她坦白,多么干脆利索,可是秋叶接着摇摇头。

"还是不要乱来。"

雾子即使变了,但生活没有任何障碍。想见她随时可以见,想做爱就搂住她。

秋叶把雾子的事抛在一边,面对书桌。

从去年春天开始写作的《东西方文明论》渐渐进入了主要部分,现在是不是已进入主题尚无把握,但该写的部分已经写上。自己看看并不十分满意。

是不是涉及的问题太广了,再往下写总是集中不起来。也不知是什么原因,一趴到桌上,至多1小时,脑子里又被别的问题占了。其原因是不是由于雾子,他不想承认,但又不能否定。

此刻正在写作,脑子里却又想起了雾子的事。这样下去可不行,但是又抑制不住动摇的情绪。

妨碍工作的女人,令人作难;自己喜欢的女人,处理得当,会使情绪高涨,反而能促进工作。

目前秋叶和雾子的关系不能说不好,表面上说不出有什么龃龉,但还不太融洽。

"可不能再浪费时间了。"

秋叶训斥自己,趴到桌上开始写作,但思想集中不起来。这时,他想听到雾子的声音,让自己心情舒畅起来。

此刻没有什么急事。过去工作一段时间,便给雾子打电话,当作一种"必修课",待心情舒畅后再进行写作。

屋子里暗下来了,秋叶打开台灯,拿起电话,拨通了"安蒂克秋",小西接的电话。

"老板在吗?"

秋叶对这个称呼老是不习惯,因为雾子太年轻了,又不是夜总会、酒吧的女老板。一时也找不到合适的称呼。

"刚走了。"

"什么时候回来?"

"今天不回来了。"

昨夜见雾子时,她没提起过呀。这下秋叶又不知所措,放心不下了。

假如是体力劳动,大家一起动手干,干着活的功夫,就忘了时间。

可是趴在桌上写作是个体劳动。一个人在房间里苦思冥想,放下笔,谁也不会责怪你。这点自由更容易产生怀疑和妄想。

雾子上哪儿去了呢?

过去她外出时,一定打电话告诉秋叶什么时候回来。

最近忙了,打电话的次数明显减少了。可是到了外面,一定会来电话的。

今天什么也没交代就走了,而且不打算回来。

"什么时候走的？"

"30分钟前。"

"上哪儿去了，你不清楚吗？"

"她没有交代。"

秋叶想责备小西，应该问清楚她去哪儿。但训斥她有什么用？

"如果有消息，请她马上给我打个电话。"

在年轻女性面前，秋叶还不想失态，就此挂了电话，但心情总是平静不下来。

秋叶再点燃一支烟，趴到桌上，一看表已经4点半了。

8点打烊，还有三个半小时。打烊前不回来，至少在外面待四个多小时。去见谁呢？一起吃饭吗？

去吃饭，四个小时前就离开店铺，那也太早些了吧？即使看电影也有些早，或许是出席什么派对？这一切，雾子昨天只字未提呀！

今天突然外出，一定有人约她出去，可是她没回家来换衣服。秋叶给雾子的公寓打了个电话，雾子不在公寓里。

"她到底在哪儿转悠呢？"

秋叶嘟嘟囔囔，放下电话，心情更加不稳了。过了30分钟，又给雾子的公寓打电话，还是不在。

"为什么她默不作声出去？"

秋叶真的生气了。为了这点小事放下工作，自己也太没出息了。

梅雨季节的黄昏来得格外早，雾子依然没来电话。每隔30分钟给公寓和店里各打一次电话，依然不知雾子的去向。

7点昌代来通知吃晚饭，秋叶草草吃完。母亲住院后，家里只有自己一个人吃饭。母亲在家时，唠唠叨叨，还觉得烦得慌，母亲不在家了，特别想她老人家。

吃完晚饭,回到楼上书房,心里老是放心不下雾子,一时难以伏案写作。

过了9点、10点,依然没有消息。再往公寓里打电话,还是没人接。准是和什么人一起看电影、共进晚餐了。

秋叶考虑有可能和雾子一起去的人:首先浮现在脑海里的是雾子在千叶时的好朋友朋代,还有在银座酒吧的同事,最近好像和她们没有什么来往;还有开店时来帮忙出主意的夫人们。假如和那些夫人们在一起,肯定会打电话来的。

"再不,就是男性朋友了……"

秋叶所能想到的只有阿桂了,雾子曾经和他去横滨吃过饭,此人不可掉以轻心。说到去横滨,还有在雾子生日时一起跳舞的那个青年。

"难道雾子会和那些人搞在一起?"

秋叶想来想去,心情依旧不能平静。

"真是人心难测,一回到家,一定训她一顿……"

秋叶叉起胳臂沉思,这时下起雨来了。

晚饭时听天气预报,台风已接近日本。小雨是它的前奏,半夜或许会下大雨。

"这样的天气在外头逛……"

秋叶既生气又担心。过了11点再也沉不住气了。弄不好在路上遇上了事故。交通事故?或者被人盯了梢,绑架走了?

平时也想到过这样的遭遇,那毕竟是想象,此刻越想越觉得是真事。

"这样可不行……"

11点半秋叶再给公寓打电话,还是不在家。他站起身来,换上衣服,拿上车钥匙,走到楼下,昌代正在看电视。

"都这么晚了还出门吗？"

"刚才有朋友来电话,我可能回来得晚些,你不用等我,先休息吧！"

"下雨了。"

下雨也罢,下刀子也罢,这时非去她的公寓看看不可,否则难以入睡。

梅雨天下雨一点也不奇怪。但雨下得太大了,说明台风已接近日本。

气象异常证明地球某个角落发生异变,以前有过这样的事例。有时从梅雨会联想到什么不吉利的事情。

今天的雨下得格外大,平时涩谷车站前车流如潮,此刻很少有过往车辆。空荡荡的马路上只有霓虹灯在闪烁。

人们预见到大雨即将来临,早早回家了。

挡风玻璃上淌着雨水,秋叶打开雨刷。

"简直是让人操心的货！"

秋叶嘟囔了一声,忽然发现在滂沱大雨中驾着车的自己是多么孤单。

"这是什么事儿？"

与其说埋怨雾子,不如说对半夜三更去找女人的自己的嘲弄。

待汽车驶过惠比寿,接近广尾时,秋叶的脑中又产生新的不安。

"弄不好,雾子会不会倒在公寓里？"

平时雾子外出特别引人注目,一些不三不四的男人跟她打招呼,一直盯梢盯到公寓附近,再上楼强行推销什么商品。雾子一时疏忽大意,被他们闯进门来施以非礼。难以想象的遭遇,说不定已经发生了。

如果遇上这样糟糕的事,那该怎么办？

这对雾子无疑是生死攸关的事,对秋叶来说,也是左右一生的巨大事件。

　　此刻开门进去,秋叶是第一个发现者,而且还拿着房门钥匙,首先会被怀疑。说明情况后会究明真相,自己是雾子的情侣。把前后经纬说清,那报纸、杂志说不定会大登特登,闹得满城风雨。

　　"可不能马马虎虎进她的屋子……"

　　一阵感到胆怯。不一会儿在雨中看到了雾子的公寓。他把车停在门口,向电梯口走去,心想自己是不是太冒失了。

　　这才能证明自己是真正爱她……

　　放心不下冒雨赶来,如果不承认自己的诚意,那也太没良心了。

　　传达室的窗帘拉上了,电梯口周围没有人影。秋叶稳定一下自己的情绪。上了7楼,走廊上寂静无声。秋叶走到右侧最里首的房门前。

　　一个半月前,雾子去纽约时,秋叶曾单独来过这儿。或许因为是深夜,精神有些紧张。

　　秋叶朝四周扫了一眼,确认没有人,按了一下门铃。以前先听得有人答应,接着雾子就来开门。常常不问是谁,门就开了。秋叶曾经叮嘱过她:"往后得问清楚是谁再开门。"

　　"没事儿,我从门镜早就看清了。"

　　有时秋叶用手指从门外把门镜堵上,雾子就不知所措了。

　　从今夜的状况来看,她确实不在家。

　　秋叶又按了几下门铃,依然没有人答应,这才把钥匙插进锁孔里。

　　进了门便是起居室,秋叶再往里进,一下子不禁喊出声来。

　　"呃——"

　　只见雾子坐在靠里首的沙发上。在这一瞬间,秋叶怀疑起自己的眼睛。

20分钟前,打电话来确实没人接他才赶来的。按了两次门铃,无人答应,方才自己开门进来,没想到雾子却坐在沙发上。

"怎么啦?"

秋叶吃惊之余,不禁喊了起来。没想到雾子反问道:

"您怎么啦?"

从雾子的角度来说,事前没有联络,深更半夜突然闯进屋来的秋叶才是不可思议的。

"什么时候回来的?"

"刚不久……"

雾子穿着长裙子和毛衣,那是外出刚回来的装束。

"傍晚我给你打了好几次电话。"

"……"

秋叶用手帕擦了擦淋湿了的头发。

"你上哪儿去了?"

雾子不作回答,朝水龙头走去。餐桌上放着刚开始煮的咖啡壶。

"你不是4点钟出去的吗?"

雾子依然不作回答,把咖啡杯和汤匙放到餐桌上。

最近流行大领口的女衫,都能扯到肩口,雾子穿上这衣服后显得格外艳丽。

"为什么不打电话来?"

秋叶又一次问道。雾子的脸不冲着他答道:

"我又不是孩子,什么事情都得打电话给你。对不?"

"什么?"秋叶说到一半,把话咽下去了。秋叶想发作,一想又不是来吵架的,便抑制了愤怒,说道,"可是,过去你一直是来电话的。"

"……"

"下着这么大的雨,过了11点还不回来,怎能让我放心,是不是?"

雾子端着一杯牛奶咖啡,回到沙发上坐下。

"和谁在一起。"

"熟人呗!"

"这我知道。"

"前些日子来采访过的杂志社的记者。"

雾子伸手把咖啡杯放在小茶几上,秋叶发现她的手指涂的是绿色指甲油。说实话,秋叶对雾子近来的装束、发型很不喜欢。

以前雾子总是穿白衬衣、紧身裙,或穿套装,整个形象温柔、大方,发型也是普通的披肩发。可是从美国回来后突然改变了装束,穿起超短裙、五颜六色的毛衣。雾子自以为时髦,可是秋叶以为那是邋遢,像个"洋讨饭的"。

头发剪短些并不难看,可是前额用发胶固定住,成了一撮鬃毛,活像个卖艺人。秋叶看不下去,曾经提醒过她:

"赶时髦等于宣布自己内心生活太贫乏了。"

雾子听了默不作声,是不是听明白了不得而知,但没有改正的意思。其实雾子在店里也不穿奇装异服。高级"安蒂克"非常注意整个形象,不能穿T恤衫、短裙,总是穿一套正经八百的套装。下了班则是另一回事,预备好替换的衣服,下班时在试衣间里换上。

从美国回来,起初还怕秋叶看不惯,近来则肆无忌惮地穿起各色各样的奇装异服。秋叶认为这是刚从美国回来的一时现象,不便多嘴多舌。可是涂绿色指甲油还是第一次发现。

"这算什么?"

秋叶指了指她的手,雾子则慢吞吞地伸过手来。

"为什么涂这样的颜色?"

"近来什么颜色都有。"

"手指甲不是随便乱涂的地方。"

挺白的手,涂上绿色的指甲油,好像中了毒似的,真难以接受。

"涂上这种颜色到处转悠吗?"

"……"

"杂志社的人是什么样的人?"

"曾经写过文章介绍我的'安蒂克'。"

最近雾子的交际范围比以前广多了。

今夜交往的杂志社的记者确实是以介绍"安蒂克秋"为契机认识的。

"慢慢地我们的店将成为东京第一流的。"

半月前,雾子将那本刊载介绍"安蒂克秋"的文章给秋叶看过。

"老板也是顶尖的时髦小姐。"

还配上雾子穿着长裙子微笑的照片。在众多"安蒂克"的经营者中,雾子无疑是出类拔萃的。

"还有两家杂志要采访我。"

在杂志上广为宣传固然是好事,但也不要高兴得太早。

新闻杂志出版本来是和酒吧一样,杂七杂八什么样的人都有。尤其是时装杂志的摄影记者、采编人员都是靠女人吃饭的。他们对流行时尚特别敏感,其中很多人是浪荡公子。

秋叶十分了解新闻界,所以他对雾子和那些人接触放心不下。

"和这些人接触要适可而止。"秋叶说。

雾子立刻反驳道:"我不跟他们多来往,今天只因为有些事要商量。"

"商量事情用得着这么晚吗?已经12点了。"

"可那些人现在才开始工作。"

"他们本来是不正常的,你去迎合他们,本身就挺可笑的。"

雾子好像没听见,又像不屑一顾,转过脸去,端起了咖啡杯。

"你可不能喝酒。"

虽然没有闻到酒味,但眼圈却微微泛红。

"你喝了没有?"

"你自己看呀!"

雾子这样冷淡地回答还是第一次。

"喝酒喝到12点,也是工作吗?"

"您不明白。"

"什么不明白?"

雾子不作回答,拿着咖啡杯到水龙头去冲洗。秋叶瞧着她一摇一晃的背影,气不打一处来。

"你回答呀?"

"没有必要回答。"

秋叶一时气来,抓住她的肩膀。迄今为止秋叶从未对雾子施加过暴力,就是对别的女性也是彬彬有礼的。

当然年轻时并不这样,大学毕业后跟女朋友争论,甚至打过她一记耳光。

最终和那个女朋友分手。打她是因为爱她,正因为当时太年轻、太热情。与当时相比,现在老成多了。

然而秋叶对女性的爱并未减退,仔细一想,从那时起,他对女性的爱更加强烈了。表面上虽然稳重多了,那是因为随着年龄的增长懂得了轻重缓急,过分兴奋时,知道怎样控制自己。

雾子是自己最重要的女人,他自然不会简单地对她施以暴力。如果在年轻时,他早就一巴掌打过去了,现在最多抓住她的肩膀。秋叶对自己突如其来的动作惊呆了。

雾子自然更加吃惊了,毛衣的袖子被秋叶扯歪了,眼睛睁得大大的。

"你想干什么?"

"……"

秋叶不知如何回答,眼睛盯住雾子的胸口,本来领子就大,一使劲扯,把毛衣脱下来了,秋叶瞥见她胸口雪白的肌肤,不住地眨眨眼睛。到了这一步,干脆一把抱住她。犹豫不决,形势只会越来越恶化。

雾子伸直手臂,不知哪儿来的力量,喊了起来。

"我不嘛……"

秋叶无路可走,两腕使劲一把抱住雾子的身子,雾子拼命抵抗。秋叶把她抱向沙发,雾子不住地摇头,往后缩,秋叶不松手,雾子突然像疯狗似的咬住秋叶的手。

"哎呀!"

秋叶一松手,雾子趁势摆脱,朝门口跑去。

对这突如其来的反抗,秋叶喘着粗气,一时想不出办法来。只见雾子盯住他看,捋了捋弄乱的头发。

一次挑战失败,秋叶扫了兴,但并无不愉快。他已无力再挑战。瞧了瞧被雾子咬过的手,左手的手腕上留下红红的齿痕。

秋叶从来也没想到过女人居然会如此粗暴。他想伸出手去让她看:"你瞧!"

这样等于宣告失败。

秋叶轻轻地甩甩手,后退一步,坐到沙发上。

雾子没理睬他,从他跟前走过,到卧室去。总之雾子咬了他一口,即转入停战状态。

吵架一旦平息,外面的雨声听得更真切了。比刚才驱车来时下得更大了。

秋叶无所事事,点燃了一支烟,雾子擦了擦脸,换上了外出的衬衣和裙子。

上哪儿去？只见她不动声色,坐在桌边开始整理文件,其中有信件、传真,还有几本杂志。

"真让我吓一跳。"

秋叶自言自语地嘟囔了一声。他已无意再同雾子争吵,可是立刻嬉皮笑脸也办不到。

"瞧,牙齿印！"

他伸出手去企求雾子的同情,雾子只瞟了一眼,立刻扭过头去。

"不泡茶给我喝吗？"

听到秋叶的吩咐,雾子接着烧水泡茶,看来她不再反抗了。

秋叶放心了,注意她的动作。

雾子背对着他,等待水开。瞧着她那细细的柳腰和突出的小小的臀部,一副弱不禁风的样子,怎么会想到她能咬人？

不多一会儿,水开了。雾子把水冲进茶壶里,左手按住茶壶盖,动作还像过去一样。

雾子端着茶杯放到桌上。

"坐吧！"

秋叶竭力平静地说,雾子顺从地坐到对面的椅子上。

双方都从兴奋中平静下来,但仍然觉得有点别扭。

"你瞧,被你咬成这样子。"

待气氛稍稍缓解后,秋叶半开玩笑地说:

"就像接过吻一样。"

秋叶手拿着茶杯,等待雾子谢罪。

只要说声"对不起,请原谅",一切归于烟消云散。

然而,雾子耷拉着眼皮,什么话也不说。

"你回来晚一点,我并没有埋怨你。"

停战归停战,该说的话还得说。

"可是,你什么也不说,叫我怎么办?"

"……"

"即使跟记者在一起,这副打扮不像你的为人。"

"您以为我的着装不好吗?"雾子骤然抬起脸来。

"这模样像洋讨饭的,你不觉得可笑吗?"

"不管穿什么,我还是我。"

秋叶放下茶杯注视雾子的表情。

刚才低着头,此刻抬起脸来注视秋叶。

"可是……"为了缓和再度紧张的气氛,秋叶喘了口气说道,"当然,服装变了,你的为人并没有变。"

"不,您还是讨厌我的着装,说什么这样的装束像个洋讨饭的。你这不是瞧不起我吗?"

雾子说得没错,秋叶沉默了。雾子继续说道:

"穿衣,各有各的爱好,不一定非学别人不可,自己觉得合适就行。"

"这个我知道,你的脸庞多么文静、高雅,去美国前的装束最适合你了。"

"这是你们男人的眼光。"

"这话没错,我是男人,不过所谓时装是给人家看的,女人的装束要让男人看着舒服,那才是最上等的。"

"那倒不见得,女人的着装不是穿给男人看的,是为自己看的。"

秋叶拿起桌上的香烟,点燃了。

雾子不知从什么时候起,讲起道理来,以前秋叶说什么就穿什么,不必要讲一大套理由。

"女人也有自己的爱好嘛。"

"当然,这话没错,但这里也有一个程序问题,不应该因自己的装束引起他人的不快。"

"我的着装真的这样难看吗?"

"一句话,你在我的眼里永远是个女人。"

在荧光灯下,雾子的脸盘显得有点苍白。秋叶把烟拿在手里,慢吞吞地点点头。他似乎已明白雾子想要说的话。

以前雾子总是穿有女人味的服装,现在穿着绣花的衬衣,前几天在店中穿的也是长裙子,显得高雅、文静。

然而,与其说这是雾子的爱好,还不如说是秋叶的爱好。总之,男人的希望优先于本人的希望。雾子对此有所不满,做出了反抗。

穿着男人喜好的服装,强调要有女人味,本身就够厌烦的。

近来,雾子改变了着装,有了"新潮"味,甚至连发型、涂的指甲油都变了。那是对秋叶的一种挑战,似乎在说:

"我不仅是被男人爱恋的女人,我应该还有属于自己的爱好。"

雾子的奇装异服似乎在努力表现自己。

秋叶一边吞云吐雾,一边回想和雾子相好以来的岁月。第一次见到她时,她才二十三岁,从那以后已经过去三年了。雾子从一个顺从地接受男人爱恋的女人,变成了自立的女人。常言道:女人在二十六七岁最容易变,随着肌肤的变化,她的心情也在变。有的女人认真地考虑嫁人,有的女人则愿意自己谋生。

女人从十四五岁起开始进入青春期,那是最初的反抗期,到了二十六七岁是第二次反抗期。

"原来如此……"

秋叶下意识地点点头,喝了一口冷茶。假如雾子已进入第二次反抗期,那还是不要去惹她。对方正在激动,不知好歹去刺激她,那麻烦会更多。

"明白了吗?"雾子问道。秋叶再一次点点头。

"真的明白了吗?"雾子的目光像豹一样炯炯发亮。

"不要拿服装来决定一个人的好坏。"

雾子主张我穿什么衣服是我自己的事。这句话的背后是,"希望你理解我,别什么事都说三道四",她的表情仍然是在向秋叶撒娇。

到了这一步,秋叶也不能不相信她。这时从阳台上传来的雨声越来越大了。谈话到此为止,秋叶也有点困了。

虽然吵了几句,秋叶仍然希望回到原来的状态。他掐灭了烟头走向厕所。他在镜子面前照照自己的脸,发现自己太没有大男人样了。回到起居室,雾子仍坐在桌子跟前,陷入了沉思。

秋叶站着不动,背对着她说道:

"已经12点半了。"

来到时还不到12点,已经30分钟过去了。

"休息吧!"

"……"

"喂,睡觉吧!"

催了一声,雾子不作回答,再催第二次,雾子坐着不动,问道:

"为什么非睡觉不可?"

12点半了,躺下睡觉是很自然的事,为什么要一而再,再而三地催促呢?

"你说为什么?"秋叶反问道。

雾子吃吃地一笑,站起身来,重手重脚地把桌上的茶具收拾到水池子里。

"深更半夜催你睡觉,还觉得可笑吗?"

刚刚平静下去的情绪又回来了。这岂不是嘲笑别人不拿自己当回事吗?

"你干脆说实话,可笑就可笑呗。"

"您啊,除了和我睡觉,还有别的要求吗?"

"不对。"

"您呀,只把我当作女人,其他什么也看不见。"

"你这傻瓜……"话说到一半,秋叶咽回去了。看来,雾子在努力表现自己,不要把我当作被你拥抱的女人,我可以自立。

然而,到了深夜12点半,男女两人单独待在房间里,什么意志啊、自立啊都是多余的。

累了就睡,这还用说吗?躺下后要求做爱这也是很自然的,用得着说什么理由吗?

秋叶重新坐到沙发上,叹了口气。

雾子为什么凡事都要讲道理?从装束到做爱都要讲理由,都要表现自己,活得累不累?

那个高高兴兴吃酱鲐鱼的雾子到哪儿去了呢?秋叶陷入忧郁,抱住了头。

两人隔着桌子对坐,一句话也没有。秋叶一只手拿着烟,雾子耷拉下眼皮注视自己涂绿的手指甲。

秋叶忽然想起以前在电影中也出现过这样的镜头。

处在爱的危急状态的一对情侣默默地对坐,互相反思,一时又不知关键在哪里。女方对男方十分反感,男方心里着急,然而还不想撒手,时间一分钟一分钟过去。

看到这镜头时当时觉得这两人活得挺潇洒,此刻到了自己头上,就不那么潇洒和风流了。

雾子最近的变化,仅仅出于她个人意志,还是有其他因素?在纽约见到美国各种各样的所谓的"女强人",受了点刺激,这也无可非议,但仅仅是这些吗?

难道雾子背后还有人煽动她吗?

是男的,还是女的?

想到这里,秋叶再也沉不住气了。

如果背后有人煽动,那肯定是男人。此人挑拨雾子和自己分手,给她出种种馊主意。

"莫非……"秋叶刚想张开口,立刻打住。此刻质问她,如果确有其事,并不会改善两人的关系。为了这事争吵,不仅于事无补,反而会更加恶化,不如静静观察。

再说自己到了这把年纪,为一个未见过面的陌生男人和比自己小二十多岁的女人吵架,太不像话了。

秋叶的自尊心不允许他这样做。他终于忍住了。然而,雾子好像知道他想要说什么。

"什么话,您说吧!"

"不……"

顿了一下,秋叶180度转弯,说了一句:

"看来今夜还是回去吧!"

话一说出口,秋叶吃了一惊,其实心里想的不是这个。他在等待雾子说"这么晚了,在这儿住下吧"。

表面上逞强,心里却等待雾子挽留他。

"怎么办?"秋叶又叮问了一句。

雾子点点头:"你爱怎么办,就怎么办。"

在大雨中驾着车,秋叶不禁对自己生起气来,为什么不在雾子的房间里住下……该说:"我累了,休息吧!""快给我铺床!"这公寓是自己出的房租,还照顾这女人的生活,有什么可客气的?

雾子今晚的表现只能说是反常,并没有说"你回去"或"你爱怎么办就怎么办",意思就是住下也可以嘛。

最终秋叶选择回家,那是到了最后关头,自己做个姿态,留有余地而已。没说:"你如无意,我就回去。"秋叶一开始想摆摆架子,一看苗头不对,赶紧收场。

"做了一件傻事……"

挡风玻璃上还是雨蒙蒙一片,雨越下越大,比一小时前来时更大了。瞅着这摇来晃去的刮水器,心里觉得挺惨。

"以后可不能这样乱来……"

过去,到了类似这样的时刻,最后还是去抱住女人,从来没有中途泄气、打退堂鼓。总之男女之间的关系,只要一搂住她,骂也罢,恨也罢,一关灯,到了天明一切均烟消云散,有说有笑,昨夜的争吵就像做场梦一样。

表面上话不投机,只要一碰她的身子,她就会理解。说些无用的话,不如直接接触身子来得快,任何方式都不如"肉体语言"管用。

既然知道这个道理,为什么不这样做呢? 一方面还有点抹不开,另一方面想即使回来也不会有事,此刻像饿兽一样向她求爱,不如在双方的精神状态较好时再求她。反正手里拿着她的房门钥匙,随时都可以去,着什么急呀。今夜还留着尾巴,虽不至于因此关系破裂,但总是留下了鸿沟。

这不过是小小的伤痕,充其量像肚脐眼这样大。

"振作起来……"秋叶自己激励自己,在大雨滂沱中回了家。

到家正好午夜1点钟。

昌代已经回自己屋里睡了。

秋叶上了楼上的书房,临走时急匆匆的,连台灯也没关。

从今天傍晚开始去寻找雾子,几小时过去了,什么活也没干。

此刻也不想干,秋叶坐到椅子上,点燃一支烟,又想起了雾子的事。

这时雾子是睡了呢,还是瞅着自己的绿指甲喝咖啡?他想打个电话去,但此刻气还未消,提不起精神。没皮没脸的,打什么电话?

秋叶自言自语,继续抽烟,但心里还是沉不住气。

秋叶坐在台灯下,托着下巴想起了史子。

深更半夜下着大雨,她已经睡了吧?

秋叶朦胧地想了想,便想给史子打电话。

史子喜欢熬夜,是个"夜猫子"。即使睡下了也会起来接电话。两人亲密的时候,即使在深夜,她也不会埋怨,高高兴兴地和你聊天。

今夜想起了史子,原因是受了雾子的冷落。无意中和雾子发生了冲突,激起了对史子的思念。

秋叶拿起话筒,放下,又拿起来拨了史子家的电话号码。轻轻的呼音在寂静的书房里响了几下,话筒里传来了史子平静的声音。

"喂,喂……"

听着史子温柔的声音,秋叶的心情舒畅了。

自从在"安蒂克秋"附近碰见史子以来,已经给她打过多次电话。

说了些不着边际的话之后,就邀请史子吃饭,史子只应了一声:"那好,找个时间吧。"再想说些具体的事,就被她巧妙地扯开了。

尽管如此,史子对他并不冷淡。对秋叶的话,她适当地附和,谈得还算投机。

这一个月来,由于工作和雾子的事,没给史子打电话。史子也没有主动打过来。

"都这么晚了,您怎么啦?"

深夜打电话,史子自然会吃一惊。

"对不起,没什么事儿,只是工作有点累了。"

"这么晚还在工作,真了不得。"

因为跟雾子争吵,觉得史子的声音特别温柔。

"我突然想听听你的声音。"

史子失声笑了,声音不太清楚。

"你没拒绝我,真太好了。"

"您今天怎么啦?"

"没怎么。"

"好像没精神,不像您平时的为人。"

秋叶当然不敢说,刚和"她"吵了架,心里孤独。

"说不出什么理由,总之上了年纪了。"

"别说那样泄气的话。"

秋叶忽然矫情十足,堂堂男子汉多么可笑,不过即使将弱点暴露给史子也没关系。

"近来,不知为什么有一种虚无主义思想,不知道自己为什么活着。"

"太不可思议了,您不是活得好好的吗?正当年,工作有了相当的成就,在社会上很吃得开。"

"不,到了这把年纪是不会受欢迎的,充其量不过是个小丑。"秋叶想了半天,终于说出,"下次找个时间慢慢跟你聊聊。"

"好啊!"

秋叶一时没回过神来,反问道:

"真的?"

"我怎么都行,下个月抽个时间吧。"

"到时候你就溜了。"

"女人有女人的特殊情况嘛。"

"那好,我等着。"

秋叶顿时感到眼前一片光明,说话声音也高扬了。

漫长的梅雨天终于过去了,明媚的夏日来到东京。然而秋叶的心情并不像夏日那样明朗。其中最大的原因是他和雾子还没和好,自从雨夜和她发生口角以来,两人的关系还不太融洽。

俗话说"下了雨地面就结实了"。这一回雨倒是下了,不过还是"很松散"。

但也并不因此和雾子吵起来没完没了,互相憎恨。

秋叶还像过去一样和她一起吃饭、聊天。高了兴便在雾子房间里住下,当然也免不了做爱。但总觉得和以往不同,具体是什么,一时也说不清。雾子的态度有了微妙的变化,这是真的。比如说,两人在房间里,雾子的表情一点没有活力。过去见了面,雾子主动向秋叶汇报店里经营状况,谈谈朋友们的琐事,今天发生了什么,独自有说有笑。

"亲爱的,您听听,这事儿够'酷'的吧!"直到秋叶点头,她才满足。

最近已看不到她那活泼的影子。秋叶主动和她聊天,她勉强地随声附和,点点头而已。

这样消极的态度,在做爱时也没有变。

在秋叶需求她时,雾子既不主动,也不反对,像应付公事似的脱掉衣服。秋叶耐心地爱抚她,总是让她先达到高潮。

即使在这一瞬间,前后也有微妙的不同。例如,过去做爱前开开玩笑,有时说声"你这个人真浑",而后共同进入高潮。做爱后为了追求余韵,雾子主动紧紧搂住秋叶不撒手。

然而现在做完爱后就撒开手,不像过去那样撒撒娇,开开玩笑。

最重要的做爱尚且如此,日常生活就更甭说了,自然是别别扭扭的。

最近常使秋叶生气的是,忘了给秋叶录电视节目。

星期日,秋叶格外忙碌,倒并不是为了工作。从早晨起有围棋、象棋、高尔夫球、文献片,这些都是秋叶爱看的电视节目。再加上美术讲座、访谈,这一天里排得满满的。秋叶没有时间全部看完,只好让雾子先录下来。

最想看的是围棋,一般先录下相,晚上在雾子家里看。

雾子过去从来没有忘记星期天录像的事情。

梅雨过后第一个星期,秋叶因事外出,没看到节目。晚上,打算回到雾子的公寓再看,没想到雾子没给录下来。

秋叶打开电视机和录像,转了好几个频道,没找到,只得戴上老花镜仔细查看。屏幕上出现一个主持人在说笑话的场面。

"怎么回事?是不是弄错了?"秋叶问道。

雾子歪脑袋:"怎么回事,难道录错了?"

"喂,喂,上一次也只录了一半。"

上星期天晚了30分钟,只看了后半部。

"星期天你整天都在家,这么一点小事都记不住吗?"

这录像机也是雾子开店以后一心想要才买的。

一开始,雾子很高兴,总是按照秋叶的要求准时录下。近来,突然出现了差错。

"你得认真一点啊!"

"这么想看,在家看得了。"

雾子霍地站起身,走到阳台去看盆景了。

秋叶瞅着她的背影,一肚子气。

这当口,应该狠狠地训斥她一顿,可是弄不好,又会重演雨夜那幕活剧。以前,即使小小争吵,立刻会和好,最近总是拖着长长的尾巴。双方心理都受影响。

为了这么一点小事,不值得吵架。不过此刻雾子的态度也太骄横了。明明是她的错,说声对不起不就完事了吗?

"还不做晚饭吗?"秋叶问道。雾子也不转过身来,背对着他。

"到外面去吃不好吗?"

"我不是说过,让你准备好饭。"

"我没有食欲。"

秋叶想,你没有食欲,可是我的肚子饿了。

"那就算了。"

说罢,秋叶走出了房间。

离家时秋叶对昌代说不用准备饭了。现在回家去,也没有饭吃。没法子,秋叶只有到附近的寿司铺吃四喜饭团。

吃完饭,他本想就此回家睡觉,可是这样做就像吃了败仗的狗,太寒碜了。于是他重又回到雾子的公寓。

雾子知道自己做错了,一见秋叶进门就招呼他,"您回来了"。但视线没离开放在膝头的时装杂志。

秋叶走进卧室,脱掉西装,换上睡衣。

以前,秋叶换装时,雾子立刻将睡衣拿来伺候他,最近装看不见。

过去秋叶脱下的西装,她立刻拿衣架挂好,今天接过衣服则有些懒散。

"你不舒服吗?"

听得秋叶问她,雾子叠着裤子,摇摇头。

"没什么。"

"瞧你懒洋洋的样子……"

本想挖苦她一番,但仔细一瞧,她下巴尖了,比以前瘦多了。

"可能是天气突然变热了的缘故。"

说着,雾子从厨房里端来啤酒和拌黄瓜,好像要喝一杯,与秋叶讲和。可是雾子依然坐在桌子跟前看杂志。

星期日晚上,和如此美貌的女人对饮,从别人看来,该是多么令人羡慕的场面。谁想到此刻两人的关系并不融洽。

少顷,11时的体育新闻播完后,秋叶伸了伸懒腰,打起哈欠来。

"休息吧!"

雾子默不作声,到隔壁去铺床。还是不多说话,但也没有什么不高兴。

秋叶只得躺下,这样的状态不可能马上入睡,拿起一本周刊杂志翻翻。过了30分钟,雾子还是不动,秋叶隔着门喊她:

"还不睡吗?已经不早了,该休息了。"

雾子答应了一声,拿着毛巾去了浴室。10分钟后,拉开拉门,闪身进来。

秋叶回头一看,壁灯已熄灭了。雾子在屋角里脱衣服,待她穿上睡衣,秋叶掀开被角,"快进来吧"。雾子站了一会儿,不知在想什么,慢慢地凑近来。

今天秋叶一开始就打算住下,上次雨夜发生小小的纠纷,秋叶一气之下回了家,一晚上心情也平静不下来。这样的一幕不能重演了。即使有小小的摩擦,只要上了床,一接触到肌肤,一切迎刃而解。

秋叶睁着眼在黑暗中等待雾子钻进被窝,过去,这样的安排非常自然,今夜发生口角后,有点儿紧张。雾子也一样,动作比过去慢多了,悄悄地掀开被角,钻进了被窝。

右腿先上床,接着左腿,上半身,一步一步往里进,秋叶伸过手去。

"来,靠近点!"

秋叶一把抱住她,雾子背过脸去,秋叶没去管她,依然搂住她不放,雾子则往后缩。

"求您了。"

雾子往后缩了一下,像虾米似的弓起了腰。

"怎么啦?"

"今天就这样睡吧……"

"这样……什么意思?"

秋叶考虑到或许她身体不适。上星期时她摇摇头说:"来了例假。"

一星期过去了,例假也该结束了。

"有什么不适吗?"

"……"

"不舒服的话,实话实说嘛。"

"没有。"

"今天你似乎没有劲头……"

秋叶自然不是追问她,如果不是身体上的原因,而是感情问题,那男方只能举手投降。

然而,今夜不能就此罢休,应该说明是什么理由啊!秋叶仰卧在床上,忽然电话铃响了。夜深人静的卧室中,电话铃响个不停。

雾子家的电话在起居室里,虽然隔着隔扇,仍然听得很清晰。

"喂……"秋叶瞥了一下躺在身旁的雾子,"电话铃响了。"

有人打电话给雾子,秋叶从来没有接过。虽然他有房门钥匙,也常住在这儿,但表面上雾子还是单身女子。

男人接电话,会给她添麻烦,反而不好处理。秋叶从来不越雷池一步。

尽管电话铃响个不停,雾子则不想动,把被子捂得紧紧的。

"喂,去接电话!"

"没事儿,不用接。"

"可是……"

半夜三更打电话来,说不定是个男的,这种陌生男人不是打公用电话就是借酒吧的电话打。

"不接行吗?"

"我不想起来。"

对方或许喝醉了酒,想听听雾子的声音,眼瞪瞪地握着听筒不放。

可是这个女人此刻和自己上了床。

秋叶想,你打你的电话,我搂着心爱的女人。他心安理得,觉得那个打电话的男人太可怜了。

"喂!快去接呀!"

"……"

"你去把电话挂断得了。"

雾子不听,一转身背过脸去,用被单把头蒙了起来,坚决不接电话。秋叶数着,电话铃一共响了14次。多么执着的男人,真有耐心。秋叶正要起身去接,电话铃不响了。

过了一会儿,电话铃又响了。

看来,对方还不死心。

这一回才响了5下。

电话铃响过后,屋子里似乎更加寂静了。

秋叶叹了口气,只见雾子还蒙着头。

"没事了。"

秋叶伸出胳臂,从后面搭在雾子的肩膀上。

雾子的肩膀抖动了一下,心里是不是还挂着打电话来的男人?

秋叶觉得挺可笑,凑近身去,雾子则往后缩,快缩到床边上了。

"喂,喂……"

雾子不理睬他。刚才打电话来的男人说不定是她的情人,雾子或许猜到是谁打来的,故意不去接。

秋叶缩回手,陷入了沉思。

今晚上床快12点了,雾子还没睡,坐在起居室里,说不定正在等电话。

过了12点,见仍不来电话,只得上床,但心里仍然想着这件事。雾子拒绝和秋叶做爱,也许是怕有人来电话。

如果真有不三不四的男人打电话给她,她该起来去挂断,或者盼咐秋叶去接。

秋叶在身旁,她不能跟"野男人"畅所欲言。也可能她不想让对方知道,自己另外有男人。

想接的电话都不能去接,该有多么别扭,焦急和悲哀可想而知,难怪她蒙着被子,或许在偷偷地掉泪。

"原来是这样……"

秋叶在黑夜中点点头,仔细一想这事情很简单。毋庸置疑,自己是主角,心满意足,有什么可抱怨的。

"难道自己是个老好人?"

对方已进逼到头上,自己还麻木不仁,自己也太可怜了。

在深夜的卧室里,一对男女盖着一床被子,一伸手,就能接触到对方的肉体。

可是男的仰卧着,女的背对着他,纹丝不动,这算什么关系?

灯关了,屋子里漆黑一团,两人都屏住呼吸,睁着眼睛,这算一种什么样的氛围?

突然,从阳台上传来救护车的鸣笛声,向着麻布方向去了。

救护车过去后,屋子里又回到寂静。秋叶转过身,轻轻地问道:

"跟你说句话,行不行?"

话一出口,秋叶觉得自己的语气太生硬了,应该更自然些,但心里还是紧张。

顿了一下,秋叶待心情稍见平静后,又问道:

"你是不是另外有人?"

雾子肩膀抖动了一下,不作回答。

"我并不怀疑你……"

"……"

"到底有没有,你跟我说实话。"

秋叶觉得自己似乎成了戏剧的主人公,在这个场面,只能抑制自己感情,装作一个通情达理的男人。

"不用顾虑嘛……"

秋叶还在演戏,到了这一步,他非要将其中的奥妙弄清楚不可。

"你说话呀!"

秋叶苦口婆心让她说真话,实际上他又害怕听到雾子的回答。

如果她说有啊,那该怎么办?

一边在问到底有没有,他期待的回答是没有。如果是另外一种答案,秋叶脑子一片空白,不知该怎么办?

然而,雾子默不作声,依然保持沉默。

秋叶渐渐感到气促憋闷,不回答,证明她没有其他男人。既然没有,应该立即否认。既不承认,也不否定,证明她还是有别的男人。

"为什么不回答我?"

秋叶发现在黑夜里有动静,定睛一看,雾子的肩膀在微微抖动。她好像在哭泣,这下秋叶觉得自己太残酷了。

深更半夜,睡在一张床上的女人,被男人追问有没有别的男人。她已无退路,只能缩着身子在被窝里哭泣。

对一个无言的女人,仅凭自己的妄想责备她,这也太过分了吧。然而到了这一步即使残酷了点,也不能就此罢休。

如果对目前的暧昧状态视而不见,那么不愉快的日子还会继续下去。

雾子从纽约归来至今一直有隔阂,到了非解决不可的时候了。为此,此刻必须了解雾子真正的心情。

"我不是生你的气。"

秋叶凝视着黑暗中的某一点继续问道,如果此刻失去了自制力,那事态会越来越麻烦,老谋深算的中年人必须温和地堂堂正正地提出问题。

"我只是想了解你的真心。"

"……"

"看来,你还是另有新欢。"

突然,雾子使劲地摇摇头。

"没有!"

雾子激动的声音不禁使秋叶大吃一惊。他慢慢地点点头。

"可是,你的表现和以前大不一样了。从前,从来没有人深更半夜给你打电话。"

"……"

"刚才的电话是不是相好的男人打来的?"

"不对。"

"那么为什么不去接? 不好意思去接,是不是?"

"您怎么知道我为什么不去接?"雾子反问道。

"我当然不知道,我是猜测。"秋叶觉得自己有点过分,但还是问,"那么为什么不接?"

"我不想接就不接呗。"

"就这些?"

"这还不行吗?"

道理只有一个,男人和女人就不一样。

当男人被责问时,男人总爱说道理。

"你和'她'见面了吧?"女人责问男人。

"这时间我正和朋友喝着,不信,有酒店的火柴为证。"

男人总是千方百计证明自己不在现场。

当女人被责问时,绝对不会说道理、找借口,肯定是坚决否认"没有的事"。再问下去就说,"你怎么还不相信我",说着说着就哭了。

如果"不在现场"一旦被戳穿,那就会全线崩溃,最后无法收拾。

与此相比,"你不相信我吗?"说罢便哭鼻子。因为本来不需要什么不在现场的证明,也不用担心戳穿,信不信由你。

男女之间因嫉妒而争吵,其根本的要求无非是和解。一方面责问对方,一方面去确信事实并非如此。

在这种场合,与其费嘴舌辩解,不如说一声"你不相信我吗"有说服力,往后信不信由你。

一般男人的心比较宽,一见到女人哭鼻子便相信绝不是撒谎。

此刻秋叶的心情与此相似。

近来,雾子的态度让人猜不透,十之八九以为她另有新欢。

然而,她宣布"不对""不想接就不接呗",说着就哭了起来。秋叶开始觉得自己确实搞错了,本来他的愿望就是证明不是事实。

"那么,你真的没有相好咯。"在黑暗中秋叶又一次问道,"那我相信你?"

"……"

"没错?"

雾子背对着他,轻轻地点点头。

"明白了。"

秋叶相信雾子说的话。疑心生暗鬼,怀疑起来,何日是个头?再怀疑下去只会越来越糟糕。

"好吧,休息吧!"

秋叶虽然有所不满,但并不想放弃雾子,争执到此为止。秋叶宽慰着自己。

峰云

从落地窗向外望去,夏云熠熠生辉。蔚蓝的天空下白云朵朵,似乎平淡无奇,仔细一看,云彩不断向下方延伸,它的后面又涌出新的云朵。

永远也看不够这云彩的涌动,看着看着秋叶产生一种错觉,仿佛这是一幅电动画卷。

他记得在某人家的客厅或者酒吧的店堂里挂着一幅这样的画。那电动装置能够表现云彩的涌动。还记得自己看着这样的画时,醉醺醺地说了一些不着边际的话。

而眼前的夏云的移动更加富于变化,从上方刮来的风,使画面勾画出各种各样的图案。

站在窗际眺望云彩的涌动,秋叶的脑海里涌现出雾子的身影。

下方笼罩着乌云,冲破乌云伸向天空的白云就像是雾子站了起来。

看着云彩的涌动,秋叶忽然想起今天是雾子的生日。

和雾子相识已经三年多了,这是第四个生日。二十三岁的雾子已经二十七岁了。约定今日见面,一起吃饭。

按照秋叶的想法,最好去山中湖度假,但雾子店里业务太忙,走不开。

近来,面向年轻人的时装正是旺季,店里很忙,下午又增加了一位打工的姑娘。不过再忙,抽出两三天时间不会有什么影响。事实上,为了进货等原因停业两三天也是常有的事,问题在于雾子没有出去旅游的意思。

山中湖只能搁在一边,最后决定在雾子的生日夜共进晚餐。

到了昨夜,雾子忽然变卦,说生日晚宴改日再说。

"明天杂志社的人来采访,没有法拒绝他们。"

目前对雾子来说,和朋友交往比与秋叶共进晚餐重要多了。

为了祝贺雾子生日,今日秋叶给她买了一串镶珍珠的金项链。

前些日子雾子说过一句:"最近流行珍珠项链。"秋叶一直记在心里。

25万日元也够贵的,不过近来很少给她买礼物,秋叶狠了狠心买下了。

珍珠项链装在礼品盒里,还用缎带打一个蝴蝶结。非常高雅的礼品准备好了,却没有机会交给她。秋叶没有作声,预先放出风声,似乎在寻求同情,他不愿意这样寒碜。雾子当然不晓得秋叶这番心意。

"对不起,我本来没有打算接待他们。可是'Thanks'①已订下了地方,没法推辞。"

"Thanks"是介绍雾子店铺的杂志。最近雾子常常深夜回来,就是和杂志社的人打交道,其中有编辑、摄影记者,还有版面设计者,男男

---

① Thanks,杂志名,意为感谢。

女女好几位。秋叶没见过他们。

"那么改在明天吧!"

延期一天过生日,用不着大惊小怪,秋叶大大方方地做了让步。

"这星期恐怕不行,接着还要商量时装展览的事,改在下星期二吧。"

看来最近任何行动只能照顾雾子的日程,秋叶虽有所不快,只得忍一忍,点了点头。

"那好吧,我也不想为难你,不过与人交往应适可而止。"秋叶再三叮嘱后,问道:

"今晚上很晚回来吗?"

"那不一定,那些人都是夜猫子。"

"他们是夜猫子,不用管他,你早点回来不就得了吗?"

"可是,你打算为我过生日,我怎么能很晚回来呢?"

雾子的心早已飞到今夜的派对了。

"在什么地方?"

"不太清楚,好像在赤坂一带吧?"

到了关键问题,雾子就含糊其词说不准。

伏案写作不能持续太久。

年轻的时候,连续写四五个小时没问题。最近至多两个小时,不光是脑子,就是背脊和腰部也受不了,老想躺一会儿。

傍晚,秋叶点上一支烟,喝着咖啡,向窗外眺望。

密布的云彩,到了傍晚渐渐散去,变成了一块一块的淡云,在夕阳衬托下,显得格外美丽。

带着狗出去散步,是秋叶每天的必修课。秋叶脱掉在家穿的便服,换上西服裤,短袖衬衣,牵着珂罗出去了。来到代官山附近,他想给"安蒂克秋"打个电话。已经6点了,雾子可能已经外出了,她不在也不碍事。

以前,秋叶都是从店员的口中了解雾子的行踪,现在一共有三位,最干脆的就数小西。

"近来有什么样的人给老板打电话?""谁跟她往来最密切?""今天是什么样的人来接她的?"

要问的事很多,这一问不要紧,会被怀疑吃雾子的醋。打个电话问问她在不在,该不会见怪吧?可是没想到是雾子来接的电话。

"怎么回事?还没有走吗?"秋叶慌慌张张问道,吃惊的倒是雾子。

"我刚要走,有什么事吗?"

秋叶不知所措,一时找不到话茬。

"我在外面办事儿。方便的话,晚上给我打个电话。"

"怎么回事?有事吗?"

"没事儿,你随便打个电话来总可以吧!"

"……"

"10点钟左右我在家。"

雾子不吱声,秋叶又叮嘱了一句。

"可别忘了……"

"嗯。"

雾子含糊地应了一声,挂断了电话。

秋叶放下电话,走出公用电话亭,心里不是个滋味。为什么想到要打电话呢?真没出息。

自己无所事事,要她10点钟打电话来,真莫名其妙。

雾子高高兴兴地去参加派对,该让她自由些,打电话成了她额外的负担。

说出去的话已收不回来。很明显是自己的嫉妒心在作怪。他想象雾子接电话时一定皱着眉头。何苦呢?

回到家,秋叶脱掉汗腻腻的衬衣,换上便服。心里还是不痛快。

让她10点钟打电话来,要是真的来了电话,仿佛有什么事似的。其实什么事也没有。至多问一问"在哪儿啊?什么时候回来?"。

如果真有话对雾子说,那明说就得了。

过生日和其他朋友出去玩,秋叶稍有不快,那干脆下命令不要去了,或者说10点钟一定回来。近来对雾子的态度表示不满,那完全可以说"你别耍弄我",甚至揍她一拳亦无不可。

转弯抹角,含糊其词,反而会助长雾子的气焰。让女人钻了空子,她会越来越傲慢。

"唯女子与小人难养也。"确实如此。

秋叶懂得这个道理,但遇到情况,不由自主地绕圈子。其理由很多,但主要是年龄相差太大,结果适得其反。自卑感促使年长者必须考虑面子,要装作从容不迫的姿态,而且必须符合自己的教养。

要抛弃理性和伪装,打她一巴掌,"你瞧不起我是不是?""我就是要你的身子!"堂堂正正向她挑战。

不过,秋叶这个人拉不下脸来。即使这样还得装作通情达理,这是知识分子通病,一到出手时便半途而废。

女人则完全不同,比起韬光养晦,女人倒主张简洁明快。转弯抹角地挖苦,不如直接命令,反而容易被女人接受。

到了夜里,秋叶依然没有情绪工作。预定的约会已被取消,这当口还是出去喝一杯能排解苦闷。可是又盼咐她10点钟打电话来,这时出门可不大合适。秋叶后悔自己不该这么多事,这一天的心情全赌在雾子的这个电话上:如果雾子按时来电话,说明雾子还很重视自己;假如不来电话,那说明雾子的心已离开了自己。

9点一过,秋叶躺在床上,拿起一本书,一边看电视一边看书。快到10点时,又把电话放在床头,铃一响随手可以接。

10点,电视剧开始了,没来电话。

说是10点,晚五六分钟也是常事,再说一起喝酒,不可能特意站起来去打,也可能晚30分钟。

秋叶自己安慰自己。10点30分了,依然没来电话,忘了呢,还是一开始就没打算打?

秋叶焦躁不安,点燃一支烟,吞云吐雾。电视屏幕上,体育新闻已播完,11时开始播新闻。

秋叶躺在床上无所事事地等待电话。

11点半,秋叶有点不耐烦了,拿起书架上的威士忌,也不兑水就喝了起来。

上哪去了呢?在干什么?要是知道地点的话,立刻赶去训她一顿。

秋叶坐立不安,站起来照照镜子,脸醉醺醺的通红,眼睛里布满血丝。

"多难看,一副中年男人吃醋的模样……"

秋叶不由自主地闭上眼睛,又倒了一杯威士忌,这时电话铃响了。秋叶站着,等铃声响过三次才拿起电话,突然传来一个男子的声音。

"秋叶先生在吗?"

霎时,秋叶怀疑自己的耳朵。

深更半夜,只有雾子会打电话来,却是一个陌生的男人。

"我是秋叶……"

"我叫荻原,和雾子小姐在一起。"

电话是从酒吧或小酒店打来的,听筒里传来摇滚乐和说话声。

"您从哪儿打来的?"

"六本木的一家小酒店,雾子小姐今夜不回公寓了。"

"什么?不回去了?"

"也可能在外面住两三夜,请不要担心。"

"在哪儿过夜?"

"不知道,我只是传话而已。"

"你……你……"

电话快挂了,秋叶急忙喊道:

"雾子在不在你身旁?"

"在……"

"请你叫她听电话。"

"雾子不想打电话,才叫我传话的。"

"没事儿,你叫她一下。"

秋叶身不由己地喊了起来,那年轻人吓了一大跳,放下电话。过了两分钟,又听到他的声音。

"她还是不想接电话。"

"你们在六本木什么小酒店?"

"雾子说不要告诉您,因为我们快要离开这儿了。"

"上哪儿去?六本木还是赤坂?"

"叮"的一声,电话挂断了。

"喂……"

秋叶又喊了一声。确认电话已挂断,才放下听筒。

"畜生!"

深更半夜打电话说雾子今夜不回去了,这算什么事?光顾自己玩,连地点也不告诉。

"这家伙!"

秋叶"嘭"的一声用拳头敲了一下桌子,仔细一想,不能怪那个男人,一切都是雾子的责任。

约好打电话来,自己不出面,让年轻的男子传话,真岂有此理。

"这卑鄙的家伙。"

秋叶对着墙壁放空炮。她居然公然宣布不回来了,简直是胆大包天。

秋叶抑制愤怒,往雾子的公寓和"安蒂克秋"打电话,当然不会有人接。

"畜生!"

秋叶扣上电话,拿出笔记本,仔细查看,这儿有以前和雾子一起去过的六本木的酒吧的电话号码。

他记得那酒吧叫"修米雷",本子上却没有。

上哪儿去了呢?

他咂咂舌头,给自己熟识的六本木的酒吧打了个电话。雾子当然不会在那儿。

打了个遍,最后给银座的"魔吞"也打了电话,也不在。

秋叶无可奈何又给雾子的公寓和"安蒂克秋"打电话,依然没人接。

"这混账东西!"

秋叶喊了一声,对着桌子发呆。

雾子说在外面过夜,这句话有相当分量。拿拳击作比喻,以前只是击中身体,而这一击把对方打倒了。

秋叶挨了这一拳,大伤元气,嘴里嘟嘟囔囔。

"这下该怎么办?"

雾子为什么选中今夜不回来? 而且自己不说,让年轻人传话。

肯定有相好的男人。还是喝醉了酒,干脆不想回来了?

反正这不是单纯地玩玩,说不定早就选定今日,是有计划的行动。

看来,雾子要离开自己,另有他就。

如果要分手,何必采取这种卑鄙的态度? 如果另有新欢,干脆说明白不就得了吗?

"弄不懂。"

秋叶抱住头呻吟。忽然雾子那雪白的肉体在脑中复苏了,虽说她已二十七岁,可是雾子的身体还很嫩,乳房也不大,背部和腰部的曲线很美,一晒太阳,马上就脱皮。雾子很少户外活动,更怕去海边。

她腋下和大腿内侧的皮肤特别细嫩,白得青虚虚的。

这么细嫩的身体可不能让别的男人搂住。

想到这里,秋叶的心跳加快了,喘不过气来。他把被单蒙在头上,接着又把被单踢掉,一骨碌爬了起来。

"畜生! 畜生!"嘴里嘟嘟囔囔,在房间里转来转去。最后又拿起电话,给雾子的公寓打电话,还是没有人接。

"随你的便吧!"

秋叶没好气来了一句"即兴台词",端起没喝完的威士忌一饮而尽,又躺倒在床上。

反正是些没才能的穷光蛋,和这些人混在一起早晚要倒霉,在秋叶眼前浮起雾子哭鼻子的嘴脸。

"到那时再来求我,也得照顾她……"

想象雾子不幸的身影,心情一阵子得到解脱。但这仅仅是一瞬间,立即又浮现出雾子和年轻人调情的场面。

"糟了,糟了!"

秋叶莫名其妙地喊了起来,又开始在屋里走来走去。

陌生人见了这镜头,就像看到被困的野兽在铁笼子里乱转。

最后秋叶精疲力尽,直到凌晨4点才入睡。在梦中,他见到雾子和其他男人鬼混,虽然没有搂抱在一起,只见她和男人跨进卧室,这房间就像是雾子的公寓,里边则是装饰得花里胡哨的情人旅馆。

"雾子……"

秋叶撵过去,雾子连头也不回。瞧着自己那副寒碜的样子,他被撇在一边。等醒来是早晨8点。一想起昨夜的事,他急忙给雾子的公寓打电话,还是没有人接。

"看来,雾子一夜未归……"

秋叶头痛得厉害,原因是昨夜喝多了。这一夜使他感到他和雾子之间已出现决定性的裂痕。秋叶最难受的是没有人可以商量。母亲和昌代自然没法启齿,剩下就是史子和能村了。

此刻如果对史子说被雾子甩了,那会被笑掉大牙的。能村至多说一句,终于到了这一步。

归根结底,只有自己硬着头皮处理。怎么办好呢?毫无头绪。

考虑来考虑去,只能给雾子的公寓打电话,还是没有回音。他忽然想到雾子会不会假装不在家,故意不接电话,可是打这么多电话过去,不像是在家。昨夜可能在外面和别的男人过夜。

过夜也罢,此刻是早晨,她总该去上班啊!

秋叶忍了又忍,到了中午给"安蒂克秋"打电话,店员说老板没来。

"老板来电话了吗?"

"没有。"

按照平时的习惯,雾子再晚也得去店里看一看。

一次一次打电话去,会被店员笑话。秋叶忍耐到下午2点,又打了一次,这回是小西接的电话,说老板在。

秋叶喘了一口气,请小西让雾子接电话。一分钟后,小西说:

"此刻她正忙着接待顾客腾不出手,问您有什么事?"

"有什么事?"这种问法把自己当外人看待,秋叶再也忍不住了,下了命令:

"你告诉她是我,有要紧事,让她马上来接。"

小西转告了雾子。过了一分钟,小西说:"老板说,过一会儿她打过去。"

话说到这一步,电话非挂断不行了。等了一会儿,还是没来电话。再忙,也不至于忙得客人一个接一个地上门。等了一小时,秋叶再打电话过去,小西说老板出去了。

"上哪儿去了?"

"说是洽谈业务,今天不回来了。"

"刚才她怎么说的?"

"她说马上打过去。您没接到电话吗?"

话只能到此为止,再发脾气,只能在小西面前暴露自己的丑态。

"算了……"

秋叶一横心,挂断了电话。

黄昏来临,云彩开始涌动。白天在蔚蓝的天空中星星点点的浮云,不知何时成了一团团积雨云。

天气预报说从傍晚到夜里将有雷阵雨,这云彩是它的前兆。秋叶眺望乱云,想起了雾子的事。

从昨夜至今天,一天一个字也没有写。人虽然没有出书房,却在追赶雾子的踪影。

月底前必须交稿,照目前情形,看来是写不下去了。雾子一夜未归,自己立刻失去集中力。他没想到自己竟会如此软弱,充其量是一个女人和其他男人逢场作戏一夜未归,也不至于工作也干下去了,真没出息。

现实就是如此。后悔也没有用了。

现在只有一个办法,到雾子公寓去等她回家。

傍晚5时,秋叶给雾子公寓打电话,确认她不在家,他把三册书和自己喜爱的幸运牌的香烟装进了皮包。

不知要等到何时,雾子能不能回来?此刻说不准,反正她不露面,一直等下去。

开车去,没地方停车,决定坐出租车去。

秋叶走出家门,朝四周巡视一番,珂罗向他叫了几声,他也顾不上逗它了。

傍晚交通正是高峰时刻,到处堵车,20分钟才到了雾子的公寓。秋叶也顾不得跟管理员打招呼,直奔电梯上了七楼,直接开门进去。

一进房间,门口放着雾子的一只高跟鞋,屋子里十分闷热,喘不过气来。客厅的窗户挂着提花窗帘,收拾得一尘不染。当中的桌子上放着报纸和商业广告。

"唔,她好像回来过……"

报纸是今天的,肯定是雾子从信箱中拿来放在这儿的。

说不定她在里屋里?拉开隔扇,窗上的窗帘放下了。

看来,雾子昨夜没在这儿过夜,回来过一趟接着就走了。

秋叶打开窗户,换换空气,坐到沙发上。

拿着钥匙开了人家的门溜了进来,等待着不知何时才回来的女人。这个女人想从自己手中溜走,自己则拼命在追踪她。

正经八百的男人不会做这样的傻事。

假如现在撒手不管,再想抓住这个女人不可能了。然而偷偷地溜进人家的房间,心里还是沉不住气。

这里跟自己家一样非常熟悉。从阳台上刮来阵阵轻风。走廊上人来人往,有说有笑。不知怎的吓了一跳,平时根本不在乎,今天是偷着溜进来的,一种犯罪意识在作怪,神情特别紧张。

秋叶拉亮电灯,打开冰箱一看,只有鸡蛋和奶酪,还有吃剩下的咸菜,用食品保鲜膜盖着。雾子胃口小,冰箱里一般不放多余的食品。

秋叶取出奶酪和冰块,兑上白兰地喝了起来。

昨夜等待雾子,几乎喝了一整夜,今天又在这里喝着酒等她。这算什么事儿?自己也觉得太没劲了。可是此刻除此以外,别无他途。

7点钟了,开始直播职业棒球比赛。秋叶茫然若失地看了一小时电视。

电话铃响了。

秋叶不由自主地站了起来,电话铃响了五下,挂断了。

待屋子静下来后,喘了口气,30分钟后电话铃又响了。这回响了十下。

这是在别人家里,不敢去接电话,但过后一想,接了电话,或许可打听到雾子的行踪。

喝着白兰地,秋叶越来越大胆了。

9点钟,棒球比赛直播结束。秋叶站起身来,上一趟厕所后,朝房间四周扫视了一番。

客厅北侧贴墙放着餐具橱和书橱。除了书以外,还有一摞账本。

秋叶下意识地翻开账本看看,其中夹着一些信件。除了广告和明信片外,还有一封贴着外国邮票的信。秋叶翻过来一看,是从洛杉矶寄来的,署名为 Tatsuhiko Muroi。

拿着钥匙开门进来,又随便偷看人家的信,那是不允许的。他晓得这样的规矩。但这封信是达彦写来的,不能不读了。

"对不起……"

秋叶自言自语地打开信封,信笺是无格的便笺,用横写方式。

雾子:

从那以后,你一直很好吗?

东京很热吧!从日本回来后不久,纽约也热得要命,近来稍凉快,还得忍受一阵子。

从日本回来才一个月,已经非常怀念日本了。对我来说,这样的情绪还是初次。当然,原因归结于你。箱根、六本木的酒吧,还有你的店,都是怀念的原因。

在日本待到假期的最后一天,回来后又像拉马车的马一样干活。明天去哥伦布市出差。

在国外工作有个干头,很有意思。可是此刻想尽早回到日本。

说实话,让你一个人待在东京,真不太放心。前些日子见过那些家伙,好像一个一个都盯住你。

对我来说纽约和东京的距离是无法拉近的,但思念你我绝不会亚于别人。

夏末秋初你能来美国吗?秋冬时装正好上市,也符合你的需要。我找了许多有名的时装店等着你来,还准备一间漂亮的房间。这一回上佛罗里达看看如何?保证你会喜欢,还有极其罗曼蒂克的去处。

分别时跟你说的事,请你认真考虑一下。我是认真的,去日本时我没向舅舅说清楚,此刻有点后悔了。

在一起时你是属于我的,分了手,我突然感到不安。

你这个人真让人捉摸不透,也是你的魅力之所在。

电话里说话太煞风景了。还是写信好。

今夜思念着你睡去。

达彦

一日凌晨一时

读着这封信,秋叶的脑子嗡嗡作响。拿着信笺的手在发抖,好似被人重击了一下脑门,眼花目眩。

秋叶重新拿起信笺来读,有好几件事鲜明地印在脑海里。

仔细一想,雾子去纽约可能会和达彦亲近,这是合乎情理的。托达彦照顾她,趁机接近并喜欢她,这是常有的事。但无论如何没想到两人的关系已经深入到这一步。即使很亲近,充其量不过在美国这段时间。

看了这封信这事情还不简单哩。

首先使他吃惊的是达彦特地从美国赶来。4月底来过日本,春夏之交又来了一次。是公务还是度假?不太清楚。从达彦的年龄和地位,短时间往返纽约与东京两次,这是无法想象的。

看来,其中一次肯定是休假。更令秋叶吃惊的是,达彦去过"安蒂克秋",和雾子一起到六本木酒吧喝酒作乐,还一起去过箱根。

从信封上的日期判断,估计是在6月底7月初。还是梅雨季节,一看日历,秋叶更加吃惊。

6月底,曾经一度抓不到雾子的行踪。11点多了还不回来,秋叶曾经驱车去雾子公寓探视,雾子刚从外面回来,尚未更衣。

"啊,那时她正和达彦在一起……"

秋叶问她上哪儿去了,她说和杂志社的人在一起。

当时,雾子心神不定。上床后,秋叶要求与她做爱,被拒绝了。

"唔,正是那时节,达彦回日本来了……"

秋叶坐在沙发上闭上了眼睛。

"我可真笨!"

秋叶嘟嘟囔囔地自嘲道。

碗橱上的座钟敲了十下。

刚搬到这公寓时,偶尔在银座的钟表店看到这音色优美的闹钟,因雾子喜欢就买下了。

那钟声似乎在催促他,把放在桌上的信又拿起来看看。这时,如果雾子回来,分明是在偷看她的私信。

秋叶把信笺装回信封里。忽然改变了主意,又重新读了一遍。

毫无疑问,雾子和达彦的关系已相当深了。不仅如此,达彦还在认真考虑和雾子结婚。虽然没有明说结婚,可是信中说:"请你认真考虑一下……"那还有错吗?更使他吃惊的是那句"我没向舅舅说清楚,此刻有点后悔了"。

这个舅舅不是别人,就是秋叶。

由此可见,达彦至今并不是不晓得秋叶和雾子的关系。

假如没看到这封信,达彦向他提出,"我想同雾子小姐结婚,请舅舅帮忙"的话该怎么办?

秋叶想想就觉得背脊发凉。九九归一,问题出在将雾子介绍给达彦。当初该托付给其他人,或者一开始就向达彦坦白自己和雾子的关系。

假如雾子喜欢达彦,那一定会接受他的求婚,达彦比雾子大6岁,正合适。

从信上看,达彦较为主动。带雾子去箱根玩,又去"安蒂克秋"看看。雾子可能也喜欢他。达彦始料未及,受宠若惊。

其证据之一是——"分手后,突然感到不安。""你这个人真让人捉摸不透。"信上写得清清楚楚。

说不定雾子昨夜没回来,是和达彦在外面过夜。

难道雾子另有新欢?秋叶的脑子乱极了。不管是谁,他绝对不会放弃雾子。并不因为达彦是亲戚,就做出让步。其他人则免开尊口,反正一律对待,想夺取雾子的人全是他的敌人。刚看到信时,脑子轰的一声,即使达彦是自己的外甥,也不能允许。现在看来,达彦比雾子主动,不能全怪雾子。昨夜在外面过夜,今夜已到了半夜,还没有回来,肯定和男人在一起。

达彦这个敌人暂且不去管他,新的敌人正在步步逼近。这个对手在东京,现在正和雾子在一起。秋叶最不安的是,不了解对手的真相。

"既然这样,就得彻底问明白……"

秋叶自言自语,但关键人物雾子不在场,说什么也没有用。

"究竟上哪儿去了?"

秋叶把夹信的账本放回书橱,踱到阳台上向外眺望。

11点多了,从六本木到赤坂一带成了霓虹灯的海洋,一片通红。

"今夜还不打算回来吗?"

屈指一算,已经两天不在家了。

今晨好像回来过,不像是出远门。据那个打电话来的小伙子说,要在外面过两三夜,可能就在东京的某旅馆内。

在外面过夜,替换的内衣该怎么办?店里的账本和存折都在家里,即使说两三天不回来,反正早晚得回来一趟。

"对,在她回来以前,房间里的东西绝对不能走样。"

这样一来,工作只能退而求其次了,晚一两天,不会受影响。根据情况,甚至可以停载一期。

目前,对秋叶来说,最重要的是见到雾子,弄清事情的真伪,是真是假非弄个水落石出不可。

这样拖拖拉拉下去,没法工作。换句话,把事情弄清楚是工作的必要条件。

空调发出单调的声响,在房间里回荡。

白兰地已喝了大半瓶,烟灰缸里塞满了烟头,嘴已发苦,明知不能再吸烟,却又点燃了一支,一看座钟已经12点了。

已经等得不耐烦了,如果现在离开这儿,那迄今所做的努力归于泡影。

自己喜欢雾子,这话已经过去了。现在这个女人要从自己手中溜走,越是这样,他的心更加执着。

"太肮脏了……"

秋叶身不由己地自言自语。

秋叶认为自己是个比较淡然的男人,如果雾子提出要分手,他也会欣然同意。只要雾子不结婚,早晚就会落到别的男人手中,这是无可奈何的。

然而现实生活不会如此简单。往后,虽然不至于动武,但肯定会有许多麻烦。

终于到了要和雾子分手的时候,不是伤害雾子,就是和对手干一仗。

"千万不要做出傻事来!"到了这把年纪,不想去干那种莽撞的事。

深入一想,现在仍然对雾子有执着的爱情,证明自己还有旺盛的生命力。如果装作一副通情达理的面孔,反而显得自己不诚实。

"我要等下去。"

这样一来,等于和雾子较劲。

"一直等下去,等到明天早晨,明天晚上。"

秋叶一边自言自语,一边从壁橱中拿出被褥铺上。这里备有秋叶的睡衣和内衣,以后又买了睡袍。

只要秋叶一脱掉西装,雾子就拿着睡衣或睡袍过来伺候。

此刻,房间里只有自己一人,想换上睡衣,但不知放在哪里。壁橱里只有被褥和床单,没找到睡衣,难道扔了吗?不可能,再仔细找找,原来压在厚被子下面了。

秋叶忽然觉得已被雾子抛弃,心里一阵子别扭,干脆把睡衣穿上。

看着铺在榻榻米上的被褥,想想自己孤零零地睡在这儿,颇为煞风景,心里不是个滋味。

犹豫了半天,秋叶拿起毛巾被和枕头,躺到客厅的沙发上。这样,雾子一进门,立刻就发现了。他拿起桌上的酒杯放到水槽上,拉灭电灯躺下,忽然想起放在门口的皮鞋。

深更半夜,雾子回来时,发现门口有双男人的皮鞋,说不定立刻会逃走。

秋叶只得起来把皮鞋放到一进门的鞋箱里,落实一下门有没有关好,再躺到沙发上。

好了,就这样躺着等她回来。秋叶在黑暗中闭上了眼睛,怎么也睡不着。不多时,已到了午夜一点。

雾子在干什么呢?还在六本木、赤坂一带转悠,还是和什么野男人躺在旅馆的双人床了?越想越清醒,再也睡不着了。

无可奈何,秋叶又拿起酒杯,倒上白兰地喝了一口,一下子呛了嗓子,咳嗽了一阵。脑子乱哄哄的,他拿起毛巾被蒙头盖上,闭上眼睛。

他真的有点累了,过了一会儿,似乎睡着了。沙发虽窄,但比较松软,感觉不错,只要大腿稍弯一下,比躺在床上还舒服。

不知过了多长时间,门口有响声,秋叶立刻醒了。听得钥匙插进钥匙孔的响声,秋叶想:

"终于回来了。"

秋叶欠起上半身,全部神经集中在门口。

已经凌晨4点了,从窗帘的缝隙中透进来一丝白光。

是躺在沙发上不动呢,还是坐起来等她?反正过一两分钟,雾子就会露面。想来想去,还是躺着,把毛巾被蒙上,背对着桌子。

秋叶屏住呼吸一动不动,只听得门口处一阵子脚步声。这时,他忽然想到,如果不是雾子,进来一个陌生的男人该怎么办?说不定雾子和野男人一起开门进来,千万不能手忙脚乱。

听得进来的人脱下皮鞋。幸好自己预先把皮鞋放进鞋箱,来人发现不了。

接着,从门口又传来一阵子响声,好像把皮鞋放进鞋箱里。

门口与客厅之间有一道门帘,只要一进来,便能发现秋叶躺在沙发上。即使没有发现,客厅里的东西都动过了,不吃惊才怪呢。

突然,随着绊了一跤的声音,接着一声惨叫:

"啊——"

秋叶吃了一惊,推开毛巾被,那黑影一步一步走近来,定睛一看,没错,正是雾子。

秋叶慢慢地欠起身子:"是我……"

秋叶坐在沙发上,雾子仿佛吓破了胆,背靠墙壁,朝这边凝视。

从窗帘的缝隙中射进来的一丝白光,将雾子的全身照得轮廓分明。

或许是出于对突然闯入者的惊异,雾子手贴着墙壁,瞪圆了眼睛。

雾子穿着白衬衣和裙子,那枚别致的胸针别在左胸上,整个一身白,就像墙上贴着一只白蝴蝶。

"我一直在等你……"

"……"

"从昨天起打了好几次电话,都没人接。"

雾子这才恢复了平静,捋一捋弄乱的头发,弯下腰捡起掉在地板上的手提包。

"从昨天傍晚一直等到现在。"

"……"

"和什么人在旅馆里过夜?"

秋叶竭力保持平静,但还是像责问的口吻。

"说说看。"

雾子不作回答,向门口移动。

"请等一下。"

秋叶看到雾子的肩膀抖动了一下。

"又和男人在一起?"

"……"

"别耍弄我,说吧!"

已经不容饶恕,雾子即使移向门口,秋叶也可一把把她抓回来。

"你的事儿,我全知道。"

秋叶像宣判死刑那样,阴冷地说。

"和达彦在一起吧?"

雾子不由得吃了一惊,回过头来看,白蝴蝶仿佛闪动了一下翅膀。

"……你和他一起去箱根度假,还领他去看了'安蒂克秋',我全知道。"

"……"

"那是过去的事,今夜又和别的男人过夜,是不是?"

雾子瞪大眼睛朝秋叶直视,秋叶一发不可收拾,继续说道:

"看来,不论什么男人,你都可以睡在一起。"

"不对。"雾子尖声叫道,声音响彻黎明前的房间。如此强硬的口吻,表示她的反抗。秋叶还是第一次听到。

"你和达彦在一起,这话没错吧?今夜又和别的男人开房间是不是?"

"不对,我根本没去旅馆。"

"你撒谎!"

秋叶正想举起手敲桌子,举到半空中又放下了。

"昨夜,不,前天晚上有一个男人打电话来,说你在外面过夜。"

"可是,没去开旅馆。"

"那么,上哪儿去了?是在男人的房间里,还是在公园的长凳上?"

"……"

"怎么啦?没法说吗?"

"在朋友家里。"

"那还是在男人家里咯。"

"不,在女朋友家。"

"你别把我当傻瓜!"

秋叶竭力控制激动的情绪,继续说道:

"你别撒谎了,我全知道。什么时候学会撒谎的?"

"我没撒谎!"

"那么你把那女朋友的名字告诉我,我立刻打电话去证实。"

秋叶意识到自己过了火,太没有品位了。

"说吧!"

"你不相信就算了。"

雾子突然改变态度,以前从来没有这样撒野。

"连女朋友的名字都不想告诉我,叫我如何相信你?"

"可是这是真的。"

"撒谎!"

"真的!"

雾子突然蹲下,双手捂住脸,就像白蝴蝶被打落在地板上。

"喂,怎么啦?"

雾子的肩膀不住地抖动,女人自知理亏,只有哭鼻子来求得解脱,缩起手脚蜷成一团。

此时要与她做爱,就全盘皆输了。

此刻秋叶占着优势,一搂住她便成了对等地位,只好原谅了事。

既然要追根问底,就不要被眼泪所迷惑,必须彻底问个清楚。然而对正在哭鼻子的女人,再问下去也不会见效,女人以眼泪作为外壳,像贝类一样躲在贝壳里保护自己。

追问不会见效,那干脆搂住她。

这唐突的举动,说明秋叶的欲火正在上升。

雾子突然在秋叶面前哭鼻子,点燃了秋叶的欲火。这几天来,他一直如饥似渴地希望得到雾子。为了转换一下情绪,秋叶端起白兰地,一饮而尽。

"喂!"

秋叶稍稍温柔地喊了她一声,走近她。

外面天大亮了,阳台上传来小鸟的叫声。从窗帘的缝隙中射进来的白光照在座钟上,已经4点半了。

"起来吧!"

秋叶喊着把手搭在雾子肩膀上,一股酒味刺激了她。

"您喝多了。"

"……"

"真的和女朋友在一起吗?"

雾子眼眶里噙着泪水,点点头。

要问的问题有的是,昨夜在哪儿喝的酒?在哪儿过的夜?和达彦的关系怎么样了?

可是,此刻与其问这些琐事,不如先搂住她再说。

"别这样蹲着!"

秋叶双手搂住雾子的肩膀。

"起来吧!"

秋叶一使劲,雾子踉跄了一下,站了起来。

"里边已铺好被子了,休息吧!"

秋叶搂着她迈开了步子,雾子意外地顺从了他。

卧室里铺好了被子,秋叶不愿意自己一个人睡。

"坐下!"秋叶搂住雾子的肩膀,雾子便顺从地坐在被子上。

"你一直喝着酒,喝累了吧?"

从前天到昨天一直喝着酒。此刻不论她的话是真是假,秋叶也只能相信她。

"脱衣服吧!"

雾子坐着不动。

"不脱衣服怎么睡?"

秋叶伸手过去给她解扣子,雾子合拢胳臂,拒绝了他。

"不脱衣服睡,衣服上会起皱褶的。"秋叶继续伸手过去解她的扣子,雾子拂掉他的手站起身来。

"喂!喂!你怎么啦?"

已经到了这一步,不能再让她逃脱。秋叶从她身后一把搂住她。雾子拼命地摇摇头。

"撒手!"

"不想让我搂吗?"

"今天,您回去!"

"甭想……"

"我不能再让您嫌弃我。"

霎时,秋叶的胳臂好似抽尽了力气,再逼她,只会让她讨厌,不会有好结果。雾子趁秋叶松劲之时,尽快地站了起来,盯住秋叶看。

"这儿是我的家。"

"什么?"

秋叶又火了。

在外面逛荡了两天,这才回家,忽然对自己下逐客令,还说这儿是她的家。

别胡扯了,租房子虽然用的雾子的名义,但房租却是秋叶付的。屋里所有的家具,哪一样不是秋叶出钱买的。

"今天我不会放过你的!"

"不!"

这下成了正面冲突,雾子悲鸣起来。

邻居听到吵架声或许会被吵醒的,然而秋叶此刻是一匹野兽,几天没有吃饵食了,那饥饿的眼色盯住雾子雪白的皮肤。

不管雾子又哭又叫、甩手跺脚,秋叶不理睬她,继续发起冲锋。此刻他顾不上什么高档的衬衣和裙子,抓到什么就扯什么。

再让她逃脱,那么雾子将会永远离开自己。

此刻秋叶和雾子已面临最后的决斗,他不仅要雾子的肉体,也要维持自己的自尊心。一定要把她弄到手。

雾子似乎已理解他的心情。

两人缠在一起。突然雾子说道:

"等一下。"

和刚才的粗声粗气不同,平静多了。秋叶的手腕随着抽尽了力气。

"离得稍远些。"

雾子说罢,叹了一口气。

秋叶看她的衣服已解开了扣子,裙子也松开了。

额前的头发乱了,秋叶发现她衬衣领口的扣子掉了。

秋叶无意向她道歉,他以为是雾子反抗造成的。雾子何必要反抗,早早顺从,也不会弄成这样子。

坐在被子上的雾子,忽然站了起来。

"上哪儿去?"

"去弄点水。"

秋叶以为她要逃走,可是这副打扮也出不去啊!

说过信任她,那就得等她。听得水龙头响,不一会儿,雾子回来了。

秋叶坐在被子上,雾子瞧了瞧他,站在隔扇跟前。不一会儿,她终于下了决心,转过身来脱掉了衬衣。

按照老习惯,脱下的衣服随手叠得整整齐齐的,放在床头旁边。

雾子的身上只剩下乳罩和短裤,仰面躺下。

"来吧!"

"什么?"

秋叶反问道。雾子不作回答,闭上眼睛,将自己那雪白的身躯摆在床上。

是争吵累了呢,还是改变了态度?反正雾子终于将身体献出来了。

眼看着久已盼望的躯体,秋叶一时不知所措。

刚才如此顽强抵抗的对手突然脱掉衣服,还说"来吧",把身子展示在秋叶的面前。

为什么突然改变了态度而献出了身子?刚才那顽固劲儿到哪儿去了?

秋叶斜着眼睛看她脸上的表情,确认她已闭上眼睛。伸手过去握住她的肩膀。

这样的姿势,该如何将她搂起来,或者说一声,"那就不客气了"。话到嘴边,又缩了回去。这岂不太可笑了?到如今,再说我爱你,反而显得夸张和多余。

考虑再三,秋叶默默地将左手伸到雾子的脖子下面,轻轻地将她上半身抱了起来。

雾子不表示反抗,默默地接受秋叶的拥抱,既不积极,也不消极,任对方抚摸。

在晨曦的照射下,雾子淡红色的乳罩和她的皮肤一样。

秋叶伸手去摸她的乳房,另一只手伸到后面去解乳罩的搭扣。可是怎么也解不开,不是以前那种式样,解了两次没解开。他暂且放下,去脱她的短裤,一直脱到脚后跟。下半身已赤裸,再去解乳罩,还是解不开。难道是缝住的吗？秋叶一筹莫展，忽听得雾子一声喊：

"竖着解！"

"什么？"

秋叶一时听不懂她的话，再看看自己的手势，横着拨弄，所以解不开，啊，竖着解？这下才明白过来，向下一拉，乳罩一下子就松开了。

秋叶好似自己干了错事，一时不敢去摸她的乳房。

雾子见秋叶解了半天，弄得怪难受的，没把乳罩解开，心里着急才喊了起来。像下命令似的使秋叶清醒过来。

说实话，秋叶的气势被她的一声吼叫所吓倒了，好不容易才有了的情绪又受到了挫折。

再说，雾子今天也太堂堂正正了。与其说她已允许秋叶碰她，不如说在表示，你爱怎么着就怎么着吧。

雾子处于如此消极的精神状态，要通过爱抚和挑逗，很难把她燃烧起来。本来雾子就不愿意，正因为秋叶强烈地要求，才逼得她豁出去了。与其说出于爱，还不如说她有点累了。

处在这样的状态，再要求女人温柔，那也太贪婪了。

秋叶忽然觉得，眼前的裸体不是雾子而是另一个人，仿佛一个陌生的女人，突然出现在他眼前。

"喂……"

话到嘴边，又缩了回去。

此刻什么都是多余的，首先把雾子抱得紧紧的。雾子打算接受自己，自己也希望得到雾子的肉体。

秋叶暗自思忖，再一次俯视躺在被子上的雾子。

雾子如此大胆暴露自己的身子，还是第一次。她那大大方方的姿态，虽然缺少情绪，但一丝不挂的裸体活像一座雕像。

"这样白嫩的身子怎能让别的男人接触……"

想到这里,一瞬间,秋叶的欲火迅速上升。

一阵激动后,秋叶像一头雄狮醒过来了。

至于做爱,秋叶有秋叶的方式。

此刻秋叶正沿着过去的道路,一步一步向前进,过去的记忆又在脑海中复苏了。

秋叶有充分的自信,雾子只要接受自己的爱抚,不管她脑子怎么想,身体的反应是最实际的。多年来的经验,只要一接触到肉体,一切不快都会烟消云散。

秋叶使出了浑身解数,想让雾子兴奋起来。然而雾子竟然没有一点反应,从她那温和的、听任摆布的表情看,她没有反抗的意思,欲火不会再旺了。

秋叶忽然想到,是不是没有抓住要害?抬起脸来,看了雾子一眼,只见她睁着眼睛往上看。

"喂!"

秋叶喊了一声,又缩了回去。

是拒绝燃烧呢,还是不想燃烧,或者说燃烧不起来?总之,雾子此刻的表情与做爱无关。

很明显,现在躺在身边的雾子,不是原来的雾子了。

然而,此刻绝不能收兵,一撤退将前功尽弃了。

秋叶闭上眼睛,一举向雾子发起进攻,成败就在这一遭……

做爱已经结束,但没有达到预期目标,总感到有所不足。

在扫兴之余,秋叶嘟囔道:

"这……"

话说到一半,又咽了回去,为什么会半途而废?还在半年前,到了这关头,双方都欣喜若狂,雾子更是流露出既喜欢又陶醉的表情。而此刻似一潭死水。

"为什么?"

秋叶想问个明白。为什么燃烧不起来?为什么做爱瞪着大眼,你在想什么?

然而,即使问她,雾子也不会回答他,即使回答也不是真话。

"你,还是……另外有相好的?"秋叶仰望着天花板问道。

这样的阴冷状态,并不单单因为身体不适,没有情绪。

"除了达彦以外,是不是还有别人?"

"……"

"昨夜是不是和那人过夜?"

"我没和男人在一起。"

"别撒谎了,说实话吧!"

做爱以后,秋叶心情发生了变化,处于虚脱状态。

"你即使有男人,我也不会生气的。"

"……"

"这男人是哪儿的?"

秋叶继续追问。雾子轻声地嘟囔道:

"我在史子那儿。"

秋叶怀疑自己的耳朵,是不是听错了。

"在 Fumiko①那儿?"究竟是谁呢?

是文子,还是史子?

---

①史子的日语读音为 Fumiko。文子、芙美子、富美子也读作 Fumiko。

可是,雾子并不认识史子啊,肯定是另一个Fumiko。

"她姓什么?"

"田部呗。"

"什么?"

秋叶身不由己地从被窝中蹦了起来。

"田部",那只能是史子,因为姓田部的人太少了。

秋叶回过头一看,只见雾子已钻出被窝,在屋角里穿内衣。她背向着秋叶,一件一件将衣服穿好,扣上纽扣。

在晨曦的照射下,雾子的动作像是皮影戏。

秋叶边看边想,雾子和史子在河口湖的旅馆中见过一面,只不过擦肩而过,雾子不会知道史子的家和工作单位。

"难道是你在河口湖见过的那一位?"

"……"

"她叫史子?"

"是的。"

雾子背对着他,撩了撩头发,从卧室走了出去。秋叶独个儿在卧室里叉起了胳臂。

这到底是怎么回事?雾子只见过史子一面,便跑到人家里过夜,为什么?而且这个女人过去和秋叶有过关系。

秋叶越发弄不明白了,赶忙起来穿上睡衣踱到客厅。

雾子拉开窗帘,从阳台射进来一缕阳光。

秋叶坐在沙发上,随手拿过一床毛巾被盖在膝盖上。对面的椅子上放着雾子的手提包。

碗橱上的座钟正指到5点半。

没见雾子的身影。浴室里传来水声,可能在冲淋浴。

秋叶坐在沙发上,点燃了一支烟。

"弄不懂……"

这样看来,史子一定多次找过雾子。

阳光照得秋叶头晕目眩,午夜1点多才睡觉,雾子回来是凌晨4点,只睡了不到两小时,而且还和雾子拌嘴,最后还做爱。秋叶也想洗个澡,休息一下。

做爱后,雾子立刻冲淋浴,把做爱时留下的污垢全部冲洗掉。

此刻已无法拘泥这样的琐事,首先要打听到有关史子的事。

前天夜里雾子没回来,是去了史子家,简直没法让人相信。这怎么可能呢?秋叶稳住神,点上第二支香烟,这时雾子从浴室里出来了。卸了妆,皮肤显得有点苍白,但更加清秀了。

"喝点什么?"

"咖啡……"

在晨曦下的照射下,雾子穿着白色的睡衣,站在水龙头旁煮咖啡。

秋叶想起以前曾见过这样的情景,温馨、祥和,充满幸福的家庭气氛。至少见了这对男女,丝毫不会有不幸的阴影。

"刚才那件事……"秋叶一脸郁闷的表情,问道,"真的是在河口湖见到的那个人吗?"

雾子不作回答,背朝着他点点头。

"可是,你和她只见过一面……"

"……"

"她又不认识你。"

雾子站在一旁,从茶具架上取出咖啡杯和汤匙。她那伸得长长的脖颈格外白嫩。

"怎么一下子就亲热起来呢?"

雾子不说话,往咖啡里放上砂糖后,拿到桌子上,准备和秋叶对饮。

"这事儿太奇妙了。"

"是奇妙。"

雾子好像在说别人的事,把牛奶加到咖啡里。

"世上哪有这样荒唐的事儿?"

"是不是她对我这个人感兴趣?"

"那么,你呢?"

"我对她也有兴趣。"

雾子的话似乎不假思索脱口而出。

"你是不是在取笑我?"

"不,我怎么会取笑您呢?"

史子对雾子感兴趣,雾子对史子也感兴趣,仅仅这点理由,跑到人家里过夜,也太不合常情了。

"可是,这事儿挺怪……"

秋叶点燃一支烟,掩饰自己波动的情绪。

"这么说来,以前她到你店里去过,我亲眼见的,她是你们的常客吗?"

"就算是吧。"

"你开店时,是不是也向她咨询过,同她商量过?"

"和她商量?"雾子慢吞吞地点点头,"我们本来就认识嘛。"

雾子的回答使秋叶不得要领,不知哪句是真话。

"那时候,你请来的人都是些美学沙龙的成员?"

"是的。"

"那时她也来了。"

"是的,后来在其他场合也见过她。"

"在什么地方?"

"那是在河口湖旅馆见到她以后的事。"

秋叶把香烟头掐灭在烟灰缸里。

如果雾子说的是真话,那么雾子和史子三年前就认识了。

"真的吗?"秋叶摇摇头,"不可能,撒谎也得适可而止嘛。"

"您不信就算了。"

雾子站起身来,从冰箱里拿出两罐麦芽茶倒在杯子里端了过来。

秋叶当然没有兴致喝。

"那么,以后为什么要常见她。"

"在山中湖别墅也见过她。"

"在山中湖?"

"是的,那天你有事出去了,她来找过你。"

"没听说过。"

"她说偶尔走过这儿,随便进来看看,叫我不要告诉您。"

这些话,秋叶都是第一次听说。

"你不会开玩笑吧?"

"到了这份上,我不会撒谎。"

雾子说三年前就认识史子,秋叶简直不敢相信。可是听雾子一说,不像是撒谎,雾子不会无中生有。

"弄不懂……"

秋叶的脑袋摇来晃去。

两个女人竟然背着自己偷偷相会,仿佛自己上了圈套,心里不是个滋味。

"无法相信。"

秋叶受了如此大的冲击,雾子却坦然处之,而且轻松自如地喝着麦芽茶。

秋叶瞅着她的侧脸,突然改变了主意。既然这样,自己也得表个态,喝了一口冰凉的茶,沉住气了。

"田部君和我不是一般的关系。"

秋叶一本正经地用田部君来称呼史子。雾子点点头。

"我知道。"

"是她说的吗?"

"不,是我猜的。"

"为什么?"

"在河口湖旅馆见面时,我立刻猜到了。"

"所以你才去接近她,是不是?"

"我了解后才接近她。"

"你了解她?"

"我对她有兴趣。"

三年前在河口湖旅馆见面时的镜头忽然在秋叶的脑中复苏。他和雾子在餐厅里吃饭,当时雾子已经觉察出来了?

"以后经常见面,是吗?"

"真正亲近是在美学沙龙以后。"

"是偶然的吗?"

"那次她说受朋友邀请才来的。"

"那么,不是偶然的咯?"

雾子歪着脑袋,不作回答。

"在那儿提到我了吗?"

"不,没提起您。"

"那么,都说些什么?"

"说些美容、时装和店里的事,她的观点非常新潮。"

"那么,你开店也是她建议的吗?"

"是的,她表示非常赞成。"

见雾子得意洋洋的表情,秋叶背脊一阵发冷。

和雾子如此亲密地来往,史子竟然什么也不说,不知她是怎么想的。

突然秋叶想起了一个词儿"酷究"。在法国被戴绿帽子的丈夫叫"酷究",此刻秋叶的心情与此相似。

当然,目前的场合,不是妻子,而是现在的情人被原来的情人发现了。那与"酷究"大不一样,那该称呼什么?只能叫傻瓜了。

然而,被女人欺骗,这是相同的。

这两位女人,竟然背着秋叶偷偷相会,商量事儿。

秋叶一个劲儿以为雾子和男人在一起,还表示十分大方,想想自己简直是世界上头号大傻瓜。

"真让我吃一惊。"

秋叶此刻只能叹气,自己竟然被两个女人玩得团团转,除了"投降"以外,别无他途。

"那么你开这家'安蒂克'也是她出的主意咯?"

"那倒没有,她只说过,女人还是应该有自己的工作。"

"她知道不知道我和你的关系?"

"当然知道。她也到这儿来过。"

"来过这儿?"秋叶慌忙地朝四周扫视。

"为什么上这儿来?"

"她开车送我来的,顺便进来看一看。"

秋叶此刻不由得感到毛骨悚然。

"她的知识太丰富了,脑子又聪明,跟她说话总也说不够。"

"你去美国的事也跟她商量了?"

"去美国是我自己决定的,她只说既然去一趟,要好好看看,别急着回来。"

雾子从美国回来,发生许多变化,原来是受了史子的影响。

想到这儿,秋叶不禁喊了起来。

"这是真的?"

史子和雾子如此亲近,难道有什么打算不成?她应该知道自己和雾子的关系,为什么偏偏去接近雾子?

不单单为了雾子是年轻的朋友才接近她吧?史子是有意识地去接近秋叶的情人。

听了雾子的叙述,还不十分清楚,如果史子真是有意识地接近她,事情就严重了。

"我再问你……"秋叶端起凉茶一饮而尽,头脑完全清醒了。

"你和她,谁先主动?"

"没有谁先主动,自然而然就接近了,反正一样。"

"那是你主动咯。"

"那当然咯,出于好奇心嘛。"

秋叶以前曾听说过这样的故事:一个妻子,明知道自己男人外面有情妇,却主动和那位情妇接近。

此刻自己就像那个男人,具体情况稍有不同,但非常相似。

雾子关注史子,史子对雾子也有好奇心,结果两人就凑在一起了。

"你和她的年龄相差很大。"

"我比她小17岁。"

"年龄差那么多,有共同的话题吗?"

"这跟年龄没有关系,她的魅力是无法比拟的。我甚至想你被她夺走,我也心甘情愿。"

"喂,喂,你说什么?"

现在秋叶真想知道史子接近雾子的真实意图。

"她有没有问起我们俩的事?"

"那倒没有。"

"那么她一定感兴趣咯?"

"有一点,不过后来我们成了朋友,再也不提了。"

"或许我想得有点过头,她和你接近是不是为了破坏我们之间的关系?"

"不,她不是这样的人。"

雾子坚决否认。秋叶的脑子混乱极了。

起初,秋叶住在这里打算追问她这几天的行踪,突然出现了史子的名字,话题全变了。

问题在于雾子自身的心情。

她和史子来往不是一个问题,问题是她现在到底喜欢谁?不将它弄明白,事态不会有进展。

秋叶拿起昨夜喝剩下的白兰地倒进杯子里,不加水便喝了起来。

"好,现在回到原来的话题,你和达彦有没有关系?"

"……"

"在纽约,你们俩很不错吧?"

雾子不作回答,坐在椅子上低下了头。

"你不用隐瞒,有没有关系?说实话!"

"对不起。"

雾子把头低得更低了。

"还是啊……"

昨夜读了达彦的信,心里乱极了,全身发热。

"你这个臭婊子!"秋叶真想骂出口,打她三记耳光,揪住她的头发在房间里转,即使这样也不解恨。可是心里早已拿定主意,千万不能乱来。

雾子既已说了对不起,秋叶反而一时找不到话头,拿起白兰地喝了一口,等待着热乎乎的感觉从喉头穿过,嘟囔道:

"还是和他有事啊。"

秋叶站着,俯视低着头的雾子雪白的脖颈。过去他多么爱看她那雪白的皮肤,此刻反而憎恨起来。

"你这叛徒……"

秋叶一声喊,一直控制的愤怒终于爆发了。

"我看错人了,你让我出钱去美国,倒和年轻的小伙子睡在一起。"

"……"

"谁年轻你就喜欢谁,谁要娶你,你就跟谁结婚,你就是这样的女人。"

"不对。"

"别撒谎了,我全知道,你不是在美国答应和达彦结婚了吗?达彦信以为真,跑回日本来了。"

"别说啦!"

"为什么不说,我不想再受骗了,我不再听你的谎言。"

"不!"

"什么?"

"我没有答应和达彦结婚。"

"是不是还有别的男人？和达彦是闹着玩？还有那个装饰匠？夜里打电话来的那一位？"

"我不结婚。"

"不结婚,那干什么？"

"我要自己一个人生活。"

雾子说着说着掉下了眼泪。

霎时秋叶仿佛见到令他怀念的情景。从她的眼神里看出她是在说真话。

他想起和雾子初次见面时,那时眼神和此刻一模一样。

"真的不结婚？"秋叶问道。

雾子眨眨眼睛,点点头。

"你说的是真话？"

"真的。"

秋叶喝了一口白兰地,和雾子面对面在沙发上坐下。

听到她被达彦拥抱,自己兴奋过头了。

"原来是这样……"

秋叶努力镇静下来,嘟囔了一句,但立刻又感到无法理解。

既已将身体献给了达彦,之后达彦向她求婚,为什么不答应和他结婚？雾子说她想一个人生活,难道是搪塞一下,最后还是要结婚的？

"对不起,你不在家时,我看了达彦的来信。"

雾子好像早已料到,用手绢擦擦眼泪,表情没有变化。

"你喜欢他,所以将身子献给了他,是不是？"

"……"

"因为喜欢他,所以又在日本见面？"

"也许是,可是……"

"可是……可是什么?"

"不知道。"

"你已经献身于他,还不知道是不是喜欢他,是这样吗?"

秋叶说罢,意识到自己又激动起来,将视线移向洒满阳光的阳台,问道:

"为什么不结婚?他的家境不错,本人也挺帅……"

"我写了一封信,断然回绝了他。"

"什么?"

"一开始我就没打算和他结婚。"

"那么,店还是要开下去咯?"

"你让我开,我就开呗。"

"那当然,你愿意干就干下去嘛。"

刚才似乎已离他远去的雾子,此刻好像又回来了。秋叶叹了口气说:

"这是你的店。"

"以后我把钱还您。"

"……"

"请让我一点一点还您。"

雾子眼眶里的泪水已经干了,此刻的眼神好像在表现新的意志,直盯盯地瞅着秋叶。

秋叶又弄不懂了。

达彦如此爱她,她却不想和他结婚,店还想开下去,借给"安蒂克秋"的钱,她还要还清,这是怎么回事?

"一开始就是你的店,钱不用还。"

"那不行,我不愿意老是依赖您。"

"这我知道,你不结婚咯?"

雾子既然愿意一个人生活,借给店里的钱不用急着还清,秋叶不想那么小气。

"你不用担心。"

秋叶点燃一支烟,雾子改变了坐的姿势说道:

"那好,以后我说的话,您得认真地听着。"

"当然,你的事我都认真听。"

"我要搬家。"

"什么?"

秋叶将吸了一半的香烟掐灭在烟灰缸里。

"到月底,我就搬家。"

"你上哪儿去?"

"另外再找房子。"

"还是和男人在一起,是不是?"

"不,我是一个人。"

"既然一个人,那何必搬家,到店里上班,这儿最方便。"说到这里,秋叶点了点头,"我明白了,你讨厌我,要从我手掌中逃出去,和别的男人玩。"

"不。"

"不用糊弄我,说实话。"

"那好,我说实话。"

雾子低着头,撩一撩头发,从正面凝视秋叶。

"老大,我喜欢您。"

"老大"——这个称呼好久没听见了。

"我太任性了,因为您宽宏大量,我才有今天,我感谢您。"

雾子直盯盯地看着他,秋叶反而不好意思了。

"您得相信我。"

"可是……"

"我想改变一下生活。"

"生活?"

"我不愿意老是重复同样的争执。"

女人是个矛盾的产物。被达彦拥抱过了,却不想结婚;说喜欢秋叶、感谢秋叶,却又想搬家离开他;店要继续开下去,钱要陆续归还。

究竟为什么?却无法明确回答。不想说细节,一下就得出结论。

当然,雾子应该有她自己的想法。想改变一下生活,那是其中之一,秋叶似懂非懂,暂且不去多想了。

男人,有时也想改变一下生活,但不会180度大转弯。

既喜欢他又想和他分手,既感谢他又对他冷淡,这些矛盾的想法,女人是常有的。男人则不习惯这样多变。

"反正我弄不懂。"

如果她说,我要和达彦结婚,我们分手吧,那倒可以理解。

"为什么不和达彦结婚?"

"……"

"他是认真的,真想和你结婚。"

"现在我根本不考虑结婚,我要工作。"

"你总不能老是一个人生活。"

"是吗?"

"当然因人而异。"

"我不认为结婚是最好的生活方式。"

雾子小时候失去父亲,以后母亲再嫁;史子有了一个孩子,却离了婚;自己也在婚姻问题上也碰了壁。雾子尽遇见在婚姻问题上失败的人,不能不受影响。

"然而,并不是所有的人都不幸。"

"幸福不幸福,那是另一回事,我只想一个人自由自在地生活。"

"自由自在?"

雾子还是第一次说到"自由",秋叶终于慢慢地理解她的心情。

勉勉强强地结了婚,关在家庭的小圈子里,不如出去工作更有魅力。

这样的想法对秋叶来说,无疑是合适的。雾子不希望同年轻的男子结婚,就像目前这样待在秋叶身边,也不是不可能的。如果她要求自由,那反而难办了。

雾子所期望的自由究竟是什么? 只是想出去工作呢,还是身心都想从男人手里得到解放? 如果是后者,要再这样控制她,那就很难了。

"可是,要一个人独立生活不是那么容易的。"秋叶劝解道,"特别是女人。"

"想干,一定能干下去,我还有这爿店。"

她说的是实话,"安蒂克秋"从今年起已有盈余了,足够雾子一个人的生活费用,但房租还得秋叶付。假如要负担房租,那么照目前这样豪华生活是不可能了。

"你说要自由,是不是打算还清开店的资金?"

"目前还办不到。"

出了钱让她开店,结果把雾子放跑了,这事儿太具有讽刺意义了。

"我理解你的心情,不用为了节省开支而搬家,要自由,保持现状不是也可以嘛。"

"这样,我太任性了。"

"你想干什么就干什么,多少回来晚一点也不是不可以嘛。"

目前,秋叶只能顺从雾子的意志,某种程度的妥协也是必要的,这样才能留住她。

"你不用着急嘛,再考虑一下如何?"

"我已经决定了。"

"所谓决定只是你自己一个人的决定,不这样做,是否还对不住其他人?"

"那倒不会。照现在这样下去,拖拖拉拉反而越来越没劲了。"

对秋叶来说,保持现状最好。而对雾子来说,则只会浪费时间,没有意义。

"还是不行吗?"

"对不起。"

说到这里,雾子低下头,不再说话了。

此刻秋叶觉得坐在跟前的雾子换了一个人。

过去雾子只要一低头,秋叶说什么就听什么,秋叶下命令,"不要这样做",她便乖乖地听他的。

可是现在雾子不这么听话了。她紧闭着嘴唇,睁着眼睛,凝视桌子上的某一点。

雾子这样的表情很难改变。一个多月前,夜晚回来,问她去哪儿,也像现在这样的表情不作回答。

表面上似乎挺柔弱,但它的底下或许存在着突然爆发的危机。

秋叶仔细一想,这辈子尽遇上些这样外柔内刚的女人。史子是这样的人,雾子亦是如此,两人非常相似。换句话说,他喜欢这样的女人。其结果适得其反,过去所喜欢的现在成了顽固不化、难以对付的对手。

"弄不懂……"

秋叶的脑袋摇来晃去,此刻屋子里沐浴在明媚的阳光下。

"我真没想到你会如此任性。"

"……"

"我服了。"

秋叶大喝一声,雾子仍然低着头,没有反应。

"可以休息了吧?"

"现在?"

"我困了。"

雾子从黎明时刻回来,还没有合过眼。秋叶打量着她的面孔,在阳光下显得格外苍白,眼圈都黑了。

"求您了,我想一个人待会儿。"

说实话她要求秋叶离开这房间。要我走也罢,只求一句温柔的话——秋叶想。

"你让我快走,是不是?"

他要求雾子说句温柔的话,态度却是严厉的。

"你干脆说,我讨厌你,你快走不就得了吗?"

"不对。"

"可是你的表情已经告诉我了。"

"你弄不懂,可以去问史子小姐。"

"问她?"

"是的,她会详细说明的。"

说罢,雾子捂住疲惫不堪的脸,倒在椅子上。

秋叶坐在她对面的沙发上,只见她身子深深埋在椅子里,双手捂住脸,看不清她的表情。从指缝中瞅见她的额头和耳朵根十分苍白。

雾子一累常常会贫血,此刻正头晕目眩。

秋叶瞅着在阳光照射下的雾子似乎已垮掉的身子,他忽然觉得此刻正在睡梦中。

昨夜发生的一切全是梦,一开始两人就这样对坐着。

雾子喝醉酒回来也罢,将身子献给达彦也罢,要求个人自由也罢,都是一场梦,现在才回到现实中。

"喂……"

在迷惘中,秋叶一阵子冲动,又喊了雾子一声。

"刚才你说的这些话全是谎言吧?"

秋叶平静地问她,雾子轻轻地点点头。

秋叶拿起桌上的香烟衔上一支。他想,马上就走呢,还是再待一会儿?一时拿不定主意。可是雾子已说明,她要一个人待一会儿。这样拖拖拉拉赖着不走,不会改善状况。

还是照雾子说的话去做,先回去以后另找机会。

雾子要离开,那不是一天两天的事。至少到月底,反正有的是机会。首先自己拿着钥匙,想见她的话,也可像昨夜一样进来。

"喂……"秋叶这才明确表态,"我回去!"

雾子仍然捂住脸,轻轻地点点头。

秋叶对在晨曦照射下的雾子白净的脸,仍恋恋不舍。哪怕在她的脑门上吻一下,也就满足了。

"再见……"

秋叶说到一半,又咽了回去,说声再见,那就是承认自己的完全失败。

自己没有什么事对不住她,何必要谢罪。

秋叶自言自语地再一次瞅了雾子一眼,向门口走去。

以前两人有过争执后,秋叶表示要走,雾子必定撵上来:"您生气了吗?别走嘛!"

事到如今,别指望她会留住自己,至少也得把自己送到门口。

然而雾子根本不想站起来。

秋叶穿上皮鞋,从门帘缝中瞧见雾子仍然捂着脸坐在椅子上。

"我走了。"

秋叶说罢开开门,一声钝音从他身后传来,眼前是公寓宽宽的走廊。

从昨日下午5点多来到,半天时间过去了。秋叶深深地吸了口气,向电梯口走去。

此刻是7点,还不到上班的时间,走廊上静悄悄的,有几家门上插着晨报。

站在电梯口等待电梯上到7楼,秋叶还在等待雾子撵来。

忽然听到高跟皮鞋声,秋叶想会不会是雾子撵上来向自己说声对不起。

结果还是自己的幻觉,这时电梯门开了。

秋叶又朝雾子的房门扫了一眼,对自己的软弱生气了。

男子汉应该刚强地毅然离开,可自己却对一个女人恋恋不舍,情绪沮丧。世界上有的是女人,何必如此没有一点志气?

秋叶忽然想起一首流行歌曲《潇洒地分手》。

一位中年歌手唱道:"潇洒地分手吧,何必沮丧……"

然而,在现实生活中没有这样潇洒的场面。逢场作戏的恋爱另当别论,全身心投入的爱恋,是做不到歌词中所描写的那样。

"爱上了他,又伤害了他",可是没有这样的歌词。如果不伤害他,分了手,成了陌路人,或许能唱出情绪来亦未可知。

秋叶不着边际地遐想,下了电梯,走出了公寓。

夏日的晨空上,小小的卷积云中透着光束。预告今天一天将是炎热的天气。

秋叶走出去几步,回过头来看看刚离开的公寓。贴着白色瓷砖的七楼上的右端是雾子的房间,白色的沙窗帘依然没有拉开。他便向大街快步走去。

病叶

住在城市里的人不易觉察到季节的变化。在农村里,由于和泥土打交道,可以从树木、花的变化看到季节的变化。由钢筋混凝土构成的街道、马路,只能从天空、风向中察知。加上马路上的喧嚣,夺取了人们对季节变化的感觉。

然而,不论在哪个城市,季节确实在悄悄地变化。

傍晚,秋叶从麹町向九段方向的街道走去,拾到一片落叶。下午的余热尚未从夏日的黄昏中散去,一片落叶落在他的西装上。他感到十分意外,抬头一看,树木郁郁葱葱,枝叶茂盛。

这是从英国大使馆围墙里的树丛中刮过来的。秋叶停住脚步,弯腰捡起这片树叶。

他穿过车辆来来往往、行人熙熙攘攘的闹市,来到最古老的街道的尽头,周围的气氛诱惑他去捡这片落叶。

夏日的落叶是罕见的。

受好奇心驱使,秋叶捡起这片落叶,几乎已全发黄了。他拿在手里,想起了"病叶"这个词儿。

仲夏季节,在郁郁葱葱、茂盛的枝叶中偶尔有一两片变了色的叶子因朽黄而落下。是什么原因？是有病吗,还是等不迭秋季来到,先奏出了哀歌?

拿在掌中的病叶,在夕阳照射下,有一部分还发绿,留下了生命的余韵。

为什么单单这一片叶子落下来了？抬头看看茂密的树叶,也不是不可理解的。

秋叶捡起病叶,沿着围墙往前走,来到叉道口,穿过马路。在一家门口按响了对讲电话的按钮。

从外表看,是户古老的人家,从它的独特的结构可以察知里面一定很宽敞。

这是一家从明治时代起一直延续至今的餐馆。本来是家点心铺,辟出一部分做餐厅,专门手制精选的菜肴。顾客只限于熟客,也不做花里胡哨的广告,当然也没有霓虹灯,只在门口挂着一块用汉字和罗马字写的招牌"开化堂"。

一般行人不会发现这儿有家餐馆,匆匆走过。

一按对讲电话的按钮,里面的门开了,出来一位刚上了年纪的妇女,她笑脸相迎。

"正等着您了。"

这位妇女是这家老字号的第三代老板。

"还没来吗?"

"是的,还没有来,请到里边等一会儿吧。"

今天秋叶约见史子,时间为下午6点,还有几分钟。

秋叶来到门厅喝茶,心里对那片落叶耿耿于怀。

虽这仅仅是偶然,在为数不多的落叶中,有一片叶子落在自己的肩膀上,实在不可思议。

是什么风把它刮下来的？以前遇到这样的情况不屑一顾,而今天为什么会把它捡起来？是出于一种什么心情？

自己也同这片病叶一样,怯弱了。

秋叶不着边际地想了一通,这时史子推门进来了。

"等了很久了吧？"

"不,不,我刚来。"

史子穿了一件绣花的白色背心和裙子,外面套了一件同样颜色的夹克,胸前戴着珍珠项链。服装的品位极高。

"方便的话,请——"

一位沉静的女招待带领他俩去了里间。

餐厅里柔和的灯光下,只有六张桌子。实际上每天只有两三组客人。

今天,里首已有了一组客人,再就是秋叶和史子了。

"以前我曾经想来这儿用餐。"

史子好像知道这家餐馆。

"这么宽敞的餐厅里只有两组客人,太浪费了。"

"这店本来并不想赚钱。只有能欣赏这儿菜肴的客人才到这儿来用餐。"

餐厅里播送着轻音乐,偶尔从里面传来客人一两句说话声笑声。

"我考虑只有这样安静的地方才能跟你说话。"

秋叶把酒杯递过去,史子举起酒杯轻轻地碰了一下。

"今天我已有思想准备,您怎么训斥我都可以。"

"我怎么会训斥你呢？我只想请你用比较易懂的语言,把女人的心思告诉我。"

秋叶约史子出来,当然是为了打听雾子的事。

那天黎明,雾子把一切缘由都说给他听了,秋叶自然没法工作下去了。

这事儿是真的吗?是本人清清楚楚说的,秋叶仍然半信半疑。

与其自己一个人苦思冥想,不如找史子好好谈一谈。

下了决心,六天后便约史子出来吃饭。今天史子也有备而来。

餐前先上了一个大拼盘,其中有熏鲑鱼、酒蒸的鲍鱼、牛排、扇贝等。

史子用长筷子将菜一个一个夹在自己的小盘里,她的手指还是那样白嫩、好看。

秋叶的视线从她的手指移到脸上。

"那天接到您的电话,真吓了我一跳。"

从雾子那儿回来后,秋叶给史子打电话。当时正在气头上,不知说了些什么,此刻已记不得了。

只记得开头劈头盖脸说:"你欺骗了我!"当时自己也觉得不好意思,但确实非常激动。

后来冷静地考虑许久,还是不明白。

秋叶夹了一块自己喜欢吃的酒蒸鲍鱼,说道:

"事到如今,在你面前说这些话,有点儿可笑。过去她一直说喜欢我,感谢我,可是在纽约却和我的外甥达彦好上了,而且关系挺深。"

"……"

"世界上哪有这样矛盾的事?"

"也许不是什么很深的关系吧?"

史子用叉子叉了一块鲑鱼,答道:"当然也许会有较深的关系,也可能在无意中受周围的气氛影响的。"

"气氛?"

"到了国外,一方面得到了解放,但另一方面也胆怯,一个温柔的男性关切自己,自然会许身给他。"

"然而,女人的身子能随随便便献给男人吗?"

"女性也罢,到了这种场合是身不由己的。"

女侍者前来斟酒,秋叶不再说话,待了一会儿问道:

"我提出一个不合常情的质问,如果是你,你也会这样随便吗?"

"我已经是老太婆了,哪有什么温柔的男性来关切我?"

"我不是在开玩笑,仅仅十天功夫,变得这么快吗?"

"这不是一星期或十天的事咯。"

秋叶摇摇头表示不明白,喝了一口葡萄酒。

"或许是着魔了,到了国外,成了另一个人了。"

"另一个人?什么意思?"

"不是待在您身边的雾子,变成了另一个雾子。"

"多奇妙的道理。"

"这话说明白,您听起来会觉得别扭,就是雾子自己也说不明白。"

男人也是这样,一时忘掉自己的立场,对身旁别的女人发生兴趣,那不一定受气氛的影响,喝醉了酒也会突然改变自己的心情,招致意外的结果。

嘴里冠冕堂皇说大话,却沉溺在女性怀抱中,这种事情不是常有的吗?

再说,到了国外,身心都得到了解放,更容易出问题。

秋叶以前认为这种问题只会发生在男人身上,不会发生在女人身上的。

"可是,身旁出现一个真正喜欢的人,女的也会控制不住吗?"

"您会如何?"

史子反问他,秋叶一时语塞。

过去,自己正和史子相爱,见了雾子,心情立刻变了。此刻自己爱着雾子,如果去国外待一星期,身边出现一个温柔体贴的女性,也不能保证出污泥而不染。

史子微微一笑,说明她提的问题比较深刻。

"我以为雾子不会真的喜欢别人。"

"那么说来,雾子开始醒悟了?"

"醒悟?"

"我认为她不是讨厌您,而是稍稍感到厌倦了。处于这样状态容易受周围的气氛影响。"

史子在说别人的事。对史子来说,秋叶和雾子的事,与己无关的。正因为她头脑冷静,才会说这样冷静的话。

"雾子说不定想改变现状亦未可知。"

"什么?"

"改变目前的生活……"

女侍者把菜汤端来。秋叶和史子都要了比较清淡的那一种,等待菜汤放到桌上后,秋叶问道:

"她对你说过这样的话吗?"

"不,没有。"

"那你怎么知道的?"

"我看她的行动,才有了这样的感觉。"

"可是去美国以前,似乎没有这种想法。"

"你别忘了,开了店以后想法就多了。"

"那是她说想干干试试,我才投资的。"

"开店是不是改变生活的一种手段?"

史子手中的汤匙,似乎成了飞来飞去的蝴蝶。

女侍者端来了素菜布丁,分红、绿两种。

"这是什么?"史子指着红色的布丁问道。

"可能是南瓜吧!"秋叶答道。

"呃!"史子吃了一惊,"真好吃",然后点点头。

秋叶瞅见史子吃东西的表情简直跟少女一样。

"可是……"秋叶又将话题回到雾子的事,"达彦特地跑到东京来追求她。他真想和她结婚。"

秋叶没把他偷看达彦的信说出去。

"雾子也有意,可是嘴上说不愿意。"

"近来,这样口是心非的人多起来了。"

"是不是愿意一个人自己过?"

"那倒不见得,主要是年轻人靠不住呀。"

史子端起酒杯,喝得并不多,可眼圈已经泛红了。

"有您这样优秀人物在身旁,她不会考虑和其他人结婚的。您能让她花钱,过舒适的日子,人又温柔……"

"别挖苦我了。"

"不是挖苦,我说的是真话。您想,您能出钱让她开店,她何必要同年轻人结婚,把自己关在郊外的小公寓里。"

"她跟你这样说的吗?"

"她没有明说,听话音就明白了。"

听说自己比年轻人有魅力,秋叶心里乐滋滋的。

"那么,她和达彦之间不过是闹着玩玩而已。"

"闹着玩,这话多难听。不过是没有结婚的意思。"

女侍者撤下布丁的盘子,又上了法国式的黄油烤鱼,史子喜欢吃鱼,这是主菜。

她喜欢这家餐馆的清淡味。

"看来,我还得对她更温柔些。"

"对雾子?"

"是啊!真不好意思。这些日子她对我很冷淡,一气之下,我跑了出来。"

"……"

"你不觉得我太过分了吧?"

"您太温柔了。"

史子夹着一块鱼,答道。

秋叶把桌上的酒杯端起来又放下,注视史子,只见她纤细的手指熟练地切开鱼块,秋叶等待她叉起鱼块问道:

"我太温柔了?"

"是啊!您确实太温柔了。"

"……"

"女人嘛,不能太娇惯她。"

如果问女人"什么样的男人是最理想的?"回答肯定是温柔的人。照此说法,温柔不是最有魅力吗?

"不应该温柔吗?"

"那倒不见得。"史子拿着叉子,扑哧一声笑了起来。

"万事总得有个适度,太温柔了,您打算把她惯到什么程度?"

"那就讨厌她?"

"您这个人,不是喜欢就是讨厌,矫枉过正,没那么简单。"

"男女之间的关系不就是喜欢或讨厌吗?"

"话虽然这么说,但喜欢和讨厌之间还有许多状态。"

史子顿了一下,正在选择适当的语言来表达。

"太温柔就变成可怕。"

"可怕?"

"或者说,对她太好了,她会不安。"

秋叶叹了口气,说实话,他从来没有考虑过雾子的内心世界。

"您对雾子太温柔了,才使她感到不安。"

"因此她要离开我?"

"这是其中的原因之一。"

"还有呢?"

"年龄也是个问题,她目前正处于易于动摇的年龄段。"

"是啊!"

"太年轻了,容易动摇。"

"那么容易变吗?"

说起动摇,半年前还是一心一意的,为什么突然变得冷淡起来?

"那还得紧紧抓住她才是。"

"不,您束缚得过头了。"

"对她?"

秋叶依然不明白。

说太温柔了不行,又说对她束缚得过了头,这到底是怎么回事?

爱一个人就想束缚她,这是人之常情。当然不是不让她出去,监视她的行动。只是她和别的男人在一起回来得太晚了,问问她把事情搞搞清楚,就说是束缚得过头了,这事情太难办了。

"我不记得对她有什么严格的地方。"

"您自己不觉得不等于没有,雾子小姐已经喘不过气来了。"

"可是她从来没说过呀!"

"因为您是她的恩人,她怎么好意思说呢？我都喘不过气来,总之,这是好几年积累下的后果。"

史子淡然地说道,因为这事儿与她无关。

"此外,她是不是想改变一下目前的生活？"

"可是,也不能那么急啊！"

"在美国她和达彦有过一手,心想快刀斩乱麻,干脆和您分手。可是您又对她那么温柔,她下不了决心。背着你和别人来往,出卖了您,又于心不安。"

史子的话很明白,因为您爱她,出资给她开店,又放她去美国,这一切都和目前的结局有关。

"如果她真爱我,那就不该同我分手。甚至她在美国犯了错误,只要说清楚,我都可以原谅她。"

关于她和达彦的事,只要悔过、道歉,秋叶也会宽恕她。

"看来,她不像以前那样喜欢我了。"

秋叶无可奈何地说。史子用大拇指和食指夹着高脚酒杯,沉默不语。

史子的沉默表示她同意这种看法亦未可知。

"真叫我吃惊！"

秋叶放下刀叉嘟囔道。雾子的变化使他惊异不已。

"为什么会变得这么快？"

"谁都会变,老爷们也一样变。"

"男人会变,也不能像女人这样说变就变。"

秋叶想起被自己搂着的雾子的表情。

"真的,没想到女人变得如此快、如此坚定。真叫我服了。"

女侍者端着一个大果盘来了。

这儿的果盘很美,有柠檬、果冻等十多种,煞是好看。

"看上去都很可口,挑哪一个呢?"

史子眼睛一亮,先挑了个果冻夹到自己的小盘子里。

秋叶瞅着她那孩童般的表情,一下子想起了差点忘了问她关键性的问题。

"听她说,前些日子她借宿在你家里,这是真的吗?"

史子用汤匙划开果冻,点点头。

"是这样的。她告别那些杂志社的记者已经快 12 点了,来到我家里住下了。"

"第二天呢?"

"她在六本木一带喝酒,时间不早了,她来电话问今天能不能再留宿?结果她放心不下自己的家,就回家了。"

秋叶见到她是在这以后。

"那么,她没有和别的男人……"

"或许您不相信她,其实她并不水性杨花,只是在纽约有点着魔了。"

说到这里,秋叶才开始相信了。

"可是,我做梦也没想到,你和她竟会如此亲密,只有我一个人蒙在鼓里。"

"如果我特地来告诉您,那不更可笑吗?"

"人心难测啊!"

雾子去美国时,秋叶在"安蒂克秋"见到过史子,当时该向她问个明白。

"她说是在美学沙龙和你认识的,这是偶然的吗?"

"说偶然也可以,但又不尽是。"

史子说的没错,雾子也是这样说的。

"总而言之,两人很谈得来,自然就接近了。"

"那么后来呢?"

"就这些。"史子冷淡地答道。秋叶继续追问:

"这样的话,那么她开店、去外国的事都和你商量了?"

"与其说商量,不如说我是被她提问的。"

"可是,她说,你劝她无论如何去美国看看,她才下了决心的。"

"那是啊,为了店里业务发展,自然是去看看好些。"

"原来如此……"

说到这里,秋叶又叹了口气。

"你接近她是不是为了报复我?"

突然史子破颜大笑,用右手捂住嘴,笑个不停。

史子见秋叶那副傻样,反问道:

"为什么我要报复您?"

问得太突然,秋叶一时语塞。

可事实上她破坏了秋叶和雾子的关系,但这样的话不便公开说。

"我要感谢您,幸亏您不恨我。"

"……"

"我见您为了雾子真是全身心地献出来了,这事儿真伟大,让我颇受感动。"

真是这样吗?史子说得如此坦率,反而引起秋叶怀疑。

"我和你亲热过,这是事实。"

"我对这些事从不放在心上,我早就料到早晚您会移情别恋的。"

这是史子在逞强,只能到此为止,再往下问,太残酷了。

"你是不是取笑我,上了年纪还这么风流?"

"爱与不爱与年龄没有关系。"

"我这个人真是丑态百出。"

"您的这次遭遇也让我学到不少东西。"

这时,女侍者端来了咖啡,给他们倒上。秋叶喜欢意大利式的煮法,史子则中意美国式的。

"我可不愿妨碍你俩的关系,你是不是认为是我挑唆的?"

"怎么会呢?"

史子的话击中要害,秋叶急忙摇摇头否认。

"我真的认为雾子是我的一个好朋友。年轻、美貌、头脑聪明,一点也没感到年龄的差别。您喜欢雾子小姐,我无可奈何。我真的认为你们俩是非常相配的一对。"

对史子的夸奖,非常感谢,不过她的夸奖是过去的时态。

实际上自己和雾子的关系已快结束了。

从那以后给她打了两次电话,她的回答是应付公事。

"你好吗?"

"是。"

"我打算和田部君见一面。"

"是吗?"

对话使用最简短的语言,没有一句动感情的话。

第二次电话,秋叶忍受不了,对雾子的冷淡提出谴责,结果反而不吱声了。

越是执拗地追求,情况越坏。

秋叶想了半天,得不出结论。史子却开朗地问道:

"到底怎么啦?"

秋叶点点头,笑了起来,不过这笑是多么虚无和勉强。

难得和史子见面,理应做出明朗的表情,但一想到要和雾子分手,怎么也提不起精神来。

秋叶改变了主意,拿起咖啡杯,点燃了一支烟说道:"她说,还是想把店开下去。"

到了这份上,也不用隐瞒了,自己不说,雾子也会说,秋叶终于下了决心。

"她说和我分手后,还是想把店开下去。"

"您反对吗?"史子轻轻地放下咖啡杯。

"那倒不会,不过她是不是有点过分?"

"可是,这爿店是你送给她的。"

秋叶点点头,沉默了,正如史子说的,这爿店名义上是雾子的。

"她已经干到这个程度,当然想再干下去。"

秋叶吐着烟圈,想起开店前能村说过的话。

能村的意见是既然出了大量资金,应该采取公司形式,秋叶是该店的法人代表。

当时觉得这样做显得太小气,现在才懂得能村说的话是有远见的。

那时如果照能村的话办,现在也不会受到如此冷漠的对待。

"对雾子小姐来说,她只能依赖这爿店了。"

既然如此,她为什么不把我当回事?说到这儿就要涉及钱的问题了。

"她说每月拨还我一部分钱,这是什么意思?"

"那就是说雾子小姐她心里觉得对不住您。"

"可是,没想到会发展到目前这样的结局。"

"我想雾子小姐也是没想到的。"

"她是不是某种程度上预测到了?"

"不会吧……"

史子严峻地注视着秋叶。

"您不应该这样说话。"

史子并不站在自己的一边,秋叶只能沉默了。

"这不像您的为人。"

史子喝了一口咖啡,用手指抹去留在杯子上的口红。

"那爿店办得真不错。"

在柔和的灯光下两对客人静静地坐着。里首的那一对可能是夫妇,在谈论外国的生活,其中夹杂着巴黎、罗马什么的。

另一对客人就是秋叶和史子。

不知情的人还认为他们是一对夫妇,或者是秘密幽会的情人。人们万万想不到一个是被女人甩了的男人,正在安慰他的则是他过去的情人。

看到里边那一对有说有笑,自己更加沮丧了。

难得来这么一家高级餐馆,可是自己却说了些泄气的话,应该说些令人愉快的事。

想来想去没什么可说的。

"看来,让她去美国是一个大错误。"

"这事已经结束了。"

史子认为过去的事不用再提了,可是秋叶还是抓住不放。

"不让她去美国,就不会发生这样的事。"

"这话不对,去不去美国不是主要原因,雾子小姐一定会变,只是时间早晚而已。"

"是吗?"

"该到变的时候了。"

史子转弯抹角地说。到了这份上,怎么说秋叶也会受不了的。

"下回我们三个人见一次面,如何?"史子突然想到一个别出心裁的主意,"我们三个人找个地方吃顿饭,我想雾子一定会来的。"

以前的情人和现在的女人,三个人围着桌子用餐,该是什么样的情景?想想也够奇妙的。史子竟然会想出这样的主意,真不可思议。

"这样的场合,三方都会心情舒畅,没有隔阂。"

"是吗?"

"当然不是马上就实行。"

别说雾子,就是史子,秋叶也无法理解,简直是魑魅魍魉。

喝完咖啡,这顿饭算是结束了。

这时,里首的那一对男女似乎也结束了,向门口踱去。目送他们的背影,秋叶感到孤寂。如果在平时,去雾子的公寓,她一定在那儿等待自己。

此刻出了门,不是回家,就是再找家小酒吧继续喝,一个人孤零零的,没有去处。

其他客人都走了,只剩下秋叶和史子。秋叶说:

"你不反对的话,再找个地方喝一杯如何?"

顿时,史子惊讶地歪起了脑袋。

"难得两人凑在一起……"

史子点点头,不禁笑了起来。

"那么,待下一回吧!"

"您哪,总是这样纠缠不清。"

以前,在"安蒂克秋"门前,及以后打电话约她,史子几乎都是这样回答的。

"再转一家总可以吧?"

"您打算干什么?"

"没什么,只想和你多聊一会儿。"

"以前和您分手时,您总是非常干脆。"

可是今天则不同,如果抛下自己,太孤单了。

"那好吧,到附近旅馆的酒吧喝一杯。"

"你不要弄错啊。"

"什么?"

"我可不是雾子。"

"知道,怎么会呢?"

"我还是回家吧。"

说着,史子站起身来,向化妆间走去。

只剩秋叶一个人,他衔上了一支烟,喝着冷饮。

餐厅只剩下自己,还有一个女侍者,看着厨房里的动静。

秋叶抽着烟,史子回来了。

"走吧!"

秋叶仍然依依不舍,史子无意坐下,秋叶只好站起身来。

走到门口,女老板从里首捧着一盒自制的点心出来了。

"这是刚出笼的点心,请您先尝一尝。"

"谢谢,回家好好品尝。"

这样的对话是固定的,可是到了史子的嘴里却另有一番感觉。

走到外面,夜幕降临,刮着轻风。对秋叶来说,时间尚早,夜风拂在被葡萄酒熏红的脸上,舒服极了。

"怎么样?"秋叶又一次邀请史子,史子不作回答,注视着前方。

从麹町方向驶来了一辆出租汽车,挡风玻璃上的标志是"空车",史子跑到车道上一招手。

"再去喝一家还不行吗?"

"下一次吧?"

"那我送你一程。"

"不用了,方向不对。"

史子住在中野区,秋叶的家在涩谷,方向相反。

"今天就在这儿分手吧!"

"不,我不让你走。"

秋叶抓住史子胳臂,车停了。

"请原谅,让您破费了,今晚的饭菜真香。"

秋叶抓住她的夹克袖子,史子低头行礼。

"真的要回去吗?"

"晚安!"

史子趁势把胳臂抽回去,秋叶冷不防空了手。

"喂……"

秋叶禁不住喊了起来,史子没理他,上了车。

史子似乎在向司机交代目的地,车窗里黑乎乎,什么也看不见,史子的侧脸闪了一下,车就开走了。

"唉!"

秋叶无可奈何地对着汽车咂了咂嘴,车已远去了。

这一带没有多少行人,过了8点,几乎看不到人影。

秋叶拿着点心盒,举步行走,眼前是一片茂密的树丛,秋叶想起来时在这儿捡了一片病叶。

今天的不吉利,那时已经决定了。

"上哪儿去?"

面对着茂密的树丛,秋叶自言自语。

处于这样的状态,他不想马上回去,一个人找地方喝,也没劲。

"雾子……"

他无意中嘟囔了一声,雾子的身影自然地浮现在眼前。

秋叶站停,点燃一支烟,向驶近来的空车招手。

"去广尾。"

司机不吱声,关上了自动门。

这位司机是不是也有不舒心的事。

秋叶理解这人的态度冷漠,深深地埋在座位上。

虽然只喝了葡萄酒,仿佛已醉了。过去喝葡萄酒从来不会醉,估计是史子的话起了作用。

照实说,听雾子说后,秋叶还半信半疑,还期待尚有挽回的余地。

结果,史子的话再次证实雾子的话。他对史子还有些依依不舍,可是史子委婉体面地从自己手中溜走。

"简直是……"

秋叶对自己难堪的处境颇有点沮丧。早知道这样,还是不见史子好。

现在后悔也晚了。

到了这份上,最后的手段只有闯进雾子的公寓。

成败在此一遭。总之,再一次同她面对面说清楚。

雾子即使拒绝的话,口袋里装着房门钥匙,随时都可来,要抓住雾子并非难事。

雾子说,下月搬家,目前正是最后的机会。

汽车穿过青山大道,向西麻布交叉路口驶去。照此速度,9点钟便能到达雾子的公寓。

雾子回来了吗?

不在也没有关系,照史子的说法,雾子没有别的男人,她还不至于到这一步。这样的话,刚才该找地方喝一杯,再来也不迟。

汽车驶到雾子的公寓门口,9点差5分。

从那天早晨出走,已经一星期了。

秋叶抬头看看浮现在眼前的公寓,产生了怀念之情,推开玻璃门,乘电梯直上七楼。

在电梯中,秋叶下意识地整理一下领带,接着站在房门口,按响门铃。

将近9点,在笔直的走廊上,一个人影也没有。又按了一下门铃,没有人答应。

"还没有回来吗?"

秋叶嘟嘟囔囔插进了钥匙,咔嚓一声门开了。

屋子里黑漆漆,看来,还没有回来。

秋叶摸到了开关,咔嚓一响灯亮了,他也同时"啊"的一声,惊呆了。

"怎么回事?"

屋子里的沙发和椅子全没了,在荧光灯下,显得格外空旷。壁角里只剩下一部电话。

"呃?"

秋叶慌忙脱下皮鞋,穿过客厅朝卧室一看,衣橱和镜台全不知去向。

难道开错了门?他急忙回到房门口,没错啊!确确实实是雾子的房间702号。

"糟了!"

没有家具,屋子里空荡荡的,秋叶伫立在房间中央嘟囔道。

雾子已经搬走了。她说过到月底才搬,好让秋叶放心,自己却提前了一步。

秋叶再回到客厅,看看有什么忘下的,什么也没有,只有一块抹布。

秋叶抽出一支烟准备点燃,发现屋子里没有烟灰缸,又装回烟盒里。

究竟上哪儿去了呢?没留下地址,显然是秘密出走。

雾子料到秋叶装着钥匙,肯定会来看看的,于是放心地搬走了。吭一声不更好吗?

这状况简直像被暴力团劫持的女人仓皇出逃。

想着想着秋叶发火了,心想你只要说声走,自己也不会不同意的,他有这样的自信。不过说不定听到她要搬家的消息,即刻跑来阻止亦未可知。

究竟搬到哪儿去了?

秋叶朝屋子四周扫了一眼,想给史子打个电话。

然而,刚跟史子分手,此刻打电话去说雾子出走了,也显得自己太寒碜了。史子即使知道雾子要搬走,她也不会去阻止她的……

不如去问问管理员。

秋叶朝屋子扫了一眼,关上电灯,带上门。

9点多了,传达室的门已经关了。此刻大概还不会睡觉。

秋叶吸了口气,下了很大决心去敲门。

里边有人答应,管理员的妻子出来了,是个四十多岁的小个子女人。以前见过秋叶和雾子进进出出。

"这么晚了打扰您,真对不起。"

夫人低头行礼,她认得这位在雾子房间里进进出出的男子。

"702室的八岛小姐是不是昨天搬走的?"

此刻慌慌张张地去问人家,还有点不好意思,故意装作知道她要搬家。

"八岛小姐是哪天搬走的?"

夫人一时拿不准,转身去问他丈夫。过了一分钟,管理员出来了。

"两天前搬走的。"

管理员和秋叶年龄相仿,以前见了面只是点点头,没说过话。

因为和他年龄不相上下,却在追赶一个年轻女人,秋叶常感到他那谴责的眼神,极力回避他。

"您知道她的新址吗?"

管理员又一次用眼神探询秋叶,说道:

"一点儿都不知道。"

"她没有留下话吗?"

"没有。"

管理员很冷淡,不像是故意隐瞒。

"我有要紧的事找她,不知道她请的哪家搬家公司?"

"这个……"

管理员歪起脑袋,不再说了。

"房租付了没有?"

"全部付清了。"

"此外,之后还需支付的其他款项的钱,怎么付呢?"

"多付了一些,说过些日子还来。"

秋叶依然纳闷,管理员似乎想起了什么,说道:

"您还装着一把钥匙,是不是?"

秋叶下意识地抓住口袋里的钥匙。

"八岛小姐说,见了您顺便把钥匙收回来。"

"她这样说的吗?"

"没有的话,就算了。"

秋叶没好气地掏出钥匙交给管理员,也不道谢,走出了传达室。

当夜秋叶独个儿喝到深夜。

到第一家酒吧是晚上10点,以后不知走了多少家,自己也记不得了。只记得到雾子干过的"魔吞"弯了一弯。门口挂着"会员制俱乐部",下面密码和以前一样,"临风飘摇的羽毛"。

秋叶一个字一个字地按下,这文字的意义如此生动诱人,不由得吃了一惊。

"临风飘摇的羽毛,经常会变。"

这简直是雾子的心,她就是临风飘摇的羽毛。

当初在"魔吞"按下这些文字时,还觉得这密码编得挺巧妙,此刻已没有兴致去欣赏这些文字了。追赶临风飘摇的羽毛,被戏弄的正是自己。

"好久没来了。"

女老板直盯盯地注视着久未露面的秋叶。

自从和雾子相爱后,秋叶几乎不来"魔吞"了,尤其是最近一年断绝了来往。

"雾子小姐还好吗?"女老板微微一笑,开玩笑地问道,"听说她开了一爿出色的店。"

雾子离开"魔吞"后,几乎不到银座来了。她开了"安蒂克秋"的消息,或许是以前在"魔吞"的同事说的。

"当初我该抓住秋叶先生不放。那该多好啊!"

"别开玩笑了。"

或许秋叶回答太严肃了,顿时大家都沉默了。

然而此刻也不好意思说雾子出走了。

"好吧,大家一起喝一杯如何?"

秋叶对那些不熟识的吧女说,自己要了一杯威士忌。

在"魔吞"胡乱地喝了一通,还留下点印象,以后又喝了好几家,几乎没有一点记忆。第二天早晨醒来,发现自己躺在家里的床上,简直像一块破抹布似的团在一起。

其实,这时秋叶尚未完全醒酒,全身发烫。仅有一点意识,还记得"安蒂克秋"的电话号码。

"搬了家没关系,只要店继续开着,雾子就跑不了。"

秋叶烂醉如泥时,一直念叨这句话,等待着早晨的来临。

换句话说,昨夜一味地喝酒,用酒来麻醉自己,盼望早晨来临,等待雾子去店里上班。

昏昏沉沉打发着时间,头脑真正清醒过来,已经下午了。秋叶喝了一杯啤酒,洗了个淋浴。回到书房,拿起了电话。

雾子中午一定在店里值班,或整理一下货架。

假如雾子来接电话,该说些什么呢? 要说的话一大堆。一兴奋,非谈崩不可,还是冷言冷语挖苦她一番。

秋叶用拳头敲敲自己的脑袋,尽力让自己冷静下来,拿起电话拨了号码。

铃响过两三下后,是小西来接的电话。不知道她是否知道自己和雾子争吵过。小西的声音依然像往日一样开朗。

"我是秋叶,老板在吗?"

不等对方问,秋叶首先通报姓名,显得大方些。

"喂,喂,是我呀!"

电话里出现雾子的声音,秋叶一时不知所措。

"是你呀……"秋叶尽力放低声音,"昨天我去了广尾的公寓了。"

"……"

"收拾得挺干净,让我吓了一跳。"

不知对方听清没有,雾子不作回答。

"管理员也不知道你的去向。"

"对不起。"雾子仿佛想起了什么,随嘴回答。

"为什么突然搬家?"听到对方的声音后,秋叶突然发起火来,"搬到哪儿去了?"

"不能说。"

"为什么?"

"理由我上次已经说过了。"

电话里出现另一个女人的声音,似乎有客人上门了。

秋叶没理会这些,继续说道:

"你为什么背着我出逃,难道我这么可怕吗?"

"这话以后再说吧。"

"不,现在就得说明白,别看你藏起来了,要找的话,我一定能找到。一边开着店,一边想藏起来,根本办不到。"

对方不作回答,秋叶再次责问。

"喂,喂……"

秋叶把话筒紧贴在耳朵上,只听"咚"的一声,雾子挂断了电话。

"畜生!"

秋叶放下电话,立刻打开衣橱,找出西服。

秋叶驾着汽车出来,脑子里还晕乎乎的,自己也不明白为什么这样做。因为雾子突然挂断电话,气不打一处来,可是去了"安蒂克秋",也不知说些什么好。总之,那一刻在家里待不住了。

8月底是夏末秋初的季节,阳光明媚。秋叶握住方向盘,凝视着前方。

不多时来到枪崎的十字路口,往左一拐,就望见"安蒂克秋"。秋叶放慢车速,驶过"安蒂克秋",停下车,瞥见店中有两三位顾客,雾子在里首坐着。

虽然没有十分看清,但雾子的侧脸从眼前掠过。

现在立刻下车,跨进店门就能见到雾子。

当着顾客和店员的面,将雾子拖出来找家咖啡店,似乎太粗暴。要不就当面责问她,搬到哪儿去了?雾子不作回答,立刻暴露了雾子和自己的关系已搞僵了。

小西和升尾是打工的,知道秋叶是这爿店的赞助人。说一说自己的苦衷,或许能获得她们的同情。

其实,刚才因为雾子挂断电话,他忍无可忍才开车来到这儿。

此刻阳光明媚,为了男女之间的私情吵嘴,也太无聊了。

秋叶心神不定,看着反光镜中的"安蒂克秋",注视着店里的动静。

人行道上行人熙熙攘攘,看着秋叶在车上不下来,都投来了奇怪的目光。

他靠在车椅背上,点燃一支烟,视线依然不离开"安蒂克秋"。店门敞着,出来了两位中年的妇女,好像买了点什么,提着印有"安蒂克秋"字样的方便袋。两人跨出门,雾子在后面送客。

雾子今天穿着一件连衣裙,发型变了,从中央分开,比以前更精神了。

秋叶从反光镜中看见,雾子向两位顾客低头行礼。

秋叶注视着反光镜中雾子的形象,怒气渐渐消了。

刚才还想闯进店去将她拖出来,当着众人的面骂她忘恩负义。此刻怒气已消,想想自己尚未醒酒,开车来到这里,颇有点滑稽。

为什么突然改变了心情,刚才那股怒气到哪儿去了?

刚才还想咬牙切齿地质问她,你这个忘恩负义的东西,为什么对自己如此冷淡?

然而瞅见雾子在一本正经地工作,自然而然消了气。

诚然,雾子的突然出逃是不太好,但雾子也该有她自己的生活方式。当然,并不因此就原谅她。同刚才在家里发火一样,此刻也突然变得冷静起来。

一个大男人闯到出逃的女人那里吵吵闹闹像个什么样子?那女人并不会因此就后悔,回到自己身边。

以前,秋叶曾劝解一个小青年,"出逃的女人,你越追她,越逃得远"。

这个小青年因为订了婚的女人出逃,又气又急,脸孔刷刷白。

"既然已出逃,你不用去管她,说不定她会回心转意。越是追她,她越是想跑。"

秋叶觉得这话好像说给自个儿听的。说话容易,做起来难。

当初这话说给别人听,没感到费事,此刻轮到自己头上,就不这么简单了。

反正到了分手这一刻,不要过分认真,马虎一点算了,其实很难做到。

"喂,你怎么啦?"秋叶面对反光镜中的自己喊道。

"算了吧,还是回去吧。"他嘟嘟囔囔,想起了雾子说过的话,"我不想再惹您生气了。"

女人什么时候说话都有理由,"不想让您生气了",实际上心里恨得要命。

也发过火了,也生过气了,得到了什么?——秋叶终于回到理性状态。适可而止地撤退,才是明智的举动。这样双方都不会受到伤害。

"回去!"

秋叶再次凝视反光镜中的自己,握住了方向盘,启动了引擎。

回到家里,秋叶径直回到自己的房间,月底就要交稿了,此刻却无意写作。醉酒未醒,雾子突然搬家的事,影响着自己的情绪。

搬家也没什么,至少说一声搬到哪儿去了,这样无情无义的举动,显得自己是多么可怜。

自己为雾子所付出的一切,难道就是为了让她讨厌?

雾子的举动也太过分了,一甩手,将男人撇在一边。搬了家还坦然自若地去上班。瞧雾子送客时的笑容,丝毫看不出她和男人吵过架。

从此迹象看来,店里的店员可能什么也不知道。

躺在床上,秋叶想起了昨夜史子说过的话:"女人是善变的,变得连她自己都不敢相信。"

事实上,雾子此刻除了店里的业务外,什么也不想,她决心自己一个人干下去,拒绝在男人的庇护下生活。

从秋叶看来,雾子这种做法太无情、太任性、太自以为是。

既然到了这一步,不去管它有情或无情,这样的分手也挺爽快。

忘掉了发火,秋叶又想听听雾子细声细气的说话。再说雾子那纤弱的身子充满诱惑的魅力。和她同居时,雾子从来也不逞强,总之依赖着秋叶,动不动就哭鼻子。

怎么一下子会变得这么快?女人的心真不可思议。

秋叶过去也曾和多个女人打过交道,还没有一个像雾子这样说变就变。她从一个土得掉渣的农村姑娘,一下子变成具有城市感觉的女人。

本来是个什么都依赖别人的女人,几年时间,变成了一位脚踏实地能独立生活的女强人。

"原来是这样……"

秋叶感慨万千,拼命摇摇头。

可不能为了这件事再混下去了,交稿期已迫在眉睫。

从那以后,秋叶一直埋头写了四天的稿子。

店铺也罢,雾子也罢,只能先搁在一边。当前得把稿子赶出来,不能耽误月底前交稿。

这一个星期以来,为了雾子的事,东跑西颠,顾不上写作,此刻已到了最后的关头了。

雾子全力以赴地工作,自己何苦想不开呢?

秋叶抛开一切,全力投入写作,把自己埋在有关的参考书里。

雾子的影子不时地浮现在眼前,现在她在干什么呢?接着又生气,又发火。绝不能让这样忘恩负义的女人再把店开下去,有没有什么方法能把这爿店搞垮?想到这里,他甚至想跟踪她。

其实想知道雾子的新家也不难办到,只要托私人侦探查一下马上就能知道,十分简单。

东想西想,秋叶心里还期待着雾子打电话来。尽管雾子对他如此冷淡,他却还不死心。自己生自己的气,嘴里嘟嘟囔囔:"快工作,快工作。"

秋叶强忍着将自己关起来，花了四天的时间终于把约定的原稿写完了。

起初他还打算延期一天，没有想到能如期完成，心里喊道："干得不错！"

自己夸奖自己一番，喘了一口气。突然收到了雾子的来信。

昌代将每天的报纸和邮件送来，其中夹着一封有红色记号的快信。

秋叶瞥见信封上规规矩矩的字迹，忽然想到似乎见过这字迹，翻过信封一看，明明白白地写着"八岛雾子"。

秋叶半信半疑地拆开信封，没错，的确是雾子来的信。

秋叶大三郎先生：

前略①。这次我的擅自行动，一定惹您生气了。不知该如何向您表示歉意，一时想不出适当的语言，请允许我日后当面谢罪。在这以前，务必请您原谅。

今日我拨还以前约定的款子，30万日元这笔少量的金额已拨进您的账户。托您的福，店里略有盈余。暂时还很拮据，这点小意思务必请您收下。

八岛雾子

读完信，秋叶觉得浑身无力。

在分手时，雾子曾经说过，今后一定拨还店里的借款。当时，秋叶

---

① 日本人写信，一开始写"前略"，表示省去前面的客套话。

十分激动,根本没把这话放在心里。

没想到雾子真的把钱拨到自己的账户上。

史子早已说过"这爿店是您送给雾子小姐的吧"?这话没错。

开店时,一切费用都由秋叶出资,名义上是雾子的。实际上开店后,秋叶连发牢骚的权力都没有。

心情上另当别论,在法律上无权过问。

现在,雾子要陆续把钱拨还。

只读一遍还不敢相信,再读一遍,千真万确,雾子真是一定要拨还借款。秋叶让昌代去查一下存折,确实多了30万日元。

"她是认真的?"

说到做到,今后两人关系如何,那是另一码事,雾子一定要还钱,这多么像她的为人。

每个月拿出30万日元,从店里的总投资来说,微乎其微。不过一个月拨还30万日元,对雾子来说并不轻松。目前"安蒂克秋"的盈余并不多,也是一笔相当大的支出。

这位坚决要拨还借款的雾子,究竟是个什么样的人?

她可能故意蒙混过去,将店盘掉后逃走。也可能每个月拨还30万日元,以表示自己的顽固和守信用。

"何苦这么逞强……"

其实,事到如今,秋叶早把这爿店忘了。只要雾子的名义存在,即使有所争执,他也不至于把店收回,这是秋叶早已下了的决心。

正在这时候,却收到雾子的信,着实地让他吃了一惊。

过去的憎恨、怨气被这一纸书信一扫而光。

但两人是不是会重归于好?现在还很难说,但多少给秋叶挽回了一点面子。

好久没有这样心情舒畅了,秋叶拿起电话,拨通了"安蒂克秋"的电话。

和上次不同,此刻已无所顾忌,说话也自然了。

"钱收到了。"

秋叶劈头盖脸地说道。雾子拿着电话,点点头。

"收到了?那好极了。"

"我没想到你会送钱来。"

"我这样做,不行吗?"

"不是,不是这意思。"秋叶抑制住怀念的心情,故作大方地说,"这店本来就属于你,我根本没打算你还钱。不要勉强嘛。"

"可是,老是这样下去,我的心不会平静。"

"不要想得太多嘛。"

本来这电话只想通报一下钱已收到,说着说着,又像过去那样温柔地一问一答。

雾子已敏感地觉察到这个倾向,坚定地说:

"以后我还要每月拨还。"

"现在你……"

话说到一半,秋叶又咽了回去,趁此机会顺便问一下,她家里的电话号码,那是顺理成章的。

"你好吗?"

"还行。"

"我平静多了。"

秋叶的意思是,前些日子的疯狂的状态已好多了。但需求雾子的心情依然未变。

"下回找个机会吃顿饭如何?"

"嗯……"

"和田部君一起说说话……"

"不。"

"你们本来很亲密的嘛。"

"近来太忙了。"

听说话的口气,雾子立刻就要挂断电话。

"那好吧,下回再说。"

再深入一步,雾子肯定会拒绝,适可而止,雾子也会温和地应付。

换句话说,雾子此刻要求秋叶的就是某种程度的温柔。

傍晚,秋叶牵着爱犬珂罗出去散步。

这半月来,因为和雾子发生争执,没有时间与狗打交道。

秋叶不牵它出去,由昌代取而代之。但昌代转了一会儿就回来,不能满足珂罗的要求。

珂罗见了秋叶便向他摇摇尾巴。近来秋叶不理它,珂罗讨了没趣,便走开了。

珂罗百无聊赖地蹲在一边,却意外地发现主人今日的情绪不错,便又蹦又跳,等着主人牵它外出。

散步的路线围着南平台的住宅区转一圈,途中,也随着珂罗向代官山大街走去。

再走10分钟,便到了雾子开的"安蒂克秋"了。秋叶到了跟前便往回走。

虽然已收到雾子的来信,但立刻去店里找她,似乎为时过早。再说去一个牵着狗的男人,只会给雾子添麻烦。

途中,来到教堂的后墙,珂罗突然停住脚步,竖起耳朵,似乎在获得远处的信息，狂吠了几声。

珂罗很少这样无缘无故地狂吠，准是出了什么事。秋叶训斥它，珂罗仍连吠数声。

后墙的深部有什么异状吗？仔细一看，什么也没有。

归途，秋叶绕到菲律宾大使馆后面，想起前年去西班牙的往事。

仔细想想，那时节最快乐了，至少不会想到两年后的今天会弄到如此尴尬的地步。恐怕雾子也没想到吧。

然而，回过头来想想，其实在愉悦中也预测到日后会有变化。

譬如在观看斗牛时，秋叶以为雾子不敢看，甚至会逃出斗牛场，然而她却很坦然，一点儿也不害怕。不仅如此，当斗牛士刺杀牛的一瞬间，牛满身是血倒在场地时，雾子还鼓掌表示高兴。

当然，那些表现并不能直接联系到今日的分手。然而她那无情的性格或许是与生俱来的。

秋叶不着边际地想了一通，回到家门口附近。昌代站在大门口不住地向他招手。

难道出事了？珂罗先跑过去，只见昌代的面孔刷白。

"刚才医院来电话了，夫人……"

昌代称呼秋叶的母亲为夫人。

"母亲怎么啦？"

"去世了。"

秋叶没顾得把狗放下，径直蹿进家里。

医院打电话来是在十分钟前。

昌代吓得不知如何是好，大门口的拖鞋放得乱七八糟。客厅里的吸尘器也没关上。

秋叶立刻拿起电话往医院里打，病房里的护士长接的电话。

"夫人刚才突然发作,立刻组织紧急抢救,不到十分钟就咽了气。"护士长表示已尽了最大的努力,没有将病人抢救过来。

"原因不太清楚,估计是血块堵住了血管,您能不能马上来一趟?"

"当然马上就去,母亲真的死了吗?"

秋叶还不敢相信。

"很遗憾,老人家在5点20分去世的。"

5点20分,那是20分钟前,正好是珂罗狂吠的时候。难道珂罗能感觉到母亲的去世?

秋叶吩咐昌代一起去医院,自己上楼做准备。

家里乱糟糟的,珂罗还叫个不停。

昌代通知了前妻和孩子们。秋叶给荻洼的姐姐和横滨的舅舅打了电话,请他们再联络远房亲戚,然后上了车。

"我白天去的时候还好好的。"昌代说。白天去医院陪伴母亲是她的必修课,"夫人没有什么异样,只说有点胸闷,脸色似乎不太好。"

"医生没说什么吗?"

最近这一段秋叶不常去医院。

一开始每天去探视,日子长了,两天去一次。自从和雾子发生争执后,一星期去两次。尤其是这四天忙着赶稿子,更谈不上去医院了。

"糟糕!"

父亲就是猝死,因为死得太突然,对待母亲的病小心又小心,没想到母亲也死得这么快。

多么精神的母亲,为什么一下子就死了呢?

本来说,马上就要出院了,心想等过了盛夏,秋凉后再接老人家回家。

昌代说:"我离开夫人时,她似乎觉得挺孤单的。"

昌代的话像针一样直刺秋叶的心。

到达医院后秋叶穿过走廊向病房跑去。虽说已经去世了,但不见上最后一面总是放心不下。

小个子的昌代紧紧地跟在秋叶身后,秋叶也顾不了这么多,把她撂在后面。

秋叶跑到三楼护士办公室,护士长在那儿等候,点点头领秋叶去病房。

母亲住的306号病房门口贴着一张告示:"谢绝会面"。

秋叶在病房门口调整一下呼吸,看了护士长一眼,跨进病房。

病房是单人高级病房,进门处有一个沙发,母亲躺在里首的病床上。

这病房朝西,下午夕阳照射时,拉下淡蓝色窗帘,整个病房呈暗绿色。母亲的脸上已盖上一块白布。

秋叶慢慢地走过去,揭开白布。母亲的嘴巴微微张开,紧闭着双眼,不知情的还以为她在睡觉。

"恰好是晚饭前,我正好去了干燥室。"名叫茂本的家庭护士抱歉地说,"我一回到病房,见夫人弓着背,喘不过气来,我赶紧去医生办公室,待大夫来到时,夫人已经不行了……"

秋叶见母亲下巴翘起,喉头已落下,说明死得很突然。

"已经发作过一次,我们请夫人充分注意,很遗憾……"

医生接着解释道:"我们立刻进行胸外心脏挤压和人工呼吸,可惜没有奏效。"

"……"

"详细情况有待解剖的结果。这次发作不是脑血栓,估计死于心肌梗死。"

秋叶此刻想听到的与其说是死因,不如说是有没有起死回生的办法。

"老人家真正痛苦仅有两三分钟,平静地死去。"

昌代东倒西歪地趴在被子上,呜呜地哭起来。

"为什么?为什么匆匆离去?"

昌代趴在被子上不住地摇头,母亲那苍白的面孔似乎还活着一样来回地摆动。

看来母亲的死是无法抗拒的。

以前曾发作过一次,医生和护士都告诉家人要多加注意,但没预见到第二次发作。

话虽这么说,家庭护士和昌代事前怎么能发觉呢?甚至母亲自己也没想到会死得这么快。

这是命运。命运是无法抗拒的。

秋叶仍后悔不已,早知道这样,自己应该多多照料母亲才对。住院前,秋叶几乎日夜守着,住院后托付给昌代和家庭护士。

他回想一下,这一个月来几乎很少坐下来和母亲说说话。五天前,母亲似乎有话要说,秋叶却没去理会老人家,擅自走了。

现在想起来,还有许许多多事情要跟母亲商量。

医生和护士长都走了,只剩下家庭护士,她说道:"老夫人最后还叫着您的名字,老大,老大。"

秋叶听了她的诉说,眼泪夺眶而出。

一个大男人在外人面前轻易不掉泪,一旦掉泪再也止不住了。

秋叶尽力抑制住激动,背对着病床双手捂住眼睛。

和母亲说上几十分钟的话也并不是办不到,甚至可以代替家庭护士在病床前陪夜。想做的话,有的是时间。其实在雾子的房间里一待就是半天。

自个儿脑子里塞满了雾子的事,哪怕有一半分给母亲也行。

"真浑!"

秋叶强忍着眼泪,自己骂自己,甚至觉得自己杀害了母亲。

被年轻女人弄得神魂颠倒之时,母亲悄然地离开了人间,母亲以死来规劝儿子。

一旦成为了丧主,不能老是沉浸在悲痛之中,许多现实问题摆在眼前。

护士们立刻清洗遗体,然后入棺送回南平台的家里。

二女儿真理子和荻洼的姐姐赶到医院,其他亲朋好友都去南平台家里。一过8点,宽敞的客厅里挤满了人。

葬仪的会场、日期及报丧的讣告,都得一一操心,秋叶几乎没有空和吊唁者说话。

幸亏昌代做事干净麻利,荻洼的姐姐和横滨的舅母也来帮助,一切家务都交给她们了。

已经离婚的妻子也来帮助料理。秋叶忽然产生一种奇妙的想法,忙的时候不管谁都在恳求范围之内。

过了晚上10点才算松了口气。能村突然来到。

又没有特意通知他,他怎么会知道的?原来一小时以前,他偶然打电话来才得知的。

"应该早些通知我才对。"能村说。

"今夜是亲戚范围的守灵,所以一开始就没打算通知外人。"

能村照例是在银座一带喝酒,面孔红红的。上过香后把秋叶叫到旁边,说道:

"我能帮上忙吗?"

"不用了,该来的都来了,怎么也能对付过去。"

能村点点头,忽然想起了什么,问道:

"通知了'她'没有?"

"没有。"

能村知道近来秋叶和雾子不太融洽,但没有想到已经分了手。

"那么我去通知她吧!"

"不用了,你不用作声。"

"她会担心的。"

"不管她了。"

秋叶的语调十分肯定,能村不再多言。

"那好,明天我送花圈来。"说罢能村就走了。

秋叶望着他的背影,心想这时如果雾子露面会是什么样子?

想到这里秋叶立刻摇摇头,苦笑了一声。

母亲刚刚咽了气,此刻又去考虑雾子的事,也太不孝了。

秋叶决定再也不去考虑雾子的事情。

秋色

母亲死后一个月来,秋叶忙得不可开交。

葬仪的善后处理、对前来帮忙的人表示谢意、遗产的继承等,必须要做的事情堆积如山。

都是些不熟悉的麻烦事。

母亲住院四个月,虽然不在家里,但人还活着。一旦去世,就会发生一些不顺心的事儿。

世上的人情来往,母亲活着时由她一人承担。现在都落到秋叶肩上,使他感到世事繁琐,难以应付。特别是母亲尸骨未寒,自己还沉浸在无限的悲痛之中,忙得晕头转向。

等所有杂事告一段落,已经过了七七四十九天。

又过了一星期,已接近10月底,母亲去世时的残暑早已远去,到了秋冷的季节。

一天下着秋雨,秋叶俯视庭园里的景色,又一次感到母亲去世后的孤寂。

最不可思议的是,整理母亲的遗物、处理母亲留下的杂务时忘却了孤寂。只有在半夜醒来,或白天无所事事时,才会想起母亲。有时偶然出去喝一杯,回到家里才意识到母亲已经不在了,一种莫名其妙的孤独感袭上心头。

秋叶正在茫然若失眺望庭园,雾子打来了电话。

母亲去世后突然老了一截的昌代前来通报,"您的电话"。

拿起话筒一听,原来是雾子的声音。

"听说令堂大人去世了?"雾子张口就用责问的口吻,"为什么不通知我?"

秋叶一时不知如何回答,因为他已经忘记雾子了,不想再去破坏她的平静。

"昨天,偶然遇见能村先生,是他告诉我的。"

秋叶点点头,想起雾子已第二次汇来了钱。

"我去拜访一下可以吗?"

"现在?"

"不行吗?"

"不,怎么会呢?"

"如果不给您添麻烦,我这就去。"

他和雾子已经两个月没见面了。

"当然可以,谢谢你。"

"那好,我马上就去。"雾子挂断了电话。

照实说,雾子来吊唁母亲,是出乎秋叶意料的。

母亲死后,秋叶曾经几次想打电话给她,犹豫再三,终于没打。

说得明白些,雾子已从秋叶构筑的爱巢中飞出去了。对已经离他而去的女人,向她通知母亲的死讯已毫无意义。

雾子主动要求来吊唁,那是已经分了手的女人的一种礼仪而已。

仔细一想,雾子本来是守规矩的女人。分手后,继续把钱送来就证明了这一点。在广尾公寓同居时,事事都守规矩。在雾子身上体现着现代女性和古典女性混合的一种品质,这或许是雾子最让人难以忘怀的地方。不管怎样,既然她要求来,就不好拒绝了。

秋叶沉住气等候,一小时后,雾子终于来了。

"八岛小姐来了。"

秋叶坐在书房里,昌代前来通报。她隐隐约约知道秋叶和雾子的关系。

秋叶从二楼书房下来,雾子已在屋里佛龛前合掌行礼。

秋叶突然产生一种错觉,似乎雾子本来就是这个家中的一个成员。雾子还是初次来到这南平台的家中。

"你百忙中,特意来访,深表感谢。"

因为昌代在一旁,秋叶故意一本正经地说。雾子也郑重其事地答道:

"我实在不知情,来晚了一步,请原谅。"

雾子穿着黑色的丧服,戴着珍珠项链。人好像瘦了些,头发也修整过了,像个贵妇人似的。

"这是小姐送来的花束。"

昌代拿着雾子送来的白黄相间的菊花给秋叶看。

"以前听您说,令堂大人好多了,准备出院。"

确实这样,和雾子见最后一面时是这样安排的。

"人的命运真是令人难测。"

此刻坐在幽静的客厅里,和雾子吵架的事似乎已是遥远的过去。在阳光下,从窗户的缝隙中能望见树木郁郁葱葱的庭园。佛龛在客厅的最里首。

"这儿真安静啊!"

雾子将视线移向窗户上的夕阳。

在夕阳的照射下,浮现出留着短发的雾子的面孔,另一半是暗红的。秋叶从一旁注视她那细细的脖子,有一种轻微的妖艳的感觉。

在这静谧的佛龛前,是不允许有邪念的。因为和雾子的龃龉,耽误了对母亲的侍奉。尽管过去了两个月,秋叶还心有余悸。

"只有您和女佣人在此?"

"现在房子里空荡荡的,心里没有着落。"

秋叶甚至认真地考虑过和雾子结婚,如果那时早下决心,雾子一定会接受,那么两人就住在这里了。

当时犹豫不决,其原因年龄相差太大,怕母亲不会同意,还顾虑到和史子的关系,种种原因,结果自己没有信心迈出这一步。

"现在真的只剩下我一个人了。"

"这么大的房子,多可惜啊。"

"应该将你迎到这儿来。"

顿时,雾子回过头来似乎在问:"什么?"

最后还是微微一笑:

"别胡说八道,会挨老人家训斥的。"

"不是胡说八道。"

"您不觉得可笑吗?"

雾子瞅了一下窗户,将手提包拿在手里。

"我就要告辞了。"

秋叶一看手表,雾子来了还不到十分钟。

"你这就回店里去?"

"嗯,今天我还没去上班哩。"

"可能的话,去喝杯茶,如何?"

雾子抬起头考虑一下，这时昌代搬着插满菊花的花瓶进来了。

"赏花的人一定会喜欢的。"

昌代将花瓶放到佛龛前，雾子又一次合掌表示哀悼。

"您在百忙之中特意来吊唁，非常感谢。"昌代似乎也喜欢雾子，开朗地说。

雾子表示告辞，站起身来。

秋叶跟在她身后，说道：

"我送你一程。"

昌代去开大门，秋叶没理会她，从后门出去，雾子随后跟来。

"走这条路吧！"

秋叶向银杏树阴下的马路走去，雾子默默地跟上。

从秋叶家的古老的石头围墙边稍走几步，就到旧山手大街，从这儿步行去雾子的"安蒂克秋"并不很远。

途中，秋叶弯进一家白色大楼中的咖啡厅，对雾子说：

"请！"

平日的下午，店堂里只有一对客人，静悄悄的。

"好久没有在一起喝茶了。"

"真的……"

两人在咖啡店里面对面坐下，秋叶产生一种错觉，似乎两人还像过去一样亲密。

"我见过你一次，开车经过'安蒂克秋'，你正好送客出来。"

当时，秋叶得知雾子搬了家，前去"安蒂克秋"兴师问罪。

从那以后已过去两个月了，当时的兴奋、激动已完全平息。

随后母亲去世，一时拂去了对雾子执着的心。

"我到了广尾的公寓，人去楼空，真使我大吃一惊。"

"我本想正经八百地向您表示歉意。"

"那倒不必了。"

回忆那一段不正常的表现,对秋叶来说,并不是一件乐事。

"对不起。"

雾子又一次郑重其事地低头行礼。

"可是,那时候不得不这样做。"

"行了,别说下去了。"

秋叶挥手制止她,从口袋里掏出一个纸包。

"这个,还给你。"

"什么?"

"你送来的钱。"

这两个月里,雾子一共拨来了60万日元。秋叶收到钱后没去碰它,听说雾子要来,全部把它拿出来了。

"我没打算要你还这笔钱。"

"那怎么行呢?"

"我也不好处理啊……"

雾子送钱来时,秋叶对她的一本正经深为感动,同时也觉得有点凄然。

如果收下这笔钱,那么他和雾子的关系就成了陌路人。秋叶投资,雾子每月来拨还,那不就成了借贷关系了吗?

"钱的事,你就不必挂在心上了。"

秋叶的大方,说明心灵深处对雾子尚恋恋不舍。

"现在干得怎么样?"

"托您的福,还过得去。"

两人面对面坐着,桌子中央放着一只纸包。

这 60 万的现金,互相推让,谁也不想接受。雾子送这笔钱,是对自己任性行为的一种补偿;秋叶不愿接下钱,是想仍与雾子保持联系。

"今日听说你要来,我特意准备好的。"

"我只是前来吊唁故人。"

侍者前来倒水,秋叶转了话题。

"你一个人如此拼搏,真伟大。"

"那倒不是。"

雾子立即否定了。虽然一个人在拼搏,但这爿店本是秋叶出资开的,自己并没有什么可自豪的。

"女人能做到的事是有限的。"

"可是,你得找各种各样的人商量着干。"

"商量归商量,最后还只有自己干。"

秋叶本想说,有什么困难,你尽管说好了,话到嘴边又咽了回去,暂时保持沉默。

这话一说出口,那等于无视雾子自力更生的意志。

"令堂大人去世的事,有没有通知史子小姐?"

"没有,打那以后一直没见面。"

秋叶本想通知史子,但目前心情太乱,想平静后再告诉她。

"她偶尔也到店里来,由我来通知她吧?"

"不,不用了。"

秋叶冷淡地回绝了,这在暗示对雾子的思念胜过对史子。

"我对她也有过过错。"

"这些事儿不是已经过去了吗?"

秋叶忽然产生一种错觉,似乎雾子比自己年长。

"事到如今,已经不好意思再见她了。"

"为什么?"

"我们也太随便了。"

"这些事不是早已过去了吗?"

雾子微微一笑,表现出自力更生的女人的爽朗和逞强。

门口又进来了客人,雾子立刻看看手表。

她似乎和别人有约会,有点沉不住气了。这举动好像在催促秋叶,秋叶终于下了决心问道:

"现在你住在哪里?"

听到这问题,雾子立刻感到为难。

"你不说就算了。"

秋叶将视线移开,雾子答道:

"在自由丘。"

自由丘也在涩谷,去代官山不用换车。

"那一带挺热闹的。"

"车站周围很热闹,但我住的地方离车站较远。"

秋叶本想再问她住址和电话号码,喝了一口冷饮,把话又咽了回去。此刻再问下去,只会使雾子为难。

"是不是在奥泽?"

"……"

"我并不是非知道不可。"

"我没有什么可隐瞒的。"

说着,雾子从手提包里掏出一只信封。

"这儿写着我的住址。"

秋叶接过信封一看,正面写着"秋叶大三郎先生",反面在雾子的名字下写着自由丘的住址。

"如果你愿意的话,请读一下信文。"

"……"

"我本想当面跟您说说我的心情,恐怕说不清楚,于是写了这封信。"

秋叶接过信后,雾子仿佛做完了一件工作,点了点头。

"那好,我这就告辞了。"

"这就走吗?"

"我在店里约了客人。"

"那么你把这个收下。"

秋叶把放在桌上的纸包推了过去,雾子坚定地摇摇头。

"我不会收的。"

"可是……"

秋叶又一次推过去,雾子行了个礼转过背去,快步走向门口。

秋叶目送她瘦削的背影从玻璃门外消失,不禁叹了口气。

秋叶自己一个人留在空荡荡的店堂里喝咖啡。

两人一起进来,女方却先走了。女侍者觉得不可思议地歪起了脑袋。

秋叶点上一支烟,向宽阔的玻璃门外眺望。

咖啡店在人行道里首,只见一片枯叶飘落在地面上。

去麴町餐馆的途中捡了一片病叶,从那以后过去两个月了。

那时正在盛夏,确确实实是一片病叶,而目前已入秋,虽为时尚早,已到了落叶季节。

"时间过得真快!"

秋叶不由得感叹了一声,视线又回到桌上的那纸包和信上。

"真拿她没办法。"

秋叶首先将装钱的纸包放回口袋。

他本来以为雾子打电话要来吊唁母亲,趁此机会将钱送还给她,或许她会收下,没想到雾子的意志竟会如此坚定。

其实不必想得那么细致,雾子有她自己的个性。最后说是有约会,匆匆离去,秋叶反倒觉得痛快了。更使他高兴的是,雾子将住址告诉了他。

不用再问,说不定连电话号码都一起写上了。

两个月来的争执终于告一段落。双方都恢复了平静。

双方不会再去追究胜负、互相漫骂、弄个水落石出。秋叶平静的同时又很孤寂地将雾子留下的信拿在手里。

雾子说:"面对面很难表达真正的心情,考虑再三,都写在信上了。"

看来,一方面来吊唁,一方面来送这封信,是雾子来的目的。

不知道写了些什么?秋叶抱着期待和胆怯的心情,拆开了信。

秋叶大三郎先生:

  前略。这几个月来我的行动,不知如何向您表示歉意,事到如今,说几句谢罪的话也无济于事。近来,我终于平静下来,想把我真正的心情告诉您。

  现在再说此话,似乎是多余了,其实我非常喜欢您。

  如果我们俩的关系继续下去,那么我会永远待在您身边,离不开您;其实也不尽然,因为总有一天您会讨厌我。

  一开始,我得知您和史子小姐的关系,受了很大的震动,倒不是因为您和其他女性来往。而是像史子小姐这样美貌、富于魅力的女性,尚且留不住您,那么我呢?

  人生,特别是男女之间邂逅的前后顺序具有很大意义。

拿我和史子小姐比较,我不比史子小姐好,只是我们相逢在史子小姐之后。我们相逢后,是我打动您的心,这是最大的原因。

以前,您曾经说过,结婚是惰性,是弱者受到伤害时的保险,那么不结婚的女人也就没有这种保险。

自从和您相识后,我不再憧憬婚姻生活,您给我带来肉体上的欢乐,从此我远离了世上人人享有的幸福。

就说是保险吧,此刻对我来说,为结婚所付出的牺牲太大了。

如果一定说是保险,那就是我在"安蒂克秋"的工作,目前收入还没有保证,但它支持着我的心灵。

在您温柔的爱的怀抱里,这几年我生活在无可名状的孤寂和不安之中。

男人不是上帝,不能要求男人来拯救自己,一味要求只会增加男人的负担。我懂得了这个道理,浅薄的女人只能一步一步陷入泥淖而不能自拔。

我真的感谢您,您的恩情我永世不忘。

我已经意识到,不能再过分依赖您,沉浸在爱的怀抱里。我越来越感到不安。

请允许我,让我一个人和这不安作斗争。如果我战胜了不安,我才能在真正意义上成为您所爱的女性。

我相信您一定会理解我此刻的心情。

八岛雾子

读完信,秋叶将信笺装回信封里,闭上了眼睛。

从宽广的玻璃门中射进来的秋日的阳光,照得他头晕目眩,那抖动着的光的粒子促使秋叶去反刍信的内容。

这是分手的信,还是惜别的信?

一开始,雾子说:"我非常喜欢您。如果我们俩的关系继续下去,那么我会永远待在您身边,离不开您。"

念到这里,只能认为是倾诉爱情的信,至少证明雾子直到现在还爱着自己。

再往下念,雾子又摆出新的道理。首先对这几个月自己任性的行动表示歉意,虽然喜欢,最终成了分手,而且表示让自己一个人和这不安作斗争。

雾子决心分手的真正理由是什么?

信中举出连史子这样优秀的女性都没有留住您,那何况我呢?

雾子说她接近史子是无意的,其实史子的影子不会对她没有影响。

雾子认为秋叶的爱从史子转移到自己身上,那么用不了多久,又会移到别的女人身上。雾子觉得一味依赖男人,只会有虚无的结果。因此在男人抛弃自己之前,寻找生存的意义,做一个像样的人。

她最后那句话,请允许我,让我一个人和这不安作斗争,如果我战胜不安,我才能在真正意义上成为您所爱的女性。

雾子现在是一个人生活,说不定也能回到自己身边,读完了这封信,至少不能完全否定她的想法。

"难道有朝一日她还会回到自己身边?"

想到这里,秋叶突然感到无限的孤寂。

秋叶已经五十三岁了。

即使雾子回心转意回到自己身边,自己能不能像过去那样满足她的要求?

想到这儿,秋叶一刻也不能等待,马上想见能村。

只有能村,才能真实地说出对雾子的看法。

秋叶和能村有过一段不太愉快的记忆,两人的关系不如以前融洽了。但在母亲葬礼时,他前来吊唁,似乎又有了转机。

关于雾子的问题,没有和他深谈,能村也不主动问他。

平时没有什么客套,什么话都可以直说,但从不越雷池一步。他是一位有自知之明并有节制的人。

然而,能村却是秋叶和雾子的牵线人,或者说是媒人。从一开始认识到亲密结合过程,能村了如指掌。这次母亲的死讯是能村告诉雾子的,今天雾子来吊唁,恐怕也是他促成的。

现在,两人的关系已到了这样的状态,似乎应该向他汇报。

秋叶将雾子的信装进背心的口袋里,向收银台的公用电话走去。

女侍者伺候着另一拨客人,暂时坐在椅子上百无聊赖地向窗外眺望。

秋叶瞧着她的侧脸,拿起电话拨号,立刻就听到能村的声音。

"稀罕,有事吗?"

"你有没有时间?"

"今天不行,明天8点以后有空。"

"那么明天我在茧酒吧等你。"

茧酒吧是他俩常常会面的地方。

"前些天我偶然在涩谷碰见她。"

秋叶拿着电话,点点头。

"今天她来吊唁了。"

"啊!她还是去了。我把令堂大人的死讯告诉了她,她说不知道,我倒吃了一惊,后悔不该跟她说。"

"没什么。"

"就你和她两人?"

"那倒不是。"

秋叶摇摇头,朝玻璃门方面注视说道:

"关于她的事,我想和你谈谈。"

"知道了。"能村似乎早已料到,痛快地答应了。

"现在你在哪儿?"

"在家附近,马上就回去。"

秋叶本想把和雾子见了面的事告诉他,终于没说出口。

一阵子没来,银座一带已刮起了秋风。

一个月前,由于天气炎热,游客减少,失去了生气。随着秋凉,又恢复了往日热闹景象。

秋叶背对着热闹的街道,从大楼底层向地下室走去。

地下室酒吧很小,一推门进去,所有客人尽收眼底。能村已来了,坐在靠门口的座位。

"今天没有派对吗?"秋叶问道。

能村腾出旁边的座位,点点头。

"很久没有见面了,我不敢怠慢。早就来了。"

从入夏至今,还是初次和能村见面。

秋叶要了一杯兑水的威士忌,女老板走近来瞟了秋叶一眼,说道:

"好久没见了,还是搂着小妞寻欢作乐吗?"

"别逗了,他最近死了母亲,正发愁哩!"

一听能村的话,女老板立刻收敛起笑容,一本正经地说:"对不起,我一点也不知道。"

"老板何必要谢罪呢?"

一谈起母亲的话题,女老板识相地走开了。秋叶将话题转移到目前对银座的印象。

"好久没有出来喝一杯了,还以为银座不如以前热闹,其实不然,还是歌舞升平……"

"都说太贵了,太贵了,但银座的买卖依旧十分红火。"

一见四周没人缠着,秋叶轻声问道:

"昨天你见她了吗?"

"她去吊唁了吧?"

"我们俩还在附近的咖啡店喝了一杯茶。"秋叶把这几个月的遭遇简略地说了一通。

从雾子去美国、回国后变了、两人的争吵、雾子突然搬家等,照实说了一遍,只是没有提到雾子和达彦的关系。

这一切已经过去了,和今天的谈话没有直接关系。

"她愿意一个人生活,这种心情也是可以理解的……"

秋叶说罢,能村摸了一下胡子拉碴的下巴说道:

"已经发展到这样的程度了吗?"

"是的,没错。"

"你能够心平气和吗?"

"当然不,但她有她的理由。"

秋叶发现这口吻似乎是在替雾子辩护,不再往下说了。

"真没想到,你们俩好得跟一个人似的,说分开就分开,就这么简单吗?"

男女关系的虚无,秋叶的体会比能村更深。

店堂里已满座,一对客人离去,另一对家人填补了他们的空缺。没等客人坐下,秋叶掏出雾子给他的信。

"这是她昨天留下的。"

能村瞅了一下信封反面"八岛雾子"姓名,开始阅读信文。

秋叶喝着威士忌等他读完。

柜台的尽里首是一位带着女性来的客人。他是电视节目制作人,是这家酒吧的常客。几乎所有客人都知道他们正在热恋。

周围的客人都是些熟人,和这二位一起有说有笑。

去年这时候,秋叶常带着雾子来这儿喝一杯。此刻尽里首的那一对,就像去年的秋叶和雾子。

男方端起酒杯,一饮而尽,女方则在一边用自己的小手绢替他擦嘴巴。

秋叶茫然若失地看着这一对热烈的场面。能村看完了信,将信笺装回信封。

"原来是这样……"

"……"

"一开始,我以为她是不是想跟别人结婚,才提出和你分手。看了这信,事实不是如此,并不是她讨厌了你,瞅准时机出逃。"

"她还一点一点地拨还我投资的钱。"

"看来,她还是个认真的人。"

"可是,一开始你对她并没有什么好感,认为田部君比她温柔。"

"不,不,我从来没有这样认为过,毕竟雾子比较年轻,富于魅力。"

"看来,田部君比她老练多了。"

"那是啊,再说年龄相差太大。"

"你还是离不开她吗?"

"那倒不是,只要她自己愿意,我也不想再违背她的意志。年轻的女人总是易变的。"

这是秋叶深切感受到的。

"是啊!年轻人每天都在变,特别是女人变得更快。"

"那么,我们该怎么办?"

能村瞅着货架上的酒瓶,忽然想起了什么,说道:

"看来,我们这些人就像渡船的船老大。"

"船老大?什么意思?"

"我们的任务就是把客人送到对岸。"

能村所谓的客人就是女人。

"这么一想不就什么也没有了吗?"能村说。

秋叶没有答话,又要了一杯威士忌。能村的话不是不可理解。年轻的女人就是把中年人当作她们渡船的老大。二十多岁的女人精神世界正在飞速发展,特别是二十二三岁到二十五六岁的女人最容易动摇。

秋叶和雾子是这个年龄段。

如果不能和她结婚,那渡船的老大趁早撤退,没有这个思想准备,一开始就不要碰女人,这是能村的看法。

此刻秋叶才懂得这番话的意义。如果没有自信一直照顾她,那么只能甘心情愿地当"船老大"。

然而说实话,落到这个地步也太孤寂了。过去为雾子所付出的努力岂不付诸东流?

"……唉!白忙活了一场……"秋叶不由得自言自语道。

过了一会儿,能村说道:

"她不是说还喜欢你吗?这不就足够了吗?"

雾子的信上虽这样说过,但对秋叶来说,仅仅这一点似嫌不足。

"你不是当事人,你不会理解的。"

"是的,我不是当事人,很难理解你现在的心情。不过,我很羡慕你。"

"羡慕我?"

"是啊!你把你喜欢的女人培养成自己的情人。"

"可是刚培养出来就飞走了。"

"不管她飞到哪儿,但她不能否认是你给她这样好的机会。"

"是吗?"

"你们热恋时,是你最关心她。现在她羽毛丰满,离你而去,无论如何,她已给你留下最好的回忆,这不很好吗?"

听着能村这一番话,秋叶似乎增加了勇气。

"老缠在一起不会有好结果。"

"那是啊,结了婚的同样各走各的阳关道,最后离婚拉倒。"

能村喝干了一杯威士忌,百无聊赖地对秋叶说:"怎么样,再换一家喝喝?"

秋叶点点头表示同意,把烟头掐灭在烟灰缸里,站了起来。

秋风拂过秋叶的脸庞。

出了茧酒吧,沿着林阴大道有好几家酒吧,最后一站是"魔吞",今夜打算喝个够。

"把过去的事全部忘掉,喝个酩酊大醉如何?"

能村一说正合秋叶的心意,尽管脑海里还不时浮现出雾子的身影。为了彻底忘却,在途中给史子打了个电话,无人答应。

深更半夜上哪儿去了?难道也和男人在外面喝酒,或许出差去了外地。

史子有史子的生活方式。

想到这儿,突然感到异常孤寂。和能村分手,回到家里已过午夜2点。

过去,为了怕吵醒正在熟睡的母亲,总是蹑手蹑脚地上楼去,现在已没有这种顾虑。一晃一摇地走进书房,打开窗户坐在床沿,心想去掏根香烟,却掏出了雾子的信。

秋叶一怔,把信装回口袋里。

现在再看信,雾子也不会再回来。已经过去的事,不会再回来了。

秋叶就这样仰卧在床上。

从敞开的窗户刮来阵阵夜风,舒服极了。

他深深地吸了口气,又缓缓吐出,连续好几次,秋叶这才痛切地感到自己真是孤身一人了。

妻子离婚走了,母亲去世了,史子已远去,和雾子分了手,身边已没有人了。

这才是真正意义上的孤独。

"真是这样吗?"

秋叶嘟囔了一声,雾子的身影又重新浮现在脑海里。

第一次在"魔吞"见到她时,她那天真小鸟依人的脸庞;吃酱鲐鱼时那喜出望外的表情;在西班牙斗牛场上兴高采烈的笑容;在法国高级餐馆里喝葡萄酒的大方举止;以及在"安蒂克秋"接待客人时,稍稍皱起眉头尽力控制自己感情的表现……这一张一张面孔,通过秋叶的脑海已渐渐远去。

男人爱女人并把她培养成才的戏剧终于落下帷幕了,以后是那女人独闯天下的第二幕。

从幼稚到成熟,自己所担任的角色必须退出舞台了。

"渡船的老大!"

秋叶嘟囔了一声,闭上了眼睛,自然而然喊出了"雾子"的名字。

这喊声随着秋风拂去,暗淡的台灯光照着秋叶疲惫不堪的面容。

译后记

日本著名小说家渡边淳一可谓是我的老朋友了。

早在改革开放初期,我将他的得奖作品《光与影》介绍给中国读者,使我们领略到了医学领域内的悲与欢。渡边淳一原是一位整形外科医生。他仔细观察生活,特别对男女之间的细腻的爱情,有他独到的感觉。

1986年冬,我在东京访问了渡边淳一先生。他说话不多,一直凝视着我,回答问题简明扼要,没有客套话。他说:"作为一名小说家,爱情是永恒的主题。不同的人,对爱情的理解是各色各样的。小说的情节是次要的,主要着眼于心理描写。"使读者跟着小说的主人公一起欢笑、一起悲痛,令读者爱不释手。他的名作《失乐园》畅销数百万册绝不是偶然的。

这部《化身》情节简单,出场人物很少。主要人物只有秋叶大三郎、八岛雾子、能村和田部史子等几人。在动笔之前,我通读了原著,几乎废寝忘食,一口气读完。渡边淳一先生作品的魅力在于分析主人公在不同场景下的心理变化。有时极其简短的对话,能让读者展开无穷的想象。在爱情小说中能够达到这样的效果,作者的文字功力可见一斑。

由于译者语言功底差,其中错误和不妥之处在所难免,望广大读者予以指正。

金 中

2000 年 11 月 8 日

于山东大学六味斋

图书在版编目（CIP）数据

化身/（日）渡边淳一著；金中译. — 青岛：青岛出版社，2018.10
ISBN 978-7-5552-7660-9

Ⅰ. ①化… Ⅱ. ①渡… ②金… Ⅲ. ①长篇小说–日本–现代 Ⅳ. ① I313.45

中国版本图书馆 CIP 数据核字（2018）第 212315 号

化身 by 渡辺淳一
Copyrights：©1986 by 渡辺淳一
This edition arranged through OH INTERNATIONAL CO. LTD.
Simplified Chinese edition copyrights：©2018 by Qingdao Publishing House Co., Ltd.
All rights reserved.
简体中文版通过渡边淳一继承人经由 OH INTERNATIONAL 株式会社授权出版
山东省版权局著作权合同登记号 图字：15-2017-237 号

书　　　名	化　身
著　　　者	（日）渡边淳一
译　　　者	金　中
出版发行	青岛出版社
社　　　址	青岛市海尔路 182 号（266061）
本社网址	http://www.qdpub.com
邮购电话	13335059110　0532-68068026
策划编辑	刘　咏　杨成舜
责任编辑	霍芳芳
封面设计	末末美书
封面插图	早禾村人
照　　　排	青岛佳文文化传播有限公司
印　　　刷	青岛国彩印刷有限公司
出版日期	2018 年 10 月第 1 版　2018 年 10 月第 1 次印刷
开　　　本	大 32 开（890mm×1240mm）
印　　　张	21.5
字　　　数	450 千
印　　　数	1-10000
书　　　号	ISBN 978-7-5552-7660-9
定　　　价	69.00 元

编校印装质量、盗版监督服务电话 4006532017　0532-68068638
本书建议陈列类别：日本・畅销・小说